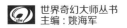

法庭斗剑三部曲

钢之色

［英］K.J.帕克 著

叶 林 译

四川科学技术出版社

图书在版编目（CIP）数据

钢之色：法庭斗剑三部曲 / ［英］K.J. 帕克　著；叶林　翻译
—— 成都：四川科学技术出版社，2020.8
（世界奇幻大师丛书）

ISBN 978-7-5364-9903-4

Ⅰ．①钢… Ⅱ．① K…②叶… Ⅲ．①长篇小说—英国—现代 Ⅳ．① I561.45

中国版本图书馆 CIP 数据核字（2020）第 141050 号

图进字：21-2020-244

世界奇幻大师丛书

钢之色：法庭斗剑三部曲

出 品 人　程佳月
丛书主编　姚海军
著　　者　［英］K.J. 帕克
译　　者　叶 林
责任编辑　宋 齐　姚海军
特邀编辑　钟睿一
封面绘画　Czech.XIE
封面设计　李 鑫
版面设计　李 鑫
责任出版　欧晓春
出版发行　四川科学技术出版社
　　　　　四川省成都市槐树街 2 号 出版大厦　邮政编码：610031
成品尺寸　160mm×228mm
印　　张　30.5
字　　数　380 千
插　　页　2
印　　刷　四川华龙印务有限公司
版　　次　2020 年 12 月成都第一版
印　　次　2020 年 12 月成都第一次印刷
定　　价　75.00 元
ISBN 978-7-5364-9903-4

一

这是一宗很寻常的航运业争端，没什么大不了的。不过是因合同文本措辞不够严谨而引发了一些争议，提货单内容之间又略有不一致，碰巧这一切还属于商法中臭名昭著的灰色地带。若是之前处理得当，双方完全可以和和气气地庭外和解，根本没必要拼个你死我活。

法官进来时，全体起立。一位矮个子男人披着黑金两色的法袍穿过法庭宽敞的大厅走来，冠冕堂皇之余又略显滑稽。这中间他停了一两次，似乎在用黑色的鞋尖查探地板是否坚实平坦。洛雷登注意到他穿着击剑专用的低跟鞋，不是书记官和文员喜欢的那种尖头鞋，不由心下赞赏。并非所有的海商局法官都是前击剑手——人数压根儿不够。每次遇到外行法官，洛雷登总觉得不大自在。毕竟，只在法庭的决斗场外围执过法的人很难让人信服。

书记官提奥法诺——一个近视的老头——宣布开庭，并念出庭审各方的姓名。他资历很老，早在当下所有的律师出生前就在这里工作了。法官向出庭人点点头,大家点头回礼,然后纷纷入座。从观众席的长凳区照例传来一阵令人心安的窸窸窣窣的入座声:有屁股在石凳上挪动的声音,也有瓶子被打开、食物被放到趁手的位置时麦秆摩擦发出的沙沙声——这样在庭审开始之后,就能一边享用一边专心观看了。法官盯着放在他面前的文件,问道:"谁是莫切尼哥兄弟的代理人?"

洛雷登抬起头来。法庭对面,一名又高又壮的金发小伙子站了起来。大概是习惯了长期身处低矮的天花板下,他本能地低了低头。他自称泰奥菲尔·赫丁,报出自己的资历后鞠了一躬。观众席传来一阵嗡嗡的赞赏声,有意赌一把的纷纷开始下注。

"很好。"法官说,"谁是被告——"他迟疑了一会儿,瞄了一眼文件,"谁是德洛摩西尔家族的代理人?"

和往常一样,洛雷登站起来时感到腹部一阵绞痛。倒不是他怯场,只是忽然觉得很不自在,渴望自己能原地消失。"是我,法官大人。"他说。声音太轻了。于是在报上姓名的时候,他略略提高了嗓音:"巴达斯·洛雷登,弓匠行会注册的法律剑士,从业十年。"法官要求他大声点。他只得又重复了一遍,同时察觉到自己的嗓音略带一点嘶哑。他当然知道这只是一场小感冒的后遗症,然而旁观者心下自有判断,于是又传来一阵轻微的硬币的叮当声。

法官开始宣读誓词。这是庭审程序中洛雷登最不喜欢的一项,不仅没什么实用性,还常常让他紧张得坐立不安。反观另一位,那个叫什么赫丁的,却双手交叉放在背后,从容不迫地站在那里,看起来似乎正在仔细聆听法官的一字一句。其他人,特别是上了年纪的,总有些打发时间的老套路:默念一段时间卡得正好的祷告词、在脑海里列一份清单、唱一首歌或是哼一段童谣。可洛雷登却总是尴尬地站在那里,手足无措地等待那枯燥乏味的声音结束。

过了很久,誓词终于结束。洛雷登像是被提醒了一般,手心顿时开始出汗。他身边的艾希莉正笨手笨脚地摸索着袋口的结扣。洛雷登暗自发誓:要是这回她再忘了带止汗的草木灰,一定要掐死她。

法官头也不抬地询问是否还有需要提交的文件,没有的话(也确实没有),就通知律师可以开始了。洛雷登深吸一口气,转向秘书。

"古朗剑。"他低声说道。

艾希莉皱起眉头,"你确定吗?"

"我当然确定。你带上了吧?"

艾希莉简直懒得回答他。她办事再不靠谱,在装备方面却是绝对可靠的。洛雷登也明白,不管他选哪一把剑——波西马剑还是斯派·布利夫剑,她都会用同样的语气问"你确定吗?"这种语气每次都让他非常恼火。艾希莉把手伸进旅行袋,掏出一个柔软的灰色丝绒袋子,袋口束着蓝色的绳子。洛雷登从她手里接过袋子,打开绳结。也许还是应该选波西马?算了。落子不悔是他一贯的原则。

就用古朗剑吧。剑套自然垂落下去,让他想起翩然委地的新娘婚纱——这是他从来没敢宣之于口的联想。他的手握上了朴素的把手,感受到拇指和小指自然陷入的浅浅沟槽。在三把剑中,这是最长、最轻,也是最贵的一把,有上百年的历史了。剑身原来刻有藤蔓枝叶的图案,如今只在以合适的角度对准光线时才看得出来。这把剑陪伴他了结了三十七桩诉讼,其中七次在最高法院,一次甚至是在大法官驾前。它的剑刃上有五处豁口(本来还有更多,但浅的那些被他用磨石磨平了),剑身微微弯曲,弧度有一手之宽,都是前任主人造成的损伤。波西马的剑刃更锋利,斯派·布利夫的平衡性据说更好,但在法庭上,最关键的是信任。古朗在法庭上战斗了一个多世纪,如今已是游刃有余。今天只能靠你了，他暗想。

庭警下令清场。艾希莉将匕首递给他——他只有这一把匕首，至少不用为挑哪一把而苦苦思量。他把匕首插入背后的刀鞘，同时下定决心：明早第一件事就是给刀鞘换一副新弹簧。

对，就这么办。

法官举起手，品味着这一刻的戏剧性，然后召唤辩护律师们到他席前。洛雷登走到高台下。当洛雷登走到升高的平台，站在指定的位置时，他感觉到自己的腿都快触碰到对方的膝盖了。他皱起了脸。如果为了区区一宗运输纠纷赔上一条命，死在一个高大的金发混蛋手里，那就真的太不幸了。绝不能命丧于此，这个决心现在更加坚定了。

对方将他的剑上呈法官检查时，洛雷登不禁注意到剑柄上方镀金镶嵌花饰的反光。这是一把刚打造出来大约一年的塔蒙剑，从外观看来使用的频率不高。剑刃上几乎没有豁口，自打造出来后大约只磨过四次到五次，以至于剑身厚厚的抛光层仍然完好无损。奇怪的是，这些细节反而让他振作了一些。这是一把相当昂贵的剑，出自当世五位顶级的铸剑师之一。但是崭新而未经历练。这说明对手过于自信，觉得一切处于自己的掌控之中。十年的经验告诉他，这是个一旦被人利用就足以让他送命的缺点。

他呈上自己的剑，法官匆匆一瞥后又还了回来。这种敷衍的态度让他略感不快。他同往常一样行了个点头致意礼，然后走向场子的中央，站在自己的位置上。他能感觉到脚下的石头地板相当硬实，铺着适量的上品锯木屑和沙子。他穿着那双跟了他最久的低跟鞋，久到和他脚的形状完美地契合在一起。鞋底很新，只用锉刀稍稍打磨了一下。艾希莉帮他脱去长袍，他微微打了个寒战。很久以前一次差点丧命的经历给了他足够的教训，让他学会了只穿肩膀和手臂处宽松、袖口紧束的单件麻质衬衫，以及没有皮带扣的舒适马裤,以免在关键时刻被勾挂。他曾眼睁睁地看着有人在一剑之距以外一命呜呼,仅仅因为他们为抵御寒冷的秋意而身着厚重的毛纺衬衫。十年的经验足以让你领悟到:细节决定命运。

接到指令时,他已经做好准备,调整好了状态。对手明显很强壮,而且行动敏捷。关键是争取在前半分钟不被干掉,然后在后面的三分钟内继续保住性命。对方的第一下刺得很高,完全出乎他的预料。他只得在高处格挡,光凭胳膊和腰的力量差点抵挡不住来自对方的重压。他竭尽全力挡住了这一击,但不得不后退一步,再向右闪躲了两步,露出了胸口的空当,一时无法回击。对方的第二下来得很低,虽然他预料到了这招,但应付时依然狼狈。他向右快闪两步避开了这一下,但此时他的防御位置依然很高,如果对方给他门户大开的右膝来那么一下,就彻底完蛋了。

幸好,对手的下一记直刺角度同样很高。洛雷登后退两步,有了充裕的空间进行正手格挡。他以身体的力量压上剑身,将对方的剑远远撞向右面,接着手腕一沉,来了一记短刺。其实更多的是借手腕翻转的力量,瞄准对方的腹部,狠狠地向前推送而去。他的对手急忙后退,但退得不够快,剑尖刺入约半寸①。洛雷登拔出剑,冒着右肩被刺伤的危险,猛地扑向低处,弓步前刺。他的膝盖和左手同时撞在地上,顿时感到一阵刺痛袭来,那是韧带发出的抗议。他的对手慌乱之下随手格挡,但力量不足以将他的剑远远荡开,被剑刃的前九寸切进了右胯。到目前为止,他自觉干得不错。但不够好,至少,到目前为止还不够好。

洛雷登跪在地上,试图用左手和左脚的力量将自己撑起来。但他的左膝使不上力——抽筋了。世上有那么多悲惨的死法,而他偏偏要死于抽筋!然而,他的对手看到自己流血就慌了神,没注意到洛雷登的困境。洛雷登挣扎

---

① 一寸约为零点零三米。

着用右脚直立起来，勉强退守，摆了个颤颤巍巍的防御姿势。这可不是挪动脚步的好时机，现在一动肯定会整个人栽倒。一切都取决于对手是否能够冷静应对自己的伤势了。在等待对方行动的时候，洛雷登把所有的航运纠纷案、所有因不遵守合同法而引发的诉讼以及所有资历比他浅十年的大高个金发击剑手诅咒了一遍。在这么短的一瞬间，能完成那么多诅咒，简直是神的速度。但，怎么说呢，熟能生巧嘛。

幸运的是，对方似乎吓破了胆。他没有进击——换了洛雷登，一定会乘胜追击——反而往后一缩，在肘部的高度来了一记侧削。这简直是自杀啊，洛雷登一边想，一边干脆利落地将对方的剑荡开，接着以无法阻挡的速度前刺。他感觉到剑尖抵住了骨头，看到剑身弯曲了。

——啪，整支剑在离剑尖十寸左右的地方折断了，齐整得像断了柄的玻璃酒杯。忍住厌恶，他手腕轻轻一转，将前刺的动作转为近距离的切削，像割开一张羊皮纸一样，干脆利落地割开对手的喉咙。当啷一声，对方那把昂贵而命运多舛的塔蒙剑落到地上——真不知道买新的剑有什么意义——伴随着对方试图将空气吸入被割开的喉管而发出的柔软呼哧声。血花四溅。当然，如往常一样，还有身体撞击地面发出的沉闷声音。

该死的航运纠纷案。

法官轻轻敲了敲他的小槌子，多此一举地判决被告方胜。观众席上传来一阵稀稀落落的掌声——这场决斗太短了，也没有出现什么令人难忘的剑技——接着就响起脚步挪动声、中断了又续上的聊天声、笑声，以及后排传来的喷嚏声。对方的助理将文件收集起来，夹在腋下，磨磨蹭蹭地不想面对坐在旁听席后方的委托人。艾希莉捡起塔蒙剑——按照古老的传统，这一把价值十倍于他本人委托费的剑现在属于洛雷登了。然而它所值的价钱再高也买不起另一把古朗剑，假设还能找到的话。除了捡回一条命，这真是令人失望的一天。

"你怎么回事?"艾希莉问道,"刚才有那么一会儿,我还以为你要完蛋了。"

"抽筋了。"洛雷登回答道。他想把剑尖拿回来,却又不想离尸体太近。何况,一旦拔出剑尖,血肯定会溅得到处都是。他现在可没心情应付这个。"瞧,"他凝视着手中的断剑嘟囔道,"看来我又多了一把切肉刀。"

"我早说过,那玩意儿总有寿终正寝的那一天。"艾希莉说,"要是你当初听我的把它卖了——"

她撑开丝绒口袋,等洛雷登将手中的剑手柄朝下放进去,然后系紧袋口,放回旅行袋里。"膝盖怎么样?"

"好多了,大概还需要休息一个星期。我们下一次出庭是什么时候?"

"四周以后。"艾希莉说,"是个离婚案,问题不大。不过我还是要跟他们说一声,没准儿他们想换人出庭。"

洛雷登点点头。离婚属于宗教法庭的管辖范围,因此不需要律师决斗至死,真要死了人,也不会影响法官的判决。话是这么说,但带伤上阵前还是应该通知一下客户,尤其是这宗案子还涉及可观的婚内财产。

"要不,我把它截短了用吧。"洛雷登若有所思地说。他意识到自己走路时一瘸一拐,而法庭大门看起来比平时远多了,"某些法庭现在正流行用短剑呢。"

"长度不够。"艾希莉说,"不如磨成匕首吧,多一把备用的也好。"

"作孽啊。"几名杂役将尸体抬走了。为了不惊吓到旁人,尸体上套了一口麻袋,"说起来,我什么时候开始代理离婚案了?"

"自从你膝盖出问题以后。"艾希莉眉头微蹙,抬头看着他,"希望你别介意我问这个,"她说,"你考虑过什么时候退休吗?"

"等我挣够了退休的钱。"洛雷登觉得嗓子里发苦,"要不就等我被提拔成法官再说。"

"我就知道你会这么说。"艾希莉说道。

喝到第二瓶、正打算开第三瓶时,他开始浑身发抖。不早不晚,比送信的邮车还准时。他一声不吭,把瓶子递给他的助理。

"你该少喝点。"她一边倒酒一边评论道,"别的不说,这笔花销不小。"

洛雷登愁眉苦脸地打量着擦得铮亮的杯壁上自己那扭曲的倒影。"这是传统,"他回答道,"也是致敬的方式。"他忽然想起什么,问道,"我们给他的助理也买了一杯吗?"艾希莉点点头。

酒馆里有好几个从法庭上出来的旁听者,他们互相推搡,向这里指指点点。洛雷登不喜欢这样的关注,但是他不想错过一场聆讯结束后在酒馆立马接到活儿的机会。卡弗兰兄弟以及肉桂商业联合会的委托就是这么接到的。几个有影响力的大家族会派人出席所有的聆讯,以发掘好的律师苗子。他们比较青睐的通常是那些天赋好到足以存活下来,同时因资历较浅收费又便宜的聪明小伙子。有十年资历的律师在潜在客户群中已经广为人知了,但同时也有因为身价过高而接不到委托的风险。自降身价则无异于承认自己年纪大了。同样,有十年资历的律师接下离婚案,也等同于承认自己宝刀已老或是锐气已失,或者二者兼而有之。洛雷登想,要是我年纪越大身手越厉害,情况就大不相同了。可惜不能。

"得。"艾希莉说,"你把轻松的活儿干完了,现在轮到我去向德洛摩西尔兄弟催款了。"

洛雷登嘟囔道:"告诉他们,我们会起诉的。"艾希莉暗自发笑。像律师代理费这样的职业欠款纠纷,属于对人诉讼,须由当事双方本人进行决斗,不允许找人代理。但实际上，如果律师以提告方式追索欠费，坏了名声的话，以后很难接到新的案子。"你会处理好的。"他继续说道，"今天你运气不错，那把剑值不少钱。"

艾希莉耸耸肩膀。这笔钱里面她占百分之十，算是相当可观的了，不过她从来不喜形于色。"每一分都是血汗钱。"她说，"干杯吧，一个小时以后我们要和卖炭的家伙们见面。"

洛雷登发出一声不满的呻吟。"我一定得出席吗？"他说，"你就不能说我正在康复中，或者扯点别的什么好听的？"

"真是好主意啊。说了这话，我就得费老大劲儿去解释，说你不是个步履蹒跚，连上厕所都要人搀扶的老废物。还有，你就行行好，走路别再一瘸一拐的。你看起来足有一百零六岁。"

出于挑衅的心理，洛雷登又倒了一杯酒。"我上哪儿才能再找到一把古朗剑？"他沮丧地问道，"真是祸不单行啊。"

艾希莉皱起眉头看着他，说："你如今越发迷信了。干你这行的，养成疑神疑鬼的习惯可不是好事。"

洛雷登不满地抱怨道："工欲善其事，必先利其器。这可不是什么迷信。而且我认为从现在开始，该从总收入里刨除设备和工具的费用了。其他助理都是这么做的。"抢在艾希莉开口之前，他又辩解道，"他们都承认这是商业支出的大头。"

"没门儿。"

"艾希莉，命是我自己的……"他顿住了，苦恼地意识到自己坏了规矩。在律师和助理之间，有关死亡的话题从不宣之于口。他感到羞愧不已，颓然往前倾了一点，"你刚才说我们什么时候见卖炭的家伙？"

艾希莉盯着他，她最近常常这样。助理无须为律师担忧，这是另一条不可越界的规矩。助理的职责是尽其所能为律师接到优质的案子。至于说接到的诉讼案档次太高会让律师快速丧命之类的顾虑，则不是助理该操心的。

"好吧好吧，"她说，"我就说你不得不去出席一场庆功宴好了。"

"跟德洛摩西尔兄弟一起？饶了我吧。我宁可和你一起去见卖炭的那些家伙。"他喝完杯中酒，将酒杯倒了过来，叹了口气说，"真没法放心让你一个人对付难缠的客户。完事之后，"他凶巴巴地加了一句，"咱们再去好好喝几杯，如何？"

"我同意。"艾希莉郑重其事地说，"不过先得和卖炭的家伙们待一个小时。"

"元理，"教长庄重地说，"不可被我们赋予名字。它是一切可能性背后的推动力。但是，切勿忘记它受到诸多限制，能产生的效力十分微小。"

他停住话头，环视着大厅长凳上坐得满满的人。毫无疑问，这里五百名渴求知识的莘莘学子中，每一位都自小立志要成为魔术师。亚历克修斯天生就属于愤世嫉俗的那类人，自任教长以来，现实更是把他仅存的理想主义磨灭殆尽。尽管如此，他仍然自认为对每年招收的见习生负有一项重大的——甚至可以说神圣的——责任。他必须让新生尽快意识到，他们到这儿不是来学魔法的。

"从本质上讲，"他继续说道，"元理可以被用作护盾，也可以被当作剑，但后者的效力要小得多。防守与攻击，仅此而已。它无法治病救人、起死回生、点石成金、让人隐身或是增强女人缘，也不能凭空造物，或者改变已经存在的事物。它可以防御诅咒，也可以施放诅咒，但这些只是元理存在的真正意义之外的附带功能。正如皮革、骨粉和黏胶是养猪业的副产品一样，力量也只是元理的副产品。"

正如他希望的那样，这一番朴实无华的比喻在那帮满怀崇高理想的听众当中引起了一波带着厌恶的轻微骚动。他们可没料到教长会这么讲话。他们来到这里，期望的是学到一些高深莫测，又能让人赚个盆满钵满的行业机密。幸运的话，到了明天这个时候，下面那些正抬头望着他的、激情洋溢的年轻脸庞就会少二十张左右。那些想要学习如何把哥哥变成青蛙的小兄弟，以及那些生在运输商人之家、被家人打发来学习控制海风和召唤精灵的孩子将会收拾行李踏上归途。如果他尽职的话，到学期结束之前，这里的小傻瓜至少会减少一半。

"明天，"他说，"我将会向你们解释元理立足的四大假想。等你们掌握了这些知识——具体能掌握多少就得看你们自己了——就可以从元理的六个层面中选择一个方面进行研究，我们也会进行相应的分班。这里提醒一下大家，余额尚未缴清的学员无法被分班。下课。"

教书育人，不过如此。他回到自己的房间——方正的石室，里面有一张木板床、一口巨大的橡木书匣，以及整个城邦最华丽炫目的马赛克镶嵌画天花板——甩掉身上的礼服长袍以及那双滑稽的紫色靴子，坐在床边，耐心地拨弄着打火石和火绒，直到一缕微光不情愿地亮了起来。

在他房间的正下方，人们正在餐厅里准备晚餐。要不了多久，总务长就会来敲门请求许可，以便解开把宴会桌上方的大吊灯锚定的绳结，降下吊灯点起烛火。教长痛恨这样的干扰，尽管这是每日仪轨的一部分。晚餐的喧嚣会打扰他的阅读，还有，几乎每天在昏暗的屋内走动时，他都会在那该死的吊灯锚柱上撞痛脚趾。

当初，他执意要了没有窗户的房间。它的天花板上的马赛克久负盛名。从那数千个镀金嵌块上反射出来的灯光足以用来阅读了，只要他尽可能凑近灯火，把书举到离鼻尖几寸远的距离就行。亚历克修斯知道自己是极易分心

11

的人。如果房间有窗户，他会去眺望窗外的景色而忘了读书；如果墙上有挂毯或壁画，他会坐在那里呆呆地盯着看而忘了去思考先辈们的深奥论点；如果他不是用一块粗面包、一壶水和一颗苹果打发晚餐而选择去餐厅用饭，那么饭后的时间肯定会被荒废，甚至还会糟蹋第二天早晨的时间。

因为这种生活方式，他被人冠上了"伟大苦行者"的称号，荣耀加身。说来好笑，他可能算是这座城市一个世纪以来最受尊敬的教长。对一个看书时总是翕动嘴唇默读且完全不屑于掩饰这毛病的人来说，这可真是了不起的成就。虽说他要花比同僚多两倍的时间才能掌握新的学术进展以及新推出的假说，但他总归还是能够弄懂它们。比他更有天赋的人往往懒惰，不肯费心阅读原文，只依赖别人写的概述，因此总会犯错。只要引述一段艰难记诵下来的文字，就能把他们驳得哑口无言。

这些人中居然有不少对他颇有好感。他完全没法理解。

今晚他给自己安排的苦修是阅读一篇关于信仰本质的新著述。很明显，这篇专题论文是某个城邦学院的年轻掌院在无所事事的时候为打发时间而拼凑出来的。这位作者似乎只动了动脚趾头，在文中对元理的直觉理解却是教长想破脑袋都比不上的。但他却宁可把大部分的清醒时间以及相当比例的家族收入投入到快步马轻驾车比赛中。这名精力充沛的年轻健将提出，正如水晶棱镜或玻璃对阳光可以聚焦阳光，信仰也可以起到聚焦元理的作用。他指出，元理正如阳光一样无所不在，弥散四处。只有经过了坚定意志的过滤，才能聚焦成足够照亮地底黑暗、灼烧成洞的光束。

教长皱起了眉头。这比喻简洁又准确，将他从来无法自己归纳清楚的对元理的一贯感受表达了出来。很明显，这小子有着不同寻常的天赋。而且这还只是著作的第一章，一般只用来陈述作者论点中最浅显易懂的部分。其他学者推荐给他的那个惊世骇俗的新假说还藏在剩下的七十八章里面。看来今晚注定是个不眠夜了。

就在他开始觉得头痛的时候(他手里的文稿无疑加重了症状,文章写在三手的旧羊皮纸上,字迹乱七八糟),门被敲响了。这意料之中的干扰他已经等了半个小时。他咕哝了一声。一道光从门缝中射了进来。

"很抱歉打扰您,教长。"

他又嘟囔了一声,试图不把注意力从阅读中移开。不知为什么,今晚来敲门的不是总务长。门口传来的是他不熟悉的年轻女性的声音,大概是总务长的哪个女儿。如果他还想用自己的愚钝脑袋来理解眼前这深奥的假说的话——

"很抱歉打扰您,"声音继续道,"如果您能给我几分钟——"

该死,是个学生。"我在看书。"他一边吼,一边把书竖起来,举到鼻子尖,"走开!"

"我发誓,不会占用您很多时间的。求求您了。"

亚历克修斯叹了口气。"教长尼基弗鲁斯五世,"他严厉地说道,"在阅读圣典《万物终寂灭》时被打扰,当即口出诅咒,导致那不幸的傻子立马就被闪电击中,后来好不容易才辨认出来她是尼基弗鲁斯的亲生女儿,前来提醒父亲房子着火了。我建议你明天课后再来找我。"

能避免干扰当然再好不过,但如果避无可避,那顺其自然才是最省时的解决方法。他从地上捡起一根干草放在书上当作书签,然后抬起头来。

也许不是什么严重的干扰。她高挑单薄,有着瘦削的面庞和淡蓝色的眼睛,眉目看起来有十五六岁,但身材就像当妹妹的穿着姐姐的旧衣服,很久以后才能把那身衣服填满。被家里推出来学手艺的似乎总是那些瘦巴巴的小孩。他自己在这个年纪的时候同样瘦骨嶙峋。他有点心软了。

"有话快说吧,"他说,"我能为你做什么?"

女孩在地上跪下了——不是在表示顺从，只是家里没有椅子造成的本能习惯。"我要一个诅咒。"

亚历克修斯闭上了眼睛。这样的请求今年来得特别早啊。他打算义正词严地拒绝她，但不知为什么，话到嘴边又收住了。怎么回事？好像那孩子身上有某种讨人喜欢的正经气质在促使他答应她的请求。

"用来做什么？"他问道。

看那女孩的表情，好像他问了个傻问题。"我想要诅咒一个人。"她说，"您能教我正确的诅咒吗？求您了。"

我可以解释一番，可以从四大假想说起，进一步阐释元理的理论基础，简单地总结一下信仰的作用（也许可以用玻璃聚焦阳光来打比喻……），解析作用力和反作用力之间相辅相成的关系以及滥用力量的后果，让她理解自己的要求有多可笑。亚历克修斯心想。或者我可以直截了当地拒绝她。

"这取决于你要诅咒的人和原因。"他没把拒绝的话说出口，反而答道，"你看，要享有诅咒带来的益处——抱歉，不是那个意思——要想让诅咒生效，必须确保它立足于受诅咒者的某个行为之中。俗话说，没人能诅咒清白之人，这话虽不是百分百正确，但也差不多是——"

"噢，他才不无辜呢。"女孩颇为自信地打断了他的话，"他杀了我叔叔。"

亚历克修斯点点头。"这是个好的开端。"他说，"至少我们找到了一个可以让诅咒立足的行为。如果是不正当的谋杀，效果会更好。但就算杀人者是有理的一方，只要他的行为本身是暴力的，造成了伤害，诅咒也能成功。所以我才说刚刚引用的那句俗语并不是完全正确。"

女孩思索了片刻。"他的行为虽然合法，却不正当。"她说，"杀人怎么能说是正当的事情呢？不能。就是这样。"

教长没打算跟她在这一点上争辩。"你刚才说合法——"他开口。

"我叔叔是一名辩护律师……生前是。"女孩微笑,"不是特别好的那种。他一辈子从来没杀过人。他接的委托全是遗嘱纠纷和离婚案,您明白吧。"

亚历克修斯强忍笑容,他想起了他出生的城郊地区的那尊著名的雕像,铭牌上写着——

纪念拳击手尼基塔斯
他终其一生
未曾伤害过任何人
千真万确

"也许他入错了行,"他说,"我猜是另一名辩护律师——"

"他叫巴达斯·洛雷登,"女孩突然说,"我想他挺有名的。现在您可以告诉我诅咒了吗?"

亚历克修斯叹了口气。"没那么简单,"他说,"首先,不存在什么特定的诅咒。事实上,你就算什么都不念也可以成功地给人下咒。你真正需要的是一幅图像——"

"我有。"女孩边说边伸手去掏袖子。

"脑海里的图像,"亚历克修斯继续道,"导致你想要诅咒他的那个行为的生动图像。"他咬咬牙。从长远看,想要省时省力,不如现在一次性讲完,"原理是这样的:符合要求的行为,比如暴力或伤害性的行为,会扰动我们称之为元理的力量。"他知道这么说很不准确,但他压根儿不在乎。但女孩似乎能听懂。"如同你将一块石头扔进水里的时候,有那么一瞬间,水会被石头推开,原来的水体中短暂地出现了空隙。之后水会回填进来,但涟漪却持续向外扩散。我们偶尔能做到的,就是在那空隙中放进一些东西。这就是所谓的诅咒。"

"我明白了。"女孩说道,"那么水怎么办?我是指,原本应该回填进来的水。"

亚历克修斯颇为赞赏地笑了。"这是个好问题。"他说,"去干预已经存在干扰的地方通常会使局势恶化——不,这么说并不恰当。应该说,当我们加剧干扰的程度时,反作用力是难以避免的。具体来讲,反作用力一般比诅咒本身的力量更强。"

"你受到的反噬比你施加在对方身上的伤害更大?"

亚历克修斯欣慰地点点头。"你说得对。"他说,"这就是为什么在学习施放诅咒之前,要先学习抵挡诅咒。不然,可能你让敌人断腿的同时,也弄断了自己的脖子。"

女孩耸耸肩。"这我不在乎。"她说,"您能教我怎么做吗?"

亚历克修斯在膝盖上敲着手指。研究元理的学者绝对不会去当玄学杀手,随便替别人给陌生人下咒。这不仅是出于社会效应的考量,也是因为风险太大。在自己的意识中诅咒别人引起的反作用力已经够大了,要在身处别人意识的时候抵挡反作用力以求自保,简直是不可能的任务。除非你对自己在做的事情有十足把握。教长很乐意承认,自己没有那样的把握。

"不行。"他说,"这件事没得商量。我能做的只是替你施下诅咒,但是——"

"可以吗?"

他脑子里准备好的解释淡去了。"很难,"他说,"成功的概率不大。我得先尝试进入你的意识看看。"

"您能做到吗?"

亚历克修斯扯了扯自己的胡子。说自己做不到是最容易的事。这也是事实。至少，要证明自己做不到简直易如反掌。三周之后，在授课厅里，他就会证明给学生看。但是，不可能做到的事情，要真努力去做的话，也并非做不到。前提是你愿意做。

"大概吧。"他回答道。

"要怎么做？"

亚历克修斯勉强露出一丝微笑。"我不确定，"他回答，"有时候能成功并不表示你掌握了正确的方法。就像钟表上好了发条才能运转，但坏了的钟表偶尔也能显示正确的时间。"

女孩望着他，"什么是钟表？"

亚历克修斯含糊地做了个手势，"你愿意的话，我可以试一下。但我不打包票。"

"谢谢。"

"不用谢。现在我要尝试构想当时的场景。我要看到石头击中水面的那一瞬间。就是那一瞬间，不是其他时间点。你明白吗？"

"明白。"女孩的双手托住下巴，眉头紧锁，"您是要我告诉您当时发生了什么。"

教长摇摇头，"不，我要你告诉我你记得的场景。二者是有区别的。当你想起那件事，或者有什么东西触发了你的回忆时，你的脑海里是不是瞬间会出现一幅图像？"

"是的。就那么一瞬间，凝固的场景。"

"很好。"亚历克修斯深吸了一口气，"告诉我你看到了什么。"

女孩抬头望着他。"叔叔正试图击中他——像是切割，不像是直刺。他把叔叔的剑推到一边，捅中了他，然后他自己的剑就断了。我能看到断掉那截剑戳在我叔叔的胸膛里。看起来很奇怪，那么一大截金属插在人身上。就像插在针垫上的针，或者是插在黄油里的餐刀。"

亚历克修斯点点头，"他脸上是什么表情？我是指你叔叔。你看得到吗？"

"啊，当然。"女孩低头凝视着交叠的双手，"他很恼火。"

"恼火？"亚历克修斯重复。

"没错。就像你失手打碎了杯子或者是不小心在钉子上钩破了衣袖时那样。他很恼火，因为他犯错了。他对自己的击剑技术相当自豪。他知道自己不是什么顶尖高手，但他每天都花几个小时训练。以前他在苹果树上挂了一个装满干草的袋子，用一根树枝戳来戳去。他知道那些动作的名称，经常一边练一边喊出来。每次他犯错时都会恼火。我想他最后的时间只够感觉到恼火了。"

"我知道了。"亚历克修斯说道，接着他冒出了一句不相干的话，"你一定很喜欢他。"

女孩点点头，"他比我大八岁。大家都说，二十三岁是差劲剑手的黄金年龄。"

啊，原来是这样，教长想。二十三岁，在西郊地区，叔叔和侄女结婚是很寻常的事。这很有用。要留住转瞬即逝的画面，没有比爱情更强大的力量了。他闭上了眼睛——

"您开始了吗？"

"是的，别吵。"

"可是，我还没告诉您我想要个什么样的诅咒呀。"

亚历克修斯不耐烦地长出一口气。指望他间接施咒还不够，还得是特定的诅咒。这要求真够高的

"说呀？"

"我看得到他。女孩说，"他在法庭上，和我面对面。我们俩手里都有剑，他冲我捅过来了。然后——"

亚历克修斯警觉地挥挥手。"停！"他说，"不然你会自己完成诅咒的，那样的话反作用力会同时落在我们两个身上。相信我，我知道你想干什么。"

他再次闭上眼睛，法庭的场景就像镌刻在眼睑内的一幅画似的出现了：高耸的穹顶、环绕着撒了沙子的地面的一排排石凳、法官的高台，以及让律师在其中等候指令的大理石包厢。他眼前是洛雷登的背影，越过他的肩头就能看见那个女孩，她已长大成人，美丽得异乎寻常，让他感到不自在。从巨大的玫瑰花窗透进来的红蓝光芒在她的剑身上灼灼欲燃。那是一条又长又直的薄金属片，从他的角度看过去比实际要短，像是她的手的一部分，一根直指前方的手指。他看到洛雷登向前进攻，动作优雅简洁，女孩反手高位格挡。接着她身子前倾，手臂几乎不动，仅靠手腕翻转的力量将剑刃平刺出去。洛雷登肩膀一沉，想把剑撤回来格挡，但已经太迟了，这就是过于自负的下场。因为洛雷登背对着他，亚历克修斯看不到他受伤的位置，只看到剑从他手里脱落，他踉踉跄跄地倒退几步，弓着身子栽倒，在脑袋撞上石板地发出闷响之前就已经丧命。女孩一动不动，剑尖直指向他。他这才意识到自己从未看过那男人的相貌，也没有问过女孩的姓名……

等等。这就来了。

想象一下，晚上，在你的书房，当你俯身在灯前专心阅读时，有苍蝇在你耳边嗡嗡盘绕，或者有飞蛾在你耳边扑扇着翅膀。你手指合拢一把抓过去，巨大的拳头映衬着小得可怜的飞虫。它要么被你捏碎，要么及时逃开。就算它侥幸不被抓住，你巨大的手扰动空气形成的紊乱气流仍然会在一瞬间将它卷得失去控制，无助地拍打着翅膀——此时亚历克修斯就感到一只巨手从后方向他扫来。他看不见，但可以感受到紊乱的气流持续打击着他，如同身在惊涛骇浪中。他无能为力，要么被那只巨大的手捉住，要么躲过一劫。

它没有捉住他。气流狠狠地向他拍打下来，如同一扇门打在他脸上。他试图出声，肺里却没有空气。于是他大张着嘴，从床上摔了下来。

"您还好吧？"

"不好，"亚历克修斯回答道，"扶我起来。"

女孩拽住他的袖子将他拉了起来。她力气相当大。"怎么样？"她问道，"成功了吗？"

"我完全不知道。"教长一边毫无必要地大力揉搓后脑勺上轻微隆起的包，一边抱怨道，"在我的意识里，或者说在我们的意识里，我杀了他。更准确地说，是你杀了他。至于现实中到底——"

女孩忽然松了手。"但这不对，"她说，"这不是我想要的诅咒。"

亚历克修斯怒气冲冲地瞪着她。这件事已经从麻烦变成了闹剧。"这就是你想要的啊，"他说，"你不是要复仇吗？"

"我说过我不赞成杀人，"她带着冰冷的怒火回答，"杀了他又有什么好处呢？如果您刚才让我告诉您——"

亚历克修斯把脑袋靠在一只硬枕上。"你不打算杀他，那到底想要干什么呢？"他疲倦地问，"讲点道理吧，你们两个，面对面站在公审法庭上——"

"我要砍掉他的手。"她理所当然地说，"我准备砍掉他的手，然后转身离开，留他站在那里，被所有人看着。"她转过头，发丝从脸庞上掠过，"被人杀掉只是他工作的一部分，对他来说不是惩罚。我要他感受到痛苦。"

"那就难了，"亚历克修斯恼怒地说，"你将就一下吧。当然，是在假设这个诅咒生效的前提下。我刚才告诉过你，失败的概率很大。"

女孩站了起来。"我不觉得。"她一边说一边走向门口。

怎么回事？亚历克修斯暗问自己，现在的年轻人怎么连谢谢都不会说？

就在女孩即将消失在她来时那道狭窄的光柱里时，他忽然记起了什么。

"你叫什么名字？"他喊道。

"伊苏斯，"黑暗中传来她的声音，"伊苏斯·赫丁。"

"课堂上见。"门关上的时候他叫道。他心里很清楚这个女孩不会在课堂上出现了。走了一个，还有四百九十九个。

当总务长为了放低吊灯前来请示他时，亚历克修斯朝他扔了一本书。

二

要到达最古老、最美丽的城邦佩里美狄亚所在的岛屿，从它面向外海的一侧靠岸是传统的最佳选择。起初，天际线上只看得到灯塔。随着船离岸边愈来愈近，高耸天际的菲莱克斯[①]塔以及思学殿[②]的尖顶便如玉米的新芽一般冒出了海平面。不久之后，整座山峰浮出水面，外邦人这才得以一窥三城的远景。山巅上白色的大理石建筑以及镀金的殿顶熠熠生辉，美得不似凡间，引得那些迷信的外地佬一见之下立马认定这就是众神居所。及至他们被告知上城乃是皇家宫殿所在地时，众神和皇帝在他们的脑子里很容易就联系在了一起。这种再自然不过的反应被历代佩里美狄亚外交官利用到了极致。由于上城禁止外人出入，来自蛮荒之地的访客的各种臆测也无人反驳。再说，佩里美狄亚城邦政府压根儿也没有试图去反驳过。

①Phylax, 古希腊语中守护者、保护人的意思。
②Phrontisterion, 古希腊教育院所，历史上曾在奥斯曼帝国的特拉布宗立校，也有人译为思想所。

在白色和金色的王城之下，是中城。各种令人惊叹的建筑错落有致地分布其间：宫殿、庙宇、银行、市集以及诸多公共建筑，更有许多富豪权贵的私邸混入其中，从外观上看起来完全无法区别。地位高贵的佩里美狄亚人在建造私邸时无不追求庄严辉煌的外观，力求私邸看起来和令人惊叹的官邸建筑毫无二致。常有一头雾水的外交使节或者是商人在中城某座大宅的曲巷回廊里绕上一个小时，才发现这原来是一座私邸。

下城的大部分地区被守卫城市七个世纪的巨大防波堤挡住，只有在船只靠岸时才能看到。乍看之下，下城这个最大最热闹的城区除了占地更大、建筑更密集以外，和其他的城市没什么两样。似乎当年东征西战的历代佩里美狄亚皇帝将被征服的城市一勺舀起，挑出其中的战利品及其他任何有价值之物以后，将一座座建筑物的空壳丢在了山脚下，仿如一堆体积庞大的牡蛎壳。

两条河流在这里交汇，注入大海。如果旅行者坐船顺流而下，看到的景色就大打折扣了。旅人坐船驶出由两岸青山拱卫着的狭窄河谷时，整座山峰便一览无余，陆上城墙也不像海防工事那样遮挡着下城，因此沿河而下时，人们看到的佩里美狄亚就是一座被分为三层的巨大城市，两面是淡水河口，第三面是海。这样的城市会给人留下坚不可摧、高傲自大，以及富贵逼人的印象，但不会让人联想到众神居所。诸神的所在当然也会有仆役居住区，但肯定比下城干净得多，而且没那么阴暗拥挤。

从海路进城的另一个好处是，由于盛行风的风向，船只在金月牙港靠岸的时候，船上的人才会闻到城市的气味。这种气味从河流入城的旅人会更早接触到，不过作为补偿，在他们抵达桥门之前有时间慢慢适应。相对而言，海客们甫一下船，就要经受气味的冲击。

在佩里美狄亚，一百个人里大概只有一个会意识到这种气味的存在。大部分生长于此的公民压根儿不会留意,甚至当他们出国时,还会抱怨外地的空气稀薄寡淡。佩里美狄亚的气味并非某种单一的味道,它丰富而有层次。除了燃烧木头和炭产生的烟气以外,还混杂着来自制革厂、提炼厂、酿酒厂、玻璃工作室、烘培店、小餐馆、香水店、砖厂、火炉、鱼类、牛粪、人类,以及腐烂海藻的各种味道,是一种在世界上其他任何地方都无法体验到的独特气味。

特姆莱坐的大篷车沿着西边那条源自高原的支流,依次经过特罗弗大桥及黑城门进入这座利剑之城。一过城门,脚下就是木匠和机械师聚居区的主干道。首先映入特姆莱眼帘的是位于城门左手边那座著名的骨粉磨坊。

对于一个刚从草原来的年轻人来说,这是多么壮观的景象啊。特姆莱看到一架巨型的木质轮状物从深坑里拔地而起,页片如辐条般自中心放射而出。在距坑底约七尺^①的城墙上挖出了一个洞,由于墙外河流的水平面高于这个墙洞,河水从洞口倾泻下来,打在轮叶上,推动木轮旋转起来,下面另有一个小洞用来排水,洞口安装了某种机械设备,以防河水倒灌。木轮的中心是一根由巨松的树干制成的轮轴,轴的另一端是一个周围安装着木桩的小轮盘,这些木桩又通过一系列类似的木桩连接在另一架立在右手边的轮盘上。这样的轮盘为数众多,如同一群互相撕咬的野狗,环环相扣、依次连接,最终连到磨盘上。神奇的是,尽管轮轴本身转得相当缓慢,却能推动磨盘飞速旋转,确保进入储料槽的骨头被磨得粉碎。

特姆莱有生以来从未见过这么多集中在一处的骨头,比散落在东西两部族三个世纪前发生大战的斯科凡德草原上的骨头还要多。两个人站在储料槽上方,从木板箱里将骨头铲进去。这些骨头大部分是牛、马、羊的残骸,偶尔有几块形状古怪,看起来明显是人的胫骨、臂骨、肋骨或者头盖骨。磨盘

———————————

① 一尺约为零点三三米。

碾过骨头，发出嘎吱嘎吱的碎裂声。听起来有点像骑手穿过森林，马蹄踏在干树枝和蕨丛上，只不过要响得多。

"这是干什么的？"他问执铲的人。

对方要么没听见他的问话，要么是听见了，但听不懂他的口音。磨坊旁边铜器摊位上的一个男人拉了拉他的袖子，解释说这是做肥料的骨粉，备受农民以及菜农的珍视。

"噢，"特姆莱说，"我明白了，谢谢。"

"你是草原人，对吧？"

特姆莱点点头。他完全听得懂摊主的话，只是觉得他那唱歌似的语调有点怪。他离开老家以前就听说城里人说话像唱歌，之前还想这怎么可能呢。

"这么说，"摊主说道，"你肯定想买一个正宗的佩里美狄亚铜水壶。我正好——"

特姆莱连忙解释他没有钱（幸运的是，摊主信了他的话），而后溜之大吉。他催马上山，去寻访之前打听到的城市军械厂。一路上，他经过了许多更加引人注目、更加令人着迷的摊子和小店——有人一边用一根弯曲的长杆带动一件纺锤状工具旋转，一边用凿子给纺锤上安装椅子腿塑形；一名十字弓匠人把铁条雕琢成锁扣槽座；两个男人用一架特姆莱平生所见过的最大弓钻在一个铸铁轮上打洞；木匠们在合拢一部令人惊叹的横梁驱动压榨机的骨架，大概是用来榨葡萄或橄榄的。特姆莱一边走一边忍不住啧啧称奇。因为分心，没有仔细看路，好几次差点撞上陈列得整整齐齐的货架，幸好都在千钧一发之际避了开去，才没有闯祸。太不可思议了，他心里想，人的双手可以创造出这么多绝妙之物。显然，生而为人的意义远远超过了他过去的认知。

这座城市，就是他计划以铁匠的身份找到工作、挣钱谋生的地方。不知为什么，这样的想法此时显得有点不太对劲。这里的人有那么多令人惊叹的知识和难以置信的机械设备,他怎么可能比这些人更高明呢?

如果决策权在他手上的话,他是绝对不敢进去的。但他无权选择。于是他将马拴在军械厂那壮丽恢宏的青铜大门外,找到相对没那么显眼的侧门,走了进去。

不同于绝大多数族人,特姆莱至少有过待在室内的经验。他知道头上有屋顶,四周都是墙是什么感觉——尽管不怎么喜欢,却也并不觉得过于难受。然而这次的体验却完全不同。室内很暗,暗得像待在他父亲的帐篷里,唯一的光源是点点闪烁的红色微光。除此之外,他还感到了巨大的熔炉散发出的灼人热度。挥汗如雨的赤膊男子正将熔炉里流出来的白灿灿的熔化铁水倒进长长的、整排一模一样的成型模具中。这些模具环绕着熔炉的基座,像小猪仔围着母猪。

更令人难以忍受的是噪声。在老家的时候,特姆莱最喜欢听铁匠打铁的声音,但这里的声音简直像雷之精灵锤出的巨响。适应了这里的光线以后,他才看到噪声的来源。机械榔头背后有着另一个巨型轮盘,跟驱动骨磨机的那个很类似,但要大得多。太神奇了。这里的人驱使河流为他们服务。意识到这点,特姆莱感到一阵不安。这简直像在役使神明。然而,据他所知,这座城市里并没有神明。特姆莱暗自想道,也许,有了这么多机械设备,他们根本不需要神明。

"喂。"

特姆莱转身看到一个矮小的胖子正瞪着他,锃亮的秃头两侧各垂下一绺白发。他微笑起来。

"喂,"秃头男人重复道,"你要干什么?"

和这座建筑里所有的人一样,这个男人也光着身子,只在腰间扎了一块脏兮兮的白布。特姆莱想,整天待在这么热的地方,打扮成这样完全可以理解。不过看到熔炉里不时飞溅出的火花，他认为自己还是宁可忍住闷热继续穿着衣服。这就是他要来求职的地方。他简直想要撒腿就跑，但还是忍住了。

"劳烦你了，"他说，"我想找份工作。"

那人带着不可思议的眼光看着他，就好像听到他点菜时说煎饼里要夹一片月亮似的。"找份工作。"他重复道。

"是的，拜托了。"特姆莱说，"我从草原来，我是铸剑师。"

秃头人扬起两条眉毛，点点头。"是吗？"他说道——更确切地说是唱道。特姆莱想，如果他要在此地度过余生的话（千万不要！），他永远都无法适应这种不同寻常的说话方式。他得拼命忍住才能不笑出声来。

"是的。"特姆莱回答道，不确定还有什么该补充的，"我带了些焊料，要看看吗？"

男人点点头，于是特姆莱把手伸进帆布包，拿出五根据说对这些杰出的人特别有吸引力的银色细条。男人郑重其事地接过细条，好像手里捧的是他祖母的灵魂似的。

"你知道用法吗？"他问道。

特姆莱点点头。"还有寻常的铜焊料和铅焊料。"他说，"我会铸造金属丝和金属片，将它们焊在一起铸成剑芯。我还会锻造利刃。"

"真是小能人。"男人回道，"你小小年纪，看起来不像已经出师了啊。"

"什么？"

男人摇摇头。"出师，"他说，"就是学徒期满。算了，过来。"

幸好，男人带他去的地方是巨大的房间里一扇长窗附近的角落。自打特姆莱进门，他第一次看清了眼前的东西：一块块铁砧板，妥妥当当地安放在榆木段上；一排排架子上摆放的满是锤子、火钳、钳子、方柄凿子、型砧、套锤、芯棒以及方石等工具。在一屋子满满当当、陌生而又奇妙的器械中，这些熟悉的工具让他感到安心。还有一台小巧精致、以砖石垒就的熔炉,配有羊皮风箱。炉里一柄剑刃正烧到暗红;炉边放置着几根锌合金焊料、铅焊料以及一个装着焊药的陶罐。看到这些,特姆莱立马领会了对方的需求,顿时放下心来。

世界各地的铸剑工艺其实都大同小异:用上百根铁丝或铁条层层包裹着一块柔软的铁芯,然后经加热、锻打熔合成一体。剑刃是分开制造的,将老铁钉或马掌熔化后,经锻打、淬火、再锻打,之后放进烤炉,和木炭、晒干的血块及碎皮一起烤,直到炼铁成钢。经此工艺打造出来的剑刃既锋利又有韧性,能刺穿由较软金属制成的盔甲,同时又抗击打,不至于脆弱得像杯子那样,一砸到石地板上就碎片四溅。只要铁匠掌握了基本的技能,又有足够的耐心和时间,剑身和剑刃本身都不难锻造。难就难在要如何利用焊料和焊药将二者焊接起来。

特姆莱挑了一对火钳,将烧红的剑刃从火中取出,仔细查看。剑刃已经被细丝缠绕在剑芯上了,结合处可见点点焊药燃烧产生的橘色光芒。他四下看了看,找到一桶水,将剑刃浸入其中。

"抱歉,"他解释道,"这样不对。"

秃头男人沉下脸来,但特姆莱完全没留意。等到剑刃冷却下来,他用钳子将脆金属丝夹断,拿来一把小锤,锤打着尚未和剑芯钎接起来的剑刃。他从包里取出自己带来的一罐焊药。这个用公羊角凿出的容器里装满了白色粉末,其中蕴含的某种至关重要的成分,为他的民族创造了最伟大的奇迹。

他在一块平坦的石板上撒下几撮粉末,轻轻推动,使之聚成一堆,再往里面吐几口唾沫,用小指搅拌,直到粉末变成一团光滑细腻的糊状物。接下来,他先用自己的小刀刮去剑芯以及剑刃结合面上原有的燃烧过的焊药,再将糊状物小心翼翼地分别涂抹在这两面,努力避免涂得太厚。秃头男人递给他一段金属丝，他将剑刃紧紧地束缚在剑芯上，确保严丝合缝，再放进小熔炉里，接着干劲十足地拉起了风箱，直到他感觉到热度灼痛双腿。

"温度要高，"他解释道，"不然银不会熔化。"

区别——事实上这是最关键的区别——就是，在这里，人们使用锌合金（铜锌结合）焊料，或者（更糟糕的话）是由更软的铅和锡制成的焊料。草原人不这么干。他们知道由三份铜、一份锌和六份银配制成的焊料无须特别高的温度即可熔成流动的液体，将钢和铁完美地结合在一起。这是锌合金以及铅焊料无法做到的。

当剑身被烧成明黄色时，特姆莱从自己的包里拿出一根焊料，在糊状的焊药里滚动几下，又吐了些唾沫在上面以求好运。然后将剑从炉中取出，用焊料条一路划过接缝。那金属条一接触到剑身就熔化了，消失在细微的缝隙中，剑身上结的浅灰色硬壳中只留下一条白线。处理完正反两面，他又将剑身送回火炉中，开始喃喃念诵祷词，向铸剑师之神祈祷（他倒不指望神能听到来自如此遥远之地的祈祷，只是要让焊料牢牢地焊住接缝所花的时间，刚好是念完这段祷词所需的时长）。再次将剑身取出时，他开始四下张望，寻找油桶。没找到。

"没有，"秃头男人听到他的要求后回答，"我们有水，你要油干什么？"

"最好有油，"特姆莱坚持道，"如果没有的话，猪油或者黄油也可以。"

男人耸耸肩走开了，回来时拎着一大罐散发腐臭气味的黄油。"我们用这油来淬火，"他说，"要冷却用水就行了。"

"不，"特姆莱尽量和善地回答，"冷却用油最好，黄油也可以。不然剑身降温太快，结合处会不牢靠。"

剑身浸入黄油的时候发出嘶的一声轻响，冒出一缕带着恶臭的黑烟。他将剑留在黄油内，过了大约向火精灵念诵三遍祷词那么长的时间后，拿出来浸入水桶。

"好了。"他说。

"就这样吗?"

"是的。"

"噢,"秃头男人耸耸肩,"这么简单,我还以为你们有什么魔法之类的。"

特姆莱摇摇头,回道:"没有什么魔法。就是银子的作用。还有我们的焊药。如果可以的话尽量用油或者猪油,比黄油好。"

他将剑取出放在铁砧上,暗自祈祷自己没出什么差错。等外壳被敲掉以后,结合处会显露出一条又直又漂亮的金色线条,没有凹洞也没有气泡。他没有失望,出来的成品棒极了。他将焊料丝截断,从架子上取下一把小锉刀,磨去剑身上少数几个小凸点。剩下的就是以慢火加温,直到剑身转成一种深稻草黄色,然后浸入水中冷淬(此时不能用机油或猪油或黄油,那个男人说的全错了。他们怎么连这些常识都不懂?)。之后再抛光、磨刃。这些都是简单的活,谁都可以上手,做师傅的完全可以放心地交给小学徒去完成。然而,奇怪的是,在利剑之城——这个一切都由剑刃裁决,好剑等同于无价之宝的地方,人们居然不了解正确的铸剑方式。反观在充分掌握了铸剑技术和知识的草原地区,剑的地位却无足轻重,对于善用弓箭的民族来说没有什么太大的价值。如果敌人接近到了需要拔剑的距离,就说明某个将领犯了严重的错误。

男人盯着剑身,不停地挠着下巴。他将正反面都仔细查看过,手指上上下下地抚过接缝,一遍又一遍。忽然,他高高抡起胳膊,使出全身力气,挥剑劈向砧角。锵的一声,剑在金属砧板上劈出一道细如弓弦的印痕,而后猛地反弹回去,从他手中脱出,咣当一声掉在地上。

"你被录用了。"男人说,"一个月五个金币。明天天亮后一个小时到这里上班。"他用左手拇指揉着右手掌，补了一句，"我会弄点油来。你是要橄榄油吗？"

特姆莱耸耸肩。"我不知道，"他说，"在我的老家，人们用的是提纯的脂肪油。我想你们这里的人也能做到。"

五个银分币让他可以在街角小旅馆的某个房间占一个角落过夜。旅馆的老板娘，一个瘦削的老女人，喋喋不休地抱怨着住在她那干净整洁的房子里的外邦人（房子其实一点也不干净，而且此时，一对男女正在远处的角落毫无顾忌地乱搞，吵得要命；在与他相邻的床位上，躺着一个显然已经奄奄一息的老人，然而除了特姆莱似乎没人注意到），还费了老大劲儿试图让他明白不许把牲畜带进房间，以及用餐是额外收费的。如果公共休息室桌子上那一堆摊在盘子里的狼藉就是她所谓的饭菜的话，特姆莱宁可自己去弄吃的。至于牲畜，当天晚上晚些时候他就把自己的马卖了，得了两个金币。在他的老家，两个皇家发行的金币能买好几匹良马，还有讨价还价的余地。

我做到了，他一边想一边挪动身子，躺到草堆上比较舒服的一角，然后将外套垫在头下面当枕头。到目前为止，他每一步都走得很顺利，连他自己都不敢相信。他将有机会收集他父亲需要了解的信息，比如城墙的薄弱点在哪里、岗哨的轮班布局如何、有多少人住在这里、城门的钥匙在谁手里；还有军械厂一天能生产多少箭头和矛头，墙外河口什么时间退潮，以及护城河上的桥梁是否可以被及时截断以防被攻城的敌军掌控。

如果他能顺利完成任务，他的父亲就能圆满履行誓言，在大限到来的时候，灵魂便可以纵马升入天空。那当然是很好的事情。他唯一想不通的是，为什么他的父亲非要占领这座城市？将它付之一炬简直是极大的浪费，也会被神厌弃；将它劫掠一空吧，他的部族又根本没有足够的车辆，装不下整座城市的财富。再说这里根本没有任何一样东西是他们真正需要的。要说把城里的人赶出去，自己住进来，这更是不可想象、令人厌憎的事。这里一定有什么东西，是他的父亲不惜让手下那么多弓箭手抛头颅洒热血也要得到的。但他却无论如何也想不明白那是什么。

在快要坠入梦乡的时候，他模模糊糊地想：也许这就是我还没资格成为一族之长的原因吧。倒也不坏。

在最后一刻，洛雷登迎着对方的一击扑了上去，侧转身体，右手尽力向前推送。对方的剑在他的胸口划过一道伤痕，位于乳头上方寸许之处，而他的剑则干脆利落地刺进了对方的眼睛。那人还没来得及收起脸上得意的笑容，就被一击毙命。接着，如往常一样，随着砰的一声闷响，尸体重重地砸在地上。原告胜诉。

庭警有气无力地向随庭医师招招手，但洛雷登摇头拒绝了。和大多数人的想法不同，死在随庭医师手里的人比死在律师手里的人其实更少一些，但也差不多了。血从伤口涌出，他却还没觉出痛来。他身子战栗着，小心翼翼地把衬衫上被划破的那块浸透了血的布撕开。

"快点，"紧随身旁的艾希莉说，"伤口需要清理一下。你知道吗，刚才我真的以为你要死了。"

"我也是。"洛雷登轻声回答，"我讨厌离婚案。"

"你应该弃权。"艾希莉一边牵着他的袖子在前面引路，一边说。他手里还拿着剑，要在涌动的旁听人群中开出一条路又不划伤别人的膝盖实在是件难事。"他从一开始就占了上风。"

洛雷登摇摇头，"弃权是失败者才会干的事。"

"是这样。但离婚案是允许认输的，这才是重点。拿性命做赌注，倚仗身体在刹那间的反应，赢在千分之一寸的误差上——这么做纯粹是犯傻。"

"非常感谢。"他们走到外面，洛雷登把剑递给艾希莉，让艾希莉擦拭过后放回匣子里。他感到虚弱想吐，好像刚才死的是他，只不过大家都没注意到而已。"喝一杯？"

"别想了。回家。"

洛雷登放弃抗议，"回你家还是我家？"

"我就知道你迟早会来这么一句。你家更近。"

当然，艾希莉从未去过洛雷登的家，毕竟她也从没有那么做的理由。她知道他家的大体位置，从地址上判断他住在一座"岛"上——就是百余年前的一场大火以后，在圆形广场区拔地而起，建得相当敷衍的高高的公寓楼群。她知道，里面有些公寓楼条件还算好的：庭院有干净的水源、冬天有供暖、墙壁设计得牢靠结实，而不是仅凭着惯性勉强直立不倒。

洛雷登住的不是那种楼。

"七楼。"洛雷登一边说，一边倚着门框喘气。

"知道了。"艾希莉从牙缝里挤出这句话。洛雷登整条胳膊的重量都压在她肩上，还时不时踩到她的脚。

楼梯间很暗，又窄又滑。某些"岛"有日夜不息的油灯照亮楼梯的台阶，他住的这栋可没有。爬楼的过程极其漫长。

"钥匙呢？"

"没有钥匙，"他回答道，"踢一下就开了。"

洛雷登的家看上去空荡荡、冷冰冰的，干净得一尘不染。房间里有一张床、一张桌子、一把以龙头为扶手的精雕细作的椅子，远处的墙上还挂着一块曾经值不少钱的老旧挂毯。还有一个杯子、一个白镴①盘子、一把勺子、一个挂着沉重挂锁的大书匣、一个衣橱、一块砧板，上面斜放着一把长年打磨

---

① 即锡铅合金。

之后已经薄得像锡纸一样的刀,还有一双替换的鞋子、一顶挂在墙钉上的皮帽、一盏陶灯、一个瓶壁上镌刻有某酒坊首字母纹绣的广口瓶,以及一席备用的毯子。

"好吧,"艾希莉问,"你的钱都花到哪儿去了?"

洛雷登呻吟着一头栽到床上。"壶里应该还有些酒,"他说,"绷带在衣橱里。"

艾希莉看着洛雷登洗净伤口,用壶里的酒擦拭过,最后以久经考验的熟练手法将伤口包扎起来。"有什么吃的吗?"她问道。

洛雷登把头转向砧板。"显然没有。"他说,"我过一会儿下楼去面包房一趟。谢谢你帮忙。"

艾希莉耸耸肩,一声不吭。她身上的文员袍血迹斑斑,而且洛雷登很明显想让她现在就离开。"有什么我可以帮你买的吗?"她窘迫不安地问道。洛雷登摇摇头。

"下一次出庭是什么时候?"他问道。

"三周以后。"

"客户是卖炭的家伙们?"

艾希莉点点头,"恐怕是的。"

"无所谓。打听到对方请了谁吗?"

"还没获得确切的消息。"艾希莉撒谎道。

"不确切的消息也行。"

她沉下脸,"阿尔维斯。有可能是他。我刚才说了,消息还不确凿。"

"阿尔维斯啊,明白了。"洛雷登叹了口气。他看起来累极了,"如此不惜血本,看来我们这头的人把对方惹急了。"

好一篇灰心丧气的墓志铭,艾希莉心里这么想,口头却说:"也许只是谣传，想迫使我们的客户庭外和解。真要请阿尔维斯出马的话，他们会花掉两倍于原本争议金额的钱。"

洛雷登艰难地耸耸肩。"可能是原则问题。啊，好吧，咱们走着瞧。"

艾希莉打开门，"如果你愿意的话，我可以回头再来看看，确定你没事。"

"我会没事的。再次感谢你。"

艾希莉可以感觉到血已经渗进长袍里，冷冰冰、黏答答地贴在皮肤上，像出了汗似的。"那么，回头见吧。"她说着关上了身后的门。

洛雷登倾听着她的脚步声在楼梯间响起，而后艰难地翻了个身，面朝上盯着天花板上那条长长的裂缝。三周以后，身上这道血肉模糊的伤口刚刚开始愈合（如果他足够幸运，而且伤口没有感染的话），他就将被迫站在法庭上，与头号辩护律师、帝国第一击剑手齐阿尼·阿尔维斯对决。比阿尔维斯更强的剑手倒也不是没有，总共有四个或五个吧，但没有一个叫巴达斯·洛雷登。奇怪，他心下暗想，我怎么接到自己的死亡通知书还那么平静呢。只是点点头，表情扭曲一下，好像在说，哦，那么就这样吧，眼前浮现出刻在一块朴素墓碑上的两行字——

巴达斯·洛雷登
为卖炭的家伙们献出生命

洛雷登很清楚世界上没有神灵，就算有的话，祂们也应该住在未开化的遥远国度，根本听不到他的祈祷。尽管如此，他还是开始祷告：如果我能平安渡过难关，一定就此金盆洗手，彻底退休，再开个剑术学校之类的。他知道，就算神明真的存在，祂们也不会相信他，因为他次次都这么祷告，可直到现在，还在干这一行。他还是那个有十年资历的律师，那个年纪轻轻就显露天赋却最终辜负潜力的男人，那个马上要送命的男人。

也许卖炭的家伙们最终会选择和解。像阿尔维斯这样的人一般接十个案子只需要上庭对决一次，因为对方的当事人在明知己方律师必输、肯定会损失一大笔钱的情况下不会坚持选择上庭。但是，炭业商团不是会妥协的那一类雇主。他跟他们的人见过面，一眼就能看出来。他们是那类又贪婪又愚蠢的人，总是让自己陷入最无可救药的混乱局面中，等到不可避免的悲惨结局到来时，又大吃一惊，暴跳如雷。他简直可以想象到这样的画面：他们怒气冲冲地走出法庭，沉甸甸的袍子拍打着脚踝，嘴里喋喋不休地抱怨着刚被杀死的律师的无能以及司法系统的不公正，同时发下重誓：宁可被活剥皮也决不付一分钱给那些把这场官司搞砸了的人。

我可以选择退出，他想。这永远是一种可能的选择。这种选择其实很理智：退出意味着事业的终结，但那又如何？我还活着，我还可以做点别的什么。

他笑了，翻了个身侧躺着。当然，他永远也不能仅仅因为害怕，甚至因为意识到自己会死而退出。有些情况是决不允许出现的，这就是其中之一。这种情况的出现会导致整个司法系统的崩溃，到时候大家又该怎么办？毕竟正是严谨坚实的商法使得佩里美狄亚成为世界上最伟大的贸易城市。再说，选择当律师的人从来就没指望能长命百岁。

很多年前，他就决定不以追求长命百岁为人生目标。十二年之后，看看他如今的成就吧。不能算辉煌，但至少也够本了。根据传统礼仪，剑手死后，将由六名身着学院服、腰佩空剑鞘的同行为他抬棺，棺盖上放着死者名下排名第二的宝剑——最好的剑已转为胜者所有，这是理所当然的事——还有一枝象征司法公正的白玫瑰。在现实中，要严格遵循传统相当困难。想想也知道：抬棺的是六个明智地早早脱离本行、专职从事护柩员工作的男人，剑是从殡仪馆租借来的，而且不知为什么几乎每次都会下雨。他年轻的时候有过多次站在泥泞的墓地边送葬的经历。现在他基本上不出席这类场合。

在最需要的时候，古朗剑居然折断了，瞧我这运气。

忽然脑海里灵光一现，他将身子探出床外，呻吟着把手伸到床底下摸索起来，直到手指触到了一捆由劣质羊毛毯包裹起来的东西。他将这捆东西拖出来，发现上面蛛网密布，满是尘土，看起来灰扑扑的。原先捆好的结轻易就松开了，留在他手中的是一柄破旧的黑色剑鞘，剑鞘的另一头露出毫无装饰的棕色钢制剑柄。问题来了，他对自己说，我居然整整十年都没想起它。但为什么不呢？毕竟用哪一把剑都没什么区别。

十二年前，一个在与外族的四年战争中熬成了老兵的年轻人走进守卫者之门旁边的击剑学校，从鼓鼓囊囊的钱包里取出现金来支付学费，还随身携带着一把不起眼的廉价长剑，剑鞘卡榫^①上甚至连铸剑师的名字都没有。等修完课程，他发现手头剩下的钱还比较充裕，足以购买一把货真价实的古朗剑，于是那把毫不起眼的廉价剑只能退居其次，过几年又落到第三的位置，再然后就被用作紧急情况下的备用剑，直到最后被裹在一张毛毯里，静静地躺在三十九号岛七楼的一张床底下。严格说起来，这把剑最初并不是律师用剑。它来自军械厂，原先是军用剑，被削减长度和重量，草草地回火淬炼，配上了一个朴实无华的剑柄。在它被改造前，有许多人丧生在这把剑下，但自从成为练习用剑以来它就再也没有背负过人命。它顶多值一个半硬币。他从来没有喜欢过这把剑，它也不欠他什么。就用它吧。

他闭上眼沉沉睡去，一夜噩梦不断。

特姆莱低头看看杯子，结果不尽如人意，里面居然还有半杯饮料。他几

---

① 剑刃与剑柄间的部分，通常用来镌刻制作者的名字。

乎想趁人不注意,悄悄地把剩下的东西倒了。但这是他的新朋友付钱请他喝的,倒掉它既辜负了朋友的好意,又是一种浪费。就算这样,这味道也实在太糟糕了,让他直犯恶心。

"是真的吗?"其中一个问道,"等你老了,就会被扔到沙漠等死?我在哪儿听说过……"

天色向晚时候,四名中年炉工到他的工作台来拜访。他们很快活,肩膀宽宽的,嗓门很大,喜欢交朋友。当他们朝他俯身过来时,特姆莱还有点担心。他们难道不该理所当然地讨厌一个径直走进军械厂,抢走本来属于他们自己人工作的外邦人吗(而且还是个草原人)?他无意间听说,这家军械厂里有许多手艺更精湛的工人隶属一个专门为大师级匠人设立的秘密团体。也许这些人是那个秘密组织的成员,要来赶他走。等他发现他们不过是想请他一起去喝几杯的时候,忍不住松了口气。

"不是这样的。"他摇头否认(不知为什么,光是这个动作就让他感到有点晕),"这完全不是事实。我们很尊重老人,他们很有智慧,懂很多东西。他们是做决策的人,教我们该怎么处理事情。我父亲……"

他及时把剩下的话咽了回去,为了掩饰,假装喝饮料呛了一口,大声咳嗽起来。那些人觉得特别好笑,用他们宽厚的手掌拍着他的背。真奇怪。他隐隐约约地觉得他们似乎在分享一个只可意会不可言传的笑话,就好像有人偷偷系了一只老鼠在另一个人的辫子上一样。

"你说的大概是,"他继续解释,"当一个人得了重病,知道自己快要死了,在这种情况下,他多半会自行走入草原,免得他的族人因眼睁睁看着他死去而悲痛。当然,这么做也节省了口粮。在我们那里,浪费是极其糟糕的行为。"

他发觉自己说话有点口齿不清,好像一个犯了严重的牙痛以致下巴肿起来的人在说话。再加上头昏目眩的感觉,让他迫不及待地想要回到睡觉的地方躺下来。他开始怀疑喝的饮料有问题，但那些人喝得比他还要多，精神却比平时更好。

"干了它。"其中一个叫米拉斯的说，"你的老家难道没有酒吗？"

特姆莱回答说他老家的人都喝牛奶。那些人一本正经地点点头，眼里闪着光芒。"酒比牛奶强，"另一个叫迪弗仁的说道，"对你有好处。甜甜蜜蜜，让你强壮。"

米拉斯倾了倾酒壶，特姆莱发现自己的杯子又倒满了。他想快点结束，赶忙喝了一大口。他们可真是热情好客的好人啊，就是这玩意儿太难喝了。

"我们听说啊，"年纪最大的祖拉斯说，"在你们国家每个男人都有一百个妻子。是真的吗？"

"哦，才没有呢，"特姆莱向他保证，"最多不超过六个，而且仅限于那些大领主，比如我父——大部分人只有一两个妻子。那是因为我们那里女人比男人多。"

"是吗？为什么呢？"

"因为大部分男人都死了。"特姆莱回答道。他打了个嗝，但大家似乎都不介意。"或是打架，或是在草原上迷了路，要不然就是出门在外长达几年之久，妻子就和别人结婚了。不过，"他皱着眉头，"你们这里结婚的含意和我们那里可能有点不同。"

祖拉斯朝其他几人眨眨眼。"是吗？"他问道，"那么，有什么不同？"

特姆莱努力思考着。"嗯，"他说，"在我的老家，男人大部分时间待在草原上照看马群和羊群，女人则留在篷车营里，因此他们在一起相处的时间不长。但是这里的夫妻整天住在一起。这简直太神奇了。男人和女人天生就不该待在一起，他们完全不一样，根本无法忍受彼此。"

"说得对。"米拉斯认真地点点头，"来，再喝一点。"

"酒能让你更有男子气概。"迪弗仁附和道。

"不过说起来,"特姆莱继续说,"这里的风俗有很多不同之处。比如,买和卖。在这里,什么都能买卖,吃的、喝的、衣服甚至住的地方。你们这里有很大一群人只管做衣裳,其他什么也不做;另外一大群人只管从一批人手里买食物再卖给另一批人。"他的手在四周画了一圈,"还有人靠着让别人住在自己的房子里挣钱。真奇怪。我的老家完全不同。就比如说你——或者说我们吧——每天的工作就是铸剑。在我们那里,铁匠十天里只有一天用来打铁,其他时间要么放牧,要么修整篷车,要么干鞣制皮革之类的活,跟其他人一样。甚至我的——甚至那些大领主在处理族中事物之余也要亲自放牧。因此我们那里很少买卖。奇怪的是,"特姆莱继续道,"我们的生活方式挺好,你们的也不错。两种方式一样好,只是不同而已。"

"说得好,"四个人中的最后一位叫斯柯达丝的男人说,"俗话怎么说来着?酒中出真知?再来一杯。"

"谢谢。"特姆莱伸出杯子。这玩意儿似乎越喝越顺口,"还有一件事,"他说,"你们这里居然有人以打架为生。不打架的时候,他们就练习打架。我们那边的人,需要打架的时候就打架,但除此之外的时间我们完全不打。嗯,几乎完全不打。你要知道,我们那里,部族与部族之间,国家与国家之间大部分时间都在打来打去。但我们通常一天之内就能结束。你们这里的一场战争能连续不断地打上几年。有什么意义呢?打架的目的肯定是为了比谁更强壮,而不是展示某个领主的聪明才智,在对方人数远远超过己方时表演扭转战局,以少胜多什么的。我真搞不懂。"

祖拉斯再次招手叫了一壶酒,然后问:"这么说,你不喜欢这里喽?"

"我没这么说。"特姆莱使劲摇头,"压根儿没说过这话。我觉得这里的生活太精彩了,那么多令人难以置信的东西。最奇妙的是尽管你们全都挤挤挨挨、一层叠一层地住在一起，却很少有人因此大发脾气。如果我们的人不得不像马因在马厩里那样动弹不得地住一块儿，没过几天就打得不可开交了。不过，当大家齐心协力做事的时候，要吵起来也很难，比如说将大篷车运过河，或是将马群赶进圈里驯服的时候。"他停下来，喝了几口，继续说道，"我认为我们的部族比你们的城市更像一个大家庭。这里人人都靠自己。你们各自住在各自的房子里，到了晚上家家关门闭户，有很多人甚至只认识住在离他家走路半个小时以内的人。真奇怪。"

特姆莱注意到另一件奇怪的事，房间似乎在旋转。以前只有族人燃起篝火为神明舞蹈、老妇人在火里燃烧药草以及圣叶时，他才有这种感觉。在那种场合感到眩晕和怪异是很正常的，因为那时神明会降临到舞蹈的人们中间，而神明的现身无疑对凡人有着异乎寻常的影响。难道今晚也有神明在这家小酒馆里吗？他听过关于神明乔装改扮在凡间巡视的传说。如果神在旅途，到了晚上当然不可能在露天过夜，住进旅馆也是很自然的事。他偷偷摸摸地四下张望，想找出谁有可能是神明化身。他看不出来，但这并不意味着不存在。话说回来，不是说利剑之城根本没有神明吗？嗯，也许有，也许这正是他们需要乔装改扮的原因。这样的话，他最好假装什么都不知道。

"还有一件事。"他说。

他接着滔滔不绝地侃了一会儿，却不清楚自己到底在说什么，那感觉就像想要倾听隔壁帐篷的说话声，却怎么也听不清楚内容。他能听到声音，但话里的每个词却都是扭曲的、渐渐远去的，就像从河里捞出来的硬币上锈蚀的文字一样。如果他猜对了，那么今晚在这个小酒馆里大概有好几个神明吧。还有，他现在觉得浑身难受极了。

接下来，他记得酒馆老板摇着他的胳膊，用疲倦的声音很不高兴地对他说着什么。特姆莱想和他解释一下关于神明的事，但明显把老板给惹恼了，因为一转眼他就发现自己很不舒服地躺在大街上一摊看起来不像是水的液体里面。他四处张望，想找到祖拉斯、米拉斯他们，但他们都走了。他心下惶恐，生怕自己的怪异举动得罪了他们。毕竟他不仅是外来客，还是个草原人。他们真是好人啊，请他喝了那么多酒。改天他一定要找机会特别感谢一下他们，再好好道个歉。

十二年前，一队骑兵从拂晓门进城。他们队形涣散，疲惫不堪，衣服破破烂烂，打满补丁，身上的链甲勉强靠铁丝拴住才不致散开。他们中的很多人丑得像童话里的食人怪：骨折后的肢体由于治疗不周而形状扭曲，潦草包扎的溃烂伤口上覆盖着疮痂。人和马都瘦得脱了形，手脚和身体的比例显得很不自然。

他们是当之无愧的英雄，却无人欢迎。只有三两个市民鄙视他们打了败仗，朝他们扔东西泄愤。整支军队就只幸存下了这些人。

面对来自西部草原游牧民族不定期的、经常性的威胁，"麦克森的草叉"一直是这座城邦仅有的防御力量。由于这支军队出色地履行了使命，市民们都将他们视作理所当然的存在，给予他们尊重、荣耀，每个月上交二十五夸特供将士们的吃穿用度，却从未思考过一支千人的重骑兵队伍如何对抗兵力几乎源源不断的草原部族。他们只知道，现在一切平安，军队显然没问题。如果某个市民半夜里从充斥着野蛮人呼啸声以及黑压压箭雨的噩梦中惊醒，只要记起戍边伯爵麦克森将军阁下，就能转身安心地睡去。

然而，令人难以置信的是，一生六十年里有三十八年都在前线与草原部族打仗的麦克森居然在一次普通的讨伐战役期间死于肺炎。等到他去世的消息传遍各部族，战争不可避免地爆发了。在草原部族眼里，麦克森是世间最可怕的人。他会带领一支恶魔般的军队于夜半出现，身畔簇拥着炫目的火把以及明晃晃的利剑，杀光整个篷车营里的人，而后如同潜入大地裂缝里似的，消失在广阔无垠的草原中。随着他的死亡，恐惧消失了。因此，当他的副手阿尔森在乌鸦河边遭遇到集结起来的草原部族时，草原人向麦克森的草叉发起疯狂的进攻，就像士兵在军事训练中向稻草人冲杀一样势如破竹。刚入伍时还是一名普通骑兵的阿尔森，已经在草原征战了二十五载，成为一名卓越的将领。如果不是时运不济，他领导的战役足以成为军事学院里的经典研究案例。面对二十五比一的兵力差异，他仍然设法重创了敌军，以至于对方在之后多年都无法集结足够的兵力反扑，但他自己却和八百八十名士兵一起牺牲了。残存的士兵在麦克森的侄子——一个仅仅在草原上待了四年的二十岁年轻人的带领下迅速撤回佩里美狄亚。这个年轻人的名字叫巴达斯·洛雷登。

三

　　"说元理能让人预见未来，"教长心不在焉地说，"就等于说海洋的主要作用是推动漂流木一样可笑。更为准确地说，密切观察、研究元理的人，能对它可能给物质世界带来的影响做出某种推断。除此之外的所有说法都是误导。"

　　那个他没能记住名字的小姑娘已经不在班里上课了。她达到了此行的目的，或者说几乎达到，于是离开了。他隐隐觉得不安。这种感觉，就像旅馆老板的女儿和某个英俊的陌生人一夜春宵，到早上才开始觉得不舒服似的。施咒的后遗症开始找上他。要想纠正偏差，他必须再次找到这姑娘。

　　"就好比有一条路。"他继续说，学生们则在写字板上积极地埋头记录，将他的智慧转化为蜡纸上的一行行符号，"一个人身处某个盗贼横行的区域，穿行在峻峭的山谷里。他或许会有所怀疑，但从他所处的位置，无法确切看到埋伏在下一个拐弯处的强盗。此时在高高的山顶上有一个人，可以同时看到他和强盗。他并没有什么魔法,只是占据地理优势而已。同理,当你自己是那个行路人时,也是看不到强盗埋伏的;只有作为密切关注事态的局外人,才能觉察到迫在眉睫的危险。"

亚历克修斯知道,这样的比喻漏洞百出,但对新生来说比较容易理解。等他们之后学业精进,完全可以得意扬扬地给这段话挑错,这也有助于他们树立自信。

"又或者,"他继续道,"假设桌上有一杯水。杯子当然不会自行移动或把水泼洒出来。但如果此时恰好发生地震,或是一队沉重的马车刚好从下面的街道经过,表面上看起来,杯子就像在自行震动似的。如果你比未经训练的普通人更早察觉到地震的先兆,或者看到车队驶入街道,就知道杯子会震动。这时你就可以做出预测,也可以出手干预,提前把杯子拿起来,免得它被震到桌子底下摔碎。如果有人要走歪门邪道,可以宣称自己能使杯子震动,让水泼洒出来,而他的虚张声势也不会露出破绽。"

担心教坏他们吗?作恶的因子早在一出生时就存在。比起那些假装能治病救命或者以诅咒敛财的人,亚历克修斯更讨厌所谓的算命先生。可悲的是,所谓预言,之所以会成真,大多就是因为当事人对它信以为真,因而做出了相应的举动。

"我们这些研究元理的人,"他继续道,"可以置身事外,观察到潜伏的强盗或是接近的车队。有时候,我们的预见使出手干预成为可能:我们可以跑下山提醒行路的人,或是匆忙赶到地震即将发生的地方去救人。但这样做,引起别人注意,会将自身暴露在危险之中。夸口说我们能避开强盗,或能在不碰触杯子的情况下让水泼出来,不仅不诚实,更是极其危险的做法。强盗会放过旅人,转而攻击我们。警告原先会把水弄洒的人,自己却很可能把水洒一地。有些人认为,如果预见到即将来临的灾难却选择袖手旁观,我们应当受到谴责。但让我们换个方式看待问题：不出手干预的话，强盗的受害者只会是一个而不是两个。今天的课就上到这里。到明天之前，阅读麦康达《三段论》[①]的前二十章，并准备好课上回答问题。"

他不再说话，对学生而言，此时的他相当于不存在。他知道，学生中有些人根本不相信他说的话。他们宁愿相信他和其他大师都各自藏了些"绝招"，不肯传授。随他们去吧，过度的无知往往导致伤人不成先伤己。

当最后几个学生一边闲聊着跟课堂所学完全无关的话题一边走出去的时候，亚历克修斯不禁想起那名年轻女子和那个诅咒。施咒带来的后遗症依然困扰着他，就像眼睑下卡着一颗沙砾那么难受。她在哪里？也许学生中会有人知道。不过，她在这里待的时间太短，跟其他人交心的可能性不大。再说，他们全都那么年轻那么幼稚，谁会把秘密告诉单纯的孩童呢？如果她告诉别人自己离开的原因以及诅咒的事，肯定会有几个傻瓜尝试自己施咒。幸运的话，最好的结局不过是施咒不成功而已。

佩里美狄亚的教长，四处寻找一个在第二天就弃学而去的女学员。头天晚上，这姑娘还在教长的房间里待了相当长一段时间。他简直可以想象他的下级同僚一旦逮到机会，会怎么看待这件事。想到这个，他决定还是别给他们这个机会的好。他只能另外想办法解除困扰。

他察觉到有人在他身后想快步赶上，于是头也没回地放慢了脚步。

"真是奇妙。"他认出了说话的人——城邦学院的掌院卡纳迪，可惜此时再加快步伐已经太迟了，"每年都会多五百张新面孔，然而不出一两个星期，他们的样子以及说话的方式就变得和他们的学长一模一样了。我在想，到底是我们影响了他们，还是说年轻人本来就没什么区别？"

"我怀疑二者皆有。"亚历克修斯回答，"因为不想在外表、品味以及思想

[①] 由两个前提得出结论的推理方法，如"凡人必有一死，我是人，所以我必有一死。"

各方面成为同龄人中的异类,刚进来的时候保持的个性,很快就会被磨灭。关于青春,最好的说法就是它终有一天会离我们而去。"

照例交换了一两句精辟的言辞之后,亚历克修斯暗自期待他的同僚会走开。可惜今天运气不好,卡纳迪谈兴正浓。至于他什么时候会切入正题,天知道。

"真是令人悲伤啊,想当年我也曾年轻过。"卡纳迪叹了口气,"当年我大概也是如此吧,尽管怎么也想不起那时候的事了。在我自己看来,我始终永葆青春,只是身边的朋友纷纷老去。"

想知道为什么吗? 亚历克修斯问自己。"我看过这样的说法,"他回答道,"每个人都有一个最契合的年纪。一旦到了这个年龄,就永远停留在那里,只不过身体会继续老化。"

"就我而言,是永远四十三岁。"

亚历克修斯不由得产生了兴趣,"真的吗?为什么是四十三岁呢?"

"那一年是我平生第一次阅读《语录》。"卡纳迪坦率地说,"你呢?"

"我的既定年龄还没到。"亚历克修斯承认,"我可以很清楚地记得三岁时的事,对其中的意义迷惑不解。后来我有很长时间停留在十七岁,不过现在已经走出来了。我想,当我意识到顶头上司没什么可怕的时候,我就走出了十七岁。"

"哦,那是什么时候?"

"我成为教长的时候。"亚历克修斯回答道,"现在我觉得我的手下比较可怕,不过这是完全不同的两回事。"

卡纳迪心领神会地点点头。"让我们彻底换个话题吧。"他说,"你还好吗?"

亚历克修斯停住脚步,抚着下巴以掩饰自己的惊讶。"这么明显吗?"他问道。

"我亲爱的朋友,你走路的样子就像一只脚被陷阱夹住了一样。我猜,你在探索元理的过程中,打个比方吧,大概不小心踩到了一柄隐蔽的耙子,结果鼻子上挨了重重一击——这么说不算突兀吧?"

亚历克修斯笑了。"不算,"他回答道,"因为我在行动之前就清清楚楚地知道后果。我施了个咒,我想这个诅咒大概和我犯冲。"

"哦,是我们认识的人吗?"

亚历克修斯迟疑了。卡纳迪常常表现得不合时宜,很多时候令人厌烦,还一贯骄傲自大。但据亚历克修斯所知,他并没有什么不可告人的邪恶心机,也没有强烈的向上爬的野心。他的著作展示了令人惊叹的洞察力、讲究实际的头脑以及敏锐的才智。而且,要想摆脱这天杀的痛苦的话,亚历克修斯需要外力援助。

"一名击剑手,"他说,"名叫巴达斯·洛雷登。需要事先说明的是,我和他无冤无仇。我是替别人下的咒,大概这就是为什么我现在这么惨。"

卡纳迪咬着下唇,强忍住一抹笑意。"这样的话,"他说,"我必须要恭喜你,你的诅咒效果极佳。我要记住,随时随地都得对你恭恭敬敬的。"

亚历克修斯扬起了一边眉毛。"怎么回事?"他问道。

"啊,你不可能知道,是吗?我凑巧在一家买卖木炭的同业联盟投了一笔小钱。他们正在和一家竞争对手打官司,很快就要庭审了。我们的对手请了一个叫巴达斯·洛雷登的代理律师。"

"我明白了。然后呢?"

"然后,我们请了齐阿尼·阿尔维斯。"卡纳迪说道,"你一定听说过他吧?"

亚历克修斯皱起了眉头,"可能吧。我完全不关注法庭的事,不过好像在哪里听到过这个名字。他很厉害吗？"

"可以这么说。反正我知道在运动协会，尽管洛雷登的赔率是一百二十比一，还是没人愿意给他下注。"

"我明白了。"亚历克修斯缓缓地点头。"这样的话，"他说，"我强烈建议你把全副身家都押在洛雷登身上。说真的，你去下注时，顺便帮我也押五十夸特。"

卡纳迪一脸疑惑。"我亲爱的朋友，"他说，"虽说谦虚是一种美德，但你不觉得有点过头了吗？我认为，单凭这场对决的出现，这个简单的事实就足以说明你的诅咒效果有多棒了。"

"你不明白。我咒他死在别人手里。一个特定的人。这个人不是齐阿尼·阿尔维斯。"

"啊，"他脸上露出了沉思的表情，"这可真是烦人，我在阿尔维斯身上已经下了重注。不过，我想我应该还能再押几个夸特来止损。谢谢。你算是救了我这个可怜人，免得我血本无归。作为回报……"

亚历克修斯微微点头，以示接受谢意。"我必须承认，"他说，"我需要人帮忙。这个诅咒给我带来了极大的麻烦。也许是完成的效果比我预料的要好得多吧。"

"施咒就像用蒜头烹饪一样，你最好控制一下为求好运忍不住多加一点的冲动。今晚是你到我们学院来还是我去拜访你？"

亚历克修斯考虑了一会儿。总的来说，解决这个麻烦的地方最好不要离他的同道中人太近。"在学院吧，"他说，"晚饭后，大家应该都集中在小礼堂吧。"

"那时候我也会去那里啊。"卡纳迪指出，"当然，如果是应教长的私人请求——"

"我宁可你说是研修会的紧急事务。"亚历克修斯回道,"这也不算撒谎。自打施咒以后,我简直一刻都无法专心。就连处理日常事务都开始有点失控,更别提阅读了。"

"那就今晚吧,晚饭以后。你从侧门进来,我保证亲自帮你开门。"

"谢谢。"

卡纳迪走了,脚上那双时髦的拖鞋磕在石板路上,发出踢踢踏踏的声音。真是个怪人,亚历克修斯想。他担任城邦学院的掌院已经七年了。在通向教长职位那周密规划的晋升路上,这个职位通常被视为按部就班往上走的起点。在这个职位上待七年,已经算是创纪录之久了。然而一直以来他从未流露出要升职的意愿,更别提主动去谋划了。三年前,卡尼亚地区空缺出来的教长一职本来对他而言唾手可得,他却任由手下一位他既不喜欢、也不待见的执事长如一支来势汹汹的军队似的发起进攻,轻轻松松获得了晋升。从表面上看,他是职场精英的典范,是城里权贵家族的次子,从母族继承了可观的产业和投资。那些毕生只能在地区政治圈打转的可怜虫总是坚持不懈地向他献殷勤。也许是卡尼亚的寒风和海雾对他缺乏吸引力吧,又或者他就是个内心正直的人。奇怪的是,亚历克修斯更倾向于相信后者。

于是,趁大家在他的寝室下面一层热火朝天地用晚餐时,亚历克修斯悄悄溜了出去,小心翼翼地沿着中城的街道向北阶走去。晚上城门上锁,但门卫认得他。既然上城区的居民从不露面,教长就是大家可以见到的最接近城市领袖的角色了。然而,对于一个想要神不知鬼不觉穿过中城的人来说,这绝对是个严重障碍。不管怎么说,亚历克修斯最终来到了城市学院,一路上既没有被人认出,也没有被人抢劫。他用手杖剑的圆柄轻轻敲响学院的侧门。

"啊,你来了。"卡纳迪透过门上的滑板窗对他说,"我正琢磨你到底来不来呢。"

院长的住处大概有亚历克修斯的寝室五倍那么大。房间里有几张挂在墙上的值钱挂毯，五把雕工异常细致的镀金椅子，一张放置在低矮平台上的帷帘床，几个雕刻着精美图案、令人相当惊艳的胡桃木箱柜，一张装饰着珠母镶嵌画、画中描绘着打猎场景的高高的书桌，一张由打磨得锃亮的鲸须制成的脚凳，以及一套精美的镀银酒具。所有家具都相当新，散发着强烈的樟脑丸和蜜蜡的味道。亚历克修斯深信，他的同僚肯定有办法给出每一样家具甚至全套家具的最新估价、销售价格或替换成本。

"你不认同。"卡纳迪平淡地说道。

亚历克修斯摇摇头。"一点也不。"他回答道，"这只不过是世俗大领主应有的生活方式而已，以你的身份并不算夸张。至于我自己，我只是觉得这些装饰太容易让人分心了。只有野蛮人才会否定美丽的事物本身。而且，我相信，比起那些干果商人、卖凤尾鱼起家的大老板，你才是真正懂得欣赏的人。他们在家里堆满了艺术品，不过是想努力证明他们是有品位的人。"

"不管怎么说，你心里还是不认同的。至于我个人，我倒宁愿拿这堆垃圾去换你头顶的马赛克壁画。但我怀疑那是非卖品。"

亚历克修斯笑了。"当然，没准有一天你有机会睡在那幅壁画下面呢。"他回道，"还是说，你仍然没有意愿朝那个方向发展？"

卡纳迪耸耸肩。"与其问我愿不愿意，倒不如问我是否能胜任。"他答道，"事实是，我不能。至少现在不能。"

"我不过跟你开个玩笑，你的回答倒是挺诚实的。注意，我可没说我相信你的话。"

"诚实的回答未必是真心的。"卡纳迪露出了笑容，说道，"我们是不是该停止互相伤害，谈正经事了？"

"那最好不过了。"亚历克修斯说。接下来，他将事情发生的经过原原本本地告诉了卡纳迪。等他讲完，院长在他金碧辉煌的椅子上呆坐了一会儿，左手食指不停地揉着他那又小又扁的鼻梁。

"我想我知道问题出在哪里了。"他说，"在这件事上，你施错了咒。"

"这不是那姑娘想要的结果。既然她是施咒的主体，而我不过是她的媒介，那个错误很可能相当严重，导致元理出了谬误。"

"很有可能。"卡纳迪点点头，"从根本上来说，你利用了原有的空隙，往里面填了些不能契合的东西。现在你不得不承担扰乱元理带来的后果。"

亚历克修斯缓缓地点头，"有道理，我同意你的说法。我只是不知道怎么去纠正我的失误。"

"哦，太简单了，"他的同僚插话道，"你得回到那一瞬间去纠正失误。只要你能取消错误的诅咒，换上正确的——"

亚历克修斯举起一只手。"当然，我已经试过了。"他说，"关键在于我做不到。毕竟我不是施咒的主体，我无法取消。我能做的，只是在那倒霉家伙周围布置一个护盾以防诅咒生效。仅仅这么做就已经很困难了。每次我刚布置完护盾，第二天就发现没了。我真的不想余生每一天都要帮这家伙制造护盾。"

"这是个难题。"卡纳迪说，"我只能建议我们一起再试一次。在你表态之前，我得说明，我们两个合力未必就比你一个人干效果更好。我们真正需要的，当然是那个姑娘。"

亚历克修斯叹了口气。"我很赞同你的观点。"他说，"尽管如此，如果你愿意帮忙的话，我认为还是值得试一下——前提是你已经准备好承担风险。一旦受到反弹，后果将不堪设想。"

"啊，这个嘛，"卡纳迪耸耸肩，"不入虎穴，焉得虎子。你别忘了，我还没提我的条件呢。"

"你想要的，大概是终身观赏我的马赛克壁画吧。"亚历克修斯回答道，"这个承诺我没把握能兑现。再说，你和我年纪差不多，不见得能活到收取报酬的时候。"他笑着说，"我猜你没打算动点手脚，提前拿到报酬吧。"

卡纳迪看起来似乎被惹火了。"事实上，我真的没有这个打算。"他说，"要是我想当教长，现在已经当上了，或者至少已经在卡尼亚一边咳嗽一边擤鼻子了。我想要的，是一样更神秘的东西。我要你告诉我元理的第七个层面。"

亚历克修斯不禁惊呆了。关于第七层面的知识是不传之秘，只有佩里美狄亚教长、圣海盗的教长以及银枪学院的院长才能接触到。换句话说，仅限于研修会高层。无论局势如何、无论职位高低，这是个永远需要保守的秘密。"为什么？"他轻声问道。

卡纳迪皱起了眉头。"因为我想知道。"他回答，"这个秘密真的如此惊人吗？不管你信不信，我加入研修会的目的是为了更好地了解元理，至少是我们能够理解的那一小部分。要研究元理，我自然需要了解所有七个层面。"

"我相信你。"亚历克修斯说，"但这并不表示你的要求不无礼。"

"这就是我的条件。不用说，这个秘密我一定会守得牢牢的。说到底，不会有人把偷来的财宝一捧一捧地从窗户洒出去，分给下面的人。"

亚历克修斯思考了一会儿。"我只能这么建议，"他说，"等时机成熟的时候——肯定不会太久，可怜的提奥弗斯托已经八十多了——你将继他成为下一任教长。到时候你至少拥有了解这方面知识的官方许可，实际结果是一样的。"

"一定要走这条路吗？我真的不想离开这个舒适的地方，到海中央光秃秃的岩石岛和一帮盗贼、杀人犯为伍。"

"这可是不少人打破头也抢不到的职位啊。"亚历克修斯略显困惑地说，

"我以为你会很高兴。"

"完全不。没错，那里是有一座很好的图书馆，但和我在城里能得到的资源完全不可比。再说，"他继续说道，"一旦我了解了第七层面，书籍能够教给我的就没剩多少了。好了，这样吧，我向你发誓会保密，如果这么做能让你更放心的话。"

亚历克修斯难得允许自己露出一丝勉强的笑容。"我想这个教训足以让我再给年轻姑娘们帮忙时三思而后行了。"他说，"事成付款，天经地义；不成功则交易作罢。"

"那当然。现在开始吗？"

一束晨光透过百叶窗，剑一样地刺了进来。

"起床啦。今早天气真好。"

洛雷登的手已经紧紧地扣住波西马剑的剑柄。他连忙控制住本能反应，睁开眼睛。

"见鬼！"他嚷道，"你在干什么？"

"叫你起床啊。"艾希莉一边打开百叶窗一边回道，"来吧，起床啦。"

洛雷登将毯子拉到下巴处，"我有什么理由非得在早晨这个该死的时间起床？走开。"

艾希莉从酒壶里倒出半杯酒，再往杯子里掺满水。"你两个小时前就该起床了。"她快活地说道，"而不是像猪一样赖在床上。"

"为什么？"

"训练。喝了酒把衣服穿好。我想在我们出发去学校之前先让你绕城跑十圈。哦，来吧，行行好吧。连嘴里塞着苹果的胖子看起来都比你更精神些。"

"哎呀，该死……"洛雷登闭上眼睛，但已经睡意全消，"我穿衣服的时候回避一下。"他命令道。

"好,别磨磨蹭蹭。"

他已经很久没有特意进行跑步训练了。十圈跑下来,他感到膝盖发软,胸口剧烈疼痛。他拿这些当借口想回家休息,艾希莉不为所动。

"你听着就像我那在火堆前打盹的祖父。"她说,"在学校训练一早上会对你大有帮助。"

等他们爬过长长的阶梯来到中城时,洛雷登觉得自己已经病得很厉害了。他推断自己不是得了心脏病就是轻微中风。

"别说傻话了,还有,别磨磨蹭蹭。"

剑术学校设在位于老竞技场和雨水池之间一栋狭长的单层建筑里。里面的主训练场上一如既往地有些时髦的青年男女,穿着昂贵而不实用的击剑服,靠在剑匣上,围观几个职业剑手进行日常训练。侍从拿着草靶子和一桶桶的湿黏土来来回回地跑动,受训者高声呼喝,无处不在的小商贩举着盛满酒和香肠的托盘在人群外缘走来走去,剑器商人则躲在后柱廊的柱子间悄没声地做交易。"我们一定得在这儿训练吗?"洛雷登可怜兮兮地问道,"我受不了这鬼地方。"

"练吧。"艾希莉回答道。

首先,洛雷登要定下一个靶标。他决定现实点。喜欢卖弄以及实力不凡的剑手经常用半便士银币当目标,而他即使在巅峰期也没这么厉害。于是他直接将靶架上的节孔当成靶标,从实用的角度来看也没什么差别。

"十中七?"他建议道。

"九。"

"我用不着听你的。"他回道,"我是律师,而你只是个该死的助理。"他往后退了三步的距离,将波西马从剑匣中抽出来。

"十中九。"艾希莉重复道,"准备好了?"

洛雷登点点头。这项训练要求在两步开外以弓箭步全力前刺,每次都要刺中靶标。这个动作的诀窍在于尽可能在最后关头才通过转腕进行直刺。他十次中有七次刺中。

"再来,"艾希莉说,"这回要有进步。"

第二轮他十次中只刺中六次,第三轮还是十中六。到了第四轮,他十次全中。

"你看,"艾希莉沾沾自喜地说,"熟能生巧嘛。"

"哎呀,闭嘴吧。"他一边倚着靶子喘气一边说,"现在该开始刺数字了?"

靶子大约有一条胳膊那么长,是草编的人形。从一到十二,拇指大小的数字随机分布在靶子上。训练的方式是,教练喊出某个数字时,剑手在一步开外以剑尖刺中相应的数字。二十次中能刺中十五次已经算是很好的成绩了。

"准备好了吗?"

"刺中十六次,对不对?"

"十八。"

结果他第一轮就刺中了十八次。第二阶段的训练形式是一样的,但速度要快一倍。照这种速度,刺二十次能中十次就已经是在炫技了,洛雷登居然二十次全中。

"好,太棒了。"艾希莉说,"现在我们加铅垂线。"

铅垂线就是一根绳子吊着一个铅锤,铅锤悬吊的位置代表当对手背对靶标站立时他的剑尖所在。剑手必须先将铅锤格挡开,以弓箭步前刺,最后撤回,撤回时要注意防守荡回来的铅锤。防守失误即视为不合格。在正常速度下二十次中能刺中十四次,或者在快一倍的速度下刺中七次,就可以算是很好的成绩了。切断绳子不算。

"不错。"看到洛雷登在正常速度下刺中十九次，艾希莉说，"现在我们来点难的。"

第二轮加快一倍的速度，全中。艾希莉坚持让他再来一次，然后加快两倍速度，又是一轮。等刺了十四次，十四次全中时，洛雷登忽然手腕一抖，将铅锤切成两半，拒绝再练下去了。

"你的弓箭步刺还不错啊。"艾希莉说，"现在让我们试试你不怎么厉害的招式。

四片组成一个十字的木制辐条从轮毂上伸展而出，轮毂则绕着竖在地上、高度到下巴处的中轴旋转。这就是刺枪靶。设计这样的靶子是为了练习闪躲后正确归位。击剑手击中一根辐条，再躲闪因轮毂转动而袭来的第二根辐条。击中第一根辐条的速度越快、力道越大，躲闪第二根辐条的速度也必须越快。标准练习动作的改良版是只用第二、第四根辐条。也就是说，仅仅来回翻转手腕是不行的，你得不停地将剑身提起以避免被辐条打到。

"我的胳膊好痛啊。"完成标准版以及改良版各四轮练习，而且全无失误以后，洛雷登忍不住抱怨道，"上庭的时候全身肌肉酸痛对我没什么帮助吧。"

"你就是爱偷懒。"艾希莉回道，"好吧，我们来练练步法。"

这下洛雷登的抱怨更加滔滔不绝，极具说服力，可惜没什么用处。步法训练，是在地板上描绘出脚印的黑色轮廓，里面写着特定的数字，传统的训练方法是当教练叫到某个数字时，剑手要挪动步子踏在指定数字的脚印上，步伐从慢到快，直到形成频率极高的快步舞。升级版的方法相同，只不过要蒙住眼睛。

"现在可以休息了吗？"洛雷登气喘吁吁地说，"我一直跟你说我讨厌练习，你从来不听。"

"把刚才那套步法再练一遍,你之前错过了二十六号脚印。"

他不得不将蒙眼训练又重复了三次才达到理想效果。四十中三十一可以算是极其优异的成绩了。

"满意了吗?"

"不算太差。"艾希莉不得不承认,"现在,你最好开始圆环练习。"

"艾希莉……"

"圆环练习。"

从屋顶的一根梁上垂下一个苹果大小的钢环,钢环正下方的地面画着一个直径为五步的圆圈。训练的时候,剑手绕着圆圈以进步、退步、半弓箭步等步法将剑穿过悬吊的圆环。改良版还得躲闪一个从钢环上吊下来的、每次钢环被击中就会绕着圈子追逐击剑手的铅锤。在训练营的所有练习项目中,这大概是洛雷登最讨厌的一项。

"这个成绩我很满意了。"他稍稍提高了嗓音。完美地走完第二圈时,周围已经聚了不少围观的人。圆环训练中全无失误可不是普通人能做到的。能做到连续两圈都完美无缺,这简直可以说技艺非凡了。

"走,"艾希莉说,"趁我们还挤得出去。"

"就是说我可以回家了?"

"练完沙袋和盘索。"

沙袋就是一个装满湿黏土、与人体硬度大致相当的皮袋,用来进行贯穿练习。练一阵子后,沙袋会有裂开的倾向。正常,但终归有点吓人。冬天的时候,营地用屠宰场瘟猪的尸体取代它,但在炎热的夏天,大家不得不用湿黏土凑合。盘索则是用编织的草绳一圈一圈紧紧盘绕而成,直径与人的脖颈相当。手中的剑足够锋利的话,一个好剑手两下就能劈断它。

"这下我全身都要糊满泥巴了。"看到助手将沙袋填满,挂上框架,洛雷登抗议道。

"那又怎样?"

"没怎样,我就是说说而已。浑身上下、从头到脚都是泥巴。你以为我一共有几件衬衣?"

他很顺利地对着沙袋刺了大约有十二下,忽然,波西马的剑刃刺中了什么硬东西——混在黏土里的一块石头,或是用来缝袋子的某种特别有韧性的纤维。剑身顿时弯得像一张拉满的弓,啪的一声,在距离剑尖一寸的地方折断了。洛雷登愠怒地看着手里的剑柄,脏话流利地脱口而出。艾希莉则识相地在一旁一声不吭。

"没什么可说的。"洛雷登把剑柄朝地上一扔,"离斗剑只剩十天,我却把手里最好的剑折断了。如果这是上天给我的预兆的话,这消息倒没那么难以理解。"

他将剑柄留在原地,头也不回地朝门口走去。鸟笼周围密密麻麻地聚集了一大群人。他认出了笼中人,不由得停步观看。在又高又窄的鸟笼中站着的,是他下一次庭审的对手,明星律师齐阿尼·阿尔维斯。他周围地上全是蜂鸟的尸体,助手正要将另外一整盒的蜂鸟放进笼中里。用于鸟笼训练的通常是普通的麻雀,刺中蜂鸟可比刺麻雀难得多。

助手关上笼门时,一只苍蝇从笼子的间隙飞进来,掠过阿尔维斯的肩头。他头也没回,手中的剑快速举起来抖了一下。苍蝇一分为二。他将剑收回呈防御姿势,正好来得及斩断这一批里第一只飞过的蜂鸟的头。

洛雷登整个下午都在喝酒,喝得烂醉如泥。

佩里美狄亚,别称三重城,是海的新娘以及文明世界的主妇,如今正在走下坡路。的确,以前她也曾衰落过,但情况从未像现在这般糟糕。七十五年前，她的陆上领土曾经从高原上的齐米斯佳一直延伸到腾洁雅，后者境内的两座山脉合围扼住了中海海口。如今，齐米斯佳的旧址上杂草丛生，从高高的茅草丛中只能依稀辨认出城市的轮廓以及倒塌石建筑露在地表的几块残砖断瓦。而腾洁雅则被针锋相对的两股军阀势力割据，他们自封皇室正统，率领庞大的海盗舰队，各自占据了几块岩石岛。卡尼亚，帝国最后一块岛上领土，已经成为事实上的自治州。名义上每年运送贡品来的船只，在曾经号称神圣不可侵犯的皇家海域上大肆劫掠佩里美狄亚商船，抢走数目百倍于进贡的物资。不管往日多么辉煌，海的新娘如今拥有的领土仅剩脚下的立足之地，帝国的疆域被海堤及城墙外的海洋和淡水河口围困着。

没有人关心这些。每一个市民都知道城墙坚不可摧。只需五百人守城就能对抗全世界所有国家。两个半世纪以前，提奥吉诺大帝就曾经做到过。佩里美狄亚对外延领土的掌控如同潮水起起落落，从古至今，一贯如此。上一个世纪，帝国的疆域可能涵盖了所有的已知世界，后面一个世纪说不定就像笼中鸟一样龟缩回城墙以内，再三代以后，可能又能看到佩里美狄亚的执政官被派去岛上以及内陆的大城市。这有什么关系呢。对佩里美狄亚来说，重要的是贸易，而不是领土或城堡。现在的佩里美狄亚比以前更繁忙，人潮更汹涌，呈现出前所未有的繁荣景象。这样的起起落落符合历史规律，其中更暗藏了某种逻辑性。征服和占领需要花费金钱和人力。没有需要捍卫的领土，市场和工厂的正常运营就不会被战争税以及佣金抽成所干扰。同样，没有劫掠和冒险的说辞诱惑，能够源源不断地出产各式各样商品的玻璃工坊、铸造厂、陶器厂、皮革厂、造船厂、磨坊、窑厂、工作室以及作坊等地也不会失去劳动力。一千多年以来，这座城市一直标榜，全世界每三个产品中就有一个来自喧闹而空气污浊的下城区。这样的说法，如今看来头一次有实现的可能。

没有对神明的崇拜来扭曲他们的价值观、分散他们的注意力，佩里美狄亚人比其他国度更了解、更珍惜物质世界。三重城的市民将有生之年看成一场短暂而诱人的机遇，尽全力在从出生到死亡的短短时间内取得某些成就。有时候，他们会觉得需要拥有一块土地，或者建一座城堡——这也是富商的常见之举，多半是因为他们已经富有到想要什么就有什么的地步，而世上已经没有别的珍宝值得他们花钱了。

当然，繁荣的前提是，城墙屹立不倒。不过，这是一个相当可靠的前提。至于海盗嘛，哦，这是个麻烦，但也仅此而已。只要不使用佩里美狄亚的商船送货，而是待在家里，让客户承担这个风险就行了。迟早有一天，某个实力强大的外国王子会因为损失大量商业利润而感到不耐烦，将这帮害虫从海上清除。何必浪费金钱、牺牲任何一个佩里美狄亚人的性命，去做其他人很乐意帮你做的事情呢？同样的情况也适用于来自陆地上的敌对势力。假设他们已经兵临城下，正设法攻占令人无计可施的陆上城墙，只需派遣几艘快帆到其他岛屿以及沿海的城市去，立马会有大批战舰从海上蜂拥而至，争着保护促使世界繁荣的唯一真源。甚至有人建议将舰队暂时搁置，遣散仅存的城市卫队——既然在最危急的关头也用不着，何必在这些东西上浪费钱财呢？

因此，当安纳斯谷——介于城市与草原之间、土地广袤而肥沃的地区，城市三分之二食物的来源地——被一支名字很难发音的军队、听起来像萨苏来族长带领下的白熊族及火龙族联盟军占领的消息传来时，街上丝毫不见歇斯底里的恐慌和暴动。那又怎么样？市民们这么议论着，反正他们的价格涨得太高了。有的是地方可以买食品。如果旅居在城市里的草原人担心有暴徒会对他们上私刑或是浇煤油，那他们就太小看信奉四海为一家的城市人了——他们的思想早已超越局限，达到了一定的高度，而且一贯如此。比如说，就在消息传来的第二天，年轻的特姆莱坐到自己的工作台前开始工作时，人们照样对他点头致意，对相关的话题只字不提，与往常没什么两样。不过，如果他的同僚知道他是萨苏来的儿子，他是否还能获得同样的礼遇，就不得而知了。

亚历克修斯教长与城邦学院的掌院卡纳迪站在法庭上，看着一个男人和一个女孩以防守姿势对峙着。

他们耗了一天两夜才进入这里，两个人都累坏了。具有讽刺意味的是，正是疲惫使他们得以进入幻境。此时，两人正躺在院长住处的椅子上沉沉睡去，法庭上的一切仿佛是他们共同的梦境。

"你听得到我说话吗？"亚历克修斯悄声问道。

"听得到，但他们听不到我们。"卡纳迪回答，"我比你早到几分钟，已经做了些初步的实验。根据我所观察到的，我认为我们并不是真的在这儿。"

亚历克修斯觉得不寒而栗。"太好了。"他说，"我可不想就这么穿着衬衣站在全体市民面前。"

"来看的人确实很多。"卡纳迪的眼光扫过坐得满满当当的长凳，说道，"要是能知道我们在未来的哪个时间点就好了。"

"女孩比我上次见到的时候大了些，"亚历克修斯说，"不幸的是，我们俩在女人方面经验有限，恐怕无法判断到底大了几岁。她越大越漂亮了，这点我倒是可以肯定。"

"现在怎么办？"

亚历克修斯还没来得及回答，法官已经示意斗剑开始。整个法庭忽然安静下来，双方律师开始了对决。和上次一样，洛雷登背对着教长。然而亚历克修斯注意到这次他拿的是一柄折断的剑。他将这点告诉了他的同僚，对方点点头。

"这个变化一定具有重大意义。"卡纳迪说,"真希望我能知道到底是什么。"

"专心点,关键点就在对决开始后不久。"

然而这一次,事情再次发生了变化。洛雷登从一开始就处于防御方,他全力以赴,就像能预感到自己的处境不妙似的。不知怎的,本来能置他于死地的一劈一刺,在最后关头却滑开了。同时,尽管他的反攻遇到了如城墙和海堤般坚不可摧的防御,但他仍然能借此赢得些许防守的时间。总之,这场惊心动魄的对决是双方精湛剑术的展示,真是没白等四十八小时。

"全乱套了。"亚历克修斯喃喃自语道,"一想到这几个星期以来,我承受的是这堆烂摊子带来的麻烦,我的血都凉了。"

"活该!"卡纳迪眼睛一眨不眨地盯着斗剑说道。他是诉讼艺术的行家,这场斗剑可算是经典。

女孩向左刺出,洛雷登侧身避过。但那是一记虚招,女孩的剑对着他的喉咙径直而来。危急关头,求生的本能让他伸手格挡,剑刺穿了他的手掌。从亚历克修斯所站的地方,可以看到洛雷登的掌背透出一寸长的剑刃。

该我上场了,他心中暗道。当洛雷登向前朝着女孩毫无防备的身躯刺出一剑时,亚历克修斯闪身挡在了两人中间。

洛雷登的剑穿心而过,他什么感觉也没有——因为他压根儿不在这儿——然而,当他低头看到剑身没入自己胸膛时,立马意识到自己犯了一生最大的错误。下一刻,女孩绕过他,将洛雷登当场劈倒。洛雷登面朝下倒在地上,断剑还留在教长的身体里。

亚历克修斯醒过来时,还是想不通洛雷登是如何用一把折断的、没有剑尖的剑的。

唤醒他的是来自胸口和胳膊的剧痛。毫无疑问，他心脏病犯了。卡纳迪还在熟睡中，亚历克修斯既不能动也不能说话，无法唤醒他。他意识到，这次很有可能死定了，这事实在太冤枉了。

卡纳迪终于醒了，他抬起头来，"没事，别担心。你会活下来的。"

疼痛消失了。

"别动，"卡纳迪继续说道，"保持镇定。尽量正常地呼吸。"他站起身倒了半杯强劲的黑酒，因为睡姿不对，他肌肉僵硬，手脚不太灵活。"来吧，喝了它，"他说，"应该对你有帮助。你要是会死，现在已经死了。"

酒在体内燃烧时，亚历克修斯的脸皱起来。"怎么回事？"他问道，"我是心脏病发作了，还是被刺中了？"

"都有。恐怕这是我的错。把杯子给我，我再给你倒一杯。"

"你的错？"

卡纳迪点点头。"我得做点什么来阻止他杀死那个女孩。把你塞到中间是我唯一能想到的办法。幸好你不是真的在现场，不然就危险了。"

"老天——"亚历克修斯虚弱地挥挥手，让他把杯子拿走。"你知道你干了什么吗？"他说，"现在我被自己施的诅咒击中了。而且那女孩还是杀了他，我们白忙了一场。"

卡纳迪摇摇头，"想想吧，"他严肃地说，"你本就被牵扯到那个诅咒中了；这就是几个星期以来你老是觉得不对劲的原因。我不过是让事态稍微恶化了一点。再说，"他继续说道，"要是没有我插手，情况会更糟。洛雷登会杀了那女孩，到时候我们又将处于何等境地？"

"将来被剑当胸刺穿的又不是你，"亚历克修斯指出，"大不了我们从头再来一遍。"

"哦，不，"卡纳迪反对，"我们并没有做无用功。目前，我们对元理的了解只有可怜兮兮的一点，至少这次做了些极具价值的实验。我该就此写篇论文。"

教长闭上眼睛，深吸了一口气。"撇开那个不谈。"他说。

"撇开那个不谈，我还是相信这次我们获得了有价值的进展。之前，我们只能大致推断你受到了反作用力的影响，但不知道到底是什么形式，现在我们则可以完全确定了。同样，我们及时阻止了第二次干预可能引起的灾难性后果，这本身就不是个小成就。除此之外，反作用力一点也没有牵扯到我身上，我认为这些都足以说明我们出色地完成了任务。"卡纳迪微笑着说道，"现在，我建议你试着睡一会儿。我给你准备了一间客房。要知道，心脏问题不可小觑。"

亚历克修斯忍不住唉声叹气。"我最沮丧的是，"他说，"就这方面的技巧而言，你我是世界上数一数二的人物。如果这已经是我们能做到的极限，也许应该顺其自然，不再干预。拜托，我们本该有能力以此谋生的啊。"

卡纳迪深深地凝视着他，看了很久。"以此谋生，"他说，"或许你该小心措辞。"

首席教练很恼火。

"没错，"他承认，"以前有过女辩护律师。她们当中有些人还活到了将近二十五岁。但主要是因为没人请她们，她们几乎没有机会工作。这行业不适合你。走吧。"

女孩一言不发地伸出手，平摊的手掌上托着一个矮胖的皮钱包。教练的目光忍不住被那鼓鼓囊囊的钱包吸引住了。

"我们也没有条件接收女性学员。"他说，"更衣室需要分开，但目前没有多余的地方可以加建。更别提监护人了。"他忽然激动起来，补充道，"别告诉我你不需要监护人。去跟公共道德办公室说去。这样的麻烦事会害我关门的,就这么简单。再说,服装怎么办?"他继续说着,心里疑惑为什么讲了这么多理由,对方还无动于衷,"你不能穿裤装斗剑。而且,女性律师根本没有为公众所接受的礼服可穿。你会成为笑柄的。"

女孩仍然一言不发,手上托着钱包。教练无计可施。他怎么就拿这个小姑娘没办法呢? 这些年来,他扎扎实实地劝退了上百个想入行的傻小伙子。在这行,他们压根儿没有生存的机会。他是个有良心的人,再说,他还得考虑如何保住自己的教练执照呢。想象一下,他要如何面对一位暴跳如雷的父亲或母亲,以及长着一张死人脸的公共治安官,向他们解释,为什么让这么单薄的一个女孩入行,以至于第一场斗剑就送了性命? 钱包是很鼓,但不足以让他赔上精心呵护了九年的事业。

"拜托了,"他说,"如果讲道理你不听,那么就请离开这里,祸害我的竞争对手去吧。我可以给你提供一张清单。"

"你是最好的教练,"女孩说,"我要在这里学习。"

他们身后的训练厅回荡着剑刃相交的叮当声以及急性子教练的呼喝声。当三十只脚同时踏下来时,整个地板都在震动:正架预备姿一、二、三步,后脚还击,飞刺,防守长刺,南方式格挡,剑手式转身,自右向左劈……每天都有新鲜面孔加入,全是些朝气蓬勃、热情洋溢、傻乎乎的年轻人。每天都有心急如焚的父亲找上门来,因为他们的独子抛家弃业去追寻一个荒诞不经的梦想——成为一名律师。每个星期都有葬礼要参加,在为事业献身的前学员名录上刻下新的名字。说什么都不听、急着去送死的年轻人多如牛毛,但首席教练从没见过有谁像眼前的小姑娘这么坚决。他想,大概是她那既不恳求、也不花言巧语、更不哀告的方式打动了他。他仿佛觉得自己正试图用不堪一击的借口哄骗她放弃某种不可剥夺的权利似的。他心下暗道:让她加入吧,她这是自作自受。

"好,"他说,"这样吧,你告诉我,你有什么至关重要的理由要成为一名辩护律师,也许我会考虑一下。"

沉默。教练头一次发现对方有一丝不情愿的情绪。也许,他可以借口对方的动机站不住脚,合情合理地拒绝她。他决定乘胜追击。

"问题是,"他说,"加入这个行业的正当理由只有一个。其他任何的都过不了关。我有种预感,你的动机不是唯一正当的那个。"

女孩不说话,双颊开始变红。作为职业剑手,教练立马从她的防御姿态中找到一丝漏洞。他决定加强攻势。

"以斗剑为职业的唯一目的,"他说,"是金钱。不是正义或者荣誉,不是寻找刺激,不是为了证明你的英勇、成为最强者,也不是为了杀人的快感,更不是为了让你能用非自杀的方式来满足你潜意识里想提前了结性命的愿望。除了金钱之外,绝不存在其他正当理由。如果你想说'没关系,我毕业后并不是真的要从事这个行业,来这里只是为了学习',那我建议,在我动手把你扔到街上之前自己出去。'业余'二字是我所知道的最肮脏、最恶心的词。我说中了,对吗?"

他快要赢了,因为女孩回答的时候声音里带着一丝不安和忧虑。"你怎么知道?"她愠怒地说道。

"因为,"他说,"你以提前全款支付的方式找上门来,准备得非常充分,不讨价还价,不要求分期付款,也不请求我等到你开始赚钱的时候再收费——而这一切恰恰是职业剑手会做的事。因此,你显然不是内行人。"

他赢了。女孩的手攥紧钱包,垂在身旁。"那就去你的吧。"她说,"我找别家去。"

"祝你好运。"教练回答,心里松了一口气。总算把这场战斗了结了。虽然他取得了胜利，却还是没忍住强烈的好奇心。毕竟她没有正面回答他的问题。于是他又问了一次。

"关你什么事。"

"告诉我，"他说，"没准我可以帮你指点迷津。"

女孩耸耸肩，这已经不重要了。这个简单的动作似乎让他的胜利有所贬值。"报仇。"她说，"这就是我的动机。"

"啊，"教练回答道，"跟我猜的一样。我最瞧不上的，除了'业余'，就只有'闹剧'可以与之媲美了。"

女孩瞪了他一眼，"我叔叔被一个叫巴达斯·洛雷登的律师杀害了。能让我合法惩罚他的唯一途径，就是我自己成为辩护律师。所以这就是我接下来准备做的事。"

教练不禁觉得好奇。"合法不合法有那么重要吗？"他问道，"如果这件事对你这么重要，为什么不雇几个厉害的小伙子，在某条小巷里给他来上一剑，直接割破喉咙呢？我可以给你推荐几个。我的前学员里有好些人做了几年律师后，就换成了以那种职业谋生。"

女孩摇摇头。"那是谋杀。"她说，"我不赞成谋杀，这是错误的。我必须以正确的方式复仇。"

教练想了好几个反驳的理由，却没说出口。"好吧，"他说，"向他的某个常规客户提告，然后请一个更厉害的辩护律师。这样就可以既杀了他，又完全合法。"

"这还是谋杀。"女孩回答道，"毕竟，洛雷登并没有过错。这是他的职业，他并没有犯下什么需要抛开法律以私刑处置的罪行。只是他杀了我叔叔，就一定要得到惩罚。"

教练还没来得及说什么，她已经转身走出训练厅，就此从他的生活中消失了。他很高兴终于摆脱了这个女孩，但脑海里居然也生出一丝危险的想法，遗憾自己没能将这么独特的观察对象留下来。教练见过各式各样稀奇古怪的人——伤心的、病态的、受困扰的、疯狂的，还有些一味守旧的蠢货——却从没有见过像她这样的。他提醒自己，也许这样正好。两条腿的生物惹上的麻烦，能避则避。

直到将近傍晚，洛雷登才醒过来。他宿醉未消，心情沮丧，为自己未能更好地应对局面而恼火。于是，他决定出去喝一杯。

在佩里美狄亚的下城，一个人想要喝得烂醉如泥，有大把地方可去。从欢快、喧闹到颓废，以及介于之间的、在情调上有着微妙差别的各式场所一应俱全。有供体面人边喝酒边谈生意的时髦酒馆，也有隐藏在某个私人密室窗帘后面的无照饮酒俱乐部。选择多得常常令人烦恼。有些酒馆用巨幅马赛克招牌来昭告它的存在，另一些则尽力掩人耳目。有些酒馆是政府官员的常驻地，有些是剧院人士聚集的地方，还有的简直像音乐学院或是纯数学学校。有些是禁忌之神的庙宇，有些是谷物交易所及期货市场，还有舞蹈教室、机械学院。有些地方允许女性出入，有些地方提供女性服务，有些让你想看斗剑随时可以看，有些则让你想打架就可以随时开打。甚至还有酒馆让你可以坐下来，为接下来去哪里喝酒争论不休。还有的地方能让你独自一个人坐着喝闷酒，直到醉得无法动弹为止。事实上，这样的地方多得数不胜数。

洛雷登去的那家酒馆没有名字，顾客也寥寥无几。它竟然设在一家车轮作坊的后间，有四张朴实无华的桌子、八盏油灯，还有一个舱门盖，想添酒就敲敲它。这里很少有人高谈阔论，只偶尔有人放开嗓子吼个半分钟左右。后墙外是一条河道，尿急了可以在那里释放。要是你不幸坐着坐着就死在那里，也没人会和你计较。这里的酒对你的伤害不比疟疾差多少。

洛雷登面前的一小壶酒刚喝了一半，有个人走过来，坐在他对面。

"巴达斯。"他叫道。

洛雷登抬起头。"提奥克里托。"他回道，"你不是已经死了吗？"

"还没有。"提奥克里托放下他的酒壶，给两个杯子都斟满酒，"要知道，我没你那么努力寻死。在法律行业干得怎么样？"

"不怎么样。"

"我听说，收入很高。"

洛雷登耸耸肩。"比军队强，而且可以穿便装。你呢？"

提奥克里托看起来有七十岁，实际上只比洛雷登大五岁左右。上一次他们俩坐在一起喝酒还是在一个帐篷里。帐篷驻扎在一座小镇中。他们晚了三天赶到，小镇已是一片废墟。第二天他们和草原部族混战了一阵，许多人不幸身负重伤，提奥克里托就是其中一个。他们原想回去帮他了断的，却发现人已经不见了。可想而知，这是被部落人俘虏了。这种事，多想无益。

"回来有三年了。"提奥克里托说，"我在一家舞蹈学校工作，在年轻女郎们走后打扫一下。算是个谋生方式。"

洛雷登帮他斟满酒。"这之前呢？"他问道。

"没什么可说的，不值一提。"提奥克里托露出了一个只有五颗牙的笑容，"出乎预料的是，那边居然有很好的医生。不过那些人的幽默感不怎么让人受得了。最后他们把我放了。"

"这么简单？"

"篷车队里没有位置给多余的人，而且他们很迷信，认为杀一个残废会带来厄运。"

"之后呢？"

提奥克里托疲倦地叹了口气，"哦，我走到海岸边，到了那里才发现走错了方向。然后我不想再走了,就留在那里生活。"

"哪里?"

"索拉门。"洛雷登挑起了一根眉毛。索拉门位于海岸线的北部,若是步行,离他们当初扎营的地方有两个月路程。除此之外,那里还有着非常繁荣的奴隶市场。"我找了份工作,勉强算份工作吧。不付钱的那种,有点像见习工。"

"啊。"

"后来我被派去划一艘大船。"提奥克里托继续道,"这艘船在卡尼亚沉没时,我游到了岸边。现在我回来了。我想说回家真好,但我这人不爱说瞎话。"

"这么说,你还挺忙的。"

提奥克里托很不自在地耸耸肩,"正如你所说,比在军队里强。好了,别说这个了。你这几年跟老伙计们见过面吗?"

洛雷登摇摇头。"回来的本来就没几个。"他说,"我们也不搞老兵团聚,总之,你没错过什么。"他打了个呵欠,"说起来,有一天我在城市码头撞上了切尔森。他开了家黄铜铸造厂,生意不错,雇了不少人。"

"我受不了那个人。"

"我也是。真有意思,不是吗?混蛋活千年。"

在被认定死亡之前,提奥克里托曾是洛雷登的连长。在这个不鼓励英雄行为的地方,他算条十足十的好汉,进攻时冲在最前面,撤退时留在最后。他比洛雷登记忆中矮了不少,头发几乎全掉光了,脑门上伤痕累累。他被假定死亡后洛雷登接过了他的指挥权。据他所知,整个连队都牺牲了,他们是仅存的两个人。

提奥克里托死死地盯着他。洛雷登看出,他的目光中多是轻蔑。

"是的,"他说,"混蛋活千年,对吧?"

他们再次斟满酒杯,一言不发地对坐了一会儿。洛雷登找不出什么话题。

"好了,"最后提奥克里托将杯中的酒一饮而尽,站起身来,"不能待到太晚,明天还要干活。回见。"

"克里托。"洛雷登有点不知怎么开口,生怕说错话。

"什么事?"

"你……你手头紧吗? 我是说——"

那种表情又来了。"我说过,"他说,"我有工作。路上当心,巴达斯。"

"你也是。"

"哦,还有件事。"提奥克里托靠着桌子,让他的右腿可以轻松一点。

"什么?"

"我相信你有足够的理由把我留在那里,没有回来找我。"他说,"只不过,永远不要试图解释给我听。"

"保重,克里托。"

"我一贯保重自己。"他拖着一瘸一拐的右腿走了,整个人看起来像一根扭曲的铁丝。从草原高地到索拉门,一路这么走下来,一定是段极其漫长的旅途。

对有的人来说,旅途再漫长,为了活下去也一定会走完。

洛雷登没有碰剩下的酒,回到了他的"岛"。他其实很清醒,但这不重要。躺下来睡觉时,他对自己说,**不能再喝酒了**。正常用餐、锻炼身体、到击剑学校训练,甚至可能再弄一把新的剑,也许他能击败齐阿尼·阿尔维斯。毕竟,这不过是另一场战斗,是他擅长的领域。比这更艰难的,是走过漫长的回家路。

四

"你在看什么？"工程师询问道。

特姆莱退后几步。"对不起，"他说，"我只是看看。"

工程师沉下脸来，往锯木屑里吐了口唾沫。"难道你手头没活可干吗？"

"我干完手头的活了，在等下一批毛坯。想趁这个时间四处转转。"

工程师嘟囔着回去干自己的活了。他正在忙活的是一架小型重力投石机的框架，就是可以抛掷一百担石头的那种机器。此时，他正在用一把凿子和一个山毛榉木槌，在一块十二尺长的厚木板上凿出燕尾榫。这块厚木板是之前他和另一个人用一把十尺长的锯子从一根粗大的陈年白蜡木上锯下来的。

"这是主支架的一部分吧？"特姆莱问道。工程师有些惊讶地抬起头。

"人字架的左半边。"他回答道，"右半边已经打造好了。你怎么懂这么多机械知识？"

"我感兴趣。"特姆莱说,"我一直在观察。"

工程师点点头,他的胸口长满又粗又浓的白色胸毛,胳膊像熊一样粗壮。"我认得你,"他说,"你是那个新来的小子,那个草原人。"他嘴角抽动,露出一丝微笑,"我猜你在草原上看不到这些吧。"

"是啊。"特姆莱说,"看到这么多不同的机械设备,我觉得太神奇了。"

工程师忍不住大笑起来。"这些不算什么,"他说,"重力投石机的设计原理很浅显。你只需要在一头放上死沉死沉的配重,另一头挂一个可以放石头的吊兜,它就可以绕着由两个人字架支撑起来的枢轴转动。然后,你用绞车把配重吊起来,另一头装上石头。一放手,配重落下来,石头抛出去。简单得很。和我们这里制造的其他机械比起来,根本不值一提。"

"噢,"特姆莱说,"我觉得它们相当高明。"

工程师耸耸肩,"性能的确不错。毫不夸张地说,我们这里造的投石机可以将四百担重的石头抛出三百五十码①以外。这架只是小意思,抛掷距离相同,但只有四分之一的承重。"

特姆莱感激地点点头。看到他眼中的热忱,工程师心里很受用。真正的工程师全都是满怀激情的人。像画家和雕塑家一样,他们也渴望得到别人的崇拜和尊重,而且他们知道,自己该得到的远不止如此。一个雕塑只要看起来像模像样就可以,而一台机器却必须能够运作。

"你们怎么知道该造多大的机器呢?"特姆莱问道。

工程师再次哈哈大笑起来,不过并没有恶意。"我的孩子,这是个相当好的问题。有些你可以通过计算来决定,我们管它叫公式。其余的,只能通过不断的试验和不断的出错来获得经验。你先造一个,看看行不行。不行就换个方式再造一个,就这样不停地试下去,直到造出一个能用的。我们管这

① 一码约为零点九一米。

叫原型机。"

"啊——"特姆莱说。

"举个例子,"工程师一边仔细画好需要用凿子轻轻敲击的长方形区域,一边说道,"军械部长来找我,说他们刚刚在从长恩到这里的海堤上建了五座堡垒,需要我们供应十架轻型投石机。他把对投石机的要求告诉我,于是我开始思考。我们曾经造过一架抛杆长三十三尺、配重一万担的投石机,可以将五十担的石头抛出两百码远。就投石机而言,这型号算是小意思,和小孩的玩具差不多。但可以以此为基础来设计。我是这样考虑的:三十三尺抛杆、一万担配重,可以让五十磅[①]的石头飞出两百码远。如果要把一百磅的石头抛出三百五十码以外,我可以先试试四十尺的抛杆加一万五千担的配重。然后,我忽然想到,等等,我以前还造过一架五十尺抛杆、两万五千担配重的投石机,可以将三百担重的石头抛出二百七十五码。因此,我决定先试一下四十尺抛杆加一万担配重,如果抛杆断了,那我就知道四十尺的抛杆对于一万担配重来说太长了,于是尝试三十六尺抛杆。既然抛杆变短了,那么就需要增加另一头配重,因此我把它加到一万七千担。如果抛杆撑不住,就需要加粗,刚才的那些数据就没用了。"他停下来歇了口气。"制造机器,"他说,"急不得。"

"太复杂了。"特姆莱说。他听起来有点灰心丧气,工程师忍不住露出微笑。

"造出能用的机器,"他说,"确实是相当复杂的过程。不能用的东西,随便哪个该死的傻瓜都能做。无意冒犯,孩子,但你们外邦人就是这样。你们看到一个机械设备,就觉得这是个好主意,我们也做一个。可你们从来不停下来思考尺寸和材料。等发现不能用了,你们就说,去他的,哎呀呀,神明发

---

① 一磅约为零点四五千克。

怒了。就此甩手不干。区别就在这儿，"他敲敲自己的前额，补充道，"这里。"

"我明白了。"特姆莱回答道，"这就是你们都很聪明的原因。"他打量着一旁的部件——有的靠墙一溜儿摆开，有的被夹在特制的夹具中，还在制作中——同时嘴唇翕动，无声地计算着。"我想不仅抛杆和配重很重要，"他继续问道，"造出尺寸正确的支架也很重要吧。"

"你开始入门了。说不定我们能把你培养成一名工程师。"他拍拍面前被粗大的铁钳固定在支架上的木料，"我一直在想，把支架做成 $12 \times 8 \times 12$ 的尺寸，应该就差不多了。毕竟我不需要装配那种能支撑起三万五千担配重、长六十尺的抛杆。你懂了吧？配重大，抛杆长，人字架也需要立得高。但是，支架的顶角越是尖锐，被压垮的可能性就越大，因此你必须给它更多的支撑。但就在这个时候，军械部的某个笨蛋过来要求你减掉两千担的配重，不然准备安装投石机的哨塔承受不了。"工程师夸张地翻着白眼，"你明白我的意思吗？"

"明白。除了投石机，你们还做什么其他的机械？"

"应有尽有。"工程师自豪地说，"今年到目前为止，我已经做了射石车、弹弩、野驴砲①、弩砲、石弩，全是这类鬼东西。我可以告诉你，做这些精巧简便的重力投石机可是个愉快的活儿。"

当特姆莱坐在自己的工作台前，小心将已淬过火的剑刃放在软钢芯上时，他不禁想起他的叔叔特斯莱。很多年前，他想方设法抓了一个佩里美狄亚的制砲工匠，开始以极大的热情以及各种别具特色的酷刑折磨他的俘虏，要他吐露制造战争机器的秘密。他折腾得越狠，效果越差，直到有一天他把俘虏弄死了，依然没有套出半分秘密。这给草原部族留下了深深的困惑和敬

---

①古罗马扭力投石机的一种，因为其投射石弹像野驴被追击时踢起石块，所以又被称为野驴砲（onager）。

意。在那之后，特斯莱宣称要攻占这座城市是完全不可能的事，因为它的人民宁可面对最惨烈的死法也不愿背叛。当时特姆莱年仅十二，刚到可以参加议政会的年龄。他怯生生地指出也许他们用错了方式。对于这些人，以拷问来获得情报显然是无用的。如果换个方式，直接向他们友好地询问不行吗？由于生怕自己被直接打发回去睡觉，他又急忙补充道，这些佩里美狄亚人虽然傲气十足，以城邦为荣，宁死也不会出卖它，但只要问出正确的问题，让他们有机会在无知的野蛮人面前炫耀一下，没准儿会轻易吐露实情。

五年后，他来到这里。事实证明，用这种方式来套取情报比他想象的还要容易。现在他已经拿到了关于攻城塔、长梯、弩砲、重力攻城槌以及重力投石机的尺寸以及具体建造数据。而且只是去了趟图书馆，看了本书，他就学到了侵蚀和破坏城墙的技术。在酒馆认识的一名卫兵甚至带他参观了城墙和哨塔。他还和这名卫兵坐下来喝了几杯，顺便计算出换岗间隙以及当班的人数。由于在军械厂工作，他对城市里箭矢的储存量以及生产能力的了解比卫兵队长还要多。图书馆员还答应帮他找一本书，这本书描述了十种攻破防线、往城里灌水的可行方案。二十年前它曾是军事学院的必读书，如今却已经被大部分人遗忘。这是一本好书，和这座城市一样，精彩、令人不安，还带着一股子深藏的悲凉。

他将缠好的剑刃和钢芯放进火中加热焊接。他对此无比熟稔，从来不担心失手。在当前的局势下，他唯一能做的，就是确保在危机到来的时候，城里人至少有几把用来自卫的宝剑。

准备付钱观看阿尔维斯对洛雷登一案的人排成了长队。队伍中，有两个人披着一模一样、颜色和款式都已过时的斗篷。一个是高瘦的年轻男子，另一个是个头差不多高但身材有点圆润的女孩。

（"我怎么知道？上次我来这里还是五年前。"

"你就没想到时尚会变吗？"

"老实说，没有。"

"我的天哪！"）

他们的方言不仅不算粗俗，反而略显古雅。排在后面的人听到之后互相捅捅对方，眨眼示意。岛民，他们悄声说，并夸张地检查着自己的钱包是否还在。

"我不太确定要不要看这个。"检票员从她手里收走门口买的票，发给她一小块骨筹，女孩压低声音说道，"看两个成年人厮杀到底有什么意思？"

她的双胞胎哥哥摇摇头。"他们很可能不会打太久。"他说，"更有可能出现的情况是一个杀了另一个，干脆利落。"

"别装傻，"他妹妹回答道，"我要说什么你心知肚明。我认为这是一种野蛮的做法。"

她哥哥耸耸肩。"我不是在替他们辩解，"他说，"只不过，你若想深入了解这群疯子，你就得来看这个。"

"嘘——他们会听到你说的话。"

"啊，但他们听不懂'疯子'这个词①。听着，你想加入公司，在这里开展业务，就得对他们这种病态的司法系统改变态度。"他补充道，"有人问你的看法的时候，你必须说这是全世界最好的司法系统，明白吗？"

女孩点点头。"明白。"她说，"不过我还是搞不懂——"

"闭嘴。法官来了。我起立的时候，跟我一起站起来。"

"野蛮。"女孩从鼻子里哼了一声。

当海平面上现出伸入云端的白色冠冕时，佩里美狄亚曾给她留下种种美

---

① 他们在以母语交谈。

好、浪漫的观感。但在三重城待了三天以后，美好的印象破灭了。她仍然不适应这里的气味，也受不了这里的街道。巨大的反差处处可见。市集摊头摆着数不胜数的华服美衣以及布料，令人惊艳，颜色和质地更是岛民们做梦也想不到的。但如果你穿着这些衣服上街，里衬会在五分钟之内被扯坏。这里的建筑，即使是在下城，也建得高大宏伟，可以和她老家王子的住处媲美。然而室外的街道却满是泥浆和秽物，踩下去咯吱作响。马路上手推车和四轮马车拥堵在一起，横冲直撞，经常溅得过路行人一身污水，就算躲在排水沟边上，还是避不开直直撞过来的车子。街上的行人都穿着体面，显得很富足，但她注意到她的哥哥自始至终将佩剑明晃晃地挂在皮带上，走路时避开门廊以及黑暗的巷道。她的结论是，这是一个旅行的好地方，但并不适合住下。

"看，辩护律师在那里。"她的哥哥低呼一声，伸出一根手指捅她。

（令她不适应的还有一件事：在家乡，用手指指点点是一件很粗鲁的事，但这里人人都这样做。刚来这儿的头一天半里，她尴尬得满脸通红。）

"这个是原告律师，那个是被告律师。"她哥哥继续说道，"我想原告的律师更有名气。"

"我不看。结束之后你跟我说吧。"

"随你。"他往后一靠，想在石凳上坐得舒服点，同时四处张望，看看有没有认识的人。

一开始，他并不情愿在这趟旅途中带上维特里丝。但眼下她也没制造出什么麻烦，这让他改变了主意。确实，由于她的缘故，晚间安排变得乏味了许多，但同时也免去了挺大一笔支出。她的衣食住行会花些钱，但总体算来还是省下了不少，倒也是好事。而且，不可否认的是，她确实对做生意大有帮助——在老家，漂亮脸蛋什么作用都起不到，但这些自诩精明的佩里美狄亚人看到女孩的浅笑和偶然露出的脚踝，简直就像饿坏的鸽子见了谷子一样。这一招以前在老家的时候他是万万不敢用的,毕竟在那里,要是哪个男人不割断和自己姐妹眉来眼去的陌生人的喉咙,肯定会被当作懦夫。这儿就不一样了,也没什么不好的,只要维特里丝别太习惯这种风气……

照现在这速度,他将破天荒地在最短时间内完成任务。五分之四的酒和油已经出手了,卖了个好价钱。在亚麻、木材以及香料上赚的利润只有酒和油的一半,符合他的预期(也就是说,足以弥补他在两千盏刺猬形状的油灯上犯的错误。也许该把这批货在港口倒掉,为回程的货物腾出位置)。现在他就只缺两样货物:挂锁和螺栓。谁让他运气这么差,恰好选在这两种货物都异常缺货的时候来呢……

"发生了什么事?"

"嗯?哦,抱歉,还早着呢。这一环节叫诉答程序,就是——"

"嘘——"

他不好意思地转头道歉,接着降低音量继续说道:"这一环节,他们要将案情陈述一遍。通常会有点专业——"

"为什么?"

"什么?"

"为什么还需要陈述案情?我是说,如果最后的裁决是基于谁先把谁的脑浆打爆的话,陈述案情有什么用?"

文纳德耸耸肩,"我不知道,又不是我发明的这套司法系统。听着,我不要求你认同,只要了解大致的运作方式就行了。要做生意,最起码要了解商业法的基础。"

维特里丝嗤之以鼻。"哼,"她说,"我认为这太荒唐了。"

"嘘!"

案件陈述终于结束了,要不是石凳坐起来不太舒服,维特里丝差点就睡着了。她一边打呵欠一边眯起眼睛，看着下方两名穿白衬衣的男子在法庭中央的决斗场上互相试探，绕着对方打转。显然，高大的金发男子是热门人物。因此，她决定给另外一位加油。

以岛民的标准来看，他算是矮的，但在这些人当中算中等个头。她的座位相当靠后，从这里看过去，他比另一位年纪更大、个头更矮，也更单薄。尽管如此，她还是不能理解为什么所有人都认为他会输。她的判断刚好相反。在剑术方面，她完全一窍不通，尽管文纳德试图解释过几句。在忍受了几分钟关于飞刺、自右向左劈、双手剑之类的术语之后，她终于宣称这听起来跟曲棍球似的，只不过更荒唐、更危险。的确，她一窍不通。但如果要她下注的话，她会赌矮的那个赢。她问过自己为什么，最后认定是因为高的那个看起来很骄傲自大，也就是说，他很可能不够谨慎。

我希望矮个子赢，她在心中默念。**不为什么。**

战况逐渐激烈。双方停止了绕圈，开始刺向对方。维特里丝忘了这件事有多么荒唐，坐在她那窄小的位置上，兴奋得身子直往前倾。她想为选手加油，就像在赛马场一样大喊大叫，但其他人全都没动，安静地坐着。这群人真是奇怪，去看表演却不能喝彩有什么意思呢？

"要不了多久就该结束了。"文纳德摆出老手的笃定姿态低声说道，"看，他感到疲劳了。"（维特里丝心里很清楚，他总共只看过三场这类对决，但文纳德就是这种德行，也许这就是他能在生意场上游刃有余的原因吧。）

维特里丝观察了一会儿，有点疑惑他们看的是不是同一场斗剑。她不懂，也不想费神去了解剑术。但她认为，哥哥口中的疲倦，不过是矮一点的那个男人巧妙地抢占了决斗场中央位置，让另一个傻瓜消耗体力做各种动作而已。她不得不承认，这就是经验和自负的对比。此时，高个子也不再以剑尖直刺，而选择以剑刃劈砍。她认为这表示此人已经乱了章法了。是的，她也同样认为，要不了多久决斗就该结束了。

高个子朝着对方的脑袋劈出惊人一剑，对方立刻以既优雅又省力气的方式挡了回去。维特里丝很认同这个男人的行事风格。即使在那么荒唐的情况下，也在尽量做到务实。要是对面那个傻瓜再掉花枪，一不小心将自己的剑折成两段，岂不是自作自受？

洛雷登心口一紧，意识到现在只是时间问题了。他能感觉到，阿尔维斯认为自己已经赢定了。他的脑子对这场决斗失去了兴趣，已经放弃防御，转而依仗自己在速度、臂长以及力量上的优势，攻击时用剑刃多过剑尖。他知道洛雷登过于疲劳，很难发动有力的回击，所以自己很安全。这点，洛雷登也心知肚明。结局在洛雷登被逼进场中央的那一刻就已注定。

洛雷登甚至不再去判断对方的攻击方位。他意识到，与其紧张地去判断对方要从哪个位置劈砍，倒不如依靠本能来格挡。这么多年锻炼出来的条件反射是靠得住的，但也只是将早已注定的结局延迟了一点。阿尔维斯迟早会用一个假动作来终结这场决斗。

阿尔维斯假装攻击他的左上方，诱使洛雷登重心挪到后脚以反手格挡。他脚步刚挪到位就意识到自己上当了。对方真正要攻击的是他的膝盖，此时已经没有任何回旋的余地。该死，他平静地想，感觉自己好像身在旁听席而不是下面的决斗场，居高临下地看着阿尔维斯的剑砍过来。危急关头的本能反应让他猛地扭过身来，左肩向前的同时右腿向后。对方的剑在距他膝盖毫厘之外的空中划过。十年的职业经验让他意识到阿尔维斯乱了阵脚，正是防守薄弱的时候。他没时间看清，仅凭印象，朝阿尔维斯脖子的位置砍过去，同时祈祷自己没有犯更大的错误。

他刺中了什么。

　　首先要做的是脱离危险区——确认步法和身体的动作,拉开距离,剑撤回呈防守姿势以后,才有余暇看对方的头是否还在。

　　头还在的,但下巴一侧有豆大的血珠涌出来。对方正在后退,以争取时间以及安全的距离。洛雷登马上挺身直刺。这是一个防御动作,主要目的是刺激对方,让他退得更远。阿尔维斯的回击有点笨拙。**他怕痛**,洛雷登意识到,**真没想到**。他再次向前刺去,这一回比刚才认真得多。对方的回击十分娴熟,但仍处于守势。此时,阿尔维斯已经退到了决斗场中央。

　　就在这时,洛雷登想到了制胜招式。他第三次刺向前方,故意将左肩送出,让自己的左半边露出空当。这一招位置很低,阿尔维斯必然从上面反击。就在对方一剑刺来的时候,洛雷登迅速将后脚与前脚交叉,重心向右移,手中的剑垂到阿尔维斯的剑下方,希望这一系列动作能避过剑锋。他感觉到有什么东西划过腹部,顾不上察看,挥手来了一记短劈。

　　他意识到自己上当了。

　　阿尔维斯手中的剑也画了一个圈,随即直劈下来。剑刃和洛雷登的头骨之间没有任何阻隔,唯一的办法就是用剑柄的笼手挡一下,但那意义不大,因为下一剑……

　　没有下一剑。

　　随着一声不大的脆响,阿尔维斯的剑断了,断掉的十八寸剑头掠过洛雷登的脸颊。阿尔维斯的动作还在继续,尚未完全意识到自己的剑断了。洛雷登手腕一翻,对准阿尔维斯的脸部,刺出了短促而无力的一剑。这一刺看起来不痛不痒,甚至有点可笑,前提是阿尔维斯手里的剑可以格挡。可惜没有,洛雷登的剑尖直接戳进他的眼睛,瞬间杀了他。

　　“我们要鼓掌吗?”维特里丝倒抽了一口冷气。

"不要。"

"哦。"

事情发展和她想的不太一样。对手的剑在紧要关头折断,让人觉得纯粹是运气不好,但她不这么认为。毫无疑问,是他迫使对手做出注定会砍折剑尖的动作,否则他早就一剑将对方干掉了。她放松下来,从口袋里掏出一个苹果。

目睹一个人当场毙命并没有让她感到惊恐不安,也许是因为她坐得太远,看不到死者的面部表情,也看不到血。坐在高高的看台上,下面发生的一切就像一场游戏,死去的人很可能根本没死,只是在装死或是在表演。她不得不承认,这场表演很刺激,还好她从一开始就认定了赢家。不管怎么说,现在她已经见识过佩里美狄亚的诉讼案了,运气好的话,她根本不用看第二场。为了仅仅四吨延误交货期的木炭,他们采取的解决方式显得既粗俗又过分。

"我们可以走了吗?"

"我们要等判决。"

"判决?但他已经……"

"怎么回事?"

艾希莉的脸上带着刚从一场混乱不堪的噩梦中惊醒的表情,脸色惨白。

他没有回答。把剑递给她时,才意识到自己忘了把剑擦拭一下。**有什么关系呢?**

"怎么回事?"她再次问道。

"什么怎么回事?"

艾希莉用力咽下一口口水。"刚才怎么回事?"她追问道,"我还以为——"

"我也是。"洛雷登跌坐到椅子上，答道，"咱们可以不讨论这个吗？还有，行行好，帮我挡住那班混蛋。如果他们敢在这时候过来打扰我，我发誓我一定会杀了他们。"

艾希莉严厉地瞪了他一眼，匆匆赶去阻拦炭业公司的人。他们多半是来投诉的——因差点被杀而给客户带来紧张不适，结账时应该打个百分之二十的折扣。这是个多好的借口啊。

他又想起阿尔维斯的断剑。纯粹是我的运气，战利品的三分之二成了破铜烂铁，正如剑的主人一样。谁能想到一把老旧军用阔剑的笼手居然能磕断一把质量上乘的司法用剑？他越想越疑惑，但没有精力穷究不舍。

说起来真有意思，钢条上的一个小瑕疵、小气泡，或是在铁匠锤子底下逃脱的一点沙砾或者其他什么鬼玩意儿，居然能够反转结局、颠覆正义。他总觉得有什么神秘力量在影响整个事件———一种细微得无法察觉的力量，一种不怎么公平的力量。

也许，是我作弊了。他下了结论。

"我把他们打发走了。"艾希莉扑通一声坐在他身边，说道，"他们说——"

"我不想知道。"

艾希莉点点头，"行。去痛饮几杯？"

洛雷登摇摇头。"我想找个地方躺一会儿。"他回答道，"然后我就不干了。金盆洗手。"

"先去痛饮几杯？"

"哎，好吧，大醉一场，然后我就彻底不干了。"

"你知道吗，"艾希莉一边从白镴酒壶里倒酒出来一边说道，"刚才我差点以为你说真的。"

"我刚才是认真的。"洛雷登回答道,"现在也是。"他换了只手,按住压在腹部伤口上的毛纺布。血早就不流了,多亏用了白兰地清洗伤口,还敷了从酒馆房梁垂挂下来的几缕蜘蛛丝。但不知为什么,他不想放松压在伤口上的力道,总觉得这伤本该更严重。"我太老了,也没什么天赋。该转行去做点别的了。"

艾希莉透过杯沿看向他,"比如?"

"我还没想好。"洛雷登小心翼翼地从酒里挑出一只小苍蝇,"最容易想到的就是,开一家剑术培训学校。"

"当然,你可以开。"艾希莉回道,"但是,自己精通击剑的动作不等于有能力教别人。"

"好吧,不是这个就是去做助理。你觉得我做助理怎么样?"

艾希莉摇摇头。"你干这行毫无希望。"她说,"首先,你会把所有的客户都得罪光。再说,你根本不知道这行有多少苦活累活要干。拿我自己做例子,我在天亮前一小时就起床了,在早饭前就写了十二封信,然后去和客户会面,一直到来接你的时候。今天下午,我还有更多的信件要写,还要处理账目,草拟诉答文件——"

"好了好了,你已经说服我了。光是看文件和写文章就够我受的,更别提要那么早起床。要是我愿意早起,当初就不会离开——"

他停住话头,显然有点不好意思。艾希莉不禁好奇起来。

"继续说呀,"她说,"如果你愿意早起,当初就不会离开农场,对不对?"

洛雷登做了个鬼脸,点点头。"没错,"他说,"一段恐怖的日子,幸好后来离开了。好——"

"噢,噢,"艾希莉愉快地嘟囔,"这么说你真的是农家少年,对吧? 老实说，我完全没猜到。我正准备打赌说你一辈子都没出过城呢。"

洛雷登竭力保持面无表情。"我也只去过一两次。"他说，"我父亲在中邦有一个小农庄。当然，他只是佃户。我们换个话题吧。"

艾希莉耸耸肩，有点不快。"不想提就算了，"她说，"我只是好奇，没别的意思。"

洛雷登谨慎地倒满杯子，然后一饮而尽，几滴红色的酒顺着他的下巴淌下来。"行了，"他说，"题外话说够了。如果你觉得我干不了助理，那我还是去教课吧。"他叹了口气，"要是能有一两样跟这可恶的行业不沾边的选择就好了。"他说，"问题是，别的我都不会。"

"开家酒馆？"

"太辛苦。"他笑道，"再说我对怎么经营酒馆一窍不通。是不是经常有服过役的老兵从战场下来，开起了酒馆？"

"表面上是这样，实际上通常是他们的妻子和女儿在经营。"艾希莉笑了起来，"我叔叔不再跑船以后开了一段时间酒馆。他经营得很好，只不过后来觉得无聊，就卖了酒馆赚了一笔，买了另一艘船。"

"你在暗示我吗？我得告诉你，我不会游泳。"

"我叔叔也不会。我的意思是，不要让自己被一个职业束缚住，动弹不得。"

洛雷登摇摇头。"太危险，"他说，"我得疯了才会让自己一辈子待在被水包围的地方。"

艾希莉没有听他说话，她忙着偷听坐在他们后面那张桌子上的人。洛雷登皱起了眉头，随即也注意听起来。

"别做得那么明显。"艾希莉不满地低声呵斥，"太尴尬了。"

"你还说我？你就继续听吧，不知道他们在聊什么有意思的话题。"

"事实上,他们的话题就是你。应该是刚从法院过来。"

"哦。"

"外邦人。"

"啊,原来如此。"

洛雷登伸长了脖子,想看清楚点。他看到一个瘦脸、高颧骨的瘦高个男子,以及一个看起来明显和他是孪生的女子。同样的面部特征在她那里就顺眼多了。

"别傻了,"男人正说道,"如果他的剑没断,他要干掉你看好的那家伙就像切烤肉一样容易。我一辈子没见过比这更侥幸的事。"

"文纳德——"

"更别提那不公正的结局了。"男人继续说道,"另一方明显在各方面都比他强,只不过在戏弄他而已。如果不是这样,他早就可以结束这场决斗了。我说啊,谁让他对一个老家伙起了同情心呢,活该!"

"文纳德——"

"太神奇了,说真的,这把年纪了还在打。我的意思是,这一行竞争非常激烈,只有最好最强的才能存活下来。该死,我就算把一只手绑在背后也能打得比他好——"

"文纳德,他就坐在你背后。"

男人一下子僵住了,好像一只脚踏进了陷阱似的,一动也不敢动。洛雷登发现自己正盯着女孩的眼睛,连忙把目光转开。

"糟糕,维特里丝,你干吗不——"

"我一直想提醒你,白痴。你最好马上道歉。"

"他可能没听到。"

"他当然听到了。你叫得像驴那么响。"

"我才没有叫得——"

"好，如果你不去，就只好我去。"

"维特里丝！拜托，你想干——"

女孩站起来，走到洛雷登的桌子前。艾希莉将脸埋在手掌里，竭力忍住不笑出声来，洛雷登则忽然发现自己的靴子尖格外迷人。

"打扰了。"

洛雷登抬起头。"有事吗？"他说。

女孩甜甜一笑。刚才还觉得整件事有那么一点意思的洛雷登开始烦躁起来。面对刻意的殷勤，他总是有点不耐烦。"我想替我的哥哥道个歉。"她说，"你知道，我们是外乡人——"

"别放在心上。"洛雷登说，"再说，他也没说错。"他作势转身倒酒，但效果被空空如也的酒壶破坏了。女孩似乎并没有注意到。外邦人，他想，同时向艾希莉递了一个"救救我"的眼神，却被对方直接无视了。

"他没意识到自己这么没头脑。"女孩继续说道，"老实说，有时候我都替他感到羞耻。他做事总这样。"

洛雷登勉强对她笑了笑，开始受不了她的口音了。"是吗，"他说，"没关系的。艾希莉，我们一会儿预约的是几点？"

"什么预约？"

"你知道的，就是到城里另一头去办事的那个。"

艾希莉从鼻子里轻轻哼了一声，摇摇头，"我没听说啊。"她忍笑忍得很艰难，好不容易才把话说完。

"至少他应该请你们喝一杯。"女孩一边说一边向她哥哥招招手，后者正躲在一个空的苹果酒壶后面，尽量装作不存在。"文纳德，"女孩叫道，"请他们喝一杯吧。"

文纳德慢吞吞地站起来，暗暗发下商人中间最狠的誓言，决心以后再也不带他妹妹出门了。在老家，她从来不敢这么做。**看来越快回去越好。**他拖拖拉拉地走开，点了一大壶葡萄酒，然后很不情愿地到她妹妹这里来。

"你真是太客气了。"艾希莉说，"坐下来一起喝一杯吧。"

洛雷登瞪着她，还试图在桌子底下踢她的脚，结果她把脚挪开了。"是啊，请坐。"他笑了笑，用仓促之间能使出的最敌意的语气说道，"我叫洛雷登，这是我的助理，艾希莉。"

女孩有点吃惊。"你的助理？"她重复道。

"是的。我是一名辩护律师，她是我的助理。"他意识到女孩大概把艾希莉当成他的妻子了。他衷心期盼这两个人能一起走开。

"原来如此。"女孩一边说一边在他对面坐下来，"我叫维特里丝，这是我哥哥文纳德。我们从岛上来。"

"来这里做生意？"

维特里丝点点头。"文纳德带我入行。"她说，"这是我第一次出国。我们的父亲去世前将船和货物平分给我们俩。我就说，也许我也该尽一份力。"

"真的吗。"洛雷登尽量让自己的语气听起来不感兴趣。他做得棒极了。"我想你一定充分利用这段时间到处看了看吧。"

"哦，是的。"女孩兴高采烈地回答道，"所以今天我们才会去法院啊。文纳德说，到了佩里美狄亚却不去法院参观简直不可想象。"

"但愿你看得开心。"洛雷登依然不冷不热地说。女孩忽略言外之意的能力特别强，居然热情洋溢地直点头。

"真的很开心。"她说，"太刺激了。事实上，我们刚才就在争论这个。你瞧，文纳德自诩为万事通，但我告诉他，我从一开始就知道你会赢。"

"你错了，"他说，"正如他所说，不过侥幸而已。"

"真的吗？"女孩很惊讶，"你肯定是在自谦吧？"

"那我需要自谦的地方太多了。"

维特里丝沉思了一会儿，大笑起来。"你让我太吃惊了。"她说，"我以为你能轻松赢下，但事情并非如此。"她犹豫了一下，继续说道，"这么说，另一方折断了剑是纯属偶然喽？"

洛雷登瞥到艾希莉的目光，她已经不再傻笑了。他决定继续聊下去，让她也吃点苦头。

"纯属偶然。"他说，"不过，这种事时不时会发生。因为我们在法庭上用的剑，剑刃比普通的要薄。区别在于剑芯是如何回火以及如何与剑刃钎接在一起的。如果剑芯在钎接过程中受到过度煅烧的话，剑身就会出现薄弱点。一旦薄弱点受力，剑就断了——对不起，我讲得太技术化了。"

"我明白了。"维特里丝说，"我问这个问题，是因为在那把剑折断前一秒，我已经预感到它会断了。很奇怪，不是吗？"

洛雷登摇摇头，"我刚才说过，这种事时有发生。你得学会去面对它，正如你不得不学会面对死亡一样。"他戏剧化地补充了一句。艾希莉抛给他一个"快住口吧"的眼神，他假装没看见。

维特里丝睁大了眼睛。"所有的诉讼案都是生死决斗吗？"她问道。

"除了遗嘱案和离婚案，其他都是。严格说来，它们的司法管辖权和其他案子不同。不过，审讯的时候是在同样的法庭，由同一群法官做出判决。这个传统可以追溯到遗嘱查验和家庭事务在牧师自设法庭审理的年代。"

"你们不是不信神吗？"维特里丝反驳道。

"我们现在不信，但我们有过信神的年代。"

"原来如此。是你们强行取缔，还是人们渐渐失去了信仰？"

洛雷登耸耸肩。"我想，二者皆有。"他说，"当宗教逐渐开始失去人心时，皇帝乘虚而入，一缺钱就没收教会财产。照我看来，就算不缺钱，他们也一样会这么做。总之，没了金银和地产，当牧师又有什么意义呢？于是整个教会体系就此终结。"

全程僵硬地坐在那里一言不发的文纳德，终于想出了终结这个尴尬局面的办法。"不好意思，"他说，"你刚才是不是在打斗中受伤了？"

洛雷登点点头。"没什么大不了的。"他说，"正如你所说的，我很幸运。"

"伤口不需要处理一下吗？"文纳德急切地问道。

他话音刚落，洛雷登发现伤口又开始流血了。洛雷登抬头看了对方一眼，目光锐利。然后他点点头。"你说得对，"他说，"恕我不能奉陪……"

女孩有点失望。"好吧，"她说，"很高兴认识你。等我回到老家，一定会告诉大家，我和真正的佩里美狄亚剑士一起喝过酒。"

洛雷登强忍尴尬地笑了。"当然，"他说，"一路平安。"

洛雷登和艾希莉离开后，文纳德长出了一口气。维特里丝先发制人。

"都是你的错。"她说，"我几次想提醒你，你却不听。"

"我早该知道什么都是我的错。"她哥哥叹了口气，"在你闯出更大的祸之前，我们赶紧消停了回旅馆吧。你不准——"

"真奇怪，"维特里丝打断他的话，"我真的预先知道他会赢，不骗你。但是谈了几句之后，我发现他也只是个普通人。"

"我不知道他是什么样的人。"文纳德回答道，"但在你滔滔不绝的时候，我听到他至少设法插了三句话。我说，这已经很了不起了。"

维特里丝没理他。"好了，"她说，"我们赶紧去餐具市场吧，你可以教我怎么挑选铜器。你不是说今天有好多事要做吗。"

亚历克修斯从他的书上抬起头。"怎么样？"他说。

"他赢了。"

教长微微点头，合上书，将它放在诵经台书架的尽头处。"没什么。"他说，"进来喝杯苹果酒吧。"

听到"苹果酒"这几个字，卡纳迪微微撇了撇嘴。"我不这么认为，"他回答道，"这件事有点诡异。"他坐在房间里唯一一张毫无装饰的椅子上，继续说道，"结局出人意料，纯粹是运气。阿尔维斯几乎将他玩弄于股掌之间，但接下来他的剑忽然断了。"

"说明我们的防御场是有效的。"教长回答道，"我只希望我们没有做得太明显。"

卡纳迪摇摇头。"问题是，"他说，"我不认为这是我们干的。或者至少说，"他揪着短胡茬儿补充道，"不仅仅是我们。我发誓我能感觉到另外一个印记——"

"哦，拜托，"亚历克修斯打断他的话，"你知道我在这方面的看法。"

他的同僚皱起了眉头。"只是意见不同而已。"他承认，"我很肯定，除了我们布置的防御场之外，我还察觉到了别的什么。别再给我灌输什么无意识神秘主义，还有做事要讲实际之类的，我的结论纯粹来自我的观察。我认为我们的防御场的确起了作用，不过只是让他可以不停地躲避来自对手的攻击，不论对方使出的是妙招还是臭招。让阿尔维斯的剑折断的，完全是另一种力量。"

亚历克修斯点点头。"嗯，当然。它作用在阿尔维斯身上，很可能影响巨大。"他思考了一会儿。"也许是有人对阿尔维斯下了咒？"他推测道。

"有可能。不过说是诅咒有点过了。我感觉影响是很轻微的。不是说那股力量很小，而是它被应用在微不足道的小事上。与猛地一击相比，更像轻轻一推，不知你能不能理解我的意思。"

　　亚历克修斯背靠着墙,凝视着天花板上的马赛克壁画。无意间,他开始数起了星星。"这种现象很不寻常。"他说,"如果那股力量如你描述的那样强大无比,那它带来的反作用力将非常可怕。谁会动用这样的力量,仅仅是为了——用你的话说——'轻轻一推'?如果要承受如此高阶的反作用力,那我肯定会挟雷霆之势,一下子将受害者拍倒。"

　　"这点我也想过。但假如这是一种天然的能力呢?"

　　亚历克修斯眯起了眼睛。"一个无意识的举动。"他沉吟道,"有可能,但我认为这种现象极其罕见。也许是之前的那个学生。"

　　卡纳迪摇摇头,"那你肯定早就注意到她了。你从来不会忽略这种力量。"

　　"可能隐藏得很深。"亚历克修斯大胆猜测。他揉着小腿背,缓解发麻的感觉。他房间的床用来睡觉都很不舒服,用来当椅子坐更是一个草率的举动。"不对,如果她本身有天赋的话,在我施错咒的时候就可以直接阻止我。而且我进去的时候,应该能够感应到她留下的一丝无法掩饰的恶意。我想我们可以将她排除掉。但是有一个天赋者在法庭现场,这是个很合理的推断。我可以想象,人群中有人全力支持处于劣势的一方,脑海里出现剑断了,处于劣势的一方得救后欢欣鼓舞的画面。纯粹出于本能——"

　　"很有可能。"卡纳迪站起来,绕着圈子走了几步,又坐下来。"如果是这样的话,"他继续说道,"情况不是更复杂了吗?如果我们不得不再次回到你脑海里的画面,谁知道我们去了以后会看到什么?"

　　亚历克修斯躺回床上,闭上眼睛试图清空脑子。最重要的,是找回权衡轻重缓急的能力。"在失去判断力之前,我们是否应该先将后果想清楚。最糟糕的情况——"

　　"就是诅咒直接反作用在你身上。"卡纳迪急躁地打断他的话,"给你本人以及受你牵连的同僚带来天大的麻烦。佩里美狄亚的教长死于自己的诅咒——"

"别人怎么会知道死因？"亚历克修斯反驳道。

"我亲爱的同僚，健康状况极佳、吃穿不愁的人不会无缘无故蜷缩着死去。"

"告诉他们我病了有一段时间了，是自然死亡。事实上，甚至可以算是解脱。"他睁开眼睛，"你真的认为会走到这一步吗？"

"我亲爱的同僚——"

亚历克修斯坐起来，脚一挪，踏到地上，"我认为，该轮到我对你说实话了。卡纳迪，我毫无头绪。"

"亚历克修斯，你是教长——"

"是的，我是。作为教长，我算是世界上最了解元理规律的人。我却对它如何起作用都不知道。你也是。"在卡纳迪开口之前，他补充道，"我们的知识加起来——注意，是加起来——也不过是确定它会起作用。我们两个穷毕生精力，研究几百年来数千名哲学家和学者的著作，也只是确认它会起作用。我们的了解仅限于此。更别提如何控制这种力量了。"

"是的，但是——"

"现在，"亚历克修斯继续道，"有证据表明城里出现了一个能够控制这种力量的天赋者。而且，"他略带一丝苦涩，"多半是凭本能行事，甚至可能根本没有意识到自己在做什么。这还不够，更雪上加霜的是，我施的一个诅咒居然脱离掌控满城市乱跑，并且对我紧咬不放。"他狠狠地咬着指节，"你知道吗，当初我们就该将研究方向限定于数学以及道德范畴，毕竟这本来就是应该研究的方向——"

"没错，奈何我们没做到。至少，你没做到。"

"你不是挺乐意介入的吗。"

"行了，"卡纳迪用手摩擦着脸，"说这些没用。如果我们克服不了这个难题，还有谁有这个能力呢？"

亚历克修斯叹了口气，"你自己刚才也说了，我是佩里美狄亚的教长，而你是城邦学院的掌院。我们上任的同时也等于放弃了向他人求援的权利。"

"天赋者。"卡纳迪忽然说道，"也许他能帮忙拨乱反正。"

"我们刚刚不是一致认为，他多半还没有意识到自己的所作所为吗？再说，即使我们能说服他相信自己拥有特殊的能力，他也不见得就能按照我们的要求行事。"

"我们好像别无选择。"

"你说得对。"亚历克修斯跌坐下来，下巴磕在胸口，"但我们怎么才能找到你口中的天赋者呢？我们不能在城市里瞎逛直到奇迹发生啊。"

卡纳迪思考了很长一段时间。"说实话，"他说，"我想不出还有什么别的办法。"

"但这样可能要找好几年。我又没有——"

"我知道。"卡纳迪说，"仔细想来，还有一个变数。你在假设这位天赋者是这里的公民。万一不是呢？万一他是个外邦人，来这里做生意，过一两天就要离开呢？没准儿他已经离开了。"

"没有证据支持这个假设。"

"是吗？问问你自己，如果他是公民，从一出生就住在这里，我们之前为什么没有遇上类似的状况？这是他第一次展示能力的可能性太小了。"

"有这个可能。"

"确实，但可能性很小。他的力量是如此强大，以至于一个下意识的愿望都能实现——"

"那只是我们的推断。"

"再加上我的观察，别忘了。我就在那里，在法庭上。"

"你说得对。"亚历克修斯痛苦地说，"那么，说吧，你有什么建议。"

卡纳迪耸耸肩，"除了满大街搜寻，我没有别的主意。当然，这么做并不能保证——"

"设个陷阱。"亚历克修斯忽然说道，"不，不能说是陷阱。是诱饵。诱使他再次使用他的特殊能力，或者在无意识中让他的能力暴露出来。"

"好主意。你打算怎么做？"

亚历克修斯吸了口气，从鼻子呼出来。"我不知道。"他承认。

卡纳迪身子前倾，双手托着下巴，"一定有我们可以请教的人。"

"我要跟你说多少次——"

"一个专家，"卡纳迪回道，"我们需要一个专家。在这座城市里研究元理的有多少人？几千人。这里面一定有人专门研究这个方向。术业有专攻嘛。"

"你是说，我们召开一个秘密会议，告诉大家我们惹上了大麻烦，问问有没有人正好可以拿出解决方案。拜托，卡纳迪。"

"我们当然要谨慎。我们可以发表一篇满是漏洞的论文，看谁会跳出来和我们争辩。"

"好吧。你知道这么做需要多久时间？而且，万一被你料中，天赋者是个外邦人，正准备离开这里怎么办？我们根本没有足够的时间。"

"你的意思是，瞎猜？"

"有根有据的猜测也好，俘获天赋者的陷阱也好，"亚历克修斯的目光越过十指相搭的双手盯着地板中央悬挂吊灯的环。"总比坐在这里吵来吵去强。"他苦笑道，"太有意思了，不是吗？我们本该是这方面的高手。"

"我们确实是。"卡纳迪沮丧地回道，"这正是我担心的。"

五

洛雷登醒来的时候,衬衫上还沾着血迹。他察看了一下伤口,用干净的毛纺布和湿润的苔藓包扎起来,换上另一件。

公寓里没有面包,他不得不艰难地穿上外套(侧腰使不上力,费了老大劲才将胳膊伸进袖子里),吃力地走下楼梯,穿过七拐八弯的狭窄小巷,来到"岛"的南边他很熟悉的一家面包房。这里的人都认识他,不会因为他要买发霉的面包而生气。

"给你留了些。"面包师的儿子说,"你喜欢发蓝的那种,对不对?"

他早就懒得费唇舌解释了,只是笑了笑,递过去一个铜夸特。小伙子挥挥手,表示不收钱。"今天我们请客。"他大方地说,"这里的名人可不多。"

"这样的话,那我就再来一条新鲜面包。你说什么名人?"

小伙子笑出声来,"他们叫你'伟大的巴达斯·洛雷登'。从昨天起,这附近的人都开始喜欢你了。"

"是吗？我做了什么讨人喜欢的事？"

"下注押你啊，不是吗？"

洛雷登挑了挑眉毛，"因为大家是好邻居？"

"主要是你的赔率高。见鬼，要是我知道你会赢，我押的就不止一个半铜夸特了。尽管如此，二百比一的——"

洛雷登拿起面包。"听起来在这个案子里你们赚得比我多啊。"他有点恼火地说，"怎么没人告诉我赔率是二百比一？我也可以押一把的。"

回家，走上看似没有尽头的楼梯。别的击剑手通过跑步或者在剑术学校的练习室晃来晃去来锻炼身体，他只需要从街上走回家门口就行了。面包房帮他留的那块面包一面覆盖着白点和有点瘆人的蓝斑，正是需要的那种。他小心翼翼地用匕首尖将蓝色斑点挑到左手心，再倒在一张干净的羊皮纸上。然后他打开包裹着伤口的布，极其谨慎地将霉菌拍在尚未愈合的刀口上，再重新包扎好。他不知道这个偏方到底有没有用，但自从这么做以来，伤口再也没有严重感染过。话说回来，司法用剑全都保养得干干净净，没有锈斑，所以很有可能只是巧合。他切了一片新鲜面包，倒出昨天剩下的半杯酒。

用面包霉菌疗伤是很久以前他从草原地区学来的小偏方。第一次听说这个方法时，他以为这是对新兵蛋子的恶作剧，类似的玩笑还有每一个新入伍的小家伙都会被哄去找军需官领骡蛋和著名的左手箭。后来他意识到这不是开玩笑，但他还是不敢把这法子用在自己身上。听说很久以前有一群人受伤了，除了鞍囊里坏了的面包以外，手头没有任何可以疗伤的东西，结果居然全都破天荒地痊愈了。洛雷登觉得这很可能只是个传说，草原人喜欢在他们那味道恐怖的奶酪里放霉菌，大概就是这么传开的。毕竟草原人治病的方法和他们的药一样，一向都稀奇古怪。另一个偏方是用柳树皮煮水治疗头痛，据他所知，确实有效。

自上场决斗以来，这是他第二次想起草原人。他想起又一把折断的好剑，还有他在酒馆对那个烦人的女孩做出的解释。草原人钎接剑刃与剑芯时用的是某种在较低温度下就能熔化的焊剂，因而不太容易搞砸回火的工序，剑也不会轻易折断。的确，草原人用的是单刃弯剑，根本不适合上法庭，但这项工艺可以应用在任何设计上。他不知道城里有没有人懂得草原人的铸剑方式，如果有，又该如何瞒过他人耳目找到这个人。

然后他又突然想起，他已经决定金盆洗手，转行干别的了。他皱起眉头，又切了一片面包。

他很早以前就在考虑退出，特别是最近六年以来，每场决斗结束之后。但想和做是完全不同的两码事。他的借口通常是不会干别的、没有其他的谋生技能、现在开始学一门新手艺已经太晚了，等等。直到昨天以前，他还能做到强迫自己相信这些说法。当然啦，他心里知道这些全都是借口。

事实上，在过去的十多年时间里，他一直认为自己是战争中残存下来的多余的人，就像切剩的肉末或皮革的边角料一样不堪大用。这是一种愚蠢的生活态度，更不必说相当危险，就连他自己也瞧不起这样的生活方式。随着一场又一场的斗剑，他不断累积着战绩，身上不断增添新的伤痕，从整整一代辩护律师中杀出了一条血路。然而自始至终，他都无法正视自己的问题。

是时候承认失败了。如果靠打斗能找回内心的平静，昨天就该起作用了。

开一所学校或是一家酒馆，只要你能活下来，就有无限的可能。

他重新穿上外套（这次更疼），痛苦地爬上山坡，向剑术学校走去。通常情况下，结案后的第二天，他最不想去的地方就是剑术学校。那里有其他律师、助理，以及令人生厌的凑热闹的人，身在这个行业就不得不应酬一二。他不想被迫与人寒暄，也不想忍受所谓用左手庆祝的传统。于是他将领子竖起来，偷偷摸摸地从边门溜进去。

出于种种因素，在学校做事的教练人数时有不同。原因涉及经济体系的健康程度、一年当中不同的时间点，等等。这栋建筑中，有六所历史悠久、学费昂贵的学校，他们拥有专属的训练区域以及专用的器械和配件。还有些老家伙以及脑袋缺了根筋的流动人口在廊柱间来回走动，招募学员，说辞是保证一天内练到天下无敌、一年内被杀就全额退款等等。介于上面两种类型之间的，还有十到十二家机构，以相对合理的价格提供一定程度的武器训练。这些机构大多数由业主自己经营，或者顶多加上一名助理以及一个身兼数职的雇员。这名雇员既是文书，也是注册员和会计。这些规模较小的学校共享主训练厅和器械，向理事会缴纳适量的租金。开一所这样的学校，你需要预付一个月的租金，在墙上钉一块写着你名字的布告牌。每天训练开始的时候，学员们可以在牌下集合。

在去理事会办公室的路上，洛雷登看到一个认识的人。此时掉头就走或者躲到圆柱后面已经来不及了。

"恭喜你。"

"谢谢。"他回答道。

这个人名叫伽利达斯，在律师行业干了六年，因一桩金融诉讼案失去了一只眼睛。现在他在排名第二的正规学校当助理，同时也帮忙记记账。他父亲曾经是骑兵队的一员。在一个寒冷的清晨，草原上一个被摧毁的哨所里，洛雷登眼睁睁地看着他死于箭伤。临死前他拼命请求有人能照顾一下他的孩子，洛雷登恰巧是离他最近的人。当然他很确定这位父亲以为自己在跟另一个人说话。

"我不知道你的排名会如何变动。"伽利达斯说，"阿尔维斯的排名在第六位左右，因此你至少能升到前十二名。"

"没有排名。我退休了。"

"噢,"伽利达斯吃了一惊,"从昨天开始?"

"从昨天开始,也是因为昨天那场斗剑。我也许愚钝,但至少懂得见好就收。"

伽利达斯点点头,"根据我打听到的消息,确实如此。说来奇怪,我们一群人本来打算一起去旁听的,结果不知怎么的没去成。"

"反正对学员来说也不是什么好的范例。"洛雷登回答道,"实力更强的一方反而输了,丧气得很。"

"正相反,这是很有意义的一课,提醒大家粗心大意、轻视对手会多么危险。那么,你有什么计划?过点轻松享乐的日子?"

"想得美。"洛雷登皱着眉头说,"不,我打算入你那行。事实上,我正要去见理事。"

"真的吗?"伽利达斯笑了起来,"你愿意的话,我可以在我们学校帮你说几句好话。"

"不用了,谢谢。我从来不喜欢替别人打工。不得不和客户打交道已经够惨了,但至少理论上,我还是自己的老板。我会像其他人一样钉一块布告牌,看看情况。"

"祝你好运。"伽利达斯微笑着说,"我总说希望能在这里多见到你。如果有我们不收的学员,我会记得推荐你。"

洛雷登点点头。伽利达斯很可能会说到做到,他一直很友好。当然,他肯定不知道,他上剑术学校(就是他现在工作的那一所)的高昂学费以及上学时的生活费全部来自洛雷登的军饷和奖金。再加上为了避免和他在法庭对决,洛雷登不得不推掉的几个颇有油水的客户,这些年来他已经花了一大笔钱在伽利达斯身上。如果伽利达斯可以推荐几个学生,让他这么些年的投资开始有点回报,倒也不是不可以接受的。

那天早上将近中午的时候，他出发去招牌工匠区定做他的布告牌。传统的布告牌画的通常是教练的坐姿，穿着出庭的衣服，携带他擅长教的武器种类，底下是他的名字以及价目表。然而近年来流行将剑手最出名的胜诉案件描绘在布告牌上，剑手的画像很高大，受了致命伤的对手则画得既渺小又卑微。有些教练甚至还付钱请人撰写赞美诗，用金色的字体铭刻在布告牌的边框上。洛雷登决定坚决抵制这类行为。

"巴达斯·洛雷登，"他按照自己的想法说道，"收费每天八分之三元，标准剑、双手剑及匕首，不需要特别好的服装。"

"只放画像和斗剑现场图吗？"

"不用画斗剑现场图。"

"你确定吗？"画师有点惊讶，"不额外收费。"

"不用画斗剑现场图。"

"我画现场图画得很好，放上去有极佳的宣传效果。"

"不用。"

画师思考了一阵子，"我可以画你头戴光芒四射、象征着元理保护力的冠冕。"

"想要这笔生意就别这么画。"

"坐到椅子上去。"画师恼羞成怒，"一会儿就来。"

他转身摆弄着放在摊位后头的瓶瓶罐罐。洛雷登往后一靠，想放松一下。天气反常地热，帆布遮阳篷的阴影让人觉得很舒服。从他坐的地方可以清楚地看到作为招牌工匠区交易中心的广场。佩里美狄亚有很多小型的工匠专区，这个区和其他专区一样有个广场，中央是一座喷泉，喷泉上通常有一座年代久远、被大家忽视的雕像，默默地俯瞰着下方。环绕着喷泉的是东一个西一个的帐篷和摊位，挡住了底层店铺夺人眼球的临街面。每隔一段相等的距离，会有台阶通向上层商店的走道。从这层向上走，是位于第二层的房子和作坊。广场的四角都建有通往相邻专区的拱门，不用说，拱门四周同样建有商店，整座广场被店铺严严实实地包围起来。由于广场周围的建筑很高，每一面可以利用日照的时间只有半天。阳光照到哪一侧，那一侧就有招牌制作匠人坐在门口，利用自然光工作。

摊位和中央喷泉之间不时有货车、四轮马车以及手推车轱辘轱辘地穿行而过。有时候两车对面相逢，不得不停下倒退，这种时候往往会响起暴脾气的争执声以及车夫惯用的咒骂声。与其他区域不同，招牌工匠区没有专属的特殊气味，只有周围环境固有的一丝无法察觉的味道。洛雷登心思活动起来：这里有这么多人、这么多生意，有这么多种可以让人过上好日子的谋生之道，有这么多盘剥穷人的方式。每一种有用处的、有利可图的生意都有自己的专属区域，在这里，人们可以很便利地找到制作这种特别商品所需要的每一样东西。一切是那么井井有条，人人都安心地在自己的岗位上各司其职。

相邻广场的商店和摊位属于颜料匠人。他们将贝壳、核桃、土灰、天青石以及铅泡在水里，取出颜色，再用蛋清或石灰水混合，制作出供旁边那个广场使用的颜料。闻名世界的佩里美狄亚金颜料就是由手艺最好、经验最丰富的匠人制作的。他们将氧化物、水银以及锡在大理石板上碾碎，加入三倍浓度的醋和铅粉，混合研磨，最后将成品装入小石瓶中。

颜料匠人广场的一角是刷子匠区——为一个行业服务的另一个行业。他们每天做的就是截取不同尺寸的鬃毛、装上把手、熬煮胶水以及捶打金属箍，只是不得不穿过十二个广场才能去胶水匠人区。从这里经过的人个个走得飞快，他们将领子竖起来捂住鼻子，免得吸入浸泡在石灰水中的生皮散发出来的恶臭。而胶水匠人则只需转过街角，过了桥，一边就是石灰窑，另一边则是制革作坊以及屠宰老病牲畜的屠宰场。路上他们会经过锯木工匠区。

在这个区域,他们多半会遇到招牌匠人来取刚刚用锯木机锯好的、刨得十分平整的木板。锯木机都集中在一个瀑布边,城市的匠人机智地利用水力推动一百多个带动锯木机的水车轮。

这里所有的人和物,都是整体的一部分。这些行业环环相扣,缺一不可,每一个行业的运作都要靠许多其他行业的合作。洛雷登坐在广场上,环顾四周,心头涌上一种不舒服的感觉:他是这里唯一一个脱离了整体的部件。其实,直到昨天,他还是佩里美狄亚各行各业的一分子,从事的是所有行业中最专业的一种,位于产业链的最远端。来到这里,意味着协议合同偶然间出了差错,商业机器需要来点鲜血润滑一番才能继续运行……他知道自己是在胡思乱想。等做好布告牌,从理事那里拿到一张给他划定地盘的羊皮纸,他就可以重新回到链条当中,拥有一个岗位、扮演一个角色、发挥某种功能。与其为此烦恼,不如享受大约一小时的"脱节"的悠闲。在佩里美狄亚,人们很少有这样跳出局外的机会。

"好了。"画师说,"在我上漆以前你要看一下吗?"

洛雷登点点头,站了起来。这是一张水平相当不错的招贴画,没有斗剑现场,也没有夺目的冠冕。他松了一口气。

"我的耳朵有这么突出吗?"

"是的。"画师将画笔在溶剂里洗了洗,用一块破布擦干。"听着,"他说,"我手头正好有一首写得特别棒的赞美诗,挽歌诗体,共五节。有人取消了订单,大减价。看,这样围成一圈特别合适。只要两个夸特。"

"不需要。"

"有些人的毛病在于对促进宣传效果的元素缺乏认识。"

"真可惜。"

画师叹了口气,将包在清漆壶口的蜡封切开。"要不要再买一套一模一样的微型画,挂在有钱人以及时髦人士经常出入的地方? 为了表示诚意,只收你三夸特。"

"诚意不诚意的我不管,别指望我付钱就行。"

"微型画和赞美诗加在一起八分之七元,我再多送半码挂绳。"

(——挂绳来自制绳工场,往西三个广场以外。在那里,人们将成捆的绳子拉过广场,在另一头用木转轴卷起来。这又是一个行当,一百多人以此糊口,他们生活在这里,也被局限在这里。)

"谢谢,不需要。好了吗?"

"给我点时间,行吗?"画师哀叹道,"这个环节要特别小心,不然一下子就花了。"

在画师上漆的时候,洛雷登继续想:不止如此,每一个忙碌的匠人身后都有另一套复杂的系统。他们要给妻子、家人提供吃穿;要教孩子适当的技能;为女孩找夫婿,把男孩送去当学徒。他们要付租金、还要缴纳行业协会的管理费、执照费,以及税金。他们要赡养日渐垂暮的父母和岳父母,还要为丧葬互助会以及其他互助团体尽一份力。在这些子系统中,每一个部件都迅速被整体抓住,不敢脱离自己的位置,因为害怕失去一切而不得不平稳运作。真奇怪,在另外一些地方,有些人完全形单影只也可以生活。当然,他们都是野蛮人,比野兽强不了多少,一生中从未画过肖像画也从来没有上过法庭。所以,必须把他们挡在三重城的城墙以及城门之外,让他们待在原来的地方。想想看,万一哪个忙碌的市民在上班途中不小心看到这样一个人,说不定会生出"我为啥要活得这么累"的念头。

"好了。"画师宣布,"注意,现在还是湿的,大概一个钟头以后才会干。你现在可以拿走,但肯定会沾上不少灰尘。"

"知道了。"洛雷登点头回答,"要不我把它放在这儿,两个钟头以后再回来取？"

"行。"画师一边在一卷亚麻布上擦着手一边说，"盛惠五夸特。"

两个钟头无事可做。以前他会找一家酒馆（多么合情合理，消磨时间不就是酒馆的功能吗），但他记得自己已经改邪归正了。不浪费钱买酒、不在白天喝酒，以及不再一觉睡到过午时分。那么好吧，他可以走回剑术学校，问问那张文件出来了没有，如果他们说还要等一个钟头，那还有时间在清漆干透之前赶回招牌匠人区。但他改变了主意，懒洋洋地朝特罗弗大桥的方向走去。这是他平时很少来的地方。一个红得发紫的教练在工作时间是不可能有机会出来看风景的，因此他最好趁现在有时间多看看。

"打扰了。"

他四处张望了一下才低下头。一个脏兮兮的小姑娘正在拽他的裤腿。他叹了口气，从腰包里摸出一个硬币。

"对不起，"小孩说，"你是巴达斯·洛雷登吗？"

不用道歉，孩子，这不是你的错，他这么想道。"是的，"他说，"你怎么知道？"

"你是一名辩护律师，对吗？"辩护律师是个复杂的词，小孩说得很慢、很小心，有点像一只母鸡生了一只六边形蛋，说完的时候语气中还带着胜利的自豪感，"我爸爸说，你是全世界最棒的。"

"以前是。"洛雷登皱着眉头回答道，"你爸爸是干什么的？是个辩护律师吗？"

女孩摇摇头。"他是做桶的。"她说，"但他喜欢去法庭旁听。有时候也带我去。"

"是吗？哦……挺好的。"

女孩点点头。"昨天他带我去看你干掉了那个人。"她兴高采烈地说，"我喜欢去法庭,因为每次我爸爸带我去看过之后都给我买蛋糕吃。"

"这么说,你喜欢吃蛋糕?"

"蛋糕是我最喜欢的东西。"

他从腰包里摸出一个半铜板,"你现在就去买块好吃的蛋糕怎么样?你肯定喜欢。"

女孩用力摇摇头,"我爸爸说不能吃陌生人的蛋糕。"

洛雷登叹了口气。"你爸爸说得对。"他说,"但他没说不能自己拿着钱去买。去吧,快去吧。"

女孩思考了一阵子。"我到爸爸的店里问问可不可以。"她说,"你要在这里等我啊。"

"这么办吧,"洛雷登建议道,"你带着钱去找你爸爸,给他看。怎么样?"

女孩犹豫了一下,点点头。"好的。"她说。

等女孩的身影消失在视线之外,洛雷登连忙过街,躲进离他最近的大型建筑中。这栋房子恰好是军械厂。运气好的话,她不会跟到这里来。

距他上次来军械厂已经有十年了。他畏缩了一下——先是伽利达斯,再是军械厂。该死,今天不知为什么,该死的当兵时期久远的记忆如恶狗般对他紧追不舍。上次来这儿,是跟叔叔一起来领二十筒箭的。明明答应得好好的却迟迟不送货,最终还得自己来取。(为什么连一根平头钉、一个弓盖,甚至一块饼干都得跟军需部门争取半天?)跟那时相比,这里的变化不大,仍旧是个又热又暗又嘈杂的地方:汗津津的后背在头灯照耀下隐约可见;火花四下飞溅,落在裸露的皮肤上发出哧的一声,不时要闪躲正在运送的大块金属原料;高高的脚手架塔上有人大声喊着什么;工具掉落在地发出咣当一声;机械锤砰砰的敲击声隐隐震动着脚下铺的地砖。还有沸腾的胶水、燃烧的油脂、烟、锯木灰、刚切开的金属特有的气味、极度缺乏润滑的钻孔机和车刀发出的尖锐的咯吱声、快速有节奏的踏板声、任务繁重的砂轮冲刷声、圆头锤在木质模版上敲打金属薄片发出的咔嗒声、金属回火发出的嘶嘶声。换个心情好的时候，他一定会觉得这是个令人兴奋的地方，所有的创造物都蕴含着勃勃生机。

"喂。"

"叫我吗？"他四处张望，但看不到声音来自哪里。

"对，就是你。你要干什么？"

洛雷登有点窘迫地笑了。"对不起，"他说，"我只是随便逛逛。我不是故意——"

"那就赶紧滚开，去别的地方逛去。这儿不是公园。"

他还是看不见是谁在和他说话，不过也不想继续这场对话了。"对不起。"他再次道歉，然后朝门口走去，却发现前面有一整车的木炭挡路。他绕过木炭堆，和一个稍微年轻一点的矮个子男人目光相交。男人手里拿着一把火钳，火钳上夹着一块烧红的铁坯，铁坯距离他的脸只有六寸。

"哎呀，对不起。"年轻人迅速将铁坯拿开。"是我的错，"他用一种听起来耳熟的口音说道，"有车子挡着，我之前没看到你。"

草原人，见鬼。很久没见过草原人了，说实话也并不是特别想见。近在咫尺、烧得通红的剑更巩固了这个想法。他阴郁地笑了笑，侧身挤过去，然后一路不停地向外走，直到重新回到室外。

他漫无目的地走了一阵子，一直走到城门口。如果今天注定要和不光彩的过去有交集的话，不如做得彻底点。他登上城墙，站了很久，思绪万千。过去的一切已无法挽回。然后，他看到了一家酒馆。

古怪的人，特姆莱想。说真的，城里有很多这样的人，绝对比老家多得多。他们在城里生存的概率比较大。在老家,古怪的人以及软弱无用的人会被大家摒弃,通常都活不长。

他站在锻炉边,看着温暖的炉火漫过已经加热过一次的剑身,钢铁的颜色依次从灰变成黄,再从黄变成暗红,然后变成紫色,最后是蓝色。一旦变成蓝色,说明二次冷却的时机到了。盐水浴事先检查过,温度正好(冷却时温度太低会增加钢的脆性),他将剑身从炉火中撤出来,投入水中。盐水上方腾起一团蒸汽,嘶嘶声越来越响,又渐渐归于平静,像落水的小狗发出的尖叫声。真有意思,炙热的火焰和微温的水居然能够将柔软可塑的钢铁锻造成坚硬的利刃。到底是什么原因呢,他不止一次感到好奇。

老家的人有自己的一套说法。他们说,人心如钢铁。要让一个男人更坚强更有用,就必须先用怒火煅烧他,再给他冷却淬火,让他沉浸在恐惧中,深刻认识自己的弱点。金属用盐水淬火,男人,则需要眼泪。这只是第一道工序。让男人坚强却易折,但还不能当工具或武器使用。接着必须挑起仇恨之火,小心翼翼地、缓慢地将他加热,然后再次冷却。正是这第二道工序,令一个男人有用,能伤人却不易自损。只有历经千锤百炼,才有资格为部族之神效力。

用锉刀打磨过表面以后,他把剑身放在铁砧头上狠狠地敲打了几下,以确认回火①这道工序没有减弱剑刃与剑芯钎接处的牢固程度。接着取了一罐浮石研磨膏,到抛光砂轮上开始了冗长单调的抛光工序。按理说这是刀匠的工作,铸剑师无须处理这类琐事。但分配给他的那名刀匠得在家照顾生病的妻子,特姆莱主动提出为他代班。这是另一个令他感到好奇的地方。在老家,

---

①回火是将淬火钢加热到奥氏体转变温度以下的适当温度,保持高温加热一到两个小时后冷却。经过回火,钢的结构趋于稳定,其脆性降低,韧性与塑性提高。回火往往与淬火相伴,是热处理的最后一道工序,能消除或者减少淬火应力,稳定钢的形状与大小,防止淬火零件变形和开裂。高温回火还可以改善切削的加工性能。

如果一个男人的妻子或孩子病了，其他人会自动把他的活儿干完，还会帮他带回属于他的那份牛奶和奶酪。而在这里，如果一个男人想在家照顾家人，只损失当天的工资已经是最幸运的事了。这样规定大概也是有原因的，只不过没人知道为什么。

昨天他目睹了一架巨型扭力投石机被竖起来的过程。这台机器精工细作，花了一个月时间才完工，可以将两百担重的石头抛出三百五十码以外。厂里的大部分工人都被叫去帮忙。他们有的拉绳，有的压住杠杆，其他人则将木支架对好位置，并以暗榫、木桩和铁钉将其固定起来。一旦支架合拢，经检验合格以后，就将绳索缠在上面。缠紧的绳索是投石机的动力来源。想再来个比喻？那太简单了。他们部族里的男人就像这些绳索一样，常年过着懒散和太平的日子，现在被缠绕起来，拉紧，随时准备发射……各种征兆和预言固然好，但不能随便看到什么都当真。如果你看到一只老鹰从敌军头顶飞过，爪子上抓着一只小鹿，这只是自然现象；要能看到一只小鹿在清晨时分违反自然规律在天上盘旋、翱翔，毛茸茸的蹄子上还挂着一只老鹰，这才能称为预兆。

它表面涂了沥青，以抵抗潮湿的东风。这台巨大的机器被军需部命名为"石弩（大型、定点式，编号三十六）"，但制造它的工匠们管它叫"老酒鬼"（要拼命灌才能把它灌饱，灌饱之后，喷射出来的力道可不小……），现在被放置在陆上城墙第三里处的哨塔上，填补了最后一个防御盲点。或者，至少在部里那帮毫无想象力的官员眼里，是最后的盲点。这座城市的人自认为已经准备好面对任何危机。只有极其迟钝的敌人才觉察不出这样的暗示。

在砂轮旁工作了两个钟头以后，剑身完成了抛光工序。虽然没有照他以往的习惯打磨得像镜子一样光亮，但正如他的同僚所说，为政府打工，做到这种程度已经够好了。剑被放在墙边的一个架子上，和这个星期做出来的其他产品摆在一起,之后会装上剑柄,经过检验,然后储存起来。储存方式是先上油,和其他二十把一模一样的剑一起插进一个塞满油腻麦秸的圆筒,然后将剑筒背到哨塔放在一个房间,就可以离开了。特姆莱洗了手,回到自己的岗位,继续工作。

他已经在一天内造出三把剑了,现在开始造第四把。“急什么呢?”他的同僚们不满他两倍于他们的高效率,说道,“难道你知道什么我们不知道的事吗?”他没有回答。

下班后,他打扫了一下,用茶油擦拭过工具,再将工具整理收拾好,穿上外套,走路回旅馆。白天有炎炎烈日的炙烤,夜晚地表蓄热会发散出来,傍晚时分则是最凉爽的时候,从石头中辐射出来的热量,像微温的耐热砖似的。这是城市最吸引人的时间段:你可以看到从商店和酒馆的门缝中透出来的温和可亲的灯光,听到欢快的说话声以及或美妙或难听的音乐声。无论在哪里,你都可以看到男人和女人并肩走着,不慌不忙,没有特别的目的地:丈夫亲密地挽着妻子,男孩试探地拉起情人的手,酒馆里的醉鬼对女侍拉拉扯扯。在老家,人们通常不是骑着马就是坐在地上,那画面更合乎情理,却没那么生动。

在旅馆门口,他看到一个披着长长皮大衣的男人倚着门站在阴影里。他想,看来,之前看到的确实是凶兆。

“朱莱,”他轻声问道,“难道他已经……?”

男人点点头。“他走得很平静。”他回答道——再次听到乡音,他居然觉得有点陌生,渴望、遗憾还有一点点厌恶同时涌上心头——“是因为高烧,死于一星期前。”男人仿佛忽然记起了什么。“我很遗憾,”他说,“他是个伟大的族长。”

特姆莱耸耸肩,心里知道他是过誉了。伟大谈不上,或许可以说是一个好族长。除此之外，他生前还是一个还算不错的父亲以及一位尽责的老师。但是，他不属于能为神所驱使的那类男人，他被放入火中的时机太晚，加热的温度太高，很有可能被烤得太脆。但是，他的儿子可完全是另一类人。

"我想我该回家了。"他说，"你离开的时候他们在哪里扎营？"

"在科库尔滩头。"朱莱回答道，"今年洪水很大，他们判断未来一周内都渡不了河。如果我们脚程快的话，可以在那里跟他们会合。"

"就算在那里赶不上他们，找到他们的踪迹也不难。"特姆莱心不在焉地说。他总觉得这里还有些事没做完，其实没有。他已经拿到了所有需要的信息，事实上，比他预想的还要多。客居的这段时间，他勤勤恳恳地工作，老老实实地赚一份工资，贡献了自己的一分力量。一个男人走到哪里都要尽心尽力，把所在地建设得更好。

"他们很可能会在原地等。"朱莱说，"那里有很多木料，你不是说你需要……"

"对。"他皱着眉头说，"我最好尽快准备好出发。你有没有给我带一匹马？我把我的马卖了。"

"一人一匹，还有替换的。"朱莱回答道，"我们不能耽搁太久。"

"好，那行，我马上就来。"

他把朱莱留在门口，走进旅馆。真奇怪，这个巨大的石头车厢没有轮子，哪儿也去不了，还得付钱才能待在里面，但对他而言却有种家的感觉。他闻到烤箱里晚餐面包的香味，看到女人们正在铺桌子。一群男人——是他的朋友——正在玩掷骰子游戏，对他点头致意。以目前的局势来看，他真希望以后不再有机会见到他们。

旅馆的老板娘正在搅一大锅汤，偶尔从长长的木勺末端尝一小口，估摸着加上一两撮这样那样的香草。一看到他，她露出了笑容，保证说晚饭马上就好。

"事实上，"他说，"我不继续住了，请结账吧。"

"你要走了吗？"她有点失望，"噢，没事吧？"

"我父亲过世了。"

"很遗憾。是生病吗？"

特姆莱点点头，"我最好尽快出发。"

老板娘放下勺子。"看到你回去，你妈妈一定会很高兴的。"她说。

"她也过世了。"特姆莱回答道，"在我很小的时候。"

"真是难过。我想现在你是家里的顶梁柱了。"

"是的。"

"大家庭吗？"

"很大。对不起，我必须走了。还欠你多少钱？"

女人摇摇头。"没关系，"她说，"离上次付租金才过了两天。算我的吧。需要我帮你准备点路上的干粮吗？"

特姆莱婉拒，她坚持，最后为了能脱身，他不得不接受半条面包、一根香肠以及两个苹果。"很高兴能招待你住在这里。"她一边说一边递给他一个盖着干净麻布袋的篮子，"下次进城的时候，一定要来看我呀。"

"我可能会回来的。"特姆莱说，"很快。"

"我期待这一天。一路平安。"

"我会的。谢谢你为我做的一切。"

"别客气。"

特姆莱感到自己就像个刽子手。他将一些零碎东西收到包裹里，没有跟任何人打招呼，匆匆离开了旅馆。他心里默默祈祷：当尘烟自东方滚滚而来，所有佩里美狄亚人惊慌失措的时候，请务必尽快离开。我不想伤害你们，真的。只不过——

"好了吗？"朱莱牵来一匹身型高大的马，把缰绳递给他。

"好了。"他回答。

"我差点忘了，你收集到需要的情报了吗？"

"是的。"

朱莱笑出声来。"太好了，"他说，"下次你再踏上这片土地，形势将完全不同。"

特姆莱咬紧牙关。"但愿如此。"他说。

他们上马后沿着街道缓缓而行（隔了这么久再次骑上马感觉有点陌生），生怕路上的车辙和鹅卵石绊到马蹄。在城里骑马的人不常见，傍晚散步的人依旧慢悠悠的，不急着给他们让路。比周围的同胞（不，已经不再是同胞了）高出一头的感觉让特姆莱觉得有点傻，有点太打眼，像游行队伍里不可一世的贵族子弟。他那高大威猛的草原种马跟在出来闲逛的一个矮胖的秃头面包师以及他那圆滚滚的太太后面，不耐烦地刨着蹄子、甩着头。等到面包师夫妇停下来买薄煎饼，他们才得以挤到前面去。否则，要花大概一整夜的时间才能走到城门口。

城门终于出现在前方的视野里。一个男人从酒馆里走出来，低着头，径直冲到特姆莱的马面前。他用力向右后方收紧缰绳，把马勒得直打转。幸好他拉得及时，那愚蠢的酒鬼才没有身受重伤，但他靴子尖上的包头（在军械厂，各种重物随时会掉下来砸到脚尖，这种铁制包头是必要的防护措施）还是从侧面戳到了那个人的脑袋，将他撞翻在地。特姆莱惊叫一声，滑下马，将缰绳递给朱莱。

"你没事吧？"

男人揉着头。"还不是你害的。"他嘟囔着，"你怎么完全不看路？"

因为喝了太多酒，他言语含糊，很难听清。特姆莱知道城里发生的大多数打斗都是由酒引起的。因此，他只能道歉，将地上的人扶起来，掸去沾在对方外套上的泥土和脏东西，最后将那人原先拿着、后来掉在地上的一块扁平的东西捡起来。不巧的是，他的马已经在上面踏了好几下。

"你这小丑！"男人惊呼起来，"看看你干了什么好事！妈呀，你看我的布告牌！"

从酒馆漏出来的灯光照在一幅崭新的肖像画上，画工了得，可惜画中人脸的位置多了个马蹄大小的洞。特姆莱注意到那人的手垂到了腰间本该挂剑的地方。幸运的是，那里没有剑。

"真是糟糕。"特姆莱喃喃说道，"我很抱歉。请一定接受我的赔偿。"

"那是当然！"那人吼道，"更别提钱财损失、精神伤害，还有在公共道路上疏忽纵马的罪名。"

特姆莱觉得，这话从这个醉鬼嘴里说出来就有点过分，毕竟，他刚才还想从他的马蹄下走过去。但他注意到了几个细节：那张布告牌、对方嘴里的法律术语以及将手伸到腰间皮带的本能反应。不管是烂醉还是清醒，有理还是无理，他都不想和一个职业辩护律师打起来。"当然。"他连忙说道，"要赔多少钱？"

醉鬼好奇地看着他，发胀的脑袋闪过一些快要忘却的记忆。

"你，"他说，"你是军械厂里的那个草原小伙子。"

"对，"特姆莱回答道，接着他也想起来了，"今天下午我在那里看到你的。你刚进来就出去了。"

那人点点头。特姆莱松了一口气，感觉危机解除了。一个醉鬼可能会因为酒后怒气而对冒犯他的陌生人动刀子，但不会对认识的人怎么样。那人的脸色好了些，几乎露出了微笑。

"你损坏了我的布告牌,"他说,"花了我一整天的时间才把这该死的玩意儿画好。要知道坐在那里让人画像是多么无聊……"

"能想象得到。"

那人耸耸肩。"算了,"他说,"这样,我告诉你,只要你帮我个忙,我就不计较什么布告牌了,同意吗?"

特姆莱犹豫了。他正要离开这座城市,恐怕帮不上什么忙。但反过来说,直接拒绝肯定会激怒那个醉鬼,让他陷入比刚才还要糟糕的麻烦中。"嗯。"他说。

"你是铸剑师,对吗?"

"对。"

"就知道。"那人缓缓点头,"从草原来的铸剑师。那么你一定知道怎么用银把剑刃和剑芯钎接在一起又不容易折断。"

"是的,"特姆莱说,"你是怎么——"

"朋友,"醉鬼严肃地说道,"你很可能会成为我的救命恩人。你看,我是个辩护律师。法庭上的击剑手——或者说,以前曾经是。我现在不干了,准备做教练。以后的日子除了要早起以外,应该挺好过的。不管怎么样,我还是需要一把不会打到一半就断掉的剑。最近已经有两把上好的宝剑被我弄断了。"他心痛地补充道,"另一把折断时离我的脸只有这么近,就是你我现在的距离。"他靠得很近,就算特姆莱对酒不甚了解,也闻得出他喝的是两种很受欢迎的廉价酒。"然后我想到,那些草原上的混蛋,他们知道怎么造出不容易折断的剑,至少十二年前他们就已经掌握了这种技术。这就是我要你帮的忙,布告牌的事就此了结,怎么样?"

特姆莱脸上突然没了表情,回答的声音也不带一丝情绪。"就这么说定了。"醉鬼似乎没注意到他的变化。

"好样的。"醉鬼笑着说，一边大力拍打着特姆莱的背，"我的名字是洛雷登，巴达斯·洛雷登。到剑术学校来，随时能找到我。要是什么时候你想学击剑，我给你个折扣价。"

"谢谢。"特姆莱轻声说道，"和你交手会是我的荣幸。"

醉鬼现在心情大好，在特姆莱上马时替他扶马镫，还开心地挥手送他上路，接着他扔掉了破损的布告牌，趔趔趄趄地来回转了几圈，好像不知道要往哪儿走，最终又回到了酒馆。特姆莱一言不发地骑马穿过城门，来到了桥上。

"刚才是怎么回事？"朱莱问道。

"那个人，"特姆莱说，"想要我给他打一把剑。"

朱莱耸耸肩，"他是个傻子。"

特姆莱在马上回过身来。借着水面反射过来的火把的光芒，朱莱看到特姆莱的脸上满是泪水。"朱莱，你认出他是谁了吗？"

"一个醉鬼。哦，对了，是个什么劳什子辩护律师，但我感觉更像是收钱办事的打手。"

"应该是退伍之后改行了。想想吧，朱莱，一个知道用银做焊药的男人，还说他是十二年前知道的。明白了吧，朱莱。"

思索片刻，朱莱忽然低声咒骂起来。"麦克森手下的侵略军。"他低声说道，"你觉得他是远征军的一员？"

"十二年前，朱莱。他在草原上了解到银焊药的存在。相信我，他绝对不是商人。"

"我的神啊，如果我是你的话，刚才当场就会杀了他。"

特姆莱摇摇头，笑道："他会继续活着。事实上他帮了我一个大忙。你知道吗，住了这么久，我几乎忘了来这里的初衷了。"

朱莱差点咬到舌头。"这不可能。"他说。

"我说的是差点。"特姆莱回答道。(忘了麦克森？怎么可能。他就是一个污点，一个无论你洗多少遍澡、无论用浮石怎么磨，也擦不去的污点。十二年过去了，他的存在，连同骨头和头发燃烧的味道，一起深入骨髓，如同衣橱里那股挥之不去的雪松味。)"在军械厂，因为闷热，大家都脱了衣服工作，除了我。"他扭身将外套脱到一半，然后拉下一边肩膀的衬衣，露出一个惨白瘢痕的边缘部分。"我们相处得那么和谐，我可不想跟他们解释这伤疤是怎么来的。"他拉上衬衫和衣服，将围在脖子边的领子抻直。朱莱注意到，脱离马鞍生活这么久，他的动作变得有点笨拙。特姆莱回头看着城门两边燃烧的火把。"等我放火烧城的时候，我要将城门从外面拴上，朱莱，最起码我可以出这份力。"他又用不得不扔掉一条还能穿的裤子的语气加了一句，"真是可惜，我还挺喜欢他们的，真的。但总而言之，事情到了这种地步，宁愿我自己动手也比别人强。"

朱莱有点不解地看着他。"这是你父亲的愿望。"他尴尬地说道。

"我敢说，"特姆莱厌恶地回答道，"他年轻的时候还是颇有几分血勇的，当了族长才开始软弱，到后来更是被生活的艰辛折磨得奄奄一息，一辈子不得志。他永远也做不到火烧佩里美狄亚。但我能。"

他的同伴凝视着他。"你真这么认为吗？"他说。

"哦，是的。他们甚至还教会了我怎么做。"

六

筛遍城里的每条街道，卡纳迪是这么说的。走过大街小巷，踏遍每一个广场，直到你感应到来自"钓鱼线"尽头的牵引力，那就说明你找到了天赋者。这是唯一的方式。

也许有用吧。亚历克修斯坐在喷水池边的台阶上喃喃自语，手里还拽着左脚的靴子。但是我脚痛。而且，如果让别人发现我这三天以来不停地在街上走，他们会怎么议论我呢？

他不禁怀疑，有没有可能他把整件事本末倒置了？是的，他现在仍然会受到突如其来的攻击：头痛欲裂、发热出汗、胸口和腿上尖锐的疼痛、呕吐以及拉稀。但这些症状越来越轻，发作频率也在降低。随着噩梦渐渐消逝，他最终又可以安睡了。加强三倍的防护和能量场可能起了作用，但保持护盾对他精神力的消耗可能比攻击本身更让他吃不消。而且他觉得，如果不是卡纳迪也在每天不间断地帮他维持护盾，效果不会那么好。不过更有可能的是，由于洛雷登从与阿尔维斯的对决中奇迹般地生还,并且转行,诅咒本身的力量开始减弱。随着洛雷登逐步摆脱诅咒的影响,诅咒因失去能源而逐步衰减。亚历克修斯甚至在琢磨是不是可以彻底切断与诅咒的联系。他确定这是可行的,尽管之前没人实验过。

他将靴子慢慢套回肿胀的、火辣辣的脚上。不,这不是解决办法。唯一的希望是找到那个可恶的天赋者,可这比他预想的要难得多。也许天赋者已经离开了城市,卡纳迪很肯定这点。亚历克修斯则衷心希望他没走,只要一想到今后要一辈子忍受这种痛苦,他就高兴不起来。

如果我会魔法就好了,他暗想。先施个移动咒,以便轻松到达各种地方,让走路什么的见鬼去吧。或者,更妙的是,我可以舒舒服服地坐在房间里,占卜出那家伙的身份,然后引一道雷劈向他。话说回来,如果我会魔法,这些我都不必做,只要直接把诅咒剥离并销毁就皆大欢喜了。当然,最初把我拖下水的那个难以捉摸的可恶女孩不见得会高兴,但她高不高兴跟我有什么关系呢。我早该听我妈的话,不要和陌生女人搭话。

街对面的作坊里有两个男人在制作锯木机,准备装在瀑布下方的锯木场里。紫杉木边材朝下、芯材朝上,已经被切割成弓形。锯刀从厚实的顶部垂下,底部通过一个曲柄轴和水车连在一起。弓形装置起到弹簧杆的作用,将锯刀向上带动,切割放置在长长的水平传送平台上的木料。水车轮叶每转动一次都会将锯刀往下带动,曲柄在回转时又将它带上去,这样一上一下,相当于两个人站在普通的长条锯子两头拉动。两名木匠正在做收尾工作:将两根斜支柱合拢,以承托来安装弓形弹簧杆的横梁。

尽管不是工程师,亚历克修斯仍然很欣赏这种新鲜设计。看来又有新式机器出现了。设计的改进很可能让生产力提高,使大家获得更便宜、更平整的木板。有那么一刻,他感到无比嫉妒。为什么他当初不去钻研技术呢?技术可以通过思考和试验加以改进。在城里的每个角落，你都可以看到忙于工程技术的人。在每个广场，你都能看到有人用木棍在地上画图，或者用指甲在木板的背面勾勒。他们永远在追求更好的设计：更经济实用、更优雅、更好看。相反，作为佩里美狄亚的教长，他一生都在解释魔法不存在、元理的大部分领域是人类无法理解的——就算可以人为操纵达到某些效果，在实际应用上的意义也不大。但解释又有什么用呢？可他照样穿着丝织品和亚麻衣物，而那些忙碌的木匠们却光着脚，穿着粗糙的毛织物。

还敢自称巫师？真是不折不扣的骗子！该给他们戴上手铐，赶出城去。

两名工匠完成了最后几个暗榫的拼合，年纪大一点的让助手用手摇轮轴进行测试。以人力摇动锯木机看起来相当吃力，用瀑布来推动显然更合理。对此，你完全可以说这就是有效、良好地运用了元理。年轻人发一声吼，木头在压力下发出咯吱咯吱的声音，轮子被推动了。

啪的一声巨响，紫杉木弹簧杆干脆地断成两截。悬在上方的锯条失去了支撑，慢慢塌下来，倒在一边，沿着曲柄轴和水车轮的连接处撕开。那名年轻工匠猛地扑倒在地，逃过了一劫。只差一寸左右，他的肩膀就会被砸到。年纪大一点的工匠咒骂起来，年轻人也骂骂咧咧地一拳砸向他的师傅，随后还狠狠踹了木支架一脚。这一脚对他自己的伤害可比对机器大多了。在他们大叫大嚷、互相咒骂的时候，心情平复下来的亚历克修斯站了起来，继续出发搜寻。

经过下一个广场的一家锁匠铺时，他感知到了牵引力。尽管与他想象的感觉不同，但信号却明白无误。他脑子里出现了某种紧张的压迫感。那感觉就像暴雨迟迟不下，空气中压力倍增，大量水汽被压缩成——怎么说呢——有点类似苹果酒或苹果白兰地的浓度。他的头部两侧也隐隐作痛。

他立即停住脚步。毫无疑问，异样感的源头就在这儿。一眼扫过去，他看到店铺里有三个人。年长的老者是锁匠，亚历克修斯曾经从他手里买过一把挂锁（那么，肯定不是他），还有一男一女，看起来明显是外邦人。有意思，看来卡纳迪的推测是对的。

男人身形高瘦，颧骨很高，长着一张和气却有点滑稽的脸。女人明显是他的双胞胎姐妹——他想起很久以前读过一个关于双胞胎和天赋者的有趣理论，说两个人之间如果有天生的、发自内心的心灵共通，就会对元理产生一种奇妙的吸引力，有点类似铜对闪电的吸引。她长得十分像她的兄弟，却让人觉得很漂亮。反观她的兄弟，最多只能算是相貌奇特。亚历克修斯一看到她，两侧脑仁立刻剧烈抽痛起来。*就是她。*

他想，要是能够预料到这样的见面方式，提前准备好说什么，该有多好。现在他只能寄希望于锁匠认出他的身份，并且以一种让外邦人一看就知道他是当地大人物的方式来接待他。他有充分的理由相信，锁匠认出他的可能性很大。于是他把手伸进口袋，确定身上有钱以后，迈步走进店铺。

开头很顺利。锁匠正在和那个外国男人进行某种复杂的谈判，中间来一点小插曲在策略上对锁匠有利，于是他立刻停止谈判，以夸张的方式欢迎他尊贵的客人，并直率地询问亚历克修斯对上次购买的挂锁是否满意。"蒙佩里美狄亚教长大人赏识！"这话说出来，立刻在空气中荡开，就像清晨弥漫的海雾。

两个外邦人互相看了一眼。有门儿了。

"没什么急事，"亚历克修斯说，"我不打扰你。"

犹豫片刻，外邦人和锁匠继续讨价还价，听起来他们谈的是四打挂锁，连同钥匙及配件能优惠多少的问题。亚历克修斯正在琢磨该如何跟女性外邦人搭上话，却发现他根本用不着主动开口。

"打扰了，"她说，"但我实在好奇。我听说过很多关于你和你的能力的

123

传闻。你真的会魔法吗？"

要不是头疼得厉害，他简直想感叹一句太妙了。他努力忽略身体的不舒服，微微一笑。

"不能算魔法，"他说，"一般说来，我们从事的是哲学和科学研究，让我们对自然法则的观察比普通人略深一些。因此，我们可以制造某些——嗯——效果，但这纯属偶然。在旁人看来就和魔法一样。但我们不能将铅变成金，不能将人变成青蛙，也不能在空中飞翔或者召唤闪电。"

她花了点时间才听懂整段话，显得有点失望。"哦，"她说，"我一直想见识一下真正的魔法师。啊，对不起，这话听起来太粗鲁了。"

此时正是露出长辈般慈祥微笑的最好时机。"完全不会。"他说，"我也一直想见识一下呢。但我能接触到的最接近魔法师的人物，就是被我们称作天赋者的人。"

"噢？什么是天赋者？"

亚历克修斯眼睛的余光扫到正在谈判的两个人，谈判似乎进入了更激烈的阶段。同时，他觉得头痛欲裂——

她正在施加影响。她想不受干扰地和我聊天，因此让谈判变得更为复杂。她是怎么——

"啊，"他说，"我要是知道就好了。你瞧，天赋者很罕见，不容易遇到。至少在这里——在城里遇到的概率很小。似乎本地不出产天赋者。"

"原来如此。那么他们来自哪里呢？"

亚历克修斯扬起了一根眉毛。"很奇怪，"他随口编道，"在被记录下来的案例中，似乎有很多源自岛屿。如果我没认错的话，你们——"

女孩容光焕发。"没错，"她说，"我们就来自那里。噢，我想从我们的口音啊衣服啊之类的，应该很容易看出来吧。"她补充道，"不过奇怪的是，我从来没听说过我们的人会魔法。"

"不要用'魔法'这个词。"亚历克修斯说,"关键是,就算你和天赋者在一个地方生活了五十年,你也不会觉察到。天赋者最擅长的是让事情发生——全是那些谁都不会注意到的,普通、日常的小事。比如一块石板瓦片从屋顶滑下来、两个人因为牛奶的价格争吵等等——但他就是能让这些事发生。而且很可能,"他很不情愿地按捺住火气,补充道,"他自己都不知道。"

"太好了。"女孩说,"这么说我有可能是天赋者,自己却永远也发现不了?"

疼痛越来越剧烈,不再是小打小闹,而是达到了完全无法忍受的地步。亚历克修斯用尽全力才没有表现出来。尽管如此,他还是不禁感到,这一切都进展得太顺利了。

"有可能,"他说,"当然,可能性极小,主要是因为太少——"

"主要是因为你能研究的案例太少。"女孩抢过话头,"我的意思是,如果他们做的都是些日常小事,不是呼风唤雨,也不是把人变成青蛙之类的,你又怎么辨认呢?难道说像你这样的人一见面就可以判断出谁是天赋者吗?"

亚历克修斯疑惑地想,*也许,疼痛是她让我分心的策略,让我不能专心思考,也觉察不到自己被人牵着鼻子走。但是,她为什么要这么做?*

"我从来没见过,所以我不知道。你瞧,这就是问题所在。这是一种罕见现象,我们几乎完全不了解它。我只知道,"他明白自己很有可能正在一步一步走进最危险的陷阱,但他只想快点结束这场对话,让他可以带着自己的脑袋离开这里,摆脱疼痛。他补充道,"我只知道,每六个,或者说每十二个岛民中就有可能出一个天赋者——或者任何比例都有可能。也许所有的岛民或多或少都有点能力。"他尽可能用平稳的语气说道。

"是吗?"女孩看起来很感兴趣,高兴起来,"那么如果——不,请原谅我的唐突，我知道你很忙。"

接着，他表示如果她和她的哥哥愿意成为研究对象，他和他的同僚一定会很高兴。亚历克修斯几乎感觉到嘴唇被"鱼钩"给勾住了。当然，现在发现已经太迟，而且这该死的头疼——

"如果，"他补充道，"你和你的哥哥有时间的话——"

"噢，我们下午没什么计划。文纳德。"她捅了捅她哥哥的肋骨，问了一句，"我们下午不忙，对吗？"

"什么？ 噢，不忙。我们之前不是计划去中城看看吗？ 我以为你想参观一下学院和——"

"这样的话，"亚历克修斯几乎可以感觉到有根线在拉扯着，自己仿佛变成了儿童剧里的提线木偶，"请允许我成为你们的导游。里面有些有意思的地方是不对公众开放的——"

"噢，太棒了！"女孩的眼睛闪闪发光，而他的头痛更厉害了——"噢，文纳德，我们去吧！ 一定很好玩。"

不久之后，亚历克修斯陪着两名新同伴穿过第二重城门。他每走一步台阶，就感觉到骨折之后受到震动的剧痛。能稍稍安慰他的是：用不了多久，卡纳迪也会开始头痛。一句话，他活该。

骑了一天的马，特姆莱感到全身酸痛而僵硬，但他不敢表现出来。毕竟，他是一个马上民族的头领。

"在这里停一停吧。"脊椎底端疼痛难忍的时候，他宣布道，"这里有水源，而且我们可以在树下扎营。"

朱莱耸耸肩。"离太阳下山还有一个多钟头，"他回答道，"如果我们快马加鞭，天黑前可以到达奥克巴滩头。"

"就在这里扎营。"

"是。"朱莱收紧缰绳,飞身一跃,脚尖点地轻松下马。特姆莱佩服之余不禁想道,我以前也能的。仅仅在几个月之前,我也能做到。等到他的同伴转过身去,他才从马背上滑下来,着地的时候差点崴了左脚。

真有意思,他想,我认识朱莱的时候还是个孩子,而他是我父亲手下的第一骑士。天哪,那时候我是多么崇拜他,现在他却要听我的指挥。

他决定测试一下。

"朱莱,"他尽量装出若无其事的样子说,"去给我装瓶水来,好吗?"他把瓶子递过去,以为会挨一耳光。结果朱莱却一声不吭地接过瓶子向溪流飞奔而去——没错,飞奔,而且是在骑了一天的马以后。太有意思了,特姆莱想,我可以像我父亲一样随便支使他……

是的。不过,不代表我一定要这么做。"没关系,"当朱莱准备去捡点篝火用的树枝时,他喊道,"我来吧,你去照顾马。"

系马腿、卸辔头的时候,朱莱脸上带着一丝笑意。当然,他看穿了我的小心思。这么多年相处下来,这是很自然的事。他所不了解的只有我在城里的经历。不过这段经历也没什么值得一提的。

"好了。"当篝火燃起来的时候(神明保佑,至少我还记得怎么生火),他说,"你最好跟我讲讲老家的事。"他们在四周用干燥的荆棘围了一堵低矮的墙,在外旅行的草原人如果没有篷车可以过夜,都会这么做。

"除了最重大的那件事,其他都不值一提。"朱莱回答道。接着他马上做了一个语言简洁、内容冗长的汇报:家畜的损耗(被狼叼走的、病死的、走丢的,以及涉水过河的时候被水流冲走的)、老死的马匹数量、新骟马的驯服状况、奶及奶酪的产量、兽皮硝、鞣以及储存的数量,争吵、打架、阴谋、通奸、婚配等鸡毛蒜皮的小事,赛马、马球、象棋、射击锦标赛、音乐竞赛等比赛的结果,简单的迁徙路线,以及沿路经过的重要道路、浅滩、山隘的通行状况,死去的老人、新生的婴儿、几宗重大事故,或严重或轻微的伤势、久病不愈且很可能一命呜呼的患者;一个人因为砍伤仇敌的马腿筋而被踢瞎了眼;两顶帐篷被一阵怪风吹走,所有的损失和损伤都从部族留存的特别抚恤金里面出;一场来自强盗的偷袭因一名放牧少年的及时察觉和预警而被迫中止(少年获得了适当的嘉奖,族长还从自家的牲口里拿出一匹马奖励他),只损失了几支箭,没有损失牲畜,双方都没有伤亡。

"就这些。"他总结道,说完从瓶子里喝了一口水,"你呢?你不是说你拿到了所有的情报吗?"

特姆莱点点头。"神明在上,我不敢说接下来要做的是件容易的事。"他说,"但我敢说我知道该做些什么。"

"城里呢?"朱莱避开他的眼睛,继续追问,"城里的情况到底如何?"

"啊。"特姆莱摇摇头,"朱莱,你简直不敢相信城里是什么样的。它很……"他迟疑地说,"很不同。"

"只是不同?"

"完全不同。"特姆莱绝望地比画着手势,"主要是在小的方面,当然也有些巨大的差异。"

"特姆莱老爷,"朱莱用低沉且略带讽刺的嗓音打断他,"我真不敢相信,仅仅在敌人的地盘潜伏了三个月时间,你就已经彻底忘记如何做一个有条理的汇报了。"

特姆莱先是愤怒地抬起头,接着又对自己的怒气感到惭愧。这是他父亲的说话方式,温和却语带讽刺,比用榛木鞭打你一顿更痛。他忽然点了点头。

"你说得对。"他说,"很好,就当练习一下,为回去以后做准备。"他停住话头,专注地思考片刻。"利剑之城分别临着两道河口的那两面城墙大约有四十二尺高,底部宽十八尺,上面宽十五尺,城头上可容两辆马车对驰。每隔一百五十码设一座哨塔。哨塔高出墙垛二十四尺,能够为一打弓箭手、一台攻城器械以及一整个团队的机械师提供全面的保护。每一座哨塔储存有一千五百支箭、五十颗供投石机使用的砲弹,同时还守卫着联结墙头和地面的阶梯。

"临着陆地的城墙有四个城门,每个城门都有棱堡①拱卫,棱堡能够容纳两百名弓箭手、五台常规尺寸的攻城武器、一台针对攻城塔以及攻城槌的重型器械。河上的桥梁尽头是吊桥,水深大约有二十尺,河床较坚硬。城墙和哨塔维修状况良好,吊桥的机械部分保养得很好且具有足够的保护措施,攻城器械受到定期检查,由一队固定人员进行演习……"

朱莱点点头。"继续。"他说。

"入侵的军队进入城墙后,"特姆莱继续说道,"一旦遭遇到下城的顽强抵抗,就很难继续推进。街道狭窄,很容易设置路障。马路和小巷的布局使得入侵军队相对容易被侧翼包抄,一不小心就会被围困起来。在下城纵火可能会导致自己的士兵被困在火中无法逃脱。

"他们将防御体系设计成只需要较少人来操作。超出合理人数太多不仅不能提供帮助,反而有可能形成障碍。我估算出合理的防守人数大致为五千名弓箭手以及三千名武装人员,这个数字和城里受过军事训练、随时待命的人数差不多。一旦警报响起,这股力量就会被动员起来,在二十分钟内到达各自的岗位。另外还有约一万名体格健壮、受过训练、拥有武器的后备军。至于各类武器的储备,我查不到确切的信息,多半是因为根本没有这些数据。他们囤积武器已有多年,无论从哪方面来讲,储备量都是极其庞大的,

①棱堡是由帷幕墙向外凸出一块具有角形结构体的防御阵地。完整的棱堡除了两个前端凸出面外,尚有两个侧面,用以保护帷幕墙,并连接棱堡本体。它常作为堡垒的一个重要组成部分,盛行于十六世纪中期至十九世纪中期。

这还没算上军械厂的每日产能。"

"很好，"朱莱嘟囔道，"不过，他们善战吗？"

特姆莱点点头。"哦，是的。"他说，"这点无须质疑。他们不是特别好战的人，但在历史上，他们曾遭遇过无数次来自陆地和海上的围城战。他们从小就有备战意识——最近的一次是三十年前，西方城邦联盟派出了一支数量和质量都很惊人的舰队，但还没接近弓箭的射程，就被安装在临海城墙上的远程攻城器械彻底摧毁了。他们宣称一天内击沉了二百多艘战舰，如果你见过他们的器械，你就知道这个数字是可信的。"

"假设，"朱莱说，"下城已经被攻陷，然后呢？"

特姆莱点点头。"跟临着陆地的外城墙比起来，下城和中城之间的城墙在高度和厚度上都略逊一筹，但由于地势陡峭，墙脚下又有密密麻麻的建筑，看起来依然气势惊人。哨塔的分布与外城墙相似，大约每一百码有一个哨塔，负责守卫的只有一支象征性的卫戍部队，但弓箭以及其他武器储备都相当充足。主要的谷仓都在中城，主水箱也是，下城用水就是从这里抽取的。紧急状况下，一旦需要撤离，中城有足够的空间可以容纳下城的全部人口。应急计划的存在已经有很多年了，为市民所熟知，尽管有好几年没有进行全面撤离的演习。至于上城，我一无所知，因为只有少数几个上层人物才被允许进入。据说上城也有大型的雨水蓄积装置以及独立的谷仓，皇帝的近卫军是一支由精英部队组成的永久驻军。"

"这样啊，"朱莱一边用长棍子捅着火，一边说道，"你确定你有办法撬开这个保险箱吗？"

"办法不是我想出来的。"特姆莱笑着说，"是他们自己很多年前想出来的。然后他们把这事给忘了。"他叹了口气，靠在背后的马鞍上，"这就是佩里美狄亚，聪明反被聪明误。"

"怎么不说了? 你是打算现在就把这个秘密告诉我,还是要等到议政会上再说?"

"你恐怕要等等了。"特姆莱一边打呵欠一边说,"相信我,不会等太久的。实际上这办法相当简单。"

朱莱抱怨着掰开一小块面包。"他们居然能靠这玩意儿过日子,我甘拜下风。"他说,"吃的时候胀得要死,吃完过一会儿又饿了。"

"习惯了就好。"特姆莱睡眼蒙眬地说,"只有有钱人才能每个月吃一两次肉,还都是用盐和香料腌过的,难吃得要命。奶酪两个铜币随便吃,但完全没味道。还有,他们吃鱼。"

"我也听说过。"朱莱皱着眉头回答道,"我吃过一次鱼,味道终生难忘。让他们尽管吃去吧。"

"他们吃的是海鱼。"特姆莱喃喃道,眼睛已经闭上了,"大部分都做成了咸鱼干或者熏鱼。习惯了就好。关键是便宜。"

"喝的呢? 葡萄酒或是苹果酒,对吗?"

"你要小心这玩意儿,太邪恶了。"

"女人呢?"

特姆莱的呼噜声响了起来。

"好,"巴达斯·洛雷登掩饰着心里的真实想法,说,"我来看看你们这个班。"

一眼看过去并不怎么振奋人心。这群人里,有长手长脚的十八岁小伙子,下巴上留着一绺打理得令人羡慕的胡子;另一个学员几乎和他长得一模一样,但脸部光洁;一旁高高壮壮、脸色阴郁的少年,看起来大约十六岁,穿着一套明显是全新、尺寸却小了点的衣服——大概在卢萨的富农家庭看来,这是城里流行的当季新款；一个短小精悍的孩子，长着一张娃娃脸，要是他再高六寸、再重四十磅，说不定就能达到那几家知名学校的招生标准；还有位姑娘，瞪着眼看他；最后是位体型胖乎乎、出身良好的二十四岁年轻人，年纪有点大了，而且一看就知道对击剑毫无兴趣。真是妙极了。

他深吸一口气。"首先，"他说，"报上你们的名字。"

其实就算不问，他也能猜出这里面大多数人的名字。那个又高又壮的乡下人名叫杜卡斯·瓦列尔。到卢萨任何一个市集的用工市场上扔一把碎石，至少能打中三个姓瓦列尔的，而其中肯定有一个叫杜卡斯。留着胡子的小伙子叫梅纳斯·克莱斯登——城里人名字，多半出身于制陶区或砖场区，是富裕家庭的次子。不知为什么，这种家庭不懂得怎么给孩子的人生找一个好开端，往往陷入令人绝望的误区。长得和他一模一样但没有胡子的那位，情况也差不多。愚钝得不可救药的多半叫卡雷斯。城里的同龄孩子里有四分之一都叫弗拉斯，这个名字来自一个多世纪前，曾经连续五年获得拳击冠军的弗拉斯·曼胡林。长得很结实的男孩叫斯塔士·陶德尔，典型的来自东郊上等住宅区的名字。家里有钱的那个孩子肯定叫提奥什么的，不过全名倒是挺新鲜——提奥布列皮特·尤文。听到男孩的姓，洛雷登心中一颤。一个世纪前，港口最好的商船中有至少五十艘是属于尤文家族的。如今，这个家族仍然居住在位于中城的一栋很有名望的宅子里，但他们的裁缝已经坚持先付款才动剪刀了。女孩的名字没什么特色，属于听了就忘的那一类。出身多半很普通，属于有人"喂"的一声招呼，再朝她的方向点个头，她就会答应的那种。

"其次，"他说，"学费。"

大家拿钱的方式千奇百怪。有的从钱包里拿出来，有的从外套或者皮带里摸出钱来，还有的在汗津津的脖子上挂着装钱的口袋。尤文少爷拿出了一个面额为五元的金币，傲慢地为没有更小的零钱感到抱歉。洛雷登表示谅解，说可以将余钱留在账上今后一起结算。

"很好。"洛雷登说，"现在我们可以谈正事了。哪些学员自己有剑？"

很不幸，除了女孩其他人都有。但他们拿出来的是一堆奇形怪状的金属制品，和垃圾场外的破铜烂铁差不多。乡下男孩举起一把有着两百年历史的阔剑。从前的男人穿着由钢铁锁甲以及煮过的皮革制成的护具，步履沉重地走上战场。在那个年代，它算是很有威力的武器。尽管剑身上有几个坑，剑尖也磕掉了，还是会有收藏家愿意花大价钱来收购。三重城本地的少年们骄傲地呈上样式时髦、崭新锃亮的"配饰"。陶德尔小少爷很不高兴，因为洛雷登居然不给他面子，把他的剑放在膝盖上，毫不费力地几乎弯成两截。那个有贵族血统的小崽子居然带来了一把货真价实的法斯康剑。洛雷登让他立即收回去，六个月之内不准拿出来。前阵子他卖了一把这玩意儿，舒舒服服地过了八个月好日子。若是第一天的格挡练习结束后，传家宝剑两侧各有五道划痕，剑把上雕刻得活灵活现的狮子也被削去一块，他家的大人的脸色可就精彩了。

"好在我早有准备，带了几把练习用的剑来。"他说，"等我确定你们值得信赖，就可以把剑发给你们。现在暂时先用木制的钝头剑。"他严肃地补充道，"尽管是钝头剑，如果你们不当心的话，也很可能把别人的眼睛刺瞎，这是很容易发生的意外。"他将钝头剑发了下去。两尺半的剑身配上简单的木制剑柄，剑尖那头有一个扁平的扣状物，以防对练的时候有人不小心戳到对手。他运气很好，以很便宜的价格买到了一箱。他敢保证，在第一天的练习中至少会有一个傻瓜把剑弄断。他至今仍然记得在那些寒冷的清晨，因为弄断了剑被格拉明大人扇耳光的情景。

漫长的一天终于结束了。在学校关门之前，洛雷登总算让那群不靠谱的学生学会了一些基础动作。包括两种防守姿势、进步和退步、半蹲前刺和后刺，还有城市派剑法中的直线式屈膝滑步前进，以及传统剑法的划圈式直退。也许他们天生笨拙，各有缺点，但现在至少看起来有点击剑手的样子了。他心里很清楚，那些高级的击剑学校对传统剑派完全闭口不谈，直到第一周课程结束时才略略提到。而且，大部分教练的传统剑法只比半夜里受了惊吓的老太太好那么一点。

他瘫坐在离学校最近的一家中档酒馆的椅子上（尽管已经决定不再去酒馆了，但偶尔一次也没关系吧），回想着六名学员。两名高高瘦瘦的小伙子非常听话，学习热情很高。这种类型的击剑手他很熟悉，在过去十年间干掉过不少。乡下少年不像外表上看起来那么笨拙，也没那么蠢，以他明显的身体优势，有可能会成为一名优秀的双手剑士。但洛雷登有相当的把握他会在一周左右放弃学业。长得很结实的那个男孩看来不是好苗子，他靠死记硬背掌握了动作，却完全没有一点主动思考的能力。允许他加入佩里美狄亚的律师行业无异于让他送死。尤文少爷在终于愿意集中注意力以后，倒是展露出相当的实力，多少让人有点不痛快。洛雷登知道，他永远也不会成为一名优秀的剑手，因为他会尽量避免跟人斗剑，这种行为有人称之为懦弱，有人觉得很明智。最后只剩下那个名字记不住的女孩。

在无数粗制滥造的法庭小说里——不管是出自所谓的专业诗人还是半点天分也没有的业余作家——几乎每一本都有一名可爱的女剑士作为女主角，身姿苗条羸弱，剑术却又快又狠，能够一剑戳翻强大的律师，或者在土匪、海盗甚至蛮族战士的包围下杀出一条血路。以前洛雷登还愿意花时间向不懂行的熟人解释，那些浪漫的想象在现实生活中是不可能出现的。没有足够的体重、臂长以及强壮的腕力挡住对方的剑，你就算速度再快、运动能力再强也逃脱不了早夭的命运。他还会解释，胳膊和膝盖会在很短的时间内感到疲劳。即使格挡的技术再标准再完美，体重十五石的男人全力一击，还是会把一个娇滴滴的小姑娘直接撞翻。总之，法庭的决斗场上没有女人的立足之地，或者说，根本不是任何人类该踏足的地方。这套理论他至今深信不疑，不过还是不得不承认，这女孩有天分。

当然，她一点都不娇弱。尽管缺乏体重优势，但足够强壮，脚步很稳——显然是终日劳作惯了。但从她的手来看，又不像是干农活的。*也许是某个工匠的女儿*，洛雷登猜想，*一个被当成儿子来养的女儿，因为家里没有其他劳动力而不得不自己干活。*（如果是这样的话，她到这里来干什么？）

最重要的是她有决心。这种决心并非来自对武力的向往——像那对又高又瘦的双胞胎男孩那样，也不是为了实现童年梦想，更不是出于乐趣。她只是在专心完成一项任务，无关个人喜好，好像不去做就有生命危险似的。这个女孩让他觉得有点难缠，不是因为他不喜欢女击剑手，更像是——

——有私人恩怨。

他打了个呵欠，忽然意识到自己累坏了。明天还得继续教这些讨厌的小孩握剑的方式、更多的基本步法以及防御规则。再过一天，他就要开始训练他们弓箭步刺的技巧，同时回顾这几天学的，反复练习。前提是他的嗓子没有哑，没有被哪个学员吐得满身都是，也没有失去耐心，提剑干掉其中一个。如果一切顺利的话，他会教完这一批，送走他们，再招一批废物，从头开始。

我这是撞大运了。

的确。至少，没有人总惦记着要杀他。

他很想再来一壶苹果酒，但还是站了起来，收拾好包，穿过市区，一路跋涉回家。

他爬上楼梯，发现有人在门口等他。

在对方看到他之前，他迅速将身子紧贴墙壁，隐藏在烛台的光圈之外。镇定下来后，他忽然想到如果这个面目不清的人影真的是刺客的话，那水平也太差了。再说，谁会费老大劲儿来杀他这样的人呢？强盗更不可能偷偷摸摸跑到这个贫民窟，浪费一晚上时间，抱着微弱的希望等房主回来，而且有没有值得抢的东西还得另说。就算撞上了万分之一的概率——主人的家里真有值钱的东西——他早就可以推开根本没锁的门，自己动手，拿上东西扬长而去了。

不管怎么说，洛雷登还是小心地凭感觉解开剑匣的绳扣，打开帆布袋口。尽管爬了很久楼梯，他还是忍住粗重的喘气声，尽量轻手轻脚走上最后几级台阶，伸出手去抓住火把。

"艾希莉！"他嚷嚷起来，"你把我吓得魂都没了。"

"对不起。"艾希莉说。该死！早该想到这一点的。"我刚好路过这里，想着……"

"真的吗？"他知道她没说实话，"那就进来吧，门没锁。"

她盯着他手里的剑，让他觉得自己有点傻。"你吓到我了。"他一边说一边换下壁式烛台上插的火把，"等了很久了？"

"没多久。"她说。

他关上身后的门，在火绒箱里摸索着想点灯。火绒是潮湿的，这鬼地方什么都泛潮。

"你为什么住在这种地方？"她坐在床边问道，"你赚得不少。"

"那是以前的事了。"他提起酒壶，发现和往常一样是空的，"我已经退休了，记得吗？现在我只是一个卑微的教练，手下只有六名学生。"

"每个学生一天的学费是一个银夸特，你每天能赚六个。"她回答道，"住在这里的大部分人，运气顶好的也要一个月才挣得了这么多。你到底在搞什么鬼？不可能都花在酒上面了吧——真要那么喝，你非得醉死不可。"

洛雷登笑起来。他不会告诉她，他的口袋里本来还有一个五元的金币，不过已经被他换成零钱了。"这是我的事。"他回答道,"没准儿我就喜欢住这儿。你看这里风景多好,有人专门跑过来站在门口欣赏呢。"

"我——"她低着头看着靴子尖,"我只是想来看看你过得如何。六个学生,生意算好还是不好?"

"凑合。"他回答道,"正如你所说的,如果我能坚持下去,也能过上挺不错的日子。尽管会辛苦一点。"

"你会教吗?"

他耸耸肩。"需要点时间,这还是第一天。"他甩掉靴子,解放了脚趾,"我被五个傻瓜和一个女武神折磨了一整天,但还是教会了他们如何在不摔倒的前提下沿直线滑步。他们的学费付得可值了。"他身子向后靠在椅背上,闭上眼睛,"你到底来干什么?"

真是一个好问题。显而易见,只有一个理由能让一个年轻的姑娘找借口来探望整整三天未见的男人——艾希莉终究还是个年轻姑娘,尽管在相识的三年里,他好几次刻意回避这个事实。事实上,虽然有点尴尬,但这是他能想到的唯一理由。

"你从来不动脑子,是吗?"她赌气地回答,"巴达斯,你知道我为多少剑手工作过吗?你有没有想过这个问题?"

他皱起了眉头,"你说得对,我没想过。你的工作能力很强,没理由生意不好啊。"

"只有一个。"她答道,"直到最近才失业,因为有个自私的混蛋不干了。"

"哦,"他的眼睛睁圆了,"你怎么不早说?"

"是啊,当然,我应该早点说。我该说,哦,不要,你别退休,我需要你时不时地拿命赌一赌,这样我可以从中抽走百分之十。别这么……"

"好啦,我知道你的意思了。请原谅我问一个不带感情的逻辑性问题:为什么现在才告诉我？"

她恨恨地瞪了他一眼。"因为我需要一份工作。"眼中的凶狠转瞬即逝，取而代之的是难为情，"我在想，教练也需要助理，不是吗？你有助理了吗？"

他摇摇头，"事情不多，我想我自己就能打理。为什么我不干了，你也要放弃自己的事业？你手头有不少常规客户，时不时就能接到生意。外面有大把的剑士愿意为此付出一切。"

"哦，是的。"她终于可以镇定从容地看着他，回答道，"包括他们的生命。想象一下吧，巴达斯。为什么我只为你工作？"

他皱起了眉头。"我不知道。"他承认。

"因为你看起来不太容易被干掉。"她轻声说，"巴达斯，我不想打发年轻人去送死。我认为那样不道德。我跟着你是因为……"

"因为什么？"

"因为我信任你。"她厉声回答，"噢，我知道迟早有一天你会——输。但你绝不会毫无意义地去送死。不到……"

"不到万不得已？"他笑着说，"你高看我了。"

"不管怎么说，"她活泼地说，"我再问你一次，你需要助理吗？"

他半是假装半是认真地考虑了一会儿。显然，他之前误解了对方的意图。她给出的理由合情合理。他其实不太需要助理，再说分成还不能少于百分之二十五。他会损失点收入，而且跟从前比起来，这点抽成能给她提供的生活颇为寒酸，即使她过去只为他一人工作。（这又是为什么？算了，这个问题以后再想……）话说回来——

"需要。"他回答道，"但你得不断带来新学员，靠这个提成。基于我在整整二十四小时里积累的教学经验，我认为带十二个人跟带六个人费的劲差不多。你说呢？"

"试用期一个月怎么样？"她建议道，"我在培训行业的经验比你少一天，记得吗？我还不确定我喜欢这行呢。"

洛雷登笑了起来。"噢，我相信你会适应得很快的。"他说，"归根结底，我们做的还是打发年轻人去送死，跟过去一样。"

"好了，"亚历克修斯说，"闭上眼睛，告诉我你们看到了什么？"

双胞胎乖乖地闭眼。那个叫文纳德的男孩整张脸皱在一起，表情既难为情又充满决心，说明他怀疑自己被人耍了，却又不敢说出拒绝的话，生怕冒犯了人。维特里丝则表情专注，脸上洋溢着单纯的幸福。这是一个小女孩开始精彩冒险时该有的心情。亚历克修斯瞟了一眼他的同僚。后者痛苦得脸色发白，惊恐万状，看上去似乎只剩半条命了。教长对他淡淡一笑，他太了解同僚此时的感受了。

"看到什么了吗？"

文纳德"嗯"了一声，显然不确定对方期待他说什么。女孩则摇摇头。

"很好。"其实他只是装装样子，为了测试他们会不会撒谎。知道他们不会作假，亚历克修斯满意地深吸一口气，尽力放松，想让那股快要把他的脑浆从耳朵里挤出去的压迫感减弱一点，然后——

法庭。这次不知为什么，公众旁听席是空的。没有法官、没有庭警，也没有书记员。空荡荡的法庭上有两个人，一个是那个叫洛雷登的男人，背对着他，双脚几乎完全并拢，右臂笔直地往前伸，用传统剑法中的预备姿势拿着剑；另一个，就是请他帮忙施咒的女孩，感觉似乎是很久以前的事了，而且——

"嗨。"维特里丝叫道。她突然出现在决斗场中央两个隔得很近、一动不动的击剑手中间，绕着两个人转来转去，就像欣赏广场上的雕像似的。

"我认得他。"她最后说道,"他就是那天我们见过的辩护律师。另外一个也是律师吗?我都不知道女人可以当律师。"

亚历克修斯点点头。卡纳迪还没有进来,但至少他的头不痛了。"我没看到你哥哥。"他说。

维特里丝四下张望,"那就是说,他进不来。你的助手呢?"

啊,真可惜卡纳迪不在这里,不能亲耳听到这句话!我会让他终生难忘的。"显然也没进来。"亚历克修斯尽力掩饰心里的焦虑,回答道,"你知道吗,这太有意思了。你是怎么进来的?"

维特里丝耸耸肩。"不知道。就像我不知道怎么指挥手脚的动作一样。好像什么都不用做。"她再次看看四周,"我们是真的在这里,还是在一个梦或者什么幻境里?"

"我不知道。"亚历克修斯承认,"通常不是这样的,这是最奇怪的地方——我说通常,并不是指我每天都会干这个——但按照以往经验,你进来的时间应该恰好在某个关键动作之前,不是在未来就是在过去,由进来的目的决定。照我看,现在的场景既不是未来也不是过去。没准儿我们真的在一个梦里。又或者,也许你是一个天赋者,进入方式完全不同。"

他注意到洛雷登的确确在呼吸,女孩也是。但两人拿着剑的胳膊一动不动。这很奇怪,哪怕你花了几千个小时来训练,也不可能将执剑的手直直地伸出去超过一分钟,却没有任何抖动……

是这样啊。原来他们是在训练,不是在对决……这儿也不是法庭,而是剑术学校的竞技场。这里是模拟法庭环境建造出来的,这样当学员进行毕业考试时,就会有身临其境的感觉。

女孩的剑尖忽然极其细微地颤动起来。

妙极了,亚历克修暗道。她从我的脑海里取走画面,往后——还是往前拨了一下？不知道——全由她说了算。完全不知道她是怎么办到的。

女孩恼怒地轻呼一声，剑尖再次抖动起来。亚历克修斯知道她只是在宣泄痛苦。执剑是击剑手最基本的训练之一——也是最艰苦的一项。据他了解，这个动作能让人学会许多有用的技巧，同时也最能锻炼肌肉。亚历克修斯心知肚明，换了他做这个姿势，连几秒钟都保持不了，想到这里他忍不住畏缩了一下。

这次抖动幅度更大，动作更不受控制，洛雷登趁机刺向她，快得几乎看不清动作。她以几乎同样的速度格挡。双方过了几招，然后洛雷登敏捷而轻巧地手腕一翻，将对方的剑打脱了手。做完这个动作，他弯下腰来，抱着前臂，小声咒骂起来。

女孩一言不发，似乎在生自己的气。

"刚才打得不错，你已经掌握要领了。"洛雷登气喘吁吁地说，"如果这能让你心里好受一点的话。"

"我失败了。"女孩回嘴道，"我任由你打败了我。"

洛雷登奇怪地看着她。"说句公道话，"他说，"我毕竟是你的老师啊。"

"不过是更有技巧而已。"女孩说，"这没什么。如果对方比你强，你一样会死。"话里的尖刻让亚历克修斯很不舒服，从洛雷登的表情看，他也同样反感。

"你知道吗，"洛雷登说，"我很庆幸自己可以及时退步抽身。我最受不了追求完美的人了。"

女孩直勾勾地看着他，心怀怨愤。真是个祸害啊，这孩子。我当初是撞上了什么厄运，居然卷入到如此危险的事情？

"简直太好玩啦，"维特里丝打断了他的思绪，"我们难道不做点什么吗？"

亚历克修斯吃惊地抬起头。"什么？"他说。

维特里丝皱起了眉头。"你之前不是解释过吗，"她说，"你跟我说，当你像这样闯入别人的生命时——"

亚历克修斯欲言又止。说起来，用"闯入别人的生命"来形容他的行为确实恰如其分。

"——难道不是为了做点什么吗？你知道的，就是出手干预。纠正偏差，拨乱反正。还是说我的理解有问题？"

"嗯，一般说来——"不知怎么地，亚历克修斯一时词穷，"你看，我们不是来干预什么的。别忘了，这只是个试验。"

"哦，好吧。我只是想，既然我看过这个人的决斗，而那个恶婆娘又明显在找他的麻烦——"

一种奇怪的感觉再次向他袭来，仿佛自己被人拿了起来，被迫在一张棋盘上移动位置。"为了干预而干预，是非常危险的。"他严肃地说，"嗯，更是一个完全错误的行为。我们对这件事的背景一无所知。"

骗子，他对自己说，事情已经彻底失控了。看起来，那个可怕的女孩报名加入了他的剑术学校，正在学习如何杀死他。如果这一切都是我的错……

"我知道了。"维特里丝说，"那么现在你想怎么做呢？"

"我想，"亚历克修斯缓缓地说道，"我们该回去了。"

——他睁开眼睛，发现自己正盯着卡纳迪，后者惊恐的表情显得十分突兀。他怒气冲冲地瞪了他的同僚一眼，让他赶紧镇定下来，然后看向维特里丝。

她仍然双眼紧闭。

"不好意思，"文纳德怯生生地说，他的眼睛还是紧紧闭着，表情很滑稽，"我们还要这样做多久？"

她同样没有睁眼。如果她还留在那儿，并且趁他离开做了些什么——哦，我的老天爷啊，这究竟是怎么回事？

"哎呀呀。"维特里丝叫出声来。接着她睁开眼睛，笑容满面。

"简直太棒了。"她笑着对亚历克修斯说，兴奋得容光焕发，"你真是太聪明了，"她补充道，"我就知道你真的会魔法。"

亚历克修斯的头疼得更厉害了。

七

卫兵一定是在他们刚踏进德斯康山隘就看到了他们,因为他们发现有一整支护卫队等在山隘的尽头。

"你要谨慎,"当他们走出山隘,再次沐浴在阳光下时,朱莱悄声说,"别忘了,这是你第一次以族长的身份出现在他们面前。第一印象很重要。"

"别担心。"特姆莱温和地回答道,"我知道该怎么做。"

但他还是觉得有点傻,毕竟站在大队人马最前面的是那些他从小就认识的人。执鹰旗的是巴斯柏,表情异常严肃。特姆莱还记得,当年他和巴斯柏最小的妹妹正犹豫着准备探索青年时期最费解的谜团,很不幸地被手执赶牛杆的巴斯柏追得绕着营地跑(更不幸的是还被逮住了)。再说希斯莱——高大威严,比他大五岁,常常在残酷的儿时玩闹中护着他。不久之前,希斯莱才终于鼓起勇气,尝试以平等的身份和他说话。安叔叔不知在搞什么鬼,披了一件模样夸张的毛皮外套。安纳凯·马担任部落的大祭司已经有五十二年了，有传言说，他每年都要和神明下一盘棋。

特姆莱脚后跟一夹马腹，飞驰而去，朱莱只好努力跟上。迫于眼下的形势，他不得不加入这颇具戏剧化的表演。

他在距离五名卫兵几码开外的地方放慢速度，小跑着经过护卫队的第一排，来到巴斯柏面前，从巴斯柏手中接过鹰旗，高举在空中。这过程竟然十分顺利，没有出现失误，也没有让鹰旗脱手。先遣卫队身后的百余名骑兵爆发出一阵欢呼——没错，他展示了高超的马技，尤其是在长期缺乏训练的情况下。他打马回身，继续举起鹰旗，再次和巴斯柏擦身而过的时候交还了旗帜。最后他又掉转马头，停在安叔叔面前，后者平日面容就像一块铁板，现在居然对着他眨了眨眼。

"特姆莱·泰－米－马万岁！"安叔叔用祭司的嗓音高呼，"我们的父特姆莱万岁！"接着他用后面人听不到的声音补充道，"你长胖了，我们的特姆莱。可见他们那里的伙食不错。"

"别打趣我了，安叔叔，不然我会摔下马去的。"特姆莱举起右手，郑重地敬礼。而且，五位伟大而善良的部族同袍下马跪在他面前坚硬的地上时，他的右手依然举着。特姆莱意识到了他们的郑重。这让他有些不自在，但这种感觉转瞬即逝。他们希望他能顺利继位，也愿意辅佐他。他能回报的，是至少要尽力一试。他深吸一口气，暗自希望自己的声音不会发抖。

"我是特姆莱·科－萨苏来·泰－米－马。"他听到自己说，"起来吧，我的子民。"

老天呀，瞧我这表现！ 他努力回想父亲是如何应对这样的场面的，但作用不大。那时的父亲是族长，而他总是理所当然地认为族长永远智珠在握……

然后他忽然记起父亲已经过世了，现在他才是族长。更糟糕的是，尽管父亲已经走了，但特姆莱不能哭，也永远不能对家人或朋友提起这个事实，因为族长当然是永生的。

*我要回家，*他想。

我已经到家了。

营地出现在视野中时，他的情绪好转了一些，但很快又陷入了更深的悲伤中。他现在最想做的就是从马上跳下来，飞奔回帐篷，抱抱他的狗，把礼物分给每一个人，然后飞快地跑出去找佩格泰、苏鲁台、费尔顿，还有科德文，赶在父亲回来前跟他们打声招呼——

他放慢速度，遵照教导，将头抬得高高的，背挺直，沿着一排排帐篷中间的通道缓缓走过。人们纷纷从帐篷里走出来见他，但既没有人挥手也没有人欢呼，就连狗也畏畏缩缩，犹豫地摇着尾巴，生怕他会突然发怒似的。他从未见过如此安静的营地。

这真是太荒唐了——不对，这是族长现身时，部落人应当遵守的礼仪。

不知道父亲……萨苏来·泰–米–马第一次以部落之父、人民守卫者以及神明之子侄的身份骑马走过营地时，是不是怀着同样的感觉。不，肯定不一样。要铭记你的家族史啊，特姆莱，你不能再犯类似的错误了。当也尔代·泰–米–马在希拉草原被麦克森的杈子刺翻在地时，萨苏来·泰–米–马已经人到中年，族长继承人的身份早已稳固。那时，从帐篷门帘处向外张望的脑袋不是在看他，而是在族长背后的骑兵队伍里寻找各自的父亲、丈夫、儿子以及兄弟。没能找到自己的亲人，还得按捺住想尖叫和哭泣的情绪……可以说，萨苏来在那一刻的心情应该更加复杂，却应对得远比自己好。

我必须应对得当。从现在开始，一步都不能踏错。

"下一个练习，你们会痛恨一辈子。"洛雷登说，"很痛，很枯燥。但如果你们搞砸了，我会让你们从头开始。准备好了吗？"

在学员们既恐惧又痛恨的目光下，洛雷登后跟并拢，脚掌以恰当的角度张开，背部挺直，将执剑的手臂伸出去，摆出传统剑派的预备姿势。一分钟以后（在这种情形下，一分钟相当漫长），他说："看懂该做什么了吧，开始。"

结果不出所料。于是他让他们再来一遍，然后一遍又一遍……巡视着一排钝头剑的剑尖，看哪一支最先开始颤动或摇晃时，他忍不住喃喃自语，*我非得找出这项残酷练习的意义不可。一定有什么原因。否则为什么整整二十代的击剑手都要被迫一天三次这样练习，而且是每一天？*

这一次是富家子尤文最先支撑不住。洛雷登用手背将这孩子的剑往旁边一拨，再往下一压，吼道："再来！"然后他继续来回观察。只要有一个撑不住，其他人就会不可避免地纷纷垮掉。唯有生怕成为第一个失败者的动力在支撑着他们坚持下去。

等到连他自己也不忍心看下去的时候，他毫无预兆地说："行了，到此为止。"随后他将六个剑尖一一打落。"我要提醒你们，"他补充道，"你们用来练习的剑比真正的剑更短，也更轻。而且，以后我们要坚持的时间是四分钟，而不是两分钟。现在，我要教你们城市派剑法中的反手后退格挡。前脚踩线，膝盖弯曲，如同坐在椅子上。提奥德尔少爷，你看起来就像一只便秘的蜘蛛。"

说起那个女孩，她和其他五个学员一样笨拙，但决心之大却令人心惊。怎么说呢？学习成为辩护律师的人，大多数其实是为了谋生的时候有点防身手段，这一位倒像是在学怎么杀人。他在这行待了十年，从未见过这样的人。他有点不知所措。

"这一位,"在学员们踏着整齐的步伐挥剑练习新动作时,他向艾希莉吐露了心声,"以后是个狠角色。"

"很好,"艾希莉回答,"一个成功的毕业生是最好的宣传方式。"艾希莉坐在折叠椅上,面前是一堆蜡板。从他的角度看过去,尽管方向是颠倒的,也能看出是一叠名单。"你知道这些是什么吗?"她问道。

"不知道。"

"这是这个学期报名的所有学员,以及被录取的那部分加入的培训学校的名字。还没有找到合适的培训学校的大概有三十多名。等我把名单列完,就可以出去招募新生了。"

"真聪明,不是吗?可惜我手头已经有一个班了。"

"啊,"艾希莉微笑道,"如果你同时带两个班呢?有些教练就是这么做的。"她看着洛雷登皱起的眉头继续说道,"这不难。比如说现在,他们在练习你演示给他们的动作,你就可以教另一个班。我们可以让业务量翻倍。"

洛雷登摇摇头。"带一个班已经把我累惨了,"他说,"同时带个两班我就死定了。"

"啊,那只是因为你还没有掌握其中的要领啊。一旦你能总结出最有效的教学方式——"

"好主意,不过还是算了。我可以一次带十二人班,但同时带两个六人班就太麻烦了。再说,我们的目的是在上课时给每个学生足够的关注,这样才能树立良好的口碑。所以我要全程盯着他们,随时发现失误。要是分心去教另一个班,就做不到这一点了。"他低头看着蜡板上仔细的笔迹,想到她在这上面浪费了那么多精力。"你在开始整理名单之前应该跟我商量一下的。"

艾希莉皱起眉头看着他。"好吧,"她说,"那我该做些什么?我几个小时前就把你吩咐我做的事都做完了。"

"我怎么知道？"洛雷登回答，"噢，不，你看看这个小丑瓦列尔。如果他能偶尔照着我的演示做——"

他立马回到工作中。艾希莉叹了口气，把刚才写字的尖头笔放进脚边的包包里。她已经专心观察过培训学校里几乎所有的教练，客观来说，洛雷登只能算中等水平。没错，比起某些教练，他确实呵斥得少，解释得多。但和学校里其他正在进行相同训练的学员比起来，这六个付费学员的成绩并没有明显的优势。

她不禁分了心。旁边是一家大型培训学院的场地，教练正在训练高级班如何使用双手剑。这种沉重的阔剑需要两只手才能操作，与其说这是一门神秘的技艺，倒不如说是快要过时的技艺，只有在某些罕见的诉讼中用得上，比如诽谤和巫术。它之所以还能存在，不过是因为这类案例出现的频率太低，大家懒得去修订法律而已。在艾希莉做律师助理的那段时间，她从未在法庭上见过双手剑。她知道洛雷登有一把，不知道藏在哪里，反正没在他的公寓里见过（尺寸这么大的东西不可能看漏的）。由于对双手剑的用法一无所知，她忍不住旁观起来。

教练首先展示了如何握剑。他拿出一把长度超过六尺的剑，其中剑柄的长度就占了将近四分之一。护手两侧的横梁各有约一尺长，从护手往剑刃的方向约六寸处是另一个小型的护手，两翼如剑刃。艾希莉看到教练拿出一条丝质手帕，包裹着一大一小两个护手间的部分。他右手握住这个部位，左手握住下方剑柄中央，开始演示基本动作。

艾希莉很失望地发现，原来双手剑的使用并非想象中的大开大合、横扫一切。与其说它是剑，在实际应用上倒更接近长刃战斧或戟。这样的设计，再加上经过精确计算的配重，使得双手剑可以做到用最有限的动作完成快速精准的长刺、杀伤力极大的短刺以及各种复杂的格挡。她意识到，这不是那种屠龙勇士用来彰显英雄气概的武器,而是为精于算计的人打造的工具:首先给自己提供简单切实的防御,在风险最小、进攻成为相对安全的选择时,又能让使用者迅速进入攻击姿态。细长、锋利的法庭用剑至少彰显了某种程度上的优雅和时尚,在此起彼伏、你来我往的动作中,偶尔也会显出一丝荣耀的感觉。双手剑的剑士们则迈着沉重的步伐,以暴露最少破绽的方式谨慎地试探前行。他们严格遵守一系列复杂的规则,使自己立于不败之地,但同时也很难取胜。理智、高效、极其实用,但绝对无趣。她总算知道为什么很少有人使用双手剑了。

有四五个学生开始和教练对练,坚持的时间有长有短——其中一个撑了足足两分钟,另外几个几个回合就落败了。过程很简单:几次干脆利落的短刺以及一连串的敲击后,一方的优势已经确立;另一方则被迫缩在他那坚不可摧的防御后面,无声地承认对手的胜利。一个十足的新手居然可以在教练的剑下支撑这么久,足以解释双手剑退出历史舞台的原因。在这个时代,死亡是判定审判结果的唯一标准。双手剑会导致每宗诉讼案持续一整天而毫无结果。处于败势的一方就算没有获胜机会,也可以将对手始终阻挡在四尺开外。要捍卫司法权益,就需要一场简短的对决,以及一个彻彻底底的胜利者——毫不含糊、明确无误,就是活到最后的那一个。

第六个学生坚持的时间比较长。他是个短小精悍的年轻人,穿得不算太好。打了大概半分钟就明显有些喘气了。艾希莉不精通剑术,看不懂到底是怎么回事,但可以猜测,为了能够继续打下去,他使用了各种不计后果的、颇具想象力的小花招,让他的老师相当恼火。班上的同学似乎都认为他聪明极了。在一场真正的斗剑中,喝彩属于藐视法庭罪,犯错的人会在位于法庭下层的监禁室里关押一个星期。但即便他们没有出声,倾向于哪一方还是很明显的。随着教练的动作越来越僵硬,出剑的力道越来越大,艾希莉可以感觉到他的焦虑，似乎担心这场闹剧继续下去会让他很没面子，也会失去其他学员对他的尊重。

教练将游戏升级，动作开始加快，使出了几个尚未演示的剑招。学员的应对十分精彩——毫无疑问，这是个有天赋的孩子——但这么做让事情更难办了。再说，这样有什么意义呢？简直适得其反，他来这里是为了学习正宗的剑法，不是为了在对决中打败教练。艾希莉觉得有点厌烦了，他已经证明了自己的实力，现在应该有风度地认输，接受来自同伴的掌声。

但他还在继续接招。艾希莉看到他被教练轻轻送过来的一剑劈中，一道红色的伤口划过男孩前臂比较厚实的部分。其他学员倒吸一口冷气，开始小声议论。教练退后一步，似乎对练已经结束了。然而没有，男孩把右手移到主剑柄处，抡起巨剑举到头顶，向教练当头砍去。如果击中，教练的头骨就会像松木段一样被劈开。于是他往侧面挪了一步，勉强用下护手上方的部位挡下了这一剑。但他依然被冲力震得向后退去，右脚滑了六寸左右才站定。就在此时，男孩再次抡起剑——这一次不是向下，而是侧劈。弯曲的膝盖以及微弓的背瞬间打直，使得这一剑以惊人的力量扫向对手的颈部。教练脚尖点地向后跃起，跳起的高度恰好让剑身最坚固的部分抵住对方的剑，避免了被一分为二的命运。同时他也彻底失去了平衡，打了个趔趄。大概在危急关头，人的本能会自动反应，教练居然反击了，他使出全身力气，向男孩胳膊和剑身之间露出的空当刺出一剑，这一剑没有受到任何阻挡，直接刺向对方的心脏——

有人尖叫起来。男孩的剑从指尖跌落，撞在地上发出巨大的声响。片刻之后，他那死沉沉的身躯压在教练的剑上，使得教练被迫松手。此时只有剑柄露在胸腔外了。男孩重重地砸在地上，在落地前已经断气。

教练僵在那里，像一尊雕像似的一动不动（怎么回事，难道你之前没杀过人吗？居然还自称专业剑手）。周围的学员缓缓后退，大厅里的人纷纷转身张望。洛雷登也猛地转过身来。一名学员的剑尖啪地打在他的脸颊上，但他似乎没有注意到。有人大声喊叫，许多人开始奔跑。一个学生抓住了教练的胳膊，但教练仍然没有动。许多声音同时响起，求救的、喊医生的，还有人提到了某些名不副实的调查机构，希望它们从外部介入。大家围着死去的男孩蹲下来，轻轻掬着他的身体，试探着他不再跳动的脉搏。艾希莉感到膝盖发虚，胃里一阵翻腾，似乎突然患了重病。

"先生们，"洛雷登说话了。他语带不满，仿佛正准备批评一个上课讲话的孩子，"如果这种事情给你们造成了困扰，那我就要认为你们选错行了。这和我们没关系。好了，刚才讲到哪儿了？"

由于特姆莱之前不在，部落推迟了萨苏来的葬礼竞技赛。如果不能从他们的新族长手里接过奖品，获胜者会觉得受到了愚弄。而且颁奖仪式通常也是新族长讲话的机会，阐述他未来几年的目标和方向。

利用这段时间，部落的人做了比往常更充分的准备，比如用石堆标记跑马道，竖起马球赛的木门柱，辟出弓箭比赛用的靶场等等。几个瞩目的竞争对手甚至可以一连几天全部用来做赛前演练。用压制毛毡做出来的靶标被射得千疮百孔，就连木架上都有孔洞和裂痕——这个细节说明射手们还需要多加练习。人们甚至有空去捉一只活的老鹰，作为射鹦鹉大赛①的靶标（通常是用填充的假鸟凑合的）。最妙的是，组织者居然说服部落挖了一条低矮的长堤作为看台，这就意味着，坐在后排的人第一次有机会看到比前排人的脖子更有意思的场面。

---

①Popinjay shooting，又叫 Papingo shooting，中世纪的一种射击游戏。于高塔上伸出长木杆，木杆上通常是着色的木鹦鹉、假的老鹰之类的靶子。除了从下往上射以外，也有平射的游戏。

他们也为特姆莱准备了合乎体统的主座、地毯，以及一张桌子。桌子的一头可以用来陈列奖品。当然，依照传统，奖品是从过世族长的个人所有物里挑出来的特殊藏品。特姆莱不得不努力克制，免得将渴求的目光投向那几样自己原可以继承的遗物。陈列出来的藏品通过精挑细选，十分华丽，象征他身为半神的慷慨。这里面有萨苏来的金马刺，他喝酒用的角杯，他最好的一双满绣拖鞋，以及一箭筒以紫羽装饰、象征着族长专用的上等箭。

该死！特姆莱心下暗道。唉，好吧，算了。

他有义务参加至少一项比赛，但不能赢，否则就是极其失礼的行为——最好是不失体面的第四名，既展示了实力又不会拿到奖品——因此他宣布，自己将参加短距弓箭赛以及射鹦鹉大赛。他的射箭技术很不错，必要时可以在大家察觉不到的情况下故意输掉。至于射鹦鹉，只要排在最后几名上场，肯定会有人在他之前射中老鹰，那他就根本不用继续参赛了。最有看头的射箭比赛被安排在最后，在此之前，特姆莱可以舒舒服服地坐在位置上观赏跑马。

跑马赛——分绕场五圈、十圈以及十五圈，无障碍及有障碍——进行得颇为顺利，基本没出现什么作弊行为。比赛的结果不出预料，托比莱·马和他的六个儿子包揽了六项比赛中四个的奖章。朗姆泰·马和皮利莱还以巨大的优势赢得了短距障碍赛和中距障碍赛的冠军。

马球赛一如既往地热闹。巴斯汀在女子马球赛上从头到尾公然作弊，但如果太早将她罚出场，那些想好好欣赏她马球服打扮的年轻人一定会闹翻天。幸好她在出人命之前打住了，没有造成任何伤害。她的队伍在比赛中以七比十落败，皆大欢喜。特姆莱则庆幸自己躲过了给她颁奖的尴尬。自从到了可以选丈夫的年纪，她就不畏艰难，开始明目张胆地追求特姆莱。尽管她打扮得确实养眼，但他却始终提不起兴趣。相比之下，将金腰带和胸针颁给萨根－佩尔－特滋莱——一个聪明而风趣的女孩——则是一件相当惬意的事。在特姆莱外出期间,她和利姆代家大儿子的婚约显然已经作废了。他费了老大的劲儿才没有让祝贺的微笑变成挑逗,但在将腰带递过去的时候还是忍不住多耽搁了一点时间。总而言之,这一切让他对马球赛有了更好的印象。

马上运动之后是田径赛。众人对这类比赛的关注向来不高,这个比赛的主要目的是在马术赛和弓箭赛之间提供一个歇息时间。比赛进行到最后一项时,随着观众们的兴趣再次回归,特姆莱在嗡嗡的议论声中站起身来,宣布了一个令人惊喜的消息。事实证明,宣布的时机刚刚好。

他宣布增加一项比赛。这不是一个新项目,但失传了很久,只有部落的某些古老歌谣中提到过。他继续说,这是一项团队赛,能帮助大家更好地合作互助——这套说辞连他自己都有点听腻了。接着,他宣布扛木头比赛正式开始。

当然,他并没有将这个消息完全保密。他提前一天就选定了队长,帮忙寻找和砍伐木头的人们肯定也知道这件事。尽管如此,当两段巨大的树干被两支马队从长长的马车上拖到赛场中央时,观众席还是响起了一阵兴奋的骚动。许多年轻人跃跃欲试,幸运的是,他早就预料到这一点,提前指点了两名队长从蜂拥而至、翘首以盼的人堆中挑出参赛者。

他向大家解释,抢在另一队之前将树干从起始线扛到终点线就可以获胜,期间树干不能着地。奖品是获胜队每人一个佩里美狄亚金币,队长则获得一顶紫红相间的帽子。等到两支队伍就位,特姆莱站起来,将帽子高高地扔向空中,让它自然落地。

很快大家就发现,参与者的热情多过技巧。他们走路像醉鬼似的歪歪扭扭,不停地踩队友的脚后跟,往旁边挪的时候多过直线行走。就连最后,两队人也不是冲过终点线,而是直接摔倒压在线上的。特姆莱觉得,这倒不是坏事，只是充分说明了他们必须在这项技巧上多下功夫。他决定在总结致辞的时候强调这一点。比赛结果相当接近，幸好特姆莱事先在终点线安排了裁判。他根据裁判的意见判定了胜负——希斯莱的队伍获胜。太巧了，特姆莱托毛毡裁缝做的奖品帽子正是希斯莱的尺寸。

　　和部落的大部分人一样，特姆莱有时候也会在观看竞技时走神。他甚至纵容自己观察族人。以前他从来没有这么做过，这也是可以理解的。毕竟，那时候他自己就是部落中的一员，从未脱离过集体。然而现在，他可以清楚地感觉到一道难以描述的隔阂，横在族人和他自己之间。这部分是由于新晋族长的身份，但更主要的是，他去过佩里美狄亚城，看到了二者之间的差异。他不得不承认，城里人的生活方式在很多方面都比他们好——至少比他们先进。砖石结构的屋子、铺了青石板的街道，以及每个广场都有的可即时使用的充足水源。相比之下，部落的帐篷显得相当原始，而原始的生活状态已经不再能满足他了。不能指责部落人没有发明出那些城市人习以为常的奇妙物事。不如别人聪明不是什么错误，更不是什么坏事。正如有人长得高、有人长得矮一样，有一部分人天生就比其他人更聪明。但如果在接触到更好的生活以后却不想拥有，这就是愚蠢了，甚至可以说是坏心眼——

　　（赞代·马紧贴着最高的障碍物跃了过去，差一点就被拦下来。以他的年纪参加这种比赛确实是太吃力了，但他德高望重，不参加说不过去。奥斯特伦在松软的草皮上绊了一下，鼻子朝下，一头栽进障碍水沟。掷箭赛只有四个人参加，但没有一个能把箭投进圈里……）

　　——除非获取这些奇妙事物的代价超过了它们本身的价值。这就是需要他审视、分析的地方。这不是什么新鲜观点。恰恰相反，一代又一代的旅行者从城市回来以后，试图为本族传统辩护，都曾经提到这点。他认真地剖析过这个观点。

佩里美狄亚人在各方面都取得了辉煌的成就，但他们也失去了人性中最美好的部分。在明亮的寒星下，旅行者们喝着蜂蜜酒和奶，在火堆边沾沾自喜地说，他们变得冷酷无情，变得自私，瞧不起弱小的族群，为满足他们那该遭天谴的、不近人情的可怕欲望而理直气壮地盘剥他人。

是啊，特姆莱想，好吧。旅行者们还讲了很多离奇经历，比如遭遇会飞的蜥蜴以及兽头人身的动物，人们对这些故事半信半疑。我曾经见过城市人，一旦你剥开树皮、切开边材进入树芯，他们和我们也没太大的不同。差异当然是有的，这是事实。他们毫无疑虑、不含敌意地接受外来人，即使这些人来自他们宿敌的部族。就算会说一些不顺耳的话，也是针对他们听过的某些传言，饶有兴趣地发问，比如"听说你们每个人都有七个妻子？""听说在你们那里，男人和女人在马背上、在纵马奔驰的时候做——呃，那种事？""你们真的会把敌人的头骨制成酒杯，把战场上杀掉的敌人的头皮剥下来吗？"等等等等。

另外一个差异是，那座城市有一整个行业的医生，专门治病救人。部落人不愿意费这个力气，因为即使将这些病人治好了，他们也会因为年纪太大或者身体虚弱而变成无用之人。的确，部落有时也会照顾这些族人，但前提是符合族群利益。在城市里，医生要做的仅仅是挽救生命，可以为此使出浑身解数。在草原上，除了一两个人有特殊技能以外，其他人都没有。每个人从事一样的工作，拥有大致相同的财产，没有人想得比别人更深远。城里的生活不一样，因为太复杂，他无法解释更多。但即使是那里最穷的人，也比草原上大部分人拥有得更多，这还有什么可指摘的呢？城里有无穷无尽的、复杂的等级制度，一个人可以待在自己的阶层，也可以通过努力在这个看不到尽头的阶梯上爬个三到四格。答案还没有找到，但至少特姆莱看到了区别。

现在，他回来了，坐在这里看着他的族人。脑子里闪过的第一个问题是，部落人口总共有多少？没人做过统计，他也不知道。依照传统习俗，在一场大战前夕，部落里的战士会依次排队经过族长的帐篷，每个人在篮子里留下一支箭。上一次这么做，大概是十二到十三年前，他记得当时动用了一百多匹马来运装箭的篮子。但因为隔得太久，他已经记不清每匹马驮了多少个篮子，以及平均每个篮子装了多少支箭。

还有其他方式可以计算大致人口——整个部落渡过某条河，或列队走过某一段笔直大道所花的时间；每个月送到制革匠人那里的兽皮数量（由此可知有多少肉牛被宰杀、有多少人口需要养活）。不得不承认，他对这个问题的兴趣还没有大到愿意花精力去解答。再说这也不是他该操心的。清点部落人口与清点他名下的牲畜太类似了，会让人觉得他是整个部族的主人，他当然不是。他听说曾经有一段时间，城里的一部分人拥有另一部分人，就像拥有牲畜和工具一样。这个传闻对他而言就像双头狮或者会说话的树一样不可信。但据说这种事在很久以前、世界还很年轻的时候是存在的。

他发现自己正在用一种截然不同的眼光看着这些子民，好像自己是个城里人，正在以间谍的身份观察部落人。他看到这里的男人身高在五尺四到五尺九之间，女人比男人矮一个头或半个头。他们身穿皮、毛和毛毡制成的衣服，吃肉干、奶酪，偶尔也吃黍米——如果能弄到的话。要是迁徙的路线掌握得当，还能吃到当季苹果和橄榄。他们住在毛毡和兽皮制成的帐篷中，隆冬季节往身上涂抹猪油以抵挡寒风和湿气。他们从不浪费任何资源，财产最多的也可以用一辆马车和两匹驮马装下。

这里的人将每一匹马、每一头牛利用到极致：奶、肉和血可以吃；油脂可以用来点灯、烹饪以及防水；皮可以用来制成衣服、帐篷、马具、帽子和甲胄；毛可以用来制成毡、绳索以及弓弦；骨头和牙齿可以制成纽扣、针、弓体和扣箭、皮带扣、工具的把手、棋、珠宝、笛子以及胶；筋可以用来加固弓背；粪便可以用来烧火。他们总是不急不慢,拥有的极少,要的也不多;不会写字却能记住一百代以内的祖先名字;没有机械却懂得使用银制焊药,还能识别不同钢铁的颜色。第一次以外人的眼光看待这个族群,他忽然意识到他们是多么奇怪、多么特别的一群人。

这就是我们,这就是草原人。可以用一只死牛做出一百零一样东西。

有人捅捅他的胳膊,该颁发奖品给那些跑来跑去、跨越障碍的人了。他一边递奖品一边暗自不忿,怎么能将萨苏来生前第二好的马鞍以及一对崭新的猎鹰手套送给这些人?他们的唯一才能不过是撑一根长杆,把自己弹过一个用木头搭出的架子。发完奖,他拿起自己的弓和箭袋走下去,来到比赛场。

他暗暗感谢神明,至少,没人试图让他把萨苏来的弓送出去。按理说,萨苏来的弓应该和他一起前往永生之地的。特姆莱什么都没说,但心里很感激当时忽略了这个细节的善良的朋友。他有自己的弓,不管是他自己做的,还是其他人做的,都是娴熟手艺制造的精品。但这一把是他初习弓箭时用的。他熟悉这把弓,这把弓也了解他。即使世上还有更好的选择,他也不想知道。

进入赛场上弦的时候,他有种回家的感觉。这是一根新弦,不是他以前看过的那根。一根长长的、从上到下缠着丝的马腿筋,妥当地上过蜡,在扣箭的部位装饰着小巧玲珑的骨珠,甚至还有一颗象牙唇珠。弦上好以后,他戴上右手指套,将护臂绕在左前臂上扣好,调整箭筒的高度,检查了一下箭翎,接着便坐立不安地等在那里,试图转移思绪。他左脚齐线站着,自己和靶子之间仿佛有一条看不见的隧道,他忽然意识到想要“不赢”也是一件难事。唯一对他有利的条件是,整个部落的人都在看着他,在这种压力下射不准也是常事。

尽管他如今的技巧远不如以前纯熟,轮到他的时候,他还是做好了放水的准备。线上裁判发出了扣弦的命令。他的手略有些发抖,将箭尾的角质凹槽扣在弦上,公鸡羽毛做的箭翎朝上。听到引弓的命令,他举起弓,大喊一声,左臂前推,右臂往后拉开,直到他感觉弓在他的力量下屈服,肩上的压力转移到后背为止。箭镞的凹处滑过左手拇指根部的关节,右手拇指挨着下巴,弦上的唇珠轻触着下唇。一切准备就绪,箭、手、弓三处协调一致。

他盯着远处的靶子,将思绪放空,在这短暂的一秒半时间内,他忘记了父亲的过世、佩里美狄亚及其城防,以及身为族长的责任,不再去想为何身在部落中心却有一种意外的陌生感。需要关注的多了:左臂微弯、肘部朝外、右手食指的弯曲度要比中指大一点,这样才能在用三个手指的第一个关节勾弦时,保持弓弦平直。他还得努力在松开弦的时候不去想着打直手指——最完美的放弦动作,是手指由勾弦状态直接变成不勾弦状态,听上去简单,但几乎不可能做到。

接下来就是放箭。远处传来啪的一声,击中靶子的位置向右下方偏了一点,这就是没做好松弦动作的结果。啊,管他呢,这动作本来就难。他再次将箭扣在弦上,拉开。连续射出一打之后,他感到自己又做回了特姆莱——一个技术超群却又平凡的弓箭手,以力量和水平决定社会定位,不高也不低。潜意识里,他知道自己应该珍惜现在这点时间,因为将来未必还有机会做回特姆莱。

最后他得了第五名,这是他尽了全力的结果。从某种意义上来说,这个结果比获胜更让他高兴。他展示了一定的实力,同时意识到自己手下还有四名比他强的弓箭手。要是得了冠军,那才会令人无比绝望。

他待在原地,等其他人射完,不到万不得已他不想回到那个引人注目的主座。如果他在场会让其他参赛者感到紧张,那也不是什么坏事。当城墙哨塔上的投石机发射出两百担重的石头,他们无疑会更加不安。所以,最好现在就开始适应紧张的感觉。他留了个心,等比赛结束后看一眼总成绩。最好有人记得住以往成绩，这样可以做一个对比，看看这么多年过后，部落的总体射击水平是提高了还是退步了。他认为，了解这点是他身为族长的职责所在。

现在是最后一场比赛——射鹦鹉。特姆莱从来没搞懂，不过是射一只脚被绑在五十码高杆上的鸟，为什么大家这么有兴致？也许是比起传统的以箭靶为目标的比赛，它的节奏更快吧。每个参赛者只射一箭，如果碰巧第一个人就射中，比赛就结束了。也许是因为某个脆弱的物件被射中，从空中掉下来的景象让大家觉得很刺激——在传统比赛中当，箭射中毛毡时，人们通常只能远远地听到嗒的一声轻响，只有离靶子比较近的人才看得到射中了哪里。这种兴奋不可能来自古老的杀戮欲望，因为所谓"鹦鹉"通常是一个塞了干草的皮袋，在胶水里蘸一下糊上羽毛而已。他个人的见解是，当所有没有射中靶子的箭纷纷从天上掉下来时，掉到围观群众当中的概率和掉到地上的差不多，这种因害怕而产生的极度亢奋让这项比赛大受欢迎。

这次用的是真鸟，一只黄褐色的大鹰。鹰的一只脚被绑在桅杆头，正在拼命挣扎以抗议羞辱。这也是人们格外来劲的原因之一吧，每一个有孩子或牲畜被山鹰叼走的家庭都可以把这看成变相的复仇。至于特姆莱自己，他倒宁愿射一个塞满草的袋子。当他还是个牧童的时候，赶走这些可恶的飞禽需要花许多时间，用大喊大叫和扔石头来吓唬它们。因此，他并不同情这只可怜的大鸟。但是将它绑在这里与其说是除害，更像是公开行刑。再说，草靶子不会动得那么厉害。

只能射一箭。他低头在箭袋里翻找，直到找到了那支特别的箭。这是他从小到大最喜欢的箭，尽管对他而言长了一寸。他不记得是哪里来的了，箭上有族长专用的紫翎，却又不是草原制造的。部落人用的箭通常是从一整根木头上劈出来的，箭杆从头到尾直径相同。这一支则是由雪松木的主箭杆和山茱萸木的箭尾拼插而成。自箭镞以下零点八寸处，箭杆的直径开始逐渐变小，直到箭尾。它窄小的箭镞重得不同寻常，从截面上看几乎是方形的，和部落铁匠喜欢打制的熟悉的三棱状箭镞完全不同。他感觉这支箭的历史相当久远，可能来自思科纳城邦，经佩里美狄亚流入草原。那里有世界上最好的制弓制翎工匠，为最好的弓箭手服务。箭翎是鹅毛，不是鹰或乌鸦的羽毛，过不了多久就该换了。他将箭翎拿到眼前仔细检查，确定没有翘起或分叉，接着被迫迅速跳到一边，躲避一支从天上掉下来的箭。这支箭已经飞到了长杆的顶端，却被风吹歪了方向，直直坠落下来。

他抽到了第七位，因此不需要等很久。这场比赛他获胜的危险很小。他从来就觉得没必要专门练习把箭射向空中的技巧，因为在战场上用不到，除非你身处城墙之下。另外，他也一直没学会如何射中正在飞翔的鸟类。不过部落里有很多人擅长射鸟，其中五个最棒的猎鸟人抽到的位置都在他前面。

然而，不知为什么，他们全都没射中。结果特姆莱不得不站在线上，迎着刺眼的阳光，伸长脖子，努力在明晃晃的天空中辨别鸟的轮廓。他张开弓，大致瞄准了一个方向，放松右手手指，做好射击的准备。

正当他准备松手时，太阳居然躲进了天上唯一一片云朵里，使目标变得异常清晰。他感觉到弓弦隔着指套勒着他的手指，肩膀酸痛，*快点把这支该死的箭射出去吧*。他凝神注目，对准那只鸟，放开弓弦。

糟糕。

曾有无数次，他愿意付出一切，只求能在整个部族的注视下射中"鹦鹉"。那时候，他整天对着从马车一头悬吊下来的毡毛挂饰放箭，想琢磨出最后那一点怎么都参不透的诀窍，让飞出去的箭完全听命于自己，而不是只能大致射对方向。此时他眼睁睁地看着自己的箭击中目标，那只鹰颓然翻落，像褡裢一样吊在桅杆上。他忍不住懊恼地咒骂起来，想不通为什么会发生这种事。唯一的解释是,神明将他过去十年祈求射中的祷告都积攒起来,故意放在今天为难他。

周围是一片令人尴尬的寂静。人群在犹豫到底是该鼓掌欢呼,还是自由表达不满,抱怨这种公然破坏规矩的行为。后面的参赛者一言不发地收起箭,把弓放回盒子里,看也不看他这个方向。他为什么非得在射鹦鹉这一场中出差错呢?他本该通情达理地让自己被淘汰,使其他真正的参赛者可以继续比赛。老天啊,难道他要给自己颁奖?

他只能干巴巴地说一句:"对不起。"

事已至此,他悻悻然收好弓,走回座位。接下来,轮到他致辞了。

他事先准备过,而且相当充分。首先是一段简洁优美的追思前族长的悼词。然后正式宣布他准备带领部落向敌人宣战的打算,阐明其中原因,激励子民们勇敢面对今后的困难。接着讲几句对部落未来的明确计划,外加一些与天命有关的神秘主义说辞,反正有人喜欢听这一套。最后以一段措辞恰到好处的总结收尾。这将是一篇令人难忘的演讲,值得代代相传。而且,整篇稿子他都熟记于心。

但他只是清了清喉咙,说道:"我知道你们不想听什么长篇大论,我就简单地说说下面要做些什么。一旦越过纳德辛山隘,我们将脱离原定路线,去南边砍伐木材。通过河流将木材运到下游——以前我们没这么做过,但我知道有人试过,我们可以照做——到了下游,我们将建造攻城器。别担心,我知道制造方法,一点儿也不难,真的。我们的弓箭手相当厉害,可以说,厉害过头了,但如果要赢得一丝攻破城门的希望,我们就必须练习扛木头的技巧。我需要一队人专门训练使用攻城槌,想参加的在三天内将名字报给各自的队长。我还有尚未考虑清楚的地方,但我们有的是时间,之后会一一向你们说明。就这样,真的,我讲完了,你们可以开始狂欢了。为健康长寿干杯。

162

哦,顺便说一下,不想让人射你的鹰,就别把它挂在那里。"

这不是什么玩笑话,但是,当他坐下来的时候,他意识到自己刚刚创造了一句谚语。一百年以后,如果有人抗议家里没做好标记的牛和别家的牛群混在了一起,或者备受冷落的妻子红杏出墙,多半会受到这样的奚落:"是啊,活该,不想让人射你的鹰——"不仅如此,他刚才是以一个真正的族长身份对子民致辞,完全不像一个借着父亲余威的孩子。他将尽快组建攻城小队,通过河流将木材运下来。没有人会在他背后窃窃私语,说些族长完全没有计划之类的闲话。他有言在先,这就足够了。他觉得自己的计划实现的可能性很大,因为他刚学会了一点:看到前面有靶子,管他什么规矩,先射了再说。

萨苏来没有意识到这一点,他没能攻占佩里美狄亚城。我意识到了,我将成就辉煌。

他坐在那里,思绪万千。一群人拥上来扛走了他的座位和地毯。他们并没有把他掀翻在地上,但意思很清楚:他的存在妨碍了大家狂欢。他立即道歉,然后默默离席。

八

对于教长在百姓中深受欢迎这件事，佩里美狄亚高层到底是困惑、欣慰，还是懊恼，要取决于他们想得多深多远。所谓教长，不过是一群哲学家兼科学家的领头人。他们致力研究的，是一个深奥的学科，对外行人来说毫无用处。这样一个组织的头目，为什么会受到民众的爱戴和崇敬，这真是令人困惑的问题。不管他做什么，哪怕什么都不做，人民对他的感情都一如既往。这个事实本身当然是令人欣慰的。但如果继续探究，他们就会发现，他之所以受欢迎，是因为民众对他的身份产生了一种普遍的误解，认为他是效力于城邦的巫师。他的职责是护卫城邦远离各种黑暗力量，抵御成群的恶魔、忽然爆发的瘟疫以及狂风暴雨（免得它破坏有利可图的海上航线）。这个发现让人懊恼无比。教长本人在懊恼过后，决定将这个问题抛之脑后，不去想它。

尽管如此，当亚历克修斯教长病重的消息传开之后，民众中掀起了一阵

164

热潮，以各种各样的方式表达善意。毫无疑问，忧心忡忡的市民希望他能赶在某个大灾难发生之前好起来，继续与恶魔斗争。每个清晨都有鲜花、水果以及各式各样的好运符出现在他的寝室门口。好心的老妇人将好几加仑热腾腾的、营养丰富的肉汤留在门房那里。研修会核心成员本有更重要的事要做，但不得不浪费好几个钟头接待笑容满面的、闹腾的儿童代表团。孩子们带来了经他们纯洁的、不熟练的双手编出来的香草花环。这种全民一心的自发行动让研修会难以招架，以至于亚历克修斯刚刚康复到能站起来的程度，就被打发到阳台上向欢呼的群众挥手，以平复两个月来汹涌不断的善意。

"我倒认为这相当感人。"亚历克修斯蹒跚地走回床边，手臂因不停挥舞了半个小时而酸痛不已。卡纳迪说道："素未谋面的陌生人风雨无阻地守候在门外，鲜花堆满了整个地方——"

"拿一车香草给我治心疾？要是有人能跟我解释一下其中的道理，我发表出去倒可以发个财。"亚历克修斯一边抱怨，一边裹着毯子翻来翻去，寻找床上留有余温的地方，"说实话，我倒宁可被大家谩骂，说不定还能睡个安稳觉。"

"哦，你没这个福分。"卡纳迪回道，"你的同胞需要一个值得他们爱戴的对象。皇室没可能，所以他们选了你，这是你应尽的责任。你至少有点教养，对他们亲切点吧。"

亚历克修斯把头埋在枕头里吼了起来。"你知道他们说什么吗？"他反驳道，"他们说我们的敌人召唤来了某种不为人知的邪恶生物，我跟那东西进行了一场旷日持久的魔法大战，尽管我最终赢了，但战斗的后遗症让我至今没缓过来。我花了多少精力用来解释我们不是魔法师——"

卡纳迪愉快地笑了。"你越解释他们就越发坚信。"他说，"反过来，要是你穿着一件绣着神秘符号的蓝色长袍大摇大摆地走到街上，他们会把你当成十足的骗子轰走，朝你身上扔鸡蛋。"他站起来，"你最好早点休息。这一通闹腾让你的脾气比往常更坏了。"

"我知道。"亚历克修斯说，"我想，主要是我觉得十分沮丧，有那么多重要的事情，我却被关在这里不能出去——"

卡纳迪皱起了眉头。"没有什么重要的事。"他坚定地说，"你那帮精英助理正在帮你处理日常事务——我得加一句，他们比你做得更好——我攻读了理论方面的所有最新进展，并且能够用最简单直白的语言讲给你听，说明我几乎站在了学术的最前沿。至于其他事——"他直视着亚历克修斯的眼睛，"那两位已经打哪儿来回哪儿去，不需要采取什么特别措施了。终于摆脱他们，我们应当感到庆幸才是。就此打住吧。"

亚历克修斯缓缓地点头。他无法忘记两个岛民离开半个小时之后，他所承受的毁灭性的后果。但平躺在床上，盯着天花板上那些被人高估了价值的马斯克壁画看了两个月，让他对整件事有了一个大致的把握。事情过去以后再回头来看，简直是一目了然。这是一个不幸的巧合。他在间接施咒方面做了一个愚蠢的试验，同时一个天赋者恰巧出现在城市里，通过元理施展她非凡的力量，却完全没有意识到自己做了什么。不用说也知道，他最终完全无法控制由天赋者的干预带来的后果。等她走了，两种力量之间的纠缠也就停止了（幸好如此，不然他现在已经完蛋了）。没有了不同力量之间的纠缠，一切又慢慢地恢复原样，这是一个合乎逻辑的推断。据卡纳迪暗中查访，击剑手洛雷登目前以击剑教练的身份过着清白而富足的生活，神秘的女孩似乎彻底失去了踪迹，而且至少目前为止没有爆发瘟疫或出现什么反常的地震。一切正常——

（但并非如此。不管多么坚定地说服自己一切都过去了，他还是无法忘记那种轻而易举被人操纵的恐怖。那个人对元理各个层面的把握，就像巴达斯·洛雷登拿着他心爱的剑一样熟练。他可以肯定,这股力量绝非来自那个女孩,更不可能是她那相对平庸的哥哥,也不可能是住在城市里的某个人——到底是谁呢?为什么不安的感觉仍在加剧?)

"好,我该走了。"卡纳迪说,"再见——啊,德尔玛蒂斯把你的信送过来了,看来有人收拾你了。"

当他那位最固执、最有干劲的助手进来的时候,亚历克修斯忍不住闷哼了一声。卡纳迪聪明地溜走,留他一个人苦熬。

"今天没有多少需要您处理的事务。"年轻人尖细的嗓音响起来,他将厚厚一叠羊皮纸放在亚历克修斯腿上,还扶住了床边摇摇欲坠的蜡烛,"这是下达给各掌院的关于新教义协定的通谕——"

"什么新教义协定?我们什么时候有过教义?我们是科学家,不是牧师——"

德尔玛蒂斯给了他一个少安毋躁的眼神,让亚历克修斯明白他只能忍着。"我上个星期就解释过了,"他说,"大会决定将公认的元理层面从七个减到六个,解决了关于综合能力的争论。这真是——"

"妙极了。"亚历克修斯抱怨道,"通过民主投票来改变自然定律,真是完美的解决方案。看来我该从床上起来阻止这些荒唐事了。"

"想都别想。"德尔玛蒂斯带着笑意凶巴巴地说,"只要您敢把脚放到地上,医生们就会把您生吞活剥了。不管怎么说,这只是头一桩事。"他将一捆厚厚的文件拿开,在他眼前放下另外一摞,"这一堆是教令合集,以及您的私人信件。"

亚历克修斯一边将信件封口,一边顾着别让蜡烛把床上用品给点着了。德尔玛蒂斯开始向他报告最后一件事。

"有人说,"他继续用刺耳的声音说,"部落民开始不安分了。要我说,到了该采取措施的时候了。"

一滴滚烫的蜡烛油滴在亚历克修斯的手背上,他抬起头来:"是吗?什么措施?"

"派军队去。"德尔玛蒂斯回答道,"将他们一举歼灭。我一直觉得,允许一帮野蛮人在家门口游荡是完全不合理的。"

亚历克修斯还记得,就在六年前,德尔玛蒂斯和几百个难民因为鼻子太大、头发颜色不对,被人从蛮荒的城邦布勒米亚赶出来,不得不搭着小船横渡中海。直到今天,他从卡特斯大桥走到城邦学院还常常会迷路。短短六年,他就从被人歧视的糟糕经历中恢复过来,还能得意地提出建议,展开对另外一群人的迫害。真是令人佩服。"我不认为我们还有军队。"他温和地说,"要是有的话,我不会不知道。"

"我们可以征兵。"德尔玛蒂斯解释道,"当然,城市卫队也可以用。我们的兵力足以给那帮野蛮人一个教训了。他们显然在河的上游要了些花招,据说运走了大批木材。不用问,这肯定是胡说八道。我的意思是,"他笑着补充道,"一群野蛮人要满满一河的木材干什么?"

面对一大堆意思差不多的问题,洛雷登忍耐着没有回答。他正在用制帆工匠用的麻绳和胶水修补一把练习用的钝头剑,正好给了他假装没听到的借口。

"显然,"艾希莉继续说道,"大家都说,要派一支远征军出去,在那个谁的带领下——哦,他叫什么来着?名字就在嘴边,一下子就忘了。"

"帮个忙,把你的手指放在这里——不,这里,对了——我要上点胶。小心,很黏的。"

"对了,麦克森。麦克森将军。据说他在草原部族中间很有威名。"

洛雷登皱起了眉头，将刷子在胶水罐里沾了一下。"他已经死了。"他说，"死了有十二年了。"

"噢，"艾希莉耸耸肩，"那么谁来领军呢？"

"没人。"胶水太稀，洛雷登发出啧啧声，往罐子里加了一撮胶珠，搅拌起来，"我们也没有军队，除非你把那些站在墙头当装饰的卫队也算上。我们已经有十二年没有军队了。要我说，这是好事。算我们运气好，没有用得上军队的时候。"

"我可以把手指拿开了吗？"

"稍微等会儿，等我把胶水加热。你的消息这么可靠，有没有听说草原部落准备搞什么鬼？"

"我哪儿知道？有人提到有大量木材从河的上游被运下来，朝着我们的方向移动。我一直以为部落民不喜欢折腾船啊、运输啊、河流啊之类的事。"

"是的。或者，"他承认，"至少以前是这样。现在就不一定了。考虑到城里对木材的消耗量，也许他们想要到这里卖木材，大赚一笔。"

"没准儿就是这样。不过，我还听说他们好像要对我们开战了。据说老族长死了，他的儿子显然是个挑事儿的。"

"哦，多半只是唬人。"洛雷登的眼睛盯着要上胶的连接部位说道，"每次新族长继位，他们都要闹出点动静，摇旗呐喊一番，激起族人的豪情，重新变成英勇无敌的战士。这是他们的传统，他们不会当真的。"

"哈，"艾希莉离沸腾的胶水太近，忍不住打了个喷嚏，"你好像对草原部落很熟悉。"她说，"怎么回事？"

"听说的。老兵讲的故事。破酒馆里总能碰到不少退伍老兵。好了，你可以把手指拿开了，谢谢。把麻绳给我拿过来，胶水煮好了。"

"不过，我还是很担心。"一阵沉默后，艾希莉说，"万一他们真的心血来潮,要来攻打我们怎么办? 我们没有军队——"

洛雷登做了个鬼脸。"如果有军队,"他回答道,"这就意味着有敌人需要这支军队去攻击。只有在有仗可打的情况下,我们才有可能打输。我听人说过,草原人在近身鏖战中相当剽悍。可现在呢,就算他们真的来打我们,能做的也只是驻扎在河对岸,眼看着运粮船开进港口。你可能已经注意到那个用大石头垒起来的东西,我们管它叫城墙——"

"好啦,别这么狂妄。我还是在想——我们从小就被教导说城墙坚不可摧,我对围城之类的东西一窍不通,你说该怎么判断城墙到底可不可靠?"

"从来没有人从陆地方向攻破过城墙,这就是一个相当好的证明。"他一边耐心地将麻绳一圈一圈缠绕在剑柄上,一边说,"也不是没人尝试过。想攻进城,你需要合适的工具:各种器械、攻城塔、攻城槌、架桥装置等等。这些是部落民完全不擅长的。这样说吧,除非有人帮他们开门,否则他们绝对进不来。我认为还不至于出现这种情况。"

"那就太好了。"艾希莉站起来,用搭在洛雷登椅背上的一块抹布擦了擦手,"我想这只是谣传。要是真的,皇室一定会采取措施的。"

"是啊,那是当然。这是他的职责。"他干脆利落地打了个结,咬断麻绳,"如果你非要自己吓唬自己,成天担心外邦人入侵的话,你还不如把入侵者想象成岛民呢。"

"他们不是我们的盟国吗?"艾希莉反驳。

"盟约并不是永久有效的。他们的确和我们有很多商业往来,但并不代表他们愿意付钱,不想直接掠夺。更重要的是,他们是唯一拥有舰队的国家,尽管这支舰队和强大完全不沾边。但即便如此,他们的舰队想要越过海峡来攻打我们也没那么容易。首先得经受住各种守城器械和砲弹的考验。说真的,但凡有点脑子的人都不会来攻打佩里美狄亚。柿子挑软的捏,比我们弱的目标多的是。好了，这把修好了。到目前为止只有两把需要修理，这批剑质量不错。”

他点了支蜡烛，然后把灯掐灭了。晚上这个时候学校已经没人了。幸运的是，他设法从理事那里拿到了一把边门的钥匙。“我们出去吃点什么吧。”他说，“辛苦了一天。”

洛雷登刚把钥匙插进锁孔，就听到有人叫他的名字。他转身，惊讶地发现是班上那个名字记不住的古怪女孩。“嗨，”他说，“这么晚了你还在这里干什么？”

“你说我需要练习展臂执剑。”她回答道，似乎对他明知故问有些不满。她看起来很累，前额汗津津的，刘海一绺一绺地贴在那里，“如果你有时间的话，可以看我练习吗？”

洛雷登两边眉毛都挑了起来。“可以吧。”他略带疑虑地说。

女孩看看他，再看看艾希莉。“如果需要额外付钱，我很乐意——”

“按标准收费再加每小时一夸特，这是一对一课程的费用。”艾希莉坚定地说，“我会记在你账上的。”她飞快地瞥了一眼洛雷登，仿佛在说“小心哟，这姑娘对你有好感”。洛雷登心领神会，但他轻轻摇了摇头。

至少，他不认同艾希莉的看法。不过，这女孩的确不太对劲。她不是那种没脑子的人，洛雷登敢肯定，事实恰恰相反。但有关她的一切都像蒙上了轻纱，让他想起每次皇帝出现在公众面前，总是隔着一扇丝绸画屏，免得被平民的视线玷污之类的。总之，这是个怪人。“你打算留下来吗？”他略带紧张地问艾希莉，她摇摇头。

“我要回家了。”她说，“没人付我加班的钱。”

他先让她出去，再把门反锁上。“好，”他说，“既然这里除了我们没有别人，我们不如去大厅练习，那里有灯。”他朝两人对面高高的拱门指了指，“带上火把，我们可以把壁式烛台点起来。"

走向空荡荡的大竞技场时，不知为什么，洛雷登心里涌起一种不舒服的感觉。这里是仿照法庭格局建造的，目的是为了让学生适应大场面，旁听席的长条凳以及特殊的回声会让不熟悉环境的人感到心烦意乱。建造这里的人仿得不是特别到位——没有任何一个地方能像法庭大厅一样，让两剑相交的声音那么响亮刺耳——但类似的环境已经让洛雷登很不自在了。

"我们可以多点几盏灯，把这里照亮。"他大声喊道。自己的声音在空荡荡的黑暗中显得有力而自信，让他觉得很满意，"反正不用付蜡烛的钱。"

她没有回答。洛雷登觉得有点傻，这又不是社交场合，为什么要隔空聊天呢。我怎么就同意了呢？他心下揣度。也许艾希莉的猜测是对的，我被引诱到这里来，说不定会损害我的荣誉。他回想起女孩的脸，之前从没有想过那女孩长得漂不漂亮。客观地说，算是棱角分明的那一种，不过……不，他完全没印象。不能算漂亮吧。

"好了，"他将最后一个壁式烛台点亮放回去，"我们开始吧。用红袋子里的剑。小心点，那是我的斯派·布利夫剑。"

她点点头，解开绳结。*她喜欢啃指甲，之前居然没注意过。*她手里的剑看起来异常的陌生，似乎尚未认定她为主人。她让剑袋落在地上，打直手臂伸出去，然后调整了一下双脚和肩膀的姿势，将背挺直。

"基本到位。"洛雷登鼓励地说，"左肩再向后收一点，右脚与剑刃齐平。好多了，你已经掌握了要点。现在坚持住。"

他一边解开第二个剑袋，一边默默计时。不知为什么，他的手指不太灵活，指甲被粗硬的绳索钩到了。"你这是在故意为难自己。"他一边说一边抽出被改造过的骑兵用剑，拿在手中，"你不能使劲握着剑柄，要让它被虎口托住。来，看我示范一下。"他站到和她相对的位置，缓缓抬起右臂，直到两支剑的剑尖相对,连成一条直线。"看,我让手指尖和大拇指底部自动托住剑柄。这就是练习这个动作的意义。放松地握剑比紧张地握剑要更稳固,招式更灵活。对了,现在好多了。坚持下去,你做得很好。"

她似乎没有在听,或者,倒不如说她根本不在乎他的鼓励和解释。跟之前一样,他再次感觉到,其实这女孩根本不想学习剑术,但又不得不学,似乎在执行一项很厌恶但又必须完成的任务。哦,是啊,有教无类嘛。我可以愉快地说,她的动机不关我的事。

"好了,休息一下。"等了足足一分钟,他说。女孩皱起眉头看着他,像是要争辩什么,然后放下了剑。"等一下我们再来一次,坚持两分钟,不过这次要试一下从一开始就用我教的方法握剑,先从这个要点开始。怎么样?"

她点点头,用头部的微小动作进行精确有效的沟通,使两人的交流被局限在最小范围内。这有点像在决斗的时候,法官下令开始,双方互相点头致意的场景。因为敌对的双方除了"好,现在我们开始厮杀吧"以外,实在没什么可说的。这个认知让洛雷登有些不安。

"好,开始。"他们同时抬起手臂,连成一条钢铁般笔直的线。洛雷登看着她的眼睛。这种对视令人很不舒服,仿佛又回到了法庭,甚至还要糟糕些。在法庭上,当他直视对手时,总能从对手眼中找到一丝恐惧——当然,对方也能从他的眼里看见同样的东西。这是人性的最后一刻共鸣,是击剑手之间最后一次心灵相通。然而,女孩的眼里没有恐惧,只有一片令人不安的空白。

永远不要重回法庭,他暗自发誓,能赚再多的钱也不回去。

他在计时,一分四十五秒、一分五十秒,女孩的剑一点也没有晃动。对一个上课时笨手笨脚、经常做错动作的人来说,这是相当不错的表现。但这让他不自在。也许她故意在课上表现得很糟糕,以便顺理成章地要求一对一授课。至于这么做的动机,他毫无头绪。不管怎么说,他有一种被人操控的感觉，这种感觉非常清晰，同时又隐隐混杂了某种诡异的感受，仿佛正在被人围观似的。

一分五十八秒，女孩的剑尖几不可察地晃了一下，她发出懊恼的低哼。洛雷登知道，这声音意味着极大的痛苦。他自己的肩膀和肱二头肌也酸痛得厉害，但经验使得他可以坚持下去。女孩的剑尖又晃了一下，接着又是一下，这次是有点不受控制的抽搐。*就到这里吧*，洛雷登决定。但他突然心血来潮，*不如让她暂时放下预备姿势的练习，体验下一个阶段的动作吧*。他迅速判断了一下方位，向她刺出一剑。她马上领会到教练的意图，开始格挡。双方交换了两三招以后（*毫无疑问，这个女孩很有天赋，我都有点嫉妒她*），他手腕迅速一翻，将女孩的剑打落。因为太用力，手腕以上直到肘部的肌肉扯得厉害，疼得他喘不过气来。他弯腰抱着前臂，低声咒骂着。

女孩一言不发，似乎在生自己的气。

"刚才打得不错，你已经掌握要领了。"洛雷登气喘吁吁地说，"如果这能让你心里好受一点的话。"他一边说一边按摩着前臂上方的肌肉，后悔自己没有克制住想要炫技的冲动，结果不但受了伤，还在学生面前丢了脸。但是，女孩似乎对他的安慰毫不领情。

"我失败了。"女孩回嘴道，"我任由你打败了我。"

不知为什么，女孩的话让洛雷登心中生出隐隐的不安。"说句公道话，"他尽量让自己的语气显得轻松点，"我毕竟是你的老师啊。"

"不过是更有技巧而已，"女孩说，"这没什么，如果对方比你强，你一样会死。"洛雷登觉得她这话有蹊跷，不像是说给他听的。

洛雷登耸耸肩膀，试图挽救谈话的气氛。"你知道吗，"洛雷登说，"我很庆幸自己可以及时退步抽身。我最受不了追求完美的人了。"

女孩用怨愤的目光地瞪着他，双臂交抱在胸前，手指紧紧扣住肩膀。洛雷登曾经见过女人做这个姿势，知道这意味着什么。他不明白这到底是怎么回事，也暗自希望自己用不着知道。尽管如此，他还是觉得应该继续解释几句。

"如果我说话带了情绪的话，对不起。"他说，"但你为什么如此在意呢？你知道的，你已经取得了很大的进步，大大超过了……"

她微微别过头，似乎不想听他说下去。"我想练好剑。"她说。

"已经很好了。你在剑术方面有天赋，这一点，很多人是比不上的。"他忽然灵机一动，"也许，是遗传？"

"我叔叔是个剑士。"她直视着他的眼睛，跟刚才一样，只不过此时两人之间没有两码长的钢条隔着，"也许你听说过他的名字，提奥菲尔·赫丁。"

洛雷登皱起眉头，有点熟悉但还是想不起来。"我在记名字方面很糟糕。"他说，"我很擅长认人，但名字通常听一遍就忘了。"他自嘲地一笑。"再说，"他加了一句，"在这行，你和许多人往往只有一面之缘，所以记名字意义不大。"

"我当然明白。"她手抓着剑柄上方的剑刃，把剑捡起来，"我们能再来一遍吗？"

哦，不。真的还要再来吗？"好吧，为什么不呢？"他尽量打起精神，"不过这一次我不会加入对练。万一扭了手腕，我的损失就大了。"

她点点头，握住剑柄，伸直手臂，剑尖朝下，直至触到地板。"这一次，我要尝试坚持四分钟。"

洛雷登耸耸肩。"随便你。"他说，"好了，来吧。"

她抬起剑，剑尖隔空直指他的喉咙，完美的传统剑派预备姿势。他转身将自己的剑放回剑匣，同时默默计时。等他回头看时，女孩没有动。*真厉害，尽管有些疯狂。*

"自己练习的时候，"他说，"千万别刚刚休息完就直接练三四分钟。先从一分钟开始，然后慢慢延长时间。这对你有好处，而且练习效果更好。"

她紧盯着他，确切地说，是盯着他喉咙处那一寸见方的目标。**好像她毕生都在瞄准这个位置一样**，他想。一个念头突然闪过，如果她现在动了——右膝微弯，重心和平衡稍稍转移一下——她完全可以一剑刺穿他的喉咙，不给他留下一丝逃跑的机会。他空空的手掌心开始冒汗，有一种想后退几步的冲动。但真这么做也太——

"三分钟。"他说，"继续坚持到四分钟。"

那种感觉又回来了。那是一种被人注视着的压抑感，好像自己是个展览物或者试验品。此刻一定有什么事正在发生，他非常肯定。但那个女孩仍然像雕像般一动不动，似乎她正准备刺出一剑时被某个神明冻结住了。想闪开的冲动越来越强烈，到了几乎无法抑制的地步——这是一种本能。洛雷登心想，在这行打拼了十年，被人拿剑指着会感到不安是很正常的。然而他身体上的不适似乎有点反常，除了冒汗的手心，他开始感到头疼得要命。三分二十五秒，剑尖纹丝不动。

这恰恰证明了我是个多么好的老师。

三分五十五秒，他的眼前开始出现幻觉。他知道女孩的剑完全没有动，但他似乎同时看到了现在和未来两重影像，剑尖既悬在空中一动不动，同时又从完美的角度向他刺过来。他开始胡思乱想，**如果她真的刺过来，我还真是自作自受**……

三分五十九秒……

他身后忽然响起来有人在清喉咙的声音。洛雷登猛地转过身去，就在那一瞬间，女孩的右膝微沉，剑尖下垂。有人正站在拱门下看着他们。

"洛雷登大人？"糟糕，是莱瑟斯·莫丁，学校的其中一名理事。他看起来不太高兴，"我看到这里有灯光。"

洛雷登微微垂下头。"我在给这名学员做一些额外辅导。"他尽量让自己听起来像在陈述事实。"当然，也是因为她是个非常有潜力的学生。莫丁大人，这是……"

见鬼。记不起她的名字了。在记名字方面，我真的无可救药。

女孩喃喃报上自己的名字。莫丁大人看起来不是特别感兴趣。"你要用学校的设施进行课外辅导，希望你能事先通知我一声。"他有点生气地说，"严格说起来，这么做会产生额外费用，比如蜡烛费和场地费。这一次我就当没看见，不过，如果你打算经常这么做——"

洛雷登皱起眉头，头疼欲裂。他此时最不想做的就是站在这里，当着学生的面，被一名理事会成员训斥。鬼才知道这个老蠢货这么晚还在学校干什么？难道这些人不回家的吗？"谢谢你，莫丁大人。我会记住你的提醒。以后有同样的情况会事先告知。如果你能让我的助理知道我需要付多少蜡烛使用费的话——"

莫丁不耐烦地挥挥手。"你还要待多久？"他问道，"严格说起来，任何人在使用学校的设备的时候，都必须有一名理事会成员在场，以防事故发生。你知道，这是规定。"他看了一眼那个女孩，似乎看到了什么古怪而又不知名的东西，"比如，上个礼拜发生的那宗令人遗憾的事故。当——呃——流血事件发生时，直接向当局负责的那一方是我们。"

洛雷登莫名地觉得脖子上冷飕飕的。"对不起，大人。"他僵硬地回答，"今晚的练习结束了。谢谢。给您带来不便真的很抱歉。"

理事发出抽动鼻子的轻哼，表达不悦。"那好吧，洛雷登大人，小姐。"他加了一句，很不情愿地对着女孩点点头，"晚安。"

走出学校、锁上边门后，洛雷登觉得好多了。他的脑袋还在一抽一抽地痛,但没有刚才那么厉害了。见鬼,这到底是怎么回事?不过,至少可以把艾希莉的猜想否了。他拔出钥匙,放进口袋里,将器械包背在背上。这是一个寒冷的夜晚,他觉得快要下雨了。

感谢上天垂怜,他想。

看着钢铁被熔炉的火焰渐渐吞噬,颜色从紫色变成蓝色,又从蓝色变成绿色。最后一道变化渐渐显现,绿色渐渐加深,几乎要变成黑色,抓住这个时机,别过了——

"可以了。"特姆莱一边用袖子擦拭前额的汗水一边说道,"现在赶紧冷却。"

一条长长的扁平的钢铁在水中嘶嘶作响,很快被水面腾起的一团蒸汽遮蔽。嘶嘶声停下之后,他们将它抽出来仔细检查。

"好,"他尽力掩饰自己心中的忐忑,说道,"现在将它折断。"

两个强壮的男人合力才勉强将钢条压弯,但它只是变成了一张弓,没有折断。"行了。"特姆莱松了一口气,说道,"好了,现在我们知道如何煅烧长锯条了。"

他让手下负责用嵌了砂岩碎块的楔子打磨锋利的锯齿,自己沿着堤岸走回主伐木场。砍树、切段、锯成木板,这些工作都需要六尺和八尺的锯子,效率比起用斧子、锛子以及拉刀要高两至三倍。幸好如此,他才能赶在冬天到来、河水结冰之前把所需的木材运到下游哨站组装起来。他可不想将木材用马车运过来,特别是一路要翻过几座积雪的山隘,能够避免这些困难就最好不过了。

山谷里人来人往,热闹非凡。山腰以上的树木已经被砍光,只留下一茬一茬的树墩和砍伐下来的树枝。森林里回荡着几百柄斧子砍在树干上的叮叮声、伐木工的号子声以及将无数削好的木头套在一群群牛马身上时，赶牲口的人发出的吆喝声。到了山坡底下，套索被解开，木头滚入水中，撑筏子的人从一根木头上跳到另一根，嘴里咒骂着、呼喝着，用杆子捅着、推着，将原木聚拢起来，绑成筏子，想尽办法完成运木头的任务。我们是在一边干，一边琢磨正确的方式，特姆莱心中既惊喜又有些惶恐，现在既然有了锯子，也有能力挖一个大坑，若能建一个我在城里见过的水力锯木机会多有意思啊。可惜我们没有时间。再说，有时候太聪明反而不是好事，搞不好还会闯祸。

最令他头疼的是测算。他们来到这里的第一个星期全花在清点树木的数量，找出足够高、足够直、值得砍伐的树木，并在树皮上刻下标记。接着还得估算出每棵树能产出多少完好的木板和木条，以及需要多少木板和木条才能造出数目尚未确定的器械和机器。一星期过后他放弃了，让手下把大致看起来有用的都砍下来。反正到最后材料不是太少，就是太多。

另外一个难题是，部落在一个不太适合扎营的地方停留了空前之久。他们不得不将牲畜赶到上游的新鲜牧场，带走了大量目前急需的人手。这就意味着要派更多的人去运送补给，或是去远离喧嚣的丛林深处打猎。另外，开采铁矿和石灰、烧制木炭也需要人，偶尔还要派人守卫那些聚在一起用芦草搓绳的妇女——由于消耗太快，绳索的储存量已经岌岌可危。奇怪的是，尽管派出了那么多人，他们还是有足够的人留下来干活。他开始意识到，这个部落太庞大了，人数比他想象的多得多。

"我拿到了刚做好的锯子。"朱莱出现在他身后，他刚刚护送走最后一筏木头，被溅得满身泥水，显得有些邋遢，"质量很好。要我把打造钉子的铁匠召集起来去锻造锯子吗？"

特姆莱摇摇头。"我已经安排好了。"他说，"打造钉子的工匠现在在打箭镞,原来负责箭镞的工匠就可以去造锯子了。我让造打火石的工匠去给砂轮塑形打磨,因此——”他疲倦地笑了,“一切都安排好了。”他停顿了一会儿,看着上千个忙忙碌碌的身影在伤痕累累、看起来有点陌生的山林间忙碌,“我们居然干起了这个,简直是疯了。”他说,“城里人花了几百年时间才学会的技能——”

朱莱耸耸肩。“这么无聊的事,幸好有他们做。”他说,“到头来让他们自作自受。”他打量了一下周围,也许对看到的景象不怎么满意,“只有神明才知道我们今后的路会怎么展开。”他轻声说,“有人在私底下议论,说这么做是不对的。”

“我就知道。”他抱怨道,“这次又是什么借口? 冒犯了河神、山神,还是火神——”

“所有的神。”朱莱激动地回答,“不过这次他们议论的是,如果城里人是邪恶的,必须被打败,我们为什么要这么辛苦地学他们? ”

“啊。”特姆莱苦笑着,“这个问题,我也没有答案。模仿是最诚挚的赞美,或许。他们想要消灭我们,我们就有样学样。”他用两只手一左一右夹住自己的脸,按揉起来,“其实我自己也不想,但该做的还是得做。我想,关于什么才是最重要的,我们已经达成了一致。如果有人认为我们可以靠骑兵队冲破佩里美狄亚的城墙,欢迎他来跟我探讨一下。我乐意听听他的意见。”他打了个呵欠,伸了个懒腰,而后站起来,“好了,现在,”他兴致勃勃地说,“轮到箭杆了。我最好去看看他们在脚踏木车床方面的进展如何。”

翻过附近一座山,有一个四壁陡峭的小山谷,这里的树木已经清光。车床小队就在这里工作。翻越山头的时候,特姆莱注意到一片类似育苗圃的地方,只不过这里的树苗已经全部砍了下来,修剪整齐,固定在地上,充当百来架造箭车床的弹簧杆。但愿再过一两天,这些车床就可以组装完毕,投入工作。以城里人的标准来说，这是一种非常简单的器械。弯曲的弹簧杆顶部绑着一根绳索，将绳索缠在一根穿在两个固定支架中间的转轴上，再连接到一个铰链式踏板。造箭的工匠用脚踩下踏板，带动绳索，转轴就会转起。固定在地上的弹簧杆将绳索往后拉，又能使转轴往反方向转动。把用来制作箭杆的木条一端插在转轴尾部的两个叉头上，一端由一个尾架支撑着保持水平。转轴的转动带动木条，工匠将一片锋利的刀片压在上面，随着转动刨去外皮，最终生产出均匀、细长、笔直的箭杆。

（但我们用的大多是新材，造出来的箭不怎么好使，就算不会搭上弓弦就断掉，飞起来也多半又歪又慢。这一切很可能纯属浪费时间和精力。如果能多点准备的时间，就能找到正确的制作方法。可惜到那时，我们说不定早就被灭掉了。我能做的，就是尽全力将错误的概率降到最低。）

"说到需要造多少支箭，"他们走过一排排完成了四分之三的车床时，特姆莱感伤地说，"我真的不想提这个问题。想想吧。每人每分钟可以瞄准并射出十二支箭，而就算这些工匠铆足干劲，也只不过可以让一台车床每天生产大约二十支。就算有足够的木材来制作这该死的玩意儿，也永远生产不出足够的数量。况且，我们用的木材不对，"他补充道，"这是新材。至于上哪儿弄羽毛——"

"我正要说这个。"朱莱说，"我的一个手下说在另一座山的山顶上有一个湖，湖里全是鸭子。"

"鸭子。"特姆莱重复道，"妙极了。"

"就算不考虑羽毛的问题，这也不是个坏点子。"朱莱继续说，"估计我们已经把最后一只鹿赶到深山里去了。如果不准备把正在产乳的牲畜杀了——"

"别。好吧，你需要多少人去抓鸭子？我没听说过用鸭毛做箭翎的，但我们没有别的选择了。"这是实话，他心里暗道，绿色的箭杆加鸭毛箭翎，这就是所谓弓强马壮的民族。难怪敌人对我们越来越放心。

到了中午，食物被分发下去，部落人聚在一起开始吃饭。所有的动静都停下来了，或者，至少没有那么突兀了。特姆莱只来得及从硬邦邦的奶酪边缘啃了一大口，众人就围拢过来。有人疑惑，有人恼火，有人发牢骚，还有人感觉受到了冒犯——"我们应该怎么做？""我们原先的计划是什么？""到底该用什么来做出这玩意儿？""没有合适的工具，怎么做得出这几样东西？""你不是真的指望我们用这玩意儿来干活吧？"他尽力抵挡各种问题和抱怨，微笑着摇头，表达同情，承诺他会想办法，表示这些问题会有人负责。直到最后人群散开，又到了工作的时间。他将剩下的奶酪扔给一只过路的狗，迈着沉重的步伐去看绑木筏的绳子出了什么问题，为什么老是断。

哎呀，好吧，他自我安慰道，神明一定也有相同的感受。亏我之前居然还羡慕祂们呢。

下午过了一半的时候，他已经说服木筏小队的人，绳子之所以磨损得很厉害是因为他们捆得太紧了。这时候，他忽然注意到河对岸有一队骑兵站在山巅，从高处观察着这里的动静。有那么一瞬间，他感觉自己又回到了七岁那年，被吓坏了，他想要冲进营地发出警告，快跑啊，骑兵队来了！然而，他数了数人头，思考了一会儿，叫来了他的表兄弟麦斯拜和佩普泰，他们原本正在营地里走来走去登记猎鸭人的名单。

"动作快点，"他说，"召集二十个人，绕到那座山背后去——"他指向骑兵所在地，"什么都别做，只要绕到他们背后去，就位之前不要被发现。然后爬到山顶，让他们看到你们。如果他们离开了，就悄悄跟踪，但不要动手。明白吗？"

佩普泰是一个矮小结实的小伙子，胡子很长、很稀疏。他点点头，"如果你同意的话，我们可以把他们都抓过来。"他说，"或者，我们可以射箭驱逐，看你愿意怎么办。"

"不行。"特姆莱摇摇头，断然拒绝，"我不想这么做。在他们的印象里，我们对他们非常敬佩，根本不可能造成伤害。我们要暂时维持这个印象。以后有的是机会教训他们。"

派了人之后，他又看了一眼河对岸。城里派出了十个人盯着他，想知道他在这堆树墩中间待着有什么阴谋。如果麦克森还在，根本不会有人从老远的地方礼貌地观察。他们会直接看到重骑兵从山谷的四面八方冲下来，席卷营地，不等有人拿到弓箭或上马，整个营地就已经陷入横飞的箭矢、肆意的砍杀以及熊熊烈火中了。*我应该采取一些措施*，他决定，*在进山的各条路上安排岗哨，河的沿岸也是。如果是麦克森，此时河流已经被围堵，他们会在下游大开杀戒……这真是一个令人不快的念头。要不要派些全副武装、随时准备战斗的士兵到上面去，以防他们真的打算偷袭？但这么做有可能适得其反。本来我们在他们眼中只是一群和平勤劳的伐木工，看到全副武装的士兵，他们反而会提高警惕。*

*神明在上，当这一切都结束以后，我将会多么高兴啊。到时候，我们就可以回到旧有的生活方式了。*他转身，背对着碍眼的城市离开了。

九

有人敲门进来,将吊灯拉起来钩好,又出去了。亚历克修斯被吵醒,打了个呵欠,坐了起来。不可能已经这么晚了吧？好吧,不管了。他点燃了小台灯里的蜡烛,找到自己刚才在看的段落,尽力专心阅读。

在考虑元理最基本的普遍性时,我们要将其视为一个整体,而不仅仅是其多样化的可感知效果的集合(这些效果的物质性以及纯粹偶然性,显然不能成为更为宏观的图景的真实范例),最终,我们可以开始尝试达到一种无限和个体逐渐趋于无法区分的认知阶段……

他已经第二次尝试读懂这段话了,但仍然像是在荆棘丛里逮一群四散逃跑的鹅,没什么头绪。他没有把书放下,但忍不住开始走神。不一会儿,他又睡着了——

——他身处城墙,站在特罗弗城门一个哨塔顶端的平台上,望向大草原——两条河流的发源地。大地和云层在遥远的地平线上相接,强劲的风卷着云团朝着海岸的方向涌过来，如牧羊犬驱赶着羊群。然而，滚滚而来的不是云，是一团团扬起的尘土。

奇怪的是，他身边还站着那个叫巴达斯·洛雷登的辩护律师、维特里丝和她的兄弟，还有一个他不认识的人。从他那极其糟糕的穿衣品味来看，应该也是岛民，但长相颇为城市化。他们望着滚滚烟尘，就像身在赛马场观众席，或是法庭的旁观席上。过了一会儿，维特里丝捅了捅她哥哥的肋骨。

"押两个金夸特赌这边会赢。"她说。

她哥哥做了个鬼脸，"没可能。"

"一赔十。"

他摇摇头。"我不占你便宜。"他说。

"以过去的经验来看——"维特里丝刚开口，文纳德就笑着摇头，"那就算了。"维特里丝露出了天使般的微笑，"但不试一试，我怎么会甘心呢。"

亚历克修斯不禁注意到另一件奇怪的事：烟尘似乎是从海上升起的。

"卡纳迪，是你吗？"

"我知道，我在你的梦中。我本来可以从我自己的梦过来的，但今晚我不能睡。你知道的，迎接图姆的掌院的招待会。我发誓尽量不碍事。"

从海上涌过来的不是烟尘，是帆船。径直打在亚历克修斯脸上的疾风将几千张灰黑色的船帆吹得鼓鼓的，让船只以惊人的速度迅速接近。维特里丝说："我押三个五盎司①金币，赔率二十五比一。"还是没人接受她的赌注。

"这是我经历过的最荒唐的事。"巴达斯·洛雷登对教长说，尽管他的脸正对着海的方向，"我认得你，当然第一眼就认出来了。我想城里人几乎个个都认得你。但是，为什么我会做一个关于你的梦？我猜你的出现代表着有人在施法术吧。"

---

① 一盎司约为二十八点三五克。

"无意冒犯，"亚历克修斯回答，"但你才是出现在我梦中的人。而且这不是魔法，这是元理。"

"哦。"洛雷登耸耸肩，"对不起，但你说的这些完全超出了我的理解能力。在我们家，高戈斯才是那个研究神秘主义的人，对吧？"

维特里丝从梦中惊醒。

光线从百叶窗的缝隙间透进来，把她枕边的那张脸染成了淡金色。强烈的光线暴露了岁月在皮肤上留下的痕迹与瑕疵。枕边人紧闭的眼睛和因熟睡而皱紧的眉头使他看起来更老了，还有点凶狠。维特里丝打着呵欠，手指梳开遮在眼前的头发。

"高戈斯。"她叫道。

"走开。"

"高戈斯，该起床了。"

"去去去。"

维特里丝从床上溜下来，打开百叶窗。窗户下面海水是蓝色的，但深得近于黑色，只在云水相交处有一抹金红。从窗口朝下看，维特里丝可以直接看到属于她和她哥哥的三艘船，停在岛屿最好的港口海牙莫隆，位置离其他的船只略有一点距离。她挣扎着套上睡裙，系好腰带，拿起梳子梳着头发。

"高戈斯，"她说，"你真的必须起床了。文纳德的船已经靠港，他随时会出现在这里。"

床上粗壮的大块头睁开了眼睛。"你这蠢女人，为什么不早说？"他骂骂咧咧，双脚探出床外，摸索着他的衣服，"我不是说过——"

"快点。"维特里丝背过身去，想不通昨晚到底看中了这个男人什么。毕竟，她一般不做这样的事。"何必这么粗鲁。再说他还得过海关，监督卸货。

你没必要这么惊慌。"她轻蔑地加了一句。

高戈斯·洛雷登一言不发,专心地将靴子套在那双巨大无比的脚上。维特里丝现在不想理睬他。昨晚喝的酒壶放在窗台上,她想倒一杯,酒壶是空的。

她的头很痛。**真是活该,谁让她这么放荡。**

就算文纳德提前回来,她也不担心他会动手。退一万步说,哪怕此时门被踹开,文纳德暴跳如雷地站在门口,手里提着剑,她只需要咯咯一笑,或者说:"文,你拿着那玩意儿干什么?"他就会万分窘迫,就像遭遇红蚁窝的狗一样,退后几步,发出低吼。再说,就算他真的冲进来,在她眼皮底下干掉高戈斯·洛雷登,也不会就此毁了她的生活。她真正受不了的是,一旦事发,在未来六个月里文纳德一定会不停地唠叨和指责她,还会时不时发出痛苦的倒吸冷气的声音,而且下次出门还会坚持带上她,或者把她托付给他们那位神憎人厌的姨妈。

"穿好衣服了吗?"她说,"我还以为女人才会早上起床拖拖拉拉。"

"好了,我马上走。"身后有个声音回答,"这里有边门吗?"

"我带你去。"维特里丝说,"快点。"

昨晚发生的一切似乎全是命中注定。在晚宴上,她正吹嘘着自己如何见过城里的教长大人——他人很和蔼,但真的有点古怪——还在法庭旁观过一场真正的斗剑……她的邻座捅捅她,指着坐男人那一桌上首位置的人说:"现在别转头,看到长桌尽头那个结实的大块头没有?他的兄弟就是佩里美狄亚的剑士。"听到名字,她发现正是她曾经见过的那位,她在教长大人宫殿一样的住处做了个有趣的梦,梦里也有这个人。酒过三四巡,带她来的那个男人就迫不及待地想要甩掉她,和莫诺辛那个婊子一起溜走(祝他们好运),然后……

就成了现在这样。当时她还没感觉那么糟糕，但现在她只想快点翻篇，把昨晚的事干脆利落地忘掉。她在高戈斯·洛雷登船长身后关上门——差点把他斗篷的一角给夹住，愣是给原本忧郁单调的戏码添了几分喜剧效果——然后走到中庭，泡了个澡。

将近中午的时候，文纳德终于到家，看起来很疲倦，还有点生气。

"我知道我们是海盗的后人，"他一边甩掉靴子，一边抱怨道，"我也赞成传统文化的复兴。但海关的人也不能以海盗文化为借口就肆意洗劫我。就这样。家里有吃的吗？"

"当然有。"维特里丝回答，"你以为你出门的时候我在干吗？纵酒狂欢吗？"

"纵酒狂欢才好。"他按摩着脚说道，"与其让这帮见天待在水边虎视眈眈的鲨鱼吞掉我们的钱，还不如夜夜笙歌，把钱都挥霍掉。算上他们刮走的税，这趟麦芽买卖我能把成本捞回来就算幸运了。"

"吃点面包、奶酪和苹果怎么样？或者，你一定要来点热汤？"

"只要不是鱼就行。"文纳德心有余悸地说，"今后六周内，只要家里有鱼，我就走。在萨提拉，除了该死的生鱼，其他什么吃的都没有。我重复一遍，是只有鱼。除非你把那种生的、黄黄的菌类当食物。我可不承认那是食物。"

"可怜的宝贝。"维特里丝心不在焉地说，"躺下来休息一个钟头吧，我去弄点吃的。"

浸泡了柳树皮的玫瑰水以及一个橘子起了作用，头疼很快就过去了。泡澡则多多少少洗去了些洛雷登船长留在她身上的印迹。尽管如此，她仍然觉得疲倦，无精打采——睡不好只能怪你自己。把蜂蜜酒、苹果酒和烈酒混在一起喝，难怪要做噩梦。

其实也不算是噩梦。说真的，正常的噩梦倒比这个好。

巴达斯·洛雷登满头大汗地醒过来，嘴里低声咒骂着。看到窗缝间透进来的光线，便手忙脚乱地穿起衣服来。他头痛欲裂，饥肠辘辘，胃里全是污秽腐臭的劣质工业酒。得了，如果动作够快，他可以只比正常上课时间晚四分之一个钟头赶到学校。都怪那个邪恶诡异、疯疯癫癫的女孩，害他不得不喝上一杯。

最后只迟到了十分钟。在他看来，这算是相当大的成就了，该获得欢呼和敬仰，而不是来自班上学员冷冰冰的注视。

"好了，"他说，"静一静，对不起我迟到了。现在，我们练习传统剑术的步法。各就各位。不是这样，尤文少爷，除非你要用摔倒来迷惑对方。前脚和剑身对齐，后脚与前脚呈直角，来吧，我们已经练了上百次……"

为什么要在这么多年以后梦到他？为什么酒馆里遇见的那个女孩和她哥哥也出现在梦里？为什么世上那么多人，偏偏是教长大人？这绝对是我最后一次用那么多劣酒把自己灌醉了。

这一切的罪魁祸首——那个阴郁的女孩，那个令人不安的大麻烦——今天练习得格外出色。她的动作已经隐隐有了一流律师那种致命的、优雅的风范。他自己从未练出过这样的气质，但曾在别的律师身上见过。他不太认同这种态度，总是将它与从杀戮中获取快感的病态心理联系在一起。但这对女孩未来的职业发展肯定是有利的。至于他自己，他的剑法和他的为人一致：一个技术好、脑子灵光的懦夫，知道让自己活着的唯一方式就是杀掉对方。

"嗨，"他正在看学员们练习划半圆，艾希莉忽然出现在他背后，"昨晚和马脸小姐进行得如何？到了早上你们还相处融洽吗？"

"别捣乱，艾希莉。我有点头疼。顺便告诉你，你猜得大错特错。我不知道那该死的女人想干什么，但我可以很愉快地告诉你，绝对不是追求我。"

"你确定吗？"

"我肯定。在她眼里，我不过是个教她怎么将人大卸八块的老师。说起这点，你看看今天早上她的动作。我再不情愿也不得不说，她以后成就非凡。"

"老师的爱徒，是吧？"

"噢，快走开，去干点别的吧，这才是好姑娘。"他忽然想起了什么，"对了，你可以帮忙做一件事。"他补充道，"去跟莫丁理事施展你迷人的微笑吧。他跟我闹翻了。他那样的人要是存心刁难我，我可应付不了。你可以用上小姑娘常用的那招，一只脚翘起来，手指卷着一缕头发，就像上次你对棕榈油公司的那个糟老头做的那样。"

"我才没有——"艾希莉恼羞成怒，然后又放松下来。"好吧。"她说，"咱们别较劲了好吗？"

"休战。不过，如果你能替我安抚一下莫丁，那就帮了大忙了。显然我不该滥用理事的信任，未经许可在下班以后进行单独的教学活动。"

艾希莉点点头。"好吧。"她说，"我会编一个关于濒死的祖母的故事，再主动要求付费。"

"只要不是真的付钱就可以。"

艾希莉笑了。"相信我，"她说，"我可是在律师行待了很久的。"

等她搞定莫丁理事，艾希莉想，一只脚翘起来，手指卷着一缕头发的招式还真是管用(很高兴他注意到了)。*我不应该走歪门邪道，但如果没时间争论输赢或是辩个是非曲直，用上这招说不定能轻易解决问题。看来，爱情和法律都是不择手段的……*

"打扰一下。"

她一转身，差点惊叫起来。她很想问"您怎么起床了？"或者"您不是该卧床休息吗？"。当然，最终她没问出口，而是说："教长大人，有什么能为您效劳的？"

"很抱歉打扰你，"教长说，"你是洛雷登大人的助理吗？门口的那个人把你指给了我。"

"是的。"她说。这么说外面的传闻是真的，她心里暗自琢磨，他一定是病了，可怜的人，看起来脸色很不好。"您想见他吗？他现在正在上课，但我相信他一定——"

教长笑了。他的笑容很和蔼。她吓了一跳，出席庆典活动或履行公务时，他一向都很高贵庄重。原来他会笑啊。

"没关系。"他说，"不是什么急事。我可以在这里等到午间休息吗？"

"如果您确定不耽误……"艾希莉有点手足无措。下面一个小时内她得负责让这位身体虚弱的贵人在这里待得既舒服自在，又不无聊。她是该站在这里陪他聊天，还是请他到安静的角落去看会儿书？这还是在她能找到一把椅子，并且对方愿意坐下的前提下。*该死，艾希莉想道，我妈没把我培养成擅于交际的人。*

"不，完全不碍事。"教长示意她带路。（如果还要劳烦他给我开门，那我真要羞愧死了。）"我希望没给你们添麻烦，我对这个机构的运作方式一无所知。"

她杂七杂八地张罗了一阵子以后，他终于同意坐在廊柱边的椅子上，观摩一下训练的场景。"如果能麻烦你给我一杯水的话，"他补充了一句，"那就太好了。我今天早上起床的时候有点头疼。"

哎呀，老天爷，我上哪儿去给他找喝水的用具？"一点儿也不麻烦。"她坚定地说，"我很快就来，如果您确定您独自待在这里没问题的话。"

"这里很舒服，谢谢。"亚历克修斯回答，"你真是太客气了。"

把助理打发走以后，亚历克修斯靠在椅背上，缓了口气。*一个很温柔的女孩，可惜有点大惊小怪。没准儿她怕我把她变成一只青蛙。*他感觉糟透了，头疼还是其次。他知道自己不该来，但在做了昨晚那个梦以后，他明白自己非来不可。

洛雷登的哥哥。一股愤懑的情绪忽然毫无来由地涌上来，因为卡纳迪没跟他一起。当然他心知肚明，他的同僚有一个推不掉的会议要一直开到下午过半时分。他迫切想知道卡纳迪对这个梦有什么看法，是否也看到了同样的场景。不过，目前没办法。更重要的是，他要亲自和洛雷登谈谈，这是老早就该做的事，但他一直不愿向洛雷登坦白自己干的好事。现在已经别无选择了。天知道他该说什么。

他睁开眼睛，看到洛雷登的背影挡住了一群精神奕奕的年轻人，他们正随着他轻快的口令划着半圆腾挪闪避。他正觉得看得无聊，排成扇形的队伍转过身来，学员的脸——

见鬼！该死！是她！

亚历克修斯好不容易才镇定下来，恢复正常的呼吸，尽管胸口和手臂上的剧痛让他差点尖叫。洛雷登的其中一个学生，正是引发这一系列麻烦事的罪魁祸首——

她就是想要弄残洛雷登的那个女孩，也是他在岛民女子的幻象里看到的和洛雷登一起练习击剑的女孩——*我该有多蠢，居然没有想到这一点。*

女孩此时正用剑指着洛雷登的喉咙。

这没什么，毕竟她正在学习剑术。要将自己的技艺提高到足以弄残一名经验丰富、聪明绝顶的剑士，她还得努力学习。想通了这件事背后的逻辑，他全身发凉，连脚底都在冒冷气。

这促使他下定决心，一定要将实情告诉洛雷登，提醒他远离危险。做完这件事，他才有可能在卡纳迪的帮助下解除诅咒，收拾好这堆烂摊子，一举解决问题。要是我一开始就有理智和勇气这么做，而不是情急之下去找什么天赋者——还是别想了，越想越后悔。现在又出现了一个可怕的谜团高戈斯，这位穿着岛民服装的智者，最近和他打过交道的仅有的两位岛民，而且是一起出现在他的梦里。如果将来有机会弄清楚整个事件的来龙去脉，这会是一个精彩的研究案例——可以列入基础课程，以警示后来者：滥用元理之力将带来致命的危险。

"给您。"手忙脚乱的女孩回来了，递给他一个富丽堂皇的银杯，"对不起，让您久等了。"

他微笑着接过杯子——老天，这是一个剑术奖杯——喝了一大口水。"我可以问问吗，"他说，"那位年轻的女士是谁？在洛雷登大人班上那位。"

"哦，那是——"艾希莉呆住了，是那个讨厌的女孩。名字似乎就在嘴边，但无论如何都想不起来，"那是我们的明星学员。"她继续说，"巴达斯——哦，洛雷登大师对她评价很高，认为她天赋异禀。"

"我明白了。"听到"天赋异禀"，亚历克修斯费了老大劲才控制住头疼，"她是这个班的常规学员吗？"

"确实。"艾希莉热烈地点头，"希望她以后会为我们带来荣誉。"

金属相交发出尖锐的撞击声，让他们同时抬起头来。洛雷登正在教传统剑术中的后脚格挡。出于演示的目的，他让那女孩向他刺出一剑，然后他将对方的剑轻轻拂开，后腿干脆利落地往右一步，同时反击。但演示出了点岔子，女孩的一击差点攻破了他的防守，他失去平衡，不得不靠蛮力挡住这一剑。

"抱歉，"他说，"我的错。我们最好再来一遍。"

女孩撤剑，洛雷登重新就位。亚历克修斯的指甲紧抠住掌心，他感到一阵疼痛。

"开始。"洛雷登说。这一次他完美地挡住了,在短短一瞬间将它打偏,往旁边迈出一步,同时他的剑尖准确无误地点在女孩的颏下。这一系列动作如行云流水般优美。洛雷登放下剑,转向学员开始解释。

女孩忽然又刺出一剑。

洛雷登的反应速度快得惊人。大家只看到一道模糊的剑影,听到女孩的剑被打脱手后滚到地上发出一长串叮叮当当的撞击声。洛雷登的剑尖——是那把斯派·布利夫剑,艾希莉知道洛雷登将这把剑磨得无比锋利,在你反应过来之前就能穿透皮肤,刺进你的身体——点在女孩颏下柔软顺滑的肌肤上,他的力道控制得正好,只扎破外皮却没有弄出血来。顺着长长的剑身,洛雷登心存疑虑地深深地看了女孩一眼,以简洁利落的姿势收剑,转向班上的学员。

"我刚才说过,"他开始解释,"在整个动作中,保持腕部和肘部齐平是至关重要的……"

女孩脸色白得像纸,双手捂住脖子,浑身发抖。班上的其他学员万分震惊地看着他们俩,吓得大气也不敢出。事情发生得太快,艾希莉连尖叫声都没来得及叫出口。她的包掉到了地上,随身携带的墨水瓶盖子脱开,深棕色的墨水顺着衣服淌到了地上。至于亚历克修斯,那惊心动魄的一幕刚结束,他就感到胸口和胳膊痛得越来越厉害。他想从椅子上站起来,却无能为力。惊慌失措中,他感觉到疼痛正迅速退去,就像水从漏洞里泄出。然而,似乎为了补足痛感,他的头痛加剧了。

脑袋里的压迫也以一种类似的方式渐渐消退,似乎大脑正在积极修正它见到的场景,使之更为合理,再将一幕幕画面储存在记忆里。有那么一瞬间,就连亚历克修斯自己都不清楚这些场景是真是假。难道这一切并不是真实的，只是由于他潜意识里的渴望或期待，自己想象出来的？甚至有可能是他又开始做梦，陷入一小段破碎的幻象，就像学者将自己的注解以微小的字迹填塞进书本的字里行间。他曾见过类似的现象，特别是那些精神上出了问题的人，或者那些通过咀嚼某些草药增强冥想效果的人。在和你对话的时候，他的意识会忽然进入一只蜥蜴或一只鸟的脑袋中，然后又在瞬间回到自己身上。有些预言家承认，他们就是通过这样的方式来预言未来的。还有些招摇撞骗的人以及通灵者宣称自己能在某一瞬间看到死者的鲜血流淌在行凶者的手上，因而能找到凶手。**也许我正在经历类似的事，也许不是。**他一面安慰自己，一面自我反驳。

中午休息的时间到了。女孩快步走向饮水池，其他学员马上围成紧密的一圈，窃窃私语。洛雷登疲惫地坐在装备箱上，眼睛瞪着地板，手指按揉着前额。

"巴达斯——"艾希莉开口道。

"你可别告诉我，她刚才没打算杀我。"他头也不抬，粗暴地打断了艾希莉，"我就是不明白，为什么……"

"巴达斯，"艾希莉重复道，"教长要见你。"

洛雷登抬起头来，眉头紧锁。"别傻了，艾希莉。"他说，"教长找我干什么？"

"你自己过去问他吧。"

洛雷登正要继续争辩，忽然看到柱廊的阴影下，有个人坐在椅子上。"是他吗？"他问，"今天可真够呛。"

艾希莉点点头。"要我把那女孩赶走吗？"她说，"我会把她的账单准备好——"

看到洛雷登笑了起来，她没有继续说下去。"你打算用账单来保护我不被一个疯子暗杀吗？千万不要。用不了多久，那怪物就会成为我们学校最好的宣传广告。现在赶她走才傻。"

"但她差点——"

"差点。好了，不去看看那位巫师找我干什么吗？"

他来到教长的椅子旁边单膝跪下，艾希莉（不怎么情愿地）避开了。洛雷登正要说出"有什么能为您效劳"之类的场面话，亚历克修斯忽然身子前倾，贴近他的耳朵。

"冒昧地问一下，你头痛吗？"

洛雷登看起来很疑惑。"怎么，很明显吗？"他说，"其实现在已经好多了，刚才疼得就像有个修路工人在我眼睛后面砍石头似的。"

亚历克修斯深吸了一口气。"另外，"他说，"你有一个叫高戈斯的兄弟吗？"

这次洛雷登吃惊地往后一缩，好像踩到了一条蛇。"有。"他回答，"不过据我所知，他可能已经死了。反正我不关心。"

洛雷登调整了一下重心，免得腿发麻。"作为回报，"他接着说，"您可以帮我个忙吗？"

"只要我做得到。"

"好，您可以尽量详细地讲讲昨晚的梦吗？说实话，我总感觉有点不对劲。"

"当然。"亚历克修斯回答，"终于不得不坦白了。你会杀掉一个几乎走不动路，并且深感歉疚、正在努力收拾烂摊子的老人吗？"

"不会吧。为什么这么问？"

于是亚历克修斯解释了来龙去脉。洛雷登仿佛在聆听一段刚学会不久的外语，费了很大力气才勉强理解。他点点头："原来如此。"

"我想最好还是把实情告诉你。"亚历克修斯继续说道,"当然,在很早以前我就该这么做了,但——"

洛雷登耸耸肩,"得了,您现在已经告诉我了。"他揉着下巴。"对不起,"他说,"我的理解力不算太好。您看,我从来没有和魔法之类的东西打过交道。"

生平第一次,亚历克修斯没有试图纠正对方。"在当时——嗯,看起来无关紧要,"他越说越觉得解释不清,但又无法停止。真正令他感到烦躁的是,他觉得洛雷登对他所说的关于元理、诅咒以及天赋者之类的事几乎一个字也不信。果然,过了一会儿,洛雷登略带歉意的回答证实了他的想法。

"很抱歉,我不想对您不敬,也无意冒犯,"他小心翼翼地说,"只是我一向认为,真实世界里已经有很多伤脑筋的事了,真的没必要再弄出一大堆瘆人的超自然事件。就我个人而言,我认为您完全没必要道歉。"他笑起来,"如有冒犯之处,对不起。"他补充道,"要是我的邻居听到我这么跟教长说话,他们肯定会以犯上的罪名把我浸到焦油桶里。不过,谢谢您告诉我关于她的事。我就说有哪里不对劲,但从来没想到会是私人恩怨。真奇怪,"他接着说,"我从业这么多年,从来没遇到这样的事。我是说,律师的家人心里都有数,不会搞私下复仇之类的荒唐事。要是人人都这么做,司法系统就无法正常运作了。"他叹了口气,"算我运气不好。唯一拿得出手的学员,居然是为了杀我才来学剑的。得了,她的学费算是白交了。因为我已经退休了。现在杀我,就是不折不扣的谋杀。您刚才说过,她是个有原则的人。"

亚历克修斯点点头,"她是这么说过。不过,她刚才还想动手杀你啊……"

洛雷登耸耸肩。"说实话,我不认为那是有预谋的,不过是学员的一时冲动而已。这种事时有发生。就在上个星期,我们这里有个学员在接受单独指导的时候忽然失控,结果被杀了。发生这种事故真是令人头疼,给学校带来的麻烦至少要一个月左右才会平息。我已经让我的助理拟定一个免责声明,让学生在开始上课前签下,算是预防措施。"他站起来,"不管怎么说,万分感谢您告诉我这一切。正如我之前所说,若有冒犯之处,请您原谅。别往心里去,我非常敬仰您的职业,只不过凑巧不怎么相信。"

"我……"亚历克修斯顿了一下,点点头,"别担心,"他说,"真的。虽然我自己深信不疑,而且现在还是担心这件事的进展。不过,"他看到洛雷登脸上露出一丝警惕,补充道,"我绝对不会喋喋不休地对你布道,非要把你变成虔诚的信徒。"他笑着耸耸肩,"我忽然想到,如果你真的已经退出律师行业,那么我之前看到的决斗就不可能发生,诅咒被彻底解除了。我才疏学浅,没帮上什么忙。看来这个麻烦就这么莫名其妙地自己解决了。"他继续说,"我想问,你打算拿那个女孩怎么办?"

"唔,"洛雷登用手掌揉着鼻子,"这是个难题。最直接的方法就是把她赶出去,不知道我能不能这么做。我的意思是,她是付了学费的。"一个念头闪过,他笑了,"如果我现在赶她走,就是违约,她有足够的理由把我告到法庭上。到那时,我就会选择为自己辩护——毕竟我是剑术教练,如果还要雇别的律师就太说不过去了,会影响生意——这样,我就给了她在法庭上干掉我的机会。这不是弄巧成拙吗?当然,现在我只用一只手就能对付她,但以她的成长速度,如果继续参加下一期培训,在一年内就会对我构成威胁。一年时间,正好在合同纠纷的法定时效内。"

他深吸一口气,叹道:"更重要的是,做这行的,没有明确理由就把优秀的学员赶走会损害商誉。我还要靠这行谋生呢。从技术的角度来讲,在上课的时候不小心干掉她更容易脱身。我不会故意这么做的。"看到教长的眼睛睁大了,他补充道,"我是个律师,但我没那么坏。不,最简单的方式就是让她完成学业,同时盯紧她的一举一动。军队里有一句话:明面上的敌人不可怕。"

"好。"教长撑着椅子的扶手,洛雷登扶他站起来,将拐杖递给他。亚历克修斯说,"你是懂行的人,还是留给你自己处理好些。之前我打算干预你的事,结果对谁也没好处。照我看来,现在我能做的最有用的事,就是回去看书。"他笑道,"有时候我想不通,当初怎么就选了这个行业?你有过这种困惑吗?"

"我一直有。"洛雷登回答,"好吧,只是某些时候。但是,不做这行我又能做什么呢?我又没有大把选择。"

亚历克修斯在考虑要不要伸出手来,或者拍拍他的肩膀,作为非正式的赐福。但他决定还是算了。"最后一件事,"他说,"你的兄弟——他住在岛上吗?"

"我不这么认为。我已经很久没和他打交道了。"

"他是否涉及——我的研究领域?"

"我不知道。老实说,我和他合不来,从小就这样。他比我先离开家,家里没有一个为此伤心的。"洛雷登苦笑道,"我兄弟,他可不是什么好人。"

"啊。"

"所以我帮不上什么忙。对不起。现在我得回去上课了,免得他们嚷嚷着要退钱。我今天早上已经迟到了,不想雪上加霜。"

亚历克修斯改变了主意,伸出手来,"谢谢你,巴达斯·洛雷登。无论如何,我非常抱歉。"

洛雷登大笑起来,握住他的手。"听着,"他说,"我从嘴上没毛的时候就不停地原谅那些想把我干掉的人。能收到活人的道歉,感觉真好。"

"是这样,"特姆莱深吸一口气,堆起笑容,"我认为我们可以这么做。"

被上千人围观让他有点拘谨，他捡起一根树枝，在泥地上轻轻地画起来。

"首先，"他说，"我们要搭个架子，就是把四根大木头连接在一起，做成一个简单的正方形。这几根——"他用树枝小心翼翼地划过泥地，描出形状，"——是侧面，将侧面连接起来，然后就有了立柱，最后在上面架一根横梁。哦，对了，这里加两根支柱，以免抛杆打过来的时候将整个架了震散。"他顿了一会儿，在脑海里回想着结构图，"后面这里还有滚轴，也就是转动轮子的木棍，当然，别忘了抛杆。我有漏掉什么吗？不记得了。对了，绞盘，还有绞索。不过这些是金属做的，现在先不管。大概就是这样。好了，大家围过来，我告诉你们它的运作方式。"

部落民不太情愿地凑过来，在中量级扭力投石机的草图边围成一圈。特姆莱根据每天上班时经过的那台机器画出草图，它的正式名称是：射石车，固定式，中量型，四级。在城里人眼中属于简洁优雅的那一类，比它更复杂、更精密的机械随处可见。但在这里，一边是刚伐过新木的山脚，一边是河流，一切都显得那么艰难。他的部族同胞——他从小就认识的男男女女——正目瞪口呆地看着他，仿佛他刚刚提议的是建一座通向月球的大桥，或者用袋子兜住风。将心比心，他能理解他们。

"原理是这样的，"他继续说，"当你将一根绳子卷紧——马鬃是最好的材料，不过我们一开始可以用普通的绳子来替代，看看能不能用——就形成了某种弹簧装置——"

"特姆莱，什么是弹簧？"

哦，天哪，这么做是行不通的。"弹簧是——对了，你们知道车床的原理吗？你将一根细杆弯曲，放手的时候它就弹回去了是不是？说起来，弓也是同样的原理。就是先把某个东西弯过来，再让它顺势弹回去，这就是弹簧。"

他停了一会儿，"听得懂我说的吗？还是要从头讲起？"

"不，不用了。"有人说，"请继续讲。"

"好，看，相信我，如果你将一卷的绳子缠起来，在中间放一根这样的杆，然后拉下来——"他竭尽全力用手比比画画"——放开，长杆就会往前打去。要是你在杆的尾部放一块石头——"

"石头不会掉下来吗？"

"如果你把杆的尾部挖一个像勺子一样的洞，就不会掉。对了，"他灵机一动，说道，"打个比方，你拿一把勺子舀一团酸奶之类的东西，然后猛地一甩，酸奶就飞出去了对不对？我们小时候都这么玩过。原理是一样的，只不过这里将东西甩出去的力道来自绳索。"

空气一下子安静下来。他们一定觉得我疯了，特姆莱可怜巴巴地想，他们多半在想，我让他们砍了这么多树，造了这么多木筏，原来是为了坐在城墙下面扔酸奶。

"相信我。"他以不容置疑的口吻说，"这个机器能行。你们看到那边那块石头没有？一台这样的机器可以将这么大的石头抛出去——嗯，到那棵树那么远，说不定还会更远。我亲眼见过。"

没人出声。幸亏如此。否则他们一定会用那种专门用来嘲讽傻瓜的语气说："您说了算，特姆莱大人。"要让他们信服的唯一办法，就是造一架该死的机器给他们看。这是我接下来必须做的。

"好，"他说，"现在，既然你们都了解了基本原理，我们就动手吧。那么，我们从边框造起。我需要两根芯材做的横梁，尺寸是二尺、二尺、一尺。你们几个，拿锯子和锛子来。"

他指的那群人站起来，拖着脚步走向木材堆，营造了一种被派去用罐子收集月光的气氛。他转身回到简图边。

"你们几个,我要你们把支柱的轮廓在这里拼出来。还是用芯材,六尺长、一尺宽、一尺厚。尾部凿出榫,我会在你们造好梁之后解释榫是什么。"他抢在众人发问前迅速补充了一句,"你们几个可以帮我把梁造出来。这是精细的手工活,不过我可以先从七尺半长、一尺宽、六寸厚的梁开始。边材不要刨掉,梁需要有点弹性。还有立柱,形状比较奇特,我需要好好思考一下。"

他安慰自己,至少在此时,大家觉得这是一场大型游戏。他们全都融入游戏的气氛,玩得很开心。运气好的话,我可以在大家的兴头过去之前造出一台能够运作的机器。只要他们亲眼看到这家伙可以抛出巨大的石块,问题就都解决了。

希望如此,否则我的麻烦就大了。

事情的进展不如特姆莱预想的那么顺利。到头来有好几个组件出了问题,不得不返工。原计划在一天内完成原型机的所有组件,最后花了一个星期。好在组装队的士气高昂,而且还感染了周围的人。一大群言语幽默的热心族人七嘴八舌地发表意见,兴奋地在组装工人的身边赖着不走,聚在周围想要围观组装部件的过程,同时见证组装好的机器第一次测试。

特姆莱听着嗡嗡的说话声,看着女人们铺开地毯、放好垫子、摆出食物,仿佛在准备他自己的葬礼竞技赛。他阴郁地想,他们是来见证失败的——不对,也许不管成功还是失败,他们都很喜欢这个气氛。他花了点时间,静静地观察这幅有声有色的热闹景象:家人和朋友一起坐着,孩子们四下奔跑,呼喊着在河里跳进跳出,母亲们拿着毛巾追着孩子,将他们的湿衣服剥掉。以这种方式来迎接一台威力巨大的新武器诞生真是太特别了。

他走到山巅,站在那里,这个动作已经足以吸引大家的注意力了。大人们对孩子发出嘘声,让他们安静下来;盘中的食物被传递下去,蜂蜜酒和牛奶被倒进杯中。他犹豫着要不要来一段简短的讲话,决定还是算了。这是一个新的时代。他清了清喉咙,开始发布命令。

最大最重的是框架的两个侧立面,十尺长的厚重木板将连接起其余的大部分组件。他任命母亲的叔叔卡萨莱为这个部分的组装队长。卡萨莱带着一队人将两个侧立面竖起来,在横梁嵌入的时候保持住了平衡。遇到的第一个障碍是,前方横梁的榫头太大,放不进左侧框架板的卯眼里。顿时,造横梁的工匠和造侧面板的小队爆发了激烈的争吵。一方坚持他们削出的榫头尺寸是正确的,是卯眼做小了。另一方不松口,宣称卯眼的尺寸误差不超过一根头发丝,简直完美极了,而榫头有点粗制滥造,整根横梁只配送去烧火。特姆莱沮丧了一会儿,然后一言不发地站起来,找到一把拉刀、一个凿子以及一杯用来做标记的煤烟灰,叫来人群中看热闹的另一个小队中的两个人,一起动手将榫头削去一点。等大家看到发生了什么,立马开始大笑着鼓掌,争论马上就消停下去了。

"好了,"特姆莱轻声说道,同时直起背,拍掉手上的灰尘,"听着,我不会重复第二遍。再有这样的闹剧发生,我会把你们全部泡到河里。听明白了吗?好了,我们看看另一根横梁。"

好在后梁顺利嵌入,组装工人开始笑着互相拍背,似乎觉得任务已经完成了。特姆莱命令他们将各个部件拆卸下来。

"大人?尺寸是正确的啊,你可以从……"

特姆莱耐心地解释,因为还有其他的部件需要插入,不拆开没办法安装。"首先我要检查所有的榫卯,一个一个来。"他说,"然后才能将整个架子安装好,钉上钉子。明白了吗?"

下一个是绞盘用的滚轴。这个部件太大,普通的脚踏木车床无法制造,特姆莱不得不为此设计一台全新样式的车床。他相当自豪,这是他头一台自创的机器，没有仿造城里见到的那些。滚轴顺利地嵌入，但长了三寸，不得不拿回去削短一截，返工了两次才做成正确尺寸。接着是固定立柱的交叉连杆，这次榫卯的契合度不错，只需要巧妙地削去一点即可。看到如此令人放心的一幕，特姆莱下令将拼好的榫卯部用钉子钉上。组装的工人完成以后，往后退了几步才把手拿开。架子没有散掉。

可以了，特姆莱自言自语，现在是立柱。

卡萨莱的手下将两大块做得很细致的木材拖出来竖放，特姆莱忽然想起他忘了什么，忍不住低声咒骂。

立柱支撑着射石车的抛杆横梁，原本应当嵌入架子底部、两条侧板上方凿出的卯眼中，用四分之三寸长的铁螺栓将它们固定起来。卯眼的大小凿得恰到好处，每根立柱底部的榫条也是如此。他没有考虑到的问题是，如何将两根又重又厚实的立柱抬到侧边框的上方，再放下来嵌入卯眼（先假设榫卯尺寸契合吧？），最后用螺栓固定。他的手捂在脸上，手指按摩着两侧鼻梁。肯定得用上某种起重机，或者搭个脚手架，再用人力将立柱抬起来调整到正确位置。如果有人笨手笨脚，不小心将立柱砸到别人身上，麻烦就大了。他忽略了耳边愉快的野餐会和急不可耐的嗡嗡议论，在脑海里想象着最好的解决方案。

起重机……好，就用这个。

"卡萨莱，拆掉新车床，把'人'字架拿过来。"他说，"拉萨凯和莫日泰，给我拿两根长十尺、直径十八寸的长杆，或者你们能找到的最接近的尺寸也行，要有一点弹性，但也不要太容易弯曲。潘兹恩，我需要四十尺长的绳子，不用拿我们留给机器用的那种好绳子。"

将两个人字架靠在一起，上下绑紧，就成了起重机的坚实支架。一根长杆被举起来绑在上面作为杠杆。当特姆莱寻找操作起重机的志愿者时，大家纷纷上前帮忙。他自己则站在架子中间，指挥立柱的位置，将榫头小心翼翼地插入卯眼，榫头顺利地嵌入了一半便卡住了。

"见鬼，"他说，"好，吊起来，可以了，行行好，千万要稳住。"他跪下来，直接将头伸进吊在上方的立柱底下，将煤烟灰掸入卯眼，这样，当榫头再次进入卯眼时，就会标记出卡在哪里了。"好了，再试一次。放下——停。再吊起来，停在那里。"他转身面对控制起重机的领头人，"保持稳定，我们将榫头削掉一点。我们会尽快完成。"

尝试第四次的时候，榫头终于完全嵌入卯眼。卡萨莱立刻拿着钻子和曲柄锉上前钻开螺栓的孔。与此同时，起重机操作员继续用绳子将立柱稳稳吊着。特姆莱挑对了人，只见卡萨莱动作敏捷而谨慎，明显不受周围的嘈杂和骚动干扰。他花了半个钟头才钻出两个洞，而此时起重机操作员欢快的热情早已消失无踪。

"上螺栓。"特姆莱说完，拿起锤子，亲自将螺栓敲进去，"神明保佑，这该死的玩意儿搞定了。帕萨代，用开口销卡好螺栓，然后就可以松开起重机了。"

等另一根立柱也固定好了后，他们装上支撑立柱的两根撑杆，再用包裹着厚厚垫子的顶部横梁连起两根立柱——这是承受射石车抛杆撞击的部位。机器渐渐有了一个星期前特姆莱在泥地上画的草图的样子，简直令人难以置信。到了这个阶段，欢快气氛已经消退，取而代之的是紧张、不耐烦的急躁。到最后，部落民终于开窍了。眼前的这玩意儿是真实可行的，是他们亲手造出来的。特姆莱看出部落的风气正在改变，恰如一个孩子以惊人的速度长大。他不确定自己是不是喜欢这种变化。

"很好。"当组装工人完成了整体构架，退后几步时，特姆莱说道，"现在，让我们装上金属配件和绳索。"

到了这个阶段，他是部落里唯一懂得运作原理的人。于是他亲自上阵，制作了两个棘轮组件，一个绞紧绳索，另一个锁住绞盘的轮轴，使绳索可以被分段绞起。两个组件的契合度都很好。尽管这纯粹是凭他的意志力做到的，但能达到目的就行。制作绞紧棘轮时，卡萨莱手下的人竖起了射石车的抛杆——特姆莱不得不承认，这抛杆看起来真像一个该死的大勺子——并保持原地不动，直到特姆莱将绳索穿进来。一听到他的指令，另一个小队就将木杠插入张紧轮的槽口中，接着慢慢绞紧绳索。

我知道，这绳子要断。

结果不仅绳子没有断，就连棘轮装置、张紧轮的轮轴，以及浸入水中冷却时他极度怀疑、摇头否定的那些金属组件，一个都没有出问题。最终，张紧轮团队放弃了将手摇柄再摇紧一格的努力，木杠被取出来，有人将抛杆绑在绞盘上。

差不多完成了，剩下的就是将绳索倒卷回去，在勺子口放上一块石头，再松开绞索。

特姆莱站了起来。他筋疲力尽，满身是泥和锯木灰，还有不少仍在出血的小伤口，两个指关节处的皮都蹭破了。此时他最不愿做的就是下令松手。每个人都在看着他。

第一次肯定不会成功。没有什么是可以一蹴而就的。神明保佑，我们不能这么快就将运气用光，以后还需要呢。万一抛杆断了呢？或者立柱过于脆弱，整个支架塌下来摔得粉身碎骨怎么办？我该让大家往后退一些，飞溅出来的木头碎片会伤到人的。

一旦我下了令，一切都无法反悔了。

"好，"他大声说道，"放！"

特姆莱记得负责松绳索的那个小伙的脸，但想不起名字了。他猛地一拉,连接绞盘和抛杆的绳索尽头那儿打得颇为精致的结松开了。巨大的木勺子向前打去,砸在包裹着毡垫的顶部横梁上,发出啪的一声。听起来就像巨人母亲扇了巨人小孩一耳光。整台机械向上蹿了六寸,然后轻盈如猫地落回地上。

石头飞了出去。

特姆莱看着它向上方飞去,慢慢失去速度,停在半空,然后坠落下来,下落的速度越来越快。石头没有落在他预想的位置,向右偏了不少,比预期远了足足十码。落地的时候,他可以感受到从脚底传来的震动。石头砸在裸露在地表的一小块岩石区,碎裂的声响在群山间回荡。然后它再次弹起来,落到河里,溅起一片水花,水花落下来时形成了夸张的水帘。

死一般的寂静。片刻之后,卡萨莱的手下拥上来围住机器,打量着、检查着,满心欢喜、七嘴八舌地议论:真不敢相信这个部件、那个部件还有另外一个居然都没坏掉;这个螺栓居然没有折,那个榫头居然没有断;成功了,天杀的,这该死的玩意儿居然真的能用!

唯一能走动和说话的只有这些人。其余的全都默默地注视着眼前的景象,在脑海里估算着石头的重量和抛掷的距离,想象着撞击的力量,以及这种力量的用处。特姆莱几乎可以听到他们在想什么:得小心点,这玩意儿能搞出大破坏。

这就对了。关键就在这里,不是吗?难道你们还没意识到吗?

特姆莱费了一番功夫才摆脱恍惚,走到机器旁边。整个部落的人看着他一步一步走过去,似乎站在机器旁边这个动作本身就带着某种政治意义,是一项可怕新政策的宣言。在那一瞬间,他思绪纷乱,一时想向大家认错,一时又想训斥他们没骨气,脑袋跟糨糊似的;一时想下令将机器尽快拆除,一时又想攻击任何想要破坏机器的人。他无所适从。最主要的是,他很害怕。

　　特姆莱，你在怕什么？你难道想用投掷鲜花的方式来洗劫佩里美狄亚吗？你真的想要洗劫佩里美狄亚吗？真的要杀掉那些人吗？

　　我们不沉迷于奇技淫巧，他们才是。

　　他们曾经给你带来了什么样的伤害？

　　他转头缓缓环顾四周，看到卡萨莱正在用山毛榉锤子将一块楔子打进去。"有损伤吗？"他问。

　　"没有。"老人回答，"除了几块楔子和销有点移位，整台机器完好无缺。我们成功了，特姆莱。这难道不是件非同凡响的大事吗？"

　　特姆莱笑了，伸手拍拍射石车的抛杆，仿佛拍着一匹他深爱的马。"这没什么。"他说，"要另外造出三百架这个奇妙的东西，才算大功告成。来吧，"他提高嗓音加了一句，让每个人都能听到，"别站在那儿沾沾自喜啦，我们有活儿要干。"

十

清晨时分，一个男人牵着一队驮着沉重无花果干的驴，经由特罗弗桥进城。他走了很远的路，已疲惫不堪。为了避开收费桥，他抄近路穿过沼泽地，丢了一只鞋。他的脚很酸痛，绕到沼泽地并没有缩短行程，反而多走了不少冤枉路。尽管确实绕开了收费桥，却不得不在一家破败肮脏的小旅馆过夜，被敲诈了一笔昂贵的房费，最终花的钱是省下的两倍。现在他最渴望的是喝杯烈酒、洗个热水澡。

说到洗热水澡，他算是来对了地方。这座城市有不下七家可供选择的公共浴室，全都建在桥周边步行可以到的范围内。他将驴队留给朋友照料，径直来到最近的一家，付了半个铜板洗浴费又付了半个铜板给一壶的廉价红酒，整个上午沉浸在美妙的奢侈享受中。

洗完澡，他觉得全身放松，如获新生，但同时对自己乱糟糟的头发和胡子感到难为情。因此，在去市集领回驴并安排畜栏之前，他经过一家理发店门口，发现恰好有一张空椅子，便顺腿拐了进去。他一屁股坐在椅子上，把脚架在脚蹬上，敦促理发师拿出真本事为他服务。

喝酒和洗热水澡让他心情舒畅，面对周围的一切无比轻松自在，而他恰好是那类一高兴就话多的人。这就是他来剃胡子和剪头发的另外一个目的了。众所周知，作为一个古老的、值得尊敬的行业，理发师秉承神圣的行规，有倾听的义务。

他以"天气真好"作为开场白，接着延展开来，先简短地介绍了一下他的旅程，然后放大细节，使他的经历更为生动翔实，重点提到掠夺成性的沼泽以及漫天要价的税收关卡和旅馆，中间话题跑偏聊起了他的生活、他的时代以及他的商业哲学，然后提到他太太的侄子，一口气谈了四分钟，中间都不带换气的（主要是关于她强迫他聘用侄子当助理，而这侄子比煮黄油的锅强不了多少）。当他对近来城市人和草原人之间的问题表示同情时，理发师打断了他。

"问题？"理发师说，"我没听说出了什么问题。"

干果商人挑起了一边眉毛，"你知道的，就是他们在河上游闹出的动静。那些他们造出来的东西。"

"什么东西？"

"你们居然没听说吗？"干果商人立刻开始绘声绘色地描述起路过河对岸时看到的一切：巨大的木材堆、从上游漂下来的多得几乎把河流截断的木筏、庞大的锯木坑、造型千奇百怪的机器，以及在机器周围跑来跑去、大声嚷嚷、互相支使的人群。然后，他又补充道，那些全是射石车。

"什么射石车？"

射石车就是射石车，草原人在他路过的那个滩头上制造的东西。不过，他只说了"制造"这个词，实际情况更像是这群人先造出些部件，然后组装起来,再进行测试——他们用来测试的石头大得吓人,就像一大堆孩子在扔雪球似的——然后再拆开,最后将拆卸下来的部件装到车辆上。他强调,理发师肯定听说过射石车这玩意儿。

理发师问他是否确定。干果商人回答道,当然,他绝对肯定。这是他亲眼所见,不是吗?理发师请他再描述一遍,干果商人照做了。

"哦,糟糕!"理发师叫起来。他即刻转身跑开,手里还拿着剃刀,将只剃了半边胡须、脖子上还围着毛巾的干果商人留在椅子上。

理发师对这个消息如此上心,是因为当年他年少无知,曾加入麦克森的远征军在草原上待了十八个月,后来被部落人的箭射伤留在原地等死。最后他花了足足两年时间才回到家。事情过去了这么多年,他还时常从梦中惊醒。

他冲进市集,挥舞着剃刀,大声疾呼:"野蛮人来啦,野蛮人来啦!"城里人以为遇到了醉鬼,于是打晕了他,拿走剃刀,把他丢进煤棚,让他睡一觉酒劲过去就好。一个好心人甚至还惦记着把他的钱包拿走,以免他在发酒疯时被硬币锋利的边缘割伤。直到两三个小时以后,煤棚的主人开门取煤,理发师才得以逃走。这一次,他镇定下来,径直去了最近的哨所。

幸运的是,卫兵队的中士认识他,也愿意听听他要说什么。就这样,佩里美狄亚城第一次获得了特姆莱在备战的消息。此时距特姆莱离开城市、投入他的毕生事业已经有十四周了。

和卫兵队里的其他人一样,中士不是一名职业士兵,十天里只有一天在当兵,剩下的时间他是位旅馆老板。等他终于汇报完毕——这可是件耗时良久的事,他不得不一次又一次、向一级又一级似乎永无止境的长官们重复报告,而这些长官们无一例外地坚持要向可怜的理发师亲自求证——当值早已结束,到了他该回到自家酒馆的时间。此时正是他的妻子和女儿最忙碌的傍晚时分。他匆匆将装备放到卫兵室,迅速赶回家,快手快脚地系上围裙,开始收苹果酒的酒壶。

等到过了最忙碌的时间段，能喘口气，喝上几杯辛苦赚来的酒时，他迫不及待地将自己有幸亲身经历的劲爆新闻分享给大家。这一次，消息来自深受尊重的社区成员，大家都信以为真。于是恐慌爆发了。

一个似乎有违自然规律的现象是，城市越大，小道消息传播的速度越快。中士酒馆的客人们匆匆跑回家确认自己的房子还在原地，没被茹毛饮血的野蛮人劫掠，同时将消息大声告诉路上遇到的每一位熟人。这个点正是一天之中市民们带着家人在各自居住区的广场例行餐后散步的时间，没过多久，街头、院子里到处都是奔走相告的人，纷纷将这个消息传给还蒙在鼓里的人。同时，最早传播消息的那批人，在亲自确认他们的家园没有被焚毁、财产和家人多多少少安然无恙后，开始掉转头，朝着上城的方向拥去。他们想找一家政府部门，好站在门口示威，要求政府"做点什么"。

很快，街头巷尾变得热闹非凡。人们来回跑动，互相冲撞，谣言渐渐升级，先是无中生有地说有野蛮人的军队出现在城门口，后来变成蛮族已经攻进城里，接着就变成他们从主下水道爬出来，甚至还传言制革工匠区已经被剑与火摧毁。如往常一样，冲突和扭打像蘑菇般四处冒头，地毯编织区被人点了一把火，几个头脑比较冷静的投机主义者还利用这场混乱的局面进行无须付钱的购物活动。

城市总督下令出动卫兵维持秩序。但此时恰逢白班结束的时间，白天当值的士兵都已回家，而值夜班的士兵要么正挣扎着想通过拥挤的街道，要么已经加入朋友和邻居的狂欢。总督只好要求郡尉派出正规军。郡尉提醒他，除了总督本人的近卫军以外，城里没有正规军。考虑一会儿后，总督、郡尉以及他们手下那群受人尊重的总参们，悄无声息地回到中城，并在通过他们专用的城门后，将身后的门紧紧关上。

第二天一早，下城一片狼藉。狂欢后倒在路边就地过夜的市民们倒是有足够的理由相信，在他们熟睡期间城市真的被敌人劫掠了。火势从地毯编织区一路摧枯拉朽般蔓延到相邻的四个街区，几乎烧到河流附近才熄灭。成群的乐开怀的投机主义者光顾了多家商店和摊位，酒馆和酒商遭受的损失最为严重。地上到处是呻吟的人，有不少甚至一动不动了。等到城市卫队集结了足够人手，鼓足勇气踏出哨所大门时，除了还在昏睡的醉鬼外，根本逮不到任何人。于是，他们给中城那些"人上人"捎去消息，告诉他们外面已经安全，可以出门了。然后，开始清理麻烦。

只有少数人整晚待在家里，完全不知道外面发生了什么，巴达斯·洛雷登就是其中之一。一天前，他教的班级参加了行业考试，并全部通过。为了这个小小的奇迹，他们决定来个适度的庆祝，活动从中午开始，直到最后一个喝倒的洛雷登本人在煮皂工区域的小酒馆醒来，七歪八倒地走回家上床。此时恰恰是理发师刚被放出煤棚的时候。直到洛雷登挣扎着下楼，去拐角处的面包房，却发现店面已荡然无存时，才第一次听说昨晚的事。

他呆呆地站在那里，揉着眼睛，以前打过照面的一个人刚好经过，洛雷登一把拽住他的胳膊。

"面包房，"他喃喃道，"见鬼，到底发生了什么？"

他听到的是从原始新闻衍生出来的第十五或十六代版本，大意是某个疯子炮制了整个蛮族已经兵临城下的假消息，导致每个人都陷入短暂而亢奋的疯狂。对一个早上刚起床头脑还不太清醒的人来说，这个说法本来已经足够，但当洛雷登得知臭名昭著的蛮族指的是草原部落时，他决定深入了解一下。真相有点不可捉摸，他已经听到四五个不同的版本，它们相互矛盾，没一个可信。他转过街角，发现对面来了一组全副武装、箭已上弦的四人小分队。

"巴达斯·洛雷登？"

"对，是我。"洛雷登有点畏缩地承认，"有什么——"

"我们正在找你。"下士冷峻地说道，"跟我们来。"

"但我没有——我昨晚整晚都在睡觉。"他后退一步，"听我说，到底是什么事？"

"上头的命令。"下士说，"来吧，动作快点。"

尽管他强烈地感觉到"动作快点"在这个早晨绝对超出了能力范围，但他还是遵命行事，不一会儿就站在了教长宅邸的大门前。他正打算抗议，门开了，一名个头差不多到他的肩膀、披着镀金盔甲、打扮得富丽堂皇的军官唐突地命令他往这边走。他跟在后面，上了几段台阶，穿过一里①左右的走廊，最后停在位于一段回廊边、比较小的门外。回廊外面绿意盎然，正中央有一座喷泉。穿着礼服的军官敲了敲门，然后将洛雷登推进房里。

房间很暗，空气凉爽舒适。他以前从没有进入过这座建筑内部，但结合传闻，他猜想这是一座大礼堂。等眼睛适应了昏暗的光线，他发现里面大约有十五个人。一部分人坐在沿着墙壁围成一圈的石凳上，其他人站在中间，小声地讨论着。他认出了城市总督——顶着一头乱蓬蓬白发的矮小老人；郡尉手下的几名军官；还有坐在后面的白色大理石宝座上的亚力克修斯教长，他正和坐在右手边的一名高高瘦瘦的男人说话。亚力克修斯抬起头，看到了他，冲他招招手，示意他过去。但他还没来得及反应，便被另一个打扮得更加华丽的军官揽了过去见总督。

"你就是洛雷登？"总督询问。

洛雷登点点头。

"谢天谢地，"总督说道，"好了，我就开门见山吧。关于草原部落发动袭击的传闻是真的。"

_____

① 一里等于五百米。

"啊。"洛雷登冒出一个字。

"更重要的是，"总督继续说道，他微微皱起眉头，似乎觉得洛雷登的回答不符合某种要求，"他们不知从哪里搞到了一大批重型机械，攻城器、投石机之类的，我们不确定到底是什么，也不知道来源。关键是，这种威胁非同小可，我们决定先发制人。"

"抱歉，"洛雷登打断他，"到底谁是'我们'？"

总督顿了一下，似乎不知道该如何回答洛雷登的问题。"城市当局，"他说，"我本人、郡尉、多个政府部门的行政长官，当然还有教长。"他皱起眉头，继续说道，"我们的问题，你很清楚，就是没有一支合适的、可即刻发起攻击的重骑兵队。你是上一支重骑兵队的最后一任指挥官，因此有必要从筹备阶段就让你参与进来。我已经选派了一支核心团队给你——"

"抱歉——"

"你可以先在这里的某个房间办公，之后我们会指定一间永久办公室。我手下的人会承担大部分实地招募工作，但你可以在选人阶段给出一定的指导意见。我们期待你承担起训练以及军需方面的大部分工作，当然军需预算的控制权归特定的政府部门——"

洛雷登举起手。"等一下，"他说，"请慢点说。你不是真的指望我加入你们的远征军吧？"

"别犯傻了，老兄，你是佩里美狄亚的军官，你有责任——"

洛雷登摇摇头。在当前的形势下，摇头绝对不是个明智的举动。"不，很抱歉，我不愿意。你们不能强迫我。记得吗，我已经退伍了。"

总督按捺住性子，没大发脾气。"洛雷登上校。"他说道，要不是他的声音很尖，否则听起来会无比独断专横，"你似乎没搞清楚，我是在命令你——"

"去死吧！"洛雷登破口大骂。总督大吃一惊，吓得倒退一步，踩到了紧贴在他背后的人的脚趾上。"别叫我上校。我要回去了,趁我还没翻脸之前。"

"你给我听好——"总督的嗓音突然拔高。人们纷纷转转头注视他们。洛雷登朝门口走去,但其中一个穿着礼服的军官挡住了去路。洛雷登不想打架,只能作罢。

"说真的,"他说,"我不是你们需要的人。十二年过去了,看看我吧,我就是团扶不上墙的烂泥。你们肯定有几百名——"

他说话时,无意间接触到那名军官的眼神,慢慢明白过来。他们手下除了这些花枝招展的孔雀以及兼职的卫兵以外,没什么真正的军人。哎呀,真见鬼……

"等等,"他说,"皇帝的近卫军呢?说起来,皇帝在哪里?难道他不想点办法?"

周围的人忽然安静下来,似乎他说了什么傻话。他们在强忍着不笑出声,他意识到,*我到底说了什么可笑的?*

"洛雷登上校,"总督叹息道,"根本没有皇帝。难道你不知道吗?"

真是令人恼火……

但该做的还是得做,他信不过别人。卡纳迪深深地叹了口气,甩掉不合脚的拖鞋,剔了剔灯花,坐下来算账。

*这群莫名其妙、自命不凡的审计员……*有那么一瞬间他脑海里闪过一个小念头,想要动手施个无伤大雅的诅咒。不用害他们丢掉性命或终身残疾,摔断腿啊、暂时失明之类的小伤足以让他们消停一阵子——不,还是算了吧。如果说从事这倒霉的行业有什么心得的话,那就是天道可不是什么无须付出代价的武器。

他打开装着算筹的雪松木盒,拿出丝绒袋子,将银光闪闪的筹码倒出来。这一套贵重的算筹有些年头了，以前属于他的祖父———一位殷实的羊毛商人。算筹乃纯银制作，虽然有点磨损但依旧光可鉴人，像一泓月光映在深色的木桌上。算筹的正面刻着代表商业的女性形象：她坐在宝座上，一手持秤一手拿着丰饶之角。这位衣着暴露的女士颇为健硕，她的脸因三代人的勤勉计数而变得模糊。背面雕有船和城堡图案的传统城市徽章，周围一圈花体字"谨慎交易发财致富"。卡纳迪拿起一枚算筹，研究了一会儿，祖父留下的算筹有一种能安慰人的踏实力量，令人肃然起敬，能减轻他在处理烦人琐事时的痛苦。

他用一块粉笔在桌上画线，五条横线如阶梯般出现在桌面上。卡纳迪有一个不为人知的习惯，他只喜欢以画线和空白的方式记账，就像商人、旅馆老板、农民之流。书记员、学者以及文书之类的人用的是一套更为优雅、更为复杂的系统，不仅有直线和空白区域，还有摆在一块专用板上的不同颜色的方块（这块板本身就是一件艺术品），这块专用板有着深奥的专业名称，是一种不能移动的算筹，还有一套非常可怕的被称为树状计数法的概念，他至今没搞明白。在他看来，计数本身已经够复杂了，完全不需要再加什么神神道道的装饰品。

与这套系统相比，普通的记账法就像儿童游戏。阶梯的每一级代表着十进制的一个位数。最底下一条线是个位，第二条是十位，第三条是百位，以此类推。线与线之间的空白部分是五的倍数，分别是：五、五十、五百、五千。现将第一个需要相加的数摆放在阶梯上，用粉笔在右边画一条竖线，再摆放下一个数字。两数相加以后，再画一条竖线，摆放下一个数字。虽然花的时间比专业的方式久，但操作简便，而且算的时间越久越容易。

将计数板准备好以后，他打开账本，翻开标记着"收入"的那一页，开始摆出算筹——

项目：租金收入

总数如下：

杜卡斯·法拉林 2659

莱拉斯·贝伦 8342

两千六百五十九。卡纳迪拿出一把算筹，摆在桌上：最下面的线上放四根，空白部分放一根；从下往上的第二条线上什么都不放，第二个空白部分放一根；第三条线以及第三个空白处各放一根；最后在千位数的线上放两根。检查无误后，画一条竖线，然后在下一格摆出下一个需要相加的数字。等第二个数字摆好后，他开始将两数合并，这是一个较为简单的过程——四根加两根是六，因为线上摆放的算筹不得超过四根，因此在空白区域放上一根，在线上留一根，将多余的算筹扫回去；此时空白区域一共有两根算筹，根据空白区域的算筹不超过一根的原则，一根算筹被摆放在十位数的线上，另一根扫除；在十位数的线上，之前有四根，现在加一根共有五根，线上不得超过四根算筹，所以一根被升到"五十"的空白区，其余不动；这样，"五十"的空白区就有两根算筹，同样根据空白区域的算筹不得超过一根的原则……

他嘴里念念有词，就像铁匠在打制马掌时念诵着祈求幸运的符咒似的。渐渐地，他几乎不用思考，眼睛和手指同步，算筹自动在计数。很快他就完成了租金那页，开始计算关税和什一税，算着算着他有点走神，思绪在恍恍惚惚中畅游。

说真的，这回大事不妙。为了升职的前景，他放任自己被拖下水。他从来没展露过冷酷的野心，主要从长远来看，野心勃勃反而会成为事业上的障碍。一个男人如果在四十岁前就爬上事业的巅峰，那么在未来的三十年间除了要不断击退想取代他的、同样冷酷的年轻继任者之外，就没有什么可指望的了。这，又有什么意义呢。相反，踏踏实实地慢慢向上升则好处多多：一则可以少树敌多交朋友，发展持久的同盟关系；二则可以做些让人记住的实事而不是玩弄政治手段，应付阴谋和秘密政变。帮助教长收拾残局可以赢得感激，让对方欠下人情。在这个坚实的基础上，他有足够的信心促成下一阶段的晋升。这是无比理智的职业行为，标志着他是一名老练成熟的政客。

好吧，这是他一开始介入的原因。如今目标虽然已实现，却也失去了原来的意义。毫无疑问，在某个阶段，这件事的学术魅力曾激起他极大的兴趣；偶尔还能找回青年学生时代的激情，沉醉在古怪却令人着迷的概念里所感受到的极致兴奋。拜托，不必故作谦虚，他和亚力克修斯确实无意间发现了元理的全新层面，一块处女地，尚未被一代又一代渴望征服新领域的严谨学者们踏足过。他们就像两个失事的船员，无意间漂流到一块全新的大陆，这里的每样东西都是崭新的、未知的，值得他们花毕生精力去研究——当然，失事船员必须先找到求生方法以及回去的路。

这就是问题所在，卡纳迪承认。但最关键的是，他打心里觉得害怕，想尽快了结所有麻烦。比起他的同僚，他算幸运的，因为他不是直接受到威胁的人。亚力克修斯先是病倒，如今已经到了几乎无法行走的地步。如果有能力，卡纳迪会不惜一切代价挽救他的性命。从理性的角度他可以这么解释自己的动机：如果亚力克修斯死得太早，所有他付出的善意都得不到回报，对方欠下的人情也收不回来，他还无法保证自己一定能成为继任教长——话说回来，这仍然是原因之一，因为他确确实实想做教长，哪怕只有一天。

也许是因为我喜欢这个人。对，没错。但不仅如此，还有更重要的原因，我一定要找出来。

因为这个念头，被困在一张桌子后面倒腾一堆算筹让他感到格外气恼。

他想到大礼堂去听听消息,看能不能搞清教长和洛雷登的麻烦以及城市面临的新威胁之间有什么联系。联系肯定是有的,尽管他怎么也想不出来。他曾无意间进入亚力克修斯那古怪的梦里,滚滚烟尘和点点帆船、可恶的岛民女孩,洛雷登的哥哥等……这中间一定有什么恶意隐去的线索。亚力克修斯没从洛雷登那里得到什么有用的信息(**我该和他一起去,亲自询问那个人。亚力克修斯介入太深,过于情绪化,不适合独自调查**),不过据他的描述,这名剑士当时的态度倒是让人相信他兄弟与这件事关系不浅。若是将种种迹象全都归于巧合,那根本就是瞎记账了。

说到记账——他重新检查了一下,笔尖沾了墨,写下总收入:两万九千九十七金币,一笔大得惊人的数目。(**一个专职冥想的机构**[1]**凭什么暴敛近三万斯迈尔的财富?更别提花掉这笔钱了……**)接着他准备检查支出。支出部分的账目记得乱七八糟,很可能错误百出,更糟糕的是佩拉吉亚斯兄弟潦草的字迹。单凭这点,足以将一个人终身排除在公职之外了。

项目:啤酒	−2/3
项目:清洁公共厕所	1/3
项目:木桶板	−2/1
项目:(看不清字迹)	9/2

一个星期花十二又四分之三在熏鱼上,他打算查证一下,必须的。况且他根本不喜欢吃熏鱼。还有,就算审计员不打算针对三个餐巾环花掉七又四分之三这件事大做文章,他也不会轻易放过。是时候让他这些科学上的同修兄弟明白,研修会会员的身份可不是让他们大摆贵族谱的护身符。如果买的

---

① 指研修会。

是他的餐巾环,那就不同了。可惜不是。他在空白处点了一下,做个记号,等有时间的时候要大大训斥一番。

    项目:书   −5/3

这一项看起来就合理多了,除非佩拉吉亚斯想写的其实是靴子 [1]。他试图回想这位采购部门的兄弟穿的是什么鞋。说起来,他注意到不止一位兄弟穿着颜色鲜艳的最新款时尚长趾靴在学院里溜达。在审计员彻底结束今年的审计工作之前,如果他们有点头脑的话,就该只穿拖鞋出来。

他继续向下看去,右手滑过一列数字,左手列出算筹。大部分小的、无关紧要的项目他可以心算,只有在将每周的支出加入总数的时候才用得到算筹。有些项目他记得很清楚,比如——

    项目:泻药   −12/1

——让他回想起因厨子尝试用昂贵的进口蘑菇做菜而引起的大规模食物中毒事件;与这个事件相关的是以下项目——

    项目:清洁公共厕所   −1/3
    项目:聘金(新厨师)   −1/−(看不清数字)

——这一项倒是证实了佩拉吉亚斯的幽默感。想起那些毒蘑菇,卡纳迪不由得小声抱怨了一句,继续看下去。

---

[1] 靴子原文 boots 和书 books 很相近。

项目：箭头   −5/1

箭头？他们采购价值五个斯迈尔的箭头到底要干什么？他皱着眉头查看了一下日期。上个星期。啊，明白了。这就对上了。城邦学院和城市里其他机构一样，有责任为一个连的卫兵支付薪酬并提供装备。因此有这项支出。无所谓，只要别指望他披盔戴甲，在瓢泼大雨中城上城下地巡逻就行。

卡纳迪打了个寒战，迫切地想知道此时在大礼堂发生的事。比起窝在这里算账，那里才是他该去的地方。昨天，总督宣布由巴达斯·洛雷登率领的远征军将在三天内集结完毕，他认为采取强硬的措施先发制人是最有效的解决方案。总督的话听起来自信满满，不过，他一贯如此。洛雷登本人则看起来有点沮丧，又有点不服气，甚至还有点尴尬和害怕。在这方面，卡纳迪是门外汉，他不知道该如何诠释这种情绪。或许这就是一个负责任的指挥官在出征前夕该有的样子吧。正因如此，越是迫不及待想要领兵出征的人越不应该成为指挥官——这种说法也是有道理的，卡纳迪自我安慰道。

他一边在脑海里胡思乱想，一边算账，在不知不觉中已经完成了支出部分。只要将支出从收入里刨除，得出的余额就是手头的现金。做完这一项，就算大功告成，可以上床睡觉了。他把算筹扫到一旁，重新画线，将数字摆上。要是这回能破天荒第一次就把账对上，那他可真要谢天谢地。

果不其然，账对不上。之后的两个半小时里，卡纳迪将教长、巴达斯·洛雷登和他的军队、野蛮的游牧民族以及变态的哲学副作用全都抛之脑后，一心一意地想要将收入和支出两项对上——就像一个母亲，强行要两个闹别扭的孩子和好如初。等到他终于熄灯上床时，脑海里闪过的最后一个念头是他可怜的饱受疾病侵袭的同僚兼元理全新层面的共同发现者。接着一阵疲倦感袭来,他打了个哈欠睡着了。

哨兵找到特姆莱时,他正在监督第一台重力投石机部件的打包运送。在制造工艺上,重力投石机比扭力机械要容易一些,不过,单说尺寸和重量,给他们带来的麻烦已经是全新等级的了。特姆莱疲惫不堪,暂时想不出什么好的解决方案。

"又有什么事?"在连轴转了二十四小时后,他正打算吃点东西时,有人来到他身后,"听着,如果是你自己能解决的问题……"

"从哨探小分队传来的消息。"说话的是希达赛,前猎鸭小队的队长。鉴于目前在骑马一周内来回的地域范围内都找不出一只傻乎乎的鸭子,他只能被派去负责警戒工作。特姆莱忽然意识到,希达赛不该出现在这里。

"怎么回事?"

希达赛欲言又止,"我们认为你该亲自来看看。有麻烦了。"

特姆莱抬头看着他,手指间还夹着一片咸鸭肉。"什么麻烦?"他问道,"从下游来了更多打探消息的人?"

"不仅如此。可能是一支军队。"

多滑稽啊,特姆莱想,要么是军队要么不是,这也能搞不清楚。然后他忽然反应过来:天哪,军队。

"这样啊,看来我得亲自去看看。"他说,"朱莱、莫德奈,帮我个忙。你们能取来我的马和弓,跟我在锯木坑那里会合吗?"

大家一言不发地涉水过河,沿着弯弯曲曲的小路上山。在最高的山巅处,他们建了一座信号灯塔。这里地理位置优越,与上城的最高塔遥相呼应。特姆莱在为建筑工地选址时特别考虑了这一点。

"在哪里?"他一边喘气一边问。到了最后半里地,他们不得不下马,徒步上山。而他在过去几个月里不是坐着就是站着，明显缺乏锻炼。"你们发现的军队在哪儿？"

希达赛指着某个方向。远远的，大概在十五里外，有什么东西反射出光芒。特姆莱竭力辨认。是他想象力太丰富，还是说那真的是大团大团的烟尘？"朱莱，"他说，"你的眼力好。你觉得那是什么？"

"不是什么好事。"朱莱两手拢成杯状，覆在眼睛上，专注地望去，"我判断那是一大群人，从他们身后飞扬的尘土和接近的速度来看，是骑兵队。假设他们知道我们的位置的话，三个钟头内就能到达这里。"

"见鬼。"特姆莱沉下脸来。奇怪的是，他心里并没有太多恐惧，倒是比较愤怒。此时此刻他最不希望发生的，就是在建筑工地前和重骑兵队大战一场。他手头有两百台已拆卸的射石车，还有五十台重力投石机正在组装，之后还要拆开，麻烦事已经够多了。

"哎呀，好吧，我们最好准备迎战。莫德奈，回到营地，让大家上马做好准备。希达赛，带着你的哨兵和他一起去。我不希望他们看到我们有哨探游离在外，我要他们认为我们既粗心大意又愚蠢。朱莱，你跟我来。"他忽然笑了，"你知道怎么部署一场战斗吗？我不会。"

"你以前也不会建造射石车。"

两人从山巅骑马下去，走了一段路后，坐下来，静静地待了四分之一个钟头，用心观察周围的地形，结合他们所看到的进行综合考量。特姆莱的脸忽然放松下来，露出笑容。

"妙极了，"他说，"朱莱，只要我们保持镇定，不要自作聪明，就有法子打败他们。"

朱莱点点头，"如果我是他们的话，我知道该怎么进攻。你有什么想法？"

"是这样。"特姆莱整理了一下思绪，边想边说。将自己的点子解释给另外一个人听，能够帮助他理清思路。而且一旦忽略了什么重大的问题，朱莱也会注意到。"他在这里，他和我们之间除了这些山之外就是一片原野。我们的营地位于河的另一边，处于河流和我们立足的这片高地之间的平缓地带。他要攻击我们，就必须过河。这里只有两处可以过河的浅滩。"他停住话头，捏着下巴，"一个是我们脚下这片主要的滩头，正对着两座山脊的尽头，旁边就是我们的锯木坑和码头。另一个在河流拐弯的地方，掩在两小丛灌木后面，勉强可以过河，离我们的营地有一里半的路程。他多半会偷偷摸摸地出现在这座山脊的另一面，借着山脊的掩护，让我们看不到他们出现在浅滩上。这个思路对吗？"

朱莱点点头。"注意，"他说，"如果我是那个人，而且行事周全的话，我会好好利用上游那个横渡滩头。将自然地势形成的掩体白白浪费掉简直不可饶恕。"

特姆莱沉思了一会儿，将自己想象成对方的指挥官，不管那个人是谁。"我想你说得对。"他说，"其实这样对我们更有利。如果他在到达山脊的东端时兵分两处呢？他将精锐部队派往上游的浅滩，在两丛灌木的掩护下偷偷绕过去，埋伏在我们营地这面的山脊后头——他可能推断这是一个难得的好机会，可以避开我们的视线悄悄潜入，因为我们没料到他们会从我们所在的河岸发起攻击。然后他会将剩余的兵力派往主要的渡河浅滩。当我们从营地这边渡河应战的时候，他的精锐部队就会从我们这面的山脊后头冒出来伏击。接下来，我们被包围了，唯一的出路就是往下游跑，他就可以顺势占领我们的营地，不慌不忙地摧毁我们的器械。想得真美。"

朱莱点点头。"你的思路是建立在他认为我们不知道他要来偷袭的前提下。"他说，"当然，他到底走哪条路，我们很快就能从他来的方向判断。据我所知，从营地往下游十里以内都没法过河。"

"这点我不知道。"特姆莱点点头,"但我们假设他知道,那他的选项就更少了。行,我们就这么办。你带领,呃,三分之二的人,将他们分成两队,每一丛灌木后面埋伏一队人马。你们一前一后夹击,他将无路可逃,只有朝正东方向逃窜,这样他手下最精锐的部队就彻底出局了。"特姆莱站在马镫上,注视着河流拐弯处那块空地,想象着那里人仰马翻的场景。"当他看到自己的人被伏击时,会以为我们将兵力集中在上游那块战场,而营地无人看守。他会率领骑兵冲营,从他的角度来说这是个误判,因为我会留一支人马在营地里,随时应战。我会将主力安排在这边,就在我们现在所站地方的下方,随时冒出来截断他们的退路。如果运气好的话,我们甚至可以在他渡河渡到一半时两面夹击。"特姆莱停下来,睁大了眼睛注视着朱莱,"天哪,朱莱,如果战局出乎我们预料怎么办?四处分兵也许不是个好主意。"

朱莱摇摇头。"比全部集中在营地强。"他回答道,"万一失败,你的小分队还有退路。你们可以沿着河岸往下游跑,跑得比他快就行。如果我是他的话,我不会冒险追击。我那队也一样。"他补充道,"我们可以分头朝东撤退,然后折回到山脊后,与你们在下游会合。"他咬着嘴唇,又添了一句,"我们的计划看起来太完美了,不是吗?也许我们本来就是高明的谋士,只是以前不知道而已。"

特姆莱坐回马鞍上,眼睛紧紧地盯着远处平原上那一团烟尘,现在已经可以清楚地分辨出来了。"你以前打过仗,"他说,"有什么感受?"

"混乱。"朱莱回答,"大部分时间,你会因为不清楚发生了什么而惊恐万状。通常说来——当然,我是根据自己参加过的所有战役总结出来的经验——你一开始能做的就是等待,长久的、无聊的等待。在等待过程中,你会惊慌失措,觉得自己肯定会被敌人杀死,那得有多疼啊。然后你认为自己无法保持冷静,一看到敌人,肯定会掉头就跑,从此以后,你将受到所有人的唾弃。

"正当你准备自杀、省了敌军的麻烦时,战斗开始了。根据我的经验,一旦开战,你根本没时间害怕,也没有精力害怕。你要么保持队形,竭力在混乱的呼喝声中听令行事,同时紧跟队友,做你该做的事;要么你自己是指挥官,那你就会忙于让手下听到你下达的命令,让他们抱团不被打散、遵照指令行事。这种时候,就算你全身像刺猬般扎满箭头,都可能根本觉察不出来。

"再说说真实的战斗场景。哎呀,那就更混乱了。什么剑术训练、射击练习之类的都顾不上了。你只能不停地放箭,越快越好,根本不考虑瞄准。只有在箭掉了、弓断了,或者敌人忽然改变方向,策马跑出射程以外时,你才会有时间想到瞄准。

"至于近身搏斗,当你骑马向前冲的时候,通常会因为速度太快而无法控制方向,刹那间你周围全都是人,不论己方还是敌方。如果你真的想打架,也可以直接冲上去一团混战,没人会阻止你,因为另一方的人也跟你一样既困惑又害怕,只要可能,他们也会避免打斗。万一你真的和敌人打起来,不要以为会是那种五分钟的斗剑。你捅他一下,他捅你一下,或许你们当中有一个中了招,然后你跟他擦肩而过,要是这一下你没死,就继续捅下一个。就算你被刺中,你也可能根本没意识到。万一你被杀了,杀你的人你可能都没机会看见。战场上百分之九十五靠运气,还有百分之五看领队的将军们。这就是战斗。怎么样,对你有帮助吗?"

"没啥用处。"特姆莱说,"听起来和记忆中的一样,我还是个孩子的时候,我们的营地被突袭的感觉。当然那时候我们根本没有反抗的念头。最糟糕的是,"他绝望地补充了一句,"是我挑起的战争。我一定是疯了。"

"一切听陛下的。"朱莱恭敬地回答,"我们回营地去吧。"

敌人预先埋伏在这里的人手忽然冒出来，冲入队伍的后方。他们的队列被拦腰截断，一半在河里一半在岸上，整支队伍陷入了混乱。洛雷登却隐约有一种解脱感。最糟糕的已经发生了，还能有什么更出乎预料的祸事呢。他唯一能做的就是拼杀出一条血路，就这么简单。与此同时，他身后的人纷纷坠马，大部分在落水前已经阵亡。但他知道自己不会死。不在这里，不是以这样的方式。这种镇定的感觉非常奇怪，似乎他身在局外，只是个旁观者。也许是因为自打出城以来，他就隐约感觉会有类似的事件发生吧。现在他的预感变成了现实，局势已经相当明朗。他开始渐渐理解这到底是怎么回事了。正如他的老上级常说的，明面上的敌人不危险。

他最大、也是最不能克服的难题，就是五名所谓的协同指挥官，如今已经被解决了。据他所知，他们中的两个已经阵亡。至于另外三个，得，就算他们还活着，也不可能造成更大的损失。他用力拉紧左边的缰绳，举起剑，挑了其中一个敌人来发泄怒火。

这一切，全是他的错。如果不是他一直哼哼唧唧，抱怨自己被迫成为这场疯狂冒险活动的指挥官，希望有人可以替代他，也不会有五个傻瓜在出发前一天被塞进他的队伍。这五个人，每个人都认为自己才是总司令，另外五个只是挂个名头而已。

五名将军，疯了吗？纯粹是脑袋破了个大洞。总共六位将军率领五千名未经训练的志愿者，可以说毫无胜算。

草原人平举起手中的矛，策马冲向他。洛雷登停在原地，眼睁睁地看着他冲过来，在最后一刻打马避过，在马身交错的瞬间以一记短劈直接从对方肩膀的位置将他的脊椎骨切断。有什么东西击中他左膝上六寸左右的地方，感觉像一把剑或一柄战斧，被结实的铠甲和铠甲下厚厚的衬垫挡住了。该死的蠢货，典型的菜鸟。你要么杀了对方，要么就别管他们，永远不要做无用功。他在彻底转回身之前就已经估算过对方的位置，此时敌方的那名骑兵几乎已经要和他错身而过，他的背已经转过去了，趁还没拉开足够远的距离，洛雷登展臂一刺，捅进对方的腋窝。熟皮护甲在腋窝处有一个空隙，洛雷登的剑轻易地穿入，直达心脏。被他干掉的骑兵还保持着向前冲的势头，他的身体被带着脱离剑身。洛雷登无暇多顾，只看到对方栽倒在地，就催动战马，从一团混战中冲出一个缺口。光待在这里杀人没什么用处，他需要时间思考。

从他所在的位置看不到整体局势，但很容易推断出他们的队伍是被对方头尾夹击了。一头一尾，两边都是深深的河水。这就意味着，他们除了向前或向后冲杀出一条生路外，没有别的选择。为了切断他的退路，对方的主力集中在后面的可能性很大。他只能向前冲，突破重围到对方的营地去。如果他的队伍能够直插进营地和山脊之间的地段，或许会让对方乱了章法。要是他能保持队伍的灵活机动，还有机会甩掉后面的追兵，正面对上伏击侧翼的敌军小分队，打他个出其不意，救出上游的残存队伍，将溃乱的军队重新集结起来。

事有轻重缓急。他掉转马头，冲向他率领的纵队中段那一群惊慌失措的人。再也没有比这帮人更没用的废物了，但只要有足够的人追随他，他就能借着这点势头扭转浅滩东岸这一场混战的局势。幸运的是，敌方的士兵觉得胜利在望，开始懈怠起来。他杀了七个人，让另外四个肢体分离，终于杀到了对岸。他几乎无法呼吸，右臂酸痛难忍，头盔右侧不知被谁重击了一下，头痛欲裂。

他身后的队伍像楔子一样从敌方阵线里钻出一个缺口——说是阵线，其实更像是因人数太多，以至于拥堵在一起的一团人。他们觉得自己已经赢了，早就没了继续打下去的心思。赢都赢了，为什么还要冒着被杀死的危险继续打？又是一种菜鸟心态。最终，求生的本能驱使着他的纵队突出重围。敌军被这突如其来的反转打蒙了，没来得及反应，就这么轻易地让他们逃脱。既然他们没心思打，洛雷登就成全他们。当他转头望去，看到身后从浅滩的厮杀中突围出来的一串残兵败将时，他惊喜地发现突围出来的士兵足足有五分之四。剩下的那些基本上没有生路了，让他们见鬼去吧。

还没死绝，他自我安慰道，**现在看我的了**。

他的判断是对的。敌方完全没预料到他会发动攻击。当他带队上了山脊端头和两丛灌木最南端之间的缓坡后，他毫无阻碍地径直冲进包围他的侧翼纵队、正杀得兴起的一群屠夫的后方。对方弄清局势以后，他们甚至没有稍稍招架一下，纷纷向上游而去，想在水位较高的那个浅滩横渡处堵截他。他们判断他会往那里去。很合理的判断，但还是属于菜鸟的思维方式。当下他最需要的就是一点时间、一点空间以及安静平和的氛围。对方的举动正好满足了他的部分需求，给了他足够的时间来想法子挽救所有人的性命。他镇定地集结了尽可能多的侧翼部队，示意全体转向，带着纵队快马加鞭，向东而去。

十一

特姆莱睁开眼睛，意识到自己还活着，开始大声呼救。片刻之后，有人将马尸从他身上挪开，把他从水里抬了出来。他发现自己正在浑身发抖，像癫痫发作似的，无法镇定下来。

"怎么回事？"他喘着粗气问，"我以为我们打了胜仗。"

"我们的确赢了。"扶着他右胳膊的人回答，"他们突破了包围圈，逃命去了。你没事吧？"

特姆莱点点头，"怎么回事？"他再次问，"本来一切都按照计划进行，怎么一下子就被他们打了个措手不及？"他回忆起刚才那一幕，忍不住打了个哆嗦。那个人——那个罪魁祸首——突破严严实实的护卫墙向他冲过来时，他感到的是令他浑身动弹不得的恐惧。那个人的表情平静极了，几乎可以称之为祥和。有那么一瞬间，特姆莱以为那就是死神本尊。

他记得自己根本没有时间反抗，那人已经逼近身前。在他还无法决定做何反应时，那人手中的剑已经完成了攻击。但那一切发生得又很慢。在对方的剑尖把特姆莱身下坐骑的脖颈刺个对穿之前，他竟然还有时间胡思乱想。紧接着，他感到自己和马缓慢地向水里栽去。他等待着自己撞上浅滩底部坚硬的河床，敌人的马蹄踏上他的脸和胸口，一种离奇的冷静和无奈浮上心头——哦，好吧，是时候了，就这样吧。等他再次恢复意识，就成了现在这样：性命无忧，没有疼痛和骨折，身上的血也不是他自己的。但就像朱莱以往说的：狼狈不堪。

"朱莱呢？"尽管心下早有预感，他仍然忍不住问道。

"没挺过来。"那人说，"是要杀你的那个人干的。我想朱莱可能是想救你——"

这么想挺好，特姆莱对自己说。但我就在现场，没法骗自己。朱莱是根本来不及反应就遭到了攻击，和我一样。这下他死了。唉，这件事我们以后再想。该死的，仗还没打完呢，我得做点什么——

"他们撤退了？营地附近还有敌人吗？"他问道。

男人点点头。"据我所知没有。他们匆匆朝上游那个浅滩去了，说不定可以在那里追上他们。你想继续待在河中央聊天还是换个地方？"

特姆莱任由他们架着自己走上河岸。一路上他们不停地踩到人的身体——有些已经死了，大多数都还活着，但无法医治。太可怕了，他想，这些垂死的人陷于人生中最绝望的时刻，但由于太过虚弱，连呼救声都发不出来，只能举起双手，挣扎着想要求救。而我们却就这么踏过去，好像他们是路上的一坨坨牛屎。"传令下去，取消下一步计划。"特姆莱的声音很严厉，似乎要把这个意外归咎于人，"全体撤回营地，之后我们再考虑怎么收拾残局。"

攻击他的那个人——那张脸他以前是不是见过？很有可能。毕竟就在六个月以前，他还在城市的军械厂干活。草地上散落的这些剑里面说不定有几把就是他亲手铸造的。没准儿还包括杀死朱莱、也差点杀死他的那把剑。如果真这么巧，那就太好笑了。然而城市生活似乎是很久以前的事了，像发生在遥远的梦中。现在的他和那时候的他全然不同，区别之大，就像蛾子与毛虫。让这些悲天悯人的感慨也见鬼去吧，现在有更重要的事要做。

有人重新牵了一匹马给他。*哦，天哪，我可怜的老朋友雷电死了，而我直到现在才想起来。*小时候，死了一匹马会让我一直哭到睡着为止。他翻身上马，忽然觉得全身酸痛。瘀血扭伤的肌肉、破损擦伤的皮肤——刚才撞击河床时受的伤似乎一下子全都苏醒了。他环顾四周，将一张张面孔记在心里。每认出一张熟悉的脸，就代表着部落里多一个幸存的人。等将来有一天他必须面对这场由他刻意挑起的战事时，良心上就会少一份负担。不过现在没时间想这些。今天该做的事还没有做完，太多的事要安排，太多问题要解决。

"卡萨莱。"首席工程师看起来很狼狈，浑身湿透，熟皮胸甲的一条肩带松脱了，露出下面血淋淋的伤口。虽然受了伤，但他是个可靠的人，而且伤势没有重到倒地不起的地步。再说，不能光他一个人在操心，其他人也得干点活。"去上游的浅滩那里，确定我们全都撤回了，没有人在继续追击敌人。告诉那边负责的，我需要大家都回到下游的营地来。"卡萨莱点点头，艰难地上马。"斯蒂尔采，你负责把伤者带回来。去找尼姆林，请她将治疗师组织起来。找个人负责看着俘虏，越早把这些俘虏集中在一起越好，以防有些人还不知道战斗已经结束。马尔泰，派哨探出去看看，我们要明确敌人的动向，不要瞎猜。"

出去打探消息的队伍过了好一阵子才回来。敌人早跑了，他们在山脊后转向行进，在下游失去了踪迹，大概从下游的浅滩横渡过去了。没有人露出一点想要继续追杀的意思。

伤亡人数渐渐统计出来了。敌方有九百人阵亡，三百五十人被生擒，其中一半身上带着或轻或重的伤。部落这边，截至目前有一百零七人阵亡，七十名轻伤，二十名左右负重伤。无论从哪个角度来看，这都是一场辉煌的胜利。从双方伤亡人数的对比上看，这次胜利绝对值得夸耀，但没人急着将重点放在这里。重要的是，这是整个部族有史以来第一次主动攻击城市骑兵，并将他们成功驱逐。草原上的男男女女还记得小时候母亲用麦克森和他的骑兵队来吓唬他们、让他们听话的场景，今天却亲眼看到这些传说中吓人的妖怪被重重围困，动弹不得。他们落入陷阱，脖子被套住一般乖乖地引颈就戮。虽然有些人居然抢在喉咙被割开之前设法逃走了，但部族的人主动忽略了这个事实。再说，逃回去的幸存者越多，能造成的恐慌和混乱就越严重。将敌军全歼只能逼对方下定决心，让后面的谋划变得更艰难。至于特姆莱，啊，他们早就知道这家伙有点真本事，不是吗？看来他们还是颇有眼光的，这场胜利并不稀奇。

（当然也有唱反调的，部分来自一百零七名阵亡者的家人和朋友，还有些来自重伤员的怨愤。比起全部族对他们的感激之情，他们宁可要原先手脚俱全的身体。特姆莱不知道他现在是否有时间处理这些问题，最后决定还是等手下将丧葬事宜汇报完毕、马匹得到妥善照料以后再去考虑。）

今天的最后一项任务是拆卸剩下的七台重力投石机，这样才算勉强跟上之前的计划。自愿帮忙的人依然很踊跃，不过大多数只会碍手碍脚，让工程师们花了比原先长一半的时间。一旦任务完成，大家就可以解散，回到自己的帐篷，坐在篝火前。但特姆莱和各小队的头领还要继续一项耗时良久、枯燥无味的工作，那就是将整场战役回顾一遍，并考虑如何应对接下来的问题。

"他们有可能再次发动袭击。"安纳凯叔叔说，"但可能性很小，至少在短时间内不会。我了解城里人，他们多半正忙于互相指责。"

他说话速度很慢，因为脸颊的一侧压着一团用旧的棉絮团。一支箭射中了他的脸颊，在与嘴巴齐平的地方撕开了一道三寸长的伤口。鉴于敌军几乎没射出几箭，这多半是己方误伤的。

"假设他们暂时不会进攻，"希斯莱接下话头，"这次我好好观察了一下他们的军队。他们完全没反应过来发生了什么。"他摇摇头，似乎觉得这不可思议，"这不是他们的正规军，"他继续说道，"有可能是私人武装。你知道的，就是'既然皇帝什么也不做，我们自己来'那种。我不敢相信城市的主力野战军会这么容易被打败。"

希斯莱基本没有受伤，只是因为狼狈地从马上摔下来，一边膝盖有些行动不便。（他率领的队伍在上游的河滩处伏击敌军。他的手下蜂拥而出杀向被包围的敌人，凶猛的势头让他遭了池鱼之殃。）

特姆莱微微点头，嘟囔着表示赞成。"关于第一点，你说得对。"他说，"第二点我不太确定。不管那支军队是不是他们的正规军，我认为都得当心对方在我们将机械运到下游的最后一个驻扎地卸下来时发动袭击。如果我是他们，我肯定会这么做，在离自己的地盘较近的地方给敌人来一下狠的。不过我们不能完全依赖这个推断。从现在开始，必须提防他们随时发动突袭，这就意味着，要从制造和运送机械的人手中抽出一部分加入护送的队伍。这么做肯定会拖慢计划，同时也会分散我们的力量。"

"有没有可能发动报复性征讨？"尚德插话道，"想想看，他们刚刚在战场上被打得很惨，这几乎是有史以来第一次战败。不知道他们会不会为了面子，决定做点什么来挽回一局？毕竟，这么做有利于鼓舞士气。"

安纳凯摇头。"他们更有可能将气撒在自己人身上。"他说，"惩罚带兵的将军就足以平息民愤了，还能让他们继续自我感觉良好，根本不必冒着再被打败一次的风险。不，我认为如果他们的目的是拦截我们的机械，多半会利用我们运机械过河的时机。从这里到最下游的营地之间有几处河面很宽，他们知道我们不怎么喜欢使用船只，因此只需几艘满载士兵的船就能击沉我们的木筏，或者将木筏拖走，根本不需要进入我们的射程范围。假如我们在岸上追击，他们要么会在必经之路设下埋伏，要么趁我们的营地防守空虚，打了就跑。想想看吧，以他们之前的行动来看，这才是最合理的战术。这也从侧面印证了你的理论，希斯莱，刚才来袭的不是正规军。"

"我认为他们根本没有正规军。"特姆莱参与进来，"我之前提过这点，但没人重视。"他挪动了一下身体的重心，缓解一边的麻痹感，"守城墙的除了一部分是正规的卫戍部队，其他的都是兼职的国民自卫队，说是受过训，其实根本没有。大部分兼职卫兵将训练经费看成国家给困难户的救济金，剩下的则把卫队当成饮酒俱乐部。哦，我不是说在兵临城下的时候他们不会尽力，只是不认为他们适合出城作战。真要这么做，那就太疯狂了，他们自己也知道。"

"也许吧，"希斯莱承认道，"不过咱们做的事也够疯狂。"

火光照亮了所有人的脸庞；十二个彼此知根知底的旧相识冷静理智地讨论着关系到整个部落是否会灭族的问题。这一圈当中少了几个本该在这里的族人：骑射手队长朱莱、族长本家的佩格泰和苏鲁台——小时候我弄断了苏鲁台的笛子，现在永远都没机会补偿他了。那是他最心爱的笛子，而我只是出于嫉妒就故意弄断了。我为什么要那么做？——但空缺会由同样出色的人来填补，这也是今晚的议题之一。当然还要隆重地向神明致谢，让我们没有遭受更大的损失。萨苏来也曾经被迫面对这些吗？让生活继续，就像什么也没发生过？特姆莱想道，因为无能为力，只好接受既定的损失，同时还要庆幸局势没有变得更糟？当战败的消息传到城市的时候，他在那里的朋友会怎么想？今晚有九百张空荡荡的床铺等待未归的主人。在胜利的消息传来之前，在宣布他们的牺牲是有价值的之前，他们的位置会轻易被他人填补吗？为国人牺牲已经是件可悲的事，牺牲了性命却还是输了则更令人难以接受。

"我们总结一下吧。"特姆莱强忍着呵欠说道，"我们判断他们不会再次发动攻击，至少短期内不会。但以防万一，还是要保持一队机动的后备军。但我不确定这样就能解决问题。后备力量人数太少的话，对战局的影响不大，而且比没有后备军还要糟糕，因为需要从我们正在进行的准备工作中抽调人手。我个人的看法是，他们不会冒着被羞辱的危险再次出兵，但可能会在下游的营地那里动手，因为那里离他们的老巢更近，防守力量也较弱。还有，那里是——或者说即将是——所有机械的最后组装地。因此我决定在下游营地部署一支强有力的部队，既起到防卫作用，又能在敌方的大部队向我们进军的时候起到预警作用。希斯莱，今晚你好好计划一下，明天告诉我人手和装备方面的需求。我必须了解你要带走的人和物资，才能重新安排留在这里的人，填补空缺。"他又打了一个呵欠，同时伸了个懒腰，因肌肉僵硬，又立刻缩起身子，"我们之前讨论的就是这些了吧？好，接下来，议政会目前有空位需要填补。请大家提名。"

说到提名，换个场合一定很热闹。有人会争论不休、有人会要政治手段、有人互相卖个面子，还有人要还人情债。但刚刚经历了跌宕起伏的一天，现在时间又太晚了，大家既没有耐心也没有精力干这些。因此，提名的人选都很合理，就算有争议也只是简短地辩论了几句。就算这样，在特姆莱宣布最后决定的时候，安纳凯叔叔已经困得头直往前点，浸透了鲜血的棉垫从手上落到了地毯上，露出狰狞的伤口以及粗糙的锯齿状缝合线。又是我的错，特姆莱心想。平时用来缝合伤口的牛筋线被制造弓箭的匠人拿走，去制作弓弦和缠把。治疗师不得不从旧工具以及老家具上拆下线来，放在嘴里嚼到软，拿去给伤员缝合。

这是需要面对的另一个问题：我们不能在治疗伤员的物资缺乏的情况下进入下一阶段战斗。他推敲了一下"伤员"这个词。多好的术语啊，很适合用在军事上。你不用提到身上被划了个大口子、血如泉涌的人，不用提到缺胳膊少腿的人，不用提到身上多了个大洞或者是身上带着连自己的孩子都害怕的伤疤的人。只需要以"伤员"一词概括。再过一阵子你会在谈话中提到"可接受的损失"。接着这些人就变成"可牺牲的军事力量"。再接着呢，你就像在下棋似的，从高高的山顶审视着棋盘，把他们看成棋局的一部分，战争不过是一场对弈。你会疑惑，为什么你的朋友和你说话的方式变了。之后，你开始忧心忡忡地防备着阴谋和叛变。再接下来，说不定真的需要对付阴谋和叛变。想想看吧，居然真的有人想要这份工作。更疯狂的是，在世上某些地方，想要这份工作的人居然还真的被允许上位。

战争就是这么开始的。或者说，这就是引发战争的由头。

"下一项安排，"他听到自己说，"是向神明致谢。感谢神明将我们的损失保持在可接受的范围。叔叔，由您来主持吧。"

洛雷登并不介意，相反，他很享受这份难得的平和与宁静。能够独处让他松了一口气。他伸了个懒腰，双手叠放在脑后，伸直双腿，双脚交叉。石头长凳有点冷，但并非难以忍受。*说不定我会喜欢上这种感觉*，他心里想。

如果他不认为自己罪有应得，不觉得自己活该被关在这里，那他的感觉大概就不同了。至于现在，总督是怎么说来着？*重大疏失、玩忽职守，以及严重的判断失误。*他对此没什么可辩解的。一千名士兵战死或被俘，全是因为他沉浸在自己的不满情绪里，没注意到他们走进了陷阱。重大疏失算是说得轻的了，敌人就差没在石灰石上刻上八寸大的"陷阱"两个字。如果麦克森还在的话，他非把我的肺扯出来不可。

没错。可惜麦克森死了。不然他们也不会落到这个下场。

总督要求立刻展开调查，在此期间将他暂时收押。洛雷登希望他们调查得不要太快。在这安静黑暗的地方关上一两个星期对他极其有利。在被迫面对公众、解释他的行为之前，他需一段时间消除恐惧感。比起在大礼堂受千夫所指，他宁可躺在议事厅下方牢房的石床上。他可以轻易想象大礼堂内的恐慌以及外面的歇斯底里，到处是渴望见血的暴徒。人们争先恐后想在离开城市的船只上占据一席之地，码头上因此引发了骚乱。这真是完美的借口。又是一夜的劫掠，又可以破门闯入不受欢迎的邻居家。

至于说之后会怎样，他打不起精神去操心。也许他会被处死，就在这间牢房里，或者在城头某个安静的哨所内。最起码，这是他能接受的死亡方式。不知为什么，这样的死法不像与阿尔维斯对决那次那么绝望。当时，他还以为自己要为了保护卖炭佬的荣誉而死在法庭上。要是当初真死了，那就太不值了。他临死前一定会想，老天啊，这也太蠢了吧。现在呢？唉，算是死得其所吧。他本来就该死在草原人手里的。至少他可以将五分之四的士兵带回家，又能把欠的这条命还给敌人。

外面走廊有人走过，传来沉重的靴子发出的脚步声和丁零当啷的金属撞击声，多半是钥匙。难道这里还有其他犯人？还是说他是唯一一个？他们会不会把别的国家公敌也关在这里，眼不见心不烦？他好奇隔壁的究竟犯了什么罪。想被关在这里，你得犯下一定程度的重罪才行。仅仅是盗窃、强奸或是谋杀可不足以让你在这里享受免费食宿。

没有皇帝挺好的，他对自己说，但仍然不太能相信自己的耳朵。总督在解释的时候颇为实事求是，好像在谈论牙仙、头痛精灵之类长到七岁以后就不再迷信的东西。据总督说，其实自洛雷登出生以来皇帝就不存在了——但我们小时候不是总在皇帝的寿辰摘花为他编花环吗？每年在上城的城门口举行隆重的典礼时，他接受的上千条花环都去哪儿了？不知为什么，想到那么多人对皇帝的爱戴像水渗进沙地一样被白白浪费让他有些不适。

伽利卢古斯四世没有留下继承人就驾崩了，皇位的继承权落在三位远房表兄弟身上。他们是外国王子，不会说佩里美狄亚语，而且举止粗俗，单说餐桌礼仪一项就不能为城市所接受。总督和他的亲信们突发奇想，认为既然还没有宣布皇帝过世的消息，那么就没有人知道这个事实，被蒙在鼓里也不会有烦恼。打那以后，除了几个负责打理的管家以及小公地点在那里的官员以外，上城基本是空的。伽利卢古斯"活了"九十六岁，死后将皇位传给了一个凭空捏造出来的外甥。继位的皇帝是皇帝莫须有的姐姐的儿子，据说这位公主在很久以前嫁给了遥远国度的某个无名王子，时间久到没人记得曾经有过这么一桩联姻。与此同时，城市的大权悄悄地逐步转移到那些以治理城市为业的人手里——国务卿、政府官员，以及那些知道如何修路、如何进行贸易谈判的中城人。洛雷登越想越满意这个治理体系，毕竟他们将城市经营得相当繁荣。

直到现在。

*天哪，洛雷登想，要是城市真的沦陷了怎么办？*无法想象，毕竟没人可以攻克屹立不倒的城墙。但是，他在草原人的营地看到过攻城器：射石车和重力投石机、攻城垒的组件，以及安装在移动车驾上的攻城锤、攻城塔的组件等等。他忍不住想，这帮以帐篷为家、居无定所的野蛮人居然设法制造出了这么多器械，可见他们的决心和意志力之大，看来不会被城市那坚不可摧的赫赫威名吓倒。想到这个，洛雷登就感到异常不安，远比自己的死亡更加难以接受。

不过，从自然规律的角度来考虑，这也是公平的，不是谁对谁错的问题。就算真有对错之分，也不影响城邦的兴衰周期。城市人与草原人之间就像狮子与鹿一样，弱肉强食。风水轮流转，这回是部落民族成了狮子。自然规律而已。你压根没法对这种东西持有异议。你能做的只有离开城市，搬到其他地方生活。

外面传来更多的脚步声，渐渐靠近，最后停在门外。一丝亮光穿透黑暗，然后整个牢房亮堂起来。两个人影出现在门口。

"结束时喊我一声，教长。"洛雷登听到看守的声音响起，"我就在外面。"

门关上了，但一小盏灯留在了牢房内，明黄的火焰散发着暖意。在灯光的照耀下，洛雷登发现另一个人是亚历克修斯教长。他吓了一跳，赶快把腿从石凳上挪下，站了起来。

"来这里，"他说，"请坐。"

"谢谢。"亚历克修斯回答。在油灯灯光的渲染下，他的面色更加惨白，简直和死人一样。他花了好一会儿才慢腾腾地穿过这个小小的牢房。"这下好多了。"他说，"给我点时间，让我喘口气，好吗？爬楼梯爬的。"他补充了一句。

洛雷登背靠着墙壁坐在地上，等教长开口。不是他无礼，而是现在实在没心情寒暄。

"你很快就可以从这里出去。"歇了一阵子以后，亚历克修斯说，"我们刚刚开了一次令人糟心的会，一帮蠢人说蠢话。会议的主旨是要我去对公众发表讲话，平息民愤，让他们打哪儿来回哪儿去。你会被释放。在下一次会议之前你有时间洗个澡、刮个胡子。"

洛雷登惊讶得嘴都合不拢了。"下一次会议？"他重复道，"什么，你是说我还——"

亚历克修斯点点头。"我早就料到这个消息不会让你高兴。你看,这是权宜之计。我们需要有替罪羊为这次战败负责,但也需要塑造一个让人民信任的英雄人物。"他叹了口气,疲惫的脸上满是深深的皱纹,和刻在新铸造的钱币上的教长像的皱纹一样清晰。"这个英雄人物就是你。"他继续说,"我会告诉国民,那五名战死疆场的将军才是这场灾难的罪魁祸首,而巴达斯·洛雷登力挽狂澜,从死神手里拯救了五分之四的军队,将一场耻辱的失败变成了精神上的胜利——"

"哦,看在老天的份上!"

"别这么不知感恩。"亚历克修斯回答,"再说,这和事实相去不远。如果你真的一心要成为殉道士,你有的是机会。我还没说到更荒唐的部分呢。"

"说吧。"洛雷登说。

一阵绞痛袭来,亚历克修斯身子僵住了。疼痛又渐渐退去。"我们那位声名卓著的总督大人提出了两全的方案。"他说,"在未来某个时候,你必须接受法律的审判。"他顿了一下,"但在那之前,你被任命为副郡尉,负责城墙和下城的防卫工作。不用你说,"他迅速地补充道,"我知道大家都在想什么。这一切都说明,就算没有皇帝,我们也能把愚蠢进行到底。"

"这是我这辈子听过的最愚蠢的事情。"洛雷登说,他闭上眼睛,"如果我拒绝呢?"

亚历克修斯摇摇头。"我不认为你有这个选择。"他说,"换句话说吧,你不接,就没有其他人能做这件事了。他们没批准我的提议。"他补充道,"可惜了。我的提议挺好的。"

"真的吗?什么提议?"

"我提议你出任总司令。"亚历克修斯回答道,"我也许对战术以及战斗一窍不通,但我能一眼认出谁是天生的领袖。"

洛雷登对此不予置评。"那我什么时候可以出狱？"他问，"当然，我也不是很着急。"

"在我向公众宣布你是一个英雄之前，你最好待在这里。外面有好几千名暴徒叫嚣着要把你的头颅挂在下城的柱子上。如果他们突破防线，冲进来——"

"我明白了。"洛雷登点点头，"这也是你的主意？"

亚历克修斯摇摇头。"某个尖瘦脸的后勤部官员。"他回答道，"他们是一群傻瓜，不过其中倒有几个非常狡猾的。"他往后一靠，脑袋枕在墙上。"不介意的话，"他说，"我想在不得不去向公众发表讲话之前待在这儿。这里的气氛相当宁静。你收到最新的消息了吗？"

"没多少。外面局势如何？"

"很安静。"亚历克修斯说，"上游没什么太大的动静。据我们所知，他们还在继续制造器械，以木筏运往下游。唯一的防御措施是在下游接收器械的营地安排了一支顶多三四千人的护卫队。"

"那里距离城市不到五里。"洛雷登沉吟道，"天哪，我真希望我们之前没有那么愚蠢地派兵出征。现在才是最好的时机。但是我们不敢，生怕落入另一个隐藏得很好的陷阱。"他抬起头，"我想现在郡尉是对外征战部队的司令？"亚历克修斯点点头。"剩下的特遣部队呢？考虑到这次任务的性质，有四千兵力在手，我们还是可以轻而易举地在下游接收地摧毁这些器械——"

"他不肯接受这个提议。"亚历克修斯回答，"他说的也有道理。再打一次败仗，我们将无法压制城里的暴乱。你没法想象外面的局势有多糟糕。"

"那我们就只能坐等对方围城了。军备方面情况如何？过不了多久，消息就会传遍四海，码头上会挤满想要以天价将粮食卖给我们的商人。"

"不管是不是天价，反正我们已经批准总督不计代价收购任何需要的物资。食物和装备不会有问题，草原人没有任何手段干涉海运，我们没理由不能照常做生意。但如果能让民众看到充足的储备，也许他们会更放心，不再继续打劫面包房。"

洛雷登摇摇头。"他们就喜欢打劫面包房。"他说，"等事后才抱怨面包房被烧毁影响了日常生活。"他笑了，"这种时候才能看清人的本性。征兵工作进行得如何？有成效吗？"

"不怎么样。"教长回答，"目前只有成百上千的老人和小孩强烈要求我们允许他们参军。大部分身强力壮的男人却在街头打砸抢，和卫兵干架。当然，每个人都想知道为什么教长不使用神秘力量来对抗危机。等我出去讲话的时候，肯定会受到众多质疑。"

"啊，可想而知。"洛雷登咧嘴笑了，"要是这帮巫师不能投掷火球，也不能将敌人变成青蛙，那要他们有什么用呢？他们到底胳膊肘朝哪里拐？"

"我估计总督和郡尉也很快就要这么质问我了。"亚历克修斯悲哀地说，"就连我自己都情不自禁地往这个方面想，愿我得到宽恕。多亏我最近花了些工夫去研究，现在我对诅咒及其运作方式了解得相当深入。有时候我想，要是那个我们认为是天赋者的岛民姑娘在这里——"

洛雷登举起双手。"千万别。"他说，"如果你想我离开这个安全可爱的牢房的话，就别说这话。"

"我以为你压根儿不相信这套把戏。"

"我不相信。"洛雷登回答道，"有益身心的不可知论是一回事，主动自找麻烦是另一回事。我说的是给你个人找麻烦，不是给城市制造麻烦。你脸色很差，看上去像一具死了一周之后交给入殓师学徒练手的尸体。"

亚历克修斯很给面子地大笑起来。"这么久以来头一次有人对我这么关心。"他回答，"我必须承认，我感觉好多了。别担心，"他脸上带着一抹笑容补充,"这次是货真价实的生病,不是因为——这么说吧——我们那段去往未知地界的小小旅程引起的乱七八糟的副作用。普通的病症不怎么让我忧心。"

洛雷登点点头,"明面上的敌人不是最危险的敌人。这是我的老上级最爱说的话,愿那个暴躁的家伙安息。有个笑话,讲的是两个人在战场上,其中一个被箭射中,倒在地上呻吟起来。另一个看了看箭翎,说:'没关系,伙计,这是我们自己人射的。'如今他们管这种情况叫什么?友军砲火?"

亚历克修斯点点头。"我也这么觉得。"他说,"虽然身体染病让人不怎么舒服,但至少不像诅咒的副作用那样死活不肯放过你。"他叹了口气,"我还以为你会说这是我在精神上给自己施加的伤痛,让我停止胡思乱想。"

"我不会这么说,"洛雷登回答,"因为我们马上要合作了,而我讲话还有那么一点分寸。"他摸着下巴沉思起来,然后接着说下去。"其实,"他说,"在你第一次将实情原原本本地告诉我以后,我确实好好思考了一番。我既没有深信你们说的那个无所不能的元理,也没有完全不信。只是觉得那些事太过于玄乎,不怎么重要……"

"通常说来,的确不怎么重要,"亚历克修斯打断他,苦笑着说道,"事实上,可以说绝大部分都不重要。这些诅咒啊、赐福啊全都是微不足道、无关紧要的副产品,正如橡树苹果①之于橡树。"

洛雷登点点头。"管他是什么道理吧,"他说,"反正我不相信所谓的巧合,尤其是在过去一段时间,巧合的事实在是太多了。我只能说,我承认事情有点不对劲,但我觉得我们中没有一个人真正知道是怎么回事。"

亚历克修斯点点头。"说得对,我多疑的朋友,我完全同意你的看法。"他说。

---

① 橡树上长的一种暗红色的增生组织,类似红色的小苹果。由于瘿蜂(gall wasp, Biorhiza pallida)在叶芽中产卵,树叶的机体受到刺激以后,长出不正常的组织,形成这种苹果状的栎瘿(oak apple gall)。

“那我什么时候可以探视他？”艾希莉第六次提出请求，“我是他的助理，他还有生意要打理呢。学生纷纷要求退钱。要是你能向他们解释付了钱却见不到教练是为什么……”

政府职员皱起眉头。“很抱歉，”他说，“但这是国家大事，比你同事的教学任务重要得多。我建议你立即返还账上的学费。我想洛雷登上校以后没可能继续从事他的私人业务了。”他站起来，示意谈话已经结束。“现在，”他说，“请允许我失陪。”

“那好，”艾希莉坐在椅子上没有动，她说道，“你能替我传一封信，再帮我带个回信吗？我知道他人在城里。”她补充道，“我亲眼看到他回来的。如果他再次出城，一定会通知我。”

职员用死鱼眼睛打量着她，发现了一个不可否认的事实：她年轻貌美，对上司表现出来的关切略微超过了正常的上下级关系。艾希莉注意到了他脸上的表情，在心里狠狠地记下一笔——将来找个时候一定要将他千刀万剐——然后顺水推舟地露出娇羞的笑容。“求你了，”她补充道，“如果你能帮这个忙的话，我会非常感激的。”

“我也许可以设法带个小条子。”他说，声音里带着点轻蔑，又带着点不自在的怜悯，“至于信件，我可不敢保证。所有的信件都要经过国家安全委员会的检查，肯定要拖很久。从洛雷登上校那里来的任何回信同样也要——”他顿了一下，阴郁地笑了，“经过检查。如果你不接受——”

“没问题。”艾希莉坚定地回答，“我可以借用一下你的笔吗？”

职员叹了口气，又坐了下来。“用吧。”他说，“但是请尽量快点。我马上有个会要开。”

“不会耽搁太久。”艾希莉说。

我只想知道你还好吗，有什么需要我做的。我们现在有足够的顾客可以开整整两个班，大概跟你最近大出风头有关，所以我把学费提高了三分之一。我去过你的公寓，确定你的东西都在。我找人在门口装了把锁，如果你进不去别感到惊讶。要是他们允许的话，我可以把钥匙给你。开心点，出名是件好事。

她犹豫了一下。应该再补充几句吗？她想说的是，她明白他现在的感受。（但这是不可能的，他们两个都清楚这点。）算了，说多了只会让他难为情。于是她潦草地落了个款，把羊皮纸片折叠起来，递给那名职员。"你确定记下了我的地址吗？"她追问。

"我们知道上哪儿找你。"职员微微加重了语气回答道，让她感到不怎么舒服。"现在，我真的必须——"

她被打发出了办公室，目送那名职员以优雅的小碎步急匆匆地朝主回廊建筑而去。然后她慢吞吞地朝哨所方向走回去。又是一天过去了，虽然无所事事，但依旧从早瞎忙到晚。

她不想在家消磨时间，于是决定到文具区去买点东西。文书助理理所当然要有点购买文具的癖好，这也有助于他们的事业发展，因为文具代表了主人的体面。客户通常认为文书助理用的笔和墨水瓶越是昂贵越是精美，写下来的文字也越高贵。艾希莉非常乐意遵循这些陈规旧俗。不知不觉间，她在购买文具方面累计花出去的钱数额之大让她自己也吓了一跳（不过，她安慰自己，既然她买的都是质量上乘的用具，有需要的时候完全可以轻轻松松将钱拿回来）。这让她想起了另外一件事。

真奇怪，她从椅匠区走到蜡烛区，一路上忍不住沉思起来。为什么他总是一副很穷的样子？随便算个账都觉得有点不对劲。我从他的收入里提成百分之二十五就可以住在城里的体面街区，买得起以镶嵌工艺装饰的写字板和纯银的算筹。他却住在贫民区里，家徒四壁。他确实经常出去喝酒，这也算是笔大开销，不过他去的地方通常很廉价，在那些地方你就算喝到死，所花的钱也不过是高档酒馆里一杯葡萄酒的价格。他的钱到底都花到哪儿去了？

和一个人密切合作了那么长时间，却对他一无所知，真是稀奇。我们相处得很融洽，事实上，不仅仅是融洽，我们在一起总是很开心。我和其他任何男人谈话都不会像和他谈话那么轻松，他也从不令我为难……但我对他到底有多了解？他以前参过军——是啊，当然，这点现在尽人皆知。其实就算在以前，大家对他的了解也比我多得多：他在农场上长大，有数目不明的几个兄弟，至少有一个姐妹。他从来没有提起过父母，多半已经过世了，或者他只是单纯地不想提起父母而已。他认识很多人，都是同行的熟人，但我不知道他是否有朋友。他对我的情况了如指掌。当然，我的背景也没有多复杂。跟他聊天的时候，他总是看起来很感兴趣的样子，好像不理解我为什么不结婚，也没有对象。不过我想他并不是真的感兴趣。毕竟，他没什么理由要关心这些话题。

她皱起眉头，想起那名职员了然的目光。不用说，他猜错了。不过，如果说她从来没动过那种心思，那就是在说谎了。有那么一两次动心。但她没有放任自己继续深入，和那行工作的男人在一起，前途太渺茫了。比爱上水手还糟，至少水手还能时不时地回家探亲。虽说现在他已经退出那个行业了，但洛雷登“上校”这个头衔也不见得多有安全感。

她停在一家卖木碗的小摊贩对面，木碗上绘着金碧辉煌的图案。如果他得保持上校身份一段时间的话，就不能继续教剑术，那我该怎么办？这又是一件奇怪的事，以前他在法庭上工作时，我总有一份应急计划，以防万一。现在，我居然对下一步要怎么走毫无头绪。我自己一个人撑不起剑术学校，又受不了继续做律师助理。喔，真要命，我这是怎么了？

艾希莉努力控制情绪，让自己慢慢平复下来。随着心情平复，一个小小的声音开始在脑海中絮叨，茫然无措时就去买文具啊！这个建议正中下怀。她立马采纳了。

文具区的气氛变化多端，有时繁华喧嚣，有时如地狱般恶劣。导致气氛变化的因素很多，取决于你来访的时间、供求关系、经济健康程度以及城市的大环境变化。此时，华丽的遮阳篷下生意兴隆，客人络绎不绝。这热闹的场景反映了最后一个因素：佩里美狄亚城文书的心态。他们普遍认为，既然末日即将到来，为什么不趁着手头还有钱，而这钱还有购买力的时候大肆采购一番呢？其实就算不是世界末日，照样也可以找别的理由来庆祝一番，而最好的庆祝方式不就是购物嘛。文具市场呈现出一派繁荣景象，艾希莉从来没见过这么多好东西，也从来没见过价格上扬到这个地步。

这里有愈疮木和紫檀木做的书写板和记账板，雕刻着繁复的花纹，镶嵌着象牙、珍珠母以及打磨过的青金石。这里有各式各样的墨水瓶。天哪，这么多墨水瓶，有银的、金的、配有宝石瓶盖以及小小宝石底座的墨水瓶，还有拥有专利的墨水瓶，瓶身上多了个小架子，可以让你在蘸了墨水以后将多余的墨水抖掉；有将象牙以及海象牙挖空制作出来的墨水瓶以及形状千姿百态的墨水瓶，造型有玫瑰花、小猪、呈跪姿的人、骨架、马匹、女人和男孩的屁股以及教长的庆典冠冕等等。

这里有装有铰链的雪松木板。装饰着镶嵌图案，覆盖着一层乳黄色的蜡，像退了潮的沙滩那么诱人，让人情不自禁地想在上面写点什么。这里的铁笔有些美得令人窒息，有些则粗俗不堪，有些笔以长长的鹰羽和孔雀羽制作，长到每写一笔，羽毛就会戳到你的眼睛一下。这里有数不清的算筹，有银的、金的；有用来秘密计算的超小型算筹；有像碟子那么大，可能需要两个强壮男人才能抬起来的超大型算筹；有装饰得繁复精美的时髦型算筹——其中有些艾希莉还没来得及好好看一眼就被人抢购走了（真扫兴！）；有空白的算筹可以让我们技术高超的工匠将你的名字、头衔以及你喜欢的格言镌刻在上面而且立等可取；还有的算筹价格昂贵到比它们计算的数字全都加起来还要高。

这里有袖套和护目罩，有近视的人用的放大镜，有油灯和烛台，有装在讨喜的小小象牙盒里的算盘和一套迷你的便携秤。这里有羊皮纸——真是要多少有多少！世上怎么可能有这么多羊来制造这么多羊皮纸呢。羊皮纸的每一寸表面都被浮石打磨刮擦得平滑无比，薄薄的、半透明的纸张如朝霞般绚烂。

还有小瓶装的油墨粉，你能想到的颜色这里都有：青绿色、钴蓝色、绯红色、紫色、验尸官绿，以及政府黑、管家蓝、劳工橘、军队蓝、船坞褐，甚至还有价值连城的皇室金——理论上，这是违法的，哪个文书若是未经许可就使用这个颜色，会受到剁手的处罚。规避风险的方法是用掺了一点银的硫酸盐来稀释，只不过这玩意儿价格同样昂贵，而且一不小心泼洒到身上能将人腐蚀见骨。这里有修笔尖的小刀，刀片像叶子那么小，却比普通的佩里美狄亚剃刀锋利十倍。还有尺寸更大的修笔刀，爱显摆的年轻文书喜欢将这种刀挂在腰间，钻议会大厅不允许携带武器的规定的空子。

这里有珐琅油墨搅拌器和金丝油墨过滤器，有羊皮纸拉伸框和做工精致的浮石刮擦器，可以将羊皮纸上旧的字迹刮去以便再次使用。这里有封印、印匣、火漆匣、用来熔化火漆的小号保温锅和迷你酒精炉、用来非法地将火漆完整撬起的小小的薄刃、小瓶装的拓印用特细黏土，人们用它来伪造印章。这里有便携式书写匣以及可以装下所有你需要的文具的小箱子（有细小的铰链以及纯银链条连接箱盖与箱体,箱盖可以展开变成书写和计数板),巧夺天工的箱子精致得能让人猝死当场,价格只比全副武装的战舰稍微贵上一点。

没过多久,艾希莉就不得不移开目光,坐下来休息。这么多闪闪发光的物品让她目眩神迷。在佩里美狄亚,几乎人人都会读写,这是城市人乐于在外邦人面前炫耀的一点。今天的所见所闻不禁让艾希莉怀疑能读会写算不算一种恶习。

等呼吸平顺下来以后,艾希莉往书摊走去。在那里你可以买到各种格式和模板的手册,还有用于各种场合的书信范文,几乎涵盖人一辈子的生老病死、悲欢离合。她取下一卷厚厚的小册子,书的扉页上以很小的字体写着:

债权人致债务人之书信

债务人致债权人之书信

上级致下级之书信

下级致上级之书信

穷学生致富有叔叔恳求赞助之书信

富有叔叔致穷学生拒绝赞助之书信

恋慕者(男)致已婚妇人——恳求版书信

同上——心灰意冷版书信

已婚妇人致恋慕者(男)——暧昧版书信

同上——鼓励版书信

商人礼貌地请求付款之书信

绅士致商人圆滑地提出延期付款之书信

国有农场佃户上呈地区长官申请离开农场以转移猪群至位于公用区域的冬季牧场之书信

地区长官拒绝国有农场佃户离开农场以转移猪群至位于公用区域之冬季牧场的申请并提醒佃户有责任在冬季提供充足饲料之书信

求婚信

拒婚信

以自杀威胁爱人（女）之书信

鼓动求爱被拒者（男）自杀之书信

军官致阵亡将士父母之书信

其他主题之书信

每条目录的第一个字以红色标志，还标注着页号，以及对应的交互参照条目，偶尔还可以看到之前的主人以潦草的字迹将自己的精彩范文加在书里。买下整本小册子只需一个半金夸特，从此不管面对多么异乎寻常的状况，你都无须绞尽脑汁去想该说什么。艾希莉无法抗拒这样的诱惑，果断出手拿下。她先是讨价还价抹掉了半个金夸特，接着还挤对得摊主白送了一个便携式文具盒。

她坐在一张头顶有遮阳篷的长条石凳上，正打算看看《婉拒未婚侄女资助嫁妆请求之书信》，一片阴影罩在书页上。她抬起头来。

"你好，"一个背光的黑色人影说，"打扰了，你不是洛雷登大人的助理吗？"

声音的主人是一个相当活泼的女性外邦人。艾希莉眨眨眼，然后眯起眼睛仔细辨认了一会儿。"我好像见过你，"她回答，"你是那个天——"她猛地反应过来，吞下了"天赋者"这个词的后半部分。"你是那个商人的妹妹，从岛上来的。洛雷登和阿尔维斯对决那天我们在酒馆见过面。维特里丝？"

"没错。"维特里丝点点头，坐在她身边的长凳上，"很高兴你还记得我。"

"这是助理的职业技能。"艾希莉一边说一边将身子挪开一点。照常理说，她早该不记得这个烦人的女孩了，但在重骑兵出征前不久，洛雷登转述了他和亚历克修斯教长在学校里的古怪谈话，让她记忆犹新。她对眼前这个人的感觉相当矛盾：本能的反感以及无法满足的好奇心交织在一起。和洛雷登不同，她对魔法的存在和威力深信不疑，而眼前这姑娘据说是世上能力最强的女巫之类的东西。

"我来买墨水瓶。"维特里丝略带一丝困惑地说，"但这里的选择太多了，我都挑花了眼。在老家，我们只有无装饰墨水瓶和有装饰墨水瓶可供挑选，仅此而已。"

艾希莉礼貌地笑笑。"只要你记得不要按对方的叫价付钱，就错不了。"话刚说完，她想起对方是商人的妹妹，多半自己也是个老江湖，根本不需要一名击剑手的助理给出关于讨价还价的建议。"你这次待多久？"她继续说道。

"不确定。"维特里丝回答道，"我们运来了大量的蜜饯。因为这次入侵，价钱飙得很高。早知道我们就装满满两船过来了。不管怎么说，我们很快就将蜜饯脱手了。我哥哥现在正在四处转转，看看带什么商品回去。昨天一整天还有今天大半天我们都在看绳子——"

"绳子？"

维特里丝点点头。"绳子。"她重复道，"看到后来，我觉得堆着一捆捆绳子的每个库房看起来都没什么差别。阿文说，我在一旁无聊地打哈欠对他拿到最有利的价钱毫无帮助，所以打发我回旅馆等他。我就上这里来买个墨水瓶。"

"原来如此。"艾希莉说，"哎呀，那就不耽搁你的时间了。"*就算她是世上最厉害的女巫好了，但我实在受不了她。快走开吧，女巫。*"去喷水池那边的那个摊位,那里卖得比较便宜。或者去有紫色和白色遮阳篷的那个,里面有些上好的象牙制品。"

维特里丝转身对她微笑,"这方面你肯定很精通——对啊,你是干这行的。可不可以给我些建议?不然我也不知道买到的是物美价廉的货品还是彻头彻尾的劣质品。"

要不是实在无事可做,她真想找个借口离开。其实呢,她也可以实话实说,以自己有点头疼为由走开。可她却喃喃说道,很乐意帮忙,接着就带维特里丝去了那家便宜的店。一旦开始给出建议,她渐渐亢奋起来。在问过维特里丝大致预算是多少、对方给出一个数字以后,艾希莉立马改变主意,去了那家有紫色和白色遮阳篷的摊子。拿着别人的钱大肆购物让她暗爽到顾不得嫌弃这姑娘了。说实在的,对方那么认真地听她说话,真心接纳从她那里得到的宝贵建议,让艾希莉不知不觉改变了对她的看法。最终,维特里丝以一个只有一点点令人震惊的价格拿下了一个让她称心如意的、点缀着金子和珍珠的珍贵墨水瓶。她坚持要送艾希莉一件小礼物表示感谢。这让艾希莉对她的观感迅速提升。要知道,在维特里丝的概念里,一把价格抵得上一家人一个月的生活费、由凿钢和海象牙柄组成的削笔刀只是一件小礼物。

"谢谢。"她说,"你真是太好了。"

"不客气。"维特里丝回答道。她似乎发自内心地为新朋友喜欢她的礼物而高兴,"喔,这里有这么多可爱的东西!我们该找文纳德过来,你给他些建议,告诉他该买什么。在我们那儿,像这样的东西可以随便开个高价。我敢肯定比带那些破绳子回去利润要高得多。"

"啊……"艾希莉开口了,同时想象着自己踏上全新的职业生涯,成为文具进货商的助手。"不过,我对什么东西可以拿到岛上卖一无所知,我不知道他们喜欢什么。"她用手指按揉着头的一侧,疼痛让她感到有点烦躁。"我想最好让懂行的人决定该怎么做。"话刚说完，她就意识到这么说有点得罪人。

维特里丝摇摇头。"要学会如何经商，我就得亲自上手。"她说，"公平地说，这里面有我的一半份额，文不过是替我打理。可能我一辈子都领会不到一袋袋面粉、一罐罐油之类的货品的销售诀窍，但这并不表示我不能专精于工艺品。卖工艺品和卖大宗商品没什么两样，很有可能利润更高。说起来，我唯一欠缺的是对这边市场的了解。"她停住话头，转身对着艾希莉粲然一笑，"你知道吗，在这里和你相遇，也许是命中注定。怎么样？你给我出主意，我出钱买下，然后利润按三比一分成。"

"我不知道。"艾希莉说。头痛让她无法专心思考，除此之外，她还有种奇怪的感觉，好像被人推着往前走。更确切地说，好像她明明想去上游，却被水流卷着身不由己地往下游漂。话说回来，这是一项不错的商业投资（尽管她不确定自己在其中发挥的作用到底价值几何）。"好吧，如果你是认真的。不过，难道你不需要从你哥哥那里先拿点钱吗？"

"说实话，"维特里丝压低声音，略带得意地说，"不需要。天哪，千万别告诉阿文，我这回过来带了点自己的钱，就是准备万一找到什么值得投资的货品。这件事我已经考虑多时，只不过之前没找到具体方向。不，我想我会让阿文以为我买的全都是给自己用的。回老家以后如果亏损了，就不必告诉他了。如果卖得好，我就加大投资——当然，先刨去你的份额——下次来再进更多的货。以现在的市场情况，我们很快就会再来一趟的。来吧，让我们像真正的商业合伙人那样握个手，敲定这件事吧。"

"好的。"艾希莉说。她一边握手，一边忍不住想自己到底在干什么。洛雷登和我究竟着了什么魔？这个之前只见过一次的女孩，不仅帮洛雷登解了诅咒，还让我成了她的合伙人。好像洛雷登提到过什么头疼的事吧？要不是头这么疼，我可能会记起那是怎么回事。

十二

洛雷登收到小纸条的时候，正是他从牢房被释放出来、以副郡尉的身份第一次参加议会的时候。他读完留言，心里泛起一丝愧疚，然后将纸条折起来，塞进皮带里。

此时大礼堂里座无虚席，但洛雷登几乎一个也不认识。他希望这是个好兆头。就算这些都是从街头随便拉进来的路人，也比国家安全委员会原本的成员好多了。

有人领着他拾级而上，越过一排排石板凳，来到有扶手和靠背的椅子区域，这让他感到无比尴尬。这里是高层就座区，每个座位都有相应的职务刻在石头上，例如教长、城市导师、枢机长、城邦学院院长、伊莉莎地区学院院长等等。一张刻着大会总执事铭牌的空椅子显然是他该坐下的地方。他一边坐下等着有人开口说话，一边茫然地思索着谁是这个所谓的大会总执事，他到底是干什么的。

城市总督站起来环顾四周，然后向两名警卫点点头。警卫关上会议厅的大门并上了闩。"人终于到齐了。"他说，"我很荣幸地宣布，洛雷登上校同意接受副郡尉一职。现在我们直切正题，今天的议题很简单：应当采取什么样的措施来保障城市的安全？"他转向洛雷登，点头示意，"上校，"他说，"该你上场了。"

洛雷登迟疑了一会儿。万一总督指的是别的上校呢？然后他站了起来，两膝有点发软，但转念一想，过去在大庭广众露面，通常需要面对一个想要干掉他的击剑手，现在这群人最多朝他扔苹果。这么一想，他就不紧张了。

"先生们，"他开口说道。*喔，天哪，我该说些什么？* "感谢你们对我的信任。虽然我自己不怎么赞同你们的意见，但目前不是考虑这个问题的时候。关键是，我对部落民族有所了解，所以你们才向我征询加强城市防卫的意见。这方面我的确有些想法，如果你们愿意听一听的话。"

他顿了一会儿，深吸一口气继续说。"城里每个人，"他说，"从小就对一个观念笃信不疑，那就是，因为有城墙和港口，我们完全不需要担心来自内陆的攻击。草原人不怎么喜欢我们，也许有他们的理由，但他们只是一帮野蛮人，永远不可能攻破或者翻越我们的城墙。围城这招对我们没有用，因为我们的物资来自海上，而部落民对船只一窍不通。因此我们只需要稳住自己，等他们自行散去即可。"

他环顾四周，点点头。"这么想也没有错得太离谱。"他继续道，"因此，我们之前才不需要一支可以对外征战的军队。至少，在我们放弃建立一个从这里横跨萨林山脉的陆上帝国以后，远征军就成了多余的存在。以前我们有麦克森。麦克森在世的时候，他的威名让草原人闻风丧胆，不敢踏进以城市为中心的方圆六十里的地界，生怕被剁成肉酱。我还记得，当时所有人都为此沾沾自喜。现在想来，如果不是因为麦克森和"干草叉"，我们今天也不会落到如此地步。这么说似乎有点放马后炮的嫌疑,但现在的情形是,草原人中出了个煞星族长,为了避免重演麦克森事件,决定要把我们从地表上全数抹去。本来这阴谋是无法得逞的,但显然城市人教会了他们怎么建造重型器械以及攻城器材。这才是令人担忧的地方。"

会议厅里鸦雀无声,没有人挪动,没有人和邻座交头接耳,甚至没有人往窗外张望。洛雷登大为惊叹,也许大家终于开始重视眼前的问题了。

他继续说道:"尽管熟知历史,但我不记得以前有装备先进的军队攻击过我们那雄伟壮观的城墙。因此,城墙是不是真的坚不可摧,我们无从得知。我建议先假设并非如此,然后换位思考,想想对方要如何攻破佩里美狄亚城。各位有什么看法?"

他双臂交叉等待着。台下的听众沉默良久,搞不清这是不是一个无须回答的反问句式。接着,在会议厅后方大致正对着洛雷登的位置上,一名满脸胡子、腰圆膀阔的矮个子站了起来。他看起来有点眼熟,洛雷登猜想他也许是个工程师之类的人物。

"这个问题的答案很简单。"他说,"三个方式:一,摧毁城墙;二,翻越城墙;三,在城墙底下挖地道。"他补充道,"简单,但不容易,你懂我的意思吗?"

洛雷登点点头。"好,"他说,"我们一个一个来。摧毁城墙,我想你是指用扭力机械、石弩、重力投石机之类的攻城器械,对吗?"

工程师点点头。"还有攻城锤。"他说,"不过,使用攻城锤必须过河,因此要么他们自己建一条堤道,要么将攻城锤用浮桥载着从上游运过来。两个方式都不算容易,但都可行。"

"是的。"洛雷登说,"你是……"

"卢卡斯·格兰希斯,城市工程局副工程师。"满脸胡子的男人回答道,"负责维护城墙、哨塔以及安置于陆上城墙的固定器械。"

"很高兴认识你。"洛雷登说,"我需要你完成以下任务。我不了解抛石机对厚重石墙的破坏力到底有多大,所以我需要一些数据和事实,比如射程、攻击力、发射速率以及其他能描述不同等级器械攻击力的指标。我们不知道对方具体有哪些攻城器械,但可以假设他们模仿了城里的。了解了这些机器能造成的破坏程度,就知道如何反击。同意吗?"

格兰希斯点点头。"我尽力。"他说完坐了下来。

洛雷登深吸一口气。"很好,有进展了。"他说,"这里有没有人可以提供防御工事的等比例图纸?"

台下众人一动不动。接着,一个坐得相当靠前的非常年轻的小伙子站了起来,说道:"我可以帮上忙。"

"你是?"

"提莫里昂·穆林,"年轻人回答道,"测绘局的。我负责下水道和洪水预警。我们的办公室保存了很多详细的地图,应该有所帮助。"

"很好。"洛雷登说。穆林松了口气,坐了下来。"这里有军械厂的人吗?"

站起来的男人是个矮个子,秃头,还略有点驼背。"提奥德里克·蒂仑。"他说,"我制造射石车。"

"正是我们需要的专业。"洛雷登赞赏道,"我要你和那边的提莫里昂以及格兰希斯副工合作,画出目前所有已安置好的固定器械所能覆盖的火力范围,以及所有可以通过升级火力范围来涵盖的盲点区域。如果他们的攻城器对我们有威胁,最好的解决方案就是在他们动用这些机械之前打掉。"他转向左边。"总督阁下,"他说,"提到这个,我想和所有的职业炮兵队长会面,了解一下目前炮兵队的能力,制订出相应的高强度训练计划。我们必须提高炮弹打击的精准度,不然就纯粹是浪费时间。"他停住话头,吸了口气,在脑子里将之前说的几点过了一遍,"好了,这是敌方的第一种攻城方式,如果没有人提出补充意见的话，我们就谈谈第二种，攀登城墙。"

议政大厅里的气氛随着他的讲话在慢慢改变，最初是好奇，现在则是心甘情愿地接受这些直接分配的工作。他想不通，为什么大家对他言听计从，仿佛他是某个睿智伟大的将军似的？难道他们看不出来我在一边讲一边信口编造吗？难道之前从未想过采取任何措施？老天啊，为什么一夜之间我成了拿主意的人？

"下一条，食物配给。"他听见自己说，"我知道我们的储备量相当宽裕，而且总督办公室已经下令在公开市场上大量采购，所以这方面不成问题。但我认为有必要了解一下具体有多少人需要养活，以及我们打算如何组织食物的分发。这里有没有总理办公室的人？很好。我知道上次人口普查是很久以前的事了……"

听听你自己在说什么吧，行吗？你什么时候成了天生领袖了？说实话，你对玉米供应一无所知——正因如此，我才需要了解一下啊。

那些政治斗争都去哪儿了？天哪，怎么没有人提出异议？

可见目前的形势有多严峻。

忽然间他意识到自己已经无话可讲了。他觉得很尴尬，因为他不知道如何收尾，好让自己重新坐回去——哎呀，不知道怎么收尾才正常好不好，老天，我只是个区区击剑手。再说，他连做总结的基本技巧也不会。因此他只能再次点点头，转向总督。

"我讲完了。"他说，"该您了，总督阁下。"

总督站了起来，看起来有点吃惊。"谢谢，洛雷登上校。"他说，"这个嘛，看起来大家手上都有不少工作要完成，因此我建议休会，明天同一时间继续。各位自便。"他点了点头，大家纷纷站了起来，互相聊开了。突如其来的喧闹以及热闹的人群让洛雷登联想到从麦茬地里呼啦啦飞起的鸦群。他留在原地，打算让自己清净一下，好好想想。

"恭喜你，上校。"是那个蠢货总督，只见他竖着两条粗大的眉毛，对洛雷登怒目而视，"你成功地把自己变成了城里最重要的人。"他停顿了一会儿，想起到震慑的作用，"当然，排在我之后。你要牢牢记住这一点。"

哎呀，天哪，赤裸裸的威胁。总算知道是怎么回事了。"想换人来干这份工作吗，总督大人？"他厌倦地说，"随你的便吧。我还在琢磨刚才那番话是打哪儿学来的呢。"

总督一根眉毛竖了起来。"我以为你已经跟着麦克森将军学会了处理行政事务的常识。"他说。

"啊。"洛雷登忍俊不禁，"原来我们那会儿忙的是那档子事。真奇怪，我怎么只记得辗转难眠的夜晚和打打杀杀呢。不过，我想你说得对，这些都只是常识。既然大家都不知道怎么解决眼前的危机，那最好在做之前尝试一下，找到解决办法。这就是你把烂摊子推给我的原因吗？"

总督坐在他旁边，贴近他的耳朵，"这是其中一部分原因，最主要的是政治考量。我承认这是一个草率的决定，想必你也心知肚明。理由很简单，你曾经是一名军官，如今却是无名小卒。将统筹城防的大权交给像你这样毫无政治背景的人，显然是最安全的做法。"他露出了令人不快的笑容。"你不可能支持某个派系，也没可能大权在握成为军事独裁者。你知道，我们做事情总得先权衡利弊。"他和蔼地补充了一句，"再说，你也相当能干嘛。正如我刚才所说，这不过是常识罢了。"

总督离开，和别人聊了起来，并不知道自己在这么点时间里被诅咒了多少次。洛雷登打定主意不再去想他的话，决定试试能不能溜到城里去，甚至回家休息一个钟头。但就在这时，他发现教长在召唤他。他轻叹一口气，穿过会议厅走到教长身边。

"总督正在解释我拿到这份工作的原因。"洛雷登说,"显然是因为我毫无背景之类的。有他这样的人总揽大局,我倒是很奇怪我们居然没有尝试外交手段。他来担任外交使节简直是如鱼得水。"

"这座城市有那么多机灵的蠢材,我也叹为观止。"亚历克修斯回答,"我认识波列龙多少也有十五年了。他一辈子都在钻营,现在终于上位,成功将自己的无能暴露在众日睽睽之下。"

洛雷登满脸疑惑。"波列龙?"他问道。

"梅勒斯·波列龙,我们的总督大人。"

"噢。"洛雷登耸耸肩,"看到了吧?我连这些人的名字都不知道。事实上,就连他是做了很多年总督,还是上个月刚刚就任都不了解。说起来,大部分市民应该也一无所知。"

亚历克修斯握起拳头,用指节挡住一个呵欠。"如果能安慰到你的话,"他回答道,"今晚太阳下山前,城市里每个人都会知道你的名字。"

"不,"洛雷登郁闷地说,"安慰不了。"

文纳德有点头晕目眩,勉强找路回到小旅馆(循着气味走到河边,在第二个路口转弯,然后马上左转),要了一小壶苹果酒。

他刚刚发现,绳子,不仅仅是简单的绳子。事实上,它已经成为一个深奥而又复杂的课题,一百名学者穷尽一生,也无法道尽关于绳子那伟大而奇妙的奥秘。这说的是佩里美狄亚的绳子。至于他老家的绳子嘛,按直径可以分为粗、中、细;按手感可以分为扎手的和顺滑的;按价格可以分为便宜的劣质品和昂贵的上等货。反正甭管你想要什么样的,能买到的就这么几种。这座城市的制绳走道他逛了整整两天,算是大开眼界。刚来的时候,他自以为挺了解绳子的,逛完以后发现自己什么也不懂。不过,至少他意识到了自己的无知。

他还没有买下任何一种绳子，不过他发誓，明天一早，一定要去进一批货。随便哪一种，只要便宜就好。毕竟如果他都不懂这里面的门道，就别指望他的买主会懂。

他一边将酒壶放在火炉的挡板上加热，一边想，多亏了导览服务，他长了好多见识。而学到的知识总不会白白浪费。他现在知道绳子分麻绳、草绳、麻草混编，还有用各种不同的动物毛发编出来的（正式名字他记不起来了，反正不叫绳子）。有便宜得不得了的丝绳，还有所谓的廉价绳，比他预期的进价要贵很多。在这么多种绳子当中，他最想进的是一捆捆的盘索，也是卖家急于向他推销的货品，只不过某些小细节没有谈妥——比如价格——让他们无法成交。

他将壶里的酒倒出一半，喝了几口，尝出了一点肉豆蔻的香味。这份精致就是城市生活最让他喜欢的一点。他忽然意识到，自己似乎弄丢了什么东西。

他的妹妹。

他放下酒杯，站了起来，不知道该做些什么。脑子里出现的第一个念头是她出事了——一个天真的女孩，孤零零地游荡在堕落的、错综复杂的城市里。他当时是怎么想的，居然让她一个人走了？即使在恐慌中，他心里仍然有一个理性的声音指出，维特里丝其实根本不是什么天真的小女孩，而且，心里再不愿意也得承认，跟岛上比起来，佩里美狄亚倒是相当安全的地方，尤其是晚上。不过城市这么大，该从哪里开始找人呢。这是个大问题。他坐了下来，喝了一大口酒，清醒一下脑子。

早在四个小时之前，她就该直接回到旅馆了。到现在还没回来，不是死了就是在逛街。

脑子里那个烦人的声音还在继续：不管是出事了还是在逛街，如果像无头苍蝇般到处乱转，找到人的概率相当小。更合理的做法是，保持镇定，坐在这里继续等，直到她自己回来。文纳德不知道该怎么办，只好将脑海里出现的悲惨画面尽力驱赶出去——浑身是血的妹妹躺在小巷里（临死前还有气无力地呼唤着他的名字）。他将壶里的酒喝完。已经付了钱，不喝完实在太浪费了。这是上好的苹果酒，醇度高却不上头。正打算再来一壶的时候，他听到另一个房间传来一阵响亮而悦耳的熟悉嗓音。他跳了起来，差点被卧在脚下睡觉的狗绊倒，一边骂骂咧咧一边冲了过去。

他的妹妹在那里，身边是另一个看起来有点眼熟的漂亮姑娘。他松了一口气。有外人在场，自然要展现一下风度，一小壶上好的苹果酒也平息了哥哥因忧心妹妹而起的恼怒。他走过去，挥手打招呼。

"嗨，文，"维特里丝说，"对不起啊，我逛街逛得忘了时间。"

"我想也是。"文纳德轻松地回答，"呃……"

"这是艾希莉。"她连忙介绍，漂亮姑娘礼貌地微笑着，"你记得吗？我们去法庭旁听那天在酒馆碰到的。"

啊，对了，想起来了，那个击剑手的助理。"你好，"文纳德说，"很高兴再次见面。"他心中暗道，真是个十足的大美人。维特里丝忙着解释她们是如何在文具市场巧遇，艾希莉又如何好心地帮她挑东西，因此她邀请艾希莉一起回来吃饭。文纳德也认同这是应有的礼仪，还开了个不怎么好笑的玩笑，说要维护岛民好客的美誉。同时，他心里不禁犯嘀咕，一个未婚姑娘在天黑以后和没见过几次的熟人在酒馆里用餐，是不是有点不妥呢？后来他索性不琢磨了。他怎么想有什么关系？眼前这个不正在做他认为不太妥当的事吗？

晚餐很美味，不愧是城市里最好的旅馆之一。先是一道烤鹌鹑配白面包卷，再是一道以葡萄酒汁烹制的大条红鲤鱼配酸豆，然后就是不可错过的佩里美狄亚主菜"桌子"。所谓"桌子"是一块和他们围坐在一起的桌子直径一样大的未发酵的圆形薄饼。上菜的服务生从热腾腾的巨型汽锅里舀出一勺勺奇怪的、五颜六色的混合物，浇在平坦的饼面上。最终，文纳德和维特里丝两个人加起来也不过解决了三分之一块饼，而他们的客人却毫不费力地将剩下的全包了。事实上，她比他们更早吃完大饼。他们两人还在努力对付手指间的小小卷饼时，对方已经在愉快地推荐蔓越莓酱做的甜饺子了。*不管我来多少次*，文纳德想，*我还是没能习惯他们的饭量。在兵临城下的时候，这样的饭量就颇为有趣了。同样的危机也创造了百年不遇的商机。*

首要任务是阻止艾希莉将话题转到甜饺子。因此，文纳德先发制人，问起了律师行当的现状。

"噢，跟以前差不多吧。"艾希莉回答，"其实我们现在转行了。我是说，洛雷登退出了律师圈，开了一家培训学校，教年轻的准律师们如何击剑，我仍然当他的助理。"她皱起了眉头，"不过，目前情况又有了新变化。他现在为安全委员会工作。"她犹疑地补充，"你知道，我们袭击了他们建造攻城器的营地。不幸出了点岔子，我们这边很多人被杀了。多亏了洛雷登，才没有遭受更大的损失。"

维特里丝抬起头，目光锐利。"太好了。"她说，"噢，天哪，我都说了什么，对不起。我是指他成为救世英雄这一点真是太好了。等我们回家以后可以跟别人吹吹牛……"

"请原谅我的妹妹，"文纳德打断她，"我每次带她出来，她都会到处惹是生非。"他绷着脸看向饭桌对面，继续说道，"你认为现在的局势有多严峻？谈起这个话题，人人都表现出大祸临头的样子，但在行动上，他们却像没什么大事发生一样。当然，物价的确发生了变化。尽管如此，给人的感觉倒像是借用这场危机来刺激贸易。"

艾希莉耸耸肩。"我不知道。"她说,"我们以前从来没遇上类似的状况。很难想象我们的城墙会被人攻陷,更别提这些人,说实话,比野人好不了多少。说是这么说,真的不当一回事那才是疯子。"她转头望向别处,"毕竟,他们确实用实力碾压了我们的远征军。大家的看法是,这次是我们的将军自己把事情搞砸了,一脚踏进了陷阱,因此单凭这次的失败不能说明对方的实力。你懂吧?如果我们这边没有犯傻,谁输谁赢就说不定了。"

文纳德点点头。"这个嘛,"他说,"恐怕只有时间能证明。你们对这些草原人很了解吗?应该是吧,毕竟以前和他们有过冲突。"

"不,不怎么了解。"艾希莉承认,"说实话,我们对佩里美狄亚之外的任何事物除了有一点好奇,并没有太大兴趣去深入了解。之前根本想不到类似的事情会发生。我们其实对草原人很友好。他们当中有些人甚至住在这里,也在这里工作。这不算什么,毕竟全世界的人都会来我们这儿。"

文纳德点点头。"佩里美狄亚人的宽容世界闻名。"他简明地总结,"看起来这次你们的宽容害了自己。说到底,他们本身是野蛮人,现在居然造起攻城器来,一定是这里的人教的。"

他的话换来的是冷眼。"那我们该怎么办?"她反驳,"难道要把知识和技术严格保密,防止被人用来对付我们吗?我们是一个以贸易和制造业为主的国度,这么做就是自取灭亡。排斥外邦人的结果也一样。这点,尤其是你本人,应该更有体会才是。"

有道理,他暗自承认。至少她很有教养,没有当面点出大部分岛民三代以上全是海盗,曾经几次试图要攻进城市。他决定换个话题。

"说到贸易,"他说,"你对制绳业没什么了解吧?"

艾希莉看着他,咯咯笑了。"真是够巧的,我还真懂。"她回答道,"我们有个做绳子生意的常客。你想知道什么?"

维特里丝的注意力在政治话题出现的时候就开始涣散，等到他们开始聊起绳子（马鬃绳弹性好，纯麻绳更便宜而且质量也不差，不过得防着他们拿那种帆工绳来糊弄你，那不是纯麻的），她彻底失去了兴趣。很快，房间里的暖意以及舒服的饱腹感让她打起盹来……

她一下子出现在别的地方，这让她有点不安，但很快，潜意识便将这个场景定义为梦境。令人困惑的是，她似乎仍然坐在旅馆的餐桌旁，桌上满是面包屑和食物残渣。文和她的新朋友也在那里，仍然在热烈地讨论着绳索，忽略了周围的一切。但桌子周围还坐着其他人，她一眼就认出了他们，好像这些人是很熟悉的朋友似的。面带忧虑的男人是巴达斯·洛雷登。是的，她的确认识这个人。很遗憾，也认识他的哥哥高戈斯。之前她跟高戈斯单独相处时没注意到，但一旦他们俩同时出现，她就很容易看出两个人之间相似的家族特征。他们有着一模一样的鼻子，下巴的肌肉都很有力，最引人注目的是他们那敏锐的、善于观察的眼睛。洛雷登家族的眼睛并不浪漫多情，也并不特别吸引人。他们眼神坚定但不冷漠，眼珠是深棕色的（艾希莉有一双碧绿的眼睛，真见鬼，有些女孩的运气真是好过头了），两兄弟眨眼的频率都不像一般人那么频繁。另一件奇怪的事是，高戈斯告诉过她，他和他弟弟互不搭理，现在他们却像所有的亲兄弟一样轻松愉快地聊着天。真可惜她听不到这两个人在说什么，她觉得不管聊什么话题都比聊绳子更有趣吧。

在高戈斯的左手边坐着一个女人，夹在高戈斯和文中间，也是洛雷登家族的人，有着同样的鼻子和下巴（在她的脸上显得有点突兀）以及让人一眼就认出来的眼睛。她比两兄弟年长，说是他们的母亲吧，又显得太年轻了。因此维特里丝猜测她要么是姐姐要么是小姨。很有可能是姐姐，这么相似的家族特征只有直系血脉才合情合理。她一言不发，维特里丝正准备和她说话，她却忽然消失不见了。取而代之的是一个她从未见过的年轻人。他看起来不到十八岁,个子稍矮,比其他人更瘦小白皙一些,五官小巧圆润,显得很孩子气。不知为什么,她知道这个年轻人来自草原部落。他们不是正在讨论草原人吗,她吃得太饱睡着了,这就是年轻人出现在她梦里的原因吧。

她饶有兴趣地打量着他,她以前从没接触过真正的蛮族。他看起来没什么特别的,一点也不野蛮。他的头发有点油,不过梳得整整齐齐。也许这是某种头油之类的保养品,梦中闻不到气味,她无法判断这是某种精油还是发膏。他穿着一件相当朴素的长袖衫,近看才知道是上好的鹿皮缝制的。因为桌子遮挡,她看不到年轻人下身的穿着。无论如何,他在礼仪方面还说得过去。他一动不动地坐着,两只胳膊基本没有搁在桌子上,似乎正在礼貌地倾听那个了不起的绳索的话题。他看起来像是某人的学徒,维特里丝想,因为被师傅看重才获得特许参加晚宴。

没有其他人和她聊天,她决定主动和这个年轻的野蛮人搭话。她露出一个笑容,和年轻人眼神交汇。对方也友好地回以微笑。

"别告诉我你也对绳子着迷。"她听见自己说。

"大部分内容都是听过就忘。"他承认,"不过当别人讨论他们熟悉的专业时,听听也无妨。这样可以长点见识。学到的东西总不会白白浪费。"

维特里丝莞尔一笑。"你听起来就像我哥哥。"她说,"我哥哥最喜欢说这句话了,大概因为这个,我才梦到你说这句话。"

"有点道理。"野蛮人回答道,"凑巧的是,我正需要了解关于绳索的知识。你看,我们正在大批量制造扭力机械——射石车之类的——需要绳子驱动抛杆,把它拉起来。我们那儿没人知道哪一种最适合。我觉得应该是某种既有韧性又有弹性的绳子。"

"啊。"维特里丝点点头,"我可能帮得上忙。就在我对他们的谈话失去兴趣之前,那边的那个女孩跟我哥哥说马鬃绳的弹性最好。这对你有用吗?"

"很有用。"

"噢，太好了，免得这些知识浪费在我身上。不管怎么说，马鬃绳最适合，如果弄不到，纯麻绳也不错。不过你要尽量避免使用帆工绳。"

"哦，"野蛮人的眉头微微皱了起来，"真奇怪，我听军械厂的人说他用的正是帆工绳。不过这对我意义不大，因为你就算用帆工绳打个套索把我吊起来，我也认不出来。"

维特里丝咯咯笑了。"快别这么想。"她说，"现在，如果你不介意的话，把绳子的话题彻底推到一边，谈谈别的行吗？其实，不介意的话，我想问你一个问题。"

野蛮人耸耸肩，"问吧。"

"好。我很好奇，你们到底不喜欢这个城市的哪方面呢？我的意思是，既然不惜一切要摧毁这座城市，一定对它深恶痛绝吧。或者说，你们就是喜欢破坏，属于某种文化劣根性？"

"不是这样的。"野蛮人回答道，"我是说，我们内部偶尔会互相争斗，但总体是平和的。和你们的祖先不同，我们绝对不热衷于烧杀抢掠。那些金银珠宝家具之类的东西对我们来说都是不可携带的累赘。我们和城市人有仇，必须摧毁它，就这么简单。"

"真的吗？"维特里丝挑起一根眉毛，"什么仇？"

野蛮人拉长了脸。"我不想说。"他回答，"你真想知道，为什么不问问这两个人呢？"

维特里丝还没来得及问是哪两个人，那个年轻人便不见了。文纳德正在用食指捅她的肩膀（小时候他总是这么捅维特里丝，那时候维特里丝特别讨厌他这么做），让她醒醒，时间太晚了。

"不想醒。"她睡意蒙眬地嘟囔着，发现洛雷登兄弟也消失了。"天晚了就睡，天亮才起床。"

文纳德叹了口气。"我刚才说过，"他对正在窃笑的艾希莉说，"你一定要原谅我妹妹。我真不想带她出门。"

正在篝火边打盹的特姆莱忽然清醒了。"马鬃。"他说。

安纳凯叔叔从杯子上方看向他。"你说什么？"他问道。

"给射石车用的。"特姆莱解释道。他摇摇头，觉得有点晕，这是喝多了，"我刚想起来。我们应该用马鬃。"

安纳凯耸耸肩。"你是头领，你说了算。"他回答道，"我们不缺马鬃，不过要让大家同意你从他们的爱马头上剪几撮毛，可得费老大的唇舌。"他抚着下巴，"看来我们要掀起一股短马鬃和短马尾的时尚潮流。为了赶时髦，他们什么都愿意。"

"好主意。"特姆莱说。他隐隐觉得自己刚才做了个梦，但醒来后总是很快就把梦的内容给忘了，"我现在只想睡觉，刚才醒来的时候头很疼。"

安纳凯叔叔笑了。"那你就快睡吧。"他回答道，"你该好好休息一晚了。哦，对了，谁是洛蕾登？"

"我不知道。"特姆莱皱起眉头回答道，"我该知道吗？"

"你在睡梦中不停地嘟囔着这个名字。肯定是个女孩。"安纳凯叔叔笑着补充，"毕竟这是个女孩儿的名字。"

特姆莱沉思了一会儿，摇摇头。

"没听说过。"他说。

十三

　　第二天一早,脑袋还嗡嗡作响的文纳德带着鼓鼓囊囊的腰包出发去了制绳街。

　　制绳街是佩里美狄亚一景。这个区占地面积大,街道宽敞。因为没有络绎不绝的马车和手推车的遮挡,两旁的建筑物一览无余,这一点和其他街道大不相同。这里的气氛相当宁静,几乎像公园一样,唯一让人扫兴的是刺鼻的柏油味。尽管街道宽敞,人们却不能在正中央行走,只能沿着街道两边,不时躲闪制绳工匠,以免妨碍他们干活。他们将一束束的线套在短短的木头柱子上,从街道的一边拉到另外一边,十股、十二股,甚至三十股细线交缠在一起,变成一根根坚固柔韧的绳索。乍一看,像是街道被一只邋遢的巨大蜘蛛的网给笼罩住了。

　　根据刚刚获得的专业建议,文纳德决定向一个名叫维塔尔·奥特南的商人下单。他记得这人曾夸耀过自己在马鬃长绳方面的技巧。此时奥特南正坐在店铺外面，两脚翘在一个木纺锤上，手里拿着一杯苹果酒。

"早上好。"文纳德精神奕奕，"你还记得我吧。我来买些绳子。"

奥特南看了他一眼。"那你走大运了。"他说。

"什么？"

"我说，那你走大运了。"奥特南一边重复一边挠挠耳朵，"抱歉，今天没有绳子可卖。"

文纳德皱起了眉头。他对大部分讨价还价的伎俩相当熟悉，这一招倒有点新奇。"没有绳子可卖是什么意思？"他问，"昨天你还有大量的库存呢。"

"昨天是有啊。"奥特南说，"结果，在关门前一个小时左右，政府的人来把库存都拿走了。一寸不留。"说到这儿，他皱起眉头，"给了我一张小纸条，说是在适当的时候政府会以官定价格支付费用。换句话说，我的货被征用了。棒极了，不是吗？"

"可是……"文纳德的手垂了下来。"其他人呢？"他说，"肯定还有其他……"

奥特南摇摇头。"他们扫荡了整个区，好像蝗虫过境似的。"他阴郁地说，"将我们的库存全部清光。说是给射石车用。"他补充道，仿佛那是他听过的最荒唐的事情。"伙计，恐怕你今天运气不好。你昨天就应该下单的，我不是敦促过你吗。要是昨天你买了，你就可以拿到绳子，我就可以拿到货款，皆大欢喜。"

文纳德思忖片刻。"好吧。"他说，"你为什么不去做更多的绳子，却在这里无所事事？他们把你的原材料也征用了吗？"

"没有。"奥特南回答，"但我干吗要去干活呢？甭管我做出多少，都得卖给政府，不然他们就会把我关进大牢，罚到我倾家荡产，因为现在属于紧急时期。"他撇撇嘴，吐了一口唾沫，"得，他们规定他们的。等我看到钱——真正的钱,不是纸条之类的——我才会动手做更多的绳子。在此之前,让他们自得其乐去吧。我的原材料在箱子里放一星期又不会变质。"

在整个区匆匆转了一圈之后,奥特南的话得到了印证。除了几百码被政府拒绝征用的湿乎乎的发霉的烂绳子,什么都没剩下。文纳德也不想买那堆东西,灰心丧气地回旅馆去了。

"真烦人,"他将结果告诉维特里丝后,维特里丝说,"浪费了这么多时间和精力去调研。要是你当初果断一点,碰上第一家卖绳子的就出手拿下,那你现在可就相当于垄断了全世界的绳索贸易,价钱随便开。"

文纳德对她怒目而视,这让她咯咯笑了起来。"很高兴你认为这件事有趣。"他怒气冲冲地说,"等我们空手驾船回去时,我看你还笑不笑得出来。"

"但是我们不会空船而归啊,不是吗?"维特里丝回答,"改买别的货品就可以了。难道你就没想到这点吗?"

文纳德坐下来,脱下左脚的靴子,从制绳街走回来的时候,里面有什么东西一直硌脚。"哦,是嘛,你有什么具体的建议?难道我为了你在外面奔波劳碌的时候,你悄悄去研究了市场——"

"有很多值得买的东西。"维特里丝用耐心得让人讨厌的语气说,"只要价格合适。"

"那你说啊。"

维特里丝点点头,"地毯。"

"地毯?"

"地毯。"她欣赏了一会儿手指甲,继续说,"你知道我们岛上的地毯都是打哪儿进口的?"

文纳德想了想。"从布勒米拉。"他说,接着又补充,"直接进口。"

"很好。不过你忙于死记硬背十二股纯麻绳之类的东西,没注意到这里卖的布勒米拉地毯比我们那儿质量更好，价格却只有我们的三分之一。"

"哦。"文纳德挠挠头，追问了一句，"你确定吗？"

"千真万确。昨天我想买条新的挂毯，换掉我卧室墙上破破烂烂的那条，买的时候注意到了价格差别，于是和艾希莉聊了起来，她将来龙去脉告诉了我。是这样的，佩里美狄亚人的红酒都是从中邦进口的，但为了省钱，他们会用自己的酒桶来装酒。佩里美狄亚的桶板比我们那儿便宜多了，因为都是黑斯查亚人当作货船压舱物运进城的，对他们来说几乎等同于不要钱。他们拿桶装酒和布勒米拉人交易地毯，之后自然能用比我们低的价钱把地毯卖掉。而且他们比我们挑剔，坚持只要好东西，我们岛上能买到的都是佩里美狄亚人不要的次货。"她打了个呵欠，"这叫国际商贸。"她用令人受不了的语气加了一句，"等研究完绳索问题，你该花点时间学学这个。"

"地毯。"文纳德说，"好吧。你想过我们那穷乡僻壤能卖出多少地毯吗？销量不会太高，对吧？"

"要是能提供物美价廉的商品，"维特里丝回答，"销量就不会差。大家不愿意花大钱买二等货，这很正常，如果换成好地毯——"

文纳德摇摇头。"我不打算把老本压在你和你新朋友逛街时冒出来的点子上。"他嘟囔道，"有可能的话，我打算去见见那个叫洛雷登的人。"

"洛雷登？"维特里丝猛地抬起头，"为什么？"

"我们认识的人中，只有他在政府部门工作。"他回答，"动动脑子好吗？他们采购了市面上所有的绳子，但其中有很多种并不适用于射石车，我推测他们会将用不上的卖出。除非，"他脸上挂着狡黠的微笑，"有人抢先向他们购买。想想看，便宜的政府剩余物资，最好的质量，集中在一个出价谨慎的卖家手里！国际商贸的秘诀就是在每一次灾难中寻找机遇。再加上，"他补充，"充分了解你要买卖的货品。对我来说，就是了解绳子。回见，别到处乱跑。"

跟维特里丝吹嘘这个主意时，他觉得十拿九稳。到了议政大厅，仍然觉得颇有把握。等到他在某个办事员的办公室外等了一个小时，又被派去大厅另一头，取得另一名办事员的许可时，他开始觉得自己的点子蠢透了。就在他筋疲力尽，宁愿放弃将来绳索生意的丰厚利润，换取一张清清楚楚标有出口的大厅地图时，他撞上了一个熟人。

"对不起，"那个人说，"我刚才没看路。"

"你是巴达斯·洛雷登。"文纳德说，"我正在找你。"

"好吧，你找到了。"他说，"我好像在哪儿见过你，不过我不确定——"

"我们在酒馆见过。"文纳德回答，"当时我妹妹也在。你那时刚刚和一个叫阿尔维斯的人打完官司。"

洛雷登笑了。"想起来了，"他说，"我就知道和酒馆有关，只不过在酒馆遇上的多数是我想方设法要忘记的人。我能帮上什么忙吗？"

文纳德那汹涌的交易欲望突然退缩了。他打的这个算盘恐怕是违法的，看起来很糟糕，极不道德，而且急功近利。看吧，他和城市里最高级别的政府人员有那么点交情，却为了这个在倒卖绳子上大捞一笔的渺茫机会，破坏好不容易搭上的关系。然而，现在想改主意已经太迟了。他深吸一口气，开始滔滔不绝地推销他的点子，过程中不忘加以润色，添了诸如"如果你认为这个主意不错，而且符合规定"之类的客气话。他一口气说完，紧张地将重心压在一只脚上，惴惴不安地等着洛雷登叫警卫。

"这样啊，"过了一会儿，洛雷登说道，"你可算是帮我解决了一个大难题。军需处那帮小丑只负责清点货物，不负责用车子将货物送回去。因此要么由我们将用不上的东西还回去——这么做并不容易，因为他们没有在桶上标明原主人是谁——要么等制绳工匠出示代价券时全额付清欠款。这两个办法做起来都有难度,把多余的货卖掉看来是个好主意。"他停住话头,"你想全部都拿走还是只买一部分?老实说,我更倾向于将剩余物资打包卖出。"

文纳德舔了舔嘴唇,觉得口干舌燥。"我当然有兴趣全部买下。"他顾不得脑子深处冒出来的疯狂抗议,"只是这取决于,呃,价格。"

洛雷登点点头。"恐怕我们得严格按估价来。"他说,"军需处的估价员会算出需要支付给工匠的价格。你要是能付这个价,让我们达到收支平衡,那就万事大吉。我知道通常政府部门的采购价介于成本价和市场价之间,取一个中间点。我希望你能接受这个价格,因为我不敢把价格压得更低。"

佩里美狄亚所有的中低档绳子,低于市场价……"好的。"文纳德低声说,"行,我很乐意。"

洛雷登看起来松了一口气。"又少了一件需要我操心的事。"他一边说,一边揉着太阳穴,似乎头痛得很,"在这里碰到你真是太好了。哦,另一件事,如果你能先预付,呃,四分之一的货款,剩下的在一个月内付清,你就算帮大忙了。你知道,我脑子有点乱,越来越分不清敌人和审计员了——两个都是不敢惹的,而且审计员知道我住在哪里。"

文纳德正在琢磨以他的船为抵押多快可以筹到全款,他重重地咽下一口口水,"没问题。"

"你确定吗?"

"有必要的话,我现在大概就可以预付四分之一的货款,当然取决于总价是多少。"他立即补充。

"太棒了。"洛雷登说。他闭上眼睛又睁开,似乎光线让他的眼睛很不舒服。"大概是早上没睡醒。"他解释道,"听着,如果你有空,我们现在就可以到军需处拟定合同。怎么样,你急着赶去哪里吗?"

跟着洛雷登行走在老鼠洞般错综复杂的过道和回廊间时，文纳德想：老天保佑政府部门。他们是如此拖沓、如此无能、永远都在耗费资源。我可以在剩余的货款到期之前就把整批货物卖掉。不知道他们还有别的剩余物资？

"他们今天就估价。"回到旅馆，他告诉维特里丝，"明天就能将货物交付给我们。你相信吗？他们甚至会将货物运到港口，还帮我们装上船。我把身上的现金全给了他们，算作四分之一的预付款。货物一上船，就可以运回到老家开卖。这太疯狂了，"他补充道，"事情解决得太快，顺利得让人相信真的有奇迹。"

"噢，太好了。"维特里丝回答道，"这么说你把钱都花光了？"

"我当然把钱花光了。你以为我会为了少付点现钱就让这么好的机会白白从手里溜走吗？"

维特里丝点点头。"明白了。"她说，"也就是说，你同意买下城里所有的绳索，除了他们留给射石车用的上等品，同时还不知道对方的估价。现在我们手头已经没有钱去尝试一下我那个关于地毯的建议了。行吧，你是商人你做主。"

为了耳根清净，文纳德假装没听到。"如果这事成了的话，"他继续说道，"谁知道呢，也许我们可以试试其他货品。军需部门简直已经失控了，他们四处征收物资，拿纸条付款。想想他们下一步会买什么吧，木材、钉子、生铁——"

"你说洛雷登头痛？"维特里丝打断他的话。

"什么？噢，是的，他确实头痛。也许这就是他急于解决这事的原因，好躺下休息。你提这个干什么？"

维特里丝耸耸肩，"只是好奇。我记得去见教长那天，我的头也很痛。"

"啥？哎呀，你真倒霉，很抱歉。大概跟天气有关，也许是暴风雨快来了之类的。见鬼，维特里丝，我以为这笔生意做成了你会很高兴。"

"噢，我很高兴，真的。"她心不在焉地回答，"干得好极了。只希望一切顺利，毕竟这次算是搭上了我们所有的资金。有意思，你刚才提到奇迹。最近我们倒真的运气不错。"她莞尔一笑，"没准儿是那位好教长给我们下了个咒。这不是挺好玩的吗？"

新的营地建在一座山峰脚下，站在山巅，可以远眺城市。这让特姆莱产生了一种奇怪的回到故乡的感觉。

他手里拿着两个算筹玩耍。这是从一个商队那里抢来的，商队还以为部落民进攻城市的消息是谣言呢。能拿到算筹真是太幸运了，手头的任务展开以后才发现，一套算筹和一块计数板发挥的作用能抵得上五百个弓箭手。在城里的时候，他学了些简单的会计核算知识。军械厂负责发放薪酬的会计一看到有人对这方面感兴趣，就迫不及待地炫耀起本领来。佩里美狄亚市民全都渴望传播有用的知识，这个讨喜的特质真是帮了大忙。

多么美好的城市啊。一方面，它全副武装，严阵以待；另一方面，正如他此时所见，有着迷人景物的城市就像一个大领主扬扬得意地躲在安全可靠的城墙背后，以海洋为屏障、以河流为壕沟，将不可控的因素隔绝在相当稳妥的距离之外。是啊，他对自己说，在将这座城市拉下神坛之前，我要把这些景物都牢记在心，这样后世的人也能知道佩里美狄亚在被特姆莱攻陷之前是什么样子。

特姆莱。该给这个名字加个什么样的称号呢？伟大的特姆莱、无与伦比的特姆莱、恐怖的特姆莱，还是残暴的特姆莱？他倒是挺乐意被称为"特姆莱一世"，或者简简单单地叫作"特姆莱"也行。不过，要摧毁世上最伟大的城市可不是简简单单的特姆莱能完成的。

当然，这一切都建立在他能如愿的基础上。这件事并非十拿九稳，想到有可能会失败，他几乎觉得有些宽心——如果失败，他就不会被称为"城市的掠夺者特姆莱"或者是"屠夫特姆莱"了。

"工程师特姆莱"怎么样？听起来很顺耳，比"伟大的特姆莱"好多了，至少肯定比"屠夫特姆莱"强。至于"不自量力的特姆莱"这个遗臭万年的称号嘛，他倒是没那么急着背。

山脚下，一群孩童正在他的帐篷前编织地毯（将地毯浸水后包住攻城塔的框架，可以防御敌方的火箭，至少理论上能行）。孩子们正在一台竖起来的大型织布机上工作。织布机左右各有一架梯子，梯子中间搭一块木板。织布机就架在木板上，这样随着地毯越织越长，木板可以升起来，搭在梯子的上一级。孩子们将纬线穿过一道道交叉线结，灵巧的小手动起来又快又利落，能完成大人做不到的工作。负责这项工作的老妇人在前面将编织方法唱出来，孩子们齐声应和，像在上课一般。尽管这些地毯是纯粹的军用品，只会被用来抵挡利箭和烈火，老妇人还是忍不住在编织的时候加入图案。也许她不知道怎么才能不织出图案——研究纯色地毯的织法比直接织出图案更花时间。就连老妇人、孩童以及布艺织品都要参与战争，这让特姆莱心头泛起一种奇怪的感觉。

地毯编织者特姆莱……他转身注视着城市，似乎要用他炽热的目光摧毁城墙。终有一天，人们会见证他做到了这一点。说真的，如果以心愿作为攻城武器的话，他本人就是那根粗重的大木槌。够了，胡思乱想了一早晨，该去干活了。

奶奶，再给我们讲讲吧，你小时候是怎么编织地毯，帮助特姆莱攻下城市的……

营地靠河的一边陈列着让特姆莱格外自豪的东西。那是一排投石机，涂着既防潮，又能防止结合处松动的树脂，在阳光下熠熠生辉。这些投石机就像围栏里等待被驯服的良种马，抛杆高高指向天空，装石头的吊兜像未展开的旗帜般卷起来，等待开火的信号。每一台投石机可以投掷两百五十担重的石头，投掷距离最远达到二百五十码。不过，与扭力器械相比，重力投石机的发射速度比较慢，而且需要一大堆人拉绳才能吊起两百担石头的配重。扭力器械很快就要完工了。（就等绳子搓好了。哎呀，见鬼，马鬃这么多，时间这么少，我们到底该怎么搓出那该死的绳子？）攻城锤和攻城塔的零部件也已经整整齐齐地堆在那里，等待最后的组装。剩下的不到最后关头不能让敌军知道的器械也已经顺流而下，它们被包扎成捆，以掩饰原来的形状。很快，部落军将拥有充足的箭矢（那些用新木材和鸭毛做的简直是大笑话）、充足的弓、充足的盔甲、充足的马匹、充足的食物、衣裳、靴子、皮带、头盔、剑、陶具、头盔内衬系带，总之一场战争需要的每一样该死的物资都齐全。现在他甚至还有用来清点所有物资的工具，而且破天荒第一次，部落要进行人口普查。要不了多久，这台他亲手建造并上足发条的宏伟的战争机器就将脱离掌控，发挥威力，到时候一切都将彻底改变。

这不是最糟的事，他冷静地想道，当城市受到攻击的时候，那些还住在城里的人的命运更糟糕。

有人在背后礼貌地咳嗽了一声，是负责绘图的年轻小伙子，记不起他叫什么了。他对自己的手艺相当自豪，可不是吗？他小心翼翼地将所有地理信息整齐、清晰、精确地展现在羊皮纸上，一眼望去，就能看见你需要知道的所有地势地形。特姆莱露出鼓励的笑容，那孩子向他致谢以后，带着地图直奔山脚下的指挥帐。那里是召开军事会议的地方。他自己也该过去了，又一场会议等待着他，这已经是今天的第三场了……

孩子？小伙子？神明在上，那孩子比我还大，却对我如此恭敬顺从。我

究竟变成什么人了？

当特姆莱掀开帐门时，安纳凯叔叔站了起来。这么做显得有点奇怪，也不合适，安叔叔是出于本能才这么做的。**也许他比我更了解我这个人**，特姆莱想道，同时决定将这些想法抛之脑后，不再自寻烦恼。他坐在地上，打着呵欠问有没有什么可吃的。

"除了腌鸭子，什么都可以。"当米维仁探身过去解开篮子盖时，他补充了一句。"就算天天吃好东西也会吃腻，更别提腌鸭子了……拜托，里面一定有奶酪或其他什么东西吧。"

有人递给他一块奶酪和一个苹果。他一边狼吞虎咽，一边听各部门负责人汇报进展。总的来说，形势一片大好。昨天看起来无法解决的难题，今天变得更具可行性。各个工种之间尽量做到了相互配合，没有人抱怨"为什么我们要做这个？"，造箭的工匠设法用新木材做成了能笔直飞出去的箭。用来遮蔽破墙锤以及攻城塔的兽皮本来快用光了，几个星期没有音讯、被众人忘到脑后的一支打猎小分队忽然带着四十匹骡子拉的生兽皮出现在下游营地——显然他们走了好运，撞上了某种罕见的巨鹿群，大约每四十年才在荒原这一带出现一次。这些鹿对人毫无警惕心，傻呆呆地站在那里被射中，在同伴纷纷中箭倒地时只是一脸担心地大睁着眼睛。

另一支队伍在一个小峡谷发现了一大片柳树林。多年来部落好几次迁徙路过这里，却从来没注意到。柳条恰恰是编织盾牌和篮筐最好的原材料，数量大到整整一代人都用不完。上游某个河段出现洪水，洪水带来的泥石造成了河段堵塞，现出以前一直被水流覆盖的河床。一支侦查小分队恰巧在这里发现了质量上乘的黏土，正适合用来制造质地细密的薄壁陶瓶，而要做出那个除了特姆莱以外谁都没有资格一窥究竟的秘密武器，恰恰需要这样的瓶子。还有，正当他们需要大量石脑油却始终没找到、准备放弃的时候，一支出去打劫的队伍居然正巧伏击了一个携带着整整十大车石脑油的商队。商队的人得知他们不仅不会被残忍杀害,如果能提供可靠货源的话,还可以任意开价,都乐于配合。最后双方做了笔令人满意的交易,以未经打磨的琥珀换取石脑油。就在前天,商队的第一批货已经送达下游仓库。有人不禁议论,种种巧合让人不得不相信真的有奇迹。

特姆莱聆听完所有的好消息,思考片刻后宣布,以目前的速度,他们将在一两周内迁移到下一个营地,准备进攻。有人提出异议说时间太紧,能不能定在二十天以后?有人坚持说如果每个人都铆足了劲,应该可以在两周内完成任务。经过简短的讨论,大家各自退让一步,定下了从现在算起十六天的期限。那天正好是满月,如果要发动偷袭,正适合夜间急行军。那就满月那天吧,怎么样?同意。就这么敲定了,伟大的特姆莱一言九鼎。

散会的时候特姆莱忍不住想,一切就这么发生了。真奇怪,说是我做的决定,整个会议期间我只记得自己坐在那里,满嘴都是奶酪。有人说:"就满月那天吧。"于是就定下了。不管过程如何,该发生的终究会发生,成就会归到我的头上,失败也是。

他掀开帐门,明亮的光线让他忍不住眨着眼睛。过了一会儿,有人跑过来跟他说,有个关于石弩绞紧棘轮的技术问题急需他解决。啊,又一宗修修补补的技术活。这才像话。他点点头,扔掉苹果核,让送信的人前头带路。

"这又是什么?"洛雷登问道。

工程师露出了受伤的表情。"这是吊桥绞盘的起重吊杆。"他回答,"它的工作状况非常好。前天我还亲自检测过。"

"明白了。"洛雷登一边回答一边轻轻地踢了它一脚。木架颤动起来,掉下来一个部件,"去修一下,"他疲倦地说,"这次要上点心。别跟我解释会遇到什么困难，我不想听。"

　　站在西面城墙高高的塔楼顶端，可以看到在五里开外的远处，位于河流下游的一处高地上有一道反光。也许是一个长矛的尖端，也许是一个头盔，也有可能仅仅是一口擦得锃亮的锅，他往那个方向看的时候，凑巧反射出一道耀眼的光。他的嘴角向上翘了一下，做了个举帽致敬的动作。

　　他视察了许多杂七杂八的玩意儿——比如刚才那台破烂——料理了许多琐事，终于让城市进入备战状态。从他站的地方，可以看到石匠们正在拆卸搭在新建棱堡周围的脚手架。棱堡的地基深深扎在河床坚硬的岩石层上。这是一个大胆而自信的设计，而且似乎起到了应有的效果（至少到目前为止还没有倒塌）。棱堡两侧还新建了干干净净的三角形平台，上面各装有一台守城器械，可以将火力范围拓宽，覆盖两处尽人皆知的盲点，有效地将安全区向后推了五十码。也就是说，城墙以外三百码的地区都在火力范围内。就算在竞技赛中，也没有多少弓箭手可以射到这么远。到了战场上，五十担重的石头四下砸落，就更不可能了。

　　他静下心来欣赏着这座全新的石建筑工事。它未经风雨，有锐利的、尚未被侵蚀的边角。石块之间的灰泥黑乎乎的，尚未干透。他督建的棱堡是多年来首个加建在城墙边上的附属建筑——大概一百年或者一百五十年？想想就觉得舒心，一百年以后，人们会指着这些建筑说，这是洛雷登的城防工事，也许还会给那些满脸惊叹、啧啧称奇的游客讲一讲洛雷登战役的二三事，以及敌人是如何从一开始就注定失败的……

　　*瞧瞧你自己在想什么，你的思考方式居然跟那帮人越来越像了。*他跪下来，抓住一块木板，那是为安放新的城防机械而架设的底座的一部分，下午才安上的。木板没有被推动，过关了。他站起来看向远处，目测从他所站立的地方发射出去的砲弹轨迹，想象投石机和吊起弹药的起落架同时在城墙上

工作时,城头过道上还有没有足够的通行空间。他可不想在敌军来袭的关头处理过道拥堵的问题。麦克森说过,一个将军永远不该把"我没料到这个"当作借口。

他想起了麦克森,对方清晰得如同就在眼前,好像他们正肩并肩地站在一起。他记起麦克森那张宽阔的略显圆润的脸庞,还有那永远长不过四分之三寸的胡子。麦克森的下巴中间有片秃斑,因此在胡子中间总是空着一块。他记得每当有人来汇报什么事,不管是营地被占领了还是汤煮好了,麦克森听后总是先沉默一秒或一秒半,随后便是那万年不变的点头方式:向下并略微偏向一边。如果麦克森此时在负责城防工事,不知道他会做些什么? 洛雷登当然希望和自己所做的一样,可惜无从知晓。

他又想到,说到底这一切全都是麦克森的错。都怪他尽职尽责,利用手头有限的资源,英勇地将本职工作做得太好。可是,如果说我们一开始就不必做这件事,根本就不该做这件事呢? 如果现在的城墙能保护大家,那当时也该如此,根本没必要率军远征草原部落。看,撤了远征军以后,局势并没有忽然恶化,也没有蜂拥而至、尖啸不断的野蛮人攻打城墙,掠走我们的妻子和桌布。

麦克森的错在于他只管做好自己的工作,却没有跟任何人商量这件事有没有必要。这就是麦克森,佩里美狄亚独一无二的将军。他深入草原,牺牲自己和他人的性命,是不是就因为他不会干别的工作? 是不是他无法面对五十岁出头退伍以后,还得找一份适合的工作? 究竟是什么样的人才能做出这样的事,固守着一份掠夺生命的事业,就因为这是他唯一擅长的谋生方式?

洛雷登察觉到这句话里的暗示。那又怎么样,我退出那个行业了呀。至少,我试图转行了。我努力从原先杀人的行业挣脱出来,现在人们却把整个城市和所有部落的人的生命放在我手里。天哪，如果还没失去幽默感的话，我会觉得这件事太可笑了。

他听到身后有人接近，大号靴子发出吧嗒吧嗒的响声。他记得这声音。

"快完工了。"说话的是工程师格兰希斯。他从城墙楼梯走上来，还在微微喘气。看来是平时喝了太多苹果酒，而且待在画板前的时间太长了。洛雷登沾沾自喜地想，换了我可以两三步爬上来，不带喘气的。

"很好。"他回应道，"太及时了。"他指向地平线处反射着一道亮光的地方，"将所有新建的机械安装到位需要多久？"

格兰希斯耸耸肩。"最迟到后天，所有的机械就可以就位了。我们让军械厂以一天两台的速度赶工。到时候最大的问题反而是，如何在城墙上找到足够的安放空间。还有，目前我们只有两台大型起吊机可以将机械吊到安放位置上。"他难为情地笑了笑，"我们一激动就把这事给忘了。现在正在加造两台起吊机，运气好的话，明天就能完工。"

洛雷登点点头。"能在后天完成就可以了。"他回答，"防护栏也一样。"

设防护栏是他的主意。更确切地说，这主意来自多年前他在书中看到的案例。书上说，一个半世纪以前，在一场海战爆发的前夕，为了阻止佩里美狄亚海军登船，从岛上来的海盗们在每艘战舰边缘钉上突出的柱子，再用坚固的缆绳连接起来，形成一圈栅栏式的防护网。敌军的登船梯只能架在缆绳上，无法直接靠上船体，所以无法登船。洛雷登认为这种防护网也可以用在这儿对付登墙梯。现在，在城墙的薄弱地段——也是敌军最有可能架起登墙梯的地方——全都钉上了突出城墙七尺开外、直径六寸的柱子。在未来几天内，这些柱子将被铁链连起来。到时候需要一个人爬过七尺长的柱子，像猴子般垂直倒吊在河面上方，把铁链固定在柱子之间，城建局的工人们正在激烈争辩，互相推让着这份不太让人信服的荣誉。

　　"我们尽力吧。"格兰希斯叹了口气，"哦，对了，军需处的菲利帕斯·尼禄托我给你捎个口信。"他皱起眉头，"不知道是不是我听错了，好像他已经设法搜罗到了你要的两百万只蜜蜂，明天就去找木匠做倾泻槽。"

　　洛雷登笑了。"太好了。"他说，"这么说，很快就一切齐备，等着敌军来犯了。"他转身对着那个光源，"我正好知道哪里有我们的敌人。"

　　总工程师走后，洛雷登在塔楼顶端转了一圈，再一次尝试站在敌人的立场看城市。自从接了这份倒霉的工作，这是他每天都要做的事。这么做效果很好，但他总是觉得自己还有哪里没考虑周全。在他看来，目前的防御措施并没有薄弱点，唯一能做的，就是在现有基础上再加一层防护。他一定是忽略了什么，而对方却考虑到了，否则为什么敢自信满满地杀过来？在内心深处，他渴望敌人尽快现身来袭（因为明面上的敌人不是最可怕的）。但在此之前，他不得不继续纠结、推测、寻找纰漏，直到他找到那个漏洞，然后一边埋怨自己一边说，原来如此！我怎么这么蠢！他万分渴望说这话的时候敌人尚未兵临城下……

　　但他还是没找到。在防御线的最高点，他能看到两列绵延不绝的陆上城墙组成了一个"V"字形。"V"字的尖端就是他所在的塔楼，这里正对着河流分岔的地方。河流在这一点一分为二，环抱着城市所在的小岛。塔楼正下方是特罗夫吊桥。吊桥架在东边的河汊上，距分岔点有一百码左右，这里的水最深，河面最窄。对岸的堤道延伸到水中，离塔楼有十五码远（正是吊桥本身的长度）。如果敌人试图沿堤道接近城墙，不等他们靠近，堤道就会被砸得粉碎。此时他正倚靠在一台巨型投石机的支架上，据说它是整条城墙上精确度最高的一台，瞄准的正是对岸堤道。考虑到塔楼的坚固程度以及这里河流的深度，他排除了敌人会重点进攻这里的可能性。

　　两条河汊的逐渐变宽，先是一百码左右，到了两个棱堡的凸出处变成一百三十码,等到汇入海洋,宽度已经超过了两百码。从棱堡抛射石块,能划出三百码远的弧线。射程覆盖了宽度在一百七十码以内的整个河段。他想在敌军发动进攻前将棱堡的城头塞满投石机,越多越好,如果能弄到手的话,尽量安放长距型的。多亏一个重要的秘密武器——这个秘密他还没有跟安全委员会分享,就连大部分工程师也不知道(即使工程师都是他信任的人)——他将棱堡两边三百码的半圆范围都纳入了掌控。这也是从逻辑上考虑敌军最有可能发动攻击的地点。至于城墙的其他段,每一百五十码就有一个塔楼,每个塔楼很快就会配备两台扭力器械、一台投石机,以及一支五十人的卫戍部队外加工程师。塔楼下方,每二十五码的距离就安有一台小型机械,安装在倾斜的推车上,使它们的射程达到五十至两百码。沿着整条陆上城墙看下来,他找不到任何薄弱环节。河身宽的地方他不用担心;河身窄的地方,攻城器发射的砲弹可以让对岸五十码的内陆地区寸草不留。

他甚至考虑了一些看似荒唐的可能性,比如假设敌人有能力在河床下方开挖地道,从塔楼底下直接钻出来,破坏坚固的城墙。尽管这几乎不可能实现,他还是准备了应对方案。还有,如果敌人以充足的长距火力攻击城墙,将某一段的守城器械破坏殆尽,以军械厂的工作效率(每天两台守城器械,以及差不多数量的长臂起吊机),他可以在一个钟头内将损坏的器械替换掉。每个塔楼底下都放有可以随时取用的材料,工程师正好趁替换器械的时间修补破损。要是对方设法把火弹打过来,他有灭火车随时待命。甚至连敌军士兵被投石机抛射出来、用绑在胳膊上的人造翅膀滑翔到城里这样异想天开的攻城方式,他都准备了应对方案。说真的,那场面应该很壮观……

还有可能,敌人直接以持久战耗死他们。大量的攻城器日夜不停地攻击城墙,直到修补城墙的材料用完,而城墙上也没有足够坚实的地方可供修补为止。来啊,尽管试试吧,他们一定会失望的。不等尘埃落定,他手下的石匠们就会在缺口的内侧砌起由脚手架支撑的小型干砌石墙，脚手架还可供工程师攀爬。至于原材料嘛，整个世界都在垂涎三尺，急于用木材、灰泥以及切割打磨好的石板换取通用的佩里美狄亚现钞，而海路永远是通畅的。

十岁小孩也能指挥这场防御战。如果有足够的人力操作绞盘，只需女人和孩子就能一劳永逸地守住城墙。我们的防御阵线是如此牢固，连一丝烟雾都别想透进来。

正因为没理由担心，我才如此忧虑。要知道，明面上的危险其实并不可怕。

好吧。就这样吧。看起来形势一片大好。

那么，为什么那混蛋还敢过来？

颇有讽刺意味的是，正当洛雷登在巡视城墙的时候，有人到特姆莱的营地和他的哨兵接上了头。此人带来了特姆莱需要的确切消息。他并不担心，只是能有百分百的把握最好。

货一定会运到的，那人向他保证。准时到达，符合要求。正如我们在城里第一次相遇时商量的那样。

我从不怀疑，特姆莱真心回答，剩下的部分我们会接手。

那人看起来有些犹疑。特姆莱不屑解释。尽管这场战事的关键在于这些人，他还是不喜欢他们。不过，他信任这些人。你可以怀疑神明、怀疑妻子对你的爱、怀疑母女之情或朋友之义，但利益永远值得信赖。在利益这个坚实的基础上，一根杠杆即将撼动整个世界。

"承认吧，"卡纳迪说道，他将声音压得很低，在酒馆大堂嗡嗡的对话声中勉强能听清，"你退步了。这种乔装改扮的把戏我还以为是出自一个二年级学生之手,怎么都不像研修会教长所为。"

病重又过度劳累的教长本可以反驳,却最终没有吭声。他们彼此心里都明白,没必要用言语来说明。

"你知道为什么。"针对同伴未曾宣之于口的谴责,亚历克修斯回答,"我需要改变。而这,就是改变。"他在耷拉着的宽檐帽下露出笑容,"我现在很惬意。这是让我分散注意力的好办法。"

"你不是老说你容易分心吗?"卡纳迪反驳,同时啜了一口涩酒,口感不怎么样,"为什么还要大费周章地分散自己的注意力?"

亚历克修斯耸耸肩。"偶尔肆意妄为一下也不错,我已经有二十多年没来过这样的地方了。再说,"他用自以为更加成熟的声音补充道,"这里有利于我掌控城市群众的情绪变化。"

对这种明目张胆的胡说八道,卡纳迪不屑理会,"万一有人认出你——"

"他们会指指点点,说:'角落里有个流浪汉看起来跟教长很像。'然后他们的朋友会说:'别扯了,教长的耳朵可没那么尖。'人总是一厢情愿,只相信自己能接受的那一套。"他一饮而尽,放下酒杯,"再来一杯。"他说,"我就得收手了。那个连喝五杯还背得出三十二条基本假想的辉煌时代,再也回不去了。"

"待在这里别动。"卡纳迪叹了口气,从桌边站起来,"如果有人要跟你搭话,你就假装是个麻风病人好了。"

也许卡纳迪说得对,亚历克修斯想,也许过多的压力和责任唤起了我心底幼稚的一面。身为教长,一时兴起,便任性地穿上邋遢的衣服到下城喝酒,哪怕这个酒馆颇为优雅,也多少有点不像话。我本该待在自己的寝室,平躺在床上,盯着头顶弯弯绕绕的马赛克图案做理论推算。但我觉得这里更舒适,更有利于保持头脑清醒。

他确实需要清醒一下头脑。不知是因为酒还是闹哄哄的声音，他的半边脑袋开始抽痛。不过最近，头痛已经成了习惯。他整天待命，准备随时飞奔到安全委员会，阻止总督和副郡尉互相残杀——更正一下，是绊住总督的手脚，让副郡尉得以放手履行职责。他知道，这是他为城市做过的最大贡献，因此比以往任何时候都更加勤勉。与此同时，卡纳迪可以帮他执掌研修会。与其谢天谢地，不如感谢卡纳迪为追求自身利益而产生的上进心。如今他已经被提升为副教长，是指定的教长继承人。不过，不知为什么，他总觉得卡纳迪并不怎么在乎这些。说起来有点奇怪，不过他真心觉得，卡纳迪这个他曾经尽量回避的人，已经成了他接任教长以来最接近于朋友的存在。

再次更正，之前被他施过咒的巴达斯·洛雷登也算是朋友。他可以轻松地和洛雷登聊天，承认自己的恐惧与野心。令人惊异的是，他居然在生命快到尽头的时候意外体会到了友情的魅力，就像在其他人渐渐失明时，他却头一次看清周围的世界。

"给你，希望你被酒呛死。"卡纳迪嘟囔着，将手中的杯子重重地放下，艰难地滑坐在长凳上，"我说，如果你想多喝些劣质酒，不如跟我去学院的酒窖免费喝。"

"是啊，但那又有什么好玩的呢？"亚历克修斯温和地反对，"而且，我刚刚跟你说过，我们有正事要办。你注意到没有，这里的气氛相当正常，人们没有那么脆弱和恐慌，显然说明城里士气高昂，令人鼓舞。"

卡纳迪嗤之以鼻，"那帮傻子还没意识到我们陷入了什么样的危局呢。要不然就是他们忘性大，要不然就是他们以为危机已经过去了。要知道，就在不久前，他们还在街头上暴动呢。"

"我还在学院读三年级那年，城市里发生过暴动。"亚历克修斯露出恍惚的神情，"一群新生从牲畜市场偷了一只猪，用拍卖场的颜料将它染成蓝色，再给它穿上公平交易委员会专员的长袍。他们将这只可怜的畜生赶到城市的步行街上，和一支守卫小分队狭路相逢。本来事情该到此为止了，偏巧我们看到同学落到敌人手中，马上展开了营救行动——那时我们正在庆祝三年级考试刚刚结束，喝得醉醺醺的，可以说是典型的坏学生。还好没人受重伤，"他心虚地辩护道，"而且研修会支付了损失赔偿。这次事件给守卫们好好地上了一课：对享有过多特权的年轻醉鬼执法时要聪明些。"

"原来如此。"卡纳迪干巴巴地说，"如果我们手下的一帮新生捅了这样的篓子，你打算怎么处理？索性宣布当天放假，在大厅里招待他们吃吃喝喝？"

"当然不可能。"亚历克修斯回答道，"我会把他们逐出研修会，将他们交给行政当局。我们不能容忍这种没头脑的行为。"

"很高兴听到你这么说。"卡纳迪啜了一口酒，然后做了个鬼脸，"你要喜欢的话，可以把我的也喝了。我的头已经很疼了，不需要靠喝酒。"

亚历克修斯看着他，"你也头痛？"

"怎么？难道你……"

"一进来就开始疼。我还以为是这里的气氛以及喝了涩酒的缘故。不过，如果你也头痛的话——"

"难道是我们的岛民朋友？哎呀，千万别再来一次，拜托了。我们手头要应付的事情已经够了。"

"显然不够。"

卡纳迪偷偷摸摸地四下张望。"没看到他们。"他说，"一定是酒的问题。你知道，头疼也有可能是自然原因引起的。"他补充道，"管这种喝起来像羊皮防腐剂的饮料叫自然原因，我也是很宽容了。酿酒的时候他们肯定没用好的葡萄和酵母。"

他看到亚历克修斯松了口气。"我想你是对的。"他说,"喝了太多劣酒,外加过于丰富的想象力。也许我们现在该回去了。"

他们尽量不引人注目地站起来。因为急于彻底掩饰身份,一身流浪汉装束让他们成了这种级别的酒馆不怎么欢迎的客人。被赶到街上去可不是保持低调的最好方式。

原本一切顺利,不料亚历克修斯被放在两张桌子间的一个小皮包绊了一下,趔趄地撞在一名刚点了一壶热腾腾的香料酒、正端着往回走的顾客背上。壶中的酒泼到他的腿上,他被烫得大吼一声,转过身来。

"你这白痴,"他骂道,"看看你干的好事。"

亚历克修斯结结巴巴地道歉,但声音太小,没人听清。那顾客的大手一把揪住亚历克修斯的领口。"这条马裤彻底毁了,"他继续吼道,"你得赔钱!"

"当然要赔。"卡纳迪用安抚的语气说道,这种外交语气经过上百次教务会议的测验,被证实相当有用。不幸的是,他忘了这和他目前伪装的身份完全不搭。而那名顾客明显注意到了其中的怪异。卡纳迪越是安抚,情况越糟。他伸手到袖子里摸出钱包,结果手伸到一半,对方就一把抓住他的手扭向一边,让他疼痛难忍。

"你到底是什么人?"他质问。周围的人纷纷转头。

"他是什么人重要吗?"

亚历克修斯四下张望想找出是谁在说话。他看到那顾客身后有一个高大的身影。那人身材魁梧,秃头,口音带点外国腔,但听起来很熟悉。太熟悉了。

"那位绅士说了他会付钱。"陌生人继续说道,"你最好注意一下自己的举止。"

那顾客放开卡纳迪的胳膊,用手压着头的一侧,显得很痛苦的样子。"行啊，"他说，"不相干的人没必要多管闲事，只要我能拿到钱——"

卡纳迪付了一笔足够让他从头到脚穿戴貂皮的赔偿金，然后拽着亚历克修斯的胳膊，匆匆地带他来到酒馆外，暴露在夜间清冷的空气中。"该死的，亚历克修斯，我就知道这种胡闹迟早要遇到大麻烦。我们真的很容易被人认出来——"

"已经暴露了。"亚历克修斯疲倦地回答，"哦，别担心，我们不会在明天这个时候成为城里的笑料的——如果你担心这个的话。但是我们确实被认出来了，这点可以肯定。"他忽然发现自己正站在一摊不是水的液体中，连忙跨出来，"来吧，趁我们还没干出更愚蠢的事，赶紧回去。"

他沿着街道拔腿就走，步子又快又稳，让卡纳迪颇为意外，似乎他脑子里装了太多东西，忘了自己是个体弱多病的人。卡纳迪快步跟上。

"知道我们的身份暴露了倒是好事，"他不满地唠叨道，"但你不能就此不管啊。谁认出我们了？"

"帮了我们的人。"亚历克修斯头也不回地说，"那个身材高大的光头。"他叹了口气，"动动脑筋吧。我还真的以为所有的问题都自行解决了，没想到现在看到的只是冰山一角。"

"亚历克修斯，如果你开始神神道道的，那我对你就不抱希望了。行行好，解释一下吧。"

教长苦笑起来，"卡纳迪，你真让我惊讶，我一直以为你是个擅于观察的人。我还以为你认出他来了。"

"认出谁来了？你是指那个光头吗？你不是说他认出了我们吗。"

"他确实认出了我们。"亚历克修斯停顿片刻，调匀呼吸，"他认出了我们，我也认出了他。我不相信巧合，他应该是出于某种原因，引导我们去了那儿。"他忧伤地摇摇头，"这就解释了为什么我二十年未曾踏足酒馆，今天却忽然产生一种想要去酒馆的冲动。不知道他是怎么做到的？"

"亚历克修斯……"

"他在我们那个共同的梦境里出现过。你真不记得了？"亚历克修斯深吸一口气，然后缓缓地从鼻子里呼出，"他是高戈斯·洛雷登啊。"

十四

　　备战刺激了贸易，贸易量上升又引起了诉讼的增加。更多的诉讼意味着需要更多的律师。而众所周知，律师这一行的更新换代相当快，于是，刚刚取得资格证的新律师比以往更早获得了第一次上庭的机会。

　　由于法律的制裁必须被公众见证，每天早晨，庭审名单一般会在第一场诉讼开始四个小时前钉在法院大门上，让公众有机会了解即将上庭的案件，促使他们行使公民权利，也就是见证庭审过程并下注赌钱。

　　文纳德和维特里丝已经带着足以将岛屿和城市连接起来，并绕上好几圈的绳索回家了，因此艾希莉手头没什么特别要紧的事。当她经过法院，不经意间瞥到庭审案件以及律师名单时，马上改变了当天的计划，决定排队进法院旁听。律师名单上有一位首次出庭的律师引起了她极大的兴趣。

　　这个案子关系到一船豆子，案情相当复杂。原告租了被告的船，将一批豆子从佩里美狄亚运到尼撒，豆子的数量在租船合同里特别列明。现在原告控告船主，在运输过程中未能妥善储存及照料上述豆子，以致豆子受潮发芽，变得一文不值，未能如约将豆子交付位于尼撒的第三方。最终结果是，原告不仅损失了豆子，还失去了卖豆子的利润，因为对第三方违约还需赔偿额外损失。

被告辩驳说上述豆子发芽纯粹是原告方的疏忽造成的，是原告将豆子装在尺寸不合的木桶里，未做有效密封。再有一条，在原告与上述第三方签订合约时，已经阐明豆子从佩里美狄亚出发后的运输风险由上述第三方承担，因此原告并未违约，相应地，即使（只是假设，被告并不认同）被告在储存豆子方面有疏失，也不会给原告造成任何损失。

书记员进行冗长乏味的案情陈述时，好脾气的观众安静地坐在那里，偶尔传出轻微的咳嗽声以及偷偷啃苹果的声音。女律师出庭的状况虽不算罕见，但也不是天天能见识到的，因此来旁听的人很多。又有人传言这名女律师年轻漂亮，故而早有几大束鲜花和果篮被人从法院侧门送进来。

艾希莉心想，不算漂亮，但是很显眼。即使是现在，艾希莉还是记不清这姑娘的名字，但看到她的名字列在名单上，倒能马上认出来。这女孩穿着男性律师出庭所穿的传统服饰，并没有穿上女击剑手的专用服。被告的助理试图向法官提出抗辩，却被旁听席里传来的嘘声压了下去。艾希莉认出法官是一名前击剑手，他威胁说如果大家继续扰乱法庭，将不得不清场。尽管如此，他仍然驳回了被告的抗辩，庭审即将开场。

被告律师首先摆好预备姿，他采用的是城市流派的屈膝下蹲式。艾希莉听说过他的大名。他不是新手，以迅猛的击剑风格闻名，剑刃和剑尖的力量都很强。他个头不高，但拥有宽阔的肩膀和厚实的前臂，说明他腕力很强、速度很快。女孩采用的是传统剑法的预备姿，双腿并拢，笔直站立，执剑的那只胳膊伸直，剑尖十分稳定，一动不动。艾希莉将苹果核放在口袋里，坐直身子。好戏就要开场了。

坐在她旁边的是个胖胖的中年女性，红脸膛，衣着鲜艳。她轻轻捅捅艾希莉的肋骨。"压一枚银夸特在那个小伙子身上。"她悄声说道，"上周看他打过一场，他可不好惹。"

"赌了。"艾希莉回答。与此同时，被告方的律师一个滑跃步向前，先声夺人地举剑前刺，目的是将对方的剑刃推向一边，破掉对手的防御。女孩镇定地等他刺过来，在最后一刻才翻转手腕，剑刃朝上画了个圈，同时向左踏了一步。这是一个机智的开场。男律师的动线和她的错开了，要是她的力量足以格挡对方的进攻的话，她可以借机反攻，就此取得胜利。可惜她力量不足，反而是对方借此反击，她以灵巧的脚步轻松地避开了，但她的臂长不足，够不到对方。她回到预备姿，对方也做了同样的动作。当然，她站了士气上的上风。但洛雷登最喜欢说的一句话就是，士气又不能当饭吃，最终还是得苦战到底。

下一回合，被告方力求智取。因为女孩使的是传统剑法，而男律师块头更大，更强壮，从逻辑上说，显然女孩应该原地不动，等待被告方先出手。被告方没有动，他在赌对方会因为缺乏经验而主动进攻，以打破目前紧张的对峙。女孩却不上当，静止的剑尖如明朗夜空中的一颗星。结果反而是被告方首先失去耐心。他卖了个破绽，有意将防守稍微放低，露出上方的一丝空当。他还是在赌，也许新手缺乏经验，想乘虚而入，而他对此早有准备，能一举赢下这场。

女孩没有上当。从艾希莉坐的位置都可以看到男律师的额头汗津津的。女孩的脸则很干燥，苍白得像一张纸。她的眼睛始终盯着该盯的地方，那就是对方的剑。艾希莉意识到，女孩的风格很像洛雷登，全部的注意力都集中在对方手中的武器上，静止中带着警惕，在对方的剑移动位置之前坚决不做任何预测。艾希莉想，如果这姑娘背对着我，恐怕我会把她误认成洛雷登。

对双方心性的考验很快就到了尽头。被告方再次将防守放低了一点，加大诱惑力，就像一个把裙子撩到膝盖以上的女人。女孩不为所动，目光沿着自己手中的剑，凝注在对方的剑上。观众开始议论纷纷，他们花了这么多钱可不是来看两个人一动不动摆姿势的。就在这时，被告方忽然收起防守，猛地一记长刺，动作漂亮又正宗。他的攻击势如破竹，剑刃朝下让对方难以格挡。

电光石火之间，女孩向右迈出两步，画了个圈，避开了对方的攻击路径，这是传统流派的基本策略。尽管她的一系列动作让自己离开了攻击距离，因此无法进行直接反击，但她可以转动胳膊，将对方的剑推开，使对方身体的右边露出空当，又因收势不及而无法格挡。他连忙后退，试图将他的剑换到内圈，这样可以用腕力来弥补站位上的不利。但在两剑相撞之前，女孩已经将自己的剑转换到内圈。被告方律师以为女孩会反击，她却没有，因此他的格挡招式扑了个空。他紧急变招，试图将剑撤回，但尚未动作，她的剑已经从他的右臂下方刺了进去。他顺着剑刃滑到地上，一命呜呼。

"哎呀，见鬼。"胖女人叫道，她圆鼓鼓的宽厚肩膀耸了耸，手伸到袖子里，摸出一枚磨损得很厉害的银夸特。"下一场翻倍？"她手里拿着硬币不放，满怀期待地问，艾希莉摇摇头，伸手拿过钱。然后站起来，走出了法庭。

她走到街上，开始微微发抖。

多么精彩啊，这是学校的最佳广告，她心想，不知道那女孩有没有助理。

纯粹是习惯使然，她走向拐角处的酒馆。刚看完一场对决，她觉得口渴，迫切地需要喝一杯烈酒。这是她头一次单独来喝酒。尽管这里的环境和气氛十分宽松，无人陪伴的妇女也不至于遇到什么刁难，但她仍然有点担心，直到她看到一张靠窗的桌子边，一名女性独自坐着。很快她就意识到那是谁。

巧的是，那女孩正好坐在她以前和洛雷登常坐的那张桌子。一是远离大厅和后面房间里来来去去的人流；二是那里蛛网丛生，成年累月积攒下来，方便随时取来敷伤口。女孩选择这个位置到底是有意识的模仿，还是出于击剑手的本能？

下次见到他的时候我要告诉他这事，他一定会觉得很好玩。

当然，她没必要走过去打招呼，也不想这么做。但她仍然站在那里，朝女孩的方向注目良久。女孩抬起头，撞上她的目光，认出了她。良好的教养让艾希莉无法一声不吭，径直走掉。她只好走过去。

"你好，"她微笑着打招呼，"我刚才在法庭上看到你了，很精彩。"

女孩敷衍地点点头。她面前摆着一小杯酒，那是酒馆所能提供的最小份量。艾希莉问她要不要再来一杯，她摇摇头。**总是用最小的动作来表达自己的意思。**想到自己竟然有当她的助理的愿望，就算是半开玩笑的想法，艾希莉还是有点吃惊。她决定再赖一会儿。

"我想，这是你第一次上庭吧。"艾希莉说，"对于你的首份工作而言，这可是个大客户。"

"我们有亲戚关系。"女孩回答，同时转头凝视窗外，"我父亲那边的亲戚。本来没指望我上庭，笃定这个案子能够庭外和解。"她转过头来，看着艾希莉的眼睛，"原告和被告都不希望进入庭审阶段。"她继续说，"他们还打算以后继续合作，而这些争议会破坏和睦的关系。"

艾希莉大感兴趣，"那么，到底出了什么岔子？"

"我知道他们会在公示单上划掉这个案件，因此我找到法庭书记，请求提前审理。因为时间紧迫，原告和被告无法达成和解，我才有机会上场。"

"原来如此。"艾希莉缓缓地回答。

女孩冲她一笑。"没有助理的好处之一就是，"她说，"我可以做这种事。"

"是啊，这次胜利对你的职业发展很有利。"艾希莉说，"今后你不难找活儿了。"

女孩耸耸肩。"我需要练习。"她说，"学校的练习虽然好，仍然需要实践。在庭上真正杀几个人有助于增长经验。"

作为职业击剑手，这种态度无可厚非。艾希莉不是第一次听到类似的说法，但这是头一次有人毫无掩饰地表达出来。艾希莉觉得女孩的态度令人厌恶，但决定什么都不说。

"你是个助理，不是吗？"女孩再次转开目光，"那你一定知道，如果我想进入国家检察署的话，应该和哪些律师在庭上对决。我的看法是，比起毫无目标地乱打乱撞，如果我击败某几个特定的目标，检察官会更快注意到我。"

艾希莉思考片刻，给出了几个名字，都是有资格挑选客户的大律师，收费很高。"只要打败其中任何一位，"她继续说，"你就成名了。检察官肯定一直在关注新人。"她顿了一下，有心问几个问题，却害怕答案不是她想听的。"你想为检察官工作，有什么特别的原因吗？在那里收入虽然不错，但也不见得特别丰厚。你在营利性领域更有前途。事实上，作为女性，代理离婚案可能更适合你的发展。"

女孩摇摇头，一枚发梳从头上甩下来，掉到桌子上，发出"嗒"的一声。"离婚案纯粹是浪费时间。"她说，"谢谢你提供的名单，我会牢牢记住的。"

艾希莉产生了一种强烈的想离开的冲动，她决定顺从自己的心意。"好吧，"她强迫自己说道，"再次恭喜你获胜，祝你好运。"她站起来，"显然你没有辜负那些额外支付的学费。"

听到这句话，女孩再次抬起头盯着艾希莉，目光锐利。"当然没有。"她说，"我保证那些费用没有被白费。再见。"

她说"再见"的语气就像军官说"解散"似的。艾希莉头也不回地走了。

她决定一个字都不跟洛雷登提。他要保卫这座城市已经够辛苦的了。再说，现在她连那个可恶的姑娘叫什么都不记得了。

敌人的营地在一天早上出现在城墙下，如同雨后蘑菇或者皮肤下的可疑肿块一样突然。后来，安全委员会认为他们一定是乘着木筏顺流而下，来到距河汊一里左右、由低矮山丘形成的河谷。从那里上岸后，他们在夜色的掩护下走完最后的一里地，在离特罗弗大桥不到三分之一里的地方卸下装备，安营扎寨。这一切都在无声无息中完成，没有一丝亮光，不发出一点声息，凭感觉搭起帐篷。游牧民族并非天生适应颠簸的木筏以及拔营行军，委员会推测，这大概是反复练习的结果，熟能生巧。不管怎么说，这是个令人惊叹的成就。

对于突然出现的敌营，人们后来的推论就是这样。但在那个阴冷的早上，当第一缕天光照亮河流东岸缓坡上大片幽灵般的灰褐色时，市民的第一反应当然不是冷静分析。

这次没有人聚众闹事，也没有爆发骚乱，甚至连洛雷登预期中的疯狂逃往港口的景象也没有出现。他在第一阶段的计划中谨慎拟出的应对方案自然也没有了用武之地。不过这无所谓，因为拟订方案时根本没预料到敌人会在某天早上凭空冒出来。整座城市安静得令人不知所措，人们成群结队地站在街头，似乎在等待着，却又不知道到底会发生什么。

自那次骑兵突袭之后，洛雷登一直睡在中城城门楼上一间又冷又小的房间里。告诉他这个突发消息的是一个闯进他卧室的陌生人。他惊醒过来，正伸手摸索着自己的剑柄，那人开口了。

"他们来了。"那人说。

洛雷登撤下剑不管，努力睁开眼睛。昨晚他为了检查军需账目上对不起来的几笔账，熬到很晚才睡。

"怎么了？"他嘟囔道，"发生了什么事？"

"长官，他们来了。敌军在城门外扎营了。"那人想了一下，又补充了一句，"他们现在要见您。"

洛雷登从被他当作床的石板上坐起来，踏到地上。"你究竟是谁？"他问道。

"我是来交班的卫兵队长多利亚。冒昧问一下，长官，您是去还是不去？"

洛雷登恼火地用不怎么好使的眼睛打量着他。"好吧，队长。"他说，"等一会儿，我得穿好衣服。不管敌人如何冒犯，也没必要逼他们看我不穿裤子的样子吧。"

骑马穿过下城的时候，看到人行道上挤挤挨挨的人，经过无数张凝视着他的面孔，让他产生了一种奇怪的感觉，仿佛有一场他必须出席的重大庆典在等着他，比如他的婚礼，或者他的葬礼，而他却迟到了。他知道自己没有刮胡子，头发乱糟糟，看起来一周都没换过衣服（这是事实）。攀登桥头堡的塔楼让他腹部一侧隐隐作痛，到顶上的时候还一反常态没缓过气来。

"好了，"他靠在投石机的支架上喘着气，"现在是什么情况？"

接着，他注意到安全委员会的人都在这里，总督、郡尉以及一群直到现在他还分不清的各部门负责人，甚至连亚历克修斯以及击剑学校的理事长都在这儿。怎么总是这样，他默默在心里抱怨，老话说得好，不论发生什么，将军都是最后一个知情的。

他们在墙头给他留了个位置。他从那里往外看去。一开始，他以为那灰色的一片是地面升腾起来的雾气，跟河面上的白雾没什么区别。但现在不是起雾的季节。而且他见过部落的帐篷。

"哎呀呀，"他轻声说道，"我就奇怪了，他们是怎么到这儿的？"

桥头堡的戍卫队队长小声解释了一下，洛雷登点点头。"有这个可能，"他回答道，"肯定忙活一夜，真了不起。"

"我们认为这是唯一的解释。"队长低声地嘟囔着，"也就意味着……"

"是啊。"洛雷登点点头，"顺便问一下，为什么我们都在小声说话？"

其实，压低声音的理由也不是没有——声音太大可能会吵醒敌人。"城里的人都在说这是魔法。"总督瞪了一眼教长，说道，"我们当然要想办法消除这种严重影响士气的传闻。"他顿了一会儿，看着眼前这令人惊叹的景象。从他的表情来看，很可能就连总督本人也倾向于所谓魔法的理论，"我需要有人来解释一下，这到底是怎么在我们眼皮底下发生的。"他补充道。洛雷登没搭理他。

"有人想过去问问他们，这么做的目的是什么吗？"他说。

"我以为这是众所周知的。"郡尉拖长了语调说，"我就不信他们来这里是为了向我们推销地毯。"

"问问也无妨。"洛雷登心平气和地说，"至少可以借此机会见见这个了不起的年轻族长。我倒是很有兴趣知道他长什么样。"他停住话头，用手指抚摸着下巴，感觉到拇指上的肉擦过胡茬儿。"说起这个，有人看到他们人了吗？我怎么感觉他们还在床上睡觉？"他转头看了一圈，"格兰希斯呢？他在这里吗？"

总工程师往前跨了一步。见鬼，为什么在如此紧急的时刻，他看起来还是这么整洁利落？

"总工程师，"他继续问道，"你认为这些帐篷离城墙有多远？"

工程师皱起了眉头。"六百码，"他回答道，"有可能更近一些。在我们的射程之外，如果你关心的是这个的话。"

"对。"洛雷登点点头，"可惜。尽管如此，既然我们都来了，还是要跟他们问个早安。"他示意桥头堡的戍卫队长，"启动那台新安置的投石机的绞盘，越快越好。再让人去拿一块二十五磅的石头以及一个柳条编的大篮子，那种篮口有带子的。"

用投石机将一颗很轻的石弹射中正常射程两倍之外的目标是很困难的，洛雷登也没做过这样的实验。幸运的是，对方营地是个庞大的目标。石头从麻绳和生皮编织的吊兜中被抛起来，挣脱篮子的束缚（篮子是为了增加石头的体积，使它可以更利索地从吊兜里飞出），在上升到几乎前所未有的高度之后垂直坠落下来，以极快的速度落在位于营地最西边的一个空车厢上。

效果相当令人满意。石头坠落的声音让附近帐篷里的人纷纷跑出来查看究竟。可惜相隔太远，看不到他们脸上的表情。不过，光是看到他们呆愣片刻，立即四下奔走的样子就让人舒心。他们大概太自信了，以为在射程之外就拿他们没办法，现在就给他们一个教训。良久之后，他们才意识到刚才打过来的不过是块很小的石头，而且只有一颗，因此再次冒了出来。现在，运气好的话，他们会去叫醒族长，洛雷登心想。我们就有可能追踪到族长帐篷的位置。我睡不了懒觉，他也别想高枕无忧。

"特姆莱，"睡梦中有个声音上气不接下气地说，"他们向我们开火了。"

他从梦中惊醒，抬起头，睁开眼睛。刚才的声音不是在做梦，有个他不认识的年轻小伙子正掀着帐门，欲进未进。"你说开火是什么意思？"他睡意蒙眬地问道，"到底是谁允许我睡着的？还有很多事要……"

"他们朝我们的营地发射石头。"男孩慌乱地打断他，"从桥头那个大塔楼打过来的。我亲眼所见。"

特姆莱一下子从椅子上跳了起来。"不可能，"他说，"我们远在射程之外。他们绝对没有那么厉害的武器。"

男孩在前头带路。营地里乱得就像被滚水浇过的蚂蚁窝。匆忙奔跑的众人看到特姆莱走过来,纷纷停在原地,周围突然陷入令人不安的寂静。天哪,他们在埋怨我,他一边想一边加快脚步,但这不可能啊。没有任何武器可以将一块两百担的巨石打到六百码远的地方。这肯定是投石机,但他们造不出足够结实的抛杆,以承载相应的配重,更别说如此巨大的动能对整体架构造成的毁灭性冲击了。真要造出这样的投石机,那它得有一座山那么高,你上哪儿去找那么长的木材呢。

"在那里。"男孩急切地说。特姆莱顺着他指的方向看到一辆马车。这辆车看起来不怎么乐观,整个侧面都打碎了,一根车轴断裂,同一侧的后轮少了两根辐条。

"在哪儿?"特姆莱说。

"那里!"男孩重复道。特姆莱凑近了仔细看,这才看到车子旁边有一块小石头半埋在土里。他站在那里盯了好一会儿,想不通二者又什么联系,接着恍然大悟。

"就这个?"他说着,松了一口气。

大家全都看着他。

"是这样,"他继续说,"你们看这块石头,比鹅卵石大不了多少,和正常石弹的大小完全不可比。动动脑子吧,好吗?要发射一次,光上绞盘就要二十分钟,而且杀伤力不大,顶多将我们一个一个干掉。这么打,要打到他们都成老头子了才能给我们造成重大损失。"

大家仍然看着他,虽然没把心里话说出来,但意思都很明显——说得好听,要是下一块石头打到的是我呢?特姆莱走过去,捡起石头,又扔回地上。做这些事的时候,他心里想得更多的是自己刚才的话。重大损失,这是一个军事术语,跟区区数百人相比,死了几千人才算是重大损失。而就在不久以前,连过河的时候一名老妇人被水冲走都算是整个部落的大灾难呢。

"好吧,"他说,"我们这么办。"

　　战争的第二炮打响了,有什么东西掠过城墙,在距离墙头几寸的地方往下掉,落到水沟里,被马粪埋了大半,只露出蓝白色的鸭翎。这是一支箭,来自一名骑在马上快速移动的弓箭手。他在城头机械抛杆的威慑力下,以"之"字形曲折前进,一直骑到吊桥对面的堤道上。他一边疾驰,一边放箭,然后来了个漂亮的转身,掉转马头回去了。没有人回击,也没人解开射石车的缆绳,甚至连粗鲁的叫骂都没有。城市的塔楼对正在逃跑的弓箭手无动于衷,正如森林里的树木对蹦蹦跳跳的松鼠毫无反应一样。

　　"这是在干什么?"有人打破沉默问道。

　　"虚张声势。"另一个人回答。他一丝不苟地捏着箭尾的扣弦处,将整支箭从粪便里拎出来,然后隔着一臂远的距离将箭递给一名档案处的文书。"去把它放到博物馆之类的地方。"他厌恶地说,"如果你把上面的马粪洗掉的话,说不定以后会有点价值。"

　　洛雷登点点头。"不管怎么说,第一回合是我们赢。"他说,"我们赢了这戏剧化且毫无意义的开场示威。既然已经引起他们的注意,现在就看他们想不想和我们谈了。"

　　安全委员会还在争辩该由哪些人组成使团,平地那边就出了新情况。一排巨大的木筏出现在河面上,每一个木筏的缆绳都尽可能地系在距离营地够近的地方。木筏上载着成堆的木材,就算不是工程师也能看出,那都是扭力器械的部件。

　　城头有人注意到了,将消息送给了洛雷登。洛雷登离开仍在争论不休的外交人员,三步并作两步上了台阶,来到最近的塔楼。

"行，"他说，"那个我们有办法对付。去港口准备三艘轻型快艇，有急用。我们可以将这些木筏就地弄沉，或者，"他加了一句，"可以拖几艘到上游，凿沉它们，将河面堵住。如果不得不背着这些部件走五里路，我倒要看看他们会怎么应对。"

话音未落，有人扯着他的袖子指给他看。一艘木筏停靠在右岸、离吊桥堤道上游不远的地方。洛雷登看到撑木筏的人将一条又粗又重的链条从木筏上卸下。筏子上的其他人开始动手锯一棵长在河边的粗大橡树。该死的，洛雷登喃喃自语，又被抢了先机。他们打算封锁河流，让我们无法对木筏动手脚。"跟他们说不用弄快艇了，"他对着下面的台阶喊道，"这帮人比我想象的要聪明！"

由十名委员会成员组成的使团，在三十名重骑兵的护卫下骑马过了吊桥。队伍的前头，护卫队队长打着一面休战的旗帜。

"他们应该知道白旗的意思吧。"郡尉紧张地嘟囔着，"我们知道它的含义，但他们呢？"

"你问我，我问谁去？"总督小声回答，"你最好问问洛雷登，他比较了解那些人。"

洛雷登假装没听到，让他们发愁去吧，这样至少能在他谈判的时候让这帮人闭嘴。他并不指望这次谈判会有任何进展。这支人数众多、装备精良的军队不远万里、历尽千辛万苦而来，不是为了给进口产品争取有利的税务优惠的。他只想借这次谈判达成一个目的，而这有可能对城市防卫起到重要的作用。他要见见对方的头领。

因为明面上的敌人不是最危险的敌人。

使团的接近在营地引起了一阵骚动，而这些草原人才刚从鹅卵石引起的恐慌中恢复过来。另一个男孩——和上次那个不同——全力奔跑,来到卸货区。特姆莱正在那里和他指定的负责人检查着卸货程序。

"骑兵。"男孩成功地引起了在场人的注意,"四十名骑兵过来了。"

安纳凯叔叔打破了沉默。"要么是他们今天人手不足,要么就是来谈判的。"他说,"他们有打起一面白旗吗?"

男孩有点犹豫。"我不知道,"他回答道,"他们是打着一面旗,不过我没注意颜色。"

"白旗表示他们要和谈。"特姆莱解释道,"那是某种原始落后的佩里美狄亚迷信,他们觉得将旧衬衣的一部分系在枝条上可以让你刀枪不入。总有一天我会科学地验证一下这种说法。"

安纳凯叔叔笑了。"你打算和他们谈吗?"他问道,"我觉得没意义。"

特姆莱原先正跪在地上,用小树枝在地上画图,此时站起来,手在裤子上擦了擦。"恰恰相反,安叔叔。"他说,"我正盼着他们来谈判呢,算我运气好。利用这次机会,我们可以好好观察一下对手。"

一名工程师扬起眉毛,"你是说那些人是他们的头领?那为什么不直接干掉他们呢?在开打之前把高层指挥官一网打尽。"

特姆莱摇头,"那我们就又回到了原点,和一帮我们不了解的将军对战。不,我们去和他们谈谈,了解一下他们是怎么想的。各位,拿出我们最好的表现。记住,多听少说。"

双方在营地前会面。为了不在气势上输给对方,特姆莱带了十五名顾问、五十名士兵以及三面用征用的床单临时做出来的白旗。临出发时,他捅捅卡萨莱表哥的肋骨,悄声说道:"你来当我,好吗?"

"什么?"

"假装你是我。我不想他们知道我是谁,行吗?"

卡萨莱耸耸肩，"听你的。如果他们问我什么，我该怎么回答呢？"

"随便你怎么回答。谢谢你，卡斯。"特姆莱落后一步，将水獭皮帽拉下来盖住脸，任由卡萨莱带着整队人马前进。

两方会合的时候，洛雷登打马上前，松下缰绳，双臂交抱在胸前。"好了，"他高声说道，"你们这帮猴子中谁是领头的？"

卡萨莱迟疑片刻，骑马上前几步。他清清喉咙。"我就是特姆莱·塔－米－马，"他庄重地说，"萨苏来之子。你们要干什么？"

洛雷登轻蔑地笑了，"不，你不是。你太老了。谁都知道，新族长是个乳臭未干的小屁孩。肯定是你，头上顶着死老鼠的那个。走近一点，免得我们讲话还得大吼大叫。"

一段尴尬的沉默之后，特姆莱骑马向前。"我是特姆莱，"他说，"你又是谁？"

洛雷登眯起眼睛看着他。"我在哪里见过你，"他说，"我不擅长记名字，但是见过的脸一张也不会忘掉。对了——你就是我在军械厂遇到的那个莽撞的小孩，你还毁了我的招贴画。"

特姆莱微微点头，目光冰冷得像寒冬里的钢铁。"对，"他说，"我也记得你。很高兴我的敌人居然让一个醉鬼当将军。"

洛雷登笑开了。"说得好。"他说，"我得记住这个笑话。好了，寒暄够了。我们允许你们安全撤退，但有两个条件。一，离开之前烧掉那堆奇形怪状的破玩意儿。二，你要赔偿我的招贴画。怎么样？"

他试图盯着对方的眼睛，以目光压制他，但这么做不太容易。他更希望此时特姆莱拿剑指着他，尽管自己手无寸铁，但那样更容易判断对方的想法。但男孩的目光异常坚定，沉稳得让他想起那晚剑术学校里那个脑筋有问题的女孩的剑尖。

"我也很擅长认脸。"特姆莱终于说道,"既然你不顾礼节,不让我知道你的名字,那我就只好记住你的脸了。希望我们会再次见到。"

洛雷登打了个哈欠。"我猜你这是不答应的意思喽。"他回答,"可惜了,你们一点希望也没有,还会死很多人。虽然我不怎么介意,但我不希望我们的人因此受伤。有可能的话,我会尽力避免那样的情况。啊,行了,你就自食其果吧。"

"没问题。"特姆莱说。

"不过,还有最后一个问题。"洛雷登继续说,"既然你来都来了,而且多半会在我们抓到你之前就跑掉,今后我们也没什么见面的机会,我就好奇问一下,为什么?"

特姆莱瞪着他,过了很长的时间才回答。"私人恩怨。"他说。

"私人恩怨?就因为这个?你带着整个部族奔赴死亡,就因为你跟我们有私仇?"

特姆莱点点头。"正是如此。"他说,"事实上,是你提醒了我,这点我很感激。当时我甚至已经开始质疑自己的初衷了,但现在我永远不会忘记这个答案。"

洛雷登掉转马头。"那就这样吧,"他说,"咱们走着瞧。你还是得赔我的招贴画。"

"你会收到赔偿的。"特姆莱说,"我保证。"

难得的是,总督一直等到特姆莱那边听不到说话声,才开始兴师问罪。

"见鬼,你到底在玩什么把戏?"他气势汹汹地说,"如果你所谓的外交手段就是——"

"这是一种策略。"洛雷登温和地回答,"就像城市流派的防守姿势,这是一个咄咄逼人的开场。我已经拿到了我们需要的信息。"

"我太高兴了。"总督说,"那请您发发善心,将如此珍贵的情报跟我们这些人分享一下吧,因为我太该死了,居然没看出刚才取得了什么进展。还有,你说他欠你一幅招贴画又是在搞什么鬼?"

洛雷登淡淡地笑了。"我说的都是大实话。"他叹了口气,"短时间内,我是拿不回损失的五夸特了。你想知道我了解到了什么信息是吗?让我来告诉你,首先,并不是我们这边有什么叛徒把军械厂的秘密出卖给敌人。大约在六个月前,那小孩就在军械厂当铸剑师。现在知道了吧,简直可以说是我们教会了他所有关于军械的知识。"

总督想要说什么,却无言以对。洛雷登点点头。

"其次,"他说,"那个男孩很聪明。这段时间也成长了很多。是啊,成为部落的族长的确能让一个孩子一夜间成熟起来。不过,能够将我们主要军械的所有规格尺寸都记在脑子里带走,同时还能指挥从没接触过这些知识的游牧部落造出一整套,这样的人绝对不是寻常人。以上这些,就是我们走这一趟的收获。"

总督咬着嘴唇,点点头,"我同意。"

"很好。第三,让我给你上节历史课。十二年前,麦克森将军带领我们攻击了草原人族长的篷车队——那时候的族长还是这个小伙子的父亲萨苏来。我们杀掉了他们家族的大多数人。说实话,我们以为那次的行动已经将族长家灭门了,没有留下亲眷,这是麦克森的搅局策略。失去了顺位继承人,等老族长一死,部落肯定会爆发内战。显然,我们没有干掉所有的继承人,因为那个当了新族长的小伙子自称萨苏来之子特姆莱。而且,当我问到他为什么要做这些事时,他说是因为私人恩怨。"洛雷登若有所思地咬住下唇,"他没有瞎说。如果他确实是萨苏来的儿子,那么我们确实杀了他全家,只留下他和他父亲。事实上他也别无选择。他必须复仇,整个部族都知道这一点。

也就是说，就算没有一举攻下城市，他们也不会撤军放弃。"他摇摇头，"我早有预感，这件事和麦克森当年的战事有关，只是我之前没料到问题有这么严重。"

"还有吗？"总督问。

"还有一点。这孩子不仅没有被我的虚张声势吓倒，也没有大发脾气。知道这一点很重要。刚才在场的有不少部族里的长老，但除了特姆莱以外，没有人说话。由此可见，他拥有绝对的控制权，而他们完全服从于他。要离间他们，让这些人背叛他，是没什么希望的。"

一回到城市，洛雷登就叫来格兰希斯，让他摧毁吊桥对岸的堤道。没过多久，东面棱堡上的四台扭力机械开始发威，堤道瞬间被打得粉碎，到处都是碎裂的木头和木板，成功地展示了城市一方战争机械的威力。洛雷登希望特姆莱正在看着。但是，一想到这场战争中对城市的第一次损毁是在他的命令下完成的，他又有些沮丧。他希望接下来的战局会有所不同。

"这是我见过的最愚蠢、最懦弱的举动！"郡尉咆哮道，"堤道被打断，我们就没办法主动出击。只能躲在墙后，眼睁睁地看着他们不受干扰地将机械组装起来。这简直是犯罪行为。"

"我们躲在墙后的话，什么也看不见呀。"他女儿回应道，家里其他人努力忍着不笑出声来。

"别耍贫嘴，"他说，"我什么意思你一清二楚。"他撕掉面包片边缘的皮，把中间心部分压成硬硬的一团，咬了一口。"如果说这里面涉及什么跟钱有关的猫腻，我一点也不觉得意外。"他添油加醋地说。

"可是我以为——"他的妻子欲言又止，继续手头的刺绣。

"以为什么？"

"没什么，我说的肯定不对。"

"对不对，我自己会判断。"

"是这样的，"她一边说，一边眯着眼睛将线穿过细小的骨针，"我只是想起你之前一直说——当然，我认为是很有道理的——那个什么探索队还是远征军的制造了一个烂摊子以后，我们不应该继续出城和他们打，应该以静制动，让他们先出手。我记得这是你说的。"她接着补充道，"莉罕，亲爱的，你还记得爸爸是怎么说的吗？"

七岁的莉罕郑重其事地点头。"是的，"她回答，"大概就是这样。"

郡尉满面怒容。"这压根儿不是一回事。"他嚼着面包，"主动出城打仗是自找麻烦。等他们将那些可恶的攻城器械安装起来，去干扰一下则完全不同。现在我们自己放弃了这机会，真是蠢到家了。"

"可是你说过，他们的机器压根不能用。"莉罕指出，"你说这是明摆着的事，一群无知的野蛮人——"

"这不重要。重要的是，他们现在忙于装卸机械，必然防守薄弱、组织松懈，这正是向他们发起进攻的最好时机。结果那个白痴——"

当然，郡尉大人的立场并不客观。他是城市政界改革派的领导人，而总督则是大众派领袖。总督是他一直以来抨击的对象，而在他看来，洛雷登也是总督手里的棋子。在不知情的外人眼中，这两派没什么不同，但其实斗争一直相当激烈。之前在紧急状况下大家好不容易达成了休战协议，现在委员会的成员又开始蠢蠢欲动了。

发生在郡尉家的争论多多少少反映了城里几乎每个人的想法。不过，普通老百姓更倾向于在两种立场间摇摆不定，一方面耻笑政府摧毁堤道的懦夫行为；另一方面又满心相信城墙坚不可摧，蛮族一定会很快弃城而去。

"他们该采取行动了。"高级执事斯托纳苏斯此时正在城邦学院的回廊建筑里，一边从事餐后散步一边说，"卡纳迪，你和教长关系很近，你该劝他行动起来了。是时候让来自研修会的声音得到应有的重视了。"

"噢？"卡纳迪挑起眉毛，"为什么？我们是一群致力于深奥的、抽象的理论研究的哲学家和科学家，为什么需要对战争提出见解？"

斯托纳苏斯奇怪地看着他。"我不得不指出，"他说，"在亚历克修斯忙于履行新的职责时，你作为研修会的实际领导人，似乎并不特别在意我们的社会地位——又或者说，我们的责任。在这样的时刻我们有引导和咨询的义务。我们应该发挥更大的作用——"

"也许。"卡纳斯故意转开头，"这么说，你属于'用魔法干掉他们'那一派的。这件事，恐怕我没什么兴趣。"

"这跟魔法一点关系也没有，你又不是不知道。"

"这正是大家希望我们做的。"卡纳迪指出，"给那些蛮族下咒，把他们炸得粉身碎骨，或者发射火球烧他们，又或者把他们都变成青蛙，然后让天上出现成群结队的饿得发慌的鹤。我倒想知道我们怎么才能做到。"

"你现在说话越来越像亚历克修斯了。"斯托纳苏斯不满地回答，"无意冒犯，但我总觉得他的个性中隐隐带着点尖刻，和他的职位不太相配。"

"你是指他有幽默感？也许你说得对，也许这只是执掌研修会以后慢慢形成的语言习惯。我还记得很久之前，我说起话来和你一个德行。"

执事果然觉得受到了天大的冒犯，卡纳迪如愿以偿地甩掉了他，不受干扰地回到自己的办公室。在那里，要花一整晚时间才处理得完的行政文件正欢欣鼓舞地等待着他，如果需要透一口气的话，还有厚厚一摞学术文章要看。他记起亚历克修斯曾经为此抱怨过，而他当时觉得颇为讽刺，居然有人会讨厌教长的工作。那已经是很久以前的事了。

他关门上栓，用手中的蜡烛点燃房间里的灯。昏黄的烛光在房间的角落投下浓重的影子，修剪不当的烛芯冒出来的烟熏得他眼睛发痒。要是现在能上床睡觉就好了。不过要是现在睡觉，到了第二天早上，该看的文件还是得看。因此他坐下来，从文件堆最上面取下一张羊皮纸。

《联合教务委员会关于任命以及拨款的会议记录》。

他扫过一遍，注意到自己的名字在"缺席致歉"一栏下面。接着他一边往下看，一边在脑子里将会议记录的语言转换成真实的意思。文件所叙内容还是合情合理的，但不知为什么，他看不出这些内容和自己有什么关系，也不知道有谁对此感兴趣。自他上次参加财政会议以来，世界已经前进得太远太远。

三天过去了，到目前为止，什么也没有发生。城墙内外充斥着锤子、锯子、斧子、绞盘以及骂骂咧咧的声音。两边的人都忙着扯绳子、拖木材、敲打楔子、将胶水灌进卯眼里、修整石头、发号施令。两边都有人无所事事等着其他人想法子解决这场结局难测的灾难。尽管如此，营地和城墙之间的距离仍然保持不变，除了常见的来觅食的鸟和流浪狗，谁也不敢踏足。在那个早晨之后，卡纳迪再也没找到机会和亚历克修斯谈谈。安全委员会目前处在一个接一个的会议中，尽管不知道他们在会议上做了些什么。有时候他都怀疑这帮人是不是弄了几张掷骰子的桌子、一台水力驱动的风琴，以及一些盛大宴会通常会配置的玩乐设施以供消遣。

不知为什么，他总是时不时回想起那趟糟糕的酒馆之旅，以及亚历克修斯宣称叫高戈斯·洛雷登的那个人。他把这一切都归罪于教长喝下的大量工业涩酒。那个据称是副郡尉洛雷登的哥哥的男人想方设法将他们引到酒馆，就为了要看看他们——这样的说法实在太过牵强，根本无须考虑。何必呢？就算亚历克修斯猜对了，真的是他，又能怎么样？然而教长却似乎坚信高戈斯·洛雷登的出现对他们两个人，甚至对于整个城市而言，代表着某种不祥之兆。

现在连我也开始忧心忡忡，难道这里面真的有蹊跷？还是说为了逃避这些冗长无趣的会议记录，我不由自主地异想天开了？

为了打断起伏的思绪，他站起来，准备点燃房间里的小壁炉。最近他发现亲手做一些生活上的琐事颇有些乐趣（真奇怪，就在不久前他还认为，不用亲自动手干活算是自己这辈子取得了某些成就的证明）。他慢慢悠悠地动手生炉子，费力地将木块摆放好。等他将引火物点燃，炉子开始持续燃烧后，他重新坐了下来。这回他没有坐回桌前，反而坐到那张宽大舒适的、给访客准备的椅子上，脚架在大大的杉木衣橱上。他手上拿着会议记录，眼睛也盯在上面，却看不进去。很快他觉得眼皮很重，于是闭上了眼睛——

眼前出现了另一簇火，和小壁炉里的完全不同，温度极高，散发着耀眼的光芒。他站在几码之外的地方，皮肤却依然因灼烧而刺痛，仿佛身在炼铁炉中——不过他是站在外面的，能看到整座建筑都在燃烧。

他定睛一看，认出了着火的是军械厂。他对军械厂不怎么熟悉，还是个二年级学生时，有着大把闲暇时间的他溜到这里来过一次。现在这地方居然被烧了。火场外有个男人俯身在一块铁砧前，一手拿着小锤子，另一手拿着火钳，火钳上夹着一块烧成橘黄色的金属条，正利用面前的大火锻打着。他正是——

"高戈斯·洛雷登？"

秃头男人转过头来，客气地点点头。"你好，"他说，"很高兴在这里见到你。你愿意帮个忙吗？"

"当然。"卡纳迪回答，"需要我做什么？"

"我要调配焊料，帮我鼓鼓风箱。"高戈斯回答，"就一会儿。如果温度降下来了，焊料就流不动了。"

"我该怎么做？"

"只需要握着这个柄上下摇动——对了，就这样。动作稳一点，很好。"

"行。"卡纳迪将手柄推下去又拉上来，"顺便问一句，"他说，"我是怎么知道这些术语的？我对金属冶炼一窍不通。"

"学到的知识总不会白白浪费。"高戈斯转过身来回答道。他挑出一小撮白色粉末，放在一张石板上，往上面吐了口唾沫，用一根小树枝将粉末调成粉团。"这玩意儿可珍贵了，"他说，"得小心处理。不能把银焊料和别的东西混起来。"

"啊。"卡纳迪一边用袖子抹去眼前的汗水，一边说，"我还以为我们根本不会用银焊料呢。"

"说得没错。"高戈斯回答，"但草原人知道。了不起的东西。好，现在应该可以了。黏稠度要正好，介于口水和鼻涕之间，否则就无法发挥作用。在我干活的时候请继续鼓风。"

卡纳迪点点头，继续操作鼓风机。"我的朋友亚历克修斯怀疑是你引发了这一切。"他一边鼓风一边聊着，"我看不出这里面的道理，你呢？"

"我觉得亚历克修斯说得不错。"高戈斯回答，"不过，与其你自个儿在这儿揣摩，还为此弄得心事重重，睡不好觉，直接去问我弟弟不是更简单吗？"

"没错。"卡纳迪回答，"话说回来，你也可以直接告诉我答案。"

高戈斯笑了。"我很乐意帮忙。"他说，"不过我只是一个梦，相当于你的潜意识打的一个嗝。你不知道的事，我怎么会知道？"

"啊，但你并不是我的梦。"卡纳迪说，"否则我怎么会知道用银焊料做助熔剂、保持温度，还知道金属颜色要始终呈现樱桃红，这样焊料才能发挥作用？我的记忆里没有这些，因此你也不是梦中人。回答我的问题吧。"

高戈斯点点头。"有道理。显然你跟我们那可敬的教长学了一两手本事。

要不然，"高戈斯抬头一笑，在火焰的映照下他全身鲜红，"就是我控制了你，正如亚历克修斯说的那样。来吧，你这么聪明，说说看哪一种更有可能。"

"为什么城市起了大火？"卡纳迪问道。

"我不知道。"高戈斯俯身看着橘黄色的金属条，专心致志地将焊料条贴在结合部，"关于这个，你得去问我姐姐。我们家就数她聪明。"

"我不知道你还有个姐姐。"卡纳迪说着，忽然醒过来，一叠文件从膝头滑落到地上。有人在敲门，他低声抱怨着，捡起文件（纸页全都混在一起，乱了次序）说，"进来。"

一张年轻女孩的脸从门口探出来，他并不认识。"有人来拜访，"她说，"他们自称是您的朋友。外邦人。"她意味深长地补充了一句。

"唔？噢，带他们过来吧。他们是没有通报名字，还是说名字太怪，太生涩，以至于你无法正确发音？"

"哦，我没问。"女孩说完，把脸从门口缩了回去。

卡纳迪揉揉眼睛，赶走睡意，想起那个女孩的话中强调了"外邦人"一词。他觉得她想暗示的是，要么来访者是部落间谍，而他正打算出卖城市的秘密；要么来的是无比强大的巫师，来帮助他施放惊天动地的魔法，把草原部落打个粉碎。门一开，他就为自己的第二个想法感到后悔：文纳德和维特里丝站在门口。

文纳德清清喉咙。"我只想说明，"他宣布，"这全是她的主意。"

他妹妹掉头轻蔑地瞥了他一眼，径直坐在桌子边缘。文纳德待在原地不动，离门很近。

"请进。"卡纳迪说，"喝点什么？请自便。"

"哦，谢谢。"女孩探过身子，利落地从桌上拿起一个酒壶和一个杯子，倒了一杯。"嗯，真好喝。"她说，"这是什么？"

卡纳迪笑了。"学院的特色。"他说,"一种来自南方的甜酒,加了蜂蜜和肉桂粉。不过你现在喝的是冷的,热的更好。我打铃再要些。"

"谢谢。"维特里丝说道,完全忽视了她哥哥恳求的眼神,"很抱歉冒昧地来打扰您,我知道您很忙。但我们要见洛雷登上尉——"

"是洛雷登上校。"她哥哥嘟囔着。

"洛雷登上校。没人知道他在哪儿。文去了他的办公室,但没找到。那里的办事员一点忙也帮不上。他的助理艾希莉现在和我们一起做生意。她提到上校最近和亚历克修斯教长的关系很好,所以我们决定去找他。当我们到宫殿门口询问的时候——"

"那叫门房。"

"——他们说您可能知道。自从教长忙于处理草原人问题,您就顶替了他的位置。说起来,那真是件糟糕事啊。"

"确实。"卡纳迪微笑着回答。

"可不是吗?不管怎么说,我们想,如果不是太麻烦的话,您可以带个信给教长,请他告诉上校我们又来城里了,今天早上刚刚到的。如果他能抽出五分钟时间——"

"维特里丝。"文纳德呻吟道,"闭嘴。"

"哦,你闭嘴吧。您可以帮忙吗?"她继续说,"我们会非常感激的。"

敲门声响起来了,又是那个女孩。卡纳迪要了一大壶热香料酒和三个干净的杯子。女孩点点头,打量着两位岛民,过了许久才走开。

卡纳迪试探着用手指尖碰了碰前额。不疼。他琢磨了一会儿,下定了决心。

"我看可以。"他回答道,"文纳德——这是你的名字,对吗?——请坐下,我相信你一定会喜欢这酒的。是的,我应该可以带个信给洛雷登上校。当然,可能需要一两天时间。你一定可以谅解吧，最近的局势——"

"噢，没问题。"维特里丝回答道，"要将剩余的绳索运到船上，我们至少要在这里待上一星期。文从政府手中买下了所有过剩的绳索，对我们来说是一笔好买卖。这就是我们要见上校的目的。您看，上次我们来这儿的时候，他提到用来制弓的陈年柠檬木严重缺货，我们在老家设法弄到了一大批货——其实是有人取消了订单，不过请别跟上校提起这点。"

"当然。"卡纳迪了然地点点头，"我相信他听到这消息一定很高兴。不过，与其等着和上校本人见面，如果你想尽快谈成这事，军需处有权直接采购，不需要上校参与。"

维特里丝笑了，"噢，我们知道。但如果和某个组织的高层有联系的话，和他本人打交道没什么坏处。文，你不是常常这么教导我吗？"

文纳德坐在一张硬邦邦的直背椅边缘，用屁股保持着平衡，闷闷不乐地点点头，没有吭声。似乎这是他第一次庆幸，妹妹将谈话任务全包了。

"作为回报，"卡纳迪说，"也许你们能帮我一个忙。"

维特里丝喜笑颜开。"行，没问题。"她说，"需要我们带什么东西给您吗？"

卡纳迪摇摇头。"跟我们上次见面有关。"他回答，"我得承认，亚历克修斯和我可能对你们隐瞒了一些事实。"

"什么？你是说——真是太有趣了，你是在说魔法，对不对？哦，我忘了，我不能管它叫魔法。"

又一阵敲门声，女孩将酒送了过来。"谢谢，我们会自己倒。"卡纳迪笃定地说。女孩失望地走了。

"你确定不来一杯吗，文纳德？"卡纳迪问道。

"不，谢谢，真的。我一喝香料酒就头疼。"

卡纳迪把酒倒进两个杯子，递给维特里丝一杯。"开门见山地说吧。我们第一次见面时，亚历克修斯和我做了个实验，当时亚历克修斯告诉你们实验彻底失败了。他没有说实话。其实——"他犹豫了，盯着自己的酒杯，"还是出了点状况，我们俩对此都没有经验。这就是为什么我们没说实话，我想是难为情吧，毕竟我们本该是这方面的专家。另外，我们都有点怀疑，这状况不过是我们的想象。"他面无表情地继续说，"然而，回想当时发生的事，我很确定有什么力量在起作用。因此，如果你们同意的话，我想再试一次。"他不再晃动酒杯，在酒液泼洒出来之前将杯子放回桌上，"我不得不提醒一句，亚历克修斯大概不赞成这么做。但如今我们面临危机，老实说，任何看起来有用的办法都值得试一下。如果失败了，那也没什么。"

维特里丝的眼睛睁得又大又圆，明亮得就像远处玻璃上反射的阳光。"哦，来吧，"她说，"我们一起试试。你不会闹脾气吧，文？真有什么我们能做的，我认为我们应该帮一把。他们可是一直在帮我们啊。"

"去吧。"文纳德无奈地说，"我想您邀请的是我妹妹吧，"他对卡纳迪说道，"我记得上次我睡着了。"

卡纳迪抚着下巴，"当时确有迹象表明你妹妹，呃，拥有某种力量。但这并不能说明什么。真正有能力的也可能是你。因为我很确定，有能力的那一个没有意识到自己在做什么。"

文纳德耸耸肩，"那好，我加入，如果你认为有帮助的话。"

"太好了。"卡纳迪啜了一口酒，还是没觉得头疼，"也许我该简单解释一下元理起作用的方式，或者说，我们对此的理解。对我们而言，这也算是一个全新的领域。"

他开始解释。尽管他尽力简化这段独白，但还是不可避免地让人觉得深奥难懂，充斥着不熟悉的词和长句。房间里很暖和，很舒服，酒又甜又浓。

一转眼，他已经不在原地——

——他站在洛雷登督建的一座新棱堡上，显然这里正在发生战斗。人们匆匆跑动，扛着绳索、杠杆以及一捆捆新箭，箭翎上还沾着稻草。他们跨过一具具尸体和垂死的人，地上响起呻吟和哭泣，有的来自城里人，有的来自草原人。他时不时感觉到脚下的过道在颤抖，他猜想那是沉重的石头正在撞击堡垒下方的城墙。左手边有一台巨大的投石机，一群人正闹闹哄哄地围着它。有些人爬上侧面支架，有些人坐在横梁上，其余的在下面给他们递工具和一段段绳索。

木头上钉着几支箭，箭杆朝着城外的平原。城头时不时有箭掠过，有些打在石头上发出嗒的一声，有些越过城头，掉到下面的街道上。墙头有不少弓箭手笔直站着，将他们那长长的、坚硬的弓拉开。他们似乎不在意迎面飞过来的箭，但卡纳迪看到其中一个男人倒在地上，一支箭穿耳而出。另一个人忽然丢下弓，用手抓住钉在他上臂上的箭。旁边有两个人匆匆赶来，将他扶下阶梯，第三个人捡起他扔下的箭，再次搭在弓上。

卡纳迪四处张望，想找到维特里丝、文纳德或者任何一个他认识的人，但一个都没找到。一支箭贴着他的身体掠过，近得他甚至能想象羽毛轻轻拂过下巴的样子。这让人后怕，但事情发生得太快，而且悄无声息，让他一瞬间以为那是一阵风或者一只虫子。

该死的，他想，**现在我该怎么办？**肯定是只有我一个人落到这里来了。

他四处搜寻，但周围跑动的人太多，很难看清什么。假设他来到的是某个关键时刻——似乎总是这样，在这个点，你伸手出去抓住关键，就能改变整个事件的进程。他真希望自己懂一些军事、战略方面的知识。眼前的一切让他一头雾水。就算发生了什么生死攸关的大事，他也不会察觉。这样不行，他有可能彻底错过这个关键，甚至有可能在无意中将局势往坏的方向推动。

如果此时正是战役的转折，城市一方开始占上风，他们会因为他的无知而错失这个机遇吗？

有人跑上台阶，是洛雷登。鲜血浸透了他的头发，他手上拿着一支箭。卡纳迪本能地后退一步，让他通过，尽管洛雷登可以直接穿过他的身体。

"链条，"他气喘吁吁地说，"你们这帮小丑，是谁忘了把链条拉起来？天哪，我居然得在打仗的半途来做这档子事。得了，你，还有你，准备好沿着杆子爬过去，把绳子拉起来。我负责这根。我们要做的就是把链条挂在钩子上，快点。"

被他点到的人带着恐惧的眼神往后退，一言不发。洛雷登抓住一个人的胳膊，但被他挣脱了。

"看在老天的份上，这事总得有人来做！"他大吼道，"他们的云梯随时会架上城墙。"

一支箭嗖的一声掠过卡纳迪，射中了洛雷登胯部上方的锁子甲上，斜斜地栽下来。那两个人转身就逃。不知为什么，卡纳迪无法谴责他们的行为。

哎呀，天哪，他准备自己上。卡纳迪集中精神，思考着到底该做什么来改变事件的进程。如果洛雷登成功挂好防护链条，城市是否会因此得救？如果我阻止了他，我们全都会被杀掉。所以，我到底该做什么？

洛雷登蹬在防护墙上，一只脚跨出去，低头找杆子。卡纳迪听得到他沉重的呼吸声。该做点什么！他告诉自己——

"嘿，"是那个岛民女孩。她正轻轻捅着他的肩膀，"你睡着了。"

"什么？"卡纳迪睁开眼睛，"天哪，我怎么睡着了。对不起，我刚才说到哪儿了？"

他结束了讲解，然后大家一起努力进入梦境，却没有成功。大家都有些尴尬，卡纳迪向客人真诚道谢，再次保证会帮忙带信，然后迫不及待地送走了他们。他坐在床沿,慢慢将剩下的酒(已经凉了)一口一口喝完,接着躺在床上,觉得身上很不舒服。

他筋疲力尽,却一点头疼的迹象也没有。

他焦虑极了。

十五

第二天早上，特姆莱下令套好骡子，将第一批投石机运到前线。

进入三百码射程不过半个小时，五台攻城器都被砸得稀烂，满地都是碎裂的木头、石块、骡子和人的尸体。作为回击，他们发了一炮，最后落到河里。特姆莱脸色煞白，强忍着不让手下人看到他在颤抖，下令另外两批攻城器同时前进。攻城战打响了。

七台攻城器在东面棱堡的一通齐射下幸存了下来。因为投石机需要时间上绞盘、装弹，每一轮齐射之间大概有二十分钟的空隙，如果手脚麻利的话时间还是足够的。他趁机将另外十台攻城器送上前线，此时城头已经没有准备好的投石机可以攻击他们了。当城市方终于发动下一轮齐射时，又有两台被打掉，不过此时特姆莱手头已经有十五台投石机做好还击的准备了。他大声叮嘱手下人不要着急，记住之前瞄准练习的操作程序。他们朝他挥挥手，*别瞎指挥，我们很忙*。第一台机器开始发射，石头打在靠近墙脚的地方。部落方爆发出一阵热烈的喝彩声，但特姆莱大声喝止，让大家安静。工程师们通过上紧绞车来调整弹道，上紧的圈数经过严密计算。又一台机器发射，石头越过城墙，落在五六尺开外。另一批工程师将绞车放松一些。等到第三台发射以后，这一次部落方才真的取得了值得庆祝的战绩。

"很接近了。"特姆莱说，"但还不够。继续调整，总有打到那些机器的时候。"

在棱堡发动下一轮齐射前，他们终于设法击中了一台。这台机器之前打坏了一台特姆莱这方的攻城器，还将一块石头砸到另一台攻城器的操作队伍中。场面令人不忍卒睹，被石头压在下面的人居然奇迹般地没死，尖叫着呼喊救命。特姆莱挥手示意一支队伍上前，等他们终于将石头搬开时，那个人已经死了。与此同时，双方攻城器之间的交战仍在持续，从部落方发射出的石头就算没击中棱堡上的机器，也至少打到了其他什么地方；而棱堡方发射出来的砲弹却运气不好，只在地上砸出几个大坑。

就这样，特姆莱对自己说，还要再坚持几个小时，才能知道这个法子到底行不行得通。唉，至少我们没有出丑。

枯燥无味的战斗进行了很长一段时间，从某个角度来看显得很荒唐。工程师们狂热地工作着，他们拽着绳子，用人力搬动大石头，当石头从天而降时，还要注意拉起配重的绳子，设法防止与其相连的骡群因受惊而挣脱套索，在别的时候，又得想法子让它们动起来。其余的士兵却在旁边观望着，有点像佩里美狄亚诉讼现场的旁听者，就这么看着场中央的人搏命。一旦他克服了把族人从危险战区撤出来的冲动，特姆莱发现这场战斗更像是某人的葬礼竞技赛——也许就是他自己的。这两个场合都存在着同样怪异的鲜明对比：竞技场中央充斥着狂热与绝望，而围观者却保持静止与沉默，时不时有人挪动着因站得太久而发麻的脚，咬苹果的声音从各个方向传来，时不时还能听到完全不相干的闲聊声。

在交战刚开始时，特姆莱就注意到一个可能让己方占据优势的因素。他下令让工程师们将每台机器的间距拉开。他注意到尽管己方在十轮齐射中只有两发砲弹命中目标，但城市方的发射速度却比之前慢了不少，就连命中率也大不如前。他琢磨着这个问题，发现尽管自己这边射出去的砲弹没有直接打中机器，但大部分都落在了棱堡上面或四周。而城头上到处都是机器和工程师，一块石头落下去总能砸到点什么。他的机器造成了对方工程师极大的伤亡，而这些工程师都是经过训练，懂得如何正确操作机器的人。替代他们的人操作起投石机来，连特姆莱的人都比不上，导致发射效率下降。因此，将他自己的机器拉开间距是一个有效的应对策略。这么做确实有用，对方的石弹打中机器或人的概率大大降低，偶尔打中也只是运气好而已。这就是平均原则的实际应用。而他手下的操作人员却随着时间的推移而越打越熟练。

骡队一次又一次停下来，尽管距离很远，人们仍然可以清晰地听到石弹撞击的声音。那是一种结结实实的、难听的撞击声，一种沉闷的噪声，听到这种声音就注定有伤害，正如骑士从疾驰的马上摔下来，没有头盔保护的头部狠狠撞在地上发出的声音一样。想象这一发砲弹的威力相当容易，因为来自城市那方的石头落地时，整个大地都在颤抖。看着石头从天而降是一件惊心动魄的事，空中的石头越来越大，下面的人试图猜测它们会落在哪个方位，试图找出它们那弧形的、不规则的弹道轨迹，有时候猜对了，有时候猜错了。特姆莱看到有一个人仰望着一颗往下落的石头，从原来站的地方跑开，停住，又往回跑，接着往前跑了几步。他的头仰着，眼睛紧盯着渐渐变大的黑点，停下来，等了一会儿，跑回去，又等了一会儿，在最后一刻急忙往旁边闪避，结果彻底估错了方向，石头正正地砸在他身上，将他彻底从地表抹去，几乎很难令人相信那里曾经站着一个人。

一台投石机的抛杆突然折断了，发出尖锐的、震耳欲聋的断裂声。失去了动力的吊兜猛然掉了下来，令人毛骨悚然地碾过正在操作机器的一批工程师。没有人送命，但胳膊、腿以及肋骨处骨折的比比皆是，仿佛长在一颗枯树上的枝条，一点重量就能轻易让它们断开。有人快速跑上前，手忙脚乱地推着石头。被压在下面的人发出尖叫声，*不要，住手！你们推的方向反了！我要被压扁了，把石头抬起来啊*……接着，更多的人冲了上去，又给第一批救援者制造了障碍。

一块石头落在离他们十尺开外的地方，正好砸在之前已经落地的另一块石弹上，石块四下飞溅，尖锐的碎屑将皮肤和下颌割出道道血痕。更多的人拥过来帮忙，一名双手鲜血淋漓、头发湿透了的工程师挥舞着手臂，大声喊道：“快让大家退开！”赶来救援的人手足无措地站在那里，不知道该做什么。有人叫了起来：“小心，落下来啦！”没等他们挪动，一块石头呼啸着从天而降，砸在距离他们十五尺以外的地上。发出警告的那个人双脚瞬间被砸断。他看着脚下，因为过于震惊而说不出话来。他想移动脚步，却栽倒在地上。而特姆莱自始至终在旁观望，没有任何动作，连一句话也没有说。

城墙上到处是石尘、鲜血、呼喊，简直像一场噩梦。走道出现了一长段空缺地带，一台被砸坏的投石机吊在配重物上，悬空垂在墙垛边，断裂的支架在半空中荡来荡去。人们跨过尸体，跃过空隙，手忙脚乱地解开绳子，将被发射震松的楔子敲紧，不时有脱手的杠杆和扳手散落在胸墙上。机械师们争分夺秒地用锤子和钳子将弯曲的活钩敲直。队长们不理会四周的喧嚣和扰动，专心核对参考标记，间或大声地让手下将移位的机器重新调整好。

格兰希斯工程师跪在地上，用一把腰间佩戴的匕首砍着一团打结的绳子。这工具拿来砍绳子有点过于单薄，显然不太适合。洛雷登从一台机器走向另一台，试图搭把手却总是碍手碍脚。他看到有人用脚将尸体踢下墙头以腾出一点空间，工程师大声呵斥咒骂着因原有的操作人员死去而顶替上来的手脚不麻利的新手。他听到下方传来尖叫声，绞盘绳索的断裂使得一块两百担重的石头朝着拉绳子的众人砸下来。他看着另一个人一脚甩脱了鞋子，然后无助地看着那只鞋子从墙头掉下去，最后只能光脚踩在因城墙碎裂而显得粗糙不平的石头表面。当像刀一样锋利的石块割伤他的脚底皮肤时，他没有低头查看，而是全神贯注地动手替换一个扭曲的铁棘轮。为了让他得以着手替换，他的团队将无比巨大的配重石拉起，万一他们松手或者绳索忽然断裂，他的手就会被旋转的棘轮截断，还有一个可能就是扳手会朝上飞出，像箭一样插进他的肋骨。

这都是因为我看不到敌人，他对自己说。很可能实际情况并没有看上去那么糟。

不行，再这样下去我们输定了。

必须要做点什么。

一块石弹将台阶的头六级敲掉了，他只能坐着，以臀部着地的姿势滑下来，直到脚可以踏在完好的台阶上。台阶上到处都是受伤的人，他们拼命爬到了这里，似乎觉得已经安全了。他跨过伤员，一不小心鞋跟踩到一只伸出来的手上，但他顾不上道歉，甚至没时间回头看一眼。他走下最后一级台阶，快步——注意不能看起来像逃跑的样子——走到街上，朝市中心走去。

似乎有一条线画过路面，战争止步于此。在线的另一边，人们在逛街买东西、坐在门口干活（一名正在切割皮料的制鞋匠抬起头来，看着这个披盔戴甲、全身脏兮兮、满是鲜血和尘土的人从他家门前经过），似乎几百码以外的小小地狱并不存在，似乎只要你转身离去，那悲惨的世界就与你无关。

的确如此。

他走进议事大厅，径直朝总督走去。总督正坐在窗前，一堆文件摊在他面前。总督抬起头来——在洛雷登的映衬下，他的白色长袍越发显得一尘不染——正打算说什么。

"我们必须主动出击。"洛雷登说，"可以从港口坐船出发一直到拦河索那里，让人马在河的西边上岸。河上一定会有他们的木筏，我们可以从上游抢几艘木筏渡河，借着山丘的掩护从山后向他们扑去。只要能干掉他们的工程师，突击队可以不惜一切代价。"

总督摇摇头。"这事没得商量。"他说，"我们一致同意，不派突击队，不打近身战。"

洛雷登深吸一口气。"我们的东棱堡已经被砸得粉碎。"他说，"如果失守，就不能维持三百码的安全区域。我需要突击队。"

总督耸耸肩。"我早就觉得建棱堡不是件靠谱的事。"他说，"现在的局势证实了此事不可行。我们只能将这不切实际的实验就此打住，回到最初死守城墙的计划。"

洛雷登尽量控制住自己的火气。"如果我们守不住安全区，"他说，"他们就能把小型机器送到前沿，迟早会击溃我们在老城墙的防线。到时候我们只能展开弓箭战，而他们拥有更多的弓箭手以及能够射得更远的弓。如果我们能灭掉他们的投石机操作团队，他们的进攻速度将大大降低，这就给了我们机会收拾棱堡上的残局。只要我们的火力和他们旗鼓相当，安全区就能继续维持住。拜托了，我需要这点时间。"

总督思考了一会儿，"你需要多少人？"

"大概一百到一百五十人。我们倚仗的主要是速度快、出其不意。天杀的，整个部族都在安全区边缘看戏呢。"

"你确定你可以在不被察觉的情况下发动突袭吗？难道他们不会看到你们靠岸，不会奇怪你们想干什么吗？他们肯定会派遣小分队守住那些木筏。"

洛雷登耸耸肩。"也许。"他说,"我个人认为想要将他们打得落花流水,并在晚饭前带人马回到城内的机会非常小。但是,除非你想让特姆莱在天黑前攻上城头,否则我们必须采取行动。要是你有更好的主意,我也很乐意听听。"

总督有点恼火。"算了,好吧。"他叹了口气,"里拉斯,这归你管。调用船只有问题吗?"

"不同部门。"丰立德林摇摇头,"征用船只是补给部门的事,不归我们管。"他回答道,"让提奥·奥利耶弗去办。我刚才还看到他在这里。"他转向洛雷登说道,"想好让谁来指挥突击队吗? 你需要一个好指挥官,但又不能太好。"

洛雷登正打算提出反对,他一直认为既然自己负责这件事,当然要亲自率领突击队,从没想过派别人去。

"派拉斯·穆今。"他改口说道,"他会服从命令,而且以他的想象力,不会意识到这次出征有可能回不来。"

换句话说,他是可牺牲的——是的,就像法庭上的律师一样。如果今天是我和穆今在场中央对决,谁该牺牲,我一刻都不会犹豫。再说,要是我亲自带队,说不定事到临头会一时胆怯,落荒而逃。

"好人选。"丰立德林说,"你最好跟他交代一下任务。一小时内我们应该可以出发。"

丰立德林和总督离开后,洛雷登颓然跌坐在靠窗的椅子上。那一瞬间他觉得无比疲倦,不想再回到城头上。那里到处都是从天而降的石头,似乎没有哪处不出问题。在这里待一会儿真好,在这样安静祥和的气氛中好好思考一下,会比较容易将问题想明白。再说,他在城头也帮不上多少忙。至于派拉斯·穆今——唉,每天都有人牺牲,不能算是他害死的。只要能争取多一点时间用来修复棱堡、打扫战场、将被砸坏的机器替换掉,我们就能从头来过。

喧嚣、尘土、恐惧以及殚精竭虑让他头痛欲裂。要是能喝上一杯该有多好。不,这不是个好主意。在城墙上待着已经够危险了,决不能喝得晕晕乎乎的。趁着还有力气,他站了起来,慢慢地走向桥头堡。在那里,他可以看一出好戏。

派拉斯·穆今是个很能干的人,洛雷登和他说过六七次话。在上游的那场混战中,他负责率领一支侧翼分队。当洛雷登设法从包围圈中打开缺口时,他领着手下的士兵突围而出,接着协助洛雷登援救在上游浅滩受到伏击的远征军。在撤退的时候他跟着大部队一起回到了城里。如果在麦克森时代,他会按部就班地晋升,成为一名军队指挥系统底层的普通军官。

从桥头堡看下去,双方的激战成了一场游戏。在等待的时候,为了打发时间,洛雷登开始给双方打分。特姆莱方仍然占上风,但发射的速度却慢了下来。虽然距离太远,很难看得清楚,但他手下的工程师似乎面对着这样的困难:机器在长时间连续不断的运作之后被震得散了架。城市这边的机器发射速度倒是比较稳定,运作状况也比较好,可惜十五发中只有一发能命中目标。对方的命中率大概是二十比一,但约有三分之一的砲弹都打中了棱堡或棱堡周边地区,就连没打中棱堡的,也都打在城头上,造成了不少伤亡。真奇怪,换了个身份作为旁观者,他一下子就理解了为什么人们喜欢围观某个事件。他甚至好奇在塔楼上的其他人有没有兴趣和他打个无伤大雅的小赌。

终于来了。骑兵队发动突袭的时间很短,整个过程也不算特别精彩。穆今严格地按他所收到的命令行事。他的队伍从山丘背后忽然出现,骑着马如秋风扫落叶般席卷过工程师们的团队。他们从马鞍上挥剑向下劈砍着对此完全没有准备的敌人，像农场的工人在地里收割玉米似的，动作迅速、效率很高。在特姆莱的骑兵赶来应战前，他们至少还有一半的人马留在那里坚持完成任务。剩下的试图突围，但已经来不及了。尽管任务已经完成，之后的行动已经无关紧要，但他们仍然不屈不挠、顽强战斗直到被湮没在大队人马中。这就是军人最崇高的精神，不放弃、不认输。

混战结束后，骡队进入战场，将投石机拖出安全区。在敌方投入使用的三十五台机器中，还剩十八台完好无损或是可以修复。从棱堡这边望过去，洛雷登看到有九台射石车的抛杆高高地竖在天空中。十六台射石车剩九台，今天的战绩不错。当然，明天又是新的一天。

洛雷登打了个呵欠，伸了个懒腰。今晚他不能休息，要尽可能修复棱堡，还要将新的机器吊上来替换被打坏的机器。他已经想好从哪里抽调用来替换的机器了。西棱堡可以抽出四台，城门楼可以抽出一台，还有两台直接从军械厂运来，连树脂都来不及晾干。他会组织队伍回收敌方的石头，只要还能继续使用，那就越多越好。说不定今天最大的收获反而是充足的弹药呢。最大的问题是缺乏经过训练的工程师。如果他要确保手头有足够的人可以替代明天的损失而不至于降低射速的话，他就只能强行从其他防线抽调，大部分肯定要从西线出。当然，反过来说，特姆莱也要面对同样的问题。

总的说来，这一天双方打平。两边均没有获得重大的胜利。明天全部从头来过。

唉，至少我们没有出丑。

他真希望可以在这里待得久一点，享受高高在上、超脱一切的感觉，可惜格兰希斯的信使来叫他回棱堡——需要就结构损坏问题做出相应的决策。他慢吞吞地走回去，艰难地拾级而上。爬到三分之二的高度时，他注意到左膝的裤子上有长长的一道裂缝，周围有一摊血迹。他停下来检查这个之前完全没有注意到的伤口。伤口很长很深，切口整齐，是极其锋利的武器造成的，多半是石头的碎片。他肯定是在几个小时之前受的伤，因为皮肤上沾的血已经干了，开始剥落。他提醒自己等会儿一有机会就处理一下这个伤口。

"情况不容乐观。"格兰希斯汇报道，"整段城墙都受到了剧烈的撞击，天知道是怎么撑到现在的。我们可以用柱子支撑，再用灰泥加固，但它真正需要的是扒掉重建。"

"行啊，"洛雷登疲倦地说，"也许你重建的时候可以请敌军帮你扶着梯子。"

格兰希斯不觉得这话有什么好笑的地方。"我能想到的最好的解决方案，"他说，"就是拆掉别的城墙，用现成的石块来建造一道与外墙平行的内墙，这样内墙可以支撑着外墙。当然，这么做需要时间，但即使城里有足够的石料，这么做总比直接切割新的石块要快得多。用干砌石墙的方式会更省时间，我们可以借用投石机的起吊装置帮忙吊石块。如果我们日夜不停地赶工，而且有足够的人手的话，两个星期内我可以大致完成。"

洛雷登摇摇头。"想想吧，"他说，"我猜他们会连夜将机器送到前线，明天天一亮就会开始密集的攻击。我们只有这段时间可以利用。"

"不可能。在这种情况下，我给你的建议是，今晚将所有的机器从这里移走。这样明天棱堡倒塌时，不至于连我们最好的军械也一起埋葬。"

一切都是徒劳无功。骑兵队英勇的冲锋、派拉斯·穆今为他的城市献出的性命、最初建造棱堡时付出的所有努力都白费了。现在他不得不下令将刚刚吊上来的机器拆卸下来，重新放回老城墙上；不得不放弃拥有三百码安全区的优势，让敌军可以冲到足够近的距离，让他们的弓箭手可以恣意扫荡城墙上的守军。就这么简单。"好吧。"他说。

"可惜了。"格兰希斯深有体会地说,"如果我们能沿着墙建一系列的棱堡该有多好。只建一个,相当于给他们提供了一个唯一的攻击目标。"

要移除机器而不碰倒墙花了他们大半个晚上的时间。格兰希斯团队里的一个人被砸伤了脚。他当时对放绳的人大喊:"拉住!"但那些人没听到。另外一个把脚搁在了一块已经不在那儿的墙面上,结果摔断了胳膊和几根肋骨。当太阳升起时,一排投石机已经撤回到三百码的安全区以内,抛杆向后仰着,吊兜满载着石弹。

特姆莱下令,将阵线向前推进。

多亏做了人口普查,特姆莱现在知道有多少人和他一起向城市进军。一共三千人,都是部落里最好的弓箭手,每个人携带两个箭袋,每个箭袋装二十支箭。在不到十分钟以后,这些人就可以将这十二万支箭(由新材制作、鸭毛为翎)发射出去。特姆莱以前听到一个朋友的妈妈抱怨为庆祝某人生日准备特别晚餐。她花一天半时间才能准备好所有食物,只要一个小时左右就能全被吃光。想想看,事先花那么多时间那么多精力为某件事做准备,那件事却在很短时间内了结,很快被人遗忘。

头顶上,他的投石机最新的一轮齐射像一群鹅在天空飞过,在地上留下一道飞速前进的影子,向他们指明了前进的方向。在弓箭手队列的后方不远是骡队,拖动着扭力机械。很快,他们就要开始撞击城墙。这一次,他不会停留在安全的距离外观望。

他抬头看着天上的云朵,判断天气。如果下雨,情况就会变得异常复杂。弓弦会被打湿、机器会陷入泥沼、火把无法点燃、皮铠甲吸水胀大、雨水流进铠甲内让队伍里的每个人都很难受,还有,当弓箭手抬头瞄准的时候雨水会打进他们的眼睛。灰色的云层压得很低,很厚重。一旦他们到达山丘处,云层里的雨水可能就会落下来。

他正看着天空，忽然一块石头从天而降。他盯着石头，看着它的飞行轨迹衰减，然后垂直掉落下来。没打中，落在前方二十码开外。这只是试射。

快到了，墙头那些人以前素未谋面，但现在他看得见他们的样子。理论上，他们有射距上的优势，因为他们是向下射的。但特姆莱了解城市用的弓，是从一整根木材切割出来的单体长弓，而部落这边用的却是短小的、弯曲度很高的复合弓。所以实际上，城市方的角度优势或多或少被他这边的武器结构优势抵消。同样，城市人惯用的箭因为缺乏韧性而准头不足的劣势也被他这边不得不采用未曾晒干的木头做箭、重量不足的羽毛做箭翎的劣势所抵消。似乎有人在刻意地平衡双方的获胜概率：我们这边人多，他们有掩体和更好的铠甲；我们有晃眼的阳光，他们有迎面风；我们师出有名，他们要捍卫家园和家人。这是一场精心设计、精准炮制的战争。

城市这边的炮兵没过多久就找准了射距。第一轮精确瞄准的齐射在部落军中凿出一排有间距的坑，如一行清晰的脚印留在白茫茫的雪地里。特姆莱让全体停止前进，下令将箭扣上弦、引弓、瞄准、放箭，然后再次重复，整个过程行云流水，没有一丝停顿。他也跟着自己的口令同时射击，希望他对射高的判断是正确的——近距离射箭时，箭头只需稍稍偏离。但要达到最大射程，箭头必须对准目标，然后抬起一寸左右。

亲身上阵让他可以只关注体力的耗费，用不着去思考实际战况。引弓的时候，左手将弓柄往前推，右手将弦往后拉，直到两个肩胛骨在身后几乎要碰触到一起为止。头部保持不动，感觉到弓弦拂过鼻子和嘴唇，感觉你的手轻触着下巴尖。随着一声"放箭"，将保持右手手指弯曲的力量放松，弦就能不受干扰地顺势向前。射完以后，保持姿势一会儿，再将右手垂下，摸到箭筒里下一支箭的搭弦处。总的来说，要盯着目标而不是自己的弓，目光要专注在远处的物体，对准远远的那一点，全力以赴让你的箭发挥作用。

城墙那边，箭落如雨。用有刃武器近距离砍人是一种面对面的直接冲突，而用箭则没有针对性，不涉及具体的人。在二百码以外的距离，你甚至有一种在参与一场盛大的比赛的错觉，一场带有表演性质的比赛，而城墙既是靶标又是观众。有幸能够参加自己的葬礼竞技赛是一件多么有趣的事。

一个箭筒已经空了。特姆莱环顾四周，看到信差像一只只驮着沉重尖刺的刺猬，艰难地挪着步子赶上来。又补充了大约两千支箭，足以让战争延续整整一分钟。

既是参与者又是旁观者，这让特姆莱想起了城市的法庭。他去旁听过几次，因为坐得太靠后，几乎看不清律师们的脸。除了这个引人瞩目的法律系统以外，他认为城市的其他方面都无可挑剔。但反过来说，打到出现一个无可争议的结果为止，这样的审讯方式也是其他审讯体系无法匹敌的。

在他身边，有人手中的箭掉了下来，扑通一声跪倒在地，右胸处插着一根箭杆。肺部中箭。他挣扎着想要呼吸，不明白为什么明明不停地吸气，却始终透不过气来。他转向特姆莱，以子民的身份向领主求救。他张开嘴，却说不出话，鲜血从嘴里涌出。特姆莱还没来得及说话，他已经脸朝下扑在地上，因为胸口插着箭，他躺的姿势有点扭曲。有人递给特姆莱一把箭，他笨拙地将箭塞进自己的箭筒，新插进去的箭的箭头钩住了原来的箭的箭翎。

只有神明才知道我们到底有没有取得进展。前一刻城墙上似乎空空如也，下一刻，一颗颗人头又冒了出来。他的右臂和背部开始酸痛，每一次放箭以后弹回来的弦都打在他左上臂的同一个位置上，让他忍不住抽搐一下。他继续稳步前进，没过一会儿，他的箭筒空了，于是他离开自己的位置走到前面去捡对方射过来的箭（比我们的箭更长更硬，以鹅毛和孔雀毛为翎，配有窄窄的三棱状箭尖，使其穿透铠甲的能力能够达到最大效果）。正当他弯下腰的时候，一块石头正正地打在他刚才站立的位置。他感到密集的雨点打在他的手背上。

"这雨下得真不是时候，"东面城墙的弓箭队长提奥菲尔·洛伊西斯抱怨道，"弓弦滑溜溜、箭翎湿漉漉的，受了潮的弓随便弄几下就会崩断。"他叫来在他左边的一个人，"派信差到防线上去，跟他们说在下大雨前赶紧给弓弦打蜡。当然啦，我说也是白说，"他补充道，"他们就盼着我们赶快把箭射光，然后把头埋在地里。"

很快，大颗大颗的雨滴落下来，顺着头盔的后部滴进弓箭手的脖子里。他们的皮手套变得黏答答的，弓柄则变得滑溜溜的。洛雷登将兜帽翻起来盖在头盔上，躲到机器的支架里面。不管是战争时期还是和平时期，下雨就意味着你会淋湿。不到万不得已，只有傻瓜才会站在外面淋雨。

情况很糟糕。基本上还是同样的问题，敌人是分散的，而他的手下则聚集在一起。墙垛的遮蔽起不了什么作用，因为箭从上方而来，如同被风吹打的雨滴似的斜插下来。有些人的铠甲上插着两三根箭。部落的箭有着扁平的箭镞，已经切穿了锁子甲，但尚未穿透锁子甲下面有内垫的短上衣。他们仍然在放箭，因为太专注了根本没时间把箭拧下来。机器的发射间距越来越长，因为越来越多的工程师中箭，只能由未经训练的新手将他们替换下来。

现在又因为下雨使得空气过于潮湿，火把无法保持燃烧状态。城墙上的通道变得很滑，补充箭矢的信差被迫放慢脚步。将一筒筒的箭吊上城头的绞车也慢了下来，绳索太滑，手太湿，一不小心就很容易脱手，让沉重的箭筒砸到操作人员头上。最糟糕的是，他想不出任何办法来改善目前的困境。这是一场远距离的、慢悠悠的战斗，急也急不得，更无法靠什么辉煌的英勇行为来迅速获胜。人们只能在雨中艰难地从事着繁重而令人筋疲力尽的工作。

一样是干重活,洛雷登想,他还不如当初就留在家乡的农场里呢。

"这次他们运了台新玩意儿过来。"一个声音在他头顶响起。说话的是一个满怀激情的年轻人,为了看得更远,他爬上了一台损坏了的机器的横梁,已经在上面待了一阵子了。对方射来的箭似乎在躲着他,好像一群挑剔的猫,不肯随便坐到陌生人的膝头上。"我看不清到底是什么,但那玩意儿看上去又大又笨重。他们出动了大概三十头骡子来拉。"

"你还是从上面下来吧。"洛雷登回答道,"你这是在自找麻烦。我们很快就知道那是什么了,用不着你冒着生命危险来查看。"

"好,我马上下来。从侧面看,我觉得像什么塔。也有可能是桥。桥比塔的可能性更大。"

啊,这就对了,最后的难题,他们打算怎么过河呢?

雨下了一整天。这是一场不急不慢的大雨,那种让人不得不用外套盖在头上顺着街道跑下去,或是将人困在门口或大树下动弹不得的雨。脚下的地面像湿面团般黏稠,每走一步都很费劲。

在俯瞰桥头堡的缓坡上,特姆莱挤进一个仓促之间临时搭建的遮雨篷里。他手里拿着一张写着下一步计划的羊皮纸,但雨水早就将炭笔的痕迹冲没了,只剩下一张毫无用处的、湿透了的薄皮纸。没关系,他知道该做什么。

在他身后,河流分岔处以上的河道停满了木筏,共有一百二十六艘,每一艘长十二尺、宽十尺。他举起手臂,木筏上的人撑着木筏向前。河汊口有一条横跨河面的铁锁,木筏就朝着铁索的方向漂去。

但愿这个办法有用。唉,我们很快就知道了。

从他坐的地方本来可以很清楚地看到城下的战况,但雨太大了,他只能隐隐约约地分辨轮廓以及模糊的颜色,看不清机器和人的细节。但不管从哪方面来看,事情的进展都很顺利。目前他有上万名弓箭手在城下朝着上面射箭,而城市方面的回击却零零星星,而且没有什么威胁力。几乎所有的城市机器都已经停止射击,而他自己的射石车和投石机却仍然有系统地打击紧邻着河面最窄处的那段一百码的城墙。与他们昨天攻击的棱堡(一看就是最近刚搭起来的,设计不合理,建得也很粗糙)不同,主城墙庞大而坚固,以机械之力也很难攻破,但他的工程师只重点打击对方的堡垒和墙垛,将对方的塔楼打断,削去所有难以翻越的建筑物,好让他的战士顺利攀登城墙。

"行了。"他说完,叫来一名可怜兮兮的只有一半身子坐在小小遮雨篷里的信差。这悲催的小伙子全身都湿透了,雨水像溪流一样从他脸上流下,好像在流眼泪似的。"到那里去,让他们放低拦河索。动作越快越好。然后马上回来。"

小伙子点点头出发,朝山下跑去,一路在泥泞的山坡上趔趄打滑。*天哪,要是他滑一跤摔断脖子,我们的计划又要延迟了。*他在那小伙子身后喊道:"慢一点,看着路。"但对方已经跑得太远,根本听不到了。

"他们正在放低铁索!"坐在洛雷登头顶上的观测者叫了起来。他仍旧奇迹般地没有被杀掉,也仍旧和之前一样情绪高涨。洛雷登一时间没意识到他在说什么——铁索?什么铁索?噢,那条拦河索。

老天爷啊,他们在放低拦河索,这就是他们过河的方式。

他们一定是疯了。

拜托……

他四下张望,想找人送信,但所有的人都在忙。有的忙着射箭;有的忙着将自己缩成一团躲在窄窄的木头和石头的边缘下,以躲避箭雨;有的中箭倒下;有的就此送命。正当洛雷登想亲自去送信时,他灵机一动,对了。

"你，"他说，"下来，我需要你送个口信。"

"来啦，"男孩回答道，"我马上就……"话音未落，男孩一个倒栽葱，摔倒在洛雷登脚边几寸远的地方，一支箭杆齐胸而断。该死，他想。

有人匆匆跑来查看摔下来的男孩。从洛雷登身边跑过的时候，被他一把抓住。

"他已经死了。"他说，"送个口信到港口。我需要一队以小型船只运载的海军士兵去消灭正在顺流而下的木筏。记住，船要小，必须能在过了棱堡的那段西面河流上航行。这是最紧急的口信，有任何人找麻烦，就把他的牙齿打断，懂了吗？"

那人盯着他，拼命摇头。"我不能离开，"他说，"我是个工程师，不是信差。"

"快去，不然我就把你丢下城墙。"

那人犹豫了一会儿，然后头一低，连滚带爬地朝台阶而去。他得翻过一堆断裂的木头以及倒塌的砖石才能到达台阶那里。台阶旁的塔楼受到多次重击，摇摇欲坠，一块块碎裂的泥灰不时洒落在过道上。

他们一定是疯了。不过话说回来，到目前为止，他们的进攻方式都是成功的，而他采取的防御措施却全都失败了，他有什么资格批评对方呢？

那名不情不愿的信差肯定将任务圆满完成了，因为有四艘平底驳船——样式看起来像是采牡蛎用的——从西棱堡后面忽然出现，对上了一大群挤挤挨挨的木筏。接着大批的士兵从船中接踵而出，如同一罐谷物打翻在坚硬的地面上。特姆莱看到这些人，恼火地咒骂起来，立即意识到了自己的失误：他笃定地认为一旦将拦河索拉起来，来自港口的船只就不会对他们造成任何威胁。在他原先的构想中，将河流分岔处横跨河面的拦河索，变成连接桥头堡和被损毁的堤道之间的纽带,这之间的切换应该是畅通无阻的。他没料到对方的船居然已经在港口待命,而且来得这么快。

在木筏群中,有一艘比其他木筏都要大。这艘木筏长三十尺,用的木材是他费了老大劲儿才寻到的。一座高大的人字架被固定在这艘木筏上,支架上吊着即将起到关键作用的巨大的攻城槌。草原人在这艘木筏上耗费了大量的精力。他们要计算攻城槌的高度,让它与城门的高度齐平,而不是打在吊桥堤道的石头基座上。他们要制造和安装掩护工事,保护攻城槌的操作人员,避免他们受到来自头顶以及侧面的箭与石头的攻击。他们要将支架建得格外结实,以便将攻城槌吊在架子上使用,同时又不能太笨重以至于无法移动。

现在他只能眼睁睁地看着敌军士兵蜂拥而上,如爬在敞开的食物上的蚂蚁。他们已经将操作人员杀了,此时正在肢解整艘木筏。他们割断将木筏连接在一起的缆绳,砍断吊着攻城槌的吊绳,将这可怜的、孤零零的家伙撑开,远离其他的木筏,来到开阔的水面上,这样特姆莱的人就无法登上这艘木筏阻止他们。很快,木筏解体了。两艘驳船将士兵从木筏的残骸上以及水里救起,另外两艘将船上的人送到陆地那边被损毁的堤道旁登陆。没有什么可以阻挡这些人。等他的人赶来的时候,登陆的士兵已经割断了将铁索吊起来的缆绳,那精工制作的美丽的工艺品滑进水里,就此消失无踪。

更多的船赶了过来,环绕着棱堡,甲板上满是士兵。特姆莱派出另一名信差:从营地调出后备部队,我要这些船统统消失,不惜一切代价。一着不慎,满盘皆输。只要从一堆木头的底部抽出一根,整堆木头就会塌下来。

木筏沉下去的时候,提奥布列皮特·尤文环顾四周,发现自己无路可逃。他留在最后以确保任务得以圆满完成,并坚持不懈地亲自砍断连接木筏的最后一根缆绳。不知为什么,他有预感这次他们不可能全身而退,大家都要死在这里，因此事先没有浪费时间和精力去思考如何脱身。他像杂技演员似的站在一根不断翻滚的木材上，努力保持平衡，觉得自己蠢到家了。这不是自掘坟墓嘛。

在砍断缆绳的最后几股线时，他的剑断了。剑上有古老的、价值连城的护身符，自人类出现以来就在他的家族代代相传。这把剑根本不是用来砍木头和割绳子的（这类活有别人帮我们干），现在他却不得不用断裂的剑头将最后几寸缆绳锯断。他咒骂着，将胳膊抡到后面打算把断剑扔到河里，却忽然改变了主意。

岸上有人，是敌人的弓箭手。他们跌跌绊绊地跑着，不时滑倒在泥水里。等他们都站定，开始引弓瞄准时，潮湿的天气让他们显得笨手笨脚、手足无措。这正是他逃之夭夭的大好时机。尽管穿着这身全副武装的铠甲，他能游出一码以外的概率实在太小，但仔细想来，就算淹死也比站在这里一动不动地被箭射死强。

他做好准备，打算以一种优雅的姿势跳水，结果脚下一滑，脸朝下倒栽进河里。他本能地抓着断剑不放，直到他发现无论如何用脚踢蹬、如何用力踩水也抵不过沉重的铠甲将他拖下水的速度时才放手。河水没过了他的脸，他甚至没来得及将嘴闭上。

他的第一次指挥任务就这么结束了。他确信，自己之所以会得到这项任务的指挥权，不过是因为他是尤文家族的一员，同时他还是现在的最高指挥官巴达斯·洛雷登以前开的剑术学校里的一名学员。他没有经验、没有天赋、没有与生俱来的领导才能，除了以上两个原因，他想不出还有什么理由能让人将如此重任托付于他。尽管如此，他还是完成了任务，也许结果证明他们并没有选错人。

当他的头第二次沉入水中的时候，他忽然想到，如果将这该死的铠甲脱掉,他的行动就会便捷许多。他设法脱去铠甲,却只挣脱了大部分。标准的城市锁子甲在侧面有扣,使穿着的人自己够得到。但贵族有侍从帮忙穿戴盔甲,因此他的扣子在背后。他的头第四次露出水面时,一支箭在离他的鼻子十二寸的地方插入水中。他得到了警示,深吸一口气,重新回到水下。他在水中手刨脚踢,直到面向西(但愿如此)才开始奋力向岸边游去。

直到再也憋不住气的时候,他才朝水面冲去,暴露在阳光和空气中。他胸口很疼,迫切地想要呼吸,几乎无法思考。他的胳膊打在什么东西上,于是他转头,看到一只伸出来的手以及船的一侧。天哪,他得救了。

一个大块头的中年男子,头发被雨打湿,一绺一绺地贴在一侧脑门,抓着他的手腕往上拉,差点把他的胳膊拉到脱臼。尤文想用另一只手抓住船沿,但船沿很光滑,没有什么抓得住的地方。"没事,"那个人叫道,"我抓住你了。"忽然,尤文发现自己无法呼吸。太奇怪了,他现在又不在水中。他的胳膊被什么东西阻隔着,让他想起在林中行走时,时不时被树枝和荆棘阻隔的感觉。他身上插着一支箭。噢,他想。然后他闭上眼睛死了。

看着剩下的大约六艘船只回航,洛雷登对自己说,可算是打了一场胜仗。我们将攻城槌沉到了水底,砍断了铁索,当然也杀了不少人。只不过,在他们的老巢还有更多的援军。我们还无法破坏他们的木筏舰队,但总有办法可以对付他们。至少,理论上如此。

最妙的是,雨开始变小。这个季节下起雨来很少会超过一个小时——

(什么,只有一个小时?我感觉像过了一辈子。在这场战事发生之前我是不是已经过了一辈子了?也许吧,否则我怎么可能这么年轻就当上了将军?)

——只要雨一停,他就能使出奇招。这一招,他一直留而不发,将对战局产生重大的影响。

因为蹲了太久，他的腿抽筋得很厉害。周围全是一摊摊血水。他从射石车的支架下走出来，跨过瞭望者的尸体，朝台阶走去。

该死。

他环顾四周，看到了格兰希斯。工程师坐在一台机器的支架上，背是挺直的。洛雷登初步判断，他没死，只是睡着了。

"醒醒。"

"唔？"格兰希斯的眼睛猛地睁开，"什么……"

"防护链。"洛雷登说，"趁现在还有时间，把防护链挂起来。如果他们想用那些木筏架设登墙梯的话——"

格兰希斯摇摇头。"浪费时间。"他说，"他们已经把这一面城墙打得稀巴烂，我想上面没剩几根柱子了，没地方挂防护链。抱歉。"

"噢，见鬼！"洛雷登吼道，"我说，你就不能想点办法吗？不能找些木头，将它们架在墙垛上凸出去一截吗？我们手头有该死的防护链，就该把它用上。"

工程师深吸一口气，似乎想反驳，最终却点点头。"我去想办法。"他说，"天晓得，这里到处都是可以用的木头。都是被打坏的机器剩下的。问题在于怎么将这些木头固定在城墙的走道上而不会倒下去。我来想想办法，我们总能解决这个问题。"

"很好。"洛雷登离开他，翻过各种残垣断木和瓦砾碎石，来到通向城墙下的台阶处。"还有，把这些台阶清理一下。"他回头喊道，不过他很怀疑格兰希斯是否听到了他的话。

他的腿不再抽筋，头却开始剧烈地疼痛起来。没关系，等我有时间了再去自怜自艾吧。

雨停了。

木筏挤挤挨挨地聚在一起,如同羊群挤在水牢里。幸运的是,城头没人从上方干预他们的行动。要摆布这些木筏、让它们有序排列起来已经很困难了,不需要他们的同类再给他们刻意制造更多的麻烦。

这是个简单可行的好主意。将几股牢固的缆绳固定在城墙的石制基座上,横穿河面拉到对岸。木筏沿着缆绳两侧并排停靠,前后左右都用缆绳连接在一起,最后的效果就是在水面上铺设了一道人造地板作为云梯的立足之地。云梯的底部可以嵌入预先挖好的凹洞,一旦嵌入以后,就可以用钢钉将其固定在基座上。这样,人就可以爬上去,梯子也可以架在城墙上。

好主意,有成功的可能,至少肯定不是一个注定会失败的计划。

他们在水势相对缓和的上游地区演练过,大体上是可行的。他们找到一处演习地点,那里两岸是沙砾岩质的悬崖,中间有河流穿行而过。在那里,他们练习将拴缆绳的钉子打进岩石中、绷紧绳索、将木筏聚集在一起、确保各个连接处都很牢靠,等等。他们不停地练习,甚至熟练到就算把眼睛蒙上也能完成的地步。

看着乱糟糟地挤在一起的木筏以及仓皇奔走的船员,特姆莱不由得想,是否这就是问题所在呢——他们没有把眼睛蒙上。他每看一眼,都能看到各种各样的失误:有人手里的绳子缠在了一起;有人手里的工具掉进了水里;有人折断了撑杆;有人丢了撑杆;有人掉进了河里,只好靠别人把他捞起来。*神明保佑,让我们及时打掉了城头的防卫力量,*他喃喃自语,*要是上面还有守城的士兵冲我们扔石头,我们就一点希望也没有了。*

他调来弓箭手,紧邻着河岸,在离城墙不到一百码的地方布置了一道警戒线。距离这么近,又有充足的箭,如果有必要,他们可以将出现在城头的目标——消灭掉。不过他让工程师们退下前线。工程师能起到的作用,弓箭手都能做到。偶尔有几支箭从石墙上反弹回来,掉进木筏上的船员中间,这种事已经够让他操心的了。他可不希望看到再有几颗百担重的石头不仅没打中目标,反而掉下来打沉了自家的木筏。

正当他考虑着要不要将木筏撤回来、明天再试一次的时候,第一架云梯竖了起来。它像初生的马驹一样纤弱,摇摇晃晃地站不稳,向前一扑跌在城头上。几乎就在同时,它被推开了。云梯悬停在半空的时间大约只有半秒钟,却让人感觉过了很久很久。随后它轰然向后倒去,砸到河岸上,摔得粉身碎骨。然而,就在第一台云梯还没有彻底倒下的时候,第二架云梯竖了起来。接下来紧挨着它又有一架竖起,接着又是两架。这两架云梯和前面两架一样,都是垂直地架在环绕城头外圈的防护链上。

架设防护链倒是个好主意,可惜执行不力。用来挂防护链的临时搭建的柱子承受不住云梯的重量,有的断了,有的歪到了一边,有的翻折下去。它唯一起到的作用不过是让云梯架上来的力道得到缓冲,防止云梯重重地砸在墙垛上。登墙的队伍集结待命,准备一拥而上。这将是有史以来第一次他们进入城市,和敌人面对面作战。一切都——

不,结局尚未注定。

洛雷登发出一声低吼,在沉重的陶罐压迫下走得跌跌撞撞的。陶罐的表面很光滑,没什么地方可以抓握,因此很难拿起来。要是他把陶罐摔了,那该有多尴尬啊……

很多年以前,他读过一本书,书中提到一种混合了硫黄、沥青以及挥发油的液体。这种液体非常容易点着,并能持续燃烧,即使是在水里(书上就是这么写的)。你可以将它点燃后从城墙倒下去;也可以将它装在陶罐里,点燃后用射石车发射出去,当罐子落地砸碎以后,火势将向四面八方扩散;还可以将它装在喷射器里，通过一个特殊设计的鼓风箱将液体从喷嘴射出，在喷射器前面安装一个底座，底座上固定着一个火把或者一根烧得赤红的铁棒就可以将液体点燃。你可以将一卷卷的布浸在液体里，而后将布缠绕在拳头大小的石头上，将石头放在射石车抛杆的勺口处，点燃石头上的布，将它发射出去，致命的石弹将沿着既定的轨迹飞向远处，足以将整座敌营付之一炬。一旦这种液体被浇在什么东西上面，就连水也无法将燃烧起来的火焰扑灭。如果你想要用脚踩灭它，你的脚就会着火。想用布盖在上面灭火，也只会把布点燃。这种液体，一旦点燃，势不可挡，直到液体本身烧光才会自动熄灭。

书上还介绍了如何安全地操作这种混合液体。在混合完成以后，需将液体装在石罐里，用新鲜剥下的生皮盖好。接触这种液体的人需要将自己的衣服和手套涂上滑石粉。要用一根很长的棍子，一头绑上火把，站得远远地将它点燃。

这本书还简洁明了地介绍了如何通过用锤子击碎敌军的陶俑模型来消灭敌人；如何念咒将阳光遮蔽以制造恐慌；如何用神秘的魔法和葛根粉让刚死亡的人起死回生为兵源匮乏的军队添砖加瓦。对于壮志满怀的年轻军官来说，这不是一本必读的书。通常只有刚入伍的新兵蛋子才会把这本书从书架上取下来翻阅，因为他们听说书的后面有一章配有裸体女人的插图。

不管怎么说，一旦他获悉挥发油是什么以及从哪里可以买到，就组建了一支工程师团队来实验这种混合液体。他们将各种成分按不同的量和纯度进行混合来测试效果。效果相当惊人。他当即产生了一种冲动，想要找到这本书，把它建议的其他几种方法也都尝试一下。

用射石车将装满液体的陶罐发射出去这种做法被证实不太可行。在发射的一瞬间，陶罐破裂的可能性很大。一旦这种情况发生，整台机器就会着火，操作人员也会被飞溅出来的燃烧着的陶瓷碎片割伤。出于同样的顾虑，他甚至连用浸着液体的布料包住小石头这样的方式也放弃了。他下令军需部将市面上所有可以买到的原材料都买来，同时委托陶器匠人制作高高的薄壁陶罐，陶罐的颈部要窄而长，可以用碎布条塞住罐口，方便使用时点燃。此刻他手上就拿着这么一个陶罐，拼命想要抓牢一点。一名工程师拿着点燃的火把对准了颈部。

"好了。"工程师说。话音刚落，就在距离他的脸只有几寸的地方，碎布条一下子被点燃，然后熊熊地燃烧起来。洛雷登一边咒骂着，一边将罐子举到墙垛上方，向外伸出，然后松手。

"下一个。"他说。

一艘木筏上的船员忽然个个全身着火。

像火把，从头到脚同时燃烧。他们尖叫着，互相撞来撞去，绊了一跤，摔倒在地，又爬起来，身上的火始终不息。他们碰到什么东西，火势立马蔓延到那里，有的已经烧了一阵子了。有些人瞬间被火焰吞噬，倒在甲板上变成一堆黑色的人形灰烬，灰烬上火焰仍在摇曳舞动。其他人纷纷跳入水中，潜到水底，又浮上水面，仍然全身是火。有几个在逃到毗邻的木筏上时还活着，其他木筏上的人试图用长矛捅他们或者用撑杆将他们推下去，但已经来不及了，火势开始蔓延，他们脚边有火头冒出。同时，城墙上扔下更多的罐子。罐子破裂以后，火焰开始扩散，四下飞溅，就连水面上都覆盖着火苗，发出嘶嘶的响声。

梯子着火了，翻倒下来，压向下面的人。还没有着火的木筏上的船员疯狂地砍着缆绳，想将维系着人工岛的缆绳砍断，赶在火势蔓延过来之前将木筏快速撑离。大火舔舐着城墙，火头蹿起来，几乎跟墙垛一样高。滚滚黑烟盘旋升起，悬浮在战场上空。从特姆莱所处的高地看过去，只能断断续续地看到几簇火焰以及一些人的动作。但就这么几眼，他已经明白了为什么从河的那边传来各种惨叫声、呼喊声以及撞击声。

火势像一场可见的瘟疫，不受控制地蔓延开来。岸上的人拼命阻止木筏上的船员上岸，生怕自己受到传染。船员纷纷从筏上跳入水中，在水底游了几码以后，重新冒出头来，却发现整个河面覆盖了一幅火帘。火点燃了他们湿漉漉的头发、滑过他们的脸庞、烧穿他们的眼睛，在他们急促地吸气时又随着空气一起吸入他们的肺部。一些弓箭手开始向着火的木筏放箭，要么是想让着火的人免受折磨，要么是想阻止他们上岸。更多的罐子落下来，落在已经着了火的木筏上。当这些罐子碎掉的时候，里面的液体同时燃烧起来，一瞬间火势壮大，烈焰腾空。河面上水汽蒸腾，与烟云相接，化成一道半透明的水帘，遮蔽了眼前的场景，仿佛有人将帐篷的门帘放了下来。

特姆莱看着眼前的场景，思绪万千。其中一个想法是，城市里一定有人看了他读过的那本书。唯一能让他略感安慰的是，他留了一手的那个秘密武器，他自己还没有时间将其完善的那个武器，显然切实可行。

十六

　　"行了，"洛雷登一边说，一边将手中的滑石粉擦掉，"这些够了，将剩下的放回储存处。看在神明的份上，要小心啊。你们两个，统计伤亡人数。你，还有你，盘点一下还能正常使用的，以及还能修好的机器。你，安排人清理城头，挪走这些尸体。格兰希斯——"他顿了一下，"有人见到格兰希斯吗？我上次看到他——"

　　有人做了个手指划过喉咙的手势，洛雷登皱起眉头。

　　"噢。"他说。现在没时间去打听他是怎么死的。不管是为了保卫城市英勇牺牲，还是不小心摔下城墙，总之格兰希斯已经死了，他可以之后再去想剩下的问题。"既然如此，费列龙·布希斯在哪里？还活着吗？很好，你现在是总工程师了。我要你提交一份关于城墙的结构性损伤以及预计修复时间的报告。有需要的话，到议政大厅来找我。"

　　真是奇迹，有人居然抽空清理了最上面的几级台阶，他顺利走下城墙，没有绊一跤摔下来。接着，他还得说服自己再坚持一下，爬上坡，穿过中城的城门来到大礼堂。他要坐下来好好抚慰一下这双腿。这一天可真够呛的。

看似取得了进展，实际上仍在原地徘徊。到目前为止，我们所做的不过是没有出丑罢了。明天又是全新的一天。

他在午后穿过城市，街上却一个人也没有，这种感觉非常怪异。大家都去哪儿了？佩里美狄亚的下城有很多房子，但不知为什么，洛雷登总觉得这些房子不足以容纳他平时在街头看到的人山人海。他甚至有一种隐秘的猜测，觉得这些人是轮流出现的。白天出现的人回去，晚上出现的人才出门，他们大概分享着同一个居室。

几个胆大的家伙悄悄躲在百叶窗后向外窥视。一位车轮工匠独自打开了店铺上半部分的门，在店里人胆地打磨一根固定在木夹具上的辐条。经过银匠区的时候，他听到说话声从一扇紧闭的门后面传出来，那是他曾去过几次的一家酒馆。几只狗摇着尾巴，这里嗅嗅，那里嗅嗅。一匹马的缰绳缓缓地拖在因下水道堵塞而溢出来的污水中。

他经过另一家酒馆。这是他很喜欢去的地方，有上好的苹果酒，价格不算便宜，但也不贵。还有非常够劲的半蒸馏甜葡萄酒，包管你喝了以后不记得自己是谁，住在哪里，然后你会缠着陌生人追问这两个问题。幸好这里也关门了。我可以进去吗？他想，作为最高指挥官，从战场回家的路上经过酒馆，进去喝一杯就走可以吗？可能不合适吧。

啊，算了。大礼堂（以后不能再随进随出了）肯定有喝的，说不定还能找到些吃的，也许还能找个地方躺下来睡一觉。有吃有喝，还能休息真好。尽管如此，明天又是新的一天。

到了大礼堂，他却发现这里也空无一人，只有几个文员在，但他们手头都有事要做，没时间停下来聊天。他问总督、郡尉以及各部门的负责人都去了哪儿。一名文员抬起头，耸耸肩说，他也不知道。有些人可能提前去了港口，以避开争先恐后上船逃难的汹涌人流；有些人一听到木筏舰队被消灭，就匆匆走开了，多半是回自己的办公室处理紧急事务；剩下的，据他所知，很可能出去庆祝了。毕竟，我们这次算是打了胜仗，不是吗？

洛雷登眉头紧锁。胜仗？什么胜仗？唉，也许可以这么说吧。

"这么说，我没事了？"他的话里带着暗示。

"我不知道。"文员谨慎地回答道，显然不愿意承担给最高指挥官放半天假的责任，"我只是按照指示，在这里复写几份会议记录。"

"好吧。"洛雷登说，"如果有人来找我的话，告诉他们我在寝室里。"这么说总符合军人身份了吧，他想。

这场危机开始以来，他一直睡在城门楼的一个房间里。一推开门，他立马放松下来，同时也有点空虚和内疚，毕竟他是在逃避本应该立即处理的工作。然而，这些感觉都没有持续太久，他的背一沾上石板床就睡着了。

这样正好，反正洛雷登每次醒来，都不记得自己做过什么梦。

两个半小时后，有人抓起他的脚上下摇动，把他弄醒了。"醒醒，"那人说，"大家都在找你。"

老天爷，我真希望别人跟我说话的时候别拿我当逗人开心的小丑。"走开，"他呻吟道，"一会儿就来。"

"总督要见你，就现在。"那人回答，"事关重大。"

洛雷登恨不得一脚将他踢到房间另一头，不过他不确定自己是否有那个力气。他身上的关节僵硬得就像生锈的铰链。"好吧。"他叹了口气，"我可以先洗手洗脸吗？还是说，你愿意让我又脏又臭地跟你过去，像从香肠店的厨房垃圾里爬出来一样？"

"我接到的命令很紧急。"捎口信的人说，"而且是一个小时前了。走吧。"

信差没有危言耸听，等了这么久，总督很恼火。他选中和洛雷登会面的地点是一个侧回廊。这里是大礼堂的附属建筑，和大礼堂的位置关系就像一根从轮轴上延伸出来的辐条。洛雷登到的时候，总督正满面怒容，来回踱步。

见到洛雷登，他脱口而出的第一句话是："我不怪你。我知道形势很严峻。我相信你做那些事是为了城市。不过，你的所作所为引发了政治大动荡。"

洛雷登坐在一头石雕狮子上，举起手。"等等，"他说，"你在说什么？"

总督看他的眼神好像逮到他在上课的时候睡觉似的。"你折腾出来的那个魔法火焰武器，"他回答道，"让我们正好撞在对方的枪口上。"他责备地看了洛雷登一眼，"要是你提前说一声，至少我可以在基层做些工作，为你搭桥铺路。"

"我还是听不懂你在说什么。"

总督瞪着他，"会烧起来的那东西。他们认为你不该用。一部分原因是魔法，理性主义团体对魔法的态度，就像公牛遇上了红布似的，一点就着。最主要的是，他们认为这么做不人道。用这么残忍的手段让我们看起来就像野蛮人。他们在追究连带责任，有可能要实施惩罚。恐怕你这次捅了议会的马蜂窝了。"

洛雷登张嘴想说些什么，又觉得说什么都没用。于是，他闭上嘴，安静地站着。

"我尽力了。"总督继续说，"他们想颁布禁令，但最终退了一步，和我们达成共识：在取得议会进一步许可之前，不得使用那种武器，只有在严格规定的……你要去哪里？"

洛雷登再次疲倦地坐下来。"行行好，"他说，"让我去清洗一下，吃点东西吧。我快要吐出来了，可惜肚子是空的，吐不出来。"

总督发出轻微的啧啧声，换个场合，这种声音很可能让他赔上性命。"我还以为在这件事上你会通情达理一点。"他说,"虽然我们有分歧,但你过去几天的表现确实不错。我本来还想替你斡旋一下,让你免于受审,也免得我们大家都跟着丢脸。"

洛雷登耗尽了最后一丝耐心,他慢慢地站起来走了。

"我现在正式解除你的指挥权。"总督对着他的背影说道,"即刻生效。我很抱歉,但你先是率领重骑兵突击队遭遇惨败,再加上这次的巫术事件——"

洛雷登转过来。"是你批准的。"他说,"你也认为有必要干掉对方的工程师——"

"不是这一次突袭,是之前那次,他们兵临城下之前。"总督双臂抱在胸前,"我很抱歉,"他说,"但我认为摆脱耻辱的唯一方式是尽快审讯,在控方可以接受的范围里将日期提前。如果你赢了——"

"审讯?"洛雷登茫然地问,"什么审讯?"

总督几乎要大发雷霆。"你的审讯,老兄,针对你在指挥突击队时玩忽职守的罪行。有可能的话,我会劝说检察官将施行巫术的新罪名也加上,这样只要出庭一次就能解决所有问题。"他叹了口气,"这么做不容易,因为严格说来这两项罪名分属不同的法律范畴。不过,考虑到当前的局势,他们可能会同意。"

"巫术。"洛雷登重复道,"我明白了。"

"我很高兴你终于想通了。"总督语气尖锐地说,"不管怎么说,如果我们能将日期提前,你又赢了官司——正如我刚才所说——我们就能在之后的一个星期左右让你复职,当然前提是议会能通过这项决议。这次我为你冒了多大的险,我想你也看得出来,洛雷登。下次你想要自行其是之前,麻烦记住这点。"

洛雷登思考了一会儿。"如果被撤职,"他说,"那我是不是可以回家了?"

"我想可以。"总督说,"只要在三个小时内把办公室和寝室腾出来,你爱干吗都行。当然,你无权继续出席议会。还有,我们得知道上哪儿去找你,以便议会随时传唤。我的建议是,你回击剑学校养好身体,为即将到来的审讯做准备。要是你输了,我们这方就会处于劣势,那麻烦就大了。"

"这一点,我会牢记在心。"洛雷登说完就走开了。

"我想我们该回了。"有人说。

在特姆莱的帐篷里,战时委员会成员聚在一起,四张新面孔中有两张是特姆莱不认识的。他摇摇头。

"不行。"他说。

"特姆莱,"安纳凯叔叔探过身来,将一只手搁在他的胳膊上,"这是一场灾难。我们被彻底打败了。我们失去了木筏、登墙梯和攻城槌,更不用说已经有超过一万四千人牺牲了。如果你还想当这个头领的话,继续打下去是绝对不行的。"

"我们留下来。"特姆莱静静地说道,"我们要坚持到胜利为止。就这样。"

"特姆莱,"七十岁、老眼昏花的姨母拉娜滕在他身边跪下,"你不需要这样。你已经尽力了。这是一项不可能完成的任务,没有人会因此指责你。佩里美狄亚受到了魔法的庇佑,是不可战胜的。你无法与神明为敌。"

"去他的魔法。"特姆莱闭眼嘟囔道,"这不是魔法,只是一本书上记载的配方而已。我看过那本书。只不过,我在城里的时候,他们还没有做出这玩意儿,这一点我可以肯定。"

"一本书?"有人对此表示怀疑,"你是说这是人造的,根本不是魔法?"

"当然。"特姆莱说,"不过是将挥发油、沥青和硫黄混合在一起罢了。你以为我为什么要那种脏兮兮的东西，将可以弄到手的每一罐都买下来？"

安纳凯叔叔的眉毛竖了起来。"你可以制出那种火油？"他说。

"当然可以。只要有相关的知识和工具，任何东西都可以被制造出来。只要多试几次、多错几次，就能调出正确的配比。"

"这么说，我们可以用这玩意儿对付他们。"另一个人说，"我们要这么做吗？"

特姆莱点点头。"是的，时机一到，就会用到这玩意儿。"他说，"更重要的是，我知道了今后要采取比这次更有效的措施，来对付这种武器。找到防御办法只是时间问题。"

"特姆莱，今天我们死了一万四千人。"说话的是希斯莱，他的语气很冲，"这比平时一年内死的人还要多。"特姆莱心想，他有点僭越了。

"我们在打仗，希斯莱。战争会死人，这是正常的。"

"才不正常呢。"希斯莱是真的火了。特姆莱想起他带领的是弓箭队，他一定是近距离目睹了木筏上的惨状。尽管如此，他这么说话还是踩线了。"特姆莱，我不管这是不是巫术，但大家都这么认为，你无法改变。你会失去民心的，特姆莱。你不能指望他们抛开顾虑，你冲击了他们毕生的信仰，这是在与神明为敌。拜托了，老兄，这一点你应该很清楚。"

特姆莱站起来。"会议到此为止。"他突兀地说，"现在，我要去干活了，你们也一样。"

等大家都走了，特姆莱跌坐回床上，两腿曲起来，膝盖顶着下巴，双臂环抱着两腿，眼睛睁得大大的。他感觉自己像一个直视太阳的人。即使闭上眼睛，眼前仍然残留着色彩鲜明的光点。盯着太阳看造成的后遗症迟早会消退，但木筏熊熊燃烧产生的冲天火光却留在他的视线里，变成残影，永远无法抹去。

木筏上的火焰让他回想起了另外一场大火，另外一群浑身是火的人。印刻在他脑海里的画面是这样的：惊慌的人群在帐篷之间奔逃，衣服和头发上都冒着火焰，表情和声音充满恐惧，透着难以忍受的痛苦。一群骑马的士兵在帐篷间来回驰骋、恣意纵火，他们没有像正常的人类会做的那样，向痛苦的人们伸出援手，反而故意扩大火势。他记得自己躲在一辆马车下面目睹了这一切。车子也在燃烧，但这里是唯一一处不会被那帮骑兵注意到的地方。再说，与其忍受那群黑甲骑兵的恶行，他宁愿被烧死。

在所有的画面中，一张被火光照亮的脸格外鲜明。这名骑士停下来，坐在马鞍上静静观看，从容得就像在自己家一样。他一只手轻轻挽着缰绳，另一只手举着燃烧的火把。他停留了不到一分钟，却让特姆莱一直记到现在，可能永远都不会忘。他趴在地上看着那名骑士，一种纯粹的恐惧涌上心头。他不停祈祷，希望那人不会忽然转过头来。头顶上炙热的火焰灼烤着他背部的皮肤，泪水滑过脸庞，一如早上那场大雨。

这么多年以后，他终于把那张牢记在心的脸跟他的名字对上了号，这种感觉颇为怪异：巴达斯·洛雷登上校，佩里美狄亚军现任指挥官。

他将钢条投入火中，看着它变换颜色：先是稻草黄，再是橘色，接着是褐色、紫色、蓝色、绿色，最后是黑色。他和铁匠聊过，钢铁的颜色会跟随加热程度发生变化。温度够高的时候，柔性转为刚性，这正是最考验技术的时候。通过有技巧、有耐心的回火和冷淬，最后出来的钢条就能做到硬而不脆。这是一项细致的工艺，要在火与水之间完美平衡。回火的时候，有些铁匠喜欢用油，有些喜欢用血。他们说，在回火的关键时刻，血为钢条添加了某种助力，使金属外部格外坚硬，内部却保持着一定的柔韧性和适应性。

他承认，攻城失败了。他可以用箭与石头迫使对方躲在城垛下，就像从前他躲在马车下一样。因为火油，他无法渡河，但可以将火弹投入城中，让那些人也尝尝房子被烧、女人和孩子的背部和头发被点燃的滋味，但就算这么做，他的铁骑也无法践踏那里的土地。没有骑士，光点火有什么用？说到底，既然要做一件事，那就最好将这件事做到位。

因此，他们不得不待在城下，等待转机。与此同时，城里的人，特别是巴达斯·洛雷登上校也得慢慢熬着，一同经历那漫长的一分钟。说起来，既然这一分钟已经持续了那么久，有什么理由让它就此终结呢。

在去城门楼的路上，洛雷登在厨房逗留了一会儿，趁大家不注意，偷偷拿了一个空面粉袋，藏在外套下面。面粉袋足够大，可以装下寝室里所有私人物品（一件血迹斑斑的破烂衬衫，只能拿去做抹布；一双靴子；一席毯子，这是国有资产，跟他自己的毯子比起来相对没那么旧，磨损得没那么厉害；一块写字板、一瓶墨水、几张纸；一套素面黄铜算筹；一把掉了七个齿的廉价骨梳；一卷洗了好几次的绷带）。他将鼓囊囊的面粉袋背在肩上，离开城门楼，向教长的住处走去。

“他病了。”听到他要见亚力克修斯，一名文员回答，“病得很重，无法会客。我会告诉他你来过。”

“不用，我自己会说。他的住处在哪个方向？”

文员挡住他的去路。“你不能进去。”他说，“出于国家安全的考虑，那里被列为禁区。亚力克修斯教长正忙于处理安全委员会的重要事务。”

洛雷登上下打量着那文员，然后轻轻一抬手，将他推开。“你尽力了。”他说，“现在，快闪开吧，省得我折断你的胳膊。”

我不应该习惯于这么霸道，变得面目可憎。他对自己说，这可怜的小伙子不过是想让亚力克修斯好好休息罢了。

事实上，等洛雷登找到教长的寝室，敲响他的门时，教长已经醒了半个小时了。

"你不介意我这样不打招呼就上门拜访吧？"他问道，"我有点事要跟你说。"

教长将他迎进门，"请原谅我不能起床，前段时间折腾了那么一通，我现在身体有点发虚。那边的壶里有酒，篮子里还有些小圆面包，恐怕不够新鲜，不过……"

"老天有眼！"洛雷登叫了起来，"食物，我记得这东西！我记得以前的人们都会吃东西！你要吃吗？"他满嘴都是面包，加了一句。

"不，不，你吃吧。不过，你上一顿饭是什么时候吃的？"

洛雷登耸耸肩，"你说话跟我妈一样。算了，你身体如何？我希望没什么大病。"

亚力克修斯摇摇头。"只是太累了。"他说，"安全委员会的会议结束后，文员中有一位老太太直接把我送上了床，好像我是一个耍性子的五岁小孩。没多久，"他承认道，"我就睡着了。你看上去也不太好，需要好好休息一下。"

"我附议。"他说，"幸运的是，我现在又成了普通人了，可以想睡多久就睡多久。他们撤了我的职。"他解释道，"因为守城不力。这是市政府做的对我最有利的决定。"他又拿起一块面包，撕成两半，"这可是好面包啊。在城墙上，不新鲜这个词有不同的意思。"

"你是说，他们解除了你的指挥权？太过分了。"亚力克修斯急忙把腿挪到床边，"我必须马上去见总督。在你做了那么多——"

"等等，"洛雷登举起一只手，直到满嘴的食物咽下去，"别去。如果这么做可以证明他们的权力和荣耀，我无所谓。"

"我担心的不是你，"亚力克修斯回答道，"我担心的是城市。你走了谁来接替你的工作？要是那个蠢货总督想要——"

洛雷登咧嘴一笑。"我认为他现在没时间考虑接替我工作的事。"他打断教长，"那可怜的家伙正在尽力挽救自己的政治生涯。"他将之前的事原原本本告诉了亚力克修斯，包括总督对火油是巫术这件事言之凿凿，"所以我觉得最好跟你提一下。如果他的政敌利用这个人为造成、在公众中引起巨大争议的事来追究他，他很可能会将责任转嫁给我们俩。我觉得他那种人出了什么事都不会自己扛着，喜欢随手让别人背黑锅。"

亚力克修斯回了一个粗鲁词，对于他这样身居高位的人来说非常不得体。"恐怕你的担心是有道理的。"他说，"既然这样，随他去吧。二十五年来我一直在告诉大家，我们没有魔法，今后我还会继续这么说，因为这是事实。再说，佩里美狄亚的法律条文里没有哪一条认定行使巫术是犯罪行为。我说得对吧？你是律师，你应该了解这些。"

洛雷登摇摇头。"了解法律条文的是我的助理。"他回答道，"我只负责杀人。至少，以前是这样。不过据我所知，您说得没错。至少在十年的从业生涯里，我从来没听说过类似的案件。当然，我没告诉总督这件事，免得他再琢磨着给我安个什么别的罪名。"他坐回椅子上，试图忽视膝盖和小腿因劳损而产生的酸痛。"我才不怕他和他那该死的提告。"他继续说道，"说实话，我太累了，我现在对什么都不在乎了。"

亚力克修斯躺下来，盯着马赛克屋顶看了一会儿。"这么说，你觉得危机已经过去了？"他说，"他们已经放弃直接进攻了？"

洛雷登点点头，"暂时不会。在下一次攻城之前，他们需要建造更多机器，比如云梯、攻城槌和投石机之类的。而且，他们还要想办法保护自己不受火油的威胁。"他咧嘴一笑，"当然，前提是他们不知道我们关于火油的禁令。据我所知，目前没有什么办法可以抵御火油——这么说也不完全正确。你可以披着一大块生牛皮斗篷，防止火油直接倒在你头上。这在理论上可行，实际上有一定困难。想象一下一边攀爬云梯一边在头顶撑把伞的样子吧。"

"那你认为他们下一步会怎么做？"

"我不知道。"洛雷登承认道，"如果是我的话，我可能会找个城里人，用一大笔钱买通他打开城门。只不过，换成我的话，我会在整出那么多木筏、造出那么多投石机之前先尝试这个办法。"

亚力克修斯打了个呵欠，"我还是不理解他们为什么要这么做。没错，他们有正当的理由对我们心怀仇恨，但那是十年前的事了，为什么要等那么久？"

洛雷登没有回答，只是就着剩下的酒吃完最后一个面包。"我想我该回家了。"他说，"明天最好去看看我的学校是不是还能开张。运气好的话，过两周形势就会好转，到时候现在发生的一切都不过是一场噩梦。"

文纳德站在码头上，看着他的船一言不发。

"这还算是好的。"他的妹妹说，从早上到现在，这已经是她第十次这么说了，"要是他们直接把船开走，那我们就惨了。连船带货物都丢了，想回家都没办法。至少现在——"

"至少现在我们还有船。"文纳德说，"而我那美妙绝伦的绳子都沉在港口某个地方的水底。"

"这真不能怪他们，"维特里丝说，"要是你知道你的城市马上就要被残忍无情、头脑发热的敌人攻陷，而此时港口正好有一艘准备出发的船，可以将你送到安全地——"

"船有保险，"文纳德说，"货物没有。就算他们想偷船，也没必要把货物直接扔到水里去，卸到码头又花不了多少时间。"

"唉，已经损失的就算了。至少我们还活着，还可以回家。说真的，我看不出我们有任何理由要在这里继续待下去。"

文纳德将一颗小石子踢到水里。"反正他们必须赔偿。"他最后说道,"就算告上法庭也行。"他一边思考一边揉着下巴,"我去找巴达斯·洛雷登谈谈这件事吧。我确定他也同意,不该由我们来承担这个损失。说起来,我们来这里还不是为了运送城里急需的物资——"

"文。"

"别叫我'文'。损失的不仅是我的钱,还有你的。"他突然想到一个好点子,"如果只是我的钱就算了,但现在关系到你的资产,作为监护人我有责任——"

"文。"

文纳德不理她。"我敢肯定洛雷登一定会帮忙。"他说,"他看起来像个正派人。如果我们礼貌地请求他……"

"他现在不是指挥官了,他被撤职了。"

"什么?"文纳德的脸沉了下来,"哎呀,该死的。好吧,你的教长朋友怎么样?我敢肯定如果他帮忙说几句话——"

"噢,闭嘴吧。文,别惹得我发飙。我在这里待够了,我要回家。"

文纳德再次看了一眼自己的船,似乎要确认它还在那里。"他做了什么,让那帮人撤了他的职?"他问道,"我以为大家会把他当成英雄。"

维特里丝耸耸肩。"我也这么认为。"她表示赞成,"不过,我不是一直跟你说嘛,这些人跟我们不一样。"她迈开步子走开,文纳德不得不转身跟上。

"他还是可以利用他在政府部门的影响力帮帮忙,"他喘着气说,"他总不可能把每个人都得罪了吧。"

"其实,"维特里丝说,"我们可以问他要不要跟我们走——还有他的助理艾希莉。我喜欢她,她挺有头脑的。再说,我们身边多一个助理也无妨。"

文纳德瞪着她。"你不是说真的吧？"他说，"我们所有的生意资本都烂在港口的水底，你却还想再多带几个人。有时候我真的觉得你一直活在自己的世界里。"

"得了，至少可以把他们顺路带到岛上，只要他们愿意离开。没准儿他们更愿意忐忑不安地等在这里呢？但至少我们应该问一声。"

文纳德皱着眉头看着她，"你不会还想让我再提供几个免费的舱位，给教长和他的朋友吧？毕竟，怎么能缺了他们呢。"

"好主意。不过，我断定他们不会接受。"

"维特里丝，"义纳德几乎在恳求她了，"我们完全可以将船上能挤出来的舱位都拿去换钱。最糟糕的选择就是让那几个几乎算不上认识的人免费住进来，把这艘不幸的船填得满满当当的。尤其是在我们拿不到赔偿的情况下。你这是在毁掉我们回本的最后一个机会。"

回旅馆的路上，他们一直在讨论这个问题。最后决定问问洛雷登、艾希莉、亚力克修斯以及卡纳迪是否需要免费搭船去岛上。"如果他们提出付船费的话，"维特里丝加了一句，"别收。你要是敢从他们那里拿走一个铜夸特，我就让你把这铜板吃下去。"

"好吧。"文纳德还是心不甘情不愿，"不过，我们首先要问问，关于我们损失的那批绳子，他们是不是能帮忙拿回一些赔偿。该死的玩意儿，"他骂了一句脏话，"我真希望我从来没看上这批货。"

"啊，好啦。"维特里丝故意露出一个夸张的笑容，"上次在旅馆的时候，要是你听我的，把地毯买下来……"

为了省钱，他们刻意吃了顿便宜的饭食。之后便出发去找艾希莉。她应该知道上哪儿可以找到洛雷登。艾希莉不在家。

"太棒了。"文纳德说。他们的敲门没有得到回应，又从窗户窥视了一下，

"现在,你有什么建议?"

"我们可以在这里等,"维特里丝回答道,"也可以去找教长。他应该知道洛雷登住在哪里。"

"你怎么知道?"

"谁?"亚力克修斯问道。门童重复了一遍两位访客的名字,两个都发错了音。"噢,是他们。"他和洛雷登互换了一下眼神,"带他们过来吧。"他说,"看看他们需要什么。"

"要是你不介意的话,我想留下来看看。"门童走后,洛雷登说,"他们就是你说的有特殊能力的人吧。"

"那个女孩有。"亚力克修斯回答道,"我知道你不信这个。然而,这两个人在这时候出现在城里,我不知道这意味着什么。如果我对她的判断是正确的——唉,我们迟早会知道的。"

洛雷登咧嘴一笑。"事实上,"他说,"他们出现在城市里和绳子有关。"

"绳子?"

"我们不小心征用了过多的绳索,我把多余的绳索批量卖给了他。"洛雷登解释道,"他大概是回来拿上次没法运走的货物。"一个念头忽然蹦了出来,"我希望他们的船没出事。"他说,"据说昨天港口那里相当混乱。"

亚力克修斯点点头。"这样啊,"他说,"如果他们的船出了事,那我的理论就出现了一个大大的漏洞。不能保护自己财产的女巫,可就太差劲了。"

"你不是说不该叫他们——"

门开了。"哦,我们的运气真是太好了!"维特里丝大声说道,"他们在这里,两个人都在。一石二鸟——"

"教长,"文纳德打了个十分正式的招呼,同时点头致意,"洛雷登上校。

我们确实非常幸运，不知二位是否能拨冗——"

"来点葡萄酒，好吗？"在门童退下之前，亚力克修斯对他说，"如果还有食物的话，可以帮我们拿点来吗？谢谢。"他用一只手肘将身体撑起来，"请见谅，他们正式宣布我生病了，不让我起床，连会客也不行。随便坐吧，如果你们能找到坐的地方。"

维特里丝立马在床沿坐下，差点坐到教长的脚上。她的哥哥假装没注意到，仍然站在那里。

"很抱歉，我们就这么闯过来。"维特里丝说，"但我们要开船回老家了，想知道你们要不要一起来。"

亚力克修斯和洛雷登面面相觑，不知说什么好。他们从来没有离开城市的念头。听到对方这么问，就像听到一个涉及宇宙本质的、闻所未闻的异端邪说——因为过于激进、过于异想天开而难以接受，但同时又因为听起来合情合理，让人无法忽略。"你们真是太大方了，"亚力克修斯喃喃说道，"我——"他停下来，低头看着自己搁在床单上的双手，"这个提议非常慷慨，你们太好心了。"

"当然，还有艾希莉。"维特里丝继续道，"也包括您的朋友卡纳迪，教长。他今天也在这里吗？还是在他他自己的——"她一时找不到合适的词语。"宅邸？"她脱口而出。

"这是个有趣的主意。"洛雷登轻声说，"你们真的要这么做吗，在这个时候将这么有价值的机会白白送出去？我本来以为你们会开出天价。"

文纳德正打算说什么，接到他妹妹的眼神，连忙闭嘴。

"不过，确实需要尽快知道你们的决定。"维特里丝说，"我们打算明天一早就走。"她犹豫了一下，用指尖按摩着头的一侧，继续说，"如果你们愿意的话，也可以慢慢考虑，不用太急。我们会预留几个舱位，这样，万一你们真的想走,住的地方也是现成的。"文纳德不满地哼了一声,她不予理会,"真希望你们能一起走。"她补充道,"我的意思是,昨天你们齐心协力打退敌人的那一幕相当精彩,真的,不过……"她笑容璀璨,"这就是我们要说的。我们就不留下来喝酒了,谢谢。再见。"

"等等——"当她打开门时,文纳德说,"噢,算了。我们的船在北码头。"他一边转身去追维特里丝,一边补充道,"船的名字叫'松鼠号'。找到它应该不难,它是码头唯一一艘双层货船。"他举起手草草地行了个礼,看到维特里丝走远了,连忙快步跟过去,同时在身后将门带上。

"这下有意思了。"沉默良久以后,亚力克修斯说,"你怎么想,巴达斯?"

洛雷登用手掌根按揉着前额,"你头疼吗?"他问教长。

"我——老天哪,你是对的。我觉得自己的头又闷又疼,好像空中打雷似的。要不是你指出来,我还没注意到呢。不过现在察觉了。你呢?"

洛雷登做了个鬼脸。"我倒是希望这是一夜狂欢、宿醉未醒的后遗症。"他回答,"当然,我还是一个字也不信。你怎么看他们的提议?莫非有点良心不安?"

亚力克修斯严肃地举起手来,止住洛雷登的话头。"这种事可不能拿来开玩笑。"他说,"特别是在你压根儿不相信这一套的情况下。"

"我就是逗你玩而已。你要接受他们的提议吗?"

亚力克修斯摇头,"要是我年轻二十岁,也许吧。就算年轻十岁也行。以现在这把年纪,光是旅途劳累就可能让我送命。不过我记得你说过,和他们硬碰硬大概是打不过的。"

洛雷登摇摇头。"就算我要离开,"他说,"也不是因为怕了这群草原人。但是,除了等待一场针对我玩忽职守的审讯以外,我没理由继续留在这里。就这一点来说,我还是离开的好。"

"噢，"亚力克修斯说，"哎呀，对了，你不是还要工作吗？我是说教学生击剑，不是当律师。"他加了一句，"我想，我最好把他们的提议转告给卡纳迪。他比我年轻，仍然胸怀大志，在这世上还有很多想做的事。我肯定岛上的某个研修会可以给他腾出一个职位来。"

洛雷登点头。"你提醒了我，"他说，"我得告诉我的助理，她也收到了邀请。见鬼，我还以为我终于可以上床睡觉了呢。"他站起来，僵硬的关节让他抽痛了一下。"如果最后我决定和他们一起走，"他有点难为情地说，"那么——唉，就该说再见了，亚力克修斯。如果不是认识的时机不对，我们的友谊可能会走得更远。但话说回来，换个场合，我们可能根本没有结识的机会。保重。"

亚力克修斯点点头。"你也一样。"他说，"潜意识里，我有一种不祥的预感，总觉得之前对你的生活干预得太多了，如果你继续待在这里，我可能永远无法弥补自己犯下的错误。也许这一系列事件的发生，就是有人或者某种力量想让一切回归正途。这么想，我心里会好受一点。如果你决定离开，就走吧。"

"这么说，你觉得我该走？"

亚力克修斯耸耸肩。"别问我，"他说，"我又不会算命。"

洛雷登走后不久，门童托着四人份的酒和蛋糕回来了。尽管客人已经散了，他仍然把手里的托盘放下来，并询问还有什么吩咐。

"是的，请等一下。"亚力克修斯一边说，一边埋头在书写板上写着什么，"我要你到城邦学院去，把这个交给卡纳迪掌院，越快越好。只能给他，不能给其他任何人，拜托了。告诉他这件事很重要。能做到吗？"

男孩迫不及待地点头。一想到有借口溜到外面玩一个钟头左右，他的眼睛就亮了起来。刚离开房间，亚力克修斯就听到他跑下楼梯的声音。**多兴奋**

啊，他想，我以前也是这样热情洋溢。看看我的下场吧。

艾希莉不在家，真麻烦。他在她家门外徘徊了大约半个小时，觉得很难受。太引人注目了。我就像一个害了相思病的十六岁少年。但事实上，就算在十六岁的时候，我也没做过这种事。最后他放弃了，走到转角处的烘焙店里，店主正小心翼翼地打开百叶窗。

"我认识你，是吗？"店里的一名妇人将一块夹着奶酪片和培根的新出炉的面包递给他，问道。

洛雷登点点头。"有可能，"他说，"我以前为政府工作。"

"想起来了。"那妇人打了个响指，说道，"监察局。你不是曾经来过这里，检查我们的秤和量具？噢，那是十年前的事了吧？"

"很高兴你还记得。"洛雷登嘴里塞满食物。

妇人看了看他，然后斜斜地瞥了一眼店里的秤，"你还在干这行？"

"别担心。"洛雷登回答道，"今天早些时候我刚辞职。"

"哦。"妇人注意到他外套下面的铠甲，"被征去当兵了吗？"

洛雷登点点头。

"个个都得去服役，"她继续说道，"要我说，真是可耻！"

洛雷登点点头，"我说，这都怪将军。"

"哪一个？被排挤走的那个还是新提拔的那个？"

"两个都怪。"洛雷登一边回答一边伸出手，接过找回来的零钱。

他在烘焙店外吃完面包，四处溜达了一会儿，发现了一家开着门的酒馆。吃了点东西以后，他倒没那么疲倦了，于是去喝一杯的想法就显得相当有吸引力。最后他选定一家走了进去。那家酒馆门面不大，看起来很阴暗。他已经很多年没来这家酒馆了，但它一点也没变。

　　"我敢说，"老板一边将浑浊的灰白色苹果酒倒进一个看起来脏兮兮的角杯里，一边说道，"作为卫兵，你最近这两天一定见识了不少战斗的场面吧。"

　　"多到今后一段时间都不想看了。"洛雷登递过一个硬币，回答道，"为你的健康干杯。"

　　酒馆里只有他和老板两个人。洛雷登忍不住想多讲两句。

　　"我都不知道为什么自己还要开门。"老板回答，"大家都不敢从家里出来，生怕野蛮人忽然出现在街头。他们攻进来的可能不大吧？"

　　洛雷登耸耸肩，"别问我。最近刚听说将军用火油把他们打了个屁滚尿流。"

　　老板点点头。"干得好。"他说，"也该巫师们出点力了。几乎每个晚上都有人在这里问，为什么巫师们不做点什么呢？我早该料到，他们会把魔法留到效果最好的时候用。"

　　"教长可是个好人啊。"洛雷登说。

　　"为他老人家的健康干杯。"老板一边回答一边朝刚才那个杯子里又倒了些酒。"不过，要我说，"他压低嗓音继续说下去，"事情没那么简单。"

　　洛雷登露出很感兴趣的样子。"是吗？"

　　老板点点头。"我听说，总督和将军两个人合伙，故意压制老亚力克修斯，让他使不上力。因为目前的非常时期持续越久，越符合他们的利益。"

　　"别胡扯了。"

　　"只是听说。"老板说，"但是，我觉得这种说法有道理。想想看，他们两个掌握了整个城市的权力——你可别跟我说这段时间以来是皇帝在掌权。我猜他们将皇帝囚禁在了什么地方。"

　　"太可怕了。"洛雷登说。

　　"你说得太对了，确实可怕。看看现在的情形吧，那些混蛋一被打败，将军就遭到了排挤，就这么简单。哎呀，个中缘由简直太明显了，不是吗？"

"啥？"

"分赃不匀引起的内斗啊。"老板说，"我猜啊，那个什么上校太贪心了，想将总督的权力边缘化。结果——砰！"

"我倒没想到这些。"洛雷登承认，"不过，这么说起来倒是挺有道理的。"他啜了一口苹果酒，这酒真是太难喝了，"还别说，这比别的解释更靠谱。"

"就说那个绳子的事吧。"老板继续说道，"那时候我们就该意识到这里面的猫腻了。你没想明白到底是怎么回事吧？"

"什么绳子的事？我最近都在城墙上，有点跟新闻脱节了。"

"噢，那是前阵子的事了。"老板回答，"似乎那个什么上校满城搜罗绳索，然后倒手就廉价卖给了他的那些岛民哥们儿。"他意味深长地一笑，"要我说，这就是他们炮制出这个非常时期的全部目的。故意搞砸重骑兵队的奇袭任务，就是计划的开始。当初真拿出实力的话，我们还不能把那群野蛮人踢回老家去吗？"

洛雷登又吞了几口难喝的苹果酒。"我一直不喜欢那家伙的长相。"他说，"当然啦，他以前是个律师。"

"得，这就说明了一切。真的。再来点苹果酒？"

"谢谢。不过我想尝尝葡萄酒。"

"本店特色红酒？或者你想要的话，我可以给你来点更好的。"

"特色红酒就可以了。"

葡萄酒也很难喝，只不过比苹果酒稍微好一点。洛雷登又待了一阵子，其间打听到了更多上城秘闻。他决定在老板的劣酒把他放倒之前回家。要知道，特姆莱和他手下所有的人加起来都没把他干掉呢，他可不想死在劣酒上。他回家的时候刚好经过艾希莉家。于是他决定最后尝试一次。这一次，她在家。

"你好。"他说。

艾希莉凝视着他。有那么一瞬间，洛雷登几乎以为她会扑到自己怀里。她没有。

"你也好。"她回答道，"这么说，他们把你放出来啦。"

"犯了点错被开了。我给你带了个消息。"

"进来喝一杯吧。"她说。

他来过艾希莉家，不过那是很久以前的事了。他几乎忘了她家有多么舒适：光线明亮，空气流通，四面是雪白的粉墙，墙上挂着花色生动明快的挂毯，家具线条流畅、制作精良，地板干燥清洁。当然，有些人就喜欢住在这样的地方，他对自己说，他们希望生活里的每一样东西都显得很美好。就算迫不得已住在山洞里，也会在瓶子里插些花为山洞增添点生活气息。

他靠着烟道坐下。艾希莉将挂在壁炉上方的两个银杯取下来，拿起酒壶倒了两杯。"什么消息？"她将杯子递给他，"好消息吗？"

洛雷登点点头，"算是吧。记得那两个从岛上来的怪人吗？文纳德和维特里丝？"

"真奇怪，你居然会提到他们。我正打算跟你讲讲他们的事呢。"

"是这样，他们愿意免费带我们离开这里。"洛雷登说，"船明天一早就出发。如果我们愿意的话，可以跟他们一起走。"

"哦。"艾希莉站在炉火前，紧紧握着手中的杯子，"你也走吗？"

"我不知道。"洛雷登啜了一口酒。对他而言，这酒的口味偏甜，但除此之外还是挺喜欢的，"我很心动，你呢？你打算跟我说什么？"他身体前倾，"显然自从我们上次见面，你又遇上他们了。"

艾希莉点点头。"不仅如此，"她说，"我们还合伙做起了生意。"

"我的老天爷啊，你们是怎么谈起来的？"

艾希莉将事情的来龙去脉讲了一遍，洛雷登认真地听着。

"我开始好奇这两位了，"等她说完，洛雷登说，"似乎最近我们无论做什么都跟他们有关。"

"多半只是巧合吧。"艾希莉表示赞同，"不管怎么说，你有什么想法？"

"关于他们的提议吗？"洛雷登将头搁在杯沿上，盯着杯底的残渣，"我跟教长说，我不怕受审。"他说，"我撒谎了。事实上，我感觉自己决斗的次数太多了。我父亲曾说，该死的运气就像在你在屋顶上平衡放置的一块巨石，推得太用力了可没什么好处。"他摇摇头，"运气这事不好说。比如，我可能在船上遇到暴风雨，在沉船之后淹死。但若是留在这里，说不定我能平平安安活到一百岁——前提是我想活那么久，当然我不想。你想好了吗？"他打量着四周，"要走的话，你可是要舍弃这么多好东西。"

"什么？这些东西吗？"艾希莉大笑，"要是有机会卖掉，拿回本钱当然好。要是没机会，就让它们见鬼去吧。说到底都不过是身外之物。"

"这么说，你打算离开了？"

"我不知道。"她抬头看着他，"你走我就走。"

洛雷登有点不自在，"这里的家当值好几个斯迈尔呢。看来你很会讲价。"

"我一向是个精明的商业女性。"艾希莉活泼地回答道，"说到这个——"她犹豫了一下，继续说，"我能问你一个问题吗？是私人问题。"

"看情况。你问了再说。"

"好吧。"她深吸一口气，"我不明白，你赚的钱是我的十倍，却活得像头猪，而且经常是一贫如洗的样子。无意冒犯，但这笔账怎么算都不对。我一直觉得这件事很奇怪。"

洛雷登别过头去。艾希莉想，完了，这下我得罪他了。没过一会儿，他把头转回来，表情基本没变。

"我寄了很多钱回家。"他说，"可能我以前提到过，我出身于一个大家庭，有三个兄弟和一个姐妹。我父母已经过世了，两个兄弟还在农场。我有余力的时候就帮帮他们。要知道，我欠他们的。"

"帮帮他们。"艾希莉重复着这句话。

"是的。我父亲是佃户，租了一小块地。实际上，他就是完全靠种地养家糊口的农民。地主从收成中抽走六分之一，因此就算在收成最好的年份，我们的日子也不好过。所以我买下了那块地，足以让他们三人过上体面的日子。至少这是我能做到的。"

这不合理啊，艾希莉想，如果他的兄弟得到了农场，而巴达斯独自在外打拼，难道不该是反过来，让兄弟们帮帮他吗？他们有家有业，而他却得白手起家。"原来如此，"她说，"这下我明白了。你的兄弟们现在一定已经过上了好日子吧。我是说留在农场的几个。"

洛雷登点点头，"听说他们当农场主当得很成功。我不常跟他们联络。不管怎么说，我算是回答了你的问题。是个非常俗套、非常普通的故事，没什么惊天大秘密。"

"你从来不提你的家庭。"

"是的，从来不提。我不认为家庭是个有趣的话题。你还有这种酒吗？还是说，你想留着老了以后再喝？"

"对不起，"艾希莉说，"来，自己倒吧。"她等他将杯子倒满，继续说，"这么说，你不打算回家喽？我是说回农场。"

洛雷登摇摇头。"农场的活太重了。"他说，"更别提那难闻的味道，还有山羊在客厅里溜达。我太老了，干不动了。"

"去岛上如何？你决定了吗？"

"我觉得你该走。"他回答道,"虽说昨天把草原人赶跑了,但我肯定他们会卷土重来。他们会不停地尝试,直到得逞为止。我认为城市迟早会沦陷。"

听到他随口这么说,艾希莉不由得惊呆了。这是她和其他所有人都害怕的结局,但与此同时,在他们内心,又坚信这种事永远不会发生。"你真的这么认为吗?"她无言以对,只能追问一句。

洛雷登点点头,"你不知道昨天他们差点就得逞了。如果不是用了火油,我们就全完了。他们的人实在太多,我们简直无法想象哪里来的这么多人口。他们进步了许多,会制造机器,有组织能力。上一次我和他们打交道的时候——怎么说呢,我不得不管他们叫野蛮人,但我指的野蛮和大多数人口中的含义不同。他们的生活方式原始而简陋,安于现状,这也没什么不好。

"现在不同了,他们能造出和我们一样好的东西。如果有人说这些机器是他们从哪里买的,或者是别人给他们的,别相信这套鬼话。特姆莱那个小伙子来到城市,学会了所有能用来进攻城市的机械的制造方法。这小子太厉害了。他本该打赢这场仗的,不过我们,呃——"他继续说道,"唯一能够阻止他的就是火油。要是他找出防御火油的方法,我们就彻底完了。想想他已经做成的事吧,我怀疑用不了多久,他就能破解火油的威胁。就算拿火油没办法,他们有那么多人,不管我们出什么招,他都可以驱使族人前赴后继地杀过来,只要他愿意牺牲大量族人换取胜利。我认为他已经做好了这个准备。他是个好头领,只是出于某种原因,对攻陷城市执念颇深。我看到过那股不服输的劲儿,在我们的投石机将对方的攻城器打成碎片之后,他源源不断地将新机器送上战场。到了最后,双方的比拼其实是精神上的:他们愿意为族长牺牲,我们是否也准备好了为保卫城市血战到底?就这点来说,我们输定了。"

艾希莉缓缓点头,"这么说,你打算离开。"

"我没这么说。"

"但是如果城市马上就要沦陷……"

洛雷登身子前倾，直到两人贴得很近。"我认为你应该离开。"他说，"并不是说这是你最后的机会，只是这个时候走，总比等敌人攻上了墙头，挤在装满了人的船上逃难好。我——"他顿了一下，吸了口气，又呼出去，"知道你在安全的地方，我会更安心。你有能力，到哪儿都能立足。如今你在岛上也有朋友，要重新开始一点问题也没有。而这里除了那些精美的家具以外，还有什么可留恋的呢？"

"你走我就走。"她说。

他离得远了一点，皱起了眉头。她想伸手拉住他，却最终没有动弹。

"我们可以在那里开一家学校。"她说，"跟在这里一样，而且那边没这么多同行来竞争。你说我在那里有朋友，你也有啊。出于某种原因，这两个人对我们有好感，我们不需要像一穷二白的难民那样白手起家。我们会认识更多的人，会得到他们的助力。"她想看着他的眼睛，但他却转过头去盯着炉火。"你不是想留在这里吧？留在这里，被杀掉，成就英雄的美名，到最后城里片甲不留，还有谁会记得你这个英雄？你不是总说自己不想成为英雄吗？"

"别傻了，"他温柔地说道，"我干吗要自寻死路？又没钱拿。"他加了一句，"要是有钱拿，那就是另一回事了。"

"行啊，那我们就一起走。"她努力想露出一个笑容，"我们两个一起会很快乐的。像以前一样。"

到了现在，他终于肯抬起头看着她，但除了眼里隐隐约约映照出来的炉火微光，她在他脸上看不出任何情绪。"这就是你所谓的快乐，是吗？"他说，"唉，好吧，人各有志。"

她试图保持镇定, 试图控制自己的情绪。"随你, 反正你不走我也不走。"她说, "行话管这个叫道德绑架。这是律师助理的基本功。"

洛雷登将酒一饮而尽, 然后站起身来。"我没说不走," 他说, "只是还没拿定主意。" 他把杯子放下, 拿起外套, "你信里提到在我的公寓门上安了个锁?"

艾希莉愣了一会儿, "噢, 天哪, 对了, 钥匙。等等……我去拿给你。" 她走到一个精巧的小书桌前打开抽屉, 从中取出一卷布。"在这里," 她将东西递给他, "有点涩。你转动钥匙之前, 最好在门上用点力。"

"谢谢。" 他说, "我要给你多少钱?"

她正要说, 不用给钱, 却又改变了主意, "五夸特。明天再给我也行。"

"没事, 我有零钱。" 他数出几个硬币递给她。接过这些硬币的时候, 艾希莉的手都在痛。她放下钱, 他走到门口。

"船的名字叫'松鼠号'。" 他说, "北码头, 双层货船。我要是你的话就离开这里。"

"我会考虑的。" 她说。

洛雷登走了。

十七

"小心。"

卡纳迪四下张望,"什么?"

"小心,你挡住路了。"

"哦,好的。"卡纳迪往旁边走几步,让后面的人从他身边经过,"抱歉,我以前没坐过船。"

那些人看了他一眼,什么也没说,继续干活去了。他们要干的活就是拉缆绳。卡纳迪发现,船上大部分活都和绳子有关:不是在拉绳子,就是在绞紧绳子,要不就是把绳子抛出去。

等他满意地发现自己没有妨碍到船员的工作,也没有给航行的船带来任何危险时,他又回到原来的位置望着天边。以前他经常听人描述从海上看城市的美景,但对于亲眼看一次却没什么欲望。现在他看到了,却只觉得疑惑,为什么大家要如此大惊小怪。

"很美,不是吗?"

"是的,很美。"他不假思索地回答,"令人——叹为观止。"他脱口而出,"特别是从这个角度望过去。"

站在他旁边的那个男人将前臂枕在栏杆上,眼睛盯着正在迅速远去的景色,"三重城,"他说,"神明的泪珠,点缀在海浪间的一颗闪亮珍珠,远在天边、戴着象牙皇冠的佩里美狄亚,明艳动人的佩里美狄亚,好女子的摇篮,永恒的海之门户。"

卡纳迪礼貌地低声附和了几句。对他来说,城市的形状更像一块塌下去的糖面包。他知道那个人念诵的一连串词语出自哪里,那些都是赞美佩里美狄亚的套话,每个人都可以不假思索地脱口而出。其实,严格考据的话,这句话最早出自菲扎斯的《返乡》,原文应是"美丽女子"而不是"好女子"。不过,除了少数几个艰难读完这篇华而不实的文章的人,其他人都将错就错。

"可惜了,真的。"那人说道,"只是荣耀与辉煌终将消逝。"他抬起头,观察着卡纳迪的表情,"第一次出海,是吗?"

卡纳迪点点头。

"假以时日,你会习惯的。"那人说道,"关键是不要死扛。相信我,一旦你放弃抗争,几次下来,你会感觉舒服很多。"

甲板上满满的都是人,大家都想最后看一眼慢慢消失在地平线下的城市。像一艘高大庄严的船正在渐渐下沉,卡纳迪对自己说,这比喻多么贴切,又多么绝望。旁边这位好心人教了他对付晕船的方法,但他其实并不觉得头晕(他是有点不舒服,但并不是头晕),也没有被悲痛怅惘之情打倒。他认为,这种不适的主要原因是无法接受现实——这很可能是他最后一次看到城市了。

"我呀,"那人说,"我是思科纳人,在城市只待了五年。你去过思科纳吗?

噢,抱歉,你当然没去过。思科纳是个破破烂烂的地方。不过,至少不会每隔五分钟就有人想攻进来烧掉它。"

"你认为城市会陷落吗?"

男人大笑起来,"要是我认为城市不会陷落,那我得有多傻呀。我可是凑出了六百斯迈尔才搭上了这艘破船呢。你呢? 你一定也是这么想的吧,不然怎么会出现在这里?"

"事实上,我是去岛上就职的,本来就要离开城市。"卡纳迪说。

"原来如此。"那人根本无须指出他在撒谎,甚至连暗示也没必要,"运气真好。在哪一行高就?"

"银行业。"卡纳迪回答道。

"真的? 哪一家银行?"

卡纳迪的脸抽动了一下。活该,谁让你既当了逃兵又不敢说实话,"是一间家族经营的小银行。"他回答道,"名字你可能没听说过,叫波雷登。"

"波雷登? B打头的?"

"是的,波雷登银行。正如我所说,我们是一家规模很小,很低调的……"

那人看着他。"我猜经常有人弄错你的职业。"他说,"你一定觉得很烦恼吧。"

"是的。"卡纳迪回答,目光始终对着正前方,"你呢?"他说,"你做哪一行?"

"噢,你知道的,"那人说,"信用证、汇票之类的。典型的小打小闹、勉强糊口的信贷交易业。不过,奇怪的是,居然还有一家我从来没听说过的波雷登银行。我叫皮尔·西罗。"他伸出手,"也许将来我们可以在生意上互相帮衬一下。"

卡纳迪握住那人的手——对方握手的力道像老虎钳——露出大大的笑

容。"那真是——我是说,好的,我们一定要好好地探讨一下合作的可能性。"他忽然灵机一动,一只手捂在喉咙上,发出兀兀欲吐的声音。那人笑了笑,在祝他好运之后走开了。

"下一次再遇到这种情况,"另一个声音在他左边响起,"假装是个商人。找个比较无聊的行业,比如贩卖鱼干之类的。不会有人想和卖鱼干的贩子谈业务的。"

卡纳迪转过头,尴尬地笑了,"你——呃——都听到了?"

维特里丝点点头,"你应该直接告诉他,你是一名巫——研修会的成员。"她说,"你知道吗,在岛上,研修会成员非常受人尊敬。你们真的有一个基金会设在岛上吗?"

卡纳迪点点头。"真的有。不过这个机构不仅有领馆的功能,还兼顾我们的经济权益。尽管这个基金会不传授知识,也很少涉及研究,但毕竟是份工作,总比到了岛上成为身无分文的难民强。"

"我倒不认为这些人身无分文。"维特里丝吐露实情,"否则他们不可能登上这艘船。你在这里会发现不少真的银行家,还有商人、商业冒险家之类的人物。这些人的共同点就是,他们的生活不会被城市的围墙完全限制。"她把手肘枕在栏杆上,双手托着下巴。"我想,这就是他们随时准备离开的原因。"她说,"别误会,愿意上船的自然不少,足以把我们的船塞满,但名单也不算很长。大部分人对离开城市不感兴趣,尤其是在刚打退一次进攻的情况下。"

卡纳迪耸耸肩,"我希望大家都平安无事。事情平息之后,我会等一阵子,然后悄悄回去,设法重新回到研修会的管理层。当然,升为教长是没什么指望了。不过说实话,我无所谓。教长的生活没有外人看起来那么光鲜。"

维特里丝眉头紧锁,"可他还是留下来了。"

"亚力克修斯的健康状况不允许他长途旅行。"卡纳迪回答,"虽然他极力掩饰,但他的身体确实很虚弱。"卡纳迪沉默了一会儿,不知道今后是否能再次见到自己的老友。因为没时间当面告辞,他只能在写字板上匆匆写下几行字,将它托付给信差。但写信毕竟比不上面辞。他很后悔。在组织机构的上层,真挚的友情难得一见——进入这个组织的时候就该打消这种不切实际的妄想。他有幸得到了一份友谊,却没有好好把握,只能遗憾地失去一个朋友。

但当时他根本无法抗拒出城——也就是逃跑——的诱惑。多亏了亚力克修斯的临时发挥,让他得以不失体面地离开,还可以获得一份工作。而这份工作,正是他曾经不惜一切也要躲开的。

城市即将沦陷,只有上城的白色建筑依旧沐浴在阳光下,散发着令人目眩神迷的光芒。这让卡纳迪想起一个古老的关于失落之城美卓的传说。据说,在一百万年前,那时的人们仍然相信神明的存在,这个拥有惊人财富的神奇岛国因为触怒了神明而下沉,被波涛吞没。当然,佩里美狄亚的地理位置不允许这种颇富诗意的场面出现,至少城里人是这么认为的。

说实话,这样的下场并非不可能。

他觉得有必要举行一个告别仪式。于是他将手举到肩膀的高度,掌心朝外,对着远处那白色的光芒招手,直到白光完全消失才把手放下。

"行告别之礼?"

"装模作样而已。"他回答,"我一辈子都在教书,一直喜欢做出引人注目的举动,即使场合不对。你知道吗,这是我一生中第一次来到看不见城市的地方。我今年五十四岁,"他补充道,"按理说我应该觉得很失落,但我没有。"

"我很高兴听到你这么说。"维特里丝说,"以后你有大把的时间思念故乡呢。"

她从卡纳迪身边走开,去甲板对面去看望她的另一个新朋友。维特里丝是个富有同情心的人,但面对眼泪,她总是有点不知所措,无法应对。因此她才将这位朋友留在原地,希望过一会儿能平复情绪。

"对不起,"艾希莉说,"我不是故意要让你觉得尴尬的。只是——"她没有把话说完,眼睛紧紧地盯着天边。

"你真的以为他会来?一直等到最后一分钟?"

艾希莉摇摇头。"噢,跟他没关系。"她说,"只是此时离开城市,不知道回来时它还是不是这个样子……"

维特里丝没有吭声,不知道该不该相信艾希莉的话。她很了解自己,她总是倾向于在倾诉者的言语中寻找爱情的痕迹。说到底,除了她自己的想象以外并无实证。但另一方面,遇到这种情形,她的直觉往往是比较准的。

再说,这也不关她的事。

"它会安然无恙的。"她说,"你等着瞧好了。一定不会出事的,我们还要合伙做奢侈品生意呢。什么破战争都不能阻挡我们实现这么好的商业点子。"

艾希莉笑了,"尤其是连你哥哥都没想到的好点子。"

"就是。"维特里丝嘴上这么说,心里却不这么想。不知为什么,她总觉得城市迟早会沦陷。这是一种直觉,但她并不想深入思考其中的缘由。事实上,只要一朝这方面想,她的头就疼得厉害。她知道,她的预感是准的,就像上次她见到祖姑姑阿拉曼迪时,就知道那是最后一次见面一样。(当时祖姑姑九十二岁了,由于风湿病的缘故走路一瘸一拐的。在过去的十年间,老人家一直在等待死亡,像急性子的旅行者等待久久不来的渡轮。)那次是和祖姑姑正式告别的最好时机。她们之间并没有建立起多深的感情,正如她对佩里美狄亚一样(去那里旅行倒是挺好的,但你不会想住下来)。也许只有局外人才能看清当前的局势。所以她才突然有一种冲动,想将所有的新朋友都带走,带到安全的地方去。可惜教长没来,当然,洛雷登也没来。不过,这两个都是有着强烈荣誉感和责任心的人,不是急于逃跑的孬种,会选择留下也不稀奇。

(她想,这帮男人,真不知道说他们什么好!)

文纳德多半在艏楼①,急不可耐地往海上张望,寻找可以带他回家的航标。她去找他的时候,忽然很高兴自己只是个商人。他们操心的最多不过是沉在港口水底的绳索,以及因此造成的可预见的市场损失。

"其实,"晚些时候,文纳德说,"这可能是——该死,福祸掺半的反义词是什么?嗯,塞翁失马。全少这可能是一次机遇。是的,我们损失了一个市场,一个很繁荣的市场。但这并不是世界末日,外面还有一整个世界的人需要贸易往来。如果佩里美狄亚不行,也需要去别的地方。这有可能是我们期待已久的大机遇。我想说的是,没多久以前,我们还想亲手打败城市,为的是同样的理由。"

"啊,"维特里丝阴沉地说,"这么说,这场祸事没什么大碍喽。"

文纳德咂咂舌头,"是的,我知道这么说听起来有点冷酷。相信我,我是真的为他们的遭遇感到难过。不过仔细想想,让敌人大摇大摆地跑进来学习机械制造以及其他知识,连问都不问一声,这不是自讨苦吃嘛。事实就是如此,我们还要养家糊口,恰好有这么一个机——"

维特里丝点点头,"这么说,你认为我们可能很快就要捞到一个大好机会喽?"

"可能性很大。非常大。"

"太好了。"维特里丝开心地笑了,"一个大好机会马上就要来临,我们理

---

① 位于大型帆船船首上部,前桅前方,一般是水手的住所。中世纪战船的艏楼往往是多层甲板结构,攻击时可做射箭平台,防御时则作为作战堡垒。

所当然要多雇一名助理。我告诉艾希莉去，她会很高兴的。”

“维特里丝——”文纳德话没说完，就化成一声长长的、无可奈何的叹息。事实如此，只要他妹妹拿定主意要做什么，多半就能做成。他只能平静地接受，同时在避免被她察觉的情况下，尽量设法降低其中的成本。

他想象自己的前方是一条笔直的、通向故乡的航道。人们马上就能回家，船上载着有利可图的货物，口袋里塞着到港就要用上的钱，他已经心满意足了。

跟历史上的围城相比，这次还不算太糟。

围城有时候会导致守城的人活活饿死。有时候能让人用一只死老鼠或者画眉鸟换到一个蒲式耳的上好面粉。而在一片绝望的气氛中，坟墓被掘，食人魔的谣言在私底下如真菌般迅速冒出来。有时候，围城的人被坚固的城墙挡住，无法获取城里充足的储备，不得不在城外水汽蒸腾的沼泽地里扎营，眼睁睁地看着墙头的守卫迈着轻盈的步伐赶赴晚餐，而自己这边的人却饱受发热和饥饿的煎熬。有时候，军队会用抛石机将腐烂的尸体抛到城市里以散播瘟疫；有时候城市这边会用抛石机将发霉的面包扔到围城者的营地，嘲笑他们即将被饿死。有些城市饱经内忧外患，得同时面对敌军和疫病。有时候疫病从一支军队传到另一支，到最后城墙内外的士兵都纷纷倒下，如打在炙热岩石上的雨点一般迅速蒸发。夏天，蛮族的围困让守城的军队饱受闷热之苦；而到了冬天，冰雪让围城者饥寒交迫。总的说来，围城对双方而言都不是件愉快的事，而胶着的战况更是对谁都没有好处。

这次发生在佩里美狄亚的围城有所不同，甚至能不能被称为围城都有待商榷。的确，城里的人不能从陆路出城，但话说回来，又有谁想从陆路出去呢？特罗弗桥是外国人进出城市的通道，而佩里美狄亚人外出旅行，通常都是从港口出发。至于说从陆路来的商品,谁需要那些东西? 不过是些食物和原材料罢了,没有哪一样商品不能从海上进口。就算要付更高的成本,商家也可以通过稍微涨点价来弥补损失。一旦城里人发现敌军在近期内没有发动攻击的意图,而河上也没有木筏将攻城器的部件、云梯、攻城槌以及帐篷等物资运下来,他们慢慢对这场战事失去兴趣。事实上,除了对使用火油是否道德这点争论以外(主要是几个政治派系在不断提起这个话题,就像一盏灯芯受潮的油灯,火焰微弱却不肯就此熄灭),大部分人都将围城这件事置之脑后,回到日常的工作中去了。

特姆莱的人也适应了安逸的日常生活。城市后方的大片陆地有超过十年以上没人在此放牧,简直是牛羊群的天堂。这里水源充足,而且在疯狂地制造和运输机械以后,能休息一段时间总是好的。他们还有很多事要做呢。他们要重建桥头堡对岸的堤道,要将对方射过来的箭改造一番并装上箭翎,要制造箭头、修复和加固铠甲。为了增加攻击的精确度,也为了不让手下人无所事事,特姆莱组织了每周的射箭比赛,给胜利者颁发大奖,让垫底的十名参加强制训练。这些比赛给了大家猜测结果以及下赌注的机会,有助于修复他和族人之间因木筏一战而受损的关系。只有少数几个人还在疑惑下一步该怎么走,大部分人都接受了现状,安静地等待下一阶段的到来。在那之前,待在这个仅驻扎了一个月左右的营地其实也不算太糟糕。

气氛变得相当友好。城里人开始给草原人的弓箭比赛下注,在酒馆里一边喝着加了香料的苹果酒,一边讨论获胜者和其他几个竞争者的表现。他们还观察着部落民族的日常生活,从中找到值得欣赏的地方——这是城市对待外国人的一贯态度。草原人也习惯了这里的风景。在城墙下待久了,你很难不肃然起敬,猜想什么样的人才能造出如此庞然大物,还造得如此完美。有些草原人坐在那里好几个小时,看着水面上的船,想象着被装在木头壳里,在无边无际的蓝色虚空之间漂荡，直到抵达另一个国家的感觉。那个异域国度和这个国家有相似之处，但肯定也有他们无法想象的差异。营地里甚至有几个人开始提出不要摧毁城市。**蓄意摧毁这么美好的事物简直是在糟蹋东西，而世上有什么比糟蹋东西更令人厌恶的？** 不过，这么想的只是少数人。绝大多数草原人忙着干活，根本没时间思考这些。

洛雷登的击剑学校重新开张，很快就满员了。诉讼案的数量仍在不断上升，对律师的需求前所未有地高。还有人进入学校不是为了将来从事律师行业，只是单纯地为了学习击剑。他雇了个新助理，是一名十六岁男孩，帮他记账、收费以及整理账簿。他安排将艾希莉的家具出售，终结租约，取回了剩余的租金，然后找了一个可靠的邮差将这些钱捎去岛上。三个星期以后，他收到了艾希莉手写的收据，字迹工整、清晰。和收据一起送来的还有一封从常用的商业范文录里抄下来的正式感谢函。

"松鼠号"带着一船弓材和孔雀羽回到城市，走的时候船上只剩三个空舱位。人们还在继续拥出城市，但船费降了三分之一。这次只有文纳德来。他去拜访了洛雷登，给他捎个口信。但洛雷登不在家，而托他带口信的人没给他书面的信件。他将卡纳迪的信带给了教长，走的时候怀里满满地抱着书、新制的羊皮纸、笔以及两瓶顶级葡萄酒（其中一瓶是他帮忙带信的酬劳）。亚力克修斯不再卧床，如今安全委员会一周只需开一次会，因此他又多多少少开始履行教长的职责。他托文纳德给维特里丝带去问候，同时想知道下次维特里丝随"松鼠号"来的时候，可不可以给他带一两桶梨罐头。他的医生禁止他吃这些东西，但医生懂什么？何况，要是不能吃自己爱吃的东西，当巫师又有什么劲呢？

总督、郡尉以及他们的政府同僚在非常时期的被迫休假结束后又精神抖擞，重新回到各自的岗位。对他们来说，现在正是大展宏图的好时机，大把的机遇等着他们。在政治派系那段令人丧气的休战期间,大家都在收集潜在的攻击材料,等到政府恢复日常运作以后,双方手里都掌握着大量的把柄以供辩论和争执。头一个星期左右势均力敌。但不久之后,郡尉所在的自由派渐渐地压过总督所代表的大众派,占了上风。之所以出现这个转机,多亏两件事吸引了委员会的注意力,并持续发酵。这两件事就是,重骑兵第一次出征的惨败以及未经授权擅自使用火油的野蛮暴行。

在总督看来,目前对他最为不利的是时机。还有不到一个月,他就必须再次得到安全委员会的委任,才能继续当总督。眼下自由派强烈要求他为两次灾难性事件负责,这个续任流程恐怕会遇到诸多阻碍。总督被弹劾的先例不是没有,但那已经是一个世纪以前的事了。那个可怜的政客根本不想被载入史册,这反而让更多人对此津津乐道。他很快意识到自己唯一的防御就是进攻。通过将责任转嫁给洛雷登上校(尽管那时是听命于总督办公室的,但他可是郡尉的副手哪),营造出两败俱伤的局面。要是他倒台了,郡尉也会被拉下水。他要做的就是将整个事件升级,断了所有人的回头路。一旦双方都受到弹劾,他们就别无选择,只能联手撤销弹劾案(宪法专家已经在钻研法律法规上的空子,承诺尽快向他提交报告),让局势回到从前的平衡状态。要达到这个目的,最好的方式就是提前审理洛雷登,越快越好。

"我不相信。"希斯莱喃喃自语道,"再读一遍。"

特姆莱点点头,将羊皮纸递到他鼻子底下。帐篷里的灯光够亮,恰好适合阅读,只要笔迹清楚就行。

"巴达斯·洛雷登致特姆莱族长:向你致以问候。"他念道,"你我二人还有尚未履行之约定。敬请告知,能否安排有安全保障的双边会晤,以商讨贵方如何践约一事? 静候佳音。"

"他疯了。"安纳凯叔叔宣布,"估计是在名声扫地以及被撤职以后得了失心疯。要是我,就把这张纸丢到火里烧掉。"

"要是他以为我们会和他来个传统的单打独斗,那他肯定是脑子出问题了。"希斯莱赞同道,"首先,没有任何证据表明他的政府授权他发起这次挑战。"

特姆莱抬起手,"谁说要单打独斗了?"

战时委员会成员面面相觑。"这肯定是他的目的。"有人说,"我知道,他的措辞比较婉转,但你能指望一个满嘴胡话的疯子吗?"

"这封信与战争无关。"特姆莱说,"这是私事。他想要我给他铸一把剑。"

帐篷里顿时安静下来。"你确定吗?"安纳凯叔叔问道,"恕我唐突,但你怎么能从这么短的一封信里看出这么多含义——"

"事实上,他说的没错。噢,拜托,我肯定跟你们提过这件事。是吧?上次我们跟他进行外交谈判时提起过。你们肯定记得吧。"

希斯莱皱起了眉头,"我记得当时他说了很多我听不懂的话,什么招贴画啊,你欠他债啊之类的。"他说,"要么就是我在你解释的时候睡着了,或者干什么别的去了。"

"哦。"特姆莱的脸抽了一下,露出一丝笑容,"那么我最好解释给你听一下。我在城里的时候确实见过这个洛雷登。嗯,其实是在我离开城市的那晚。朱莱和我一起沿着桥头堡路骑马,这个叫洛雷登的忽然闯到我面前,喝得烂醉如泥。我——呃——踩了他一脚——其实是我的马踩的。他没受伤,但财物受到了损失。那是一张招贴画,显然颇为贵重。他坚持要我赔偿,不知怎么的,我答应给他打一把剑作为赔偿。你们看,严格说来,他确实有资格来要债。"

又一阵沉默。

"这太荒唐了。"最后希斯莱说,"别乱来,特姆莱。听上去你似乎还真在考虑他的要求。"

特姆莱挠挠后脑勺。"也许会,"他说,"也许不会。说实话,我正摇摆不定呢。"

众人纷纷开口。特姆莱几乎被吵得什么也听不见,于是他举起一只手示意大家安静。

"我是说,和他会面的事。"他继续说,"别光顾着嚷嚷,动动脑子,行吗?这个人曾经是城市的最高指挥官,现在落得声名狼藉。最新的消息是,他将要受审。如果他真心要一把剑的话,很可能是为了即将到来的审讯。"他顿了一下,让众人慢慢消化他话里的深意,"换句话说,他很不满,对城市统治者的所作所为心怀怨愤,也许还有点怒气。我们在一个星期以前不是讨论过,要攻进城市,唯一的办法就是找个人帮我们打开城门吗?"

"我明白了。"安纳凯轻声说道,"你认为这才是他的真正目的?"

"有可能。就算他现在没有这么想,我们也可以把这个点子塞进他的脑子里。或者说,你们谁已经收买了某个头脑发昏的叛徒愿意背叛城市,同时又有机会拿到钥匙的?"

"说起这个,首先,他没有钥匙。"有人提出异议,"你刚说过,他被撤职了。"

"他知道怎么把城门打开。"特姆莱自信地回答,"拜托,这法子至少值得一试,不是吗?"

战时委员会考虑着。"还有一种可能,"有人提出异议,"一个名声扫地的指挥官,在丧失全部的声望与荣誉后已经穷途末路。他辜负了城市,为什么不刺杀族长来弥补罪过,成为城市的英雄?这是个自杀式的任务,但对他而言,总比被自己人处死强。"

特姆莱点点头。"很有可能。"他说,"所以如果我们决定见他,我要让他一踏进这个营地就处于我们最好的弓箭手的射程之内。之后,我们可以将他的头颅送去给城市的统治者,告诉他们,他要背叛城市。这一定会让他们大乱阵脚。"

安纳凯若有所思地看着他,皱起眉头。"你已经决定了,是吗?"他说,"你真的想见这个疯子。特姆莱,他是往我们的木筏上倒火油的人。我要是问你是不是还记得这件事,就是在侮辱你了。"

"他不过是在履行职责罢了。"特姆莱平静地说,"我们把木筏送到城墙下面也是在履行我们的职责。要是你想讨论道德问题,可以晚些时候再说。不过我更喜欢用那点时间和你下象棋。"

众人再次沉默下来,这次大家在腹诽:他以前不是这样的,他变了,也许是战争改变了他。

"要是他真的想要你帮他打一把剑呢?"最后终于有人开口问道,"你会打吗?"

"我不知道。"特姆莱镇定从容地看着那个人的眼睛,"也许我想要这个人活下来,而不是死在法庭上。再说,我以前从来没有打过律师剑。从技术角度来讲,这是个相当有意思的实践。还有另外一个考量,"他双手托着下巴,继续说,"假设他在审讯中获胜,假设他东山再起,拿回指挥权,这时候,他用敌军头领亲手打造的剑在审讯中获胜这件事被传得尽人皆知,我相信,我们河那边的朋友一定会陷入疯狂的内斗。"

"我们就不用和他们最好的将军对上。"有人补充道,"好主意。"

"你们全都疯了。"安纳凯抱怨道,"这件事要么是个陷阱,要么是个疯子在乱搞,要么是个形式古怪的恶作剧,你甚至不能确定这封信是洛雷登上校写的。"

特姆莱微笑着,打了个呵欠。"没错。"他说,"但是,要是一句不确定就能打消我的念头,我们当初也不会发动这场战争了。"他一动不动地等了几秒钟,"我还要告诉你们一件事,我打算跟你们打赌,送信的人(他现在在卫兵的帐篷里等候消息,被十个人看守着,敢动一下就会被切成碎块)就是洛雷登本人。他还能找谁来替他跑腿呢?"

希斯莱猛地摇头,似乎想让自己从一个怪梦中醒来。"得了,我们只要见他一面就能认出来。为什么不把他带过来让我们亲眼看看?"

"为什么不呢?"特姆莱笑了,"去带他过来吧,希斯莱。记住,多带几个卫兵。"

洛雷登坐在一圈人中间,试图不去注意瞄准他的箭头。这是他第一次坐在草原人的帐篷里。以前他见过很多帐篷,但看到的都是外观。他意识到内部设计得很精巧,利用率高而且很舒适。沉重的毛毡将热量留在帐内,而涂抹在外面的植物油和动物油保证雨水不会渗入。撑起帐篷的柱子非常结实,即使在草原春天的狂风吹打下也能挺过去,同时只需要一个熟手就能简单快捷地拆卸下来。这些帐篷有充足的通风渠道,让火炉产生的烟气飘出去,不像城里许多房屋一样一生火就满屋子都是烟气,熏得人眼睛都睁不开。这些帐篷也很易燃,这一点他比谁都清楚。将牵绳砍断,往里面扔一个火把,不会有任何幸存者。奇怪,这帮非常讲究实际的草原人从来没有改进过这个显而易见的设计缺陷。可能他们的盲点都跟火有关吧。

"你能抽空与我见面,真是太好了。"他愉快地说,"你可是个大忙人啊。"

特姆莱耸耸肩。"不是每天都有声名赫赫的疯子从敌营跑来拜访我们。"他回答,"说吧,你究竟想干什么?"

帐篷里的每一个人都在等待洛雷登的回复。他不急着开口,只管享受着火焰的温暖。他从河里游过来时浑身上下都湿透了，头发耷拉在脑门上，看起来既没有神秘感也没有震慑力。**他看起来比我印象中要老，**特姆莱对自己说，但肯定是同一个人，是我一直记着的那张脸。只要一想到他有可能逃过惩罚，干脆利落地被人一剑刺死在法庭上，看不到他的城市被摧毁、人民被屠杀，特姆莱就无法忍受。经过这么多年终于找到他唯一的死敌，却在即将得偿所愿的关头被他逃脱，会使整个复仇行动失去意义。毕竟当年在他准备离开城市的时候，本来满心想要饶过这里的人，却在最后一刻见到了他，促使他回到草原，向他展示复仇的恐怖力量。

"很抱歉，"洛雷登说，"我在纸条上没有把意思讲清楚。你说你会帮我打造一把剑。我现在急需这把剑。就是这样。"

"我明白了。"特姆莱抚摸着下巴，陷入沉思，"你要什么样的剑。"

"一把律师剑。"洛雷登立即回答，"你知道怎么打造这种剑吗？它有一种独特的设计。"

特姆莱点点头。"我知道大致的概念。"他说，"不过，你在城里买一把不是更好吗？古董剑当然最好。不过，我想肯定有不少当代名家能够铸造一流的产品。你从他们那里买到的肯定比我打造的要好。"

洛雷登摇摇头。"问题在于，"他说，"我的剑经常莫名其妙地断掉。可能跟将剑刃钎接在剑芯上时钢铁的温度升高有关，我们那边的铸剑方法导致剑身比较脆。另外，我个人的击剑风格也有可能导致异乎寻常的压力被施加在薄弱点上。我曾经有好几把剑，不过在过去六个月左右的时间里，所有好剑都被我弄断了。实际上，就在昨天，我的最后一把剑也在练习时断掉了。你看，很快我就要在法庭上与人搏命，我有一种不祥的预感，跟我的对手有关。当然这里牵涉到一个很复杂的故事，我就不啰唆了。关键是，你们使用银焊料的这种铸造技术，能使打造出来的剑身没那么脆弱，我不知道城里有任何人可以做到这一点。因此，"他双臂交抱，总结道，"我来了。"

特姆莱点点头，"在这么多人当中，你为什么单单来找我求助？你不得不承认，整件事显得很荒谬。"

"哦，我想你应该会帮忙。"洛雷登语调平缓地回答道，"不管怎么说，问问又无妨。我以前的指挥官——"

"麦克森将军？"

"对，麦克森将军。他经常这么说：如果你的盟友不可靠的话，去找你的敌人。他说的话通常都有道理。"

特姆莱深吸一口气，屏住，然后呼出来，"你要么是疯了，要么就是不想活了。或者，正如我的参谋所说，你也有可能到这里来刺杀我以挽回名誉。我更希望你来是为了向城市讨回公道。"

"什么，和你做交易，为你们打开城门？"洛雷登挑起一根眉毛，"麦克森还说过另外一句话：我喜欢叛变，但我不喜欢叛变者。我得跟你说实话，我曾经动过这个念头，但我不会这么做。多谢你。"

特姆莱盯着他看了一会儿，说道："有道理。反正据我所知，你现在也没能力做到这一点，所以我就不劝你了。同样，我也不介意就在这里干掉你。因此，在我改变主意之前，你还是赶紧走吧。"

洛雷登摇摇头，"作为你的敌人，我之所以请你为我做这件事，是因为你本来就欠我的。令人尴尬的是，我不得不承认，这件事对我性命攸关。"

"是吗。"特姆莱打量了他一会儿，"真不敢相信我们这时居然在讨论这样的事。"他说，"我简直以为自己在做梦，巴不得马上就醒过来。"

"你最近头疼吗？"

"不疼，怎么了？"

"没什么，说来话长。"

"我们有一个治头痛的好办法。"特姆莱说,"把柳树皮剥下来煮水,等凉了就喝下去。"

洛雷登点点头。"我知道。"他说,"你考虑得怎么样了?"

"你知道吗,对你的提议我居然有点心动。"特姆莱说,"显然由于酗酒过度,你的脑子有点不清醒了。不过这件事将来极有可能传为佳话。一个伟大的族长行事自然应当出人意料,敢冒天下之大不韪。麦克台,生起火炉,再给我拿一打旧马掌以及一些焊剂来。"

隔着火的帘幕,洛雷登看着特姆莱。他正在调配焊料,不时瞥眼观察一下身边正在变换颜色的钢条。将硬钢坯固定在剑芯上的金属丝闪烁着明黄色的光,而剑刃部分仍然保持着深紫。

"关键在于,"特姆莱一边观察一边说,"给剑刃回火的同时,让剑芯慢慢冷却下来。正确的次序很重要。"他往焊料里吐了口唾沫使之更为顺滑,"首先将接缝处焊在一起。然后将骨粉和颜色仍然鲜红的干血覆满剑身,让它保持越长时间越好,这样硬化剂才能透过钢铁的气孔渗入内部。接下来,我们就要给剑刃回火,与此同时尽量不要让剑芯冷却。这一步很难。"

洛雷登感激地点点头。"这么说,骤然降温才是剑身变脆的原因?"他问道。

"是一部分原因。"特姆莱回答,"还有其他因素。有些种类的钢材的强度怎么也提不起来。剑刃过脆不是好事,在第一次加热冷却以后的理想效果是,让剑刃具有一定的柔韧性。要达到这个目的,你需要再次加热,然后进行第二次淬火,不过这次要将温度降得比刚才更低。你可以通过钢铁的颜色来判断。当颜色介于棕红和紫色之间时,就是你想要的温度。最简单的方式是,在第一次加热——当钢条的颜色变成赤红色时——就用骨粉厚厚地抹上一层，之后只冷却剑刃部分，这样剑芯的温度会传给被冷却的剑刃，将剑刃重新加热。好了，这样就可以了。"他最后搅了一下焊料，补充道，"你对这些有兴趣吗？还是我说的让你觉得无聊了？"

"我完全不觉得无聊。"洛雷登说，"你说的这些很有意思。学到的知识总不会白白浪费。"

特姆莱咧嘴一笑。"下次我教你怎么制造攻城器。"他说，"就是这样，看，那诱人的深橘色。"他向操作鼓风机的人们点点头。他们加快了鼓风的速度，金属在烈焰中闪闪发光。"当然，焊料会将它的温度降下来。"他一边用火钳将钢坯夹出，一边补充道，"在我们开始钉接前，还得再回炉加热一次。不管打铁还是制造攻城器，耐心都是一种美德。"

焊料沿着接缝处流下去，发出吱吱的声音，还冒着泡，在橘色的金属上留下暗灰色的斑点，像云朵点缀在初升的太阳上。等特姆莱觉得时候到了，他将金属条再次拿出来，在两侧的接缝处都贴上焊丝，看着银焊丝消失在剑芯与剑刃之间的细缝中，"只有当温度够高的时候，它才会熔化流动。"他说，"如果银焊丝不熔化，你做的就全白费了。焊料起了辅助作用，但高温才是关键。"

在火光照耀下，特姆莱的脸散发着明亮的黄色光芒，和他正在打造的钢条一模一样。洛雷登举起袖子擦擦前额。

"焊丝进去了。"特姆莱说，"现在要抹上硬化剂，再加热到桃红色。"他抬起头，看着洛雷登的眼睛，"如果闻到燃烧的血和骨粉的味道会让你不舒服，你可以往后退几步。不习惯这种味道的人通常会觉得胃很难受。"

他将骨粉和干血洒下去，确定两边的剑刃都被均匀地覆盖了。洛雷登记得那难闻的气味，但他留在原地没动。等到钢条内部的红光隐隐约约从棕灰色的外壳下透出来时，特姆莱将钢坯从砧板上取下来，同时让人取来冷淬盘——一个长长的木制水槽,里面有半槽水。

"在水里放点盐效果更好。"他说,"真的,好在我们离海很近。干这类活,这里真是个理想的工作地点。说到这里,"他一边说,一边小心翼翼地将剑刃部分浸在水槽中,在水蒸气冒起来的时候将头扭开(水与火交融着,血与骨在火中燃烧),"教你个有用的小技巧。冷淬的时候,要将金属在水中不停地上下移动,否则会出现微小的裂缝,会把整把剑毁了。好了,"他将钢坯拿起来,总结道,"赶快将剑刃上的污渍擦掉,让我们看看颜色。很好。"

洛雷登看着剑身的颜色从稻草黄变成土黄色,从土黄色变成紫色。接着特姆莱夸张地将剑刃猛地挥起来,举到空中,仔细检查。"行了,"他说,"现在我们开始最后一次冷淬,这次要用油,因为油比水降温更慢一些。这步之后就算大功告成了。一旦你知道了每个步骤背后的原理,整个过程自然就不难理解。生活中很多事也是这个道理。"

"确实如此。"洛雷登回答,"谢谢,这次我大开眼界了。"

特姆莱拭去脸上的汗水,笑了起来。"有趣吧,在别人工作的时候认真倾听可以让人学到多少好东西啊。另外,"他继续说,"我用旧马掌来铸剑并不是因为我小气。据我所知,这是最好的打造剑刃的钢材。可能跟马掌长年累月敲打在地上,使材质格外结实有关。剑柄你得自己配。"他说着拿起一块破布包在剑尾,"现在已经深夜了,我不想再去钻骨头,折腾皮啊、金属丝之类的东西。给你。"

铸剑师把剑递给剑士。他握着剑刃,裹着破布的剑尾朝外。洛雷登接过来,掂掂平衡感,然后举起剑,顺着剑身看过去检查平直度。在窄窄的钢条那头,他看到了特姆莱。特姆莱也正盯着他,似乎他是参与庭审决斗的另一方。"谢谢。"他说,"干得漂亮。说实话,第一次尝试,能做成这样已经很好了。"

"我喜欢第一次就做对。"特姆莱回答道,"我还希望尝试以前没做过的事。你觉得如何,这下我们互不相欠了吗?"

洛雷登点点头。"我同意。"他说,"我想你大概不想再见到我了。"

"没什么,这算是我对敌人尽的一点绵薄之力。现在,你最好在我把你钉上十字架之前,滚出我的营地。"

十八

"不可能。"车轮匠人的太太说。

"肯定是。"

"不可能。"她皱起眉头,瞪着眼睛,"他常年卧床不起,从没离开过他的宫殿——"

"宅邸。"她的丈夫纠正道,"教长的住处叫宅邸。"

"管他叫什么。绝对不是他,我敢肯定。"她再次瞪起眼睛,"只是看起来像罢了。"她让了一步。

"看,你自己都这么说了。"

"并不表示那个人就是他。我是指,教长病得那么重,怎么可能从床上起来,去旁听一场审讯呢?"

"啊。"车轮匠人压低声音,"人人都说,他是这个洛雷登的朋友。在非常时期,他们是非常要好的朋友。有人确实提到,"他偷偷用最小的声音加了一句,"这案子,他也被牵涉了。"

他的太太万分震惊。"去你的,"她说,"你是说,亚力克修斯教长?"

"我也是听说的。"

"一个字也别信。"他太太仔细审视着旁听席另一侧的那个人,足足打量了一分钟左右,嘴里无意识地嚼着蜂蜜蛋糕。"你确定吗?"她问道。

"哎呀,当然,他们手头没有什么确凿的证据,不过我听说——"

"他来了,这个厚颜无耻的人,"他太太愤慨地喃喃自语,"怎么还有脸出现在大庭广众之下——"

这可是百年难遇的稀罕事。钉在法庭人门口的庭审名单上出现的一桩案子,让这次的旁听票成了"最受欢迎的入场券",简直可以说一票难求。案情和涉案人员的结合是如此完美,就算是顺应公众呼声而选出的案件也不可能比它更受欢迎。在这次审讯中,一边是最近刚被任命为检察官的谜一般的美丽女剑手,一边是背着叛国罪名的臭名昭著的洛雷登上校。这也意味着,总督本人将由一整排身着宫廷铠甲的卫兵开路,穿着华丽的传统服饰亲临现场。最妙的是,入场券免费……

不用说,城市所有的高层人员都会出席。位高权重的郡尉坐在皇室专用的包厢里,周围一溜全是各部门的最高长官,还有一群叽叽喳喳、身穿华美服饰的文书和公务员,还有研修会高层以及教长本人。(说起来,城邦学院的掌院、前副教长、不久前还与教长形影不离的好伙伴去哪儿了?有消息称,要么他逃离了城市,要么是发现了在洛雷登上校的所作所为中,教长也秘密介入,于是被教长以远赴海外任职为借口流放。阴谋的味道越来越浓了。)

对于近来因屈辱的围城事件而士气大伤的城里人来说,一场免费的民事与正义的盛典正是最好的安慰剂,让他们记起佩里美狄亚的辉煌和庄严,以及它强大的制度和不容置疑的正义事业。在这个至关重要的时刻,市民们亟须重塑对自己以及对城市的信心，这个完美的事件简直像是由某位体察民情的神明亲手策划出来的。

"我说，她叫什么名字？"车轮匠人的太太悄声问道，"那个检察官。"

"别问我。"她丈夫回答，"她肯定有名字，但我不记得听人提起过。"

门厅处，号角吹响，示意法庭上众人起立。当余音犹在宏伟的拱形屋顶间回响，如同热爱品尝上好葡萄酒的人回味着一杯陈年佳酿时，大门洞开，总督率领一众人员走进法庭。为了彰显对这场盛事的重视程度，他专门定做了一身全新的正装礼服。只见他身穿一袭质地悬垂的长袍，领口和袖口镶着貂皮和水獭皮，头戴由金丝银线穿成的冠冕，一只手拿着装饰华丽的王权之剑，另一只手拿着律令书。他以一种缓慢而有节奏的步伐庄严地走向为他预留的专座，将长袍的裙边笼在膝盖周围，坐了下来。围绕在他身边的众多随行人员纷纷就座，由于人多座少，现场的情形就如同将一夸脱①液体倒进容量只有一品脱的水壶里似的。只不过这些人并不急着互相推搡，争抢有限的座位。总督和郡尉互相交换了一个狠毒的眼神，其余旁听者拍拍坐垫，以便一会儿坐得舒服点。

礼节上的过场结束后，庭警督促众人落座。总督翻开文件夹，向书记员点点头。书记员是提奥法诺，已经上了年纪，有点近视。近半个世纪以来，他每天都在审讯台下见证律师的死亡。

提奥法诺诵读了佩里美狄亚城市当局针对犯人巴达斯·洛雷登的诉状。该犯习惯上被称呼为上校，实际上并没有使用此头衔的权力。诉状指出，该犯在指挥远征军突袭敌军之时，因玩忽职守，导致敌军大败远征军，造成九百一十七人死亡，两百四十八名士兵受伤，重创了远征部队，连带造成国家和个人的马匹以及财产损失共达一万两千三百零八金夸特。不仅如此，在

_____

① 容量单位。一夸脱等于两品脱。

以副郡尉身份指挥守城期间，该犯恣意妄为，未经委员会许可，擅自部署及使用一种未经批准的武器，亦即混合燃烧剂，从而激怒敌军，导致敌方与佩里美狄亚城当局和人民之间业已存在的战争状态急剧恶化。此外，在履行副郡尉之责任与义务期间，该犯贪赃枉法，非法征用价值为八千四百金夸特的个人财产即绳索。同样任职副郡尉期间，该犯以权谋私、损害国家利益，将价值一万两千金夸特的国家财产以一万金夸特的总额出售给第三方。

提奥法诺念完诉状后，整个法庭都震惊不已，但保持着得体的沉默。然后，总督清清嗓子，问谁代表国家出庭。一个高高瘦瘦、年龄不超过十七岁，有着瘦削脸庞、浅蓝双眸的女孩站了起来，向法庭陈述了她的姓名以及职业资历，并补充说明她现在的职位是城市的总检察官。说完以后，她向总督鞠了一躬，坐了下来。

"很好，"总督说，"谁代表犯人巴达斯·洛雷登出庭？"

过了一会儿，一名深色头发，脸刮得干干净净，个头略高于普通人的男子站起来，面向听众席。"是我，大人。"他说。他的声音有点太过于轻柔，于是在报上姓名的时候，他略略提高了嗓音："巴达斯·洛雷登，击剑教练，亲自应诉。"

"很好。"总督重复道，然后开始朗读宣誓书。宣誓书冗长而复杂，措辞用的是律师助理专用的那种玄妙语言。总督单调的声音嗡嗡响着，观众们安静地坐着，陷入了催眠状态，彻底放松下来。他们观察着律师的表情，偶尔捅捅坐在隔壁的人，用手指暗示他们要下的赌注以及赔率。

亚力克修斯坐在旁听席的后方，已经放弃了倾听冗长拗口的法律文书，专心对付自己下沉的眼皮。总督的嗓音低沉单调，亚力克修斯觉得睡意渐渐涌上来。他挣扎着，结果——

——坐直身子以后，他发现自己依然在旁听席上，头上是高高的拱顶，一排排长条石凳环绕着洒了沙的决斗场、法官席以及供律师待命的大理石包厢。洛雷登背对着他,越过洛雷登的肩头,他可以看到那个女孩。他曾经为了帮助她,进入过与现在一模一样的梦境。女孩长大了,忽然变得漂亮起来,让他觉得很不自在。他看到巨大的玫瑰窗反射出来的红蓝光芒在她的剑锋上燃烧。顺着一条又窄又长的钢条看过去,是一根从她的手延伸出来的手指头。

他看到洛雷登以简洁优雅的步伐向前一刺,女孩后手高位格挡。此时她身子前倾,手臂几乎不动,只转动手腕将剑刃打平。洛雷登肩膀一沉,想要回剑格挡,可惜太晚了,他犯了过于自信的人的通病。因为洛雷登背对着他,他看不到那一击,也看不到对方的剑到底刺中了哪里,只看到剑从手中落下,他跟跟跄跄地退后几步,躬身倒在地上,在头部撞到石板上发出砰的一声之前便已死去。女孩没有动,剑尖直指亚力克修斯,两人的目光沿着犹自悬在半空中的钢条交汇在一起。剑尖静止,纹丝不动……

亚力克修斯试图抓住这一瞬间。之前曾经有那么十几次,他尝试第二次回到现场,找到关键点,将它抓紧,如同一名铁匠紧抓着一匹不安的马的后腿,试图将烧红的铁掌钉在马蹄上似的。空气里弥漫着烟雾以及烧焦的气味,还有烧红的铁掌在冷却时冒出来的水蒸气——

——他醒了过来,听到总督的声音仍在继续。坐在他身边的一个女人正在捅他的腰。

"你差点睡着了。"她悄声道,"别错过了精彩的决斗。"

他笑着道谢,坐直了身子,绞尽脑汁回想以前那十几次经验,不知道当时是否抓住了关键的转折点,如果是,他又做了些什么。

"五夸特压那个女孩。"女人小声说道,"二比一的赔率。"

亚力克修斯考虑了一会儿。"行。"他也悄声回答,同时伸手到袖子里找钱。

总督下令开始，两名剑手进入预备状态。他们两个在同一时刻摆出了传统剑法里的预备姿，于是两根钢条连成一条直线，两只握剑的手也一样，就连目光也直直地交汇在一起。他们久久地保持着这一个姿势，手臂虽然打直伸出，却保持着绝对的稳定，剑尖纹丝不动。一分钟、一分半钟、两分钟，他们就像教练和学员，练习着所有的击剑训练中最古老、最辛苦的那一招。这个动作有助于强健肌肉，锻炼耐心和警惕心。三分钟——

亚力克修斯的头剧烈地疼痛起来。他将手指抵在太阳穴上，闭上了眼睛。再次睁眼时，他的胸口和胳膊也痛了起来。他向前倾，挣扎着想要呼吸，却遇到了困难。正当他以为自己要晕过去的时候，有人用手扶住了他的胳膊。顷刻之间，疼痛消失了，他的头脑恢复了清醒，肺里充满空气——

"你没事吧？"坐在他左边的男人问道。那是一个高大粗壮的光头男人，说话带着口音，"我都开始替你担心了。"

亚力克修斯做手势示意他没事，忽然他认出了这个人——

"高戈斯·洛雷登。"他说。

"是我。"那人回答道，"很高兴你居然知道我的名字。"

"我——"

"嘘——他们开始了。"高戈斯·洛雷登专心看着前方，"你下注吗？"

"有时。"

"压五夸特在我们的小伙子身上。赔率二比一。"

唉，管他呢，亚力克修斯想。"成交。"他说。

接着他看向下方那两个小小的人影。洛雷登背对着他，以简洁优雅的步伐刺出一剑，女孩后手高位格挡，同时还了一剑。洛雷登肩膀一沉想要挡开，意识到自己晚了一步，但就在此时——

（啊，原来……亚力克修斯暗想。）

——他剑柄护手凑巧挡住了对方的剑尖，此时他的手肘太高，难以施展，于是转动手腕。她的剑刃错过了他的身体，撕裂了他的衬衣。接着洛雷登收回手臂，将之前的格挡动作转化为几乎势不可挡的一记回刺。女孩往旁边踏出一步，再上前两步，扭动瘦瘦的身体，避开洛雷登的攻击，同时疯狂地想用自己的剑来掩护身体。洛雷登在刺到一半的时候，看到对方已经差不多可以避过这一招了，于是他中断了攻击，向旁滑出一步，跟上她的动作，在完成格挡之前，先发制人地拨开了对方的剑刃。这一次，当洛雷登再次出击的时候，她的后路已经被封死了。

但他这个好老师曾经教过对方如何应对这种紧急状况。女孩顿了一下，按照以前老师教的，向后跳开，一记佯攻，砍向洛雷登的膝盖，目的是诱导洛雷登防守下路，暴露出门户大开的胸部和头部。洛雷登则反过来识破了她的佯攻，先是做出对方预料中的格挡动作，然后迅速变换，堵住了对方马上要做的真动作——急促翻转手腕，削向洛雷登的脸部。挡住这招以后，他往后一踏，剑尖下沉，掩护自己后退。她转了个圈，绕回右边拦堵他的动线，可惜她误判了对方的意图。洛雷登放弃了主动出击、被格挡、对手趁机反击的套路，反而蹲下来，将伸出的左手降到可以碰触地面的高度，同时向对方的脚踝处削去。她及时跳起，避过这一剑，不料在落地时发现洛雷登的剑尖已经对准她的心脏，而她已经没有拦截这一剑的可能性了。

她的头往后一仰，身子一扭，避过了差点穿心而过的一剑。剑锋在她臀部以上的腰间划出一道一手宽的伤口。剑很锋利，因此她不觉得特别痛，只不过这是她第一次受伤，于是陷入了恐慌。她没有移动脚步，也没有找回平衡，只是胡乱地挥舞着剑。洛雷登用剑身比较厚实之处挡开了对着他脸部砍来的一剑，同时向左后方踏去，回剑攻击女孩没有防守的一侧。他手臂微曲，手腕凌厉地一转，刺中了她的右手。剑锋划过女孩握剑的手指，将手指从指关节处齐齐切断。女孩的剑咔嗒一声落在石板地上。洛雷登向后退去，准备最后一击，然而他犹豫了——

女孩大力踢出一脚。洛雷登转身，以大腿部位承受那一脚。不等他再次将剑对准前方，女孩就向后弹出三码有余的距离，用左手在地上摸索着剑。*该死的*，洛雷登想，*我讨厌跟使反手剑的人对打*。他向后撤一两步，摆出城市剑法的预备姿，膝盖弯曲，剑尖朝上。她学过左手剑的基础知识。自然，即使没有受伤，不用强忍痛苦，左手使剑对她也相当不利。只要他没有在最后关头低估对方，没有犯错，打赢这场比赛应该是没问题的。他强迫自己放松下来，将身体的重量沉在膝盖上。

她发起进攻，从侧面向他的头部砍去。要躲过这招很容易，将头一低，再将剑向前一送。她要避开这一剑也很容易，只要按照以前学的，后退几步就可以摆脱攻击。洛雷登呆在原地不动，拖得越久对她越不利。她知道自己必须在失血过多、身体脱力之前速战速决。他感到脚下踩到了什么东西，立马猜到了那是什么。

她再次发起攻击，在眼睛的高度来了一记佯攻，但他知道对方接下来的动作：砍向他的前臂。于是他将头避开，挡住砍过来的剑。打开对方的剑以后，他开始回击，手臂弯曲，近距离砍向她的脖子。她已经预料到这一招回击（正如她以前学过的一样），堪堪用自己的剑挡了一下。洛雷登的动作还在继续，但脑子里已经想到了下一步。在把剑带回来的时候，他将近距离地对着她的心脏迅速刺一剑，那时候对方将避无可避——

他们剑锋相交，咔嗒一声，洛雷登的剑在剑柄以下六寸处折断了。

哎呀，真是岂有此理，他想。接着他不假思索，右脚一拧，带动左拳，猛地砸向对方的脸。女孩的头被打得向左偏去，鼻子都砸断了。接着，她像一

个装满石头的麻袋,向后倒去,落地的时候跌在自己的剑上,把剑压折了。

真可惜,他想,这把剑虽然是当代的,但看着像是米斯汀的最新系列,也算值点钱。他低头看着握在右手中的剑柄,看着断裂处那呈现暗灰色的横剖面,注意到原来是剑芯出了问题,跟他之前拥有的其他几把剑一样。这也太巧了,巧到让人不得不相信巫术,他苦涩地想着,松手让断剑落到石地板上。

他将手按在匕首的刀柄处。本来他应该做个最后了断的,但是去他的,又没人付钱给他。没能干掉对方,会被判"罪名不成立",而不是"无罪",不过实际效果是一样的。这两种判词之间的不同,还不足以让他忍着不愉快的感觉蹲下来,拿匕首抹过她的脖子,弄得袖口和手上都是血。他自由了,可以离开这里了,而且之后的时间是自己的。于是在一片死寂中,他跨过女孩的身体,走出了法庭。

亚力克修斯转向坐在右边的女人。

"他没干掉对手。"她说,"我想这意味着所有赌约无效。"

亚力克修斯看着她。

"这样吧,"她说,"下一把要么赌注加倍,要么一笔勾销。"

"我不打算留下来看下一场。"

她叹了口气,将手伸进钱包,摸出十个小小的银币。他说了声"谢谢",然后转向左边,准备付钱,但座位是空的。

庭警将女孩拖出去,扔在门口的一把椅子上。事后想起来又拿了一条止血带,将她的手腕包扎了一下。然后他们一人架着女孩的一条胳膊,将她搀扶起来走出门去。旁听席上的人开始小声地议论,一场精彩的决斗被某人不负责任且完全不专业的行为破坏了,而这个人居然还是个击剑教练。他这是给未来的律师树立了一个什么榜样?众人纷纷抱怨着要讨回门票钱,直到他们想起这场审讯是免费的。不知为什么,这愈发让他们觉得自己受骗上当了。

　　洛雷登坐在平时习惯的那个位于窗户边、远离人群的位置上，给自己倒了一杯烈酒，一饮而尽。他的指关节很酸，右手腕不太灵活，全身上下都在痛。简直是浪费时间，他心想，不过，至少麻烦已经过去了。暂时解除了性命之忧还算是件好事。

　　那女孩还是有可能卷土重来，但她右手只剩一个大拇指，不可能继续击剑，而且亚力克修斯透露过她那古怪的动机，似乎完全不考虑以非法的手段干掉他。至于总督和郡尉，他真心希望以后再也不要和他们打交道。他对政治的了解不深，但足以明白一个"罪名不成立"的判决对各派系来说都应该是退而求其次的结果。这就意味着总督既不算有罪也不算完全清白，因此郡尉的人虽然无法据此大做文章，但也不算丢脸。双方应该都希望这件事就此悄悄了结，连带把他也打入冷宫。对他而言，这简直正中下怀。有趣的是，不知道这件事对他的击剑学校会有什么影响，是人数暴增还是门庭冷落，又或者和以前一样。

　　可惜艾希莉不在。案子了结后跟她聊聊，和她喝一杯总是受益匪浅。她是一个你不用担心会乱说话的相当可靠的酒友。他怀疑，他只有在这里喝得够多，感觉难受了，才会想要回家。他也想过要不要去拜访亚力克修斯。亚力克修斯一定会对这场斗剑的结果感兴趣，而且教长多半会悄悄限制给他的酒，让他既喝得过瘾又不会烂醉如泥。不过，刚刚把别人的手指切掉之后就上门拜访教长似乎有点不妥当。至少在今天剩下的时间里，他不适合跟研修会的首脑人物打交道。关于他还活着的新闻留到明天说也不算过时。

　　草原人以及他们自吹自擂的银焊剂看起来是徒有虚名。他又倒了些酒，这次只有半杯左右。只要他不想喝醉，就没必要非把自己灌醉不可。把这壶酒喝完，吃点东西，然后回家躺在床上，无聊而抑郁地盯着天花板过完今天。

这真是完美一天的完美收尾。

他喝完了壶里四分之三的酒，打定主意再去点一壶，此时一道阴影落在他身上。他抬起头，认出来的是总督办公室的一名文员，一个矮胖的年轻人，名字是以字母 B 打头的。

"原来你在这里。"文员说，"我在到处找你。"

"坐吧，"洛雷登嘟囔着，"或者去拿个杯子跟我喝一杯。"

文员皱起眉头，"我没时间喝酒，你也是。你必须马上到总督办公室报到。"

"是吗？"洛雷登往椅背上一靠，"为什么我要这么做？"

"因为我让你这么做。"文员回答，"更因为你还在预备役军官的名单上，这就意味着你有义务服从上级指挥官的命令。"

洛雷登怒气冲冲。"那你去告我呀。"他说，"很抱歉，我现在没心情。再说，他见我干什么？我以为他巴不得我在他面前消失。"

文员叹了口气，先拿袖子把洒在凳子的酒擦掉，然后坐了下来。"恰恰相反，我就实话实说吧。总督希望把今天的结果当成无罪宣判，以此弥补你对现任政府造成的政治损害。他觉得，如果你能复职，继续当副郡尉的话，可以向整个城市证明他当初对你的评估是正确的，再说——"

洛雷登站起来。"帮我带个话给总督。"他说，"谢谢，不用了。他太好心了，不过我已经有了一份工作，不需要另一份。再见。"

"你以为你有选择吗，"文员说，"如果你不立即到总督办公室报到，我将不得不以逃兵的罪名逮捕你。"他笑了一下，"战时背上逃兵这个罪名，可以让你不经审判直接被处死。如果总督是你猜想的那样，想要除掉你，这是最有效的方式。"

洛雷登叹了口气，又坐了下来。"难道不能等到明天吗？"他呻吟，"我现在状态不佳,无法对上级恭恭敬敬。谁知道呢,到明天这个时候,我可能会觉得既无聊又抑郁,想要参演这场荒诞剧呢。"

"这是命令,上校。"文员说,"你要是坚持喝完酒再走的话,就赶紧把酒喝完。然后我会陪你一起过去,以免你不记得去总督办公室的路。"

唉,算了,洛雷登想,反正我也没别的事可干。

"你先请。"他礼貌地说。

亚力克修斯回到家的时候已经筋疲力尽。从大厅走到他自己的房间用尽了他所有的力气。胸口和胳膊的疼痛已经完全消退,头也不疼了,但他感觉自己好像过去两天都在港口搬运一麻袋一麻袋的谷物似的。该吃点东西,喝点酒,再睡一觉。

他踢掉靴子,正打算躺下,门童来了。

"有人要见您。"他说,"又是一个外国人。"

亚力克修斯无声地咒骂起来。"名字叫什么?"他叹了口气。

门童有点困惑。"这个嘛,"他说,"他说他的名字叫洛雷登,但他不是上校。而且,我刚才说过,他是个外国人。"

"啊,这样的话,你最好带他进来吧。"

过了一会儿,高戈斯·洛雷登进了房间。

"没关系,"当亚力克修斯指着椅子示意他坐下时,他说道,"我不是来收赌资的。事实上,如果我没理解错规则的话,'罪名不成立'的判决将使所有的赌注失效,所以我们打了个平手。"

亚力克修斯想起了坐在他右边的女人,但他什么也没说。高戈斯在椅子上舒展身体,两脚交叉,两手枕在脑后。他和他兄弟真的很像,最主要的是眼睛和下巴,但从根本上来说,他们在房间里的时候,那种占据空间的方式比显著的体貌特征更能证明他们的血缘关系。

"我能为你做什么？"亚力克修斯温和地问。

高戈斯笑了。"对了，你身体好点了吗？"他问，"刚才在法庭的时候，我还很担心你是心脏病发作。"

"好多了，谢谢。"亚力克修斯回答，"有点累，但仅此而已。说起来，我能帮你做什么？"

"我想见见我弟弟。"高戈斯说，"但我不知道他住在哪儿。你是他在城市里关系最好的朋友，所以我过来问问。我没有给你带来不便吧？如果现在不方便，我可以稍后再来。"

亚力克修斯摇摇头。"没有不方便。"他说，"现在正是时候。我手头没什么特别紧急的事物要处理。不过，你得原谅我不能起床接待你。"

高戈斯歪着头。"当然，"他说，"不过我只需要他的地址就……"

亚力克修斯在考虑哪种处理方式最可行。直接拒绝会让气氛变得很尴尬，如果高戈斯脾气不好的话，场面会更难看。反过来，据他了解到的仅有的一点信息来看，两兄弟已经很长时间互不往来了。如果这次高戈斯想和他弟弟修好，那妨碍高戈斯见洛雷登恐怕适得其反。

*承认吧，你不过是好奇而已。*其实，好奇还是比较温和的说法。自从在法庭上见到他奇迹般地护住了自己的兄弟，他就可以肯定高戈斯·洛雷登与他施咒那晚惹上的神秘事件有密切关系。谁知道呢，没准儿高戈斯想要他兄弟的地址只是为了过去干掉他。

"其实，"他说，"我不知道他现在在哪里。有一阵子他住在中城的城门楼上，不过后来搬走了。"*就这样，不用直接说谎也可以敷衍过去。不知道这个法子有没有用？*

"哦，"高戈斯回答道，"我很惊讶。我以为你知道。"

411

亚力克修斯可以从高戈斯的眼神中看出他对这番半真半假的话的嘲讽。**见鬼,他不相信**。不管怎么样,既然已经决定这么做了,就要坚持下去。"我万分抱歉,"他说,"要不这样,我可以帮你捎个信。你看,我跟他是在安全委员会认识的,我可以看看有没有其他委员仍然跟他保持联系,不过我估计可能性不大。"

"我明白了。哎呀,真难办。你看,我想在离开这儿之前和他聊聊。事实上,我们有好几年时间没联系了,实在是太久了。"高戈斯·洛雷登打了个呵欠,张开他那粗大的手掌,用掌背捂着嘴,"你看,我以前做了些他永远不会原谅的事。打那以后,我就一直想弥补自己犯的错,但一直没找到机会,直到现在。"他的眼神明亮而稳定,专注地看着教长,好像他们是法庭上的两名律师一样,"也许你知道了原因,就会理解为什么我那么渴望见到他。你的记性叫能会因此变得好些。"

亚力克修斯点点头,自己扯的慌这么容易被识破,他觉得很尴尬。"如果你觉得有用的话。"他说。

"这是一段不愉快的回忆。"高戈斯说,"遗憾的是,这件事里我扮演的不是什么好角色。万一你听完之后不想帮我,我也只能认了。"

亚力克修斯感觉到自己的指甲紧抠着左掌,心里嘀咕着自己怎么会这么紧张——这话说得,好像他不知道似的。"你弟弟确实是我的朋友。"他缓缓说道,"事实上,我很珍视和他的友谊。我希望自己能够帮到他。要是如你所说,你的目的是为了弥补过错,帮他解开困扰多年的心结,那我一定会帮你。要是我觉得你最好还是离他远点,那我就不会帮忙。"

"很公平。"高戈斯平静地说。他身子前倾,背挺直了,双手握拳轻轻地搁在膝盖上。亚力克修斯注意到他宽厚的肩膀和粗大的手腕,觉得作为巴达斯的"大"哥,他的确名副其实。毫无疑问,高戈斯·洛雷登身上带有一种强烈的危险气息，如果夸张点描述的话，甚至可以说带着一种浓烈的邪恶气质。然而，亚力克修斯察觉不到他对巴达斯或自己有任何恶意。如果非要他当场做个判断的话，他不得不说，这个奇怪的、令人费解的壮汉是真心喜爱这个很长时间没有见面的弟弟，而且是真的关心他过得好不好。唉，为什么不呢，就算是恶人也有兄弟之情。

而且，不管这个男人在均匀流动的元理之流中造成的错位——不，应当说裂缝——到底是什么性质的，他可以感到，绝对不是那种毁灭性的、负面的邪恶力量。高戈斯·洛雷登不是什么善茬，这点他可以确定，但他给人的感觉远远不只如此。在高戈斯身上有一种矛盾的冲突感，让亚力克修斯联想到武器。武器本身是一种制造伤害和破坏的工具，但既可以为善也可以为恶，取决于使用的人。于是他本能地意识到：*这个人背后有一股力量在操控他，只是他自己不知道而已。*

"巴达斯跟你提起过他的家庭吗？"高戈斯问道。

"只提到一点。"亚力克修斯回答，"我知道你们的父亲是农场的佃户。"

高戈斯点点头。"在中邦。"他说，"严格说来，按面积来算，我们的农场甚至可以被称为庄园，但里面绝大多数是山地和森林，只有四分之一的土地可以利用。我们兄弟姐妹共五人，四男一女。母亲在我八岁时去世了，我想大概是死于某种肾脏感染。老大是姐姐，比我大一岁。我比巴达斯大两岁。接下来是克利法斯，比巴达斯小一岁。最小的是佐纳拉斯。"他歇了口气，然后微笑着说，"你弄懂人物关系了吗？还是需要我重复一遍？不过，这些都不算重要。"

"请继续。"

高戈斯歪着头，"与中邦大多数的农场一样，我们的农场也属于城里的某个家族。我们的领主是费利安，你肯定认识。近年来他们渐渐败落了，但在我们小时候，他们的势力不可低估。"

"我听说过。"亚力克修斯说。

"唉，"高戈斯深深地吸了口气，似乎在做出极大的努力。"大约十八年前，我们全家都在农场里生活，领主的儿子以及他的一个表兄弟到乡村来度假。他们宣称是来买赛马的，但我认为真实的原因是他们在城市里惹下了麻烦，不得不离开那里避避风头。这在贵族子弟中是常见的事。他们很快花光了钱，不得不降低规格住到佃户家里。这对他们来说不是什么幸事，对我们而言更意味着麻烦。他们住了一周，觉得这里的生活无聊透顶。他们成天无所事事，只在农舍里无精打采地和山羊混在一起，或者长时间地外出散步。他们酗酒成性，经常撩拨当地的姑娘，但很快就倒了胃口，不再搞事。

"我的姐姐，"高戈斯微微皱起眉头，"是个例外。他们很喜欢她。她不算是大美人，也未必多漂亮，但性情活泼，而且有一种犀利的幽默感，这让他们找到了点旧日生活的影子。更糟糕的是，她根本不喜欢自己的丈夫，甚至看不起他。她的丈夫是个挺讨喜的人，却也是个彻头彻尾的农民。而且他们在一起没能生出孩子，让她无比懊恼。就这样，那些城市男孩成日和她厮混在一起，而她的丈夫格拉斯似乎不怎么介意。显然他们不过是调调情，没什么更进一步的举动。再说，格拉斯是个老实人，只有当你放跑了他的猪群或是在他的胡子上点火时才会发脾气，或者说，才能让他注意到这件事。但是，我们的父亲和巴达斯完全不能接受。至于我——"高戈斯把头转开了一点，"我成日梦想能离开中邦，到城里生活。当这两个年轻的蠢货出现时，我忽然觉得机会来了。

他一动不动，默默坐在那里，过了一会儿，又突然开口，"显然我姐姐也打着同样的主意。"他说，"当她意识到这两个男孩对她有兴趣时，就开始放长线钓大鱼，只调情却绝不越线。她说的话透出言外之意：只要他们愿意带她一起回城市,就任凭他们摆布。可惜这两个家伙太蠢,根本领会不了她的暗示,只觉得她诱惑了他们,又把他们给耍了。他们不喜欢这样,他们头脑简单,无法应付这么复杂的局面,况且这事也不值得他们费老大的劲去处理。他们开门见山地表示,除非她从了他们,否则就要搬到位于山谷上的另一家农场去住。我姐姐是不见兔子不撒鹰的,更何况通奸这件事本身也不符合她的天性。而我却只觉得离开农村的机会正在从我手中溜走,除非我立即行动起来。

"那天,他们宣称要离开我们的农场。父亲非常明显地表达了他的愉快,巴达斯、克利法斯以及我们的姐夫格拉斯都很赞同。这是格拉斯头一次展示他那点硬骨头。我们的姐姐带着难以置信的表情断然离去,那两个家伙坐在门廊处,等别人给他们的马上鞍。我当时的想法是,此时不做点什么,就再也没机会了。因此我走到他们面前,开始对我姐姐对待他们的方式表示同情。当然,是间接地。

"他们说了些'天涯何处无芳草'之类的话。我说他们太轻易放弃了。我告诉他们,他们的应对方式完全不正确,干吗要等她像个乖乖女一样心甘情愿地就范呢,他们应该主动出击,想要什么就自己动手。我暗示他们,这是她一贯的风格,她一直等着他们主动踏出第一步,对他们没有采取行动也同样感到困惑呢。

"他们当然相信了我,声称这一套和他们以前熟悉的手段截然不同,为什么我之前不提醒他们呢?接着他们问我,知不知道她大概跑去哪儿了。我知道她在河边洗衣服,把路线告诉了他们。他们说,我的描述太复杂,为什么不亲自带路呢?我无所谓,于是我们一起去了。我当时心想,这就对了,我终于有机会离开这里了。

"正如我所预料的,她就在河边。一开始,他们彬彬有礼。但等到我姐姐发现她什么也得不到时,她开始发脾气骂人。当费利安家的男孩打算抓住她时,她用一块石头狠狠地砸了对方的脸,砸出了血。这下,两人彻底失去了耐心,开始粗暴起来。

"我觉得他们没我帮忙也行,正要躲起来,这时候我惊恐地看到有人来了。父亲、巴达斯和格拉斯听到了尖叫声,手里拿着锄头赶了过来。我完全不能接受这样的结果。我不希望自己未来的金主被暴揍一顿,或者吐露实情,告诉大家是谁误导了他们。也许是我过于恐慌——不,我只是太过于在乎自己罢了。我对自己的所作所为一清二楚。我一辈子都很清醒,知道自己在做什么。

"那两个家伙的马就拴在离我很近的地方,其中一个马鞍上有一张弓和一个箭筒。我拿了弓和箭,躲在石头背后,在父亲和其他几个人经过这里的时候,一箭将格拉斯当场射死。

"我的如意算盘是,让他们以为有强盗埋伏在这里,把他们吓跑。本来这法子的确有可能奏效,但事出偶然,巴达斯看到了我,叫出了我的名字。我知道我完了,我已经洗不清自己了。我不得不把他们全都干掉,之后再去想怎么将事情圆回来。因此我对父亲和巴达斯下了手——我以为我把他们俩杀掉了,但我太过粗心——然后跑到河边,把费利安家的男孩一箭射死。另一个家伙——我提到过他的名字吗?他叫克里拉斯·赫丁——落荒而逃,这下我真的束手无策了。我必须干掉他,同时还得对付我姐姐。我打的主意是,让现场看起来像是强奸正在进行中,我们一家忽然出现,双方混战一场,而我是唯一的生还者。除非我干掉所有人,否则这个说法就会穿帮。现在仅剩两个活口,其中一个已经跑进山谷,还有一个是我姐姐,浑身是血地站在河中对着我死命尖叫。

"我的确有点慌了手脚,对着我姐射了一箭,以为把她干掉了,然后离开这里去追年轻的赫丁。那时候我只剩两支箭了，而两支都射偏了。最后我只能追上他，用一块木头解决掉。等我回到之前的地方，我惊恐地发现地上少了两具尸体，巴达斯和我姐姐。我顺着地上的血迹朝家里走去，但刚绕过山丘，来到山的这一头，就看到克利法斯和佐纳拉斯手里举着他们的弓箭冲我而来。我当机立断，拔腿就逃。我跑到那两个家伙拴马的地方，跳上马，一直不停地奔跑，直到甩掉所有人为止。那是我最后一次见到我的家，也是最后一次见到我的兄弟。"

他抬起头，苍凉地一笑。"我警告过你，这段回忆不太愉快。"他说，"显然，我是这件事的罪魁祸首，但从这宗惨案里活下来的人也不算多光彩。你还要我讲下去吗？"

"你是说，事情并没有就此了结？"亚力克修斯说。

"哦，是的。你确定要继续吗？那么，好吧。之后的故事，显然并非我亲身经历，是我姐姐告诉我的。我倾向于相信她说的是实话。她也不算什么好人，但我从来没听过她故意说谎。

"据说，当尘埃落定，所有的尸体都下葬以后——说实话，费利安家族在这件事的处理上显得相当仁慈。他们承认了强奸的罪名，将两个年轻人的死与强奸的罪责互相抵消，就不再追究了。反观大部分贵族家庭，都会不假思索地将幸存的人全部吊死。这样看来，他们行事还算公平。我刚才说到，等死去的人都下葬，活着的人伤势都愈合以后，巴达斯开始冲我们的姐姐来了，说什么这全都是她的错，如果不是她一开始就表现得像荡妇一样，事情也不会发展到如此地步。显然，他气急败坏，口不择言。既然我不在，两个城里男孩又已经死了，她自然就成了下一个替罪羊。

"等到发现她怀了孕，他再也不能忍受，想把她赶出家门。结果另外两个兄弟不同意，于是巴达斯大发雷霆，怒气冲冲地离家去参军了。大家都以为他一个月内就会回来，结果显然他遇到了我们母亲的兄弟——麦克森舅舅。这个人一辈子东征西战，一路升到将军的职位。因此巴达斯索性不回来了。这让克利法斯和佐纳拉斯非常恼火，他们两个现在要干六个人的活，才能勉强维持农场的基本运作，负担租金。

"他们开始把气出在我们的姐姐身上，而且比起动嘴，克利法斯更喜欢动手。她忍气吞声，直到快要临产的时候。有一天晚上，克利法斯有点喝高了，拿着一把小刀去找她。这件事发生以后，她不敢继续留在家里，唯一的出路就是去城里，找孩子过世的爸爸赫丁的家族，希望能从他们那里得到些援助。"高戈斯抬起头，看着亚力克修斯的眼睛，"她一直固执地认为孩子的父亲是赫丁，不是小费利安。我毫无保留地相信她的判断。毕竟这种事她应该心里有数。而且我说过，她从不撒谎。

"赫丁家族不像费利安家族那么显赫。诺萨斯·赫丁以金匠起家，后来将业务扩展到银行业，日子就红火起来。我想，他的几个儿子是通过赛马认识了费利安家的人。诺萨斯·赫丁是个讨厌的吝啬鬼，不过只要一涉及马，他就毫无顾忌，花钱如流水。费利安家的人也是如此。尽管赫丁家对这事不怎么高兴，但还是接纳了我姐姐，跟她说她可以在他们家待到孩子出生为止，之后他们会送她搭船去海外。在那里，她会得到妥善的照顾，而且没有人会一看到她就想起那些因她而起的麻烦。

"那时候我也到了城里，和一帮通过非常规手段赚钱的下等人混在一起勉强度日。他们不能算真正的刺客，没那么高级。我们通常干些在黑巷子里揍人、火烧商店之类的活。不管怎么说，我偶然得知姐姐也在城里，第一个念头是我该离开这儿了。我并不担心费利安家或是赫丁家为我所做的事来找麻烦，因为我已经换了个名字生活。在我姐姐到来之前，城里没人认得我。不过，当时的我已经经历了太多刺激的事，短时间内对旅行和冒险都没什么兴趣。于是我留下来，静观其变。我开始跟赫丁家的一名女仆套交情以便打探消息。我得知，尽管我姐并不怎么待见我——这也相当合理——但她绝对更生巴达斯、克利法斯以及佐纳拉斯的气，尤其是巴达斯。因此，我鼓起勇气去见她。

"我想她看到我实在是太吃惊了，以至于忘了嚷嚷该死的杀人犯，直到我开始跟她讲道理为止。因此，在一通形式多样的相互指责之后，我们暂时达成了带着戒备的休战约定。毕竟，我们俩是彼此唯一的家人，而且打小关系就特别亲密。我不敢说她已经原谅了或者放过了我，但她要替宝宝着想，而我则厌倦了之前发生的一切，迫切希望有个不那么痛恨我的人。因此我们同意，我要竭尽全力地弥补她，然后试试看能否让我们俩的未来没那么糟糕。

"长话短说，我设法攒了些钱——我就不说是怎么攒的了——然后和姐姐出发去了岛上。大概是良心发现吧，姐将孩子留给了赫丁家。他们很愿意将孩子当自己人抚养长大，只要做妈妈的答应走得远远的，再也不要回来。当时姐相当沮丧，但我们都承认，考虑到我们打算进入的行当，带着一个小婴儿只会妨碍我们拓展业务。我姐就是这样的人，一旦下定决心要做什么，绝不会让感性的情绪成为障碍。

"我们去了岛上，做起了放贷的生意。一开始不太稳定，后来就红火起来。至于是什么让我们的生意有了转机，就是另外一个故事了。下次再讲给你听，教长，这个故事你可能会有兴趣，因为这里面涉及你的专长。不管怎么说吧，一阵子以后，我们发现生意走上了正轨，生活也安定下来，我们以某种方式将过去那些糟心事远远地抛在了脑后。就这点而言，也算好事。那时候我们俩都意识到——该怎么说呢，因为要对抗共同的敌人（也许就是生活本身）而形成的互不侵犯联盟——或者说，我们的非正式约定现在已经没什么用了。趁着大家还没撕破脸,此时分道扬镳对我们俩都有利。我认为这是个好主意。当你隐隐约约感觉到双方的关系即将分崩离析,趁着互相攻击之前赶紧各走各的路不是件坏事。

"我们搬到了遥远的思科纳,开了家规规矩矩、光明正大的真正的银行。我不得不承认,她是我们家最有头脑的一个。我虽然混得不算差,但她的生意才叫真的成功。反正据我统计,在海湾那边的一切,连人带物,都是她的。也许那地方太小,让她还不能大展拳脚,但是对一个从中邦来的农夫之女来说,这已经算是很大的成就了。我时不时提醒她,要不是我,她可能现在还在格拉斯的农场挖大头菜、打理羊群呢。虽然她仍然嘴硬,但至少在我这么说的时候,她不再向我扔东西了。"

亚力克修斯呆若木鸡地坐在那里,像一只看到蛇的兔子。这个人本身就是一个既可怕又令人迷惑的存在。"孩子呢?"他终于开口问道,"你姐姐的儿子,被她留下来的那个。"

"其实是个女孩。事实上,我要见洛雷登也是因为她,尽管当时我有一种不祥的预感,觉得自己可能来得太晚了。"他叹了口气,"你会问这个问题,我倒觉得很奇怪。我以为你一听到那个姓氏就会——"

亚力克修斯的喉咙变得异常干燥。"赫丁。"他说。

"他们给那个女孩起名叫伊苏斯。"高戈斯继续说道,"这不是她母亲给她取的,赫丁家想给她起一个彰显高贵门第的名字,将她和死去男孩的弟弟一起抚养长大。那个弟弟的名字叫提奥菲尔。"

"提奥菲尔·赫丁。伊苏斯·赫丁。"亚力克修斯的脸惊恐地变了形,"哦,天哪,那个女孩——"

高戈斯冷酷地点点头。"最为讽刺的是,"他说,"她根本不认识巴达斯,不认识我,也不知道过去发生的一切。在她心目中,巴达斯是杀了她最亲爱的叔叔提奥菲尔的凶手，而提奥菲尔是那么多人里唯一关心她的人。令人毛骨悚然，不是吗？我们家在涉及运气啊、善恶啊之类的破事上面总比别人家多了些磨难。"

"哦，天哪，"亚力克修斯又说了一遍，"她是他的外甥女。"

"幸运的是，"高戈斯说，"她还活着。只不过让她活下来的是运气，而不是她的脑子。"他摇摇头，继续说道，"这事闹成这样是我的错。一打听到消息，我就马不停蹄地往这里赶，但是我一来就看到了贴在法庭门口的单子，这才知道了这场可恶的决斗。"

亚力克修斯不知道该怎么看待这一切。首先，他想知道他们是怎么发现这两个人之间的纠葛的。他想提起在朗读誓词的时候他做的梦，以及头部、胸口和手臂忽然冒出来、又悄然而逝的疼痛。这一点点、一滴滴都指引着同一个方向。他想问高戈斯是不是认识两个岛民文纳德和维特里丝。他想知道他那位没提起名字的姐姐做生意的方式为什么会涉及他的专业领域，从而引起他的兴趣。但他什么也没问。

"你说你想我捎个信给巴达斯？"他尽量保持中立地问道，"你要我跟他说什么？"

"说真的，我也不知道。"高戈斯挠挠脑袋的一侧，承认道，"我想我应该告诉他关于伊苏斯的事，她的真实身份以及种种纠葛。要是在他削断她右手的所有手指之前告诉他，可能这事的结局会好一点，也有可能更糟，我不知道。没准儿他知道了，会因此丧命。"他身子前倾，非常认真地继续说道，"我爱我的弟弟，教长。一直没变。我们小时候关系很好，虽然不像我和姐姐那么亲密，但我们一起长大，孩童时期一直玩在一起。在这种情况下，你很难不爱你的兄弟，即使最后发现你同时也恨着他。如果你有兄弟或姐妹，也许你就能理解我的感情。我承认要和巴达斯和解非常困难，因为这个烂摊子几乎全是我一个人造成的。记得吗，我一开始就坦率地说了。我不抱幻想。但我不是个邪恶的人，亚力克修斯，我只是个曾经做过坏事的平凡人。可能直到现在我还偶尔做些坏事。但如果我能为我的弟弟做些什么，我会毫不犹豫。最理想的状况是，我想让他趁着还有时间，马上离开城市。如果愿意的话，可以跟我走，不愿意的话，就去任何他想去的地方。我会很乐意帮他搞定钱啊物资啊之类的问题，甚至可以尝试让他和我姐姐和好，不过我猜这件事不太容易。不管怎么样，你一定得相信我，我绝对不会伤害他。"

他忽然站了起来。亚力克修斯想要挽留，但最终没这么做。"那你要我跟他怎么说？"他再次问道，"先假设我能跟他联系上，但我不敢保证。"

高戈斯舔了舔嘴唇才开口。"告诉他关于那个女孩的事。"他最后说道，"当然，他不一定会相信。就算信了，也可能以为我现在才告诉他是为了让他痛苦，那我就没办法了。"他犹豫了一下，接着说，"告诉他，我想跟他和解。没别的，就因为他是我兄弟，而我很想念他。亚力克修斯教长，告诉他，我爱他。我想这些就差不多了。"

高戈斯快步走向门口，开门出去，在身后关上门。他走后，房间忽然显得格外空旷，他的离去让亚力克修斯联想起元理的运行规则——偶尔可以为人所用，可以为善也可以为恶。他久久地坐在那里，翻来覆去地想着刚才听到的事，想从中挑出某些有用的信息，帮助他理解过去几个月以来发生在他身上，以及其他人身上的种种异事。凑巧的是，这种种异事发生的时间大致都在特姆莱来过城市的消息为人所知以后。他想到那时巴达斯·洛雷登奄奄一息地躺在家人的尸体中间，记起在非常时期他做过的一个梦。梦中他似乎看到巴达斯手举火把，策马跑过一个燃烧的营地，显然想在满地女人和孩子的尸体中寻找什么人。一个男孩躲在马车下，看着他。不知为什么，他认得那个男孩是小特姆莱。这一切的背后有一股简单的力量，他几乎可以看到它的形状，尝到它的味道，却始终抓不住。他甚至站起来，在地图上寻找思科纳的位置，但并没有起到多大的作用。

他意识到，每次遇到这种情况，他总是很想念卡纳迪。他的思绪飞到了此时正在岛上的老朋友——

多亏一个基本算是陌生人的岛民伸出援手，鼎力相助，将他的老朋友和洛雷登的助理一起送到了安全的地方。那助理也算是洛雷登某种意义上的朋友和同伴了。他这么想着。

脑子里装了这么多问题和未解之谜，他本该开始头痛了，但并没有。*亚力克修斯教长，告诉他，我爱他……*对于一个杀害了自己的父亲和姐夫、试图谋杀自己的弟弟和姐姐、一手促成他姐姐被强奸的人，能说出这样的话是多么不寻常啊。他相信高戈斯。没有理由认为这样的人不懂得爱或是其他感情。事实上，他有一种敏锐的直觉，认为不论高戈斯选择做什么，都会不惜代价将它做得很好。这的确是个有趣的人。

想到最后，他不知不觉地睡着了，没有做噩梦。

十九

　　草原人仍在勤劳工作，男人、女人和孩子都被调动了起来。他们这么辛苦不是为了制造什么东西，更主要的是打发无聊的时间。首席铁匠波扎才负责把传统的皮铠甲替换成锁甲。打铁的工人终日埋头干活，将粗粗的钢丝拉长，盘绕在卷筒上，然后用凿子切断，制成一个个钢环。将钢环串在一起这种单调乏味的工作分配给了女人和孩子，钳子一扭就可以将口子打开，然后和其他环钩在一起，每一个钢环上都串着上一行的两个环，然后钳子一扭，开口又合上了。一开始，波扎才坚持每一个环的开口都以焊接或硬焊的方式封死，但过了一阵子大家发现工作量实在太大，不值得，于是去掉了这道工序。

　　首席制弓师提尔蔡拿着在第一次重骑兵突击中缴获的几把城市弩作为模型，试图仿制。部落版本的弩箭是用角、木头以及牛筋制成的，而城市的弩弓部位是用钢做的，中间部分有一个成年男子的大拇指那么粗，两边渐渐缩小,到两端的时候只有指尖粗细。实验不太成功,钢制的弩弓要么太硬,一折就断;要么太软,在开始几轮试射中被弯曲得很厉害,无法恢复原来的形状,而且力道不足,射程不超过四五十码。特姆莱试图回忆军械厂的工人是怎么锻造弩弓的,但记不太清楚了。反正就算没有这个问题,这次大胆的尝试也注定徒劳无功。城市的弩弓太硬,需要用一根特制的木杠将弦往后拉到弩机处的两个钩子上,有这点时间,一名弓箭手都可以射出十支箭了,还能射得又远又直。

每天都有新的问题出现。营地外,安全放牧范围内的牧草越来越稀。一场突如其来的寒潮将部落养的蜜蜂冻死了四分之三,导致蜂蜜酒忽然短缺、吃熏肉没法抹蜂蜜,就连牛奶和酸奶都没法加蜂蜜调味。腌肉用的硝石以及鞣革用的橡树皮也很难找到。狩猎队不得不到很远的地方去打鹿和野鸟,这就意味着有更多的人手要离开营地,也意味着家畜的消耗比往年同一时期更多。营地爆发了几次不算严重却很糟心的传染病,大部分是肠胃问题。尽管只死了一个人,但士气低落的状况直到疫情结束都没缓过来。制绳的工匠已经把部落几乎所有的马剃得光秃秃了,但弓弦和绳索依然短缺,让制弓的匠人和制造机器的木匠无事可做。桥头堡河段的堤道已经重建起来,在建造过程中,对岸塔楼上不断有箭射来,而且射得非常精准,已经有超过五十人被射杀。而且尽管堤道已经建好,但大家还没想出它目前有什么用。

然而没有人提出放弃和离开,连背地里悄悄的议论或者隐约的暗示都没有。征服城市已经不再是一场令人兴奋的冒险了,定居下来的部落民习惯了以围城为目的这种全新的生活方式。就算需要在这里待一辈子,他们也无所谓。有几个家庭已经在帐篷和养家畜的棚栏周围建起了石墙。有几家甚至率先尝试刨地种食物,而不是出去狩猎和放牧。没人认为耕地是浪费时间,也没人担心收获的时候他们已经不在这里,不能享用成果。大家都自然而然地认定，六个月以后营地还会在这里。

*我们还不如就地建一座自己的城市，让恩怨就此了结。*特姆莱一边穿过营地去参加一场毫无意义的会议，一边想。如果在几年以后，河对岸出现了一座镜像城市，两岸居民唯一不同的就是口音和发色，这将是一个多么有讽刺意味的景象啊。到了那个时候，根本说不上到底是谁在围城，谁在守城，谁又占了上风。这些问题必将失去意义。

会议午时才开始，因此不急着赶路的特姆莱顺道拐去河边，视察水车项目。这个项目也在无形中给了人们永久定居的暗示。特姆莱没法不喜欢它。他忍不住想起刚到城市的时候，磨骨粉机是他第一眼见到的新鲜事物之一。一想到如今他的族人也有能力造出如此了不起的玩意儿，他就觉得相当愉快。扭力机械、抛石机以及制箭的车床可以说是好坏参半，但建造水车毫无疑问是件好事。他在脑海里早就描绘出一幅蓝图：在草原上，在草原人惯常扎营的那些浅滩和桥梁旁边，一座座磨坊拔地而起，等待着他的族人在每年固定时节迁徙过来。当然，前提是眼前这台原型机能成功。和他们之前造好的那些机器相比，这不算太难。只要有一些简单的工具、充足的木材以及必胜的决心，没有什么是不可能的。

他到达建造水车的地方时，项目正进行到最关键的时刻：水车轮和飞轮即将被安装在主驱动杆的两头。这台水车是他亲自设计的——当然是基于城里的标准样式，只做了一些调整，以便最大限度用上目前可得的材料。水车的框架是从被打烂的抛石机上回收的四个"人"字架，驱动杆由这四个架子支撑起来。为了得到驱动杆，人们砍下了一根特别高、特别直的枞树，就地将它的树干刨削成接近完美的圆柱形。水车轮上的辐条也是用回收木材做的——首批木筏大部分被火烧毁了，只有少数几艘幸存下来，木材被回收。新的木筏造得更好，以榫卯结构将木头严丝合缝地结在一起，完全复制了标准的城市木筏——扭力机械的主框架部件经过大幅度改造,成了水车的桨。人们将城市卫兵们赠送的锥形箭头回炉锻造,打成钉子,把桨钉在木质轮圈上。

负责这个项目的木匠蒙塔凯将另一个回收来的"人"字架改装成一个单杆起吊机,以便把水车轮吊起来,轮子中央的轴毂与驱动杆高度齐平。他考虑了两个方案,一是先把轴毂与驱动杆连接起来,再将水车轮的其他部件安装到轴毂上;或者先将水车轮安装好,再与驱动杆对接。他不顾许多工作伙伴的反对意见,选择了后一个办法。现场来了一小群围观的人,就连城市那边的墙头也聚集了一堆显然颇感兴趣的看热闹的人。特姆莱知道他的设计是改良版,很好奇城里人有没有从中学到什么。如果后面几代城里人将他的设计永久命名为特姆莱水车,那倒是很不错。不过,他意识到自己想偏了,于是立即停下。对他而言,城市不可能长久地存在。"长久"就意味着他的失败。奇怪的是,想到这里,他居然颇为沮丧。

"这当然是可行的。"水车轮被人力搬运到起吊机下方就位,蒙塔凯小声地对他说,"我的担心是,因为小队里出现的这种幼稚的竞争,这个办法可能只有一次尝试机会。如果这次不成,即使只是绳子磨损断裂,或者支架因损坏而倒塌,他们都会立马嚷嚷说这法子不行,然后动手把水车轮拆成零部件。"他忧伤地摇摇头,"我就是不明白,大家干吗总是那么争强好胜?"

"这是人性。"特姆莱心不在焉,注意力全都集中在眼前的组装工作上,"人们喜欢把什么事都当成一场对抗赛,有输有赢让他们更容易理解整个过程。就是这样。"

骡队套好索具动了起来。这群骡子头一次这么听话,真是难得。绳索拉紧,发出吓人的咯吱声,水车轮被吊离地面,缓缓地升到空中,直到一名站在河边、膝盖以下都陷在湿泥地里的工程师大声呼喊,让赶骡子的人停下骡队。他们遇到了第一个障碍:轴毂的高度比驱动杆高了九寸,于是不得不让骡队往后退一点。但这样一来,很难把吊着的水车轮调整到精确的高度。赶骡人费尽千辛万苦,又哄又骂,总算让这帮倔头倔脑的畜生倒回去一点,结果轴毂并没有下降九寸,而是降了足足两尺。显然这不是他们要的结果。因此骡队又被驱赶着向前走,这一次,比想要的高度高了十八寸。

"你看到了吗?"蒙塔凯夸张地抱怨道,"再多折腾几次,他们就会说这法子不成了。这可不是什么容易的事,老天爷,你不能指望一次到位。你得不停地尝试直到做对为止,否则就别想着做什么水车了,回到两个人整天推摇柄的日子去吧。"

特姆莱"嗯"了一声,表示同情,然后继续观看这出好戏。赶骡人又开始往回倒。(有人想出一个让骡子可以慢慢后退的办法,就是将骡子的眼睛蒙住——也就是说,要找到尺寸和形状合适的布,更难搞的是,还要让布的主人同意。)

过程艰难,但陷在泥地里的那个人最终喊道:"行了!"声音中的兴奋与解脱简直跟一个刚刚目睹了自己儿子诞生的父亲一样。站在人字架中间的小队立马将绳索拉紧,绑在辐条上,然后顺利将驱动杆插进洞口。铁匠们走上前,把用来固定轮子的开口销插了进去,这也很容易。插销是制造扭力机械的标准工序,他们已经很熟练了。人们正打算让骡子掉个头,将飞轮吊起来,意想不到的问题忽然出现了。

他们在安装轮子的顺序上犯了个错误。桨叶一碰到流水,水车轮立马飞速转动,驱动杆也随之转起来。将一个巨大的轮子装在静止的驱动杆上已经不容易了,现在却要面对每分钟九十转的转速。飞轮这一头有简单的离合系统可以将轮子脱开,但水车轮这边什么也没有。蒙塔凯低声咒骂起来。

"我的运气可真好。"他说,"现在你看着吧,他们最多再试两次装装样子,就会断定这个法子不行,接着肯定会要求把水车轮拆了。就连从头试一遍都不愿意。"

特姆莱皱起了眉头。"没准将水车轮拆成零部件就是最佳方法呢?"他大声问,"值得一试。"

"不是吧,连你也这么说。"蒙塔凯嘟囔着,"这只是个小失误,是我们做事太急,没有事先考虑好。根本不能证明我的方法没用。"

这句话让特姆莱意识到,同样的道理也适用于其他方面,包括攻打城市。"我们最好把事情做对。"他说,"让他们把水车轮卸下来,先装飞轮,再把水车轮装回去。"

结果证明,将水车轮卸下比装上去还要难。最危险的地方在于桨叶挟着强大的动能不停转动。等他们终于卸下水车轮时,特姆莱意识到,此时早已过了中午,但那又怎样?他们完全可以在我缺席的情况下继续开会,我和他们又没什么重要的事要谈。多亏之前积累的经验,飞轮的安装显得容易些。再次安装水车轮却很糟心,有几根绳子断了,起吊机的一个支架在连接处忽然断裂,操作员的下半身被河里溅出来的水打湿。大家开始烦躁,看热闹的人开始嘲笑他们。等水车轮终于开始转动,并带动飞轮转起来的时候,大家已经筋疲力尽了,没觉得欢欣鼓舞,反而如释重负。尽管如此,取得这场胜利——更确切地说,获得了如此成就,不管付出多少精力都是值得的——

有人大叫:"小心!"然而等工作人员意识到发生了什么事,已经太晚了。三百担重的石头从桥头堡塔楼上的抛石机上发射出来,呼啸着掠过空中,砸在地上。一颗落入河里,掀起巨浪。另一颗正正地砸在水车上,打得轮子四分五裂,"人"字架也被砸得粉碎,驱动杆断成两截。蒙塔凯被砸死了,残肢断臂甩到了水车的残骸上。还有一颗打中了在旁边看热闹的人群,砸死了一个男人和一个女人,将一个小男孩的双腿截断。

震惊持续了很久，直到有人尖叫起来，人们才如梦初醒地冲上前去，用肩膀顶起那块压住男孩的石头。其他人战战兢兢，不知道是该去帮忙救人还是赶紧找个地方躲避更多的石头。特姆莱拨开站在原地呆呆盯着水车残骸的工程师们，大声下令，让人去找治疗师和一个担架过来，让工程师将五台抛石机运过来准备还击。做这些事有助于平息他心中的战栗。在他的脑海里，燃着熊熊烈火的营地以及水面上燃烧的木筏渐渐淡去，取而代之的是另一幅画。画面上，那座骨粉磨坊——如果他没记错的话，位置正对这里，只隔着一堵城墙——在猛烈砲击之下变成一片废墟。储料槽里躺着成百上千男人和女人的骸骨，有的来自城市，有的来自草原，正自动被填进仍在转动的石磨里。

他们终于设法把石头抬起来了一点，救出了男孩。他还活着，正张着嘴尖叫，却没有发出声音。有人告诉大家，现在还被石头压着的男人和女人是这孩子的父母。特姆莱默默将此事记在心里，暂且不去想它。五台抛石机中的第一台已经就位，支架和配重已经与运送它们的骡队脱开。此时骡子发起了倔脾气，不肯就范，于是咒骂声、挥舞鞭子的声音响了起来，现场更为混乱。接着有人意识到，他们忘了把石头砲弹运过来。于是有人建议，就用对方打过来的两块石头中的一块。另外一个觉得这主意不合适。特姆莱抬头观察着桥头堡的塔楼，接着告诉工程师们暂不执行还击命令。既然没有迹象表明敌人还在继续装填石弹，那他们最好不要在此时挑事。需要他们操心的事已经够多的了。

"给我的？"洛雷登上校疑惑地问。

卫兵点点头。"有个家伙一个钟头前留下的。"他说，"他不肯留下姓名，但留了一封信。"

"哦,好吧,谢谢。你可以走了。"卫兵敬礼离开,在身后关上门。

洛雷登又回到了中城城门楼上的那个简陋的小房间,石墙依旧单调乏味,石板床依旧冷冰冰。他看了一眼手中那卷被布包着的东西,顺手扔到床上。布包撞在石头上,发出丁零当啷的金属声。他决定等会儿再打开看,先把这双该死的靴子脱了。

怎么会有人送我礼物? 他一边将左脚的靴子使劲从热乎乎、湿答答的脚上拽开,一边疑惑地想。马上还有一个会面,应该说现在已经迟到了。但他还是纵容自己坐下来,动动刚被解放出来的脚趾头,不急着穿上拖鞋。唉,**为什么这份礼物不是什么有用的东西,比如一双舒服的毛毡拖鞋呢?**

下午一场突如其来的大雨将他全身淋湿了,于是他脱下外套,伸手去拿他仅有的另外一件上衣。这件衣服算是他的老朋友了,穿了多年,又破又烂但非常合身。尽管要去见总督,穿成这样不怎么得体,但他根本不在乎被撤职。衬衣和裤子也是湿的,但他懒得换。到了总督居住的宫殿的会客厅,自然有热烘烘的壁炉将湿衣很快烤干。

他草草用梳子梳了梳头发,行了。现在他可以打开礼物,之后就得出门了。

傻瓜都能猜出那卷布里包的是什么。那玩意儿又窄又重,长度在两尺半左右,还是金属的——有人送了他一把剑。他肯定是需要一把的。作为副郡尉兼佩里美狄亚守卫军的指挥官,他是城墙上唯一一个腰间挂着空剑鞘的人,真的很丢脸。他用小刀割开封口的抽绳,打开布包,然后目瞪口呆地坐在那里,看着手里的东西。

一把货真价实的古朗剑。更妙的是,这不是那种更为常见却仍然相当值钱的律师剑。那名伟大的铸剑师因他的律师剑而名闻天下,但这却是一把古朗阔剑,目前仅有五把存世。这无疑是真货,在他将又短又重的剑身从剑鞘里拔出来,看到卡榫部位独特而无法复制的标记之前,就已经确定了。在铸造军用剑这方面,没人比得上伟大的利拉斯·古朗。其他铸剑师仿得都很失败,只配用来砍木头或是开酒桶。不管是双手剑还是单手剑,不管是砍削还是直刺,他都能精确地协调重量和平衡,使他的作品达到一种和谐的、几乎是完美的状态。

根据传说,古朗阔剑有一种特殊的使用技巧。(第一次用自己的双手举起它时,他意识到这不是传说。)若是用寻常的使剑方法,光是剑身的重量和重量的分布比例——剑柄长,剑身短——就能让你不战而败。你越努力尝试,越全身心投入,就显得越笨拙。但如果你不与剑对抗,不去想怎么征服它,而是将它的重量利用起来,这把剑就会像有了灵性一般顺势飞舞。出剑的时候,你便能以一种明显违反物理学定律的方式,将自己的力量加在剑上。有人说,使用古朗阔剑的最佳方式就是让它替你战斗,它对自己在做什么一清二楚。挥剑的人需要做的——或者说是应该做的——就是握着钝头,好好观战。

以前,巴达斯·洛雷登对于人们兴致勃勃地谈论致命武器这件事不太认同。但现在他觉得可以考虑为这把剑开个特例。在从业的那些年里,尽管他没明说,但心里确实渴望拥有这么一把剑(不过,因为这种剑的尺寸超过了标准规格,因此业界规定不得在工作中使用),现在终于如愿以偿。它沉甸甸的,却并没有过度压迫他的上臂,而是像一只纯种的猎鹰,屈尊降贵地坐在他的手腕上。

一定贵得要命。他猛地想起那封信。由于一刻也不想放下自己的新宠,只能笨手笨脚地弄破封蜡,打开折叠的信纸。

巴达斯,

我想你已经收到我的口信,以及之后寄给你的那封信。显然你并不想见到我。对你的决定，我并不感到吃惊。如果你不想接受这份礼物，我也能理解。（但我会觉得你是个该死的傻瓜。你无法想象我付出了多少心血才找到这么一把，而且当时那剑的主人还不想卖）拿着吧，不要因为送礼物的人的罪过而迁怒这把宝剑。我相信，在你手上，它会物尽其用的。我嘱咐它保你平安，这就是为什么我坚持要送你一把古朗剑——大家不都说古朗剑有灵气吗？尽量别把它折断了。

爱你的

高戈斯·洛雷登

巴达斯·洛雷登看看信，再看看剑，接着又看看信，然后目光转回剑上。他知道，武器是矛盾的结合体，既可为善亦可为恶，有时善恶不分，有时善恶并行。但武器本身对人们如何使用它并不了解，也不在乎。洛雷登陷入沉思。同样的道理也适用于律师行业。律师与人对决甚至杀人同样并非为了自己，而是为了所谓的正义。他手中的剑，以及他使剑的技巧决定了对与错、善与恶。但事到临头，身体强壮、动作敏捷的总会战胜身体虚弱、动作迟缓的。即使在对决前一刻，被告和原告互换立场，结局也不会有什么不同。也许我已经成了这样的人，洛雷登想，也许我一直是这样的人，是受人掌控的一件武器，与生俱来的使命就是杀戮和破坏，既可为善、亦可为恶，取决于我被掌握在谁的手中。还有古朗剑——大家不都说古朗剑有灵气吗？在我成为佩里美狄亚的代表律师的时候，在我被托付以守卫城市及其正义事业的时候，这把剑恰好送到我的手中，这到底意味着什么？

买下这把剑，他肯定花了不少钱……说是这么说，但这么多年来他也让我损失惨重。也许他在利用我，正如他利用其他人一样，只是我无法想象他为什么要这么做。自从他把我留在河边等死，夺走了我本该拥有的幸福生活之后，他的行为就左右着我的一举一动。要是他觉得可以用这把剑来贿赂我——

不过，这可是一把古朗阔剑啊。它不该为送礼人的罪恶买单，正如律师不该为他客户的行为负责一样。他当年进入击剑学校、参加开学典礼时，学校曾教过他：律师为正义而战，正义则是律师唯一的客户。剑为人所驱使，成为切皮割肉的工具；而人为环境所迫，成为身不由己的一把剑。过去种种造就了今日的他，而过去种下的因变成了今日需要偿还和处理的果。从他哥哥手里拿到这把剑，和从躺在法庭石板地上、刚被他杀死的人于里继承一把剑没有什么太大的区别。从某种意义上来说，这把剑也是他赢得的，而且一旦归属于他，与之相关的种种过往都不重要了。

天哪，为了留下这把剑我真是什么都敢信。从业十年赚的钱加起来也抵不上它。还有什么"爱你的"，他这是什么意思？

洛雷登忽然想起他还要去开会，而现在已经迟到很久了。他不慌不忙地解开皮带，将它穿过剑鞘上的两个挂环，再慢慢将皮带收紧。与此同时，他拒绝了能让自己好受一点的说辞：我只是服从命令而已。罪魁祸首不是我，是他们逼我这么做的。古朗阔剑是这样一种武器：它质量上乘，有着难以预见的前程和复杂的往事，拥有自我意识。巴达斯·洛雷登正是这样一把剑。

这么说吧，他一边把又小又冷的房间门重重关上，沿着回廊跑向大礼堂，一边想：如果最终我不得不出卖灵魂，卖给家里人总比廉价卖给炭业公司强。只是，这并不能彻底解决问题。他不得不推迟做最终决定的时间，等到他有时间思考的时候。如果有可能，等到他了解更多信息的时候。

二十

"如果能稍微知道一点现在的情况，我心里会踏实很多。"希斯莱喃喃自语。他呼出的气结成一团白雾，在惨淡的月光下格外显眼，他的话也被夜晚的冷空气冻住了，"第一次尝试已经够失败的了，这一次我也不太乐观。"

特姆莱在他身边，蜷缩着身子躲在马车下，看着桥头堡塔楼上燃烧的火把，身子微微发颤。"多半是家庭恩怨。"他回答，"这种事我们不需要知道，也没必要关注。我只担心这是个陷阱。"

"肯定是。"特姆莱左边的那个人说道，"说真的，这种话听起来压根就不靠谱。敌方将军的哥哥来告诉你，他打算半夜打开城门，放下吊桥——天哪，特姆莱，连这种鬼话都能信，还有什么故事是你不信的？挎着一篮子风的老妇人？牙仙子？"

特姆莱的脸沉了下来，不过其他人看不见。"如果觉得有蹊跷，我们就取消行动。"他说，"但如果你们所谓的陷阱里包括了打开城门、放下吊桥这

435

种事，那我愿意上当。”

"他们可能设下了各种埋伏等着我们送上门：火油、陷坑、投石机，甚至一整连的弓箭手近距离射击——"

这只是最起码的，特姆莱心想。头一百个攻进城门的人能够挺进超过十码，我就已经很吃惊了。只不过这些伤亡都在预算簿里，列在"可接受的损失"一项下面。即使我们在前九十秒的时间里损失一千个人，也比最初的预计强……

"嗨，"希斯莱悄声说道，"快看。"

"我的老天，"在队伍那一头，有人说道，"城门开了。"

桥头堡塔楼下的阴影中似乎出现了一丝质感上的变化。特姆莱屏住了呼吸。他必须在极短的时间内下令进攻，以免错失良机。命令下达后，他的人有极大的机会进入城市，完成各自的任务。假设局势的发展与原计划没有太大的偏差，一旦入城，一支分遣队会袭击塔楼，占领城防机械，防止它们轰击堤道。另外两支队伍分头前往城墙两头的塔楼，截断城墙上的通信，防止守城军队在己方战士通过城门的时候搭弓射箭。再派一支战力强大的部队在城门口设立据点。之后，假设城市的增援主力尚未抵达（各分队计划在三分钟内完成任务，如果在城墙上遇到抵抗力量，则延至四分钟），他们就沿着城墙根向两头推进，对前来的城市增援部队形成包围圈，切断其退路，防止他们逃入迷宫般的街道和广场。如果计划奏效，城市就会像一块刚从烤肉叉子上取下来的兽肉，被分割成各个分遣队可以掌控的小区域。

特姆莱在脑海里通盘推演着攻城计划，就像小时候在草原上趁夜网兔子一样。首先，等兔子外出吃草时，悄悄挪到兔子和兔子洞之间，布下大网。接着点灯、弄出声响，惊吓兔子，让它们朝安全的家的方向飞奔，撞在网上。之后，你就能悠闲地将它们从网里捞出来，扭断它们的脖子。这么描述下来，整个过程其实挺简单的。

一旦下达命令，后面的事就不是他能掌控的了。话说回来，他从一开始就不见得对局势的发展有任何控制。

"上吧，"他用手肘撑在地往前爬，直到脑袋从马车底下探出来，"祝你们好运，各位。佩里美狄亚城里见。"

高戈斯·洛雷登跨过一名卫兵的尸体，将全身的重量压在绞盘的摇柄上。吊桥被刻意设计得体积庞大，就是为了防止有谁以单人的力量把它放下来。他感觉到了胸口和背部肌肉拉扯的紧张感。很快，吊桥本身的重量就会占据上风，那时候他就得赶紧跳到一旁，以免被卷扬机飞速旋转的手柄打到半空。到了那时，他就没有回头路可走了。再往下压几寸，佩里美狄亚将不可避免地沦陷。

箭囊的背带将他的肩膀勒得生疼。他停下来，取下斜挎在背上的箭囊，以免卷扬机的手柄意外钩住背带。接着，便是无法回头的一步。

也可以说，他早在多年前就走出这一步了。

他射杀了他能看见的所有卫兵。一共四个，跟前几个晚上经过他仔细探查的人数对上了。如果草原人做到了他们该做的，在城墙的另一头整装待发，应该能在六分钟内进入城市。有了他们的干扰，他可以趁机脱身，搭上早已在港口准备好的船。进展顺利的话，在城里人意识到大难临头之前，他已经在海上航行了很远了。

忽然，他感到身下的手柄动了起来，下沉的力量比他下压的力量更大。他连忙放手，向后退去。卷扬机开始自己转起来，发出咔嗒咔嗒的声音，在寂静的夜里听上去响亮得可怕。这声音可以一直传到中城，他想，只有死人才可能听不到这声音，猜不出发生了什么事。这个想法在他脑子里不过停留了一会儿。最后的时刻已经过去。就像自杀的人感到脚下的凳子翻倒在地，或是跳下护墙时彻底失去平衡的那一刻，一旦过了这个点，你就失去了活下来的最后机会。从某种意义上说，这也算是一种安慰。怎么办呢，反正现在无论做什么都太迟了，瞎操心有什么用？此时卷扬机像失控的船舵一般疯狂转动，彻底脱离了他的掌控。

任务完成了，完成得非常圆满，身上既没有刺中肋骨的长矛，也没有钉在背后的箭。现在，该溜走了。

我总算做对了一次。

一道黑影在他面前渐渐加深，最后显出人形，是个来换岗的卫兵。他直愣愣地瞪着眼睛跑过来，甚至没有看向高戈斯·洛雷登。让他去吧，事情到了这个地步，和他缠斗已经没意义了。

卫兵突然发现了他，犹豫了一下，停下脚步，对他喊道："有人把城门打开了！快去求援，快点！"然后继续向前，消失在黑暗中。此时，已经放到底的吊桥弹动了一下，完全展平。远处因有屋檐遮蔽而显得越发黑暗的小巷里，火把的光芒正在接近。墙头传来大喊。门楼的拱顶下忽然有人出现，跑进城里，迅速分散。一支箭射中了卫兵，他从城墙上栽下来，死了。

该溜走了。

更多的箭掠过空中。那些箭从他身边射过时，高戈斯甚至可以听到咻咻声。在他身后某处，有扇窗户被打破了。有人高声喊了句什么，但声音很快就被咚咚的脚步声盖过去，那是脚步踏在吊桥木板上发出的空洞声音。更多的吆喝声从头顶传来，剑身相交，发出了四五下声响。这是大坝裂缝中渗出的第一股细流。再不走时间就来不及了。快行动吧。该溜走了。

"发生了什么事？"有人喊道。高戈斯看到一个提着灯的卫兵朝着聚集在城门处的人影跑去。"发生了什么事？"他问遇上的第一个人。那人抽出一把短剑，刺中了他。更多的箭发出咝咝声。他们一定是在盲射，没有亮光，根本什么也看不清楚。我总算做对了一件事。局面已经脱离我的掌控了。

要毁灭一座伟大的城市，有许多正经的理由：向某个不可忍受的错误展开复仇；单纯的利益——比如某个势力强大、野心勃勃的商业力量决定赖掉一笔压得他们喘不过气来的巨额贷款的本金；对城市所代表的一切怀有不可抑制的憎恨；或者仅仅是觉得城市的灰墙与青草和海洋不搭。有些城市被人出卖的报酬仅仅是二十亩贫瘠的牧场，有些城市被人以爱的名义背叛，还有的仅仅是因为它们的存在不为人所容。亚历克修斯领导的研修会里，有些智者甚至提出城市本身就是一种非自然产物，是地上的瘤子或增生组织，大地迟早会进行自我修复，铲除城市。有的城市被烧成焦土，而凶手仅仅是疯子、玩打火石和火绒的孩子，或者吹进面包炉门的窗帘一角。有些城市经历了多次摧毁和重建，以至于工人在挖地基建厕所的时候，得凿开好几层残垣断壁，像在挖一个多层蛋糕。

高戈斯·洛雷登有他自己的理由，其中有复仇、憎恨，还有理性的商业伎俩。最关键的是，他只是听命行事。如果有人想分析是什么导致他做了这事，以上这些理由都成立。但高戈斯自己心里清楚，这么做是为了一个最好的、最有益的理由，这理由也主宰了自他离开中邦以后的一举一动：为了家庭。

举着火把，提着灯的卫兵纷纷跑过来。其中一个停下来，向前倒去。其他几个立马来了个急刹车，低声咒骂着掉头就跑。他们中的一个会跑去中城的城门楼叫来副郡尉。而副郡尉会一把抓起剑和头盔，一边往这边跑，一边大声下达大多数人都听不见的命令。他会匆匆赶来，恰好与来犯的敌人狭路相逢。

高戈斯·洛雷登深吸一口气，跑了起来。他没有跑向港口，反而向山上跑去。只要他跑得足够快，就有可能抢先到达那里，及时将弟弟拦住。城市已经完蛋了，我有一艘船在港口等着。他弟弟可能需要好一阵子才会反应过来，接着他就会问，你怎么知道？为什么你会准备好一艘船？好吧，等他问了再说，船到桥头自然直。

就在他向前跑的时候，身后的城墙上传来喊话的声音。不是城市口音，不是困惑地想要了解情况的问话声，而是焦急等待许久之后的口令和确认。一支箭射中他身边的石板地，在地上弹了几下，像一只热切的小狗在他脚边乱窜。没关系，今晚高戈斯·洛雷登不会被箭射中，因为他有重要的事情要做，他不会容许自己登上第一批伤亡名单。他跑着跑着，太阳穴忽然一阵一阵地抽痛起来。什么时候头疼不好，非得赶在这时？他心里想着，同时努力忽略它。

有人抓住洛雷登的肩膀，他醒了过来。

"快点！"灯笼后的人嘶声说道，"他们来了。有个混蛋把城门打开了。"

洛雷登眨眨眼。他睡意正浓，头也很疼。"你到底在说什么？"他嘟囔着，"谁……？"

"野蛮人。"那人回答，"快点行吗？他们已经拥上城墙了。"

洛雷登跌跌撞撞地下了床，到处摸索他的靴子。"他们是怎么进来的？"他问，"你刚才说——"

"有人把城门打开了。一个叛徒。我们人手不足，目前只有半个连的士兵在陶器市场那里抵抗。"

他怎么也无法把脚套进靴子里。穿了一半，左脚踝卡住了，而他不记得遇到这种情况应该怎么处理，于是他把靴子拔出来，重新套进去。

"有人召集预备役的士兵吗？"他问道，"卫戍部队呢？一定——"

"我怎么知道？我刚从城门过来——我原本是去换岗的。"这人一边说一边将洛雷登的头盔递给他。

"不，先穿锁子甲。"洛雷登呵斥道。

"在哪里？"

"那里，角落那边。"有人打开了城门，城里有个人故意打开了城门。

一定是弄错了……

他一边伸手摸索着锁子甲的扣带，一边在脑子里思考着应对措施。首先得向预备役以及卫戍部队发出警报，两支部队应该都有应对这类状况的紧急预案，他要确保大家都知道去哪里以及采取什么行动。他需要信差——

"别管我这边的事，"他说，"去找信差办公室的人。那里应该有至少十名信差在待命。我需要他们在两分钟内到这个院子集合。去吧，快跑。还有把灯留下——"

最后一句话说得太迟了，那家伙已经带着灯跑了。洛雷登咒骂着，摸黑找到了自己的盔甲和剑。剑自然是那把古朗阔剑——

世上之事固然多有巧合。但这次绝对不是。

他还需要什么？蜡写板和尖头笔，但这里没有。地图和作战计划，全都在各部门的秘书长办公室，正在复写中。那么，指挥部呢？有人通知他们发生了什么事吗？他不敢赌，但目前他无能为力，只能等找到更多的信差再说。召集预备役军人以及卫戍部队是重中之重。还需要更多的信差，向他汇报目前的战况。该死的，设立信差办公室的时候，他怎么觉得有十名信差随时待命就够了呢？*这是你的老毛病了，巴达斯，你从来不动脑子。*

接下来呢？他跟跟跄跄地赶到中庭，一路上绞尽脑汁。等信差到齐，他将他们分别派去了不同的地方，看着他们消失在黑暗中。幸运的是，这边闹出来的动静引来了几个过路的，大多是军需部的文书。他临时指派他们充当信差，让他们到指挥部的各个负责人那里去。这些人在惊慌失措之下，不假思索地带着口信走了。

如果敌人已经占领了城头，怎么才能阻止他们长驱直入？这取决于己方兵力，以及是将力量集中起来还是兵分几路。如果敌军在城墙下没有遭遇抵抗，那么他们可以直接穿过城门，沿着城墙两边到达下一个墙梯处，从两个方向同时进攻戍卫军。我当初应该针对这种情况专门制订一个作战计划的，但在那时，谁想得到居然有人打开城门呢？

指挥部的几个负责人跌跌撞撞地赶到中庭。总工程师和他的副手第一个到，两个人都在睡袍外面直接套上了锁子甲，戴上了头盔。接着是弓箭队队长，他全身披挂整齐，携带着武器，还带来了他的四个副手。四支步兵队伍——护卫队、卫戍部队、预备役军人以及辅助部队——的指挥官也都来了，有的顶盔贯甲，有的没来得及；有的带着手下，有的独自一人。接下来赶到的是工程部和军需处主任。后勤部的负责人暂时出缺，因为前主任被提拔去海关上任，这是一次政治任命……倒数第二个来的是总督。最后一个赶到的是郡尉，他那一身华丽的仪仗甲上还残留着为了妥善保存而上的油，于是小腿和脚踝处粘了许多灰尘和落叶。

洛雷登迅速将当前的局势解释了一遍，接着下达命令。大家都没有异议，大部分人似乎知道该做什么：总督负责城墙，郡尉去组织中城的防御……最后他总算可以离开了。一踏上主大道那又长又宽的下坡路，他立即拔腿狂奔。高戈斯恰好在他离开门楼时赶到。但在黑暗和混乱中，他们没有认出对方。

梅特里亚斯·克罗丁是个制造科学仪器的工匠，手艺出色。白天，他在仪器制造区中庭西翼露台二楼的一间小而齐全的店里工作，眯缝着眼将细小的刻度刻在仪器上，手里的焊接喷枪灼烤着手指。夜晚，他是一名中士，负责在自己的警戒区巡查。对他来说,这份工作还兼有一份社交的功能,是邻里赋予他的荣誉,代表着他们对他那勤劳有用的生活的认可。他喜欢这份义务,不过是每周几个小时的训练和少量的书面工作罢了。还能有个聚在一起开会的好借口,会后大家可以留下来就着一两壶苹果酒聊聊行业现状,交换城里的新闻。训练也不算什么麻烦事。他年轻时体格健壮,现在也没有过于退步,打半个小时的沙包外加一上午的靶场练习对他来说完全没问题。唯一的烦恼是,由于穿着簇新的训练服,必须时不时调整一下箭囊的背带。

此时他站在桶匠广场入口对面的一排睡眼惺忪、局促不安的男人面前。他的连队人数少,夹在两支人数众多的队伍中间,分别是桶匠队与制甲师队,每一队都有数名中士。然而,根据行会礼仪,再经过一番论资排辈,他发现自己居然成了下城守卫部队的总指挥。

等真正的军队来了就好了,他自我安慰道,他们一定会很快赶到的。前方传来令人不安的喧闹声、呼喊声以及吆喝声,不知道离这儿有多远。还有零星的金属相交的声音。有什么东西朝着这里来了。他有一种不祥的预感:来的是战争。

他紧张地回忆着自己在尼拉斯·伊利乌斯所著的《城市防卫艺术》一书里学到的基础理论。一百二十年来,这本书是警戒队军官的必读书目。在狭小的空间对抗来犯敌军——他还记得二十年前准备一等兵考试而刻苦攻读的那段文字——可以分两个阶段进行,结合弓箭的破坏作用以及步兵队列的阻碍效果。没错,这些他都学过,但从来没有停下思考一番。他猜想是先用弓箭射那帮混蛋,再把他们暴揍一顿的意思。这么说来,似乎的确有道理。

他一边朝着前方的黑暗处张望,一边埋怨自己的近视眼,还有长期俯在工作台前而形成的罗圈腿和僵直后背。尽管他的妻子临时在他的头盔里塞了一条羊毛围巾,这头盔仍然有点过于宽大,系上头盔两边的绑带后,他的听力更是比平时迟钝了一半左右。

弓箭的破坏作用……好，现在正是将理论应用起来的时刻。因为紧张，他的声音听起来比平时尖细了不少。他下令给弓上弦，自己也开始动手：右脚的外侧顶住下弓臂末端，左腿跨过弓腹，膝盖窝抵住弓把，左手紧握上弓臂，将其向内弯曲（每次这么做的时候，他都很担心弓腹会折断，结果到目前为止一次也没断过），与此同时右手将弓弦套进弦槽处。这就完成了整套动作。这是标准程序，他已经练习过上千次了，但今天却尝试了三次才做对。

喧嚣声越来越近，近到他可以判断出对方的位置：就在水管工居住区，那里聚集着制造水槽的作坊。他试图想象那里的情景，却做不到。蛮族人从他打小就熟悉的作坊前一拥而过，这个画面是如此不协调，以至于到了可笑的地步。他下令搭箭。

这是一把相当新的弓。去年春天竞技开始的时候，他终于不得不承认，用了二十五年的那把弓拉起来有些吃力了。因此他给自己买了把新的。这把弓由山核桃木和柠檬木制成，拉力九十五磅，而原先那把紫杉木弓足足有一百二十磅。说实话，九十五磅对他来说还是有点困难，但男人总是要面子的。弓弦触到手指的部分感觉有点干。他很惭愧自己居然忘了给弓弦打蜡，万一弦断了，也只能怪自己不好。至于箭，他本能地选了最差的一支，箭杆有点弯曲，稀稀拉拉的箭翎略显寒酸。这支箭射出去时应该会偏向左上方，他对其中的误差相当了解。不过这应该是他最后一次用它了，战场上总有比回收用过的箭更重要的事。一想到要瞄准别人，他就觉得有点不可思议。作为靶场的负责人，过去十五年里他不是一直在提醒弓箭手，不得在任何情况下把箭对准任何人吗？

拱门的另一头有动静了——

夜色太浓，除了移动的身影以外，其他什么也看不清。一群人正稳步向前，因不熟悉地形而显得相当警惕。管他的，不是我们的人。他头也不回地退到队列中，听到自己的声音在下令瞄准、拉弓……

（左手的手腕因握弓而紧张，两个肩胛骨往后合拢的时候背部一阵刺痛。他试图瞄准，却找不到目标，只看到广场对面七十五码处有一个模糊不清的队列。）

保持……放箭！他的手指松弛下来，弓弦弹回去，打在左臂内侧绑着护具的地方。他想追踪自己射出的箭，但它混在那么多箭里，立刻失去了踪迹。他听见自己大声喊道：搭箭、瞄准、拉弓、保持、放箭！与此同时，他也跟着自己的命令及时完成每个动作，仿佛回到了过去，他又成了一名在中士监督下进行射箭演习的年轻男孩。他感觉到左臂有一处肌肉开始抗议，如果不当心的话，肌肉很容易被拉伤。但他现在没时间操心这个，只能继续跟上指令。要知道，万一没跟上，肯定会成为整个区的笑柄——

一个身影从他面前的黑暗中浮现出来，是一个矮胖粗壮的男人，刚到中年，双手握着一支长矛，眼里满是惊恐，从二十码以外向他直冲过来。*原来敌人长这样*，他心想。与此同时，他将瞄准的位置放低，看准了握把处往上一只手外加两指宽的位置，放松手指。他看到箭射中了目标，整枝箭杆没入那人的胸口，只剩箭翎和扣弦露在外面。那人向前冲了两三步，双脚一软，脸朝下摔倒在地。在他后面，*又来了一个*——*有足够的时间搭上另一支箭*，他无动于衷地想。此时的一秒钟被放慢，成了他生命中极为漫长的一刻。算了。如果估错了时间，他连拔剑的机会都将永远失去。于是他放开手中的弓，让它掉在地上（我那崭新的良弓啊，肯定有人会不小心踩到它）。他的手垂下来放到皮带处，摸到了腰间的剑柄端头。那把剑原先属于他父亲，是一把标准样式剑，传给他多年了——

（这又大又重的恐怖玩意儿，对擅长精细工作的双手来说是一种折磨。

剑术是强制训练的项目，但他从来没有在这方面努力过。他已经冒了被弓弦割裂手指的危险，才不要再被剑柄上的金属丝磨破手掌呢……）

——剑滑出剑鞘时发出模糊的摩擦声，他笨拙地举起来，感觉手上的重量难以承受。当敌人向前直冲，来到他面前时——

克罗丁吃惊地注意到，那人闭着眼睛。这混蛋居然闭着眼睛冲锋，可怜的家伙一定是吓坏了。

——他手上拿的是一把剑身较短、剑柄较长的单刃剑。他将剑高高举过头顶，像挥着一根打谷壳的连枷——

仪表匠人梅特里亚斯·克罗丁任由他冲过来，越来越近。当对方进入攻击范围时，他伸出剑，让那可怜的惊恐万状的蛮族人自己撞上去。此时双方已经离得很近，以至于他能听见空气从刺穿的肺部逃逸出来的声音。接着，那人摔在地上，将克罗丁的手臂带着向下，也将他的剑带得脱了手。于是，手无寸铁的他抬头看着下一个冲过来的人。和刚才那个人一样，这个人也是直直冲过来，手里拿着长枪，表情也是同样的惊恐。此时去捡起尸体下面的剑已经太晚了，但他还是努力了一把。正当他觉得剑开始松动、就要抽出来的时候，对方的枪头已经到了眼前，距离近到以他那模糊的眼神也能看清，分辨出叶片般的枪刃在石头上打磨时留下的新鲜刻痕。他等待着长枪把他戳穿，在那漫长的一秒里，他想，不知道疼不疼。就在这时，列队站在他身边的那个人侧身过来，将长枪挡开，接着一剑刺中对方的胃部，让对方惨叫连连。克罗丁很感激这个战友——天哪，多亏顶着生锈大头盔的吉达斯·马斯克里昂，这个给整个行业丢脸的吝啬鬼——还没等他说出谢谢，另一个敌人已经在吉达斯·马斯克里昂的脸上横劈了一刀，将他的鼻子从鼻梁部位砍断。震惊和剧痛让吉达斯僵在那里，对方趁机将剑插进他的胸膛，结果了他的性命。

此时克罗丁已经将剑拔了出来，四处寻觅杀了他邻居的那个人，但不知怎么的，对方已经不在了。没时间仔细搜寻了，正前方又出现了一名敌人。那人跑了过来，却在接近的时候放慢脚步跨过尸体和垂死的人。在守城士兵的脚边，尸体和倒地不起的人越来越多。克罗丁看着那人，却见他仿佛忘了自己要做什么。他的眼中也有恐惧，但紧接着就开始权衡，思考着就这么冲过来是否可行。他站在那里犹豫了一阵子，两脚之间躺着一个垂死的人。那是一个又高又瘦的男孩，满脸胡茬儿，在锁子甲鼓鼓囊囊的袖子底下露出肌肉发达的精瘦胳膊。这个头脑清醒的小伙子意识到进攻已经失败，转身顺原路跑了。

"已经是第三次冲锋了。"队伍里的一名小队长说，"还是不行，没办法击退他们。"

"你为什么要发起冲锋？"特姆莱气喘吁吁，"让你的人躲开，我要用弓箭手清除这一片障碍。"

四轮齐射就搞定了一切（搭箭、瞄准、拉弓、保持、放箭），剩下几个还站着的顾不得队形，转身就逃。又清出了一段百来码长的距离。队伍向前推进时，特姆莱心里暗暗窝火，那名年轻队长所犯的错误导致己方多人丧命。但他没有继续追究，而是将精力集中在前方的道路上，绞尽脑汁地回想着城市的地形，思索前方是否有便于设下埋伏的地方，街道的分布如何，以及这条路的旁边是否有另一条平行街道，可供敌军从侧翼和后方包抄。每一次他的人倒下，他都恨不得亲自跑过去保护那个人，将他拖到危险区以外，万一他还有一口气，是不是救得回来？但形势的发展已经脱出了他的掌控，多愁善感和高贵品格对现在的他来说略显奢侈。尤其是，目前发生的一切都是他挑起的。就算他再怎么想往前冲，加入激烈的战斗，也不能这么做。

这话听起来像借口，但他很清楚，这就是事实。

敌人到底躲在什么地方？他们已经走过了三个广场，却连一支暗箭也没看到。除了停在那里的几辆马车以及偶尔看到的一两个商贩的摊子，他们没有遇到任何抵抗。这是一个陷阱吗？还是说对方仍然处在不清楚战况的阶段？又或者，他们故意让这个区陷落以便集中力量，在更有利的地点布下防线？他有地图，但不记得最后拿过地图的是谁了。再说，这些是他本就应该知道的。他转头看了一下，怒气冲冲地呵斥起来。尽管他再三叮嘱，但队伍仍然没有保持整齐的队形，右翼过于落后，中军太突出。天哪，如果对方在此时发起攻击……

沿着这条路下去，他喃喃自语道，经过出租马车的车房以及卖劣质羊肉馅饼的酒馆，应该就能到达皮带匠人行会对面。假设他们行进的速度和我估计的一样快，假设我没有在黑暗中错过一个转弯口，那么这里就是最合适的地点。

到了，但我们来得太早，必须等到他们在蜡烛制造区的拱门处遭遇到抵抗时再出来堵住后路。这样就可以前后夹击，让他们既没有转身的空间也没有机会使用弓箭。至少，理论上如此。

理论总是美好的。

他停下来，举起手，身后的队伍来了个紧急刹车。他慢慢地数到五十——为什么是五十？哎呀，什么数字都一样——然后放下手，沿着拐角转到主大道上。这里人头攒动。

从后面看，简直像是海军纪念日的大游行。要是远远地从前面眺望，那就是一个密密实实的楔形阵列，打头一群排着整齐的队列沿街行进，后面稀稀拉拉跟着一些提不起劲走快点，或是跟不上队友的人。已经是囊中之物了，他一边跑到前方随便挑了个人，一边喃喃自语道。

被他挑中的敌人还没反应过来，就已经倒下了。洛雷登跨过他的尸体，带着紧随其后的士兵一拥而上，将整条街道拦腰截断。冲到可以跟敌人交战的距离时，只有几个人来得及转过身来面对他们。之后就纯粹是辛苦的力气活了。他们像挖泥炭或者砍伐疯长的树丛一样，不停地转动肩膀，抡起胳膊。你几乎可以感觉到恐慌像涟漪般扩散，从被洛雷登截断退路、遭到彻底碾压的后军，一直传到排得密密实实的中军。队伍中间的人因为距离太近，只顾得上躲避前排士兵手中长矛尖锐的尾部。队伍的溃散过程有点像什么东西在太阳底下融化，从固体变成了液体。

众神啊，这确实是个陷阱，我上当了。特姆莱试图扭头看看这场灾难的边界，但后面人太多了，他只能看到密密麻麻的人头、肩膀以及一根根长矛。尽管看不到，但后面的人接连向前推搡，竭力想避开看不见的震荡，让他意识到了这场灾难对士兵们的冲击。他们似乎无路可逃，除非另一支队伍碰巧在附近，并且能奇迹般地从后面包抄埋伏在这里的城市军。在那一瞬间，特姆莱的脑海里出现了一幅荒诞无比的图像：主大道就像香肠皮，里面包裹着密密麻麻的人肉馅，一层是我们的人，一层是他们的人，层层交织在一起，后面的人从背后捅了前面的人，又被自己身后的人干掉，就这样相互残杀下去，直到只剩下敌军的最后排和我们的最前排，在堆积如山的尸体上做最后的决战。

有人捅了捅他的胳膊，他转头看去。

"……穿过那些房子，"那人说道，"把房子的墙壁砸开，那是砖木结构的。"

乍听起来像是胡说八道，但特姆莱忽然意识到那人说的有道理。大致正对着他、大道的左手边有一排荒废的小木屋。他记得之前听说过,这些木屋的荒废是人为的,木屋的主人以为这一片土地会很快繁荣起来,因此买下作为投资。如果他没记错的话,这排木屋的另一头是一条像弓身一样弯曲的长长的小巷,两头都通向仿若笔直弓弦的主大道。只要有足够的人推倒木屋的墙,他们就能穿到小巷中去。到时候战斗形势就会马上来个大转弯,甚至还有机会反过来包抄城市军。

"动手。"在一片喧闹声中,他提高嗓音大声命令,"召集的人越多越好。看在神明的份上,动作快点。"

没有工具,也没有机械,大部分人根本不知道自己在干什么,只知道用身体推挤木屋的墙。他们拼命踢开门窗,从那里爬过去,斧头深深砍在柔软的灰泥墙上。墙壁倒塌的时候,人群就像草原上受到雷声惊吓的马群一样,争先恐后地向前拥去。其中一些人——大概有十二个——被压了断垣残壁下。剩下的又推又挤,冲了过去,如同野草从石板地底下拼命钻出头。等部分兵力到了木屋的另一头,特姆莱这边的压力就大大减轻了,被堵在包围圈中的人终于有了出口。他身不由己地跟着人流从出口钻了过去,心里想着有多少人被留在身后,绝望地想要钻过墙洞。他们挤到这边来,却因为来不及而惨死在敌军的剑下。太多了,他想。然后他不再继续思考这个问题。因为无论死了多少人,对他来说都算太多,数学对他来讲就是这么简单。

亚历克修斯教长被大叫和奔跑的声音吵醒。一开始他以为这栋建筑着火了,但叫嚷的声音听起来不像那么回事。在纷杂的噪声中,他只勉强听得出几个词。

不管外面发生了什么,听上去都是紧急事件。依常理推断,他最好现在就起床穿上衣服,但不知为什么,亚历克修斯依然待在床上。他仍然没有从混乱的呼喊声中听出发生了什么事,而且刚醒来就犯了偏头痛。他闭上眼睛,想要再睡一会儿——

——他看到一个宽敞的长条形作坊,里面有一张长凳。他自己似乎身在作坊的昏暗的一头,不过靠门那边看起来非常明亮。在那里,有两个人正在将一张完成了一半的弓挂在一个钉在墙上的木桩上。年轻的那个还是个大男孩,用双手抓着弓,紧紧将它压在木桩上,而年长的那个(是巴达斯·洛雷登)在弓弦上挂了个钩子,钩子系在一根绳子上。他将绳子穿过一个滑轮,再挂到屋顶的横梁上,从横梁的另一端拉下来。然后他在长凳底下摸索着取出一块铅制配重。配重的侧面刻着数值。这玩意儿很重,洛雷登绷足了劲才将它从地上拿起来,用两只前臂托着放到绳子尾端,将绳子系在配重上。

"拿稳了。"他一边说,一边缓缓将手臂移开,让配重直接吊在绳子上。下沉的力道传递到滑轮,拉动弓弦,将整张弓拉弯了。亚历克修斯注意到,木桩下方的墙面上有几道刻痕。弓弦被拉起的顶点正好和其中一道刻痕齐平。

"配重六十磅,刻度二十四。"男孩看了看刻度说道。洛雷登点点头,解开配重,将它轻轻放下。

"弓腹部位还要再削掉一些。"他说,"把弓拿下来,放在夹具上,把小的刨刀拿过来给我。"

男孩照他的吩咐做了,然后问道:"为什么要削弓腹? 弓背的木头不是更厚一些吗? 为什么不削那里?"

刨刀的刀片有八寸长,两头有柄,柄与刀片垂直。洛雷登一边接过男孩递给他的刨刀,一边摇头。"你又忘了关于弓背与弓腹的基础知识了。"他说,"你最好背一遍给我听,顺便巩固一下知识点。"

男孩叹了口气。当洛雷登往一块平滑的褐色石头上吐了口唾沫,慢慢磨起刀片时,男孩背诵道:"弓背张、弓腹缩,"他说,"正是这比例恰当、达到平衡状态的一张一缩让弓有了一定强度。这个我知道。"他用委屈的语气说,"我刚才问的意思是,既然弓背很厚,为什么不将它削一点,和弓腹平衡呢?"

洛雷登头也不抬地再次摇头。"你忘了我教你的关于心材和边材的知识了?"他说。

"我没忘。"男孩说道,手里摆弄着一个山毛榉木槌,"弓背用边材制作,因为边材年份少,容易拉伸。弓腹使用心材,因为年份久一些,不易弯折,即使你将它紧紧压缩,也能回复原来的形状。"

"边材要薄,心材要厚。"洛雷登补充道,"因为压缩部位展开时产生的力量,比原先处于延展状态的材料忽然收缩更大,这才是关键。"他一边总结,一边用大拇指试探刀刃的锋利度,"这一点,你常常忘记。"

"因为这句话太长了。"男孩回答,"我不擅长记太啰唆的话。要是我知道这句话的意思,会更容易记下来。"

洛雷登笑了。"知道其中的含义确实有助于记忆。"他承认,"那么好吧,你就这么理解。想象特姆莱阁下——"

亚历克修斯看到男孩的脸色微微一变。

"——是边材,因为他很年轻。他教族人们做一些本来没有能力做到的事情。从某种意义上说,他提升了他们的能力,让他们拥有了力量。"

"我不喜欢这种说法。"男孩说。

"你不喜欢,说明它对你有好处。再说亚历克修斯教长,他是心材,因为他年纪大。当城市沦陷的时候,他被责任和重担压弯了腰。此时研修会将所有的力量集中在他一个人身上,成为他个人力量的源泉。这种力量比部落所拥有的要大得多。"

"啊,"男孩说,"我想我明白了。"

"不只如此,"洛雷登提醒他,"之所以不能单用边材或心材来制弓,是因为拉伸边材的力量同时是压迫心材的力量,边材的拉伸造成了心材的压缩。"

"现在我又听不懂了。"

"没关系。先学着,以后慢慢会理解的。没有心材的支撑,边材会因为拉伸过度而断裂。没有边材的限制,心材也会因为压缩过度而断裂。这就是为什么弓背要用边材制作,当你拉开弓的时候,它朝着外面,而心材在里面,正对着你。"

"我大概明白了。"男孩说,"我们是弓腹,他们是弓背。"

洛雷登点点头。"大致如此。"他说,"行了,这刀片算是磨好了。现在,让我们看看效果如何吧。"

——教长睁开了眼睛,因为有人打开了门,冲着他大喊。

"什么?"他嘟囔着,"大声点,我听不——"

"敌人来了,"门口的男孩重复道,"他们打进来了。有人打开了城门。蛮族正在占领城市。"

"哦,"亚历克修斯回答,"怪不得。"话音刚落,他就皱起了眉头,不知道自己为什么这么说,"我们该做些什么?"

男孩耸耸肩。"领唱人和图书馆员请求尽快和您见面。"他说,"好像是隐藏图书馆或者把书籍埋起来之类的事。"他紧张不安地挪动双脚,"您还需要我做什么吗,教长?我可以走了吗?"

亚历克修斯摇摇头。"不需要了,你走吧。"他说,"我是你的话,就赶紧回家,免得你妈妈担心得要死。"

男孩感激地点点头,把身后的门带上了。亚历克修斯再次被留在黑暗中。他坐起来,用脚趾摸索着拖鞋。接下来,他应该穿好衣服,去找领唱人和图书馆员,但那又有什么意义呢?整个城市即将沦陷,想挽救图书馆几乎毫无可能,那里有超过十万本藏书摆在长达几里的书架上。至于说要拯救他自己,更是白费力气。匆匆赶到港口,一路推推搡搡地挤上船,光是这份紧张感就足以让他送命了,和被弓箭射死或被浓烟熏死效果一样。要是他能帮忙组织大家有效撤离,他一定会尽力去做。但事实是,他的存在只会碍手碍脚。要是房间里有点亮光就好了,他可以利用这最后几个小时——也许是最后几分钟——欣赏一下天花板上那名副其实的马赛克壁画,借此集中注意力并陷入沉思。可惜没有,而且他也不想费力在黑暗中摸索他的火绒箱。噢,见鬼去吧,反正他从来就没喜欢过这幅画。

他的眼皮渐渐垂了下来,正要昏睡过去的时候,门忽然被打开,门外楼梯间的灯光洒了进来。来的不是男仆,甚至也不是双手各拿着一把血淋淋的刀子的草原战士。他认识这个人,只是不记得名字了……

"亚历克修斯教长?教长?打扰了,您在这里吗?"

他猛地睁大眼睛。"谁啊?"他叫道,"谁在哪里?"

灯光打在那人的脸上。"是我,文纳德。您记得吗,我们之前在……"

"对,对,当然记得。"亚历克修斯凝视着他,怀疑这是另一个梦境,"请进。"他补充道,"我能为你做什么?"在城市即将沦陷的关头,这种对话显得尤为突兀。但在这个静静等待死亡的夜晚,任何人来造访,他都相当欢迎。

"我妹妹,"文纳德说,"她,呃,她打发我来接您。"

"哦。"如果这是一个梦就合理多了,但显然不是。他能闻到灯笼里面灯油燃烧的气味,看到文纳德苍白的面孔。毫无疑问,此时此刻他人就在这里,他的表情于惊恐之外又添了一丝难为情,"她真是——太周到了。"

"她坚持让我来接您,"文纳德回答,"真的有点吓人,不知怎么的,她好像预见到了这一切。"他盯着亚历克修斯看了一会儿,"教长,"他说,"我很抱歉,不知这么问会不会显得无礼,或者违背了您的道德准则之类的,但我很不安。您说,她是不是个女巫?要不是我们第一次来城里时您说的那些话,还有现在发生的这一切,我永远也不会想到这上头去——"

她不是,但或许我知道谁是。"拜托,"亚历克修斯回答,"别问我。我最近对这个课题的研究表明,我对它几乎一无所知。"他用指关节揉揉眼睛,补充道,"说实在的,如果我们打算逃出城市的话,现在是不是该走了?我猜想这不是件容易的事。"

"什么?哦,天哪,是的,我们必须马上走。"文纳德刚要转身,又停了下来,"您……嗯,不会带太多行李吧?我只是觉得不应该带着沉重的包裹和袋子上路。"

亚历克修斯考虑了一会儿。"我不认为我需要带任何东西。"他说,"你能帮我把外套拿过来就够了。就在那里,椅子上。"

"不用带书之类的吗?"

他是指咒语书、魔法书、魔法用具、铜罐,或是藏有畜养的恶魔的陶灯之类的东西吧。"不用。"亚历克修斯确定地说,"我想带的东西很多,但没有一样是必要的。我都这把年纪了,能随性一点,你不觉得是好事吗?"

出发时亚历克修斯非常肯定,自己不可能活着走到中城的城门,更别提逃出城了。结果发现大街上异常安静。远处隐约有动静传来,但不像是痛苦的哀号,下城也没有火光冲天。从城门到港口的这段路是由他带路的。他希望自己二十年前的记忆没有出错,那条通向港口的小路现在还走得通。

"你是怎么过来的?我是指到我的住处。你是在城里乱起来之前到的,还是……"

"是的。"文纳德气喘吁吁,努力想要跟上教长,"我当时正在旅馆吃夜宵,一听到传出来的第一波流言,就赶紧直接过来了。其实,"他补充道,"我会把你独自留在码头——码头有一艘小船,会送你到我的货船上,假设这两艘船都没有被偷走的话——因为我要回去接另外一个人。或者说,至少要试一试。"文纳德几乎要哭了,当时他们正好经过一盏路灯,亚历克修斯注意到了他的脸色。他的表情像是在说,他深陷于别人制造的、本可以轻易避开的大麻烦。那是一种深感不公的绝望怒火,比普通的恐惧和愤怒都要糟糕。

"洛雷登?"亚历克修斯问。

他点点头,"双方正在激烈交战中,我该上哪儿去找那位将领?就算找到了,我又怎么说服他丢下一切跟我走呢……"

"我知道你一定会尽力的。"亚历克修斯带着肯定的语气对他说,似乎在鼓励小孩做一件虽然不怎么情愿,但对他大有好处的事一样。"我确定你能做到。"他真诚地补了一句。

在离港口不到四分之一里的地方,他们不得不离开小路,来到主十道,加入汹涌的人潮。这一段路走得很艰难,让亚历克修斯联想到过度疯狂的节庆活动、他年轻时经历过的学生暴动以及火灾引起的恐慌局面。只不过,这里的人实在是太多了,男女老少都有,你推我挤地向前走去。在街道两边,总有一些机会主义者不肯错过最后的良机,放肆地劫掠那些看起来略为高档的店面,而翻倒的车辆以及倒塌下来的货物给人流的行进造成了极大障碍。巫术,他喃喃自语道。有这么多人朝着他们挤压过来,但居然没有给他们造成任何伤害,甚至没有踩到他们的脚。他并没有确凿的证据,可以宣称这里有超自然力量在起作用。但是在挤挤挨挨的人群中,不管他们想要往哪儿走,那里总会出现可供行进和呼吸的空当。

"我没有把小船停在码头上。"文纳德用提高了音量的沙哑嗓音悄悄说道,"那么做简直是在邀请别人抢你的船。所以我让划船的人将船藏在防波堤旁的拱形桥洞下,这样就没人看得见了。要知道,我当时并没有料到会出现这样大规模的恐慌。"

凑巧的是，涌动的人群裹挟着他们直奔长长的防波堤。也不知是故意的还是不小心，有个傻瓜放了把火点着了其中一个仓库，火光经水面反射，提供了一定的能见度。"那里，"文纳德轻声说道，"哦，天哪，正如我担心的，有人想要抢着上船。快点。"

亚历克修斯看到离防波堤约十五码距离的水面上，停着一艘每边有六只桨的小艇。小艇周围，不少男人和女人正在水里游着，有些正在设法攀上船沿。划桨的人正在用船锚、桨翼，甚至脚上穿的木屐敲打着入侵者。文纳德一边叫一边挥手，其中一名水手恰好抬起头来看到了他，连忙知会自己的同伴。他们奋力甩掉攀在船沿上的人，划着小艇朝文纳德和亚历克修斯站着的地方过来了。

"接下来会比较麻烦，"文纳德嘟囔着说，"您没料到要游泳吧？"

"没有，确实没料到。"

"可惜。"有好几个人注意到正在接近的小艇，还有人拼命推搡，想要抢在前头。事实上，正是来自后面的推搡让文纳德和亚历克修斯意外落水，解决了所谓游泳的问题，同时又制造了另一个麻烦。

亚历克修斯感觉到水正在没过他的头。唉，怎么说呢，他想，尽管我知道是白费力气，但至少我试过了。接着他觉得有什么东西拽紧了他的胳膊，把他拖了起来，他开始移动（尽管人还在水下），隐约朝着小艇划过来的方向靠近。当然，既然他已经正式宣告死亡了，那可以彻底放松下来——

——嘴里咽下的第一口水忽然进了肺部，他惊慌失措，几乎是与此同时，他的头露出了水面，接触到了空气，有好几只手抓住他，将他往上拉。咚的一声，他摔在小艇的甲板上，有人挤压着他的胸口——要杀他吗？不，好像是在帮他把水从肺部排出去。整个过程令人相当不适，当他两眼一黑，陷入昏迷时，他一点也不觉得遗憾。

二十一

　　总督擦掉流进眼睛的血。他朝城墙下面桥头堡的方向扫了一眼，又抬头看了看之前洛雷登建的棱堡所在地。城墙两面都有大量敌军，每一支队伍的人数都大大超过他费力召集的十六号哨塔的兵力。

　　他完全可以宣称自己已经尽力了。在敌军人数占优的情况下，他率领守城的士兵以最少的伤亡为代价，打退了从两个方向同时发起的四次进攻。敌军伤亡惨重，但数字并没有什么特殊意义。攻城的士兵似乎仍在源源不断地往上拥，在这种情况下，他们死了多少人重要吗？

　　在评估完当前的局势，尽力做好准备后，总督查看了一下自己的伤势。结果并不乐观。一把斧头砍中了他头盔边缘的正上方，斧头没有把头盔砍穿，但被打凹的那一片金属锐利的边角把他的前额割了一道深深的口子。血从伤口涌出来，让他很难看清。一支箭近距离射中了他的肋骨，尽管被锁子甲挡了一下，但冲击力击碎了他一根肋骨——有可能是两根——让他每一次呼

458

吸都痛得要命。更糟糕的是,他偏在这时扭伤了踝骨。另外,一个比他强壮得多的敌人朝他挥剑,让他在格挡时拉伤了一块肌肉。他知道自己攻向敌军的那几招并没有造成什么伤害,但至少他还活着。

早在半个小时前,他就知道自己死定了。战败是一个渐进的过程。一开始你以为局势有可能好转;然后,你意识到战况不利,需要采取行动来挽回局面;接下来,你的关注点渐渐从"*他们明显占据优势*"变成"*如果我们使出什么奇招还是有可能赢的*"。之后,获救的可能性一个接一个地消失,直到某个时刻,你的脑子开始承认现实,这场战役只有一个结局。既然承认了失败,那么被征服的一方到底是英勇地战斗到最后一刻,还是麻木地站在那里接受屠杀,都无所谓了。继续战斗也许是为了复仇(或者,至少是报复),也许只是本能地觉得战死总比跪成一排,等着别人揪住头发,把你的头提起来,然后一刀割断喉咙要强。不过,即使到了最后关头,跳动的心脏和呼吸的肺仍然像一个善意的谎言,让你怀着微弱的希望,认为自己还有救。

敌军发起了第五次进攻。总督下令集结队伍,嗓音疲倦无比。在今夜之前,他压根儿就不相信人在战斗中会感到疲劳。他以为,层出不穷的兴奋和恐惧会冲淡胳膊和膝盖的疼痛,能够让你忘了呼吸的困难以及伤口和肢体损伤的痛楚。这么说吧,前四次也许是这样。第五次——也就是最后一次——就是另一种感觉了。也许当结局昭然若揭,身体就再也支撑不下去了。

为什么他们不用弓箭将我们一举清除?他疑惑地想。的确,夜色正浓,光线不足以看清远处,但肩并肩紧密地排在一起堵住过道,这么大的目标,一个弓箭手就算闭着眼睛也能射中。也许弓箭手被调到更需要他们的地方去了,也许箭用光了,也许他们的队长脑子不够灵活,或者是近身战的狂热爱好者。不管是哪一种原因,说真的,都没什么区别。

当敌人走近——对,是走,不是跑,让整个过程平静得略显诡异,几乎给人一种祥和的感觉——总督握紧了剑柄,向自己保证,他一定会尽最大的努力,抓住这最后的机会。自他长大成人,他一直在强调荣誉与奉献,就像毛皮商人贩卖毛皮、酒庄主人酿酒一样自然。从他嘴里吐出的术语都有特定的政治含义,他已经很久都没有思考过这些词语在世间所代表的真实意义了。现在,他终于有机会一窥究竟,可惜有点太晚了。奉献,就是在即使逃跑也没人阻止的时候,你选择留在队列里;荣誉,就是当所有让你死守的理由都消失不见以后,唯一能够说服你留下来的那个理由。

*啊,好吧,就这样吧。*一个人从黑暗中冒出来,戴着一顶皮帽,手臂一抖,一把长戟刺了过来。总督挥剑格挡,这才意识到那是一招假动作,但此时已经晚了。他背靠着墙垛瘫在那里,人还活着,只是因为太虚弱而无法动弹。那人继续向前,跨过他,准备迎战下一个挡路的人。那人不再关注总督的动静,因为他已经跟死人没什么两样,不再是一个需要考虑的因素。

这次大概撑不过去了。

我在想,如果……

我……

都会没事的。

太险了,再晚十分钟左右,敌人就会像赶羊入圈一样将他们驱赶到一起。就在此时,希斯莱的人赶到,发起反攻。(他们肯定已经扫清了城墙,否则不可能出现在这儿。)也许不能算最后关头,但也很接近了。现在,敌军开始撤退。他们以较小的伤亡人数给我们造成了重创,但这不重要,重要的是,我们把他们逼退了。事实上,这相当于承认他们无力守住下城面向陆地方向的城墙。也就是说,随着希斯莱的人控制了城墙,除了码头,城市所有的出口都被封锁了。而能够通过码头逃出城市的人,将受到船只数量以及舱位数量的严格限制。其他人无路可逃,只能往山上跑。战况进展得不错。

特姆莱将一根布条绕着胳膊缠了一圈,包扎胳膊上的伤口,最后用牙齿帮忙打了个结。这不过是道划痕,不算严重。挤在人群里穿过墙洞的时候,一面受损盾牌的锐利边缘划过了他的胳膊。所幸,他目前还没有和敌人面对面交锋过。

"好,"他提高嗓音,让大家都可以听到他说话,"现在,各队队长到我这里来。队长们,你们有五分钟时间收拾自己,然后我们就出发。有人看到波萨岱吗?没人?哦,好吧。这样的话,你们两个负责箭的供应。组织几个小队尽量去收集一下,然后送过来。"

这次的队长会议开得简明扼要。现在,最艰苦的阶段已经过去了,收尾的时候就快到了。事实上,等马车夫回到营地,装满补给再折回来的时候,时间刚刚好。之后,一切就会结束了。

洛雷登往前踏出一步,将重心移到前脚,一剑刺了过去。他的对手失去平衡,空有技巧却无法展开有效的防守。剑尖刺入喉咙和锁骨的间隙处七寸有余,那人从剑尖上滑下,倒地不起,为下一个对手让了路。

杀人倒是杀得不错,但我们要输了。敌人不是三三两两过来的,而是源源不断。一个倒下了,后面以及两边都有人可以立马补上。洛雷登不再直刺,改成砍削。这样做减少了剑尖被卡住的机会,而且他只要这些人受伤,不需要他们倒下。站着的敌人可以挡住后面的人海,而制造更多的尸体只会阻挡他自己的去路,让他在行动时失去平衡。在混战中,技巧与精准度都不重要,只需用腿用力一蹬,保持快捷的出剑速度,在接近对方身体的时候出剑,越近越好,这样对方进行有效格挡的难度更大。如果有可能,重重地击打他们的脸部和颈部,也是最能让对方感到疼痛,继而心生恐惧的招数。

忽然，他毫无来由地把头一低。一把战斧从弯着的脖子上方掠过。要是刚才没低头，整个下巴就会被削掉。他判断了一下使斧头的人的位置，朝着那个地方刺出一剑，同时单膝下跪，以防对方有同伴掩护。剑尖刺中了什么，他猛地向左扭动手腕，将剑拔了出来，然后敏捷地躲开一把长枪。他又一次被落在了后面，这对他完全没好处。他从跪姿迅速弹起来，往后跃起，赌落地的时候不会踩到什么，结果还真赌对了。在安全落地的同时，他再次挥剑，砍在一顶头盔上，手被震得生疼。

看来只好往山上撤退了。一旦他们走上了这条路，结局就已经注定。就算他们设法撤往中城，紧闭城门并在城墙上布防，彻底战败也不过是时间问题。他们不过是被敌人驱赶到一个空间更小、形势更不利的地方圈起来，既缺乏供给，也不会有解围的希望。守住中城，最好结果不过是谈判一个稍微过得去的投降条款。

去他的，洛雷登心想，**既然我已经尽力了，那就看看还有没有机会逃到港口，离开这里。**

这事说起来容易，却很难实现。这不是一个他想走就能走的游戏，必须杀出重围，绕到山背后去。很有可能现在离开已经太晚了，那样的话，还不如把剑放下，乖乖引颈就戮。然而，这么做就相当于放弃一场决斗，与他在律师一行从业十年锻炼出来的本能相抵触，完全不符合他的本性。

仓促之间，他只能想到一个办法，如果这个法子行不通，那他就完了。但反过来说，这表明他并没有绝望到无路可走。于是他使出浑身力气，胡乱挥剑，横扫周围的一切。剑很自然地砍中了什么，被他削去半边脸的人惊慌失措、跌跌撞撞地向前冲去。洛雷登双膝着地，跪了下来，他的脸离地上那层尸体以及垂死的人只有几寸的距离。他和其中一个人的视线相交——是他刚才砍伤的那个吗？很有可能，无法确定，不过这问题重要吗？——那人还剩最后一口气。他眼睛张得大大的，目光惊恐，嘴唇翕动着却发不出声音，似乎正在揭示死亡的终极秘密。洛雷登从他身上爬过去，先是把手搁在他脸上，然后是膝盖，接着继续往前，在死者和垂死者之间挪动着。

——巴达斯，你的做法是对伤者的侮辱。孤独地躺在地上，在惊吓和疼痛中面对终极恐惧已经够糟了，一个麻木不仁的陌生人将膝盖跪在你的脸上爬过去更是雪上加霜——

——感觉过了好几个小时，不断有挪动的脚和膝盖踢着他，撞在他身上，跨过他的脑袋，踩在他张开的手指上。尽管如此，他必须忍耐。只要没人低头看，只要大家都把他当成一个不慎踩到的垂死挣扎的人，他就有机会逃离这里。

他一直忍到身上有脚踩过，但周围没有更多倒下的尸体时，才决定站起来。他立刻看到一个部落士兵和他面对面站着。那是一个年纪大约十六岁的孩子，正惊恐地瞪着洛雷登，那表情就像刚刚和一个新掘坟墓的居住者握过手似的。洛雷登膝盖一顶，撞在他的大腿根上，然后继续往旁边，从另外两名士兵中间挤过去——

——然后撒腿就跑，离战场越远越好。没有人转头看他，更不用说来追赶他了。他停下来大口喘气，然后急忙小跑几步，躲到一个拱门下。

也许我能逃出生天。不过现在下结论还太早。不管怎么说，下一步就简单了。

他躲在拱门后面看向黑暗的街区。那里有一条小巷。小巷绕过一座破败的水果仓库，出口正对着磨针作坊的中庭。从那里向右转，经过钻头制造区，继续往前有一家酒吧，酒吧里有一个不幸长着一双眯缝眼的女招待。此时左转，沿着刨木机工匠区的拱廊一直走到和制绳大街交会的路口。沿着左边的窄巷一路走下去，就能从海关房后面出来。

在黑暗中走了不到二十码,他的脚就绊到了什么东西,一跤摔倒。他侧身着地,将膝盖曲起,撑着墙面一推,借力迅速站了起来,同时摆出经典的双手握剑防守姿势。这时,把他绊倒的东西忽然呻吟起来。

他有几个选择:要么杀了他以免他追上来,要么别管他,要么就过去查看一下。他正在犹豫,那东西又哼了一声。啊,见鬼,洛雷登低声咒骂。

"谁在那里?"他说。

没人回答,只有呻吟。也不知是被什么冲昏了头脑,他居然还剑入鞘,弯下腰,伸手摸索起来。他的手摸到了一张光滑柔软的脸,是一个女孩,或者一个小男孩。

"你怎么了?"他悄声问道。

"箭。"那个声音回答。

"你能站起来吗?"

对方呻吟了一声。洛雷登叹了口气。他现在最不想碰到的就是这类麻烦。

"你不说话,我就当你能站起来了。"他说,"快点。"

他摸索着将他的胳膊搭在自己肩膀上,然后挺直背部和膝盖,扶他站了起来。他不算太重,从触感上几乎可以确定是个女孩,也许这就是他做出这种极度鲁莽的举动的原因之一吧。

"现在迈步。"他说,"拜托了,如果你不走,我只能把你扔在这里。"

"我试试,"她说,"很难。"

"那当然,"他说,"要是容易,大家就都能做到了,那又有什么意义呢?好了,我已经扶住你了,试试看你能不能抓紧我。"

"不行。"

"好吧,你就尽管闹别扭吧。我可警告你——"

"不行,"女孩重复道,"没有手指。"

"什么？"

"没有手指——"

没有手指，没有手指。在这个城市里，他还认识哪个年轻、瘦削、没有手指的女孩？

看在老天的份上——

高戈斯·洛雷登跪在通向一溜商铺的台阶后面，等外面的人走光。那里有十二个人——也就是说，人太多了——还有一辆车。他考虑过跳到车上去，寄希望于在黑暗中不会被那些人觉察到。不，还是算了吧，总觉得今天运气不怎么样。他倒是注意到那辆车上高高地堆着很多桶。

令他感到非常恼火的是，那伙人就停在离他大约十码的地方。这个距离近到足以认出这些人来自草原部落。护卫队就着挂在马车一角摇来晃去的灯笼点燃了火把，开始检查周围环境。现在高戈斯真的开始紧张了，他决定冒险逃跑，希望他们会因为太忙而放弃追击。这时，护卫队停了下来，不再用手中的武器捅来捅去。他们两人一组，开始将车上的桶卸下来。

直接冲出去，撒腿就跑——这个主意仍然很有诱惑力。是的，车夫的座位上确实坐着一名弓箭手，手里也的确拿着一张弓，甚至连箭都已经搭在弦上了。但按常理来说，这名弓箭手的首要任务应当是防御。在能见度不高的情况下胡乱射击，将宝贵的箭浪费在逃跑的平民百姓身上，这么做有什么好处呢？他决定数到五，然后就冲出去。

正当他数到四的时候，两名草原人将他们卸下来的桶滚到一家商铺的门口，商铺里面忽然冲出来两个孩子。一个男孩，一个女孩，大致年龄分别是六岁和十岁。他们靠着本能的常识朝两个不同的方向跑去，但那名弓箭手在自己的座位上转了个身，瞄准女孩，在大约二十码外一箭射穿她的后腰。接着,他动作流畅地抽出另一支箭搭在弦上,在接近五十码处一箭正中正要跑入一条安全小巷的男孩的颈部。而那巷子正是刚才高戈斯打算逃跑的方向。高戈斯回头看看那辆车,那弓箭手已经将另一支箭搭在弦上,正在四处寻找下一个目标。他的一个同伙小声嘟囔了一句:"真准!"其他人似乎习以为常,若无其事地继续干活。

现在,逃跑成了不合时宜的选项。高戈斯暗暗咒骂着。时间正在一点点流逝,他还有一堆事要做,还有很长的路要走。他也大致猜到了桶里装的是什么,如果他没猜错的话,他很快就要遇到另外一个大麻烦了。

离他最近的两个人在距他的藏身处不到十码的地方放下一个桶,这个情况让正在犹豫下一步计划的他拿定了主意。成功的希望仍然很渺茫,而且他也不喜欢自己接下来要做的事,但现在他的决心比专门做这种事的人还要坚定。不管怎么说,在极个别的情况下,逗英雄反而是最安全、最合理的举动。他悄悄蹲下,尽量保持安静,从箭筒里抽出一支箭(该死,只剩三支了)。因为空间局促,他只能斜斜将弓伸出去,脑袋也相应地歪着,搭箭、拉弓、保持、放箭。

即使在光线不足的情况下,这一箭也没什么难度,何况高戈斯本人还是个相当高明的弓箭手。尽管如此,当他把箭射出去以后,听到锥形箭头进入人体发出那种独特的噗的一声时,他还是忍不住松了口气。被射中的草原人朝一侧翻出车外,跌倒在地。

高戈斯一边起身,一边将另一支箭搭在弦上。他有点慌乱,还跟跄了一下,那是僵硬的大腿因他毫无预警地突然站起而提出的抗议。除他之外,只有一个人看到了事情的经过,但当他看到射过来的箭,正准备出声示警时,高戈斯迅速跑向车子。他跑得很快,以至于最后他离车子的距离比任何草原人都近。

跳上车夫的座位时,他听见几声吆喝以及金属摩擦的声音。他扔下弓,抓起长柄鞭的把手。不用说,拉车的是骡子,它们不合作的概率高于三分之一,要是碰上就尴尬了。然而,他的运气及时地回来了。就在骡子大踏步往前跑的时候,一个草原人抓住了后挡板,将自己挂在骡车后面。高戈斯没有离开座位,直接转身,用鞭子狠狠抽向他的背部。鞭子打空了,但恰在此时,几只桶从车上滚下来,滚过后挡板,将吊在车后的那个人撞了下去。另一个草原人抓住车篷的一根撑杆,跟着骡车跑动起来。高戈斯等他跳到跑动的骡车上,自己将头放低,再一脚将他踹下去。从声音以及车子震动的感觉可以判断出,这家伙被左侧的车轮碾了一下。**活该,谁叫他这么努力?**

他以为后面还有更多麻烦,然而没有。转眼之间,他已经转过街角,顺利逃脱了。草原人没有继续追击,他猜想这些人索性放弃了骡车,就当多了个教训,然后继续埋头工作去了。他听到身后有噼里啪啦的声音传来,感受到四周紊乱的气流,冲天而起的红色火焰撞进他的眼角,这证实了他的猜想。同样的情景不断上演,直到他跑得够远。

这么说,他终于实验出了正确的配方,高戈斯心想。作为一个视车轮为最大科技成就的民族中的一员,他确实了不起。

他驾着骡车继续往前(往西北方向驾车下坡,只要路足够宽,允许骡车通过,就一直走下去)。一路上他多次听到同样的声音,看到同样的火焰。他很庆幸自己弄到了一辆草原人的车子。他从一开始就将死去的弓箭手的帽子戴在了自己头上,因此路上遇到的骡车队和士兵都没有注意到他。不用说,这些人全都是草原人。恐慌、大火加上敌军士兵,把整个街区所有的活物都消灭了。这个合情合理的推论让他自信起来,不再留意周围的动静。结果,在经过一条狭窄的小巷时,他没看到有个人从巷子里悄悄溜了出来。等他察觉时,那人已经跳上车子,将他推了下去,自己抓起了缰绳。

他摔得很惨，肩膀被撞得生疼，剩下的两支箭都撞断了。但他没时间理会身体的痛处。事实上，袭击他的人忽然收紧缰绳，将车子停了下来。他只来得及翻上后挡板，伏下身子，躲在那人看不见的地方。

*都是巴达斯·洛雷登的错，*他忍不住想，*为了照顾他，我落得这样的下场。*这么说并不公平，他自己也知道。实话实说吧，这全是他自己的错，而他一向是个勇于承担责任的人。

说起来，和陌生人打斗、四处逃窜这样的事……我可是在国际银行界颇受人尊敬的一员呢。

那个身份不明的偷车贼从车上跳下来，回到他刚才出现的那条巷子。高戈斯笑了。这位打他闷棍的伙计可真是头脑简单、四肢发达。他悄悄地往前挪，坐到车夫的位置上，拿起缰绳。

等等——

刚才那个人下车的方式看起来很熟悉。他想起了另外一辆车，一辆动起来就咯吱作响的老旧干草车，前轴都被压弯了。克利法斯、佐纳拉斯、姐姐还有他自己在下面用叉子把干草挑起来，父亲和巴达斯在车上接着，把它们堆在车上压紧实，直到远远超过这辆车原本的承载量，这样他们就可以少跑一趟——

"巴达斯？"他叫了起来，"是你吗？"

那人爬上骡车，正准备翻到移动车厢上大打出手，听到叫声，猛地顿住脚步，就像撞上了一堵墙。

"高戈斯？"

他咧嘴笑了起来。他的笑容是如此灿烂，以至于露出来的牙齿在街道另一边的火光映照下闪闪发光。"哎呀，运气真好。"他说，"我正在找你。"

"高戈斯？"

"嘿,别光站在那里,到这该死的车上来。"

巴达斯·洛雷登备受打击。他看起来就像一个被刺穿的谷物袋,当谷粒物倾泻到地上后,整个袋子都瘪了。他可以想出应对一切困难的办法,就连在一个伸手不见五指的漆黑小巷里不小心被他的前学员、他的死敌绊倒这种意外都能接受。但眼前的情况难办了,尤其是在发生了那么多事以后。他早该想到,头痛已经是一个相当明显的信号,同样可疑的是他一路逃到这里的幸运程度。

他真希望他没那么幸运。打个比方,一条鱼忽然遇到一只浮在水面上一动不动的大肥虫,一口吞下去才发现嘴唇被钩住了。它当然会改变主意,不再觉得自己交了好运。

"巴达斯,"车上的人说,"我们没时间了。快点坐上来,趁现在还有机会逃出去,得赶快走。"

巴达斯几乎已经拿定了主意,忽然想起身后的小巷里躺着流血的女孩。他闭上眼睛,无声地咒骂了一句。高戈斯的信里提到一艘船,那艘船可以带着女孩逃出去。但前提是她能活下来,高戈斯能顺利穿过城区,他也确实有一艘船等在港口(类似的变数还有一打)。他又一次没有选择。如果能自己做主,哪怕只有一次,该是多么美好的事啊。也许以后吧。

"你真的有一艘船?"他说,"不骗人?"

"如果还没被抢走的话。你现在多耽搁一分钟,就多了一分不确定。"

"好吧。"他说,"后面那条小巷子里有一个受伤很重的女孩。我们一起把她扶到车上,然后你负责带她逃出去。明白了吗?"

"一定要这么做吗?无意冒犯,巴达斯,你觉得现在是干这种事的时候吗?"

任何代价,我愿意付出任何代价,只要能够让他尝到苦头。要是能一拳打在他脸上，听到他骨头断裂的声音，那该多痛快啊。可惜我不能。"闭嘴，"他说，"到这里来。"

幸运的是，他身后高高的建筑投下阴影，让他无法看清高戈斯的脸。否则他肯定会忍不住。事实上，当他抬着女孩的肩膀时，他只能看到一个模糊的男人的身影抬着女孩的双脚。他们跟跟跄跄地走到后挡板处，将女孩送进车厢里。这时，女孩的脸被灯火照亮了。

"天哪，巴达斯，这不是真的吧。"

"什么？"

"我正好也在找她。"他抬起头，灯光也照亮了他的脸，"当然，你不知道她是谁，对吗？巴达斯，这是你的外甥女。"

不。他在说什么？难道这事没完了吗？

"你知道的，我没有开玩笑。"高戈斯说，"这是你的外甥女，伊苏斯。尼莎的女儿。"

巴达斯一步步后退，踩进了地上的一个坑，身子摇晃了几下，一屁股摔在地上，震得脊椎骨生疼。"很抱歉这么告诉你，"高戈斯还在继续说，"显然，发生了这么多糟心事，突然听到这个肯定会震惊的。但我们没时间了，巴达斯。要是你想发脾气，等我们到了该死的船上再发好吗？"

巴达斯·洛雷登摇摇头，这是他唯一能动的部位。"我不会跟你上船的，高戈斯。我要留在这里被杀掉，就为了不让你称心如意。现在快滚吧，你和你的……"

"外甥女。"高戈斯说，"你也必须上来，否则我就把你扛起来带走。"

巴达斯微笑起来，或者说，至少他咧开了嘴，露出了牙齿。"你得先抓到我再说。"他说完，转身就跑。

他才跑了十五码左右，一块石头从天而降。

　　站在中城的城门楼上，郡尉大人能够看到壮观的火势，这里也许是全城最好的观景台。不管形势如何，这种壮观的景象本身还是值得赞叹的。红色的火光摇曳着、闪烁着，那种全然无情的壮丽让人窒息。有一件事很肯定：世上没有第二个活着的人看到过如此震撼的景象了。

　　下城的火灾是佩里美狄亚历任掌权人挥之不去的噩梦。道理很简单，那里一旦起火就无法扑灭。那就是一个随时会着火的柴火堆。一旦燃烧，火势的蔓延比奔跑的人还要快，沿着垂在窄小街道上的茅檐，从一个屋顶蹿到另一个屋顶。在烧到油铺、沥青的作坊、烧酒坊、硫黄库、粮仓，布料仓库、木材场的瞬间，火光冲天而起，火势迅速壮大。似乎城市里的人刻意安排了一连串的易燃材料，让一串信号灯照亮整个国家。

　　最关键的时刻已经错过了，除了让它自己烧完，人们什么都做不了。传说，正因为下城有频繁火灾的风险，人们才建造了中城。用一道高墙隔离火焰，将关键建筑保护起来，比如重要人物的宅邸、研修会的藏书楼、保存至关重要的文档的办公室，等等。即使火油能将火势扩大到前所未有的程度，将整个下城变成人间地狱，这道墙依然会再次发挥作用。郡尉分不清自己的心情是喜还是悲。因为，这就意味着即使放火烧了下城，敌人还是能够将完好无损的中城据为己有——当然，还有上城以及它那装点得富丽堂皇却空无一人的宫殿。佩里美狄亚最美好的部分，它的美丽与富饶会流传下去，而佩里美狄亚人却只能灰飞烟灭。

　　两个钟头前，敌人开始撞击中城的城门。他们拆毁了公众集资新建的壮观的城市水磨坊，用它的驱动杆现造了一个效率很高的攻城槌。城里人辛辛苦苦花了三年时间才找到一根树干够长够粗、可以用来当驱动杆的树，还给万恶的思科纳商团支付了一笔天价，特别定制一艘船来运送它。为了将它运过来,就连主大道也被(破坏性地)拓宽,再加上特制马车、特制起吊机——耗费的精力和财力能让人目瞪口呆。然而,郡尉那擅长行政管理的脑子却对敌人仅凭人力就轻易将驱动杆拆下来、运到山上并撞向城门的效率惊叹不已。城门在巨大的攻城槌撞击下如纸窗户一般被捅破了。

下方传来的呼喝声告诉他,敌人又开始进攻了。敌军的第一次进攻将他们赶进一小段城墙,从城门往两个方向算各有四个塔楼。第二次进攻失败了,城市军不仅打退了敌人,收回五个塔楼,还给敌军造成了重大伤亡。第三次——呃,他们以不到百人的损失让敌方付出千人以上的代价,但同时也被逼得撤退到城门楼两侧五十码的地段,这就是佩里美狄亚政府能掌控的仅存的领地。这是个十五步就能走到头的地方,目前由郡尉独自掌管。

墙头上,左右两边都有敌人列队逼近。郡尉注意到他们的队列里出现了些奇怪的装备。他意识到对方不知从哪里将老式的弓箭手盾牌挖了出来。这种可以给两名弓箭手提供防御、用柳条编织的巨大盾牌在至少二十年前就被弃置了,但现在依然能发挥作用。就像在射靶子上一样,城市弓箭手本来就所剩无几的箭全都卡在了柳条间。敌军士兵稳步推进。而城墙下——

下方的敌军似乎正在设置扭力投石机——啊,对了,为了填补城墙上的空缺,他下令调来两台石弩,原定于明天下午用起吊机将它们安放在城墙上。现在便宜了敌人,而他们似乎正在把中型尺寸的桶往吊兜上装……郡尉点点头,他解开了谜题。那些桶里装的显然是火油。使用火弹确实有点危险(万一有一发打得太近,城墙上的建筑就会即刻被焚毁),但从战略角度来看,不失为一个快捷、彻底、省事的方式。

郡尉留恋地看了城市最后一眼。从他站立的高处,可以看到码头——尽管相隔很远,但还是能清楚看到,通向港口区的每一条大街小巷都有密集的人潮拥向码头,几乎将码头区塞满。全城的人肯定都在往码头跑,以争取一线生机。一阵微风吹过,为已经在往港口蔓延的火势增添了助力。火已经烧到了逃难人群的边缘,人群被夹在火与水之间,随着火势蔓延而挤得越来越紧。光是想到这样的惨状,他就觉得自己宁可死在城墙上,至少这种死法相对而言要安详些、平静些。

第一发火弹打得很失败。在往上飞的过程中火油漏光了,空桶砸在最高的城垛上,没有造成任何损伤——不过是相对而言。城头上有不少人,包括郡尉自己,都被火油浇个正着,等到下一发火弹真正发挥威力的时候,场面就太精彩了。

第二桶火油没出岔子,工程师们目瞪口呆地看着守军的胡子和头发忽然冒出火焰,从令人窒息的烟雾以及炙热无比的塔楼里冲出来,直接冲向一直躲在盾牌后的弓箭手齐齐射出的箭雨中。

"结束了。"尘埃落定之后,一名队长汇报道,"之后怎么办?"

安纳凯叔叔活了这么久,从来没见过如此惊心动魄的场面。他将特姆莱的命令传给了这名小队长,声音里带着一丝遗憾。"将这里能烧的全烧了。"他说,"但要等我们过了上面那道城门才开始——那里叫什么?上城?管他的。你们过去应该用不了多久,那里显然没有驻军。这样吧,先烧上城,然后再烧掉这里。然后嘛,"他平静地补充道,"在火势蔓延过来之前,带着你的人到这道城墙上来,除非你们也想被点蜡烛。"

洛雷登醒来的时候,发现自己正躺在移动的骡车里。有那么一瞬间,他以为自己身在别处(也许是在做梦),然后,刚才发生的一切突然清楚地涌入脑中。

他转过头,看到高戈斯的背影映衬着红得吓人的天空。他感到有什么东西垫在他的左腿下，是那个半死不活的女孩，据说是他的外甥女。用不着特意查看就知道，她还活着。她这样的人就跟蟑螂一样，而且纯出天然，人憎鬼厌。狠揍、切掉手指、用箭射、当成干草捆拖拽……怎么折腾都弄不死。他们总有办法死里逃生，着实令人头疼。洛雷登想，也许这就是为什么害虫满地都是，而自己这样的人却很少吧。

高戈斯紧盯着前面的路，没有关注他。一栋正在燃烧的房子开始向街面坍塌。一排部落士兵完成了任务，正朝着一架外观相似的骡车集合，准备撤离。剩下的工作就交给大火了。高戈斯的如意算盘就是混在敌军的车队里悄悄出城。操，这颗脑袋真他妈的聪明。出城之后，他打算直接溜走，找到一条小船或者木筏，去和他的大船会合。整个计划里最让人无法忍受的是，*我怎么就想不出这样的好点子？*

去他的吧。洛雷登小心地埋着头，沿着马车的边缘慢慢后退，直到双脚悬吊在打开的后挡板上。接着他用手掌推了一把，脸朝下摔在坚硬的地上。

你这么聪明，还不是逮不到我，他一边想一边努力撑起身来，凭着不知哪里来的力气，跌跌撞撞地走了几步。低头躲在拱门的柱子后面时，他一眼看到哥哥脑袋的轮廓映在火红的背景上，似乎整个头都在发光。如果这是他最后一次看见高戈斯·洛雷登，那真该高兴一下。

剩下的人生是你自己的了。城市已经陷落，因此他无须继续承担对城市的责任。逃出生天的概率微乎其微，于是他也就此摆脱了对家庭的责任。艾希莉在安全的地方。亚历克修斯——唉，要是他当初能做点什么，试着去救救他该有多好，现在老人一定已经死了。在最后半个小时左右的时间里，他可以想做什么就做什么，不需要讨好任何人。只要他愿意，完全可以冲向他遇上的第一支敌军分队然后战死；也可以踢开一家酒吧的大门，迅速喝个大醉；又或者是盘腿坐在大街上冥想一番。掷个骰子决定做什么也不错。

或者，他可以想办法逃出去。

当然，这是痴心妄想。他没有机会，一丁点也没有。不过，反正他已经接受了死亡这回事（而且相当平静），为什么不试试逃出去呢？这是一个颇为刺激的智力挑战。他决定试一次。

撇开他的兄弟高戈斯不谈，他想出的点子还不错。眼下码头已经去不成了。身上着了火的人们纷纷跳进海里淹死，这可不是度过最后时刻的好地方。但如果他能折回特罗弗桥，有可能的话再找一匹马，一旦安全过了河，就可以去任何地方了。不管是往西、往东还是往南都行，而如果能搭上一条船，他还可以往北——

（可惜没钱，该死。要是路上能捡到钱，我一定要拿上，可以买吃的、买衣服、付船费。）

——其实，只要能离开这里，去哪儿都成。讨厌他的人确实不少，但肯定也没有谁非要抓到他不可。他仍然是自由的，想做什么都行。这想法非常吸引人，就算为了这个也值得保住性命。

当然，这一切都取决于他能否安全到达桥边，并想法子过河。本能敦促他尽快行动。他仔细分析了这种冲动，找到了理性的解释：特姆莱的下一个合理举动应该是让手下全部撤出城市，拉起吊桥，让城里烧个干净。这样的话，他就必须赶在吊桥升起之前加紧步伐。

走小路可能更快，但是路已经走不通了，熊熊大火正从小巷的两面高墙里蔓延出来。因此他最好选择宽阔的大街。事实上，制绳街应该是最好的出城口。那条路恐怕是整个城市最接近天然防火道的地方。的确，在和平时期，街道两旁的仓库里装满了易燃物，但自从名誉扫地的洛雷登上校将所有绳索一举买走，仓库的存储量远低于以往。洛雷登不禁想到商人文纳德和他的绳索。除了在生意上锱铢必较以外，那个人几乎可以说是无忧无虑。能成为这样的人也不错。

从这里到制绳街，如果不走小路，就得沿着这条路一直走到制陶区，然后顺着弓匠大道折回山上，到达管道匠人的居住地，然后沿下山的岔路穿过编织袋区。这一路都是宽阔的街道，绕了一大圈。跑起来可能会快些，但容易引起注意，他决定快步走。

一路顺利。他穿过管道匠人居住地的拱门，转个弯进入中心广场，突然遇上了一场发生在最后关头的战斗。由管道工匠组成的连队为了保卫家园和亲人，正在和敌人拼死战斗。可惜他没时间……

他走进战场——不夸张地说，是直接穿过了混战的人群。他在拐弯处撞上一个手执长矛的人，正被徒有狂热却毫无技巧、挥着战斧的对手逼得节节后退。洛雷登想从旁边绕过去，但长矛兵因为这一撞分了心，被对手乘虚而入。这个人是城市一方的。可惜了，还有点尴尬。

草原人将战斧连带上面的尖刺从对方的伤口中抽出来，洛雷登后退一步，拔出剑防备着。那蠢货犯了个错误，居然朝他发起了进攻。洛雷登往右一靠，将劈过来的战斧拨到了左边，同时双手倒转，左肘抬高。这姿势让他既可以反击，又不给对方留下格挡的时间和空间，真是完美。他的对手像一件中空的大衣一样颓然倒下。但他来不及趁机溜掉，另一个人就从黑暗中冲出来，举着一把巨大的双手剑——显然是抢来的，不是这人的惯用武器。他没有遵从双手剑正确的剑法，而是当成伐木斧头挥舞着。非常愚蠢的错误。他双臂高举，胸口门户大开，洛雷登往前一步，直接将古朗剑刺了进去。在对方倒地之前，手腕轻巧而迅速地一转，将剑抽了回来，随即举剑挡住从左边劈来的一斧头。在大约同一时间，他往右几步，避开了从正前方刺过来的长枪。此时的位置让他可以轻易躲到拿斧头那人的右手边，拿他当盾牌挡住长枪。于是他膝盖一顶，将那人打得毫无还手之力，然后借着他的遮挡刺向前方的长枪兵，转手回剑，从上到下画了个圈，在使斧头的人后颈上划出一道口子，结果了他。易如反掌，洛雷登心头涌上一股淡淡的厌恶，话说回来，这帮可怜的家伙，他们从来没有我的优势。

不到五码外，一个部落战士正提着一个市民的胳膊，旁边两个草原人用长矛捅着他。洛雷登头脑一热，灵巧地从那两人背后上前，连续挥出两剑杀了他们。剩下的那个草原人试图把垂死的佩里美狄亚人当作盾牌，但他比身前的伤者高一个头——准确地说，是在他倒下之前。干掉他以后，洛雷登弯下腰看了看这个市民，发现已经救不活了，刚才所做的一切都是白费时间。

从拱门到通向制绳街的柱廊之间没有其他人挡路。柱廊本身是个大问题，茅草屋顶已经在燃烧，洛雷登赶在它倒塌之前飞快穿了过去。好了，他已经到了宽阔的街上，没有被火烧着的危险，而且有大把可供逃跑的空地，不用跟人死战。制绳工匠在这里用缆绳编织了一道虽然无用、却很精巧的屏障，他不得不砍断绳子钻过去。这时，有个义愤填膺的市民从街边上方一扇窗户后头射了一箭，肯定是把他当成草原人了。箭射偏了。等等，他是我们的人，另外一个人喊道。洛雷登继续往前走，去纠正他的话既危险又毫无意义。再说，他又不知道我已经不是"我们的人"，而是"我自己的人"了。

制绳街的插曲很快就过了。他离开宽阔的大路，穿过拱门，进入调香师居住区的广场，在这里又遇到了麻烦。这个区存放着大量的蒸馏酒精和芳香油，不宜久留。几乎在洛雷登到达的同时，火势也蔓延了过来。火球从广场四周的建筑中同时冒起来，储存酒精和芳香油的瓶子炸裂后，碎片在空中四处飞溅，发出嗖嗖声。他顺利逃出火海，但是身上多了几道划痕，大腿处嵌了一小块瓶子碎片。他弯腰钻过拱门的废墟，发现自己迎面碰上了一队草原人，他们正抓紧最后一点时间，在珍珠打孔商铺的中庭大肆劫掠。

又得耽误一阵子。他一边想一边将手中的剑从左边挥过去，感觉到剑刃在什么人的肩膀上割了一道深深的口子。最糟糕的是，他人在战斗，思绪却已经飘到别处，思考着后面的路该怎么走。他试图集中精神，却发现很难做到。神游期间，一个人差点突破他的防御，他不得不用左肩的锁甲部位承受那一下重击。他的反击显得有点笨拙，却非常有效。尽管时间紧迫，他还是抽出九十秒左右的时间，从一具尸体身上搜出大把串好的珍珠。这些应该可以解决钱的问题，不过口袋被塞得满满的，感觉不太舒服。

离目的地越近，情况就越复杂。这里没多少着火的地方，但草原人到处都是。幸运的是，这些人不是来劫掠的，大多数都忙着疏散交通。马车载着伤员和准备撤离的士兵，把街道堵得严严实实。他在一溜骡车里找寻高戈斯的身影，但没找到。这里到处都是敌军，根本没办法抢来一辆，在拥挤的街道边上溜达也不是明智之举。

好吧，看来只能从这些该死的车子下面过了。他必须用手和膝盖在骡车底下匍匐前进，但此时不用赶时间了。在所有车辆安全撤离之前，城门是不会关的。他可以在底下一直爬行。等爬上特罗弗桥，他就悄悄溜出来，毫无阻碍地跳进河里，游到对岸。

挖地道的工程兵、在矿道里工作的人们大概对这种姿势习以为常吧。我可受不了。困扰他的不仅仅是局促的空间、手肘和膝盖的疼痛，还有难以忍受的无助感。只要有个人凑巧发现他，他就完蛋了。他们可以像赶兔子入网一样将他赶出来，或者走到五码以内对他射箭，而他什么也做不了。他从业这么多年，对近身战并不觉得害怕。他知道如何应对这种状况。尽管总是行走在死亡的边缘，哪怕犯一次错误，都有可能付出生命的代价，但至少他知道自己在做什么，也能推断出生存的概率。再说，他的剑术不错，除了少数几个顶尖高手，他比剩下的都要强。被敌人团团包围却无法反抗，这对他来说是一种新体验，而且让他很不喜欢。好在现在应该离桥不远了。再往前爬

二百码左右，就可以……

他忽然停了下来，一动不动地待在原地。

光线不算明亮，但火把的亮光及身后熊熊燃烧的火焰提供了足够的照明。他看到正前方有一大群敌军士兵正沿着车队慢慢走过来。从那些人的举动，他猜想他们正在找什么人或什么东西——也许是一些藏在车厢底下的赃物，也许是某个蜷缩在车尾的偷渡客。他们甚至还跪下来，视线匆匆扫过车子下方。

坏消息。

趁着手下继续搜查的时间，特姆莱沿着车队走过来，一边走一边暗自祈祷自己的直觉是对的。他知道自己耽误了正事，早在一个小时前就该关闭的城门到现在还开着。这是他的战争，他要为一切负责，但最后还是决定纵容一下自己，找到巴达斯·洛雷登上校。没抓到他，这事就没完。

他看到车厢后部有什么东西蜷成一团，外面包裹着麻袋，于是用剑戳了几下。麻袋被割破，剑尖触到了银器，一个精美的镀金杯子从破口处掉了出来。又是抢来的赃物，总有人无视他的严令。然而现在他没空理会，他割开剩下的几个麻袋，就像拨弄垃圾一样把银器扫到地上，又从卫兵里调出一支分队，让他们将这些银器踩到泥里，直到从地面上看不出来为止。

要是他已经死了该怎么办？要是他死的时候我不在现场呢？万一他死得早，在城市还有救的时候死掉，没看到这场大火、没看到女人和小孩连头发都烧着的样子怎么办？这种情况就像你好不容易安排了一场空前绝后的盛宴，主客却没来。噢，神明在上，要是他出了什么事，我永远也不会原谅我自己……

有人在他左肩后方对他说着什么，那是希斯莱在向他汇报。他说，已经撞开了上城的大门，现在整座佩里美狄亚城都被他们控制了。他说，那里有金子、银子和紫色的地毯；有条纹玛瑙、檀香木、银器和挂毯；有琥珀、珍珠、青金石和精美的象牙雕刻；有如蕨叶般精细的浮雕；有枕头、长袍和窗帘；还有书——噢，天哪，那么多书，世上怎么会有那么多文字？——那里有瓷器、珐琅、掐丝珐琅和漆器工艺品；有笛子、鲁特琴、六弦琴、号角、铜钹、铃铛、竖琴、里拉琴以及定音鼓；还有镶嵌着装饰品的武器、弓、弓匣、箭囊、铠甲、盾牌、马衣马具；凉鞋、靴子、拖鞋；有墨水瓶、书写板、镶嵌珠宝的铁笔；有滴漏、日晷仪；有碟子、杯子、水壶、盘子、托盘、洗指碗、汤盆、刀子，以及餐巾环等等等等……

"烧了它们。"特姆莱打断他，"不许打劫，明白吗？所有的东西都烧掉。"

这一次，希斯莱总算闭嘴，知道现在不是抗辩的时候。"我运了十二骡车的油桶进去。"他说，"引线已经埋好了。我什么时候关城门？"

"等我办完事的时候。"特姆莱回答，"现在去把引线点着，让你的人都撤出来吧。我要大家都准备好，等我这里的事办完就出发。"他转身面对自己的老友，掩饰着慌乱，"你没打听到洛雷登上校的消息吗？难道没人报告他被杀或被俘？"

希斯莱摇摇头。"我已经查问了所有的队长，"他回答，"没人看到他，也没人听到过他的消息。难道我们现在就是……"

"你怎么还不走？"

希斯莱耷拉着肩膀走了。一支分队走过来，他们刚完成了纵火的任务。特姆莱把他们叫到跟前，让他们去搜查骡车。"注意看看有没有赃物。"他补充道，"找到赃物，就把那些人的名字报告给我。我们走的时候不会带走城里的任何一件东西。我希望大家都明白这一点。"

大家看起来都有点不高兴，但谁也没说什么。搜查继续进行，特姆莱感到胃里像打了结一样难受。在这里耗的时间越长，胃就绞得越紧。他原先以为事情没那么复杂。他以为他进入城市见到的第一个人就是巴达斯·洛雷登，而他多半是双手握着剑，站在主大道的中央，向他下战书，要求和他决斗。

没准儿他逃出去了……

特姆莱闭上眼睛。如果洛雷登真的逃走了，那么，看在神明的份上，他将如何为自己的所作所为辩解？他将如何为千万个被烧死的人，为这毫无意义的、可怕的毁灭性暴行负责？为了杀一个人而焚毁整座城市、整个国家已经够让人发狂了。要是这个人逃走了……他将这个想法赶出脑袋，努力维持理智。将佩里美狄亚城双手送给他的神明不会这样捉弄他。

他在一架骡车面前弯下腰，发现车底下有一双盯着他的眼睛。那是一个男孩，年纪十一二岁，他那过长的胳膊和腿颇为窘迫地盘在底架下，脸上现出特姆莱一直铭记在心的那种恐惧。在男孩的眼里，特姆莱仿佛再次看到了那段可怕的记忆——大火，奔跑的人，还有多年前的自己。你看到你的母亲被烧死了吗？他想问，你看到你的兄弟姐妹全身着火，直到皮肤和血肉都被烧光，只剩下如同城市废墟般焦黑的骨架了吗？他感到怜悯之情在心中抓挠，像一只猫抓挠着帘子，像那只被他母亲万般宠爱的老白猫在被火烧着后不停抓挠帐篷油布。它跑得比火快得多，但到了最后无路可逃。他想到一个男孩，一生都在心里藏着这么一团火，哪怕是闭上眼睛，依然能看见它无声地熊熊燃烧。想到这里，他心生不忍，将一支箭搭上弓弦。我已经成了一个残忍的人，他想，但还不至于冷酷。至少，我不会让他成为那个男孩。

他张开弓，顺着弓腹望出去瞄准，感到弓弦勒着指关节。就在这时，他听到有人叫着他的名字，特姆莱，小心！一阵剧痛袭来，有什么东西砸在他脑袋的后面和侧面。搭好的箭掉了下来，他向前栽倒，摔在地上缩成一团。

那是希斯莱的声音。他抬起头，看到希斯莱和背对着他、站在希斯莱对面的那个男人。那背影相当熟悉——

那是巴达斯·洛雷登上校。

——他挥着一把双手剑，希斯莱则用长矛的柄去格挡。特姆莱知道希斯莱出错招了，但已经来不及了。洛雷登的剑自右往左，从他下巴以下的部位削过去，伴随着沉闷的割开血肉的声音（有点像屠夫肢解动物尸体，或是将猎获的鹿剥皮），剑从另一头出来。希斯莱的脑袋低了下来，垂在那里，和左肩之间只连着一块未被切断的皮肤。他踉跄着扑倒在地。洛雷登转身，居高临下地看着他。

——就像他经常做的那个梦。在梦中，巴达斯·洛雷登上校——这个名字是他长大后才知道的——发现了躲在马车底下的小男孩。他下马走过来，居高临下地看着，然后弯下腰，伸出手。他的手臂似乎可以无限伸长，不管自己怎么躲闪，他总是够得着。他抓住了特姆莱的胳膊或者手腕，使劲拉拽，直到整个肩胛骨脱臼，胳膊被扯断。之后，那只手又去抓他的另一根胳膊，或者他的腿，又或者是他的脖子，如同孩子从花朵上一瓣一瓣扯下花瓣。最后他被扯得四分五裂，整个人只剩下创造这个梦境的那部分身体，接着那只手抓住了这仅存的东西，他忽然惊醒……

大家常说，只要你能闯进梦中，将那一刻抓在自己手中，你就可以改变梦境，让事情朝另一个方向发展。他所做的不正是改变梦境吗？

"起来。"洛雷登说。特姆莱试图往后退，躲到马车下面。越过洛雷登的肩膀，他看到后面有不少人正要赶过来救他，但和梦中一样，他们都离得太远，来不及了。洛雷登的手拽着他的头发，他感觉像头上着了火一样可怕。洛雷登往上一提，他就站了起来，头被扯得往后仰，一条胳膊被痛苦地反剪在身后。他不敢动，生怕一用力，胳膊就会被扯断。一个冰冷、锋利的东西抵在他的脖子上。

"都退后,不然我就割了他的喉咙!"洛雷登朝人群大喊,接着看向他,"喂,你就不能做点有用的事,让他们走开吗?"

特姆莱想要服从命令,但只能发出尖细的颤音。他从来没感受过这样的惊恐,这是他一生中最糟糕的时刻。

"你,"洛雷登大声说道,"躲在车子底下的那个,出来跟我走。谁敢动他一下,我就把你们的头领宰了。"

特姆莱从眼角看到骡车下有了动静。他刚才拿箭对准、想帮他结束煎熬的那个男孩从泥地里爬出来,站在那里,被吓得失魂落魄,不知道该做什么。

"到这里来,"洛雷登声音低沉,"我的腰上有一把匕首,拔出来,戳在这个混蛋腋窝下面——看在老天的份上,轻点,这是双重保险。要是他们想要要花样干掉我,他们的头领一样会完蛋。"*天哪,他说得那么镇定,对这一套熟门熟路,我怎么那么蠢?*特姆莱意识到,自己居然傻到想成为这个魔头的对手。这么多年以来,他一直梦想能和他执剑相对,就像在佩里美狄亚的法庭上一样。他以律法为助力,刺出致命的一剑,让正义得到伸张。多么愚蠢——

"放松点,"洛雷登的呼吸就在他耳边,"只要你乖乖听话,就不会有事。现在,我们要去散散步,走到桥边就可以了。听明白了吗?走吧。"

胳膊被拧了一下,要是他还能发出声音,一定会疼得尖叫起来。洛雷登用自己的膝盖顶起他的膝盖弯,在背上推了一把,他不由自主地朝前迈步。他知道洛雷登要杀他易如反掌,可以像折树枝一样把他折成两段,可以砍掉他的头,可以一根一根扯掉他的四肢,而他无力反抗。他不想死,至少别死在巴达斯·洛雷登上校的手上。他感觉其他任何死法都没有这么痛苦,这么可怕,这么令人绝望。洛雷登可以轻易毁掉他,拧掉他的脑袋,喝他的血,吃他的灵魂。他是死亡,是恶魔,是宇宙间所有恐怖事物的集合。而这一切,正是由城市掠夺者特姆莱、屠夫特姆莱带到世上来的——

"就这样,对的。"洛雷登的声音在他耳边响起,"故事有了个好结局,难道你不喜欢吗?"

似乎所有的族人都在观望,在三人经过时纷纷退后。尽管拥有机器、火油,以及由他下令制造和射出的几百万支箭,但他知道这世上没有任何力量能对抗灵魂吞噬者、死亡和正义的化身洛雷登上校,更不用说他们只是区区一个部落。他的盲目和愚蠢将这个恶魔带到了世上。他无法想象自己被玩弄够了之后会发生什么,大概是极度的痛苦、永恒的折磨——

"退后,"洛雷登呵斥道,"再往后退,别干蠢事。孩子,刀要拿稳,要是把他捅死了,我们俩也得跟着完蛋。行了,现在咱们要转个身。等我说——"

他只能小步小步地挪动身体,动作笨拙而滑稽,像个刚学着跳舞的孩子。现在特姆莱面朝部落,眼前是一排排骡车以及熊熊燃烧的整个城市。*杀掉我之前,他要我面对自己造的孽,*特姆莱心想,*因为他是正义的化身,这一切都是我的错。*头上的伤口涌出血来,顺着特姆莱的脸庞,流进了他的眼角,他只得不断地眨眼。此时三人站在城门楼的拱顶之下,倒退着走向吊桥。他看到水面反射着火光,照亮了四周。倒退的路上不时踩到尸体,走得跌跌绊绊。

"我们到此为止吧,特姆莱。"洛雷登悄声说道,"多谢你帮忙。你知道吗,你让我想起了少年时的我。你——"他对那个先前躲在骡车底下的男孩说:"你会游泳吗?"

男孩说:"大概会。"

"很好。现在,把我的匕首插回去,跳进河里。"

"是,大人。"

"别傻站着——"特姆莱听到哗啦一声,接着胳膊又被拧痛了。洛雷登又开始低声说话,他的声音离得很近,几乎是在他脑海里响起的。"本来应该杀了你,但我一直认为复仇是毫无意义的行为。你要是愿意,可以想想这句话。"他感到后背中部遭到大力一推,接着便摔在吊桥的木板路上,下方的水中传来响亮的水花溅起的声音。

大家纷纷围了过来,有的扶起他,有的大声吆喝,有的将火把和灯笼举得高高的,还有的不断往水里放箭。特姆莱挣脱了众人,盯着水面,但什么也没看到。水面上倒是漂浮着几具尸体,但都不是他。他从水下潜走了,特姆莱想,也许是沉重的铠甲将他拖到了水底,把他淹死了——不,别犯傻了,他才不会死呢。他要么是凭空消失了,要么是长出了翅膀。他不见了,而我还活着——

"算了,"他说,"别管他了。通知大家撤出城市,关上城门,毁掉堤道。把这事了结了吧。"

他感到肺部火辣辣的,全身关节都在痛。锁子甲像个紧抓着他不放的人,将他拖得直往水下沉。这次逃不掉了,这次他死定了——说真的,在惊险刺激的逃亡之后死在这里,这可真是讽刺——

"醒醒,"头顶上有个声音说道,"没事了,只是做梦而已。"

他睁开眼睛,看到一张男孩的脸,是他从骡车底下救出来的那个。"什么?"他睡意正浓,嘴里嘟囔着。男孩身后是蔚蓝的天空,几只海鸥在盘旋。

"没事了。"男孩笑道,"你安全了。你在船上,记得吗?"

洛雷登坐起来,疼得脸上抽搐了一下,这才想起身上那些拉伤的肌肉来。"抱歉,"他说,"我刚才一定是做噩梦了。"

男孩咧嘴一笑。"看,"他指着地平线说,"我们到了。"

　　远处的天边出现了一座城市的轮廓：一道高墙、几座塔和一些圆形屋顶，阳光从一座恢宏庙宇的镀金屋顶反射出来。他在传说中听过这个地方，但从没想过自己会来到这里。现在，他来了。

　　它比他想象的要小一点。

　　"你的身体怎么样了？"男孩问道，"你的烧应该彻底退了。不过，船长说，他认识一个医术高明的医生，以防万一。他真是个好人，不是吗？"

　　洛雷登严肃地点头。"是的，"他回答，"他可真是个好人。"他察觉到自己的语气让男孩有点不安，于是他安慰地笑笑。"别担心，"他说，"我们会没事的。我在这里有亲戚，他们会照顾我们。"

　　他站起来，伸展着僵硬的腿，从远处观察这座城市。那个屋顶反射着金光、尖上还有个小圆球的建筑大概就是大名鼎鼎的大神殿。这是这座城市最有名的建筑，连他也听说过。

　　然后他转身看着船上的主帆，主帆中央绘着清晰的标志，表明这艘船所属的公司。看起来很熟悉，在这里却显得有点怪异：一张拉得满满的弓和七支箭。

　　"真是太棒了，"男孩用一只手罩在眼睛上方，遮挡刺眼的阳光，看着远方的城市说，"我以前一直想去思科纳看看。"